음식과 성

도스토옙스키와 톨스토이

SLAVICA 슬라비카총서 06

SLAVIC SINS OF THE FLESH:
FOOD, SEX, AND CARNAL APPETITE IN 19TH CENTURY RUSSIAN FICTION
by Ronald D. LeBlanc

Copyright © 2009 by University of New Hampshire Press.
Korean Translation Copyright © Greenbee Publishing Co., 2015.
All rights reserved.
This edition published by arrangement with University Press of New England
through Shinwon Agency Co.

음식과 성 : 도스토옙스키와 톨스토이

발행일 초판 1쇄 2015년 12월 15일 | **지은이** 로널드 르블랑 | **옮긴이** 조주관
펴낸곳 (주)그린비출판사 | **펴낸이** 임성안 | **등록번호** 제313-1990-32호
주소 서울시 은평구 증산로 1길 6, 2층 | **전화** 02-702-2717 | **이메일** editor@greenbee.co.kr

ISBN 978-89-7682-244-4 03890
이 도서의 국립중앙도서관 출판시도서목록(CIP)은 서지정보유통지원시스템 홈페이지(http://seoji.nl.go.kr)와
국가자료 공동목록시스템(http://www.nl.go.kr/kolisnet)에서 이용하실 수 있습니다.(CIP제어번호: CIP2015033481)

나를 바꾸는 책, 세상을 바꾸는 책 www.greenbee.co.kr

음식과 성

도스토옙스키와 톨스토이

로널드 르블랑 지음 | 조주관 옮김

SLAVICA 슬라비카총서 06

ᄋB
그린비

감사의 글

이 책은 1993년 하버드 대학 러시아 리서치 센터(현재 데이비스 센터)의 지원을 받고 있는 학회에서 시작된 프로젝트의 일환이다. 이 프로젝트는 후에 학회의 결과물로서 『러시아 역사와 문화 속 음식』(1997)이라는 논문집을 공동 편집한 무샤 글랜츠(Musya Glants)와 조이스 툼리(Joyce Toomre)에 의해 공동 주최되었다. 이 책에 실린 에세이 두 편은 각각 도스토예프스키와 톨스토이에 관한 것이다. 이 두 에세이에서 나는 두 러시아 대문호의 음식과 성에 대한 비교 시학을 정리했고, 이를 바탕으로 본 연구 프로젝트의 기반을 마련하였다.

러시아 문학에 나타나는 음식에 대한 상상력과 식사 은유에 대한 나의 관심은 17세기 프랑스 문학 전문가인 로널드 토빈(Ronald Tobin)이 1986년 워싱턴 주립대학에서 열렸던 '음식을 위한 생각: 몰리에르 연극에서의 희극과 미식'이라는 강의에서 시작되었다. 토빈 교수의 훌륭한 강의와 가르침, 그리고 여러 해에 걸친 관대한 선도 정신은 내가 문학 속 미식과 영양에 관련된 이슈들에 대해 계속 연구하도록 이끌어주었다. 더불어 슬라브계 '미식비평'의 선구자이며, 나와 함께 지식을 공유하고 내 연구에 용기를 북돋아 준 다라 골드스타인(Darra Goldstein)과 조이스 툼리의 도움에 감사를 표한다. 뉴햄프셔 대학교의 동료교수인 역사가 캐시 피어슨(Cathy Fierson)과 축산학자 샘 스미스(Sam Smith) 또한 나에게 학문적으로 큰 도움을 주었다.

나의 연구는 전(前) 모스크바 레닌 도서관, 하버드 대학교 와이드너 도서관, 의회도서관, 일리노이 대학교의 러시아 동유럽 도서관, 워싱턴 대학교 수짤로 도서관, 그리고 뉴햄프셔 대학교 다이아몬드 도서관의 도서관 상호대출 부서 등 여러 도서관의 직원들로부터 도움을 받아 이루어졌다. 연구를 위한 재정적인 지원은 국가예술기금, 케넌 러시아학 협회, 미국 학회 평의회, 교무처, 인문학센터, 국제교육센터, 그리고 뉴햄프셔 문과대학이 제공해 주었다.

오랜 구상 기간 동안 이 책의 원고는 매우 가치 있는 피드백을 제공해 준 리처드 보덴(Richard Borden), 그렉 칼튼(Greg Carleton), 캐럴 에머슨(Caryle Emerson), 도널드 팽거(Donald Fanger), 마이클 카츠(Michael Katz), 데보라 마틴스(Deborah Martinse), 개리 사울 모슨(Gary Saul Morson), 로빈 밀러(Robin Miller), 에릭 나이만(Eric Naiman), 도나 오윈(Donna Orwin), 다니엘 랑쿠르-라페리에(Daniel Rancour-Laferrier), 제임스 로니(James Roney), 낸시 루텐버그(Nancy Ruttenberg), 안드레이 조린(Andrei Zorin) 등의 동료들에 의해 읽혀지고 비평되었다.

아래에 명시된 내 저서들의 재(再)인쇄와 변형을 허락해 준 편집자들과 출판사들에게도 감사의 말씀을 전한다.*

• 「영양 음식의 폭력: 러시아 문학 속 비유로서의 식사」("Alimentary

Violence: Eating as a Trope in Russian Literature", 2007). 위스콘
신대학교 출판사로부터 재판(재인쇄) 허가.

- 「권력을 위한 욕구: 도스토예프스키 소설 속 포식자, 육식동물, 그
  리고 식인종」("An Appetite for Power: Predators, Carnivores,
  and Cannibals in Dostoevsky's Novels", 1997). 인디애나 대학교
  출판사로부터 재판 허가.

- 「음식, 구순기 그리고 유년시절에 대한 향수: 19세기 중반 소설
  에 나타난 슬라브식 요리법」("Food, Orality, and Nostalgia for
  Childhood: Gastronomic Slavophilism in Midnineteenth-Century
  Russian Fiction", 1999). 블랙웰 출판사로부터 재판 허가.

- 「유리 올레샤의 『질투』에 나타난 포식과 권력」("Gluttony and
  Power in Iurii Olesha's *Envy*", 2001). 블랙웰 출판사로부터 재인
  쇄 허가.

- 「오블로모프의 소모적 열정: 음식, 먹기 그리고 성찬식 찾기」
  ("Oblomov's Consuming Passion: Food, Eating, and the Search
  for Communion", 1997). 노스웨스턴 대학교 출판사로부터 재인쇄
  허가.

- 「사닌이즘 대 톨스토이즘: 미하일 아르치바셰프의 『사닌』에 나타난
  반(反)톨스토이즘적인 기저텍스트」("Saninism Versus Tolstoyism:
  The Anti-Tolstoyan Subtext in Mikhail Artsybashev's *Sanin*",
  2006). 『톨스토이 연구 저널』로부터 재인쇄 허가.

- 「달콤한 유혹의 죄: 타라소프 로디오노프의 『초콜릿』에 나타난 음

---

* [옮긴이] 이하 언급된 저자의 논문에 대한 자세한 서지사항은 이 책 말미의 참고문헌 참조.

식, 성욕, 이념적 순수성」("The Sweet Seduction of Sin: Food, Sexual Desire, and Ideological Purity in Alexander Tarasov-Rodionov's Shokolad", 2003). 캘리포니아 대학교로부터의 재인쇄 허가.

- 「톨스토이의 육체: 식사, 욕구, 그리고 부정」("Tolstoy's Body: Diet, Desire, and Denial", 2004). 팔그레이브 맥밀란으로부터의 재인쇄 허가.

- 「톨스토이의 육식 금지의 길: 절제, 채식주의, 그리고 기독교 생리학」("Tolstoy's Way of No Flesh: Abstinence, Vegetarianism, and Christian Physiology", 1997). 인디애나 대학교 출판사로부터 재인쇄 허가.

- 「거미줄에 갇힌 동물적 성욕: 레프 구밀료프스키의 『개 골목』에 나타난 인간의 야만성」("Trapped in a Spider's Web of Animal Lust: Human Bestiality in Lev Gumilevsky's dog Alley", 2006). 블랙웰 출판사로부터 재인쇄 허가.

- 「불쾌한 쾌락: 톨스토이, 음식, 그리고 섹스」("Unpalatable Pleasures: Tolstoy, Food, and Sex", 1993). 톨스토이 연구저널로부터의 재인쇄 허가.

마지막으로 끝없는 사랑과 인내와 관용으로 오랜 기간 동안의 집필을 무사히 마치게 지원해 준 아내 린다(Lynda)에게 이 책을 바친다.

차 례

| 일러두기 |

1 이 책은 Ronald D. LeBlanc, *Slavic Sins of the Flesh: Food, Sex, and Carnal Appetite in Nineteenth-Century Russian Fiction*(University of New Hampshire Press, 2009)을 완역한 것이다.

2 주석은 지은이 주와 옮긴이 주가 있는데 모두 각주로 배치했으며, 옮긴이 주의 경우 주석 앞에 '[옮긴이]'라고 표시하여 지은이 주와 구분했다.

3 지은이가 본문에서 인용하거나 참조한 문헌의 출처는 주로 각주에 명기되어 있다. 문헌의 제목은 옮긴이가 한국어로 번역하여 표기하였으며, 해당 문헌의 자세한 서지사항은 책의 말미에 붙인 참고문헌으로 정리했다.

4 본문에서 같은 작품이 반복하여 인용될 경우, 해당 작품이 처음 인용된 곳에 각주로 출처가 된 판본을 밝혀 주었으며, 이후 인용된 부분의 끝에 저자명과 출처가 된 판본의 권수와 쪽수만을 명기했다.

5 본문에서 옮긴이가 독자의 이해를 돕기 위해 추가한 내용은 대괄호([ ])로 묶어 표시했다.

6 단행본과 정기간행물 등에는 겹낫표(『 』)를, 단편과 논문, 영화, 연극, 희곡, 오페라의 작품명 등은 낫표(「 」)를 써서 표기했다.

7 외국 인명이나 지명은 2002년에 국립국어원에서 펴낸 '외래어 표기법'을 따라 표기했으며, 러시아어를 병기할 경우 키릴문자가 아닌 로마자를 사용하여 표기했다.

서론:
러시아 문학에서 음식과 성

Introduction :

Food and Sex in Russian Literature

1장 서론: 러시아 문학에서 음식과 성

토마시나: 셉티머스, 육체적 포옹(carnal embrace)[1]이 뭐죠?

셉티머스: 육체적 포옹이란 소고기 옆구리 살을 껴안는 행위를 말합니다.

토마시나: 그게 다예요?

셉티머스: 아닙니다……. 잘 껴안은 양고기의 어깨 한쪽, 사슴고기의 둔부, 들꿩고기…… 육고기, 육고기(caro, carnis),[2] 여성의 육체.

토마시나: 그건 죄인가요?

셉티머스: 꼭 그렇진 않습니다, 아가씨. 하지만 만일 죄가 된다면 당연히 육체의 죄겠지요. 우리는 갈리아 전쟁에서 육고기(caro)를 먹었습니다. "영국인들은 우유와 육고기를 먹고 삽니다(lacte et carne vivunt)".[3] 원하던 답변이 아니라 미안합니다.[4]

---

1) [옮긴이] 원문의 "carnal embrace"는 '성행위'를 가리킨다.
2) [옮긴이] 원문의 라틴어 "caro, carnis"는 '고기'를 의미한다.

1. 도스토옙스키와 톨스토이 그리고 육욕에 대해서

앞의 대화는 톰 스톱파드의 『아르카디아』(1993) 도입부에 나오는 열세 살의 조숙한 제자 토마시나 커벌리와 스물두 살의 가정교사 셉티머스 헛지 사이의 유머러스한 대화이다. 이 대화는 '고기 육(肉, carnal)'이라는 말의 이중적 의미를 잘 드러내고 있다. 셉티머스가 '육체적 포옹(성교)'의 의미를 재미있게 설명하는 부분("소고기 옆구리 살을 껴안는 행위")은 '고기 육'(직역하면 '살코기'[flesh])이 흔히 말하는 성적인 의미 외에 영양 차원의 의미도 있다는 것을 상기시킨다. 즉 '고기 육'은 성교로 얻는 육체적 쾌락을 가리키는 동시에 음식으로 섭취하는 고기를 가리킬 수 있다. 셉티머스가 후에 제자에게 밝히듯이 "육체적 포옹은 생식과 쾌락을 목적으로 남성의 생식기관이 여성의 생식기관에 삽입되는 성적 교섭을 의미한다".[5] 이 책에서 우리는 19세기와 20세기 초의 수많은 러시아 문학에서 음식과 성이 어떻게 표현되는지 살펴보면서 '육욕'의 두 가지 의미를 더욱 자세하게 알아볼 것이다. 특히 일부 러시아 작가들이 음식 언어와 식사 이미지를 통해 남성의 성적 욕구를 어떻게 표현하는지 주시할 것이다.

　다양한 러시아 작가들의 작품을 검토하겠지만, 특히 19세기 러시아 산문소설의 두 거장 표도르 미하일로비치 도스토옙스키와 레프 니콜라예비치 톨스토이에 초점을 맞출 것이다. 슬라브어권 학자들은 도

---

3) [옮긴이] 원문의 라틴어 "lacte et carne vivunt"는 줄리어스 시저의 『갈리아 전기』에 나오는 말이다.
4) Tom Stoppard, 『아르카디아』(*Arcadia*, 1993), pp.1~2.
5) *Ibid.*, p.132.

스토옙스키나 톨스토이의 시학에 접근할 때 둘의 문학적 스타일이나 예술적 기법의 비교는 매우 관례적임을 잘 알고 있을 것이다.[6] 이러한 방법은 너무나 많이 반복되어 왔기 때문에, D. S. 미르스키는 톨스토이가 "도스토옙스키와 비교되기 위한 특별한 목적으로 세상에 나온 것 같다"[7]라고 빈정거리기까지 하였다. 니콜라이 베르댜예프는 이러한 양극화 현상을 처음 만들어 낸 인물 가운데 한 명이다. 그는 독자들이 러시아의 두 거장 중 어느 한쪽에 치우쳐 호감을 느낄 것이라고 주장하였다. 그 이유는 두 작가가 각기 뚜렷하게 서로 다른 두 유형의 영혼 "톨스토이적인 생각에 이끌리는 유형과 도스토옙스키적인 생각에 이끌리는 유형"[8]에 호소하기 때문이다. 베르댜예프는 "존재의 근본 개념들"[9]을 극단적으로 구분하는 이 두 가지 유형의 영혼 보유자들을 구별하는 '연결할 수 없는 틈'이 존재한다고 생각했다. 베르댜예프의 포괄적 주장을 받아들이든 받아들이지 않든 간에 우리는 러시아의 두 위대한 작가들 간의 차이가 아주 심오하고 견고한 것임을 인정해야 한다. 평범한 민주주의자 기질을 지닌 도스토옙스키가 주로 도시의 하류층과 소시민의 삶에 대한 글을 쓴 반면, 귀족 출신 톨스토이는 주로 전원의 대농장에서 벌어지는 상류층에 대한 이야기를 썼다. 도스토옙스키는 인간정신의 깊은 무의식을 탐색하고 당대의 이념적 갈등을 각색하는 데 반해, 톨스

---

6) 예를 들어 조지 스타이너(George Steiner)의 『톨스토이냐 도스토옙스키냐』(*Tolstoy or Dostoevsky: An Essay in the Old Criticism*, 1971)와 『톨스토이냐 도스토옙스키냐? 동서 문화 속 철학적·미학적 탐구』(ed. V. E. Bango, *Tolstoi ili Dostoevskii Filosofskoeesteticheskie iskaniia v kul'turakh Vostoka i Zapada*, 2003)를 참조.

7) D. S. Mirsky, 『러시아 문학사: 그 시초부터 1900년까지』(*A History of Russian Literature: From Its Beginnings to 1900*, 1958), p.279.

8) Nicholas Berdyaev, 『도스토옙스키』(*Dostoevsky*, 1957), p.216.

9) *Ibid.*, p.217.

토이는 19세기 러시아 삶의 광대한 서사시를 그린다.[10] 도스토옙스키가 '정신의 현자'라면 톨스토이는 '육체의 현자'이다.[11] 도스토옙스키가 러시아의 셰익스피어라면, 톨스토이는 러시아의 호메로스이다.[12] 도스토옙스키는 소설 속 말이 본질적으로 대화체인 데 반해, 톨스토이의 소설 속 말은 독백체이다.[13] 조지프 브로드스키는 이러한 '도스토옙스키 대(對) 톨스토이'라는 이분법이 대부분의 20세기 러시아 문학이 나아갈 방향에까지 적용될 수 있다고 주장하였다. 20세기의 러시아 산문은 "도스토옙스키가 이루어 낸 정신적으로 가장 높은 정상"에 오르는 노고를 피하기 위하여, 이 선견지명의 예술가가 제시한 모더니즘의 길을 외면하였다. 대신에 톨스토이를 모방하는 글쓰기의 길을 따랐으며, 이는 장황하고 육중한 소비에트 사회주의 리얼리즘 소설로 이어져 나갔다.[14]

두 작가에 대한 이분법적 구분은 이미 장황한 리스트가 만들어질 정도이다. 그러나 이 책은 더 나아가 '미식의 시학'(gastropoetics)이라

---

10) E. M. 포스터는 "어떤 영국 소설가도 톨스토이만큼 위대하지 않다. 다시 말해 인간의 삶을 가정적인 면이든 영웅적인 면이든, 그처럼 완벽하게 그린 사람은 없다. 또한 어떤 영국 소설가도 도스토옙스키만큼 인간의 영혼을 깊이 파헤친 사람은 없다"라고 했다. E. M. Forster, 『소설의 양상』(*Aspects of the Novels*, 1954), p.7을 보라.

11) Dmitry Merejkovski, 『인간과 예술가로서의 톨스토이: 도스토옙스키에 관한 에세이와 더불어』(*Tolstoi as Man and Artist: with an essay on Dostoevski*, 1970).

12) George Steiner, 『톨스토이냐 도스토옙스키냐』, p.7, p.9 참조.

13) Mikhail Bakhtin, 『도스토옙스키 시학의 제 문제』(*Problems of Dostoevsky's Poetics*, 1984). 바흐친의 말에 따르면 "톨스토이의 세계는 천편일률적으로 독백적이다. 주인공의 말은 그에 관한 작가의 말이라는 고정된 틀 속에 갇혀 있다"(56).

14) Joseph Brodsky, 「대기 속 대재앙」(Catastrophes in the Air), 『하나는 아니다: 에세이 선집』(*Less Than One: Selected Essays*, 1986), p.277. 갈랴 디멘트(Galya Diment)는 자신의 논문에서 브로드스키의 과감한 평가에 이의를 제기한다. Galya Diment, 「『톨스토이냐 도스토옙스키냐』와 모더니스트들: 브로드스키와의 논쟁」("'Tolstoy or Dostoevsky' and the Modernists: Polemics with Joseph Brodsky"), 『톨스토이 연구 저널』(*Tolstoy Studies Journal*), 3(1990), pp.76~81.

는 또 다른 대조점을 제시할 것이다. 이는 그들의 작품에서 음식 모티프와 식사행위의 비유들이 어떻게 다루어지고 또 어떻게 대조되는지를 살펴볼 수 있게 할 것이다. 로널드 토빈은 도스토옙스키와 톨스토이의 소설 속 세계를 가동하는 미식가적 담론의 본질 ——남성이 지닌 성적 욕구의 구조뿐만이 아닌—— 에 대한 이해를 돕는 개념적 모델을 제공한다. 토빈은 『아내들의 학교』(1662) 연구에서 몰리에르의 희극 작품의 주요 낭만적 구성이 서로 다른 두 가지 기호의 충돌이라고 해석하였다. 그는 어린 아녜스를 두고 사랑의 라이벌 관계가 되어 버린, 난폭하게 공격적인 아노페와 온화하고 향락적인 호레이스의 관계를, 프랑스어 동사인 'manger'(탐욕스럽게 먹다)로 나타나는 힘의 코드와, 'goûter'(맛보다, 맛을 느끼다)로 나타나는 향유적 코드의 기호적 충돌로 보았다.[15] 탐욕스럽고 약탈적인 아노페가 아내 아녜스를 자신의 소유로 여겨 지배하고 조종하면서 '탐하려는 데' 반해, 호레이스는 사랑의 파트너로서 아녜스의 섹슈얼리티와 애정을 '느끼고' 즐기려 한다. 요컨대 몰리에르는 아노페의 지배하고자 하는 욕망, 즉 성적으로 공격적인 면과, 호레이스의 쾌락을 주고받는 것에 대한 애정과 욕망을 대비하였다. 토빈의 '먹다'와 '맛보다'의 대비를 19세기 러시아 문학에 적용해 보면, 도스토옙스키의 캐릭터들은 '탐하려' 하고, 톨스토이의 캐릭터들은 대개 '느끼고자' 한다.[16] 다시 말하자면 우리는 먹는 행위와 성행위를 폭력, 침략, 지배의 행위로 보는 도스토옙스키적인 '육식성'과 먹는 행위와 성

---

15) Ronald Tobin, 「『아내들의 학교』에 나온 음식과 낱말: 식도락과 기호학」("Les mets et les mots: Gastronomie et sémiotique dans *L'Ecole des femmes*"), 『세미오티카』(*Semiotica*), 51(1984), pp.133~145.

행위를 리비도적 쾌락, 즐거움, 희열의 행위로 보는 톨스토이적인 '관능성' 사이에서 양극의 반대 항을 찾아낼 수 있다. 이 미식(美食)의 시학적 대립을 러시아 용어로 도스토옙스키적인 '육식성'(plotoiadnost', 문자 그대로 살코기에 대한 식욕)과 톨스토이적인 '관능성'(sladostrastie, 문자 그대로 달콤한 맛에 대한 열정)으로 나타낼 수 있을 것이다. 톨스토이의 『안나 카레니나』(1877)에서 스티바 오블론스키가 고기(flesh)의 달콤한 쾌락에 대한 욕구를 전형적으로 보여 준다면, 도스토옙스키의 『악령』(1872)에 나오는 표트르 베르호벤스키는 고기를 먹어 치우고자 하는 탐욕을 나타낸다. 성적 즐거움을 위한 향락주의적 욕구에 따라 행동하는 스티바에게 먹는 행위는 '느끼는 것'이며, 따라서 서술의 초점은 미각 기관인 혀와 구개(口蓋)에 놓인다. 반면 표트르의 자율성·지배·통제 욕망은 먹는 행위를 육욕적 폭력행위로 만든다. 그에게 먹는다는 것은 곧 '탐한다는' 의미이다. 도스토옙스키는 이에 따라 고기를 폭력적으로 공격당하고 소비되어야 할 것으로 다루고 이나 목구멍처럼 음식물을 씹어 삼키는 저작(咀嚼) 기관에 독자들의 관심을 집중시킨다.

도스토옙스키의 시학에서는 '요리학적인' 차원의 전개가 잘 나타나지 않는 편이다. 여타 러시아 작가들과 달리 도스토옙스키는 소설에서 음식과 먹는 장면을 묘사하는 데 큰 관심을 보이지 않는다. 어떤 독자들은 도스토옙스키의 소설에서 음식 이미지가 부족한 것은 작가가

---

16) '먹다'에 해당하는 러시아어 동사(est'와 kushat')가 프랑스어 동사 '먹다'(manger)와 '맛보다'(goûter) 사이에서 발견되는 의미론적 차이에 동일하게 필적하는 것은 아니라 해도, 도스토옙스키는 이 소설에서 먹기(성교하기뿐만 아니라)가 폭력과 공격성을 지닌 행위로 기능한다는 의미를 아주 효과적으로 전달하는 어휘들을 사용한다. 'plot'(살코기)와 'iad'(먹기)의 합성어 'plotoiadie'(육식성)는 두 가지 주요 의미를 갖는다. 즉 '육식성'(carnivorousness)뿐 아니라 '관능'(voluptuousness)과 '호색'(lustfulness)을 나타낼 수 있다.

일상생활의 구체 사항을 묘사하는 일에 별로 관심을 보이지 않기 때문이라고 추정한다. 그러나 내 생각에 그의 소설에서 먹는 행위란 그저 기호론적 코드에 따라 기능할 뿐 동료 작가들 대부분이 의도하는 바와는 다른 서술적 기능을 담당한다. 다른 러시아 작가들의 작중인물은 주로 음식이 주는 감각적 희열을 즐기는 데 반해, 도스토옙스키의 의욕적인 (주로 서로를 지배하고 통제하려는 욕구에 사로잡혀 있는) 인물들에게서는 음식 섭취가 (모사행위든 은유적 행위든 간에) 맛, 즐거움, 영양분 공급 차원이 아닌 폭력·공격성·지배 차원의 의미로 나타난다. 일부 비평가가 말하는 '탐욕적 공격성'(다른 사람을 부정하고 파괴하고자 하는 욕구)이 도스토옙스키 소설에서는 먹는 행위에 스며들어 있는 것으로 보인다.[17] 그 결과 그의 작중인물은 단순히 먹는 것이 아니라 먹어 치우고 소화하고 파괴하는 것이다. 우리는 이 책의 2장에서 도스토옙스키의 소설에 묘사된 다수의 이기적 인물들을 움직이게 하는 권력(힘)의지(다른 사람에 대한 완벽한 소유, 지배에 대한 욕구)에 대해 살펴볼 것이다. 권력 의지는 약탈성, 탐욕성, 궁극적으로는 육식성에까지 이르는 생리적 혹은 심리적 표현을 통해 드러날 것이다. 도스토옙스키는 자본주의적 경쟁이 치열하게 일어나는 다윈의 세계를 사회심리학적 관점에서 그려낸다. 그 세계에서 인간은 무자비한 사회경제적 동물이며 서로를 가차 없이 먹어 치우려 한다. 그곳에서의 인간관계는 공감보다는 보수를 목적으로 하는 것이고 공생적이기보다는 약탈적이다. 도스토옙스키의 세계에서 다른 사람과의 교제는 대개 '먹느냐 먹히느냐'라는 냉소적 표현

---

17) Gian-Paolo Biasin, 『현대의 미각: 음식과 소설』(*The Flavors of Modernity: Food and the Novel*, 1993). 여기서 비아신은 이 저작물(*I sapori della modernità: Cibo e romanzo*, 1991)의 영어 번역본을 제공한다.

으로 요약될 수 있다. 이 작가는 이기적인 인간을 권력에 한없이 굶주려 서로를 먹어 치우는 존재로, 즉 일반적으로 잔인하고 공격적인 존재로 그린다. 그런 이유로 우리는 도스토옙스키의 소설에서 가진 자가 못 가진 자를, 강자가 약자를, 오만한 자가 온순한 자를 먹어 치우려는 것을 자주 볼 수 있다. 여기서 성교라는 신체적 행동은 에로틱한 체험보다는 폭력행위로, 합의된 성행위나 상호 간 성행위보다는 강간, 즉 성폭력으로 이해될 수 있다.

반면 톨스토이의 인물들은 '먹어 치우기'보다는 '맛을 보는' 경향이 있다. 그의 소설세계에서 지배적인 기호학 코드는 권력(힘)보다는 쾌락, 즉 육식성과 식인풍습(cannibalism)보다는 쾌락주의와 향락주의에 가깝다.[18] 다시 말해 톨스토이의 남성 인물은 그저 감각적 즐거움 때문에 음식을 즐긴다. 이미 알려진 바와 같이 톨스토이가 개인적으로 도덕적

---

18) [옮긴이] 쾌락주의(Hedonism)는 쾌락을 인간행위의 궁극적 목적이자 도덕적 기준으로 삼는 윤리학설을 말한다. 쾌락주의는 쾌락이란 본질적으로 선이며 고통은 악이라는 믿음에 기초한다. 행복을 증진하는 것은 모두 선이라고 주장하는 행복주의의 한 형태이다. 인생의 목표는 행복이고 행복은 쾌락을 추구함으로써 달성된다는 쾌락주의의 전형은 고대 그리스의 키레네학파와 에피쿠로스학파에서 나타난다. 키레네학파의 쾌락주의는 이 학파의 창시자이자 소크라테스의 친구인 아리스티포스가 처음 내놓았다. 아리스티포스는 소크라테스의 영향을 받아 덕 있는 사람이 추구해야 할 행복의 원리를 강조했다. 그의 주장에 따르면 덕은 즐거움을 얻을 수 있는 능력이며, 이러한 즐거움은 쾌락의 충족으로 얻어진다. 쾌락은 유일한 선이자 최고의 선이다. 키레네학파와 더불어 고대 그리스의 향락주의 사상을 대표하는 또 하나의 학파는 에피쿠로스학파이다. 에피쿠로스학파는 키레네학파와는 달리 순간적·감각적·육체적 쾌락보다는 영원한 정신적 쾌락을 강조했다. 이 학파의 창시자인 에피쿠로스(Epicurus)는 마음의 안식과 쾌락을 결합함으로써 고통을 피하고 육체적 건강과 정신적인 평정을 함께 유지할 수 있는 이상적 향락주의(epicureanism)를 주장했다. 에피쿠로스에 따르면 공포는 정신의 안정에 위험 요소가 되며, 그중 가장 나쁜 것은 죽음에 대한 공포이다. 따라서 죽음에 대한 공포는 제거되어야 한다. 에피쿠로스는 "우리가 '신처럼 자유롭기 위해서는' 행복이 우리의 의식 속에 자리를 잡아야 하고 덕으로 구현되어야 한다"라고 주장했다. 덕은 우선 '평정'으로 나타나며, 더욱 바람직한 덕은 쾌적하고 단순하며 온화한 것으로 나타난다. 따라서 고상한 쾌락이나 정신적 가치는 육체적 만족보다 우월하다.

자기완성에 집착했다는 점과 스스로의 본능적 충동이 강했다는 점을 고려하면, 우리가 그의 작품들 속에서 미식적이고 성적인 쾌락을 분명하게 비난하는 금욕주의적 윤리인 반(反)쾌락주의적이고 반(反)에피쿠로스적인 철학이 점점 더 불안스레 몸집을 키우는 것을 발견하더라도 그리 놀라운 일이 아닐 것이다. 톨스토이에게 음식과 음료는 여자처럼 남성을 유혹하는 에로틱한 대상으로서 반복되는 상징이다. 이것은 그들에게 진정한 정신적 실현으로만 성취 가능한, 더 충족되기 어려운(그리고 일시적으로 지연되는) 영혼의 만족에 대한 대체물로서 육체의 감각적 희열을 일시적으로 제공한다. 톨스토이의 후기 작품들 중 특히 「크로이체르 소나타」(1889)에서 먹는 행위와 간음행위의 연관성은 더욱 분명해진다. 한편 「첫 단계」(1892)와 「왜 사람들은 서로를 마비시키는가?」(1888) 같은 에세이에서 톨스토이는 육체와 음부의 쾌락을 포기하는 성욕억제뿐만 아니라, 미각과 위(胃)의 쾌락을 포기하는 식욕억제를 주장하는 엄격한 기독교적 금욕주의를 신봉한다. 다른 말로 하자면 톨스토이는 두 가지 기본 의미를 내포하는 '고기'(肉, carnal)를 포기한다.

2. 음식비평: 문학 속 음식과 식사 연구

우리는 도스토옙스키와 톨스토이의 문학작품들을 심오한 철학적·도덕적·종교적·사회적 문제를 다룬 걸작이라고 생각한다. 이 점을 고려할 때, 이 두 명의 위대한 작가이자 사상가의 시학에서 음식에 대한 관심이 매우 중요하다는 사실이 이상하게 여겨질 수 있다. 왜냐하면 이 두 사람은 입이나 위보다는 인간의 마음과 정신에 더 관심을 보일 것 같기 때문이다. 지난 50여 년 동안 인류학적·사회학적 연구는 그러한 경향을 충분히 보여 주었다. 하지만 먹는 행위는 단지 생물학적 기본 욕구를 만족시키는 것 이상이다. 음식물 섭취는 문화적으로 틀이 잡히고 사회적으로 결정된 주요한 행위이다. 음식은 영양분을 공급하는 것뿐만 아니라 "먹기에도 좋고 생각하기에도 좋다"라는 의미를 나타낸다는 클로드 레비스트로스의 해석은 이러한 맥락에서 이해되어야 한다. 식소(食素, gusteme)라는 용어를 언어의 음소(音素) 개념의 요리학적 유사체로 사용한 레비스트로스는 대립과 상응 관계의 구조에 따라 한 사회의 요리에서 쓰이는 재료의 구성방법을 연구하였다(그는 영국식 요리와 프랑스식 요리를 구별하였다).[19] 『날것과 요리된 것』(*The Raw and the Cooked*, 1964)과 『음식의 삼각관계』(*The Culinary Triangle*, 1965) 같은 획기적 연구에서 레비스트로스는 본질적으로 변화하는 요리의 폭넓은 영향력을 관찰하였다. 이 선구자는 날음식과 요리된 음식이 '자연'과 '문화'(자연 상태에 있는 것과 인간에 의해 변형되거나 공들여진 것)처럼 인간사고의 근본적 구분과 관계가 있다는 데 주목하였다. 즉 그는 음식에 대한 우리 생각을 지배하는 기본 구조와 인간사고의 일반적 징후라고 여겨지는 구조를 찾아내고자 하였다. 또 다른 음식인류학의 선구자인 (구조보다는 문화적으로 접근하는) 메리 더글러스는 음식이 어떻게 사회적 관계의 상징으로 기능하는가를 연구하였다. 그녀의 주요 관심사는 사회적 맥락으로 음식에 대한 '기호를 해독'하는 일이었다.[20] 즉 음식들 사이의 연결고리를 밝혀냄으로써, 음식 분류가 사회적 사건들을 어떻게 기

---

19) Claude Lévi-Strauss, 『구조 인류학』(*Structural Anthropology*, 1967), p.85.
20) Mary Douglas, 「식사의 암호 해독」("Deciphering a Meal"), 『다이달로스』(*Daedalus*), 101, no.1(1972), pp.61~81.

호화하는지 해석해 내는 것이다. 잭 구디와 피에르 부르디외는 인간의 먹는 행위를 특징짓는 사회계층을 주로 관찰하였다. 이는 오랫동안 지극히 개인적인 특징이라고 여겨 왔던 취향과 음식 기호가, 실제로 사회경제적 계층과 밀접한 관계가 있음을 보여 주었다.[21] 인간문화 속 음식의 의미는 인류학자와 사회학자뿐만 아니라 기호학자와 문화이론가들도 자세히 다루기 시작하였다. 예를 들어 롤랑 바르트는 사람들이 먹는 음식의 선택, 조리, 제공 그리고 소비의 기초가 된 규칙이나 '문법' 찾기를 제안하였다. 『기호학 요강』(1964)에서 바르트는 기호학자 페르디낭드 소쉬르가 랑그(언어를 배울 때 획득하는 언어체계)와 파롤(그 언어로 말하는 실제 발화)을 구분한 것을 전용하였다.[22] 소쉬르학파의 언어학처럼 바르트의 기호학은 음식과 같은 기호체계 속에서 의미화를 가능하게 만드는 규칙과 변별의 기초 체계를 설명하고자 하였다.[23] 예컨대 배제 규칙(금기 음식), 연상 규칙, 의미를 구별해 주는 대립, (바르트가 "음식물 수사학"이라 칭한) 사용법에 대한 의식적 관습 같은 기초 체계를 설명하고자 한 것이다. 조너선 컬러는 「문화 속 음식의 체계를 연구하는 기호학자에게」에서 다음과 같이 설명한다.

---

21) Pierre Bourdieu, 『차이』(*La Distinction*, 1979). 그리고 Jack Goody, 『요리, 요리법 그리고 계급』(*Cooking, Cuisine and Class*, 1968). 음식에 관한 인류학적·사회학적 글 모음집에 관한 한 다음 책을 참조할 수 있다. Carol Counihan and Penny Van Esterik eds., 『음식과 문화: 독자』(*Food and Culture: A Reader*, 1997).

22) [옮긴이] 랑그(langue)는 '언어의 추상적 체계'로서 언어를 배울 때 획득하는 언어 시스템을 말하고, 파롤(parol)은 '언어의 구체적 실현'으로서 그 언어로 말하는 실제 발화를 의미한다. 예를 들면 음악에서 악보는 랑그에 해당하고, 그 악보를 보고 실제 연주자들이 다양하게 연주할 때, 그 연주되는 음악이 바로 파롤에 해당된다.

23) Roland Barthes, 『기호학 요강』(*Elements of Semiology*, 1967), pp.27~28.

파롤은 식사행위의 모든 구체적 사건으로 구성되고 랑그는 그러한 사건들을 지배하는 규칙의 체계이다. 이를테면 무엇을 먹을 수 있는지, 어떤 요리가 다른 요리와 어울리고 안 어울리는지, 그 요리들이 어떻게 합쳐져야 식사가 되는지, 간단히 말해 식사가 문화적으로 정통이냐 비정통이냐를 가능하게 만드는 모든 규칙과 처방전이 바로 랑그이다. 레스토랑의 메뉴는 어떤 사회의 '음식문법'을 보여 주는 가장 좋은 사례이다. '통합적인' 자리(수프, 애피타이저, 앙트레, 샐러드, 디저트)가 있고, 그 자리를 채워 줄 수 있는 서로 대조되는 항목들의 계열적 종류(여러 수프 가운데 우리가 선택하는 하나의 수프)가 있다. 식사에는 통합적인 항목의 순서를 지배하는 관습이 있다(정통적으로 수프, 앙트레, 디저트의 순서를 따른다. 반면에 디저트, 앙트레, 수프의 순서는 문법에 어긋난다). 그리고 통합적 범주 안에서 급이 같은 요리들(메인요리, 디저트 등) 사이에도 의미 차이가 있다. 예컨대 햄버거와 구운 꿩고기는 서로 다른 이차적 의미를 갖는다. 이처럼 기호학자는 음식문화에 언어학적 모델을 적용함으로써 분명한 과제를 갖게 된다. 즉 변별성과 규약의 체계를 재구성하여 어떤 현상이 문화 안에서 어떻게 의미를 획득하게 되는지 그 과정을 살펴보는 것이다.[24]

「현대의 섭생에 관한 사회심리학을 위하여」(1961)라는 에세이에서 바르트는 국가 간 식습관 차이를 총망라한 리스트를 만들어, 각국의 언어구조를 비교하듯 각국의 미식학 문법을 비교할 수 있을 것이라고 하였다.[25]

---

24) Jonathan Culler, 『롤랑 바르트』(*Roland Barthes*), pp.72~73.
25) Roland Barthes, 「현대의 섭생에 관한 사회심리학을 위하여」("Pour une psycho-sociologie

레비스트로스, 더글러스, 구디, 부르디외, 바르트 그리고 다른 사상가들이 남긴 요리학적 유산은, 문학비평가들이 지난 몇 십 년 동안 음식 모티프와 문학작품 속의 식사 묘사를 기저에 둔 다양한 코드들(본질적으로 인류학적·심리학적·기호학적·언어학적·미학적·구조적 어느 것이든 상관없이)을 분석하는 노고를 통해 드러나게 되었다. 이런 소위 음식비평가들은 다양한 작가들, 그중 프랑수아 라블레, 몰리에르, 알랭 르네 르사주, 장 자크 루소, 마르키스 드 사드(일명 사드 후작), 자크-앙리 베르나드댕 드 생-피에르(Jacques-Henri Bernardin de Saint-Pierre), 바이런 경, 구스타브 플로베르, 안톤 체호프, 니콜라이 고골, 레프 톨스토이의 작품 속에서 음식과 식사의 다양한 역할들을 분석하였다.[26] 그러나 불행하게도 린다 울프의 『문학 미식가』(*Literary Gourmet*, 1962), 조안과 존 디그비의 『생각거리』(*Food for Thought*, 1987)와 같은 유명한 문집에서 드러나듯, 미식학과 문학의 연관성 연구가 한계에 부딪히는 경우도 있다. 이런 문집은 필딩과 디킨스에서 휘트먼과 프루스트까지 작가들의 작품 속에 나오는 음식과 음료를 단순히 나열한 데 지나지 않는다. 하지만 보통 문학 속 음식에 대한 연구의 권위자들은 예술 텍스트 속에 담긴 부와 가난, 도시와 시골, 단순과 정교, 외국과 현지, 육식과 채식, 섭취와 배설, 금욕과 탐욕, 필요와 욕망, 폭식과 단식, 공적 식사와 사적 식사 등등 기본적으로 이분법적 대조를 상정하고 있다. 그들은 이렇게 대조되는 쌍들이 텍스트의 의미를 어떻게 선명하게 드러내는지 연

---

de l'alimentation contemporaine"), 『연보』(*Annales*), 16(1961), pp.77~86.

26) 로널드 토빈(Ronald Tobin)은 자신의 에세이 「식도락 평(評)이란 무엇인가」("Qu'est-ce que la gastrocritique?")에서 '음식비평'의 성격과 매개변수를 논한다. 『17세기』(*XVII siécle*), no.217(2002), pp.621~630.

구하는 경향이 있다. 이런 유형의 음식비평 연구는 문학 속 인물이 음식을 먹는 태도와 그가 먹는 음식을 통해 그의 개별적 성격 그리고 심리와 더불어 그가 살고 있는 세계의 사회학과 문화적 가치에 대해서도 알려준다.[27] 먹는다는 것은 본질적으로 생리적 차원뿐만 아니라 사회적·심리학적 차원을 아우르는 인간의 활동이기 때문에, 문학 속 식사 묘사는 일상생활을, 문학작품의 세계에서만이 아니라 더 넓은 문화적 맥락에서 다양한 상징적 가능성을 갖는 내러티브 기호로 변화시킬 수 있다.

예를 들면 19세기 프랑스 소설 속 음식과 그 기능을 연구한 제임스 W. 브라운은 발자크가 품격 있는 고급 요리와 유행을 따르는 파리 미식가의 부엌을 빈곤한 지방 지주가 대접하는 시골에서의 수수한 식사와 대조하면서 미식 용어 측면에서 부와 빈곤을 균등하게 병치시키는 방식을 보여 준다. 문학적 현실주의자인 발자크는 굶주림을 가난과, 사치스러운 음식을 부와 동일시하면서 19세기 초기 프랑스 부르주아 생활의 사회적·경제적 불공평성을 고도의 모사 방법으로 비판하는 데 식사 장면을 이용했다는 것이다.[28] 로널드 토빈은 몰리에르의 극에 나타

---

27) 예를 들어 David Bevan ed., 『문학적 요리법』(*Literary Gastronomy*, 1988);Evelyn J. Hinz ed., 『식이요법과 담론: 먹기, 마시기 그리고 문학』(*Diet and Discourse: Eating, Drinking and Literature*, 1991[special issue of *Mosaic: A Journal for the Interdisciplinary Study of Literature* 24, nos.3~4, Summer/Fall, 1991]);Ronald W. Tobin ed., 『문학과 미식』(*Littérature et gastronomie*, 1985);Mary Anne Schofield ed., 『요리법: 문학 속 음식과 문화』(*Cooking by the Book: Food in Literature and Culture*, 1989);James W. Brown ed., 『문학과 음식』(*Litterature et nourriture*[special issue of *Dalhousie French Studies*, 11, 1987]);André-Jeanne Baudrier ed., 『소설과 음식』(*Le Roman et la nourriture*, 2003) 참조.
28) James W. Brown, 『1789~1848년 프랑스 소설에 나타난 허구적인 식사와 그 기능』 (*Fictional Meals and Their Function in the French Novel, 1789~1848*, 1984). 5장, 「발자크: 사회와 경제 분야의 환유와 지표로서의 식사」("Balzac: The Meal as Metonym and Index of Social and Economic Spheres"), pp.23~54 참조.

난 희극과 음식 사이의 연관성에 대해 말하면서, 지식과 음식물 섭취에 대한 정신적·육체적 욕구의 코믹한 혼란을 통해, 인간이 본성적으로 물질적 존재라기보다 고귀하고 정신적 존재라는 잘못된 관념을 극작가가 어떻게 꺾을 수 있는지를 언급하였다.[29] 그리고 물론 미하일 바흐친은 먹고 마시는 이미지가 어떻게 중세의 "그로테스크한 육체(프랑수아 라블레의 걸작 『가르강튀아와 팡타그뤼엘』[1532~1542]에서 인상 깊게 잘 그려진 것처럼 무제한·미완성의 카니발적 본성을 지니고 있다)"를 표명하는 데 가장 중요한 역할을 할 수 있는지를 분석했다.[30] 라블레 및 중세 민중축제의 전통 연구에서 바흐친은 (인정, 유쾌함, 자유로운 웃음의 분위기가 함께하는) 카니발화된 문학 안에, 먹고 마시는 것이 민중문화의 전도된 세계 속에서 경험되었던 자유와 집단성 그리고 풍요 같은 정신을 어떻게 반영하는지를 개략적으로 보여 준다. 생명과 관능성의 상징으로서 음식과 음료는 라블레의 소설과 그 안에서 생명 긍정, 갱생, 회복을 담고 있는 카니발적 정신의 희극 양식을 이어가는 데 도움을 준다.

주목할 만한 음식비평서 『현대의 미각: 음식과 소설』의 저자 지안-파올로 비아신은 자신의 책을 "이탈리아 소설 '음식의 관점에서' (*sub specie culinaria*)[31] 다시 읽기"라고 이야기한다. 비아신은 현대 이탈리아 소설 속 음식의 상징에 대한 조직적 역사편찬 연구를 거부하고 각 작가로부터 특별한 관심을 받는 음식 이미지와 식사 장면이 있는 문

---

29) Ronald Tobin, 『크림 파이: 몰리에르 극장에서 코미디와 요리법』(*Tarte á la crème: Comedy and Gastronomy in Molière's Theater*, 1990).
30) Mikhail Bakhtin, 『라블레와 그의 세계』(*Rabelais and His World*, 1968).
31) [옮긴이] 여기에서 '음식의 관점에서'(sub specie culinaria)라는 표현은 '영원성의 관점에서' (sub specie aeternitatis)의 패러디라 할 수 있다.

학 텍스트들에서 추출한 하나의 표본을 분석한다. 알렉산드로 마조니, 지오반니 베르가, 가브리엘 단눈치오, 주세페 토마시 디 람페두사, 카를로 에밀리오 가다, 이탈로 칼비노, 프리모 레비의 소설들에 대한 음식비평적 분석에서 비아신은 문학 텍스트에서 음식이 맡는 다양한 기능(모방, 기술, 인식, 교훈, 지시, 비유)을 설명한다. 비아신은 (우리의 이 연구와 공명하는 진술인) "음식에 대한 담론은 필연적으로 쾌락과 권력에 대한 담론이 된다"라고 말한다.[32] 루이 마랭의 『파롤은 먹고 다른 사람은 정치신학을 맛본다』(1986)는 몸의 다양한 재현, 즉 인간의 육체, 신성한 육체, 성체(聖體)적 육체, 장엄한 육체, 무기력한 육체, 유토피아적인 라블레적 육체의 재현을 다룬다. 또한 입[구강]의 두 가지 다른 영역, 즉 언어적 발화(언어 표현 기관으로서의 입)와 먹기(음식의 저작과 소화를 담당하는 기관으로서의 입) 사이의 관계에 대해서도 다룬다.[33] 미셸 잔느레의 『음식과 낱말: 르네상스 시대의 연회와 식탁에서의 화제』(1987)는 르네상스 전성기의 연회(심포지엄)를 예술, 덕, 지적 생활의 패러다임이라 분석한다. 잔느레는 "연회에서의 말과 음식의 결합은 사상과 감각이 서로를 그저 참아 내는 것이 아닌 서로를 강화하는 특별한 순간을 만들어 내며, 심포지엄의 관념은 인간내면의 천사와 야수를 조화시키고 먹는 입과 말하는 입의 상호의존성을 회복시킨다"고 서술한다.[34]

---

32) Biasin, 『현대의 미각』(*Flavors of Modernity*), p.27.

33) Louis Marin, 『파롤은 먹고, 다른 사람은 정치신학을 맛본다』(*La Parole Mangée et autres essais théologico-politiques*, 1986). 영어 번역본은 『생각거리』(*Food for Thought*, 1989)이다.

34) Michel Jeanneret, 『음식과 낱말: 르네상스 시대의 연회와 식탁에서의 화제』(*Des mets et des mots: banquets et propos de table à la Renaissance*, 1987). 영어 번역본은 『말잔치: 르네상스 시대의 연회와 테이블 토크』(*A Feast of Words: Banquets and Table Talk in the Renaissance*, 1991)이다.

3. 19세기 러시아 소설에서 음식과 식사

세계문학 중 프랑스와 이탈리아 텍스트만이 음식비평가의 관심을 끄는 것은 아니다. 19세기와 20세기 러시아 문학을 읽은 독자들이라면 지난 200년 동안 러시아 산문소설에서 음식과 식사가 중요한 비중을 차지했다고 즉각 증언할 것이다. 이반 곤차로프의 『오블로모프』(1859)에서 졸린 주인공이 몽상 속에서 떠올리는 호화롭고 고풍스러운 만찬으로부터 유리 올레샤의 『질투』(1927)에서 식품위생국의 정치부원이 소련 국민에게 먹이고 싶어하는 싸지만 영양가 있는 살라미 소시지까지, 러시아 소설의 많은 등장인물은 레비스트로스의 격언──문화에서와 같이 문학에서도 음식이 영양분을 공급할 뿐만 아니라 어떤 의미를 나타낸다──을 연상시킨다. 타티야나 톨스타야의 '정신없는 탐식'(니콜라이 고골, 안톤 체호프, 이반 부닌 그리고 많은 러시아 작가의 문학작품에서도 볼 수 있는)에 대한 치밀한 묘사는 단순히 러시아 문학과 음식의 인과관계 그 이상을 보여 준다. 그녀의 말로 설명하자면 그것은 "문자 그대로는 난교(亂交)적이고 실질적으로는 성적 활동이라 볼 수 있는 과정"을 구성하게 된다.[35] 실제로 톨스타야는 "에로티시즘과 육체적 사랑에 대한 러시아 문학의 침묵은 위(胃)의 즐거움에 바쳐진 많은 장편의 자유로운 서사시에 의해 충분히 보상받았다"라고 주장한다.[36] 레프 로세프(Lev Losev)가 말하는 것처럼 러시아 문학은 항상 "러시아 음식으로 커

---

35) Tatiana Tolstaia, 「순수의 시대」("The Age of Innocence"), 『뉴욕 북 리뷰』(*New York Review of Books*, 1993. 10. 21), p.24.

36) *Ibid.*, p.24.

왔다."[37] 이 연구의 목적 중 하나는, 왜 일부 러시아 작가들은 성(性)과 관련된 것에 대해서는 말이 없다가도 음식과 식사에 대해서는 그리 야단스럽게 글을 쓰고 미각[구강]과 위장의 즐거움에 대해 열정적인가를 알아보는 것이다.

초기에 러시아의 예술문학 속 음식 이미지의 주요 기능은 신고전주의 시기에 확립되어 오랫동안 이어져 온 육체에 대한 심미적 금기를 깨뜨리는 것이었다. 이러한 금기 때문에 오랫동안 소위 순수문학에서는 인간의 몸을 묘사하는 문학적 표현에 적절한 소재와 알맞은 예술적 방법을 선택하는 데 제약이 있었다.[38] 19세기 초를 예로 들어 보자면, 바실리 나레지니와 알렉산드르 이즈마일로프는 '러시아의 테니에르'(플랑드르 풍 화가)라는 별명으로 불렸다. 이 별명은 두 신출내기 현실주의자들이 보여 준 조잡하고 품위 없는 러시아의 토박이 생활 묘사를 비꼰 것으로, 이들은 17세기 플랑드르 풍 화가 다비드 테니에르 2세 (1610~1690)와 자주 비교되었다. 두 러시아 산문작가들은 테니에르가 그랬던 것처럼 소작농들이 육체적 즐거움을 탐하는 것과 같은 평범한 일상(byt)의 장면을 묘사하는 것을 즐겼다. 이즈마일로프와 나레지니는 모두 작품 속에 먹고 마시는 장면이 너무 많고, 등장인물들이 지나치게 자주 술집이나 여인숙의 식탁에 앉아 있다는 비난을 받아 왔다. 이즈마일로프는 종종 러시아의 점잖은 우화작가 이반 크릴로프와 비교되었

---

37) 표트르 바일(Petr Vail)과 알렉산드르 게니스(Aleksandr Genis)의 『추방된 러시아 요리』 (*Russkaia kukhnia v izgnanii*, 1987)에 수록된 에세이 서문 「요리 시학」("Poetika kukhni"), p.88 참조.

38) 조슬린 콜브(Jocelyne Kolb)는 저서 『맛의 모호한 표현: 유럽 낭만주의에서 자유와 음식』 (*The Ambiguity of Taste: Freedom and Food in European Romanticism*, 1995)에서 낭만주의 시기의 네오클래식 유산에 대해 살펴본다.

는데 그리 긍정적인 평가는 아니었다. "우화작가로서의 이즈마일로프는 술 취한 크릴로프와 같다"라고 뱌젬스키 공작은 불평했다.[39] 다른 동시대인은 이즈마일로프가 술집, 막사, 여인숙으로 들어간 크릴로프라고 말했다.[40] 이러한 '오늘의 경구' 하나가 설명하듯이 크릴로프는 우화를 광장으로 가지고 나왔고, 이즈마일로프는 그것을 술집으로 가지고 나왔다.[41] P. N. 폴레보이는 이즈마일로프가 창조한 소설세계와 그 등장인물에 대해 다음과 같이 설명하였다.

주점, 여관에서 하위 경찰관(하사관 바로 밑인)들은 술김의 소동, 만취한 집사들, 가난과 오물, 흥청대는 무리와 보잘것없는 서민들의 싸구려 술판이 벌어지는 거리에서 질서를 지키며 자신들의 임무를 수행한다. 바로 이러한 세계에 이즈마일로프의 정숙한 뮤즈가 자주 나타나 헤맨다. 그곳에서 그녀는 자신의 이미지를 부여받으며 유머러스하고도 진지한 훈계를 받는다.[42]

벨린스키는 이즈마일로프의 소설을 "소작농과 오두막, 술집과 식당을 배경으로 퇴직한 경찰관들, 취한 소작농들, 허브 향 보드카, 원

---

39) P. A. Viazemskii, 『유명한 수기, 1813~1848』(*Zapisnye zapiski, 1813~1848*, 1963), p.23. 뱌젬스키는 "크릴로프가 러시아의 라퐁텐인 것처럼 이즈마일로프는 러시아의 크릴로프다"라고 덧붙인다(p.35).

40) F. F. Vigel, 『수기』(*Zapiski*, 1974), p.362.

41) W. E. Brown, 『낭만주의 시대 러시아 문학사(*A History of Russian Literature of the Romantic Period*, 1986), 1:121.

42) P. N. Polevoi, 『고대부터 현대까지의 러시아 문학사』(*Istoriia russkoi slovesnosti s drevneishikh vremen do nashikh dnei*, 1900), 3:428.

(raw) 보드카, 맥주, 압착된 캐비아, 양파, 절인 철갑상어가 빚어낸 세계"라고 보았다.[43]

나레지니도 동시대 비평가들에게 거의 비슷한 평을 받았다. "그의 묘사는 모두 플랑드르학파에 속해 있고, 이로써 그는 러시아의 테니에르(플랑드르 풍 화가)라는 타이틀을 사용할 만하다"라고 파데이 불가린은 불평하였다.[44] 러시아 문학을 연구하는 19세기 초의 프랑스 비평가 장 쇼팽은 나레지니 소설을 두고 소위 말하는 '음식의 남발'에 대해 "등장인물들이 지나치게 자주 식탁에 앉아 있는 것에 대해 작가는 비판받을 여지가 있다"라고 평하였다.[45] 나레지니의 작품에 대한 다른 비평에서 쇼팽은 테니에르의 형식에서 이어져 오듯, 주로 독한 술을 마시는 떠들썩한 술판문화가 집안에 널리 퍼져 있는 것에 대해 언급하였다.[46] 1825년 작가 사후, 안톤 델비그 남작은 나레지니에 대해 다음과 같이 적었다. "나레지니는 소설의 테니에르였으며, 더 나아가 러시아의 테니에르였다. 중국 소설을 읽으면 차의 향기가 나서 차상자에 귀를 대는 느낌을 받듯이, 나레지니의 소설을 읽을 때도 우크라이나식 핫 스파이스 보드카[varenukha])의 향이 나며, 작가가 우리를 어디로 인도하든지 간에 우리는 술집을 떠날 수 없을 것만 같다."[47] 존 메르세로 주니어 같

43) V. G. Belinskii, 『전집』(Polnoe Sobranie Sochinenii, 1953~1959), 4:148.

44) 『문학 필사 종이』(Literaturnye Listki, part 4, nos. 19~20, 1824), p.49.

45) Jean Chopin, 「바실리 나레지니의 작품집」("Oeuvres de Basile Naréjny"), 『백과사전 리뷰』 (Revue Encyclopedique), 44(1829), pp.118~119.

46) Ibid.

47) Anton Delvig, 『남작 델비그의 작품』(Sochineniia Barona A. A. Delviga, 1895), p.128 참조. 나레지니의 테니에르시즘을 검토한 비평적 연구를 위해서는 『러시아 아카이브』(Russkii arkhiv), 53, no.2(1915)에 수록된 블라디미르 다닐로프(Vladimir Danilov)의 글 「러시아 문학 속의 테니에르」(Ten'er v russkoi literature), pp.164~168 참조. 그리고 좀더 최근 것

은 현대 비평가도 나레지니의 캐릭터들이 아무리 힘든 상황에 처해도 식사를 거르는 일이 거의 없고 식사에 곁들이는 술이 부족한 적이 한 번도 없다는 것을 특별히 언급할 필요가 있다고 생각하였다.[48] 파벨 믹헤드는 '성대한 연회의 이미지들'(pirshestvennye obrazy)이 나레지니 소설의 내러티브 구조에서 가장 중요한 위치를 차지하고 있다면서 작품에 나오는 연회의 과장된 묘사들이 라블레의 작품 속 유쾌한 축제 이미지와 매우 유사하다고 주장한다.[49] 특히 소설 『암흑의 해』(1829)에서 나레지니는 희극적 분위기를 이어가고 삶의 순수한 물질적 만족을 축하하며 원초적 감각의 희열을 조명하기 위한 방법으로 음식과 음료를 향유한다. 바흐친이 지적하듯이 『암흑의 해』는 나레지니가 자기 고향 우크라이나의 민속문화(smekhovaia kul'tura)에서 비롯된 외설적인 신체 유머와 원기왕성한 추잡함 두 가지 모두를 특별히 중시한다는 점에서 '라블레' 풍이라 말할 수 있다.[50] 라블레 풍 작가인 나레지니의 작품들을 특징짓는 원기 왕성한 추잡함은 삶의 물질적·육체적 측면을 강조한다

으로 『러시아 리뷰』(*Russian Review*), 49(1990), pp.19~41에 수록된 로날드 드 르블랑의 (R. D. Le Blanc) 글 「테니에르시즘: 17세기 플랑드르 예술과 19세기 초 산문」("Teniersism: Seventeenth-Century Flemish Art and Early Nineteenth-Century Russian Prose") 참조.

48) John Mersereau, Jr., 『러시아 낭만주의 소설』(*Russian Romantic Fiction*, 1983), p.71.

49) Pavel Mykhed, 「나레지니의 소설에 나타난 웃음의 특징과 시기에 대하여」("O prirode i kharaktere smekha v romanakh V. T. Narezhnogo"), 『러시아 문학의 제 문제』(*Voprocy russkoi literatury*), 2(1983), p.90.

50) Mikhail Bakhtin, 「라블레와 고골」("Rable i Gogol: Iskusstvo slova i narodnaia smekhovaia kul'tura"), 『문학과 미학의 제 문제』(*Voprocy literatury i estetiki*, 1975), p.487. 나레지니 소설에 등장하는 음식과 먹기에 대한 풍자적이고 코믹한 표현(주로 바흐친의 시각에서 나온)을 검토하는 연구를 위해서는 『음식과 담론: 먹기, 마시기 그리고 문학』(*Diet and Discourse:Eating, Drinking and Literature*, 1991)에 수록된 나의 글 「폭식가로서의 군주: 바실리 나레지니의 소설 『암흑의 해』」("The Monarch as Glutton: Vasily Narezhny's *The Black year*"), pp.56~67 참조.

는 점에서 드러나고, 바흐친이 '물질적 신체의 법칙'이라 일컫는 음식, 음료, 배설, 성생활의 이미지에서도 분명하게 나타난다.[51] 그리하여 라블레 풍 소설에는 먹고 마시는 장면이 가득하다. 그리고 바흐친은 이 두 영양공급 행위가 "그로테스크한 육체의 가장 중요한 발현 중 하나"라고 말한다.[52] 남녀의 가장 기본적이고 원초적인 본능적 욕구 충족을 묘사하는 것은 세속적 장면들을 이용하여 희극적 분위기를 만들어 주고 이상주의적 허세의 정체를 폭로하는 데 도움을 준다.

문학계에서 이즈마일로프와 나레지니 이후 한 세대가 지나가고, 고골과 여러 사람이 속한 이른바 자연파 또한 저속한 느낌의 생생한 묘사, 즉 음식 이미지에 나타난 문학에서의 '플랑드르'를 구축한다고 비난받았다. 바흐친이 에세이 「라블레와 고골」에서 언급하듯이, 러시아의 가장 위대한 희극작가인 고골은 자신의 저속하고 유머러스한 스타일 대부분을 우크라이나인 동료 나레지니로부터 가져왔다고 한다. 나레지니의 작품은 그로테스크한 현실주의적 요소들로 '흠뻑 젖어 있었다'.[53] 고골을 비롯한 다른 자연파 사람들의 다채로운 하류층 묘사에 대하여 보

---

51) Bakhtin, 『라블레와 그의 세계』(*Rabelais and His World*), p.18.

52) *Ibid.*, p.281. 라블레의 그로테스크 리얼리즘 시학에 대한 연구, 특히 음식과 마시기 이미지에 관한 연구를 위해서는 (바흐친에 덧붙여) 다음 글들을 참조. 『르네상스 시대의 음식 담론과 실제』(*Pratiques et discours alimentaires à la Renaissance*, 1982), pp.219~231에 수록된 프랑수아즈 샤르팡티에(Françoise Charpentier)의 글 「『팡타그뤼엘』에 나타난 음식 상징」("Le symbolisme de la nourriture dans le *Pantagruel*") ; 『문학과 미식』(*Litterature et gastronomie*, pp.113~148)에 수록된 미셸 잔느레의 글 「나의 조국은 바보이다: 라블레와 포랑고의 작품 속에 나타난 음식 테마」("Ma Patrie est une citrouille: themes alimentaires dans Rabelais et Folengo") ; 새뮤얼 킨저(Samuel Kinser)의 『라블레의 카니발: 텍스트, 콘텍스트, 메타텍스트』(*Rabelais' Carnival: Text, Context, Metatext*, 1990) ; 마랭(Louis Marin)의 저서 『생각거리』(*Food for Thought*), pp.85~113에 수록된 「유토피아적 라블레의 몸」("Utopic Rabelaisian Bodies").

53) Bakhtin, 「라블레와 고골」("Rable i Gogol"), p.487.

수 비평가들은, 그것은 언제나 단순히 러시아의 도시나 시골 생활의 추잡한 모습이고, 인간성의 상스럽고 저속한 측면과 동물적 욕구를 표현하는 불쾌한 활인화(活人畵)라고 일축하였다.[54] 바흐친이 이 새로운 러시아 리얼리즘 작가들의 예술적 영감의 원천이 무엇인지 조사했을 때 1840년대 어떤 보수 비평가는 "고전주의적 올림포스와 낭만주의적 발할라[55]가 식당으로 대체되고 말았다"라며 안타까워했다.[56] 하지만 리얼리즘이 문학의 미학적 특성으로 러시아 문학에 지배력을 행사하기 시작한 1850년대에 이르러서는 이 천박한 플랑드르도 더는 비평가들에게 경멸의 대상이 아니었다. 19세기 후반, 특히 소설의 전성기 때는 러시아 산문에서 음식 이미지와 식사의 예술적 표현이 문학적 리얼리즘의 미학적 규범으로 엄밀히 인정받았다. 19세기 러시아의 전형적 소설에서 리얼리즘 작가들은 정신을 발전시키고 영혼을 고양하는 것보다 배를 채우는 것이 더 중요하다고 여기는 속물들의 진부한 측면을 비난하기 위해 먹고 마시는 즐거움을 소설의 소재로 사용한다. 예를 들면 고골의 『죽은 혼』(1842)에서 저녁식사 때 소바케비치가 게걸스럽게 탐식하는 모습은 암시적으로 그의 정신적·도덕적·감정적 결핍을 보여 준다. 소바케비치와 여러 고루한 인물들처럼 미련한 존재들은 음식으로 배를

---

54) Ronald D. Leblanc, 「테니에르, 플랑드르 예술, 그리고 자연파와의 논쟁」("Teniers, Flemish Art, and Natural School Debate"), 『슬라브 리뷰』(*Slavic Review*), 50, no.3(1991), pp.575~589 참조. [옮긴이] 여기서 '활인화'로 번역되는 프랑스어 "tableau vivant"은 사람을 그림에 나오는 인물과 같이 분장시켜 말없이 세워서 배치한 구경거리를 말한다.
55) [옮긴이] 발할라(Valhalla)는 북유럽 신화에 나오는 오딘 신의 전당을 말한다. 발키리 (Valkyrie)들에게 인도된 영웅의 영혼이 영원한 기쁨과 향응을 받는 장소이다.
56) 여기서 비평가란 악명 자자한 파데이 불가린(Faddei Bulgarin)을 말한다. 『북방의 꿀벌』 (*Severnaia pcbela*), no.22(1846), p.86 참조.

채우는 등의 천박하고 일상적인 일들로 지식을 쌓거나 애정과 사랑으로 마음을 보살펴 주는 일 같은 더 중요한 발전을 막는다고 독자들에게 암시한다. 안톤 체호프의 작품에서도 마찬가지로 먹고 마시기를 즐기는 모습이 종종 속물성(poshlost'), 즉 무신경한 물질주의, 우둔한 정신, 부르주아적 속물근성을 나타내는 표지가 된다.[57]

위(胃)에 대한 이야기를 머리나 심장의 이야기와 나란히 풍자적으로 열거하는 것 외에도, 19세기 러시아 작가들은 소설 속에서 음식과 식사를 묘사함으로써 민족성을 논하기도 했다. 린 비손이 말한 슬라브주의와 서구주의 사이의 '음식 대립'이 19세기 러시아 문학과 문화에 널리 영향을 미쳤다. 이 대립은 러시아 소작농의 단순하고 풍부한 토박이 음식이 자주 서구화된 상류층이 해외에서 들여온 품위 있고 세련된 요리에 대항하는 양상으로 나타난다.[58] 비손은 이 동서(東西) 간 음식 대립이 러시아 소설의 인상적 장면들을 통해 재현된다고 말한다. 예를 들면 알렉산드르 푸시킨이 『예브게니 오네긴』(1825~1832)의 첫 장에서 자세히 묘사하듯 멋쟁이 오네긴은 국제적인 도시 상트페테르부르크의 '네프스키 거리'에 있는 피에르 탈론의 고급 레스토랑에서 식사를 한다. 그 모습이 지방에서 타티야나 라리나의 명명일[세례축일]을 축하하

---

57) Nils Åke Nilsson, 「체호프의 작품에 나타난 음식 이미지: 바흐친식 접근」("Food Images in Čechov. A Bakhtinian Approach"), 『스칸디나비아―슬라비카』(*Scando-Slavica*), 32(1986), pp.27~40. 스베틀라나 보임(Svetlana Boym)은 고골과 체호프의 작품에서 그 자신이 말한 속물성의 '문학적 매력'에 대해 논한다. 『공공장소: 러시아에서 일상의 신화』(*Common places: Mythologies of Everyday Life in Russia*, 1994), 특히 pp.48~56 참조.
58) Lynn Vison, 「카샤 대 카셰 블랑: 러시아 문학의 미식적 변증법」("Kasha vs. Cachet Blanc: The Gastronomic Dialectics of Russian Literature"), 『러시아적인 것: 민족 아이덴티티에 대한 연구』(*Russianness: Studies on a Nation's Identity*, 1990), pp.60~73.

기 위해 열리는 더 전통적인 '러시아식' 연회(5장 중)와는 매우 대조적이다. 완전히 서구화된 주인공 오네긴은 영국의 로스트비프, 프랑스의 와인, 껍질이 딱딱한 스트라스부르산 거위 간, 림버거 치즈, 그리고 파인애플 같은 이국적인 음식을 좋아한다. 반면 시골의 라린가(家)는 고기파이, 버섯, 크바스(러시아 전통 음료수), 블린(러시아식 팬케이크)과 같은 전통 토박이 음식을 먹는다. 비손에 의하면, 푸시킨의 유명한 '운문 소설'에 나타나는 음식물에 대한 언급은 "품위 있고 세련되고 서구화된 주인공과 지방에 사는 러시아인 주인공"의 대비를 강조한다.[59] 마찬가지로 톨스토이의 『안나 카레니나』(1879) 첫번째 부분에서 세련된 스티바 오블론스키가 안글리야 호텔 레스토랑에서 주문하는 식사인 카셰 블랑, 굴, 넙치, 로스트비프, 거세한 수탉요리, 샤블리는 콘스탄틴 레빈이 선호하는 빵, 카샤[죽], 양배춧국 같은 평범한 소작농의 식사와 크게 대비된다.[60] 19세기 러시아 문학에서 동서 간 음식의 대립과 관련된 사실감 있는 묘사는 19세기 러시아에서의 생활이 "크바스와 샴페인, 아시아주의와 프랑스주의"라는 두 문화적 양극단으로 나뉜다고 주장한 1840년대 스테판 세비료프의 말을 입증하는 듯하다.[61]

---

59) *Ibid.*, 66.

60) 린다 울프(Linda Wolfe)는 저서 『문학적 미식가』(*The Literary Gourmet*, 1962)에 이 유명한 장면을 담고 있다. 그녀의 주장에 따르면 이 모음집에는 '위대한 문학에서 나온 훌륭한 음식에 대해 읽는 것의 즐거움'(The Pleasure of Reading about Wonderful Food in Scenes from Great Literature)이 수록되어 있다(pp.196~204).

61) Nikolai Barsukov, 『포고딘의 생애와 작품』(*Zhizn' i trudy M. P. Pogodina*), 3:73. 19세기 러시아 요리 분야에서 동과 서(그리고 내국인과 외국인) 사이의 이러한 긴장에 대한 역사적 연구를 위해서는 다음을 참조. Alison K. Smith, 『러시아를 위한 조리법: 차르 치하의 음식과 국민의 신분』(*Recipes for Russia: Food and Nationhood Under the Tsars*, 2008).

4. 미식학적 슬라브주의: 유년기 러시아의 에덴에 대한 노스탤지어

서구주의자와 슬라브주의자 사이 미식학적 대립이 19세기 러시아의 국가정체성 논쟁을 반영하는 방법 중 하나는 노스탤지어의 수사학을 통해서이다. 고골의 『옛 기질의 지주들』(1835), 곤차로프의 『오블로모프』, 크비트카-오스노뱌넨코의 『판 할랴프스키』(1840) 같은 작품은 19세기 중반 러시아 소설의 남성 인물들이 지닌 어린 시절에 대한 노스탤지어가 만들어 낸 것으로, 친(親)슬라브 작가들이 말한 러시아의 잃어버린 순수에 대한 슬픔과 직접적 연관이 있음을 드러낸다. 리처드 N. 코에가 적절하게 이름 붙인, 유년기 자서전에 대한 연구 『수풀의 키가 더 컸을 때』(1984)가 상기시키듯 어린 시절의 순수성에 대한 노스탤지어는 주로 현재 그를 둘러싼 세계에 대한 환멸과 경멸 때문에 생긴 것이다.

> 이 노스탤지어는 지금은 어른이 되어 버린 어린아이가 영원히 과거의 화려함에서 벗어났다기보다는, 오히려 문명과 '진보'가 아마 완전히, 회복될 수 없을 정도로 옛날의 생활방식을 무력하게 만들어 이것을 조잡하고 불안정하고 현대적인 뭔가로 대체시켰다는 것을 말한다. 이는 단순한 노스탤지어 이상이다. 이것은 씁쓸함, 분개, 혐오감이 가득 찬 노스탤지어다.[62]

코에는 이러한 씁쓸한 감정을 '어두운' 노스탤지어라고 부르며, "단순히 감상적인 것과는 달리 시골과 동네의 무자비한 파괴와 사라짐에

---

62) Richard N. Coe, 『수풀의 키가 더 컸을 때: 자서전과 유년시절의 경험』(*When the Grass Was Taller: Autobiography and the Experience of Childhood*, 1984), p.64.

대한 절망과 항의의 폭발이자 아름다움의 고의적 파괴에 대한 비탄이다"라고 설명한다.[63] 19세기에 지방 농업사회가 상업주의, 산업주의, 세속주의, 도시화와 같은 '서구'적 영향력에 의해 구조적으로 파괴되고 있을 무렵, 몇몇 슬라브주의 작가들이 전원적이고 가부장적인 분위기의 러시아가 서서히 사라지는 것을 보며 느꼈을 상실감이 코에가 말한 씁쓸한 노스탤지어만큼 '어두운' 것 같지는 않다. 그럼에도 불구하고, 베네딕트 앤더슨이 '상상의 공동체'라고 부른 전통적 봉건제도를 개혁하고 옛 생활방식을 떠나보내면서 한 세기의 중반에 이 작가들이 슬픔과 상실감을 느끼기는 마찬가지였을 것이다.[64]

고골, 곤차로프, 크비트카-오스노뱌넨코는 전원적이고 미식적이었던 '옛' 러시아의 종말에 대한 상실감과 슬픔을 표현한다. 그들의 작품에서는 주로 음식의 이미지가 그들과 조국 러시아의 '좋았던 옛 시절'을 이상화된 순수, 진정성, 풍요의 시대(그들 자신이나 국가 러시아의 어린 시절)로 그려진다. 신화화된 '옛' 러시아 시절엔, 수풀도 키가 더 컸을 뿐만 아니라 농작물도 더 많았고 음식도 더 맛있었던 것으로 표현된다. 이 세 작가는 단지 작중인물(음식으로 배를 불리며 살아가는 것만이 관심사인 인물들)의 정신적 공허함을 풍자하기 위해서가 아닌, 모국의 가치와 전통이 사라진 것을 애도하는 문학적 애국심의 발현으로서의 진지한 관심을 나타내기 위해서 소설에 음식 모티프를 사용하는 경향이 있었다. 이들 토착문화부흥주의자들은 프랑스에 지나치게 심취된 이들

---

63) *Ibid.*
64) Benedict Anderson, 『상상의 공동체: 민족주의의 기원과 전파에 대한 성찰』(*Imagined Communities: Reflections on the Origin and Spread of Nationalism*, 1991).

을 매섭게 공격하며(무분별하게 외국 관습과 풍류를 받아들인다고 혹평하며) 반(反)서구주의적 그리고 반현대화의 감성을 드러낸다.[65] 음식 측면에서 드러나는 자국의 가치와 옛 전통에 대한 그들의 견고한 방어, 특히 사유지에서 이 의식은 풍부하게 차려진 영양가 있는 음식과 형제애와 온정이 느껴지는 축제의 정신으로 특징지어진다. 그리고 먹는 음식에 대한 세밀한 묘사의 형태로 자주 나타난다. 비록 아이러니한 뉘앙스(특히 과거 음식의 영광에 대한 찬가를 이야기꾼이 읊는 경우)로 가득하지만, 그럼에도 이러한 상류층 식사의 문학적 묘사는 농업사회의 자본주의 이전(以前) '옛' 러시아에서의 시골 생활에 대한 목가적인 그림을 그린 것이다. 이는 전원적 소박함과 평범하지만 진정성이 깃든 노스탤지어의 모습으로, 우리가 '미식학적 슬라브주의'라 부르는 것을 구성하고 있다.[66]

고골, 곤차로프, 크비트카-오스노뱌넨코의 작품을 통해 나타나는 러시아, 특히 '소러시아'(우크라이나)에서 보낸 어린 시절의 이상화는 이들 문학 텍스트의 신랄한 풍자성을 중화해 준다. 이런 이상화는 음식

---

65) 크비트카-오스노뱌넨코(Kvitka-Osnov'ianenko)의 문학적 재능을 크게 칭찬한 비사리온 벨린스키는 러시아에서 유럽인(특히 프랑스인)과 그 생활방식을 계속해서 캐리커처하는 지방 작가의 불행한 경향을 개탄하였다. "상황에 대한 오스노뱌넨코의 이해에 의하면, 모든 외국인은 악당이거나 건달이다. 지상의 모든 악, 즉 겨울의 추위와 여름의 더위, 노년의 류머티즘과 젊은 시절의 교양이 모두 그들로부터 나온다." 벨린스키의 『전집』(5:597)에 수록된 크비트카-오스노뱌넨코의 『스톨비코프의 아들 표트르 스테파노프의 생애와 이상한 사건들』(*Zhizn' i pokhozhdeniia Petra Stepanova syna Stolbikova*)에 대한 리뷰를 참조.

66) 고골, 곤차로프, 크비트카-오스노뱌넨코의 작품에 나타난 '미식학적 슬라브주의'에 관한 더 많은 토론을 위해서는 『러시아 리뷰』(*Russian Review*), 58(1999)에 수록된 나의 논문 「음식, 구순기 그리고 유년시절에 대한 향수: 19세기 중반 소설에 나타난 슬라브식 요리법」("Food, Orality, and Nostalgia for Childhood: Gastronomic Slavophilism in Midnineteenth-Century Russian Fiction"), pp.244~267 참조.

이 줄 수 있는 행복, 안락함, 안전, 즐거움을 통해 전달된다. 어린 시절에 대한 문학적 이상화는 레이몬드 윌리엄스가 말하듯이 상상 속의 잃어버린 현실, 즉 온전한 정체성과 주체와 객체 간 조화의 상태로 특징지어지는 황금기를 되찾고 싶어하는 성인 남성의 판타지를 반영하는 경향이 있다.[67] 다른 비평가는 "그런 황금기는 충만의 세계로 나타난다. 이 세계에서 모든 욕구는 관대한 자연이 의도치 않게 모든 것을 인간에게 내어 줌으로써 충족되고, 사유나 분배에 대한 개념은 존재하지 않는다"라고 말했다.[68] 황금기는 본래 행복의 전형으로서 축제의 연회석과 연관성이 크다. 잔느레는 르네상스 연회에 대해 비옥함과 풍족함, 전체 중 하나의 참여와 보편적 행복이 에덴의 정원, 아르카디아, 무릉도원의 유적으로, 다시 말하면 끝없는 식량의 선물을 통해 되찾은 어떤 낙원의 징후로 볼 수 있다고 적었다.[69] 어린 시절에 대한 정다운 회상, 구세계 지주들이 즐겼던 목가적 전원의 이상화된 묘사 속에서 고골, 곤차로프, 크비트카-오스노뱌넨코의 작품 속 남성 인물들은 바로 그런 풍요로운 천국의 세계를 창조한다.

실제 역사발전의 과정에서 과거 봉건 시대를 진실한 인간공동체의 시대로 이상화하는 것이 어느 정도 촉진되기도 했다. 19세기 초에 러시아는 근대화의 초기 단계를 겪었다. 1861년 농노해방 시기에는 오래 전부터 유럽의 농업자본주의를 일으켜 온 사회경제적 요건이 러시아

---

67) Raymond Williams, 『농촌과 도시』(*The Country and the City*, 1973), 특히 4장 「황금시대」("Golden Ages"), pp.35~45 참조.

68) Maggie Kilgour, 『성찬식에서 식인풍습까지: 혼합 은유의 해부』(*From Communion to Cannibalism: An Anatomy of Metaphors of Incorporation*, 1990), p.20.

69) Jeanneret, 『말잔치』(*A Feast of Words*), p.25.

에 겨우 뿌리 내리기 시작하며, 국가는 점차 중산계급화의 고통스러운 과정 속으로 빠져 들어갔다. 문학뿐만 아니라 당시 공론에서도 서구에서 유입된 초기 자본주의는 인간의 야만성을 심화해 러시아 사회의 파괴적 경제 환경——'치열하게 다투는 세계'——을 불러왔다고 비난받았다. 1840년대 후반 고골은 러시아를 구원하려면 유럽 문명을 받아들여야 한다는 벨린스키의 주장에 대해, 유럽은 "온갖 부류의 사람들이 언제나 서로를 잡아먹지 못해 안달이다"라며 경고했다.[70] 농노해방 직후 인간의 본성과 사회적 관계에 대한 논의와 재평가가 널리 이루어졌다. 다음 장에서 보겠지만 이러한 논의는 다윈의 『종의 기원』(1859)의 러시아 번역본 출간(1864)을 부채질하는 데 일조하였는데 이것의 주제인 '생존경쟁', '적자생존'은 자연의 생물학적 법칙들이 기본적으로 인간사회의 법칙과 다르지 않음을 암시하였다. 1861년 개혁 이후 곧 러시아 땅에서 급격한 자본주의적 발전이 일어나던 시기에, 러시아 작가들은 동물세계의 이미지들을 광범위하게 사용하고 다윈주의의 관점에서 바라본 인간관계의 원동력을 그리기 시작했다. 예를 들어 알렉산드르 오스트롭스키의 『늑대와 양』(1875), 알렉세이 피셈스키의 『약탈자들』(1873), 표도르 도스토옙스키의 『미성년』(1875) 같은 작품에는 힘 있고 '탐욕스러운' 등장인물이 자기보다 훨씬 더 약하고 무방비 상태인 인간의 피를 빨아먹으며 살아가는 모습이 자주 나타난다. 러시아가 더욱 전면적으로 자본주의적 현대화에 이르게 되는 19세기 중반부터 음식문화 전반에 근본적 변화가 일어났다. 먹는 행위는 즐거움보다는 힘이라는 개념과 더욱 밀접한 관련을 갖게 되었다. 농노해방 이후 러시아에서 산다는 것

---

70) David Magarshack, 『고골: 삶』(*Gogol: A Life*, 1957), p.267 참조.

은 공생과 교감보다는 육식성과 잔인성이 더욱 팽배한 생활이었던 것으로 보인다.[71]

고골의 『구세계 지주들』, 곤차로프의 『오블로모프』, 크비트카-오스노뱌넨코의 『판 할랴프스키』는 이러한 역사적·심리분석적·미식학적 맥락에서 읽고 분석해야 한다. 이 작품들은 "어린 시절에 대한 전원시(자본주의 이전의 이상화된 봉건 러시아에서 에덴을 창조함으로써 서구 자본주의적 현대화의 습격에 대응하는 문학적 장르)"의 예시이다.[72] 미식학적 슬라브주의가 담긴 위의 세 작품은 음식과 식사의 언어와 이미지로 슬픔을 드러낸다. 과거 음식이 준 즐거움에 대한 그리움은 18세기 중반 고골, 곤차로프, 크비트카-오스노뱌넨코로 하여금 상류층의 어린 시절 환경을 신화화해 18세기의 사유지를, 어쩌면 존재하지도 않았을 음식의 천국으로 재구성하도록 이끈다. 19세기 러시아 산문 발전의 궤도 안에서 공생과 교감행위로서의 목가적 정신의 먹는 행위는 공격성과 권력행위로서의 근대 부르주아 정신의 먹는 행위로 바뀌어 간다. 이러한 변화는 미하일 살티코프-시체드린의 『골로블레프 가족』(1875~1880)

---

71) 알렉산드르 N. 엥겔가르트(Aleksandr N. Engelgardt)는 농노해방 이후 러시아의 농민을 둘러싼 무자비한 환경을 언급하면서, 그렇게 강탈적인 탐욕스러운 사회경제적 풍토를 동물적 포식이라는 용어로 표현한다. 그는 "거기엔 부농의 이상이 지배하고, 모든 사람이 창꼬치고 기가 되는 것을 자랑하고, 잉어들을 먹어치우려 한다. 환경이 우호적일 경우 모든 농부는 가장 멋진 패션으로 다른 모든 사람을 착취할 것이다. 농부이건 군주이건, 그가 농부로부터 주스를 짜낼 것이고 필요한 것을 착취할 것이라는 면에서 이 점은 동일하다"라고 쓰고 있다. 엥겔가르트, 『1872~1887년 농촌으로부터의 편지』(Letters from the Country, 1872~1887, 1993), p.223 참조. 러시아 농부들의 그러한 약탈행위에 대한 상세한 설명을 위해서는 『농부들의 아이콘: 19세기 후반기 농촌 사람들의 대표들』(Peasant Icons: Representations of Rural People in Late Nineteenth-Century Russia, 1993), 7장 「부농: 마을의 독재자」(pp.139~160) 참조.

72) Peter V. Marinelli, 『전원시』(The Pastoral, 1971), p.75.

에서 극치에 이른다고 본다. 이 어둡고 침울한 작품은 전원산문, 그중 특히 가족소설의 목가적 전통을 부정한다.[73] 앤드루 와치텔이 말한 러 시아 '상류층의 행복한 어린 시절'에 대한 신화를 폭로하는 것 외에, 살 티코프-시체드린의 소설은 골로블레프 가족을 양육의 주체인 대모(大母)의 원형보다는 '유혈 지향적이고 자기파괴적인 여가장제'로 그리며 양육의 신화를 타파한다.[74] 이 19세기 후반 러시아 소설에 살티코프-시 체드린이 보여 준 제 기능 못하는 가족의 삶에 대한 황량하고 침울한 실 태는, (아리나 페트로브나를) '양육하는 어머니상'으로 그린다거나 음식 의 천국에서 보낸 '좋은 옛 시절'에 대한 미각의 노스탤지어(nostalgie du goût)를 일으키려는 의도가 아니다. 오히려 이것은 독자들을 더욱 불안하고 혼란스럽게 만들어 입맛을 떨어뜨리는데, 그 입맛 상실은 억 압적인 삶 속에서 경험하는 소화불량 같은 역겨움이라고 할 수 있다. 이 에 대한 문학적 묘사는 시대의 약탈적 정신을 잘 살리는 저작(咀嚼)의 이미지(모든 것을 다 씹어 삼키는 악마의 끔찍한 입, 지옥에 앉아서 인간들 을 산 채로 먹으려고 협박하는 악마)를 만들어 낸다.[75]

---

73) 『유년시절의 전투: 러시아 신화의 창조』(The Battle for Childhood: Creation of a Russian Myth, 1990)에서, 앤드루 와치텔(Andrew Wachtel)은 이전의 "귀족의 유년시절의 신화에 대한 가장 철저한 평판"을 고려하면서 『골로블레프 가족』(The Golovlev Family)보다는 미하일 살티코프-시체드린(Mikhail Saltykov-Shchedrin)의 소설 『포셰카니에 벽지에서의 옛 시절』 (Old Times in Poshekanie, 1887~1889)에 대해 논한다.

74) 앤드루 더킨(Andrew Durkin)은 골로블레프 가족을 『세르게이 악사코프와 러시아 전원시』 (Sergei Aksakov and Russian Pastoral, 1983)에서 "유혈 지향적이고 자기파괴적인 여가장 제"로 묘사한다(pp.244~245).

75) 다라 골드스타인(Darra Goldstein)은 골로블레프 가족의 권력에 대한 대식가적 탐욕과 이를 바탕으로 한 게걸스럽게 먹는 이미지에 관해 논했는데, 이는 1990년 10월 워싱턴 D.C.에서 개최된 AAASS연례대회에서 발표된 논문 「『골로블레프 가족』(Gospoda Golovlevy)에 나타난 양육 신화」에서 제기된다. 『러시아-여성-문화』(Russia-Women-Culture, 1996)에 수록된 그녀의 글 「19세기 러시아에서 가정용 돼지고기 보존통」("Domestic Porkbarreling in

5. 입[口]의 회귀 욕구를 그린 유년기

현대 독자들은 고골, 곤차로프, 크비트카-오스노뱌넨코가 만든 유년기 전원시들의 중요성을 정신분석적 맥락에서 보려는 경향이 있다. 예를 들면 휴 맥린은 『구세계 지주들』에서 고골의 화자인 주인공이 낭만적 사랑 뒤에 자연스레 따라오는 성적 요구를 거부하는 장면을 설명한다. 정신분석적 관점에서 이 주인공은 자신의 성적 성숙을 부인하고 유아기[前性器期] 리비도 표출의 상태를 되살려 미화함으로써 성인으로서 자신의 성적 능력으로부터 역행하고 있다는 것이다. 그는 고골처럼 성적 행위를 죽음과 밀접하게 연결하는 듯하며, 성행위에 대한 마비시킬 듯한 두려움을 음식에 대한 탐닉으로 극복하는 고골의 여러 남성 인물 중 하나이다.[76) 맥린은 고골의 남성 인물들의 "금기시된 성적 욕구가 식탁에서의 즐거움으로 보상받는다"라고 말한다.[77) 프로이트적 비평가 이반 예르마코프에 따르면 "『구세계 지주들』은 남편과 아내의 관계가 주로 음식 섭취로 드러나는, 전형적으로 퇴행하는 유아기의 에로티

Nineteenth-Century Russia, or Who Holds the Keys to the Larder?", pp.139~144)을 참조. 죄지은 자들을 산 채로 먹어버리겠다고 위협하는 악마의 무서운 턱은 지옥의 고통을 묘사한 중세 회화에서도 특별히 탁월하다. 앨런 그리코(Allen J. Grieco)의 관찰에 따르면, "1400년 전 지옥의 표현은 주로 게걸스럽게 먹어 버리는 이미지에 집중되었다. 그 이미지에서 지옥의 망령들은 악마들을 위한 음식 이외엔 아무것도 아닌 것처럼 구워지고 삶아진다."『예술 속 테마들: 식사』(*Themes in Art: The Meal*, 1991), pp.10~11 참조. 이러한 중세 회화의 몇 작품들은 앨리스 K. 터너(Alice K. Turner)와 안네 L. 스테인턴(Anne L. Stainton)의 에세이 「지옥의 황금시대」("The Golden Age of Hell")에서 재생산된다. 이 에세이는 『예술과 골동품』(*Arts and Antiques*), no.1(1991), pp.46~57에 수록되어 있다.

76) Hugh McLean, 「고골의 사랑으로부터의 후퇴: 『미르고로드』의 해석을 향하여」("Gogol's Retreat from Love: Toward an Interpretation of *Mirgorod*"), 『러시아 문학과 정신분석』(*Russian Literature and Psychoanalysis*, 1989), pp.101~122.

77) *Ibid.*, p.112.

시즘을 그린다."[78] 화자인 주인공이 어떤 성적 욕구도 없다고 묘사한 아파나시 이바노비치와 풀헤리야 이바노브나의 관계는 남편과 아내로서 부부 사이도 아니고 그렇다고 남매 사이처럼 플라토닉한 관계도 아닌 (그들의 공통된 부칭을 살펴보면), 다만 어머니와 오이디푸스 콤플렉스를 지니기 이전의 아들과의 공생적 관계로 볼 수 있다는 것이다.[79] 아파나시 이바노비치는 무력하고 의존적인 아이로 그려지며, 그의 리비도 표출은 성기적(성적)이기보다는 전성기기적(구강적)으로 나타난다. 때문에 풀헤리야 이바노브나는 자기가 만든 음식으로 아파나시 이바노비치의 구강적 욕구를 충족시키는 모성적인 방법으로 사랑을 드러낸다.[80] 그녀가 죽자 그녀의 무력한 아이[배우자]를 돌볼 사람이 없어진다. "아내가 죽은 후 그는 홀아비라기보다는 고아가 되었고, 그는 자신을 보살피고 먹여 줄 어머니 같은 아내가 없어 울음을 터뜨린다"라고 레나토 포지올리는 말한다.[81]

---

78) Ivan Yermakov, 「코」("The Nose"), 『21세기의 고골: 11편의 에세이』(*Gogol from the Twentieth-Century: Eleven Essays*, 1974), p.169.

79) 줄리언 그라피(Julian Graffy)가 관찰한 것처럼, 아파나시 이바노비치와 풀헤리야 이바노브나의 세계에서는 결혼이 "남편과 아내라기보다는 엄마와 아들 사이의 관계"이다. 『니콜라이 고골: 텍스트와 콘텍스트』(*Nikolay Gogol: Text and Context*, 1989)에 수록된 글 「『구세계 지주들』에 나타난 열정 대 습관」("Passion versus Habit in *Old World Landowners*"), p.38 참조.

80) 제임스 우드워드(James Woodward)는 풀헤리야 이바노브나의 모성애적 양육과 아파나시 이바노비치의 양육을 이러한 거세의 기호로 해석한다. 『고골의 상징예술: 단편소설에 관한 에세이』(*The Symbolic Art of Gogol: Essays on his short fiction*, 1981), p.53 참조. 한편, 다라 골드스타인은 고기저장실(kladovaia) 내부에 감추어진 "보물"(klad)에 대한 아파나시 이바노비치의 관심을 그의 성적 욕망의 지표로 해석하였다. 문학 텍스트에서 음식이 고도로 에로스화되었음을 보여 주는 예라는 것이다. Goldstein, 「19세기 러시아에서 가정용 돼지고기 보존통」("Domestic Porkbarreling in Nineteenth-Century Russia, or Who Holds the Keys to the Larder?"), p.135 참조. 그러나 아파나시 이바노비치의 욕망을 일으키는 고기저장실의 내부(vnutrennost')가 은유적으로 여성의 성기가 아니라, 그가 심리적으로 돌아가기를 원하는 어머니의 자궁을 뜻할 가능성도 농후하다.

고골의 『구세계 지주들』의 화자와 마찬가지로 오블로모프는 러시아 시골에서 보낸 '실낙원'같이 신화화된 자기 유년기를 회복하고자 하는 열망을 보여 준다. 곤차로프의 무력한 주인공 일리야 일리치의 이른바 '오블로모프 병'은 사회적·정신적 질환이라기보다는 심리적 질환으로 여겨진다. 이는 정상적 성인의 요건에 순응할 능력과 의지가 없음을 보여 주는 발육정지의 한 사례로 볼 수 있다.[82] 프랑수아 드 라브리올에 따르면, 오블로모프는 이유(離乳) 콤플렉스와 분리불안을 갖고 있다. 오블로모프카에서 과잉보호를 받으며 자라난 그는 정상적 인간관계를 형성하거나 성숙한 성인으로서의 품행을 지니지 못하게 되어 버렸다.[83] 그의 만성적인 유치증과 심각한 모친 콤플렉스는 결과적으로 일리야 일리치가 향수에 젖어 오블로모프카에서의 어린 시절을 꿈꾸게 만들 뿐만 아니라, 상트페테르부르크의 삶이 그의 모든 생리적·영양적·감성적 요구를 누군가가 세심하게 보살펴 주던 전(前)생식기, 인간 타락 이전의 상태로 돌아가길 바란다. 유모가 말해 준 "젖과 꿀이 흐르고 일 년 내내 일하는 사람이 없는" 환상적인 나라에 대한 동화에 자극받아 그는 상상력을 발휘하고 그리하여 현실판 밀리트리사 키르비티예브나[84]를 찾아 나서게 된다. 그는 결국 그녀를 찾아낸 것처럼 보인다. 하지

---

81) Renato Poggioli, 「고골의 '구세계 지주들': 전도된 전원시」("Gogol's 'Old-World Landowners': An Inverted Eclogue"), 『인디애나 슬라브 연구』(*Indiana Slavic Studies*), 3(1963), p.66.

82) 예컨대 얀코 라브린(Janko Lavrin)의 『곤차로프』(*Goncharov*, 1954), p.47, 그리고 레온 스틸만(Leon Stilman)의 논문 「오블로모프카 재방문」("Oblomovka Revisited"), 『아메리카 슬라브·동유럽 리뷰』(*American Slavic and East European Review*), 7, no.1(1948), p.64 참조. [옮긴이] 오블로모프카(Oblomovka)는 오블로모프 가문의 시골 세습 영지를 말한다.

83) François de LaBriolle, 「오블로모프는 단지 게으른 사람인가요?」("Oblomov n'est-il qu'un paresseux?"), 『러시아 소비에트 연구』(*Cahiers du monde russe et sovietique*), 10, no.1(1969), p.47.

만 그녀는 아름다운 음악과 우아한 꽃 가운데 있는 명랑한 올가 일린스 카야가 아니라, 맛있는 수프와 홈메이드 파이를 만드는 것으로 양식과 비옥함을 구현해 내는 친절한 아가피야 마트베예브나 프세니치나이다. 즉 주인공이 어른이 되어 줄곧 찾고자 하였던 것은 아내보다는 어머니 였다. 그가 진정 원했던 여성은 성인으로서의 책임감과 성숙한(생식의) 성욕을 자극할 젊고 활기찬 동반자가 아니라 아이 같은 그를 보살펴 주 고 그에게 맛좋은 음식을 제공함으로써 그의 입을 만족시킬, 중년의 여 성 요리사였던 것이다. 한 평론가는 어린아이와 같은 구강성(口腔性)을 지닌 오블로모프가 관심을 갖는 유일한 에로티시즘은 '미각적인' 것이 라고 말한다.[85] 오블로모프카 유년시절의 전원생활로 돌아가고자 하는, '실낙원'에서 '복낙원'으로의 이동으로 볼 수 있는 오블로모프의 모험은 근심 없이 음식 섭취만으로도 리비도적 즐거움을 얻는 비생식의 존재 로 돌아가려는 심리적 회귀를 수반한다.[86] 아가피야 마트베예브나의 잘 갖춰진 식료품저장실과 부엌은 음식의 풍요를 구현하는 한 쌍으로서 오블로모프에게 유년시절 오블로모프카에서 누렸던 무한한 모성적 사 랑을 의미하며 그의 물질적·감성적 허기를 채워 주겠다고 보장한다.[87]

---

84) [옮긴이] 밀리트리사 키르비티예브나(Militrissa Kirbitievna)는 마법의 왕국에서 사는 풍요와 심려의 상징인 전설적 미녀이다.

85) Milton Mays, 「안티파우스트로서의 오블로모프」("Oblomov as Anti-Faust"), *Western Humanities Review*, 21, no.2, 1967, p.51.

86) *Ibid.*, p.144. 갈랴 디멘트(Galya Diment)가 편집한 『곤차로프의 오블로모프』(*Goncharov's Oblomov: A Critical Companion*, 1998)에 수록된 나의 논문 「오블로모프의 소모적 열정: 음식, 먹기 그리고 성찬식 찾기」("Oblomov's Consuming Passion: Food, Eating, and the Search for Communion"), pp.110~135 참조.

87) Goldstein, 「19세기 러시아에서 가정용 돼지고기 보존통」("Domestic Porkbarreling in Nineteenth-Century Russia, or Who Holds the Keys to the Larder?"), p.130.

오블로모프의 회귀 욕구를 심리적으로 분석하는 글들은 자궁으로 돌아가려는 주인공의 욕구를 강조한다. 이는 곧 평화롭고 안정적이며 평온한, 태어나기 전의 상태로 돌아가고자 하는 욕구인데, 소설 속에서는 그가 입는 실내복(khalat)으로 상징된다.[88] 존 기븐스의 프로이트적 읽기를 통해 오블로모프의 자궁회귀 욕구는 『오블로모프』에서 "가장 자주 인용되는 심리분석적 해석"이며, "이 소설에 대한 서구의 진부한 비평"이 되어 버렸다.[89] 하지만 『오블로모프』에서 음식 이미지가 드러내는 주인공의 회귀 욕구는, 죽음에 대한 동경이라기보다는 (나탈리에 바라토프가 융 분석에서 말하는) '본래의 모성적 공생'을 되찾기 위한 갈망이라고 할 수 있다. 즉 오이디푸스 콤플렉스 이전의 아이가 어머니 품에서 젖을 먹는 것과 같은 완벽한 공생적 결합이다.[90] 곤차로프의 소설에서 음식은 여러 함의 중 특히 주인공의 이상적 어린 시절이 지닌 안

---

88) 예컨대 Stilman, 「오블로모프카 재방문」("Oblomovka Revisited"), p.68;Poggioli, 『불사조와 거미』(*The Phoenix and the Spider: A Book of Essays About Some Russian Writers and Their View of the Self*, 1957), p.43;Alexandra Lyngstad & Sverre Lyngstad, 『이반 곤차로프』(*Ivan Goncharov*, 1971), pp.96~97 ;Kenneth E. Harper, 「오블로모프의 영향」("Under the Influence of Oblomov"), 『로스앤젤레스에서 키예프까지』(*From Los Angeles to Kiev: Papers on the Occasion of the Ninth International Congress of Slavists*, 1983), p.116 ;Faith Wigzell, 「곤차로프의 『오블로모프』에 나타난 꿈과 판타지」("Dream and Fantasy in Goncharov's *Oblomov*"), 『푸시킨에서 팔리산드리아까지』(*From Pushkin to Palisandriia: Essays on the Russian Novel in Honor of Richard Freeborn*, 1990), p.101;LaBriolle, 「오블로모프는 단지 게으른 사람인가요?」("Oblomov n'est-il qu'un paresseux?"), pp.48~50;Mays, 「안티파우스트로서의 오블로모프」("Oblomov as Anti-Faust"), p.152 참조. 오블로모프의 회귀 욕구에 대한 일련의 프로이트적 분석을 위해서는 『곤차로프의 오블로모프』에 수록된 존 기븐스(John Givens)의 「자궁, 무덤 그리고 모성애: 곤차로프 소설 『오블로모프』의 프로이트식 읽기」("Wombs, Tombs, and Mother Love: A Freudian Reading of Goncharov's *Oblomov*"), pp.90~109 참조.

89) Givens, 「자궁, 무덤 그리고 모성애」("Wombs, Tombs, and Mother Love"), p.92.

90) Natalie Baratoff, 『오블로모프: 융의 접근법(어머니 콤플렉스의 문학 이미지)』(*Oblomov: A Jungian Approach[A Literary Image of the Mother Complex]*, 1990), p.106.

락함, 안정, 따뜻함의 상징으로서 제공된다. 이것은 유아기의 아주 초기인 구강기, 아이가 젖을 떼기 이전에 느꼈던 어머니와의 완벽한 동질감, 분리되지 않는 일체성을 나타낸다. 때문에 오블로모프는 어머니와 유모의 대리자가 될 아가피야 마트베예브나의 높고 탄탄한 가슴에 강한 매력을 느끼게 된다.[91] 기븐스가 언급하듯이, 아가피야 마트베예브나의 맨목, 맨어깨, 맨팔, 바쁘게 움직이는 팔꿈치, 그리고 풍만한 가슴에 대한 소설 속 화자의 잦은 언급은 그녀를 환유적으로 어머니의 몸과 동일화한다. 그녀의 몸의 일부들은 처음으로 영양과 육체적 쾌락이 제공되는 곳이자 아이를 안고 젖을 먹이는 공간, 아기를 젖 먹일 동안 맨팔과 맨어깨가 형성하는 아기세계의 경계선이다.[92] 오블로모프가 가지고 있는 오블로모프카 유년기의 전원생활로의 회귀 욕구는 그의 유모, 어머니의 총체적 대리자 역할을 하는 아가피야 마트베예브나의 보살핌과 요리로 충족된다. 오블로모프는 아가피야 마트베예브나라는 사람을 통해 어머니 자궁에서의 평온과 보모의 품 안에서 젖을 먹는 유아 상태로의 회귀 욕구를 만족시킨다.[93]

91) 기븐스는 다음과 같이 쓰고 있다. "아가피야는 퇴행기를 겪는 오블로모프가 간절히 원하는 대상이다. 왜냐하면 그녀는 쾌락 원칙에 따라 그의 대리유모처럼 혼자서 젖을 떼는 트라우마를 되돌릴 수 있거나 그의 욕구(리비도적인 것이나 다른 것)를 만족시킬 수 있기 때문이다. 그 쾌락 원칙은 마치 그것이 그가 어린 시절부터 구축해 온 오블로모프카의 신화적 세계를 지배하듯이 이드가 이긴 경험을 지배한다. 물론 오블로모프카에 대한 그의 꿈은 무엇보다도 중요한 그의 퇴행의 원천이었다." Givens, 「자궁, 무덤 그리고 모성애」("Wombs, Tombs, and Mother Love"), p.100 참조.

92) *Ibid.*, p.99.

93) 이 해석은 프로이트(S. Freud)의 퇴행에 대한 이해와 일치하는 것으로 보인다. "신경증 환자는 어떻게 해서든지 일정 기간 자신의 과거와 엮여 있다. 우리는 과거의 시기가 그 환자의 리비도적 만족이 있었던 시기이고 그가 행복했던 시기라는 것을 알고 있다. 그는 그러한 시기를 찾으며 자신의 인생 스토리를 뒤돌아본다. 그가 후천적 영향하에서 자신의 회상이나 상상에 따라 그것을 발견하는 아주 어린 유아였던 시기로 돌아가야만 한다 해도,

우크라이나 시골에서의 '좋았던 옛 시절'에 대한 회상 속에서 나이든 판 할랴프스키도 마찬가지로 잃어버린 전원적 이상을 되찾기 위한 정서적 갈망을 표현한 것으로 볼 수 있다. 그는 행복의 십중팔구가 구강의 만족감을 의미하는 진정한 '젖과 꿀이 흐르는 땅', 무릉도원으로 이상화된 어린 시절의 세계로 돌아가고자 한다.[94] 크비트카-오스노뱐넨코의 화자는 어렸을 적 자신을 과잉보호하던 어머니가 항상 적량 이상의 음식(그녀의 사랑과 애정의 상징)을 제공하여 자신이 버릇없이 자랐다며 수차례 다음과 같이 언급한다. "나는 엄마의 작은 애완동물이자 가장 아끼는 아이였기 때문에 하루 아무 때나 원하는 것은 무엇이든 먹을 수 있었고 모든 것을 원하는 만큼 남김없이 먹을 수 있었다".[95] 실제로 할랴프스키 부인은 오블로모프의 어머니나 유모와 마찬가지로, 사랑하는 아이에게 키스, 포옹, 음식을 퍼붓는 것 외에는 모성애와 애정을 표현할 방법을 알지 못했다. 그녀는 어린 트루시코에게 힘들었던 순간, 즉 처음으로 집을 떠나 학교를 다닐 때나 아버지가 좋지 않은 성적을 질책할 때, 기초 군사 훈련을 받으러 갈 때마다 위안이 되는 음식거리를 제

그는 계속해서 그것을 찾게 된다." 프로이트, 『정신분석 입문』(*A General Introduction to Psychoanalysis*, 1971), p.374 참조.

94) 피터르 브뤼헐(Pieter Brueghel)의 유명한 회화 「게으름뱅이의 천국」(Land of Cockaigne, 1567)에 대한 글이다. 이 그림은 모든 음식을 먹은 후 단추를 잠그지 않은 바지만을 입은 채 메이폴(꽃 리본 등으로 장식하고 그 주위에서 춤을 출 수 있게 만들어 둔 것)에 누워 있는 세 명의 농부를 그리고 있다. 그리코(Grieco)는 브뤼헐의 그림은 "하층민들에겐 실현가능성이 거의 없는 포식의 망상을 시각화하고 있다"라고 언급한다. 그리코는 중세 문화에서 만성적인 음식 부족은 모든 사람이 풍요롭고 음식을, 문자 그대로 원하기만 하면 먹을 수 있는 땅에 대한 신화를 발생시키는 근원이 된다고 설명한다. Grieco, 『예술 속 테마들: 식사』(*Themes in Art: The Meal*), pp.30~31 참조.

95) Grigorii Kvitka-osnov'ianenko, 『판 할랴프스키: 로망스』(*Pan Khaliavskii. Roman*, 1984), p.68. 『판 할랴프스키』 출처의 모든 상세한 인용은 크비트카-오스노뱐넨코의 이 소설 판본에서 가져왔고, 이후 이 작품이 인용될 경우 인용부분 끝에 괄호로 쪽수를 명기했다.

공함으로써 닥쳐올 온갖 감정적인 시련과 고통에서 그를 지키고자 하였다. 비록 판 할랴프스키가 어른으로서 오블로모프처럼 발육지체가 있는 것인지는 알 수 없지만, 모자 관계에서 분리불안을 느꼈다는 사실은 의심의 여지가 없다. 판 할랴프스키의 '어머니 콤플렉스'는 그가 사랑하는 '엄마'(mamen'ka)와 연결된 감정의 탯줄을 끊지 못하고 그 스스로 성적 성숙을 성취해 낼 능력과 의지가 없음을 보여 준다.[96] 실제로 크비트카-오스노뱌넨코의 주인공은 어른이 된 후에도 여전히 성적 성숙은 이룰 수가 없다. 그는 결혼 첫날부터 자기에 대한 애정이 식어 버린 여자와 결혼하게 되었다고 말한다. 로만 코로페키는 판 할랴프스키를 비롯해 크비트카-오스노뱌넨코의 다른 산문소설 속 남성 인물들의 "성적 욕구가 실질적으로 배제되었다"라고 말한다. 그가 논한 대로, 이 우크라이나 작가의 작품은 고골의 작품과 마찬가지로 등장인물들이 자신의 성욕을 참아 내거나 다른 것으로 승화시키려는 모습을 반영한다. 이는 작가 자신의 성적 불안감을 나타내는 것이라고 할 수 있다.[97]

프로이트적 시각에서 보면, 판 할랴프스키는 황혼기에, 성적으로 미성숙하고 구강적으로 회귀하려는, 오이디푸스 콤플렉스 이전의 아이가 어머니의 젖을 먹을 때와 같은 완벽한 공생적 결합을 되살리고자 한다. 이는 성적 심리발달 과정에서 구강기 단계의 특징이고, 이때 어린아이의 정신 속에서 성적 욕구는 식욕과 아직 구별되지 않는다.[98] 그가 성

---

96) 판 할랴프스키의 어머니가 아끼는 자식을 그녀의 '자궁'이나 '복부'(utroba)에 비유하는 것은 우연이 아닌 것 같다. p.65, p.212 참조.

97) Roman Koropeckyj, 「크비트카-오스노뱌넨코의 우크라이나 소설에서의 욕망과 출산」("Desire and Procreation in the Ukrainian Tales of Hryhorii Kvitka-Osnov'ianenko"), 『캐나다 슬라브 학술논문』(Canadian Slavonic Paper), 44, nos.3~4(2002), pp.165~173.

98) Sigmund Freud, 『성욕에 관한 세 편의 에세이』(Three Essays on Sexuality, 1962), p.64.

숙한 생식적 섹슈얼리티를 거부하고 먹고 마시는 데서 오는 입의 만족을 택함에 따라, 크비트카-오스노뱌넨코의 화자는 앞서 말한 '본래의 모성적 공생'에 대한 같은 노스탤지어를 느낀다. 반면 융의 시각에서 판 할랴프스키는 오블로모프같이 심각한 어머니 콤플렉스를 지닌다고 할 수 있다. 유년기에 대한 그의 노스탤지어는 보호받고, 따뜻하게 몸을 녹이고, 먹고, 사랑받고 싶은 어른으로서의 보상적 욕구를 시사하는 것이다. 아가피야 마트베예브나의 포동포동한 팔과 솟아오른 가슴에서 눈을 떼지 못하는, 애지중지 키워진 일리야 일리치처럼 판 할랴프스키는 원형적 대자연의 부드러운 손길에 무의식적으로 이끌린다.

6. 잃어버린 낙원: 인류 타락 이전 러시아에서의 환대와 친교

이전에 언급했듯 고골의 『구세계 지주들』, 곤차로프의 『오블로모프』, 크비트카-오스노뱌넨코의 『판 할랴프스키』에서 묘사된 어린 시절 향수에 대한 정신분석적 해석은 역사적이고도 국가적이며 문화적인 아날로그를 암시한다. 또한 성장한 남성 인물들이 경험하는 성적·심리적 퇴행은 독재 러시아의 역사발전 과정의 초기에 해당하는 인류 타락 이전 단계로 돌아가고자 하는 비밀스러운 염원의 표현으로 해석될 수도 있다. 이 남성 인물들은 서구식 산업화와 세속화 그리고 도시화로 인해 러시아 고유의 문화와 근본적 자연경제가 혼란에 빠지게 되는, 근대화라는 역사발전 단계 이전에 존재했을 시대, 즉 가부장적 원로 관계의 목가적 황금시대로 돌아가기를 추구하고 있는 것이다. "18세기 내내 지속되며 전통문화와의 강제적 단절을 초래했던 상류층의 서구화는 자녀양육이라는 관습을 통해 또다시 각각의 세대에서 되풀이될 것이다"라고 조애나 헙스는 지적한다.

> 높은 귀족계급 사람들이 젖먹이 자식을 계속해서 농민 계층 유모의 품 안
> 에서 기르는 동안 그 갓난아이의 상류층 어머니는 그림자 같은 존재로 남
> 게 되었다. (그러한) 농민 계층의 여인은 자기에게 떠맡겨진 임무를 다함
> 으로써 지속적으로 영양을 공급하는 풍요로운 대지모(大地母)의 구현을
> 의미하게 되었다. 바로 이 점 때문에 19세기 지식인들의 작품에 어린 시절
> 의 목가적 기억이 널리 퍼져 있는 것이라고 추측된다.[99]

헙스는 러시아 지식인들이 성년기 동안 재발견하려고 노력했던, 잃
어버린 '친교의 의미'에도 주목한다. 러시아 역사의 문맥에서 해석해 보
면, 우리가 검토했던 각각의 소설 속 등장인물들은 좀더 원시적이지만
더 행복했던 과거 삶의 방식에 향수를 갖는다고 표현될 수 있을 것이다.
그들은 개인주의와 차별보다는 공동체주의와 친교로 인간관계가 형성
되는 신화적인 도시 슬라브 아우소니아(Slavic Ausonia)로 돌아가기를
갈망한다. 레이몬드 윌리엄스에 의하면 산업혁명에 자극받아 유럽에서
일어난 신-목가주의라는 문학 장르는 변함없이 목가적인 삶을 묘사하
였으며, 이러한 목가적 삶은 그가 '음식 섭취의 미덕'이라 칭한, 여기서
는 환대적이면서도 풍부한 음식과 음주의 장소인 식탁이 공동체 정신
을 전달하는 주요한 역할을 한다.[100] 미셸 잔느레는 르네상스 연회에 대

---

99) Joanna Hubbs, 『어머니 러시아: 러시아 문화에서 여성 신화』(*Mother Russia: The Feminine Myth in Russian Culture*, 1988), p.208.
100) Williams, 『농촌과 도시』(*The Country and the City*), p.30.

한 연구에서 "식탁에서 우리는 본래의 행복과 화합의 요소들을 상상 속에서 재발견한다"라고 언급한다.[101]

그러한 요소들은 고골의 아파나시 이바노비치와 풀헤리야 이바노브나의 목가적이면서도 가정적인 집안일에서도 뚜렷하게 드러난다. 『구세계 지주들』의 화자는 현대의 상트페테르부르크에 살면서 환멸을 느끼고, 나이 지긋한 부부와 그 가정의 목가적 환경에서 전개되는 조용한 시골 생활에 크게 감탄한다. 이는 단지 여기에서 묘사되는 후함과 선심 때문만이 아니라 그 구세계 지주들이 베푸는 환대 때문이기도 하다. 그는 아파나시 이바노비치와 풀헤리야 이바노브나의 얼굴에 "언제나 친절함과 환대 그리고 진실함이 배어 나온다"라고 적는다.[102]

그러나 무엇보다도 그 노부부가 손님들을 대접하는 모습이 내게 가장 흥미로웠다. 그들이 손님을 대접하고 있을 때는 집에 있는 모든 것이 다른 모습을 띠었다. 이렇게 선한 사람들은 손님들을 접대하기 위해서 존재한다는 말들을 하곤 한다. 부부는 자신이 가진 모든 물품 중 가장 좋은 것을 모두 꺼내고 직접 수확한 모든 것을 사용하여 당신을 만족시키기 위하여 서로서로 경쟁한다. 그러나 무엇보다도 나를 기쁘게 했던 것은 그들의 지나친 관심과 걱정에 가식이란 조금도 존재하지 않았다는 점이다. 남을 기쁘게 하려는 진심과 자발적 자세는 선한 부부의 얼굴에 온화함으로 드러나 있으며 또한 매우 잘 어울리기에 손님들은 그들의 간청에 항복하지 않

---

101) Jeanneret, 『말잔치』(*A Feast of Words*), p.2.
102) N. V. Gogol, 『6권으로 된 선집』(*Sobranie sochinenii v shesti tomakh*, 1978), vol.2, p.8. 『구세계 지주들』에 관한 상세한 인용은 모두 이 판본에서 가져왔으며, 인용부분 끝에 권 번호와 쪽수를 명기했다.

을 수 없게 되는 것이다.(2:17)

따라서 빠르게 사라졌던 구식적 삶의 방식에 대한 화자의 향수를 고취한 것은 단지 풀헤리야 이바노브나가 대접한 풍부한 식사와 맛있는 음식뿐만이 아니었다. 그 노부부가 연회의 식사에 참석한 손님들에게 보인 세심한 관심도 일조한 것이다. 농경적이면서도 목가적인 꿈에 대한 고골의 우크라이나식 설명에 대해 포지올리는 화자가 "돈의 저주와 욕심 많은 영혼의 타락으로부터 벗어나 자유로운 삶의 방식"을 따른 것이라고 말한다.[103] 요컨대 고골이 내세운 도시적이고 현대적인 화자가 이 구세계의 지주들에게 지닌 동경은 주로 그들의 목가적 삶의 방식으로부터 나오는 친교와 교류의 고풍적 정신에 있다.

마찬가지로 판 할랴프스키도 선조 대대로 내려오는 구세계적 환대를 동경한다. 실제로 소설 1부 도입부에서 그의 부모가 위풍당당한 카자흐 사령관에게 경의를 표하기 위해 마련한 화려한 연회가 매우 길고 상세히 묘사된다. 이는 화자의, 어린 시절 이후로는 집주인이 식사 자리에서 손님을 지극정성으로 대접하고 환대(obkhozhdenie)하는 모습을 보기 힘들게 되었다는 주장을 뒷받침한다. 물론 이 웅장한 향연을 묘사한 장면 전체가, 식탁을 둘러싼 자리 지정부터 손님들이 시중을 받는 순서까지 모든 것이 계급과 성(性)에 대한 가부장적 위계질서를 엄격하게 반영하는 격식을 따른다. 하지만 연회에 나온 식사 자체는 진정한 환대로 여겨질 수 있다. 판 할랴프스키의 부모가 내놓은 음식과 술이 인상적일 만큼 풍부하고 집주인과 그의 아내가 수많은 초대손님들에게 영양

---

103) Poggioli, 「고골의 『구세계 지주들』」("Gogol's 'Old-World Landowners'"), p.58.

과 맛이 훌륭한 음식을 대접하며 그들의 안녕을 빈다는 점에서 그러하다.[104] 어머니가 "큰 관심과 걱정을 유지하면서" 연회의 주요리 뒤에 나오는 '가벼운 식사'(poldnik)를 준비하는 동안, 아버지는 "풍요로움 가운데 전달되는 모든 종류의 과일주에 대하여 손님들이 각각 어떤 색과 맛을 지닌 술을 좋아하는지 물어보면서" 손님들의 식탁 주위를 돌아다닌다(58). 한 논평자에 따르면, "트루시코 할랴프스키는 아버지가 열곤 했던 웅대한 연회 축제에서 꿀과 맥주가 누군가의 콧수염 밑이 아니라 자기 입으로 곧바로 흘러 들어오는 모습에서 목가적이고도 보편적인 안녕에 대한 이상적 모델이 형성되는 느낌을 받았다고 한다".[105] 판 할랴프스키는 은유적인 질문을 던진다. "이와 유사한 종류의 참되고, 즐겁고, 품위 있으며, 풍만한 연회가 오늘날에 그 흔적이라도 남아 있는가?" (62) 슬프게도 이러한 종류의 환대는 당시 우크라이나에서 거의 사라지고 말았다는 것이다. 예를 들어 그는 자기 지역의 주요 도시 중 하나에 위치한 집에서 최근 손님들에게 저녁식사를 접대한 나이 많은 친구에 대해서 불만을 털어놓는다. "식사 내내 그는 단 한 번 자리에서 일어나 손님들 주변을 돌면서 더 먹고 더 마시고 싶은지 물었을 뿐이다. 사실 그는 심지어 바로 오른편에 앉아 있는 손님들에게조차 식사가 마음에 드는지 묻지 않았다. 옛날 같았으면 손님들에게 식사를 대접할 때 집

---

104) 손님들에 대한 주인의 의무와 책임은 일찍이 19세기 초 유럽에서 훌륭한 식사의 예술과 학문에 대한 권위자들, 그리모드 드 라 레이니에르(Grimod de la Reynière)와 브리야-사바랭(Brillat-Savarin)의 요리법에 관한 글에서 아주 분명하게 설명되었다. 예를 들면 『맛: 19세기 요리법에서 기본적인 글들』(*Gusto: Essential Writings in Nineteenth-Century Gastronomy*, 2005)에 수록된 여러 발췌 글을 참조.

105) V. P. Meshcheriakov, 「지방 관습의 교활한 연대기 편자」("Lukavyi letopisets pomestnogo byta"), Kvitka-Osnov'ianenko, 『산문』(*Proza*, 1990), p.13 참조.

주인은 전혀 자리에 앉아 있지 않았을 것이다. 그는 아마 계속 손님들 주위를 돌아다니며 이것저것 맛보기를 권하고 음료를 대접하며 손님의 요구를 들어주었을 것이다"(29~30). 적어도 판 할랴프스키가 기억하는 한 과거에는 연회적 식사시간이 따뜻하고 친절하며 유쾌하고 관대했던 반면, 우크라이나 현세대의 식사는 차갑고 불친절하며 인색하고 식욕을 떨어뜨린다.

우리가 연구해 왔던, 미식적인 친(親)슬라브주의적 세 작품 중 환대와 친교의 추정적 쇠퇴에 대하여 가장 압도적으로 예술적 묘사를 보여주는 것은, 현재의 상트페테르부르크를 배경으로 하는 곤차로프의 소설이다. 오블로모프카에서의 식사를 통해 남자 주인공이 꿈속 장면에서 어린 시절을 회상할 때 그 중심에는 양육과 화합 그리고 친교의 의미를 지니는 전(前) 자본주의적 친족 관계의 모범(그리고 민속신화와의 연관성)이 있다. 이는 오블로모프가 어른이 되었을 때 겪는 혼잡한 상트페테르부르크 생활에는 애석하게도 결여된 것이었다. 오블로모프카에서는 매년 봄이면 찾아오는 삶의 재생을 전통적 '종달새' 굽기 의식으로 맞이하는 반면, 현재 "상트페테르부르크의 거주민들은 굴과 바닷가재를 수입하며 봄을 맞는다".[106] 이와 마찬가지로 오블로모프카에서는 저녁식사 예식의 준비를 대개 공동체적 행위라고 여겼다. "온 집안사람이 저녁식사에 대하여 상의하였다. 나이가 많은 숙모 또한 그 회의에 초대받았다"라고 한다. "각자 자기 요리에 대해 한마디씩 한다. 어떤 이는 내장수프에 대하여, 다른 이는 국수수프 혹은 삶아서 소금에 절인 돼지고

---

106) Richard Peace, 『오블로모프: 곤차로프 소설의 비평적 검토』(*Oblomov: A Critical Examination of Goncharov's Novel*, 1991), p.31.

기에 대하여, 또 다른 이는 내장에 대하여, 또 다른 이는 붉은 소스 또는 흰 소스에 대하여 말을 꺼낸다. 모든 발언이 철저히 고려되고 의논되고 나면, 안주인이 최종적으로 수락하거나 거부한다."[107] 다른 한편 국제도 시 상트페테르부르크에서는 이러한 공동체 정신 없이 좀더 개별적으로 개인적인 식사를 준비한다.

오블로모프카에서 식사에 대한 계획과 준비만이 집단적 방식을 따르는 것은 아니다. 식사를 하는 것 또한 공동체 행사이다. 일요일과 휴일에 주인 몫으로 구운 '속을 채운 큰 파이'가 남으면 그 한 주의 남은 날들 동안 그 가정의 하녀와 농노 그리고 그 가족이 먹는다. 곤차로프 스타일을 '신화적 현실주의'[108]의 한 종류로 칭하는 유리 로시치스는 번영과 안녕을 상징하는 이 거대한 파이의 공동체적 소비가 오블로모프카 거주민들이 느끼는 신물 날 정도의 만족스러움뿐만 아니라 더 크고 더 중대한 의미를 갖는, 집단에 대한 그들의 민속적 의미의 소속감을 신격화한다고 강조한다.

결국 오블로모프의 존재란 한때 모든 것을 포용하면서도 전적으로 가치 있었던 한 인생의 단편이 아니고 무엇이겠는가? 그리고 모든 이의 기억 속에서 잊히거나 기적적으로 손상되지 않은 채로 남아 있는 '축복받은 지역인' 오블로모프카가 에덴동산의 단편이 아니고 무엇이겠는가? 그 지역 거주자들은 한때 거대한 파이의 한 조각이었던 고고학적 단편들을 다 먹

---

107) I. A. Goncharov, 『8권으로 된 선집』(*Sobranie sochinenii v vos'mi tomakh*, 1953). 『오블로모프』에 관한 더 상세한 인용은 모두 이 판본에서 나왔으며 텍스트 인용 후 괄호 안에 권번호와 쪽수를 밝힐 것이다.

108) Iurii Loshchits, 『곤차로프』(*Goncharov*, 1977), p.169.

어 치운다. 민속적 세계관(Weltanschauung)은 그러한 파이가 행복하고 풍요롭고 번성하는 인생을 의미하는 가장 생생한 상징들 중 하나였음을 상기시킨다. 파이는 보편적 즐거움과 만족감의 정점인 풍요(cornucopia)를 의미하는 '호화로운 연회'이다. 파이 주변으로 축제 분위기에 한껏 들뜬 사람들이 모여들고, 파이는 따스하고 좋은 냄새를 풍긴다. 파이는 서민들의 이상향에 대한 핵심적이고도 가장 고대적인 상징이다. 오블로모프카에서 파이에 대한 매우 진실한 예찬이 미치는 강대한 영향력은 근거 없는 것이 아니다. 거대한 과자반죽 준비와 섭취는 매주 매달 달력을 따라 엄격하게 행해지는 신성한 의식의 한 종류를 연상시킨다. 오블로모프카의 '꿈의 왕국'은 파이가 마치 뜨겁게 발열하는 천체인 것처럼 그 주변을 공전한다.[109]

다른 논평자가 관찰하기를, 곤차로프의 텍스트에서 오블로모프카 거주민들이 공동 음식(sovmestnaia eda)을 분배하는 일은 단순히 소소한 일상이 아니다. 그보다는 사람들을 통합하는 일체감(공동체 정신, uedinenie)을 전달하는 문학적 장치이다.[110]

오블로모프카에서 불화, 배척, 혹은 계급 간 충돌에 대한 모든 인식으로부터 자유로워 보이는 이러한 상상 공동체의 전체론적 본질은 가족이 함께하는 저녁 식탁에서 특히나 명백하게 나타난다. 바흐친은 "전

---

109) *Ibid.*, pp.172~173. [옮긴이] 이 인용문에는 그리스 신화에서 '풍요의 뿔'로 번역되는 "cornucopia"가 나온다. 이는 제우스에게 젖을 먹였다는 염소의 뿔을 가리킨다. 비유적으로 '풍요'를 의미한다.

110) M. V. Otradin, 「예술 총체로서의 오블로모프의 아들」("Son Oblomova' kak khudozhestvennoe tseloe"), 『러시아 문학』(*Russkaia literatura*), no.1(1992), p.7.

원시적인 생활에서 음식과 술은 사회적이며 더 흔히는 가족적인 성격을 띤다. 모든 세대와 모든 연령 집단이 식탁 주변으로 모인다"[111]라고 상기시킨다. 따라서 어린 오블로모프가 일곱 살이었을 때 그의 전형적인 하루는 아침 식탁 주변으로 모여든 그의 가족과 친구들이 오블로모프에게 애정표현을 하고, 어른들이 키스와 포옹 그리고 음식을 주며 오블로모프에게 자신들의 애정과 호의를 표현하는 것으로 시작되었다. "오블로모프를 수행하는 임원진을 포함한 모든 사람이 일리야 일리치를 마중 나갔고, 그에게 애무와 찬사를 아낌없이 쏟아 부었다. 이러한 자발적 키스의 여운이 채 가시기도 전에 사람들은 롤과 비스킷과 크림으로 그의 배를 채워 주기 시작했다. 후에 어머니는 그를 다시금 안으며 키스하였다"(4:110~111). 밀턴 매이즈는 "어린 오블로모프는 맛난 음식에 담기는 오블로모프카의 거위들처럼 애정에 담기는 상황을 즐겼다"라고 지적한다.[112] 당연히 오블로모프카적 친교의 따스하고 애정 어린 분위기는 오블로모프가 어른이 되어 수도[상트페테르부르크]에서 겪은 외로운 독신자 생활에는 현저하게 부재한다. '영혼의 유배지'[113]로 비유되는 수도에서는 종종 집에서 홀로 식사하는 오블로모프의 모습이 묘사된다. 2부에서는 "일어났을 때, 그는 앞에 차려진 저녁 식탁을 보았다. 비프 콩이 든 차가운 생선수프와 크바스 그리고 연한 고기로 만

---

111) Mikhail Bakhtin, 『대화적 상상력: 네 편의 에세이』(*The Dialogic Imagination: Four Essays*, 1988), p.227. 아가피야 마트베예브나의 남동생은 식탁에서 식사를 함께하거나 공동생활을 하는 정신에 반대하는 세력을 대표하는 것 같다. 4장 앞부분에서 이반 마트베예비치는 누이와 조카들과 따로이 거의 부엌에서 늦은 시각에 혼자서 저녁식사를 했다 (4:388).

112) Mays, 「안티파우스트로서의 오블로모프」("Oblomov as Anti-Faust"), p.147.

113) Lyngstad, 『이반 곤차로프』(*Ivan Goncharov*), p.78.

든 커틀릿이 놓여 있었다"라고 묘사한다. "그는 저녁식사를 한 후 창가에 앉는다. 언제나 혼자라는 상황이 그에게는 너무나도 지루하고 또 어처구니없다!"(4:236) 다른 이들과 함께 식사를 할 때조차 오블로모프는 어린 시절의 이상적 친교와 교류의 정신을 끊임없이 그리워한다. 상트페테르부르크에서의 분주한 삶의 방식(소설 2부에서 슈톨츠가 그를 재등장시키려 했다)에 대하여 오블로모프가 특히 혐오하는 것은, 정확히 말해 식사할 때 사랑과 우정, 호의가 결여된 점이다. 그가 불만을 토로하기를, 이 수도에서 세련된 부르주아 사회의 구성원들은 어린아이나 어른이나 모두,

식사시간에 모여서 즐겁게 식사하지만 그 자리에 진정한 우정, 환대, 상호 애정은 존재하지 않는다! 그들의 식사나 파티 모임은 그들이 사무실에서 가지는 모임과 별반 다르지 않아 보인다. 그들은 조금도 유쾌함 없이 냉담하게, 자기들의 주방장이나 응접실을 자랑하며, 분별성은 잊은 채 서로를 조소하고 함정에 빠뜨리고 넘어지게 만든다. 다음 날 그들이 식사 자리에 나타나지 않은 자들의 명성을 갈기갈기 찢어 넝마로 만들었을 때 나는 진실로 어찌할 바를 몰랐고 식탁 밑에라도 숨고 싶은 심정이었다. "이자는 바보고 저자는 천한 악한이야. 다른 한 놈은 도둑이야. 그리고 저놈은 우스꽝스러운 사람이야." 일상적인 대량학살이었다! …… 그렇다면, 그들 모두가 이와 같다면, 왜 그들은 한자리에 모이는 것일까? 왜 그들은 서로의 손을 그렇게 따스하게 쥐고 있는 것일까? 진정한 웃음은 없었고 동정의 기미조차 존재하지 않았다!(4:180~181)

오블로모프는 어느 부서의 공무원들이 "다른 사람의 평안과 기쁨

을 계속해서 빌어 주는 행복한 대가족"(4:57)이 아니었다는 것을 깨닫고 환멸과 실망을 느낀다. 이 때문에 정부기관에서 때 이른 은퇴를 한 후 올가 일린스카야와 첫 식사를 하면서 그가 겪은 당혹스럽고 불편한 경험은 매우 주목할 만하다. "하인이 차 한 잔과 빵 한 접시를 내왔다. 그는 어떻게든 당혹감을 억누르고 거리낌 없이 처신하고 싶어 얼른 한 무더기의 견과류와 비스킷, 빵을 움켜쥐었다. 그 때문에 옆에 앉은 처녀의 비웃음을 샀다. 다른 이들도 호기심을 가지고 쌓인 과자를 힐끔거렸다"(4:198). 그다음 날에도 주인공은 "그 저녁식사에서와 같은 고통"(4:201)을 겪는데, 이런 분위기의 저녁식사에서 올가의 경계하는 눈초리를 받으며 침착하기 위해 고군분투하는 스스로를 발견하고 한탄한다. "참으로 고통스럽다! 내가 그녀의 비웃음을 사기 위하여 여기에 왔던가?"(4:201)

2부 후반에서 오블로모프가 전에 느꼈던 당혹스러움이 되살아난 것은 올가가 비스킷을 집은 오블로모프의 행동이 서투름을 눈치 챘을 때였다. 이 당혹스러움은 연애소설의 단순한 언급에 불과한 장면이지만, 그가 그녀의 숙모가 차려 준 저녁 식탁에서 "당황한 채 한 주먹의 비스킷을 갑자기 집어 주위의 비웃음을 샀을 때"(4:278) 느낀 격심한 자기의식과도 비슷했다. 소설의 3부에 이르면 저녁 식탁에서 겪는 오블로모프의 당혹스러움과 불편함은, 그와 올가의 약혼을 축하하기 위해 열린 공식적인 저녁식사에서 그의 건강을 기리는 축배를 드는 모습을 상상하자 거의 공포로 바뀐다. 오블로모프 입장에서 올가와 약혼하는 것은 "주변의 눈치를 보느라 제대로 먹고 마시지도 못하고, 부케의 향이나 맡게 될 것!"(4:335)을 의미하였다.[114] 오블로모프는 상트페테르부르크에서 직면했던, 정신적으로나 정서적으로나 가혹한 현실로부터 도피하기 위해 이상적인 미래의 삶을 머릿속에 그려 보았다. 그것은 풍성한 식사가 펼쳐지는 목가적인 풍경과, 친절한 동료와의 교우, 가족과 친구들 사이의 온정과 친절이었다.

그는 자기가 가장 좋아하는 생각에 젖어 들었다. 그는 자기 영지에서 10마일 혹은 15마일 떨어진 마을과 농장에 사는 몇 안 되는 친구들을 생각했다. 그들은 매일같이 서로를 방문하여 함께 정찬을 가지고 저녁을 먹고 춤을 추곤 했다. 그는 오로지 환하고 즐거운 날들과, 근심이나 주름살 없이 동그란 얼굴에 분홍빛 발그레한 뺨과 두 턱, 지칠 줄 모르는 식욕을 지닌 웃고 있는 사람들만을 보았다. 이는 영원할 것만 같은 유쾌함, 먹음직스러운 음식, 그리고 달콤한 여가와도 같았다.(4:79)

오블로모프는 미래의 이상적 삶에서는 사람들이 어떻게 식사를 즐기게 될지를 묘사하면서 슈톨츠에게 다음과 같이 말한다. "사람들은 그 자리에 불참한 친구에 대하여 공격적인 비난을 하지 않을 테지요. 방문을 나가는 순간 당신에게 너나없이 의미심장한 눈초리를 보내는 일도

---

114) 2부 8장에서 오블로모프와 자하르가 나누는 콩트 같은 대화로부터 독자는 올가가 (슈톨츠 처럼) 주인공을 왕성한 식욕을 이유로 괴롭히는 장면을 보게 된다. "내 말은 당신이 집에서 저녁을 먹고, 또 역시 집에서 정찬을 먹었다는 거예요". 자하르는 자신이 올가와 나눈 대화를 그에게 보고했다. "젊은 부인께서 '왜 그가 저녁식사를 하나요?'라고 물었습니다. 전 그녀에게 주님이 저녁으로 치킨 두 마리를 먹었을 뿐이라고 말했습니다." 오블로모프가 신경질적으로 물었다. "그래서 그녀가 뭐라고 했지?" "그녀는 미소를 지으며, '왜 그렇게 적게 먹었대요?'라고 물었습니다."(4:236~237) 피스가 언급했듯이 올가는 "저녁 먹이기(우리가 『평범한 이야기』에서 배운 것처럼 상트페테르부르크에서 불쾌할 정도로 눈살을 찌푸리게 만드는 지방 관습)로 오블로모프를 잘 달래고 있다". Peace, 『오블로모프』(Oblomov), p.48 참조.

없을 겁니다. 당신이 좋아하지 않는 사람, 혹은 점잖지 않은 사람과 식사를 함께할 필요도 없습니다. 당신은 동료들의 눈에서 연민을 읽어 내고, 그들의 농담에서는 참되고 선한 웃음을 발견할 겁니다……. 누구나 자기가 원하는 대로 할 권리가 있습니다! 모든 사람은 자기 마음을 있는 그대로 말하고 보는 겁니다!"(4:185~186) 따라서 오블로모프에게 행복이란 단지 충분한 양의 음식과 음료를 먹는 것뿐만 아니라 자기가 사랑하고 자기를 사랑해 주는 사람들과 함께 식사를 하는 데 있다. 그가 생각하는 이상적인 식사는 애정 어린 선의가 식탁에 앉아 있는 모든 사람을 감싸는 분위기의 식사이다.

오블로모프는 결국 어린 시절로부터 기억해 낸 공생의 정신을 회복하는 것처럼 보인다. 그는 아가피야 마트베예브나의 집에서 그녀와 단둘이서, 그녀의 자녀들이나 때로는 친구 알렉시프와 함께하는 가족 식사에서 그러한 정신을 다시 생각해 낸다. 주인공의 삶의 마지막 시기인 비보르크[115]에서 지내는 동안 그가 가장 즐겨 한 일들 가운데 하나는 명명일에 가족을 마차에 태우고 소풍을 즐기러 도시를 떠나 화약 공장까지 가는 것이었다. 실제로 오블로모프는 그와 새로운 가족이 누리는 유쾌한 활동에 함께할 수 있게 하기 위해, 오랜 친구 슈톨츠와 그의 아내에게 가까이에 있는 여름 별장을 사라고 제안했다. 그는 이러한 가족 소풍의 행복을 그들과 공유하고 싶어한다. 그는 한껏 들떠서 슈톨츠에게 앞으로의 계획을 늘어놓는다. "아마 네 마음에 쏙 들 거야! 나무숲에서 차를 마시고, 성 엘리자의 날에는 여러 가지 물품과 사모바르[러시아의 물 끓이는 주전자]를 실은 짐수레를 이끌고 화약 공장에 가자. 풀밭을 융

---

115) [옮긴이] 비보르크(Vyborg)는 러시아 공화국 내의 도시 이름이다.

단 삼아 그 위에 누울 거다! 아가피야 마트베예브나는 올가 세르기브나에게 살림하는 방법을 가르칠 거다. 암, 가르치고말고!"(4:454) 풀밭에서 가족과 친구들과 함께 도시락을 먹으면서 음식과 우정을 나누는 것은 그가 필사적으로 되찾고자 했던 오블로모프카의 친교 정신을 불러일으켰다.

오블로모프는 일리야 일리치의 삶에 적대적인 모든 것이 사라져 버린 아가피야 마트베예브나의 집에서 이러한 정신과 거의 비슷한 것을 느낀다. "그는 거기서 일리야 일리치의 삶을 가능한 한 편안하게 만드는 데 최선을 다하겠다고 동의하는 단순하고 친절하며 인정 많은 사람들과 함께한다"(4:491). 뇌졸중을 겪고 난 어느 날 저녁, 소파에 기대 차츰 회복해 가던 오블로모프는 오블로모프카에서 보낸 어린 시절의 평화로운 가정 풍경을 몽롱하게 회상한다. 상상 속에서 그는 그렇게도 동경하고 갈구하던 친교 정신을 되찾은 것처럼 보인다.

느릿하게, 자동적으로, 그리고 거의 무의식적으로 아가피야 마트베예브나의 눈을 쳐다보면서 그는 기억의 심연으로부터 일찍이 어디에선가 보았던 친밀한 이미지를 기억해 냈다. 그는 언제 어디에서 그것을 보았는지 기억해 내려 애썼다……. 그리고 그는 수지를 바른 양초에 불이 켜진, 부모님 집의 크고 어두운 방과 돌아가신 어머니와 둥근 테이블에 둘러앉아 있는 조문객들을 보았다. 그들은 적막감 속에서 바느질을 하고 있었다. 아버지는 조용하게 방을 왔다 갔다 하고 있었다. 현재와 과거가 합쳐지고 뒤섞이고 있었다. 그는 우유와 꿀이 흐르고 사람들이 노동하지 않고도 빵을 먹으며 금과 은으로 된 옷을 입고 있는 약속된 땅에 도착하는 꿈을 꾸었다. 그는 도자기들이 기분 좋게 덜컹거리는 소리와 칼들이 쟁그랑거리는 소리와 꿈과 기호들에 대한 이야기를 듣는다. 그는 유모에게 매달려 그녀의 늙고 병약한 목소리를 듣는다. 그녀는 아가피야 마트베예브나를 가리키면서 "밀리트리사 키르비티예브나!"라고 부른다.(4:500)

어린 오블로모프가 계속해서 꿈꾸곤 했던 "악과 고통과 슬픔이 존재하지 않는 마법의 나라, 밀리트리사 키르비티예브나가 살았던 나라, 매우 훌륭한 음식과 옷을 공짜로 얻을 수 있는 나라에서"(4:123), 성인 오블로모프는 마침내 사랑과 우정 그리고 선의의 유쾌한 인간관계가 존재하는 신화적인 도시 슬라브 아우소니아에 도달하고픈 소원을 이루었다는 환상을 즐기고 있는 것이다.

7. 러시아 문학에서 성(性)과 성욕

비록 근대 러시아 소설에서 음식과 먹는 행위가 궁극적으로 보다 중요한 (적어도 정당한) 위치에 올랐다고 할지라도 성과 성욕은 별개의 문제이다. 1986년 블라디미르 포즈너가 진행한 '소비에트-아메리칸' 텔레비전 방송에서 소비에트사회주의연방공화국(USSR)의 어느 여성 참가자는 "우리는 성(性)이 없다"(U nas seksa net)라고 말했다. 이 유명한 발언은 구소련에서 성행위가 전혀 진행되지 않았음을 의미하는 것이 아니라, 구소련에서는 성과 성욕에 대한 공적 담화가 존재하지 않았다는 의미로 해석되는 것이 일반적이다. 물론 소비에트 시대의 성에 대한 강요된 침묵(만약 명백한 성 공포증 환자가 아니라면)은 이제 과거의 일이 되었다. 사실 후기 소비에트 시기에는 엘리엇 보렌스테인이 말했듯이 "러시아 내에서 러시아에 대해 벌어진 참으로 떠들썩한 성 담론"이 이루어졌다. 그 결과로서 "전반적으로 러시아 문화는 철저하고 공공연하게 선정적이며 성적인 특색을 보인다"라고 그는 지적한다.[116] 1991년의 공산주의 질서 붕괴 이후로 러시아 대중매체와 영화 그리고 소설에 걸쳐 만연했던 외설적인 성 표현 외에도 문화역사가들은 문학적으로 퇴폐적 경향이 나타난 19세기 말의 자유사상을 통해, 중세의 종교적 신앙에서 소비에트 시대의 성적 억압까지 러시아 역사에서 나타나는 성욕의 사회적 구조를 고찰해 왔다. 최근의 역사적 맥락에서 볼 때 확실한 것은 러시아의 문학과 미술에서는 확립된 성적 전통이 부재한다는 것이다. 물론 러시아의 쇼비니스트들은 러시아 문화의 역사에서 에로티시즘의 부재를 긍정적 발전으로 보는 경우가 많다. 예를 들어서 20세기 초반에 활동한 형이상학자 니콜라이 베르댜예프는 문학과 예술에서 성적 유산이 존재하지 않는 것은 퇴폐적인 서구 사람들에 비해 육체에 가치를 거의 부여하지 않아 물질적인 세계의 육욕적 쾌락을 삼가는 데 유능한 러시아 사람들의 위대한 정신성 때문이라고 주장한다. 인간의 성욕에 관한 베르댜예프의 소위 러시아 사상은 "육체의 유혹에 굴하지 않는 도덕성과 숭고함의 승리"에 대해 조국을 찬양하는 내용이 상당 부분을 차지한다.[117]

대다수 비평가들이 동의한 바와 같이, 러시아 문화에서 성적 엄격주의의 기원을 찾으려면 이교도 슬라브 민족 사이에 오랫동안 번영하

---

116) Eliot Borenstein, 「슬라브애호주의: 러시아 성 담론의 유인」("Slavophilia: The Incitement to Russian Sexual Discourse"), 『슬라브와 동유럽 저널』(*Slavic and East European Journal*), 40, no.1(spring 1996), p.142.

117) Jane T. Costlow & Stephanie Sandler & Judith Vowles, 『러시아 문화 속 섹슈얼리티와 몸』(*Sexuality and the Body in Russian Culture*)의 서문, p.10.

던 생기 넘치는 성문화가 동방정교회 수용 이후 갑자기 지하로 사라졌을 때인 10세기 후반으로 거슬러 가야 한다. 그 이후의 수세기 동안 러시아는 성욕에 관하여 이중적 태도를 취하도록 강요되었다. 러시아 정교의 가르침을 따르는 공식적인 상류문화는 성적 충동에 반대하는 태도를 유지했으나, 평민의 하류문화는 성문화에 호의적이고 별다른 죄의식을 느끼지 않았다. 이와 관련해, 이고르 콘이라는 학자는 러시아 정교의 교리에서 나온 강한 정신성과 엄격한 금욕주의가 중세 시대 내내 공식적인 상류문화를 지배하던 혐오적인 성윤리관에 어떠한 영향을 미쳤는지를 연구하였다. 그는 "육체적 삶을 완전히 무시하는 '상류' 문화의 완전한 정신성과 현실적으로 자연적인 삶은 피할 수 없는 것이라는 '하류'문화의 주장 사이의 대립은 러시아 문화사 전반에 실처럼 얽혀 있다"라고 말한다.[118] 『정교회권 슬라브 세계에서의 성과 사회, 900~1700』(1989)에서 이브 레빈은 색욕이나 정욕이 사탄으로부터 기원하며, 영혼의 사랑과 윤리적 미덕에 반하는 사악한 경향이므로 이는 세속적 삶에서 모두 말살되지 않는 이상 반드시 엄격히 규정될 필요가 있는 것으로 간주한다. 또한 러시아 정교회가 성적 충동을 (인간본성이기보다는) 인간의 본성 외적인 무언가로 여긴다는 것을 보여 준다.[119] 그녀는 공식적으로 "중세 러시아 정교회의 관점에서 성은 언제나, 심지어 출산을 위한 결혼에서까지 부정적인 것으로 여겨졌다"라고 설명한다.

---

118) Igor Kon, 『러시아의 성혁명: 차르 시대부터 오늘날까지』(*The Sexual Revolution in Russia: From the Age of the Czars to Today*, 1995), pp.13~14.

119) Eve Levin, 『정교회권 슬라브 세계의 성과 사회, 900~1700』(*Sex and Society in the World of the Orthodox Slavs, 900~1700*, 1989).

이상적인 삶은 완전한 절제로 나타난다. 성욕은 악마로부터 기원하였다. 악마란 에덴에서부터 성욕을 최고도로 이용하여 인간이 방황하도록 유혹한 자이다. 아이를 임신하는 것은 성적 교류가 아니라 신의 축복으로부터 기인한다. 성적 표현의 어떠한 형식도 본질적으로는 부자연스럽고 건전하지 못하며 고결하지 않은 것이다. 그러나 러시아 성직자가 인정했듯이 성은 또한 피할 수 없는 것이다. 죄악에 대한 인간의 나약함과 성벽(性癖)은 남자와 여자를 성적 욕망과 성행위로 이끈다. 따라서 신은 그 무한한 자비로 남녀 모두가 너무나도 민감하게 반응하는 대상에게로 성적 충동을 집중시키기 위하여 인간이 결혼을 할 수 있게끔 허락해 주었다.[120]

러시아 정교의 가르침은 성충동에 반대하고 그것에 매우 엄격할 뿐만 아니라 이브를 이 세상에 죄악을 도입한 창조물로 개념화한다. 따라서 여성을 성적 유혹의 위험한 근원으로 범주화하는 고도의 여성 혐오적 사상을 내포한다. 이러한 맥락에서 여성은 "자연스럽고 야성적이며 근본적인 인간성욕에 관한 모든 것의 우주적 운반자"였다.[121]

이렇듯 억압적인 종교적 도덕성 때문에 러시아 예술가들은 문학과 예술 영역에서 공공연하게 에로틱한 전통을 발전시키지 못했을 뿐만 아니라 적극적으로 방해받았다. 그러나 18세기 서구 유럽에서(특히 프랑스로부터) 사랑과 로맨스에 대한 텍스트들이 발전하면서 러시아

---

120) Eve Levin, 「중세 러시아의 성 어휘집」("Sexual Vocabulary in Medieval Russia"), 『러시아 문화 속 섹슈얼리티와 몸』(Sexuality and the Body in Russian Culture, 1993), p.42.
121) Eric Naiman, 「자궁적출: 유토피아 시대의 재생산 형이상학에 관하여」("Hysterectomies: On the Metaphysics of Reproduction in a Utopian Age"), 『러시아 문화에서 섹슈얼리티와 몸』(Sexuality and the body in Russian Culture, 1993), p.262.

에서도 세속적인 문화가 점차 발전하였고 상황이 다소 변하기 시작했던 것으로 보인다. 그러나 마돈나의 신화와 모성의 이상화가 러시아 정교의 인간육체와 성욕에 관한 근심을 이어 간 시기인 표트르 대제 이후의 러시아에서는 에로틱한 시가 —— 이반 바르코프의 음란한 시들이든지 푸시킨의 상스러운 「가브릴리아다」이든지 간에 —— 들이 순수문학의 주변부에서 맴돌았다.[122] 여성에 대한 욕구를 저속하게 여겨 멀리하는 시적 태도가 19세기 러시아 문학의 주류를 지배하게 된 것이다. 이 맥락에서는 종종 "'성을 위한' 육체적 사랑"을 결혼한 배우자에 대한 정절에 기반한 순전히 정신적인 "인간을 향한 사랑" 혹은 평온한 "혼인생활을 위한 사랑"의 반대 개념으로 본다.[123] 이고르 콘은 "러시아 문학에서 이상적인 여성은 절대로 연인으로 제시되지 않고 순결한 처녀이거나 아니면 허풍이 강한 어머니이다"라고 말한다.[124] 성적 창조물의 원형인 이브가 세상에 죄악을 불러왔다면, 마리아 —— 처녀인 동시에 성모(bogoroditsa) —— 는 타락한 인류에게 정신적 구원을 가져왔다고 여겨진다. 사회민주주의자(raznochintsy)[125]는 러시아 문화의 에로티시즘을 영원한 적이라고 생각한다. 혁명에 대한 열광적 헌신으로 유명한 니콜라이 체르니솁스키, 니콜라이 도브롤류보프, 드미트리 피사레프 같은

---

122) 러시아 문화 속 모성의 이상화와 신화화에 대한 연구를 위해서는 바커(Adele Marie Barker)의 『러시아 민중의 상상력에 나타난 어머니 신드롬』(*The Mother Syndrome in the Russian Folk Imagination*, 1986), 그리고 헙스(Joanna Hubbs)의 『어머니 러시아』(*Mother Russia*) 참조.

123) Kon, 『러시아의 성혁명』(*The SexualRevolution in Russia*), p.28.

124) *Ibid.*, p.29.

125) [옮긴이] 러시아어 'raznochintsy'는 '비(非)귀족계급 출신의 지식인'으로 일반적으로 '잡계급 지식인'으로 번역된다. 게르첸의 '인텔리겐치아'라는 말 대신에 미하일롭스키는 '라즈노치네츠'라는 말을 사용하였다.

작가들과 비평가들은 육욕에 대한 탐닉을, 특히 성적 욕망을 멀리한다. 육체적 쾌락은 이러한 헌신적인 정치활동가들에게 어울리지 않는 비천하고 비속한 개인적 탐닉으로 간주된다. 육욕에 빠지는 것은 오로지 그들의 마음을 한눈팔게 하여 고귀하고 이상적인 자신의 임무를 수행하지 못하게 할 뿐이다.

러시아 문화에서 성과 에로티시즘에 대한 반대가 지배적이던 경향에 대한 유일한 역사적 예외가 있다. 전통적이고 종교적인 도덕성과 금욕주의적인 엄격주의에 대한 반동이 선도적 역할을 하던 시기, 즉 작가와 예술가, 비평가 들이 성과 성욕에 관한 쟁점에 열중하던 시기인 19세기 말의 짧은 막간이다. 이를 두고 제임스 빌링턴은 '신관능주의'라고 불렀다.[126] 이 책 4장에서 살펴보겠지만 19세기의 마지막 10년과 20세기의 첫 10년 동안 러시아 문화의 담론에 나타난 소위 성 문제는 1891년에 출판한 톨스토이의 논쟁적인 소설 「크로이체르 소나타」에서 논의되기 시작한다. 톨스토이의 이 중편소설은 당시 많은 사람이 성의 본질, 사랑의 의미, 결혼 관습의 존속 가능성에 의문을 품게 만든 작품이다. 인간의 성욕에 대한 세기말의 논의는 블라디미르 솔로비요프, 니콜라이 베르댜예프, 드미트리 메레지콥스키, 바실리 로자노프 같은 중요한 철학자들을 끌어들였을 뿐만 아니라 콘스탄틴 발몬트, 뱌체슬라프 이바노프, 발레리 브류소프 같은 상징주의 시인들, 미하일 브루벨, 발렌틴

---

126) James H. Billington, 『이콘과 도끼: 러시아 문화 해석의 역사(*The Icon and the Axe: An Interpretive History of Russian Culture*, 1970), p.492. 빌링턴은 "초기 러시아 문화와는 전혀 다른 방향으로 나아가던 성에 몰두하는 현상이 20세기 초에 일어났다"라고 주장한다 (p.492).

세로프, 레온 박스트 같은 은시대(Silver Age)[127] 화가들이 에로스의 참된 예찬을 발표하도록 이끌었다. 전례 없는 이 관대한 시기에는 미하일 아르치바셰프의 『사닌』(1907), 표도르 솔로구프의 『작은 악마』(1907), 에브도키아 나그로드스카야의 『디오니소스의 분노』(1910), 아나스타샤 베르비츠카야의 『행복의 열쇠』(1913) 같은 러시아의 에로틱한 산문소설 작품에서 처음으로 성욕의 예술적 묘사가 등장하기도 했다. 그러나 세기가 바뀌면서 러시아 문학과 예술에서 에로티시즘과 관능성에 대한 폭발적 관심은 곧 수그러들었다. 수세기 동안 독재 러시아의 공식적 상류문화를 지배했던 억압적인 성(性) 반대 정신은 1920년 말과 1930년 초 스탈린 치하 소비에트의 지도에 의하여 회복되어 1991년 공산주의 규율이 붕괴할 때까지 지속되었다.[128]

8. 음식과 성 그리고 육체적 욕망

그러나 이 연구의 목표는 지난 두 세기 동안의 러시아 문학에서 음식 이미지 사용이나 성적 표현의 흔적을 찾아내는 포괄적인 역사 개관을 산출하는 데 있는 것이 아니다. 대신에 이 연구는 특히 19세기 러시아의 두 유명한 소설가의 작품들에서 나타나는 음식물과 성적 개념 사이의 관계에 초점을 맞출 것이다. 물론 미식적인 것과 성적인 것의 연결고리

---

127) [옮긴이] 러시아 문학사에서 19세기를 '황금시대'로, 20세기 초를 '은시대'로 부른다.
128) 리처드 스타이츠(Richard Stites)는 스탈린 치하에서 러시아가 보수적 성향으로 돌아가는 것을 언급하면서 그 계승자들을 '섹슈얼 테르미도르'(sexual thermidor)라고 불렀다. 스타이츠의 저서 『1860~1930년 러시아의 여성 해방 운동: 페미니즘, 니힐리즘, 그리고 볼셰비즘』(*The Women's Liberation Movement in Russia: Feminism, Nibilism, and Bolshevism 1860~1930*, 1978), p.376 참조.

가 도스토옙스키와 톨스토이의 작품들에만 존재하는 것은 아니다. 제임스 W. 브라운에 의하면, "역사를 통틀어 작가들은 음식과 성욕을 항상 연결지어 왔다. 입의 욕구 충족으로부터 얻는 쾌락이라는 점에서 음식이, 그리고 세상과의 직접적 접촉에서 증대되는 친밀성이라는 점에서 먹기의 개념이 강조된다"라는 것이다.[129] 동시대의 문화인류학자들이 우리에게 상기시키듯 확실히 미식 개념과 성적 개념은 사회적·문화적으로뿐만 아니라 생물학적으로도 밀접하게 연관되는 욕구들이다.[130] 먹는 행위가 개인의 삶의 영속(자기보존)에 필요한 기본적인 생물학적 충동이듯이 성적 충동은 종족 유지(출산과 번식)에 필요한 것이다. 그리고 인간의 성적 관심이 기능적 분기점을 형성하듯이 성교 행위가 쾌락과 출산 모두를 행할 수 있게 한다. 마찬가지로 먹는 행위도 쾌락과 필요성 사이, 즉 살기 위한 먹기(영양물의 원천으로서의 음식)와 먹기 위한 살기(쾌락의 원천으로서의 음식)로 구분되었다.[131] 우리의 동물적 본성 중 가장 기본적인 두 충동을 만족시키는 데 음식과 성이 모두 필요하기 때문에 플라톤과 아리스토텔레스를 비롯한 몇몇 고대 그리스 철학자들은, 인간이 육체의 야성적 쾌락의 노예가 되는 위험을 경계해야 하고 촉각의 쾌락(성교)과 미각의 쾌락(음식)에의 탐닉에 절제와 중용이 필요하다는 의견을 옹호하였다.[132] 예를 들어 플라톤은 인류가 스스로를 '지

---

129) Brown, 『1789~1848년 프랑스 소설에 나타난 허구적인 식사와 그 기능』(*Fictional Meals and Their Function in the French Novel, 1789~1848*), p.14.

130) 예컨대 Peter Farb & George Armelagos, 『소모적 열정: 음식의 인류학』(*Consuming Passions: The Anthropology of Eating*, 1980) 참조.

131) 폴 R. 에이브럼슨(Paul R. Abramson)과 스티븐 D. 핑커튼(Steven D. Pinkerton)은 『기쁨과 더불어: 인간의 섹슈얼리티 본성에 대한 사유』(*With Pleasure: Thoughts on the Nature of Human Sexuality*, 1995)에서 인간 성애의 분기점을 토론한다.

배'할 수 없게 될 때 인간성의 타락이 불가피할 것이라고 경고하였다. 이는 인간영혼의 고귀한 '이성'이 비천한 '욕망'을 통제하는 데 실패하였을 때(식욕과 음주 그리고 성교에 대한 방탕하고 천한, 걷잡을 수 없는 탐닉을 완화하고 길들이는 데 실패했을 때) 그리고 그 결과로 육체의 동물적 쾌락에 굴복해 스스로를 게걸스럽게 먹어 치우게 되어 버렸을 때를 의미하는 것이다.[133] 소크라테스는 "그저 가축처럼 그들은 쾌락에 대한 욕망으로 풀을 뜯고 먹고 성교하고 서로를 발로 차고 뿔로 받으면서 언제나 아래를 향하고 땅과 그들의 식탁을 향해 몸을 굽힌다"라고 한탄한다.[134] 또한 『국가』에서 세팔루스가 나이 지긋한 소포클레스로부터 배웠듯 노년에 발견하는 큰 행복들 가운데 하나는 성욕의 잔인하고 맹렬한 횡포의 굴레로부터 마침내 벗어나는 것이다.[135]

중세 시기 내내 기독교 윤리주의자들 역시 인간의 동물적 본성과 세속적 욕망을 근본적으로 불신하였다. 성 아우구스티누스와 성 토마스 아퀴나스 같은 서구의 가톨릭 성직자들은 고대 그리스 철학자들처럼 세속적 쾌락이 고귀한 정신적 동경을 추구하고 달성하는 데 있어 인간을 무능하게 만든다고 믿었다. 이들은 또한 맛있는 음식과 술에 대한 욕구가 성에 대한 욕구와 밀접하게 연관된다고 믿었다. 즉 입의 쾌락에 대한 우리의 욕망이 성적 쾌락을 향한 욕망과도 연관되어 있다고 믿었다. 손에 사과를 들고 매혹적으로 서 있는 벌거벗은 이브를 묘사한 그

---

132) Aristotle, 『니코마코스 윤리학』(*The Nicomachean Ethics*, 1998).

133) Plato, 『국가』(*The Republic*, 1979), p.98, pp.107~109.

134) *Ibid.*, p.244.

135) *Ibid.*, p.3. "나는 어떤 사람이 소포클레스와 대화하는 것을 들었다. '소포클레스, 성생활은 어때? 아직도 여성을 즐겁게 해줄 능력이 있는가?' 소포클레스는 '후! 내 삶의 가장 큰 행복은 여성을 강간하려는 그 잔인한 폭군적 성욕으로부터 탈출하는 것이라네'라고 말했다."

림은 많은 사람의 마음속에서 미식적인 개념과 성적인 개념을 결합시킨다. 토빈은 "유대-기독교 전통의 상징적 역사는 에덴동산에서 과일을 맛보는 일화와 함께 시작된다. 먹기는 성적 수치보다 앞선다. 그러므로 음식은 에로티시즘보다 먼저 온다"라고 언급한다.[136] 그래서 『신학대전』(1265~1274)에서 성 토마스 아퀴나스는 '절제'의 의미를 포괄적인 것으로 인식해 성관계뿐만 아니라 음식과 술에 관한 절제를 강조한다.[137] 동방의 기독교 국가들, 특히나 러시아 정교의 가르침을 따르는 곳에서는 음식과 성을 같은 연결고리로 묶고 있어 고기 먹기와 술 마시기에 대한 절제(또는 단식)가 성적 유혹을 피하기 위한 방법으로 옹호된다. 이브 레빈에 의하면, "음식과 너무 많은 잠이나 우월감에 대한 지나친 탐닉"은 인간의 성욕을 자극하는 것이기에 회피되어야만 한다.[138]

기독교적 윤리주의자들이 내세웠던 것보다는 좀더 광범위하고 다양한 이유를 들지만, 심지어 현대의 세속적 사상가들도 여전히 입의 욕망과 성적 욕망을 연결하여 분석한다. 예를 들어 프로이트 학설을 신봉하는 정신분석은 이러한 '구강'[입] 그리고 '생식기' 단계를 인간의 성적 발달 과정의 각 단계라고 간주한다. 우리는 이미 고골, 곤차로프, 크비트카-오스노뱌넨코의 작품에서 성관계에 대한 큰 두려움을 음식과 술에 대한 욕망으로 상쇄하려 하는 남성 인물들이 어떻게 묘사되는지 살펴보았다. 정신분석학적 측면에서, 이러한 남성 인물들은 성인의 성기 성

---

136) Tobin, 『크림 파이』(Tarte á la creme), p.2.
137) 피에르 J. 페이어(Pierre J. Payer)는 『욕망의 굴레: 중세 이후의 성에 대한 견해』(The Bridling of Desire: Views of Sex in the Later Middle Ages, 1993)에서 음식과 성에 대한 아퀴나스 및 다른 영향력 있는 가톨릭교인들의 견해를 다루고 있다.
138) Levin, 『정교회권 슬라브 세계의 성과 사회』(Sex and Society in the World of the Orthodox Slavs), p.57.

욕으로부터 리비도적 즐거움이 발달하기 이전인 전성기기(前性器期)로 퇴행한 것으로 이야기된다. 그러나 음식과 성은 '어느 한쪽/또는'이라는 말로 대조되기보단 '양쪽 모두/와'라는 단어로 나란히 개념화된다. 실제로 이들은 서로를 상쇄하거나 대체하는 것이 아니라 서로를 수반하는 개념으로 자주 묘사된다. 정신분석적 견해에 의하면 식탁과 침대는 결코 멀리 떨어져 있지 않다. 프로이트는 "꿈속에서 식탁은 종종 침대를 의미한다"라고 주장한다.[139] 먹는 행위가 통합의 행위, 즉 외부 사물을 다른 것이 내부로 취하는 행위라면, 이는 바로 바흐친이 주장한 대로 기쁘고 즐거우며 성공적인 '인간과 세상의 조우'의 가장 기본적 모델이 된다.[140] 이와 마찬가지로 성교는 두 육체가 하나로 이루어지는, 통합의 육체적 이미지로 분석될 수 있다. 다른 이와 성적 결합을 이루고자 하는 욕망이 종종 먹는 행위로 표현된다는 것은 놀라운 일이 아니다. 성적 유혹의 대상으로서 아름다운 여인들은 종종 '맛있는 음식 조각들'에 비유되며, 반면에 잘생긴 남성들은 '(빵, 고기 따위의) 큰 덩어리' 혹은 '근육질(beefcakes)'로 간주된다. 한마디로 말해 색정적 욕망은 전통적으로 미식적 욕망과 동등시되어 왔다.

이 책에서 우리는 도스토옙스키와 톨스토이의 작품들에서 성욕과 식욕이 어떻게 묘사되는지 연구할 것이다. 19세기 후반과 20세기 초반의 다른 몇몇 러시아 작가도 논의하겠지만, 연구의 주된 목적은 19세기 러시아 소설의 두 대가가 대조적으로 묘사한 음식과 성의 표현법을 탐구하는 것이다. 앞에서 언급했듯이 나는 '힘' 또는 '쾌락'의 패러다임에

---

139) Freud, 『정신분석 입문』(*A General Introduction to Psychoanalysis*), pp.232~233.
140) Bakhtin, 『라블레와 그의 세계』(*Rabelais and His World*), p.281.

따라 먹는 행위와 성교를 개념화한 '먹다'(manger)와 '맛보다'(goûter) 사이에 로널드 토빈이 지은(그리고 미셸 푸코가 무척 붕괴시키고 싶어 했던) 유용한 구별을 확장할 것이다. 먹기와 성교 모두가 심리적 폭력과 공격 그리고 지배의 행위로 묘사되는 도스토옙스키 풍의 '육식성'(plotoiadnost'[약탈, 호색])과, 성적 충동인 쾌락, 즐거움, 탐닉의 행위로 해석되는 톨스토이의 '관능성'(sladostrastie[색욕, 음탕])은 극적 대조를 보인다.

앞으로 2장(「지배력으로서의 음식: 도스토옙스키와 육식」)에서 보게 되겠지만 '먹거나 먹히거나'라는 음식물과 관련한 역동성은 도스토옙스키의 인류 타락 이전의 허구적 세계에서 중요한 작용을 한다. 여기서 등장인물들은 강한 개성과 잔인한 관능적 충동을 보이며, 겉보기에는 채워지지 않는 힘에 대한 열망에 지배받는 것으로 그려진다. 도스토옙스키의 소설에서 먹기와 간통은 쾌락의 행위라기보다 폭력과 잔인함의 행위를 나타내며, 육욕적 욕망은 주로 힘에 대한 탐욕스러운 욕망, 즉 다른 이를 탐식하고 게걸스레 먹어 버리려는 욕망을 구현하는 것이었다. 공동체와 친교 그리고 동정과 연민의 이상화된 어릴 적 세계를 동경한 고골, 곤차로프, 크비트카-오스노뱌넨코의 남성 인물들과는 반대로, 도스토옙스키의 남성 인물들은 자본주의, 물질주의, 탐욕스러운 이기주의, 육식주의, 식인주의의 타락한 세계에 살고 있다. 그리고 이 책의 3장(「쾌락으로서의 먹기: 톨스토이와 관능성」)에서는 톨스토이가 인간의 성욕에 대해 갖는 태도의 진화적 궤적 —— 쾌락주의로부터 금욕주의까지, 그리고 자기의 즐거움으로부터 자기부정으로까지의 이동 —— 이 그의 미식적 탐닉과 방종을 대하는 태도에 어떻게 나타났는지 살펴볼 것이다. 육체의 쾌락이 사람들을 곧고 좁은 도덕적 정당성의 길과 영혼적 자기완성의 길에서 점점 더 멀어지게 만드는 죄악의 유혹이라고 여겨지듯, 톨스토이는 식탁에서의 미식적 쾌락에 대해 점점 더 혐오와 역겨움의 태도로 일관하려 한다. 그에게 있어서 그러한 쾌락은 오로지 육체적이며, 도덕이나 영혼에 바람직한 것이 아니다. 따라서 성적 문제에서 독신, 정절, 혼인의 지속 등 급진적 사고방식을 옹호하는 톨스토이의 태도는 채식주의, 금욕주의, 단식과 같은 극단적 식단을 지지하는 것으로 해석되기도 한다. 이어 4장(「세기말과 혁명적 러시아에서의 세속성과 도덕성」)에서는 19세기 후반과 20세기 초반에 걸쳐 성적 욕망과 미식 욕망에 대한 도스토옙스키와 톨스토이의 대조적 개념화가 러시아 작가들과 사상가들에게 끼친 영향에 대하여 논할 것이다. 이 시기 러시아에서는 다윈의 이론, 니체의 철학, 졸라의 소설이 수용되어 인간의 '동물학적' 본성이라는 공적 담론이 전면에 나타났는데, 이는 '인간에 내재한 야수'의 해방을 의미한다. 각각의 인간 속에 숨어 있는 이러한 '야수'는 도스토옙스키에 의하면 힘(권력)에 대한 잔인하고 탐욕스럽고 야만적인 욕망이다. 톨스토이가 말하는 '야수'는 육체적 욕구 충족과 관능적 만족을 본능적으로 추구하는 우리의 동물적 본성의 일부이다.

지배력으로서의 음식: 도스토옙스키와 육식

Eating as Power :

Dostoevsky and Carnivorousness

2장 지배력으로서의 음식: 도스토옙스키와 육식

1.『요리하는 도스토옙스키』에 대한 탐구

1960년대 후반 기발한 상상력이 돋보이는 소설『낙태』가 미국에서 출판되었다. 이 소설에서 작가 리처드 브라우티건은 책을 빌려주는 대신 후원자들에게 책을 기증받는 캘리포니아의 어느 공공도서관에 관해 이야기한다. 이 신화적인 도서관에 들어온 책들 중 하나가, 제임스 팰런의 『요리하는 도스토옙스키』이다. 이 책의 저자는 자신의 문학적 창작물을 도스토옙스키의 소설들에서 발췌된 '조리법에 대한 요리서'라 칭하고, 러시아 작가들이 만들었던 모든 음식을 먹어 봤다고 주장한다.[1] 사이먼 칼린스키는 "브라우티건의 공상은 매우 유쾌하다"라고 평하며, 이 허구적인 도스토옙스키 요리책에 대해 다음과 같이 말했다.

---

1) Richard Brautigan,『낙태: 역사적 로망스 1966년』(*The Abortion: An Historical Romance 1966*, 1971), p.28. 이런 유형의 총서는 ('브라우티건 라이브러리' 같은 이름으로) 실제로 1990년 버몬트 주 벌링턴에서 안정적으로 자리를 잡았다.

하지만 사실상 그의 캐릭터는 매우 심각한 영양부족 상태에 처해 있다. 러시아 작가들 중에서 고골, 톨스토이, 체호프는 작중인물들이 먹는 다양한 음식에 대하여 성실하고 상세하게 기술한다. 그런데 도스토옙스키는 자신의 영역에서 비이성적인 열정과 영혼에 대한 위대한 통찰력을 가진 데 반해, 인간 삶의 육체적 기반이나 자연환경에 대한 관심은 매우 미미한 편이다. 문학적 목적에서 그가 생각해 낸 유일한 음식은 누군가가 굶주리고 있는 어린 소년에게 주기 위해 양보한 마른 빵조각이라든가, 학대받는 어린아이를 바라보면서 신경쇠약증 소녀가 먹고 싶어하는 파인애플절임뿐이다.[2]

칼린스키는 "문학예술의 성실성과 정교성으로 재현된 과거 러시아의 사실적 삶에 대한 감각과 정취를 위하여",[3] 우리는 도스토옙스키보

---

2) Simon Karlinsky, 『뉴욕 타임스 북 리뷰』(*New York Times Book Review*, 1971. 6. 13)에 수록된 글 「로르샤흐 테스트로 본 도스토옙스키」("Dostoevsky as Rorschach Test"), p.23. 칼린스키가 여기서 언급한 "신경쇠약증 소녀"(학대받는 어린아이를 목격하며 파인애플절임을 먹을 만큼 신경증 환자인)는 물론 『카라마조프가의 형제들』(15:24)에서 병에 걸린 리자 호흘라코바를 가리킨다. 그녀는 심지어 알료샤에게 "나만 부자이고 다른 사람은 가난했으면 좋겠어. 나 혼자 캔디를 먹고 크림을 마시는 동안 다른 사람에겐 아무것도 나누어 주지 않을 테야"라고 말한다(15:21). 도스토옙스키의 소설에 종종 등장하는 그런 식의 병적 식탐에 대한 또 다른 인상적 예는 『미성년』(*A Raw Youth*, 1875)에서 아르카디의 친구 람베르트로 그는 "내가 부자가 된다면 가난한 어린아이들이 굶어 죽는 동안 나는 애완견에게 빵과 고기를 먹이는 일이 가장 즐거울 것"이라고 한다(13:49). [옮긴이] 이 책에서 도스토옙스키의 작품을 인용할 경우 다음 판본을 이용했으며, 인용 부분 끝에 권 번호와 쪽수만을 밝혔다. F. M. Dostoevskii, *Polnoe sobranie sochinenii*, 30 vols., 1972~1990.

3) Karlinsky, 「로르샤흐 테스트로 본 도스토옙스키」("Dostoevsky as Rorschach Test"), p.23. 20세기 초반의 어느 평론가에 의하면, "러시아의 역사적 순간들 하나하나에서 나타나는 사회 유형과 시대상을 공부하는 수단으로서의 삶을 반영하는 데 있어서" 도스토옙스키의 소설은 톨스토이, 투르게네프, 심지어는 보르보리킨의 소설들과도 비교가 안 될 정도로 뛰어나다고 한다. Vetrinskii(Vasilii E. Cheshikhin의 필명), 『동시대인들의 회상록, 편지와 수기 속의 도스토옙스키』(*F. M. Dostoevskii, v vospominaniiakh sovremennikov, pis'makh i zametkakh,*

다 다른 러시아 작가들을 주목할 필요가 있다고 덧붙였다. 이 논평에 대하여 심각하게 도전장을 내밀 독자는 없을 것이며, 위에서 언급했던 이 분석의 정확성이나 유효성에 대한 논쟁도 없을 것이다. 따라서 이 '요리하는 도스토옙스키'는 요리서의 제목이라 하기에는 (모순이 아니라면) 비교적 아이러니하다고 판명된다. 이 러시아 작가의 소설들은 풍미 있는 요리법, 주방 전문 지식 혹은 요리에 대한 조언 연구에는 몹시 부족한 문헌들이기 때문이다.[4]

    그러나 칼린스키가 언급한 바와 같이 '인생의 육체적 기반' 혹은 '인간의 자연적 환경'[5]에 대한 러시아 작가들의 관심 부족은 차치하더라도, 도스토옙스키의 소설에서 음식을 먹는 장면과 음식에 대한 묘사의 희소성(병적인 외고집은 언급할 필요도 없이)은 설명할 수 있다. 다른 19세기 러시아 작가들과 확연히 구분되는 목적으로 도스토옙스키는 음식 모티프와 메타포를 사용하였다. 더욱이 이 '지하의 시인'은 특별한 상징적 중요성을 더하거나 미식적 이미지들의 암호화를 구축하였다. 도스토옙스키의 소설에 나타나는 여관, 선술집, 레스토랑 장면은 작가가 러시아의 현대적 요리 방식에 대한 물리적 세부 설명을 한다거나 생생한 표현이 풍부한 그림을 그리기 위한 수단이 아니다. 대신에 그것은

    1912, p.xli.)의 서문 수필 「표도르 미하일로비치 도스토옙스키: 삶, 개성(인격), 그리고 창작품」("Fedor Mikhailovich Dostoevskii: zhizn', lichnost' i tvorchestvo")을 참조.
4) 어떤 '요리하는 도스토옙스키'(culinary Dostoevskii)는 없을지 모르지만, 루이스 사드마리(Louis Szathmary)는 '요리하는 월트 휘트먼'(The Culinary Walt Whitman)에 대한 논문을 썼다. 『계간 월트 휘트먼』(the Walt Whitman Quarterly), 3, vol.2(1985), pp.28~33.
5) 알렉스 드 종(Alex De Jonge)이 말했듯이, 도스토옙스키는 일반적으로 "육체적 현실보다 정신 상태에 더 집중하는" 것으로 보인다. 『도스토옙스키와 격정의 시대』(Dostoevsky and the Age of Intensity, 1975, p.66)에서 드 종은 "도스토옙스키는 19세기 시대상의 현실을 묘사하는 것이 아니다. 그는 그 현실이 세워진 토대신화와 통념을 파헤친다"라고 설명한다.

충격적인 스캔들 장면이나 작중인물들의 열정적인 대화 장면을 구성한다. 『상처받은 사람들』에서 발코프스키 공작과 이반 페트로비치, 『죄와 벌』에서의 스비드리가일로프와 라스콜리니코프, 『미성년』에서의 아르카디 돌고루키와 베르실로프, 그리고 『카라마조프가의 형제들』에서의 이반과 알료샤 카라마조프 사이의 주요 장면들은 공공 레스토랑 장면에 대한 저자의 시학을 매우 잘 보여 주는 예이다. 언어예술가로서 미식 담론을 표현할 때, 도스토옙스키는 확실히 실제 식사를 예술적으로 묘사하는 것보다 작중인물의 심리적 동기라든지 정서적 상태를 표현하기 위한 수사법으로 이용하는 것에 더 관심이 있었다. 간단히 말해서 도스토옙스키는 음식과 먹는 행위를 19세기 러시아의 일상생활에 대한 세부 사항을 사실적으로 묘사하기 위한 모방적 도구로서 탐구했다기보다는 현대사회에서 성별 간, 세대 간, 그리고 사회계급 간에 발생하는 충돌에 대해 기술하기 위한 메타포로서 쓴 것이다.

더욱이 도스토옙스키의 인류 타락 이후의 소설세계에서 등장인물들은 강한 의욕과 의지력을 가진 이기적 생명체(창조물)로 거의 모두 타인을 정복하고 지배하려는 욕망에 사로잡혀 있다. 이들의 먹는 행위는 성행위처럼 쾌락의 패러다임뿐만 아니라 권력의 패러다임을 나타낸다. 이 음식의 역학은 작가가 시베리아 유형지에서 돌아와 쓴 작품들에서 두드러진다. 작품 속의 등장인물들은 강한 자아와 관능적 충동을 가졌으며 리비도의 지배(libido dominandi),[6] 즉 충족될 수 없을 것만 같은 탐욕스러운 권력욕, 달랠 수 없는 색욕에 의해 지배받는 것으로 그려

---

6) Bruce K. Ward, 『도스토옙스키의 서구 비평: 지상의 파라다이스 탐구』(*Dostoevsky's Critique of the West: The Quest for the Earthly Paradise*, 1986), p.128.

졌다. 도스토옙스키의 이기적인 등장인물들에게 음식물 섭취——모방적이든 은유적이든 간에——는 맛, 향락, 영양 상태를 지칭하는 것이 아니라 폭력, 공격, 지배를 가리키는 경향이 있는 것이다. 음식과 여성에 관한 한 피와 권력에 굶주린 사람들의 먹는 행위는 단순히 먹는 것 이상의 의미를 갖는다. 이들은 게걸스럽게 먹고 소화하고 파괴하려 한다. 이러한 의미에서 도스토옙스키의 작중인물들은 레르몬토프의 소설『우리 시대의 영웅』(1841) 주인공이 겪는 욕망의 병리학을 똑같이 앓는다. 주인공 페초린은 지쳐서 마치 뱀파이어처럼 다른 사람들의 감정과 정서를 '섭취하기' 위해 자기를 충동질하는 기묘한 내적 욕구를 충족시키겠다는 맹세를 한다. 페초린은 "내 안에는 모든 것을 소멸시키는 탐욕스러운 욕구가 있다. 그리고 이 때문에 나는 다른 사람들과의 관계에서 그들의 기쁨과 고통이 오로지 나의 정신적인 힘을 영속시키는 음식인 것처럼 생각하게 된다"[7]라고 설명한다. 도스토옙스키가 자기 소설에서 묘사하도록(그리고 드러내도록) 강요받은 듯한 폭력적이고 무자비한 '남성우월' 심리 아래, 음식은 여성들과 마찬가지로 그것이 가져다줄 수 있는 리비도적 만족감이 아니라 그것이 부여하는 자율성, 지배의식, 통제감 같은 감각 능력을 몹시 탐내게 되는 남성이 이성에게 느끼는 성적 욕망의 대상으로서 기능하게 된다.[8] 따라서 육욕이 명백하게 강탈적 탐욕

7) Mikhail Lermontov,『4권으로 된 전집』(*Sobranie sochinenii v chetyrekh tomakh*, 1958~1959), 4:401, 438. 스타브로긴도 페초린처럼 소설 속에서 "뱀파이어"로 언급된다(10:401).

8) 니나 펠리칸 스트라우스(Nina Pelikan Straus)는 여성에 대한 남성의 성적 폭력과 잔인함(그녀는 이것을 도스토옙스키의 소설 속 많은 남성 주인공들의 심신을 괴롭히는 "남성우월주의자의 질병"이라고 부름)을『도스토옙스키와 여성 문제: 세기말에 다시 읽기』(*Dostoevsky and the Woman Question: Rereadings at the End of a Century*, 1994)에서 페미니스트적 관점으로 논의한다.

임을 밝히는 도스토옙스키의 소설세계에서는 먹는 것과 간음이 쾌락보다는 폭력성과 잔인성을 나타낸다.

이 장에서는 도스토옙스키가 음식물과 관련된 언어와 이미지를 통하여 권력을 향한 지칠 줄 모르는 인간의 내적 의지를 어떻게 전달했는지 탐구하고자 한다. 따라서 신화적으로 '요리하는' 도스토옙스키를 탐구할 때 그의 소설에서 가끔 나올 법한 조리법을 상기하는 것에는 중점을 두지 않는다. 오히려 나는 씹어 삼키는 약탈적인 육식 이미지를 통해 권력을 향한 악마적이고 파괴적인 자기본위의 욕구가 그의 소설에서 어떻게 표현되는지를 검토할 것이다. 영국의 디킨스처럼, 이 19세기 러시아 작가는 정치적·사회문제적·성적·심리학적 힘의 역학이 둘 또는 셋 이상의 인간관계에서 어떻게 작용하는지를 전달하기 위해 다양한 종류의 동물 이미지(먹잇감이 되는 새, 거미, 파충류 등등)를 자주 사용한다.[9] 이러한 동물 이미지를 강화하기 위하여 그는 '삼키다'(proglotit'), '다 먹어 치우다'(s"est'), 그리고 '게걸스럽게 먹어 치우다'(zhrat') 같은 특정한 저작적[씹어 삼키는] 용어를 선택한다. 이러한 용어들의 문자상의 의미와 어원은 보다 중립성을 갖는 '파괴하다' 혹은 '전멸시키다'라는 용어와 의미론적으로 필적하도록 고안되었다. 이 장에서는 또한 사람들 사이에 발달하는 식육 욕망——도스토옙스키의 소설에서는 타인을 지배하고 통제하고자 하는 심리적 욕구와 동일시됐던 '살코기'를 향한 은유적 의미의 욕망——이 어떻게 식인(食人) 풍습으로 발전했는가

---

9) 디킨스가 도스토옙스키에게 끼친 영향에 대한 연구를 위해서는 N. M. 래리(N. M. Lary)의 『도스토옙스키와 디킨스: 문학적 영향 연구』(*Dostoevsky and Dickens: A Study of Literary Influence*, 1973)를 참조.

에 대해 다룰 것이다. 이 시기에는 특히 권력을 향한 탐욕스러운 의지가 급속한 산업화와 자본주의적 발전 과정을 겪던 해방 후 러시아의 사회적·경제적 환경에 의하여 가속화되었다. 현대의 세속적인 세상에서 그리고 자기의 독특한 예술적 심상, 그리스도를 향한 신앙, 인류의 미래에 대한 깊은 통찰력을 바탕으로 도스토옙스키가 인간관계의 깊은 내면에서 바라본 야수적 육식성은, 사람들을 결국 피에 굶주린 식인종으로까지 타락하게 만든다.

2. 식욕 대(對) 영혼: 굶주림, 단식, 그리고 고통

신화적인 '요리하는 도스토옙스키'를 찾겠다는 것은 무모한 일일 것이다. 왜냐하면 도스토옙스키의 소설세계에서는 전통적으로 강력하게 유지되어 온 음식의 긍정적 역할, 즉 인간의 몸을 위한 음식에서 인간의 몸을 위한 물리적 영양분, 활기, 건강을 공급해 주는 생명의 원천으로서의 역할이 대부분 무시되기 때문이다. 칼린스키는 신경증 환자 리자 호흘라코바의 예를 통해 이를 반증한다. 그녀는 학대받는 어린아이의 극심한 고통을 바라보며, 파인애플절임 같은 달콤하면서도 매혹적인 음식을 먹을 생각에서 사디스트적 기쁨을 내보인다(15:24). 도스토옙스키의 소설세계에서 먹는 행위란 긍정적이기보다는 부정적으로 가치화되는 경향이 있다. 그 이유는 먹기라는 행위가 종종 외설적이고 심술궂거나 그릇되며, 불건전하다는 것과 연관되기 때문이다. 지극히 소수의 예외(예를 들어 『백치』에서의 건장한 예판틴 딸들이 음식을 향한 강한 욕망을 나타내는 경우)를 제외하고는 도스토옙스키의 작중인물들 ——먹는 역할을 맡는 사람들——사이에서 육체적 생기나 입맛에 아주 신물

이 난 상태를 찾아보기는 힘들다.[10] 그와는 반대로 육체적 질병으로 고통을 받아 허약한 경우나 음식 결핍에 따른 만성적 기근으로부터 고통받는 사람들과 조우할 확률이 높다. 실제로 도스토옙스키의 소설에서 육체적 굶주림은 불행한 개개인들이 떠밀려 살아가는 강압적 유형의 도시환경에서 중요한 사회학상의 지표가 된다. 그 결과 굶주림은 경제적 궁핍, 물질적 결핍, 육체적 고통의 상황과 밀접하게 연관되기 마련이다.[11] 자신과 가족들이 굶주리지 않아야 한다는 압박 속에서 수년간 문학작품을 써 온 가난한 작가 도스토옙스키는 하루하루 끼니를 이어 갈 빵을 얻는 것이 얼마나 어려운지를 직접 체험해 알고 있었다.[12]

따라서 『죄와 벌』에서의 마르멜라도프 집안이나 『카라마조프가의 형제들』의 스네기료프 집안처럼 가난에 시달리는 가족들은 평균에 훨씬 못 미치는 불충분한 식단으로 연명하거나 굶주림으로 몹시 고통받는 듯 보인다. 그 예로 니나 스네기료프는 다른 사람들이 먹다 남긴 것을 먹는 상태로 격하되고 있다(스네기료프 대위는 "개한테조차 주기를 꺼려할 그런 음식이다"라며 슬퍼한다[14:191]). 또한 프랑스인 살인자 리차

---

10) 내레이터에 의하면, 예판틴의 딸들은 "너무나도 생기 있고 건강해서 때로는 아주 배불리 먹기를 좋아했는데, 이는 그들이 그 식욕을 숨기려 하지 않는다는 걸 보여 준다"(8:32)라는 것이다. 딸들의 엄마는 "어떤 때는 식욕에 대한 그들의 솔직함을 의심스러운 눈초리로 바라보곤 했다"라고 한다(8:32).

11) 이 주제에 관한 도스토옙스키의 동시대 영국인의 연구(그리고 소문으로 추정된 문학적 영향)를 살펴보려면 게일 휴스턴(Gail Turley Houston)의 『소비하는 픽션들: 디킨스의 소설에서 성, 계급, 그리고 굶주림』(*Consuming Fictions: Gender, Class, and Hunger in Dickens's Novels*, 1994)을 참조.

12) 지인들에게 보낸 편지를 보면, 도스토옙스키는 얼마나 많은 빚이 자신의 빈약한 잔고를 갉아먹었는가에 대해서 불평하곤 했다. 그가 에밀리아 도스토옙스카야에게 10월 11일 보낸 편지가 그 예이다(1867. 10. 11, 23, 28.2:231~233). 그는 또 "한 끼니를 때울 빵 한 조각을 위해 내 펜을 판다"라며 생계를 이어 나가기 위해 원고 마감일에 쫓기는 삶에 대해 슬퍼하기도 했다. 1859년 10월 4일 그가 에두아르드 토틀벤에게 보낸 편지를 참조(28.1:342~344).

드에 관한 이반 카라마조프의 일화는 가난한 자는 돼지에게 주고 남은 음식을 먹는 것만으로도 기뻐할 수 있다(14:218)는 것을 보여 준다. 많은 경우, 음식이 심각하게 부족한 상태에서 작중인물들은 더욱 극단적인 수단을 취하게 된다. 그 예로 소냐 마르멜라도바는 어린 동생들을 먹여 살리기 위하여 매춘을 강요받는다(6:21). 한편 과부가 된 새어머니는 남편이 살아생전에 충성을 다했던, 그러나 무뚝뚝한 성정을 지닌 상관에게 재정적 도움을 청했다가 잔인하게 거절당한다. 그후 그녀는 아이들을 거리로 내몰아 서커스 동물들처럼 공연을 시키고, 음식을 얻기 위해 그들을 거지처럼 노래하고 춤추게 한다. 괴로운 나머지 그녀는 이렇게 외친다. "이제 내가 직접 아이들을 먹여 살리겠어. 앞으로는 누구에게도 신세를 지지 않을 거야!"(6:329~320) "굶주림으로부터 오는 분개"(스비드리가일로프가 인용했듯이)는 소설에서 만성적 영양부족과 심각한 영양실조를 겪는 라스콜리니코프(6:378)가 끔찍한 범죄를 저지르게 만드는 동기들 중 하나로 통한다.[13] 『온순한 여인』에 나오는 "그녀에게 **빵 한 조각**"(24:10) 주기를 아까워하는 두 고모의 집에서 주기적으로 구타당하던 어리고 약한 16세의 여주인공은 오로지 육체적 생존을 위해서 자기보다 훨씬 나이 많은 남자와의 사랑 없는 결혼에 동의한다. "나는 그녀에게 절대 굶주릴 일은 없을 것이라고 직접 말했다"라고 전당포 주인은 설명한다. 결국 그의 비열한 학대(새 아내를 복종시키려는 의지를 갖고 군림하는 남편)는 감정적으로 짐승처럼 되어 버린 젊은

---

13) 라스콜리니코프가 왜 전당포 노파를 죽여야 했는지에 대해 절박한 심정으로 그 이유를 찾으려다가 "당신은 배가 고파서 그랬던 거예요!"라고 소냐 마르멜라도바가 말한다. 그러나 라스콜리니코프의 대답은 다음과 같다. "아니야, 소냐. 그렇지 않아요. 만약 내가 단순히 배고파서 살인을 저지른 것이라면 난 지금 행복해야 합니다!"(6:317~318)

신부를 자살로 내몰고 만다(24:11).『카라마조프가의 형제들』에서 스네기료프 대위는 배고픔에 좌절해 자신의 명예를 지키기 위해 결투를 하기보다는 맹렬한 '가난한 자의 긍지'를 삼켜야 했다. 그는 잔인한 드미트리 카라마조프로부터 이전에 공공장소에서 겪었던 모욕에 대한 대가로 제공된 돈을 받는다. "그리고 만약 내가 그에게 도전하고, 그가 그 장소에서 나를 죽인다면 그다음은 뭐지? 무엇이 어떻게 되는 거지?"라고 말하며, 스네기료프 대위는 자기 자식들을 걱정한다. 그들에게 "누가 그 애들을 먹여 살릴 것인가?"(14:186) 육체적 생존(음식비평가들이 '음식의 영도(零度)'[degré zéro alimentaire]라고 칭하는)이라는 기본적인 수준을 지키기 위해 고군분투해야 하며, 또한 롤랑 바르트가 '욕구 명령'(l'ordre de besoin)이라고 부른 비참한 육체적 가난에서 살아남아야 하는 마르멜라도프나 스네기료프 집안처럼 굶주린 가난한 가족에게 음식이란 극심한 물질적 결핍, 빈곤, 욕구를 의미한다.[14] 예를 들어『백치』에서의 천진난만한 스위스 소녀 마리의 경우나(8:59)『악령』에서의 마리야 레뱌드키나(10:114) 그리고『카라마조프가의 형제들』에서의 리자베타의 경우를 살펴보자. 도스토옙스키는 친절하고 겸손한 작중인물들의 무자비한 희생을 강조하기 위해 그들에게 물질적 복지를 제공해

---

14) Roland Barthes,『브리야 사바랭의 강의』("Lecture de Brillat-Savarin"), Jean-Anthèlme Brillat-Savarin,『미식 예찬』(*Physiologie du goût*, 1975), p.8. 제임스 브라운(James Brown)의 주석에 의하면, "슈(Sue)의『파리의 미스터리』와 위고의『레미제라블』속 인물들 대부분이 직면하는 문제는 그들이 얼마나 잘 먹는가가 아니라 오히려 그들이 무엇을 먹기는 하는가에 대한 것이다. 음식 자체가 진귀하기 때문에 그것이 작중인물들의 가장 중요한 문제가 된다. 이 불쌍한 영혼들은 완전히 0퍼센트의 영양 상태에서 겨우 존속해 간다." James Brown ed.,『1789~1848년 프랑스 소설 속에서 허구의 음식과 그것의 미학적 기능』(*Fictional Meals and Their Function on the French Novel, 1789~1848*, 1984) p.91 참조.

야 하는 책임을 가진 사람들이 어떻게 그들의 식량을 박탈해 왔는지를 기술했다. 도스토옙스키의 소설에서 다른 사람들을 잔인하게 괴롭히는 죄를 범하는 등장인물들의 비열한 학대와 가정 내 횡포는 그들이 자기의 지배하에 있는 사람들이 충분한 식단을 향유하는 것을 허락하지 않는 데서 명백히 드러난다.

또한 도스토옙스키는 '빵'과 관련한 전통적인 상징 표현을 생존의 지로 활용하면서, 이것 없이는 인간이 육체의 기본적 생존을 유지할 수 없음을 보여 준다. 『작가 일기』에 나오는 크리스마스 트리 앞에서 굶어 죽는 소년의 경우처럼(22:15), 도스토옙스키의 소설에서 사람이 극도의 물질적 궁핍에 도달할 때 그것은 최후의 '빵 한 조각'(kusok khleba) 혹은 '빵 껍질'(korochka)이라는 관례적 표현으로 격하되곤 한다. 실제로 도스토옙스키의 글에서 '빵'은 일반적으로 음식의 기본적 환유어로 기능한다. 예를 들어, 『온순한 여인』에서 어린 여주인공은 비참한 가정 생활로 인해 극심한 절망에 도달한 나머지, 단순히 '음식을 얻기 위해' (iz khleba, 빵 때문에) 봉급 없는 일터를 제공하는 지역신문의 광고를 꺼내 든다(24:8). 『백치』(8:312)와 『악령』(10:172) 두 작품에서 우리는 자유롭고도 세속적인 휴머니즘과 사회주의의 박애를 뜻하는 상징물로서, 굶주리는 인류에게 '빵'(즉, 음식)을 나르는 덜컹거리는 짐수레 모티프를 볼 수 있다.[15] 한편 『카라마조프가의 형제들』에서 그리스도는 황야에서 돌을 '빵'으로 바뀌게 만들라는 것을 거절한다. 대심문관은 이

---

15) 조지프 프랭크(Joseph Frank)에 의하면 이러한 이미지는 알렉산드르 게르첸(Aleksandr Gertsen)과 페체린 사이의 서신 교환에서 나온다. Joseph Frank, 『도스토옙스키: 기적의 세월, 1865~1871』(Dostoevsky: The Miraculous Years, 1865~1871, 1995), p.201 참조.

거절이 곧 육체적 자기보존을 위한 인간적 욕구뿐만 아니라 인식론적 확실성과 예배공동체에 대한 욕망(혹은 '욕구')을 만족시키는 기회를 박탈하였다는 이유로 그리스도를 징벌한다. 대심문관의 주장에 따르면 인간은 "법률상의 죄, 곧 종교나 도덕상의 죄는 없으며, 오로지 굶주림만이 모든 것의 원천"이라고 믿기 원한다는 것이다. 그리하여 대심문관은 그리스도에게 "사람들을 먹인 후 미덕에 대해 논하라"라고 권고한다(14:230).

1876년 6월 바실리 알렉세예프에게 쓴 편지에서 도스토옙스키는 사람들에게 빵을 주어 육체적 욕구를 쉽게 충족시키는 것의 위험성을 제시하고 있다. 그는 인류의 굶주림에 대한 이러한 사회학·경제학적 해결방안은 우리의 "노력, 성품, 타인을 위해 누군가의 이익을 희생시키고", 결국에는 도덕적 자유를 앗아 간다고 주장했다. 작가의 설명에 따르면 "돌을 빵으로 바꾼다"라는 모티프는 "인간의 가장 중대한 악덕들과 걱정거리들은 굶주림, 추위, 가난, 그리고 생존을 위한 모든 종류의 분쟁으로부터 기인한다"(29.2:85)라는 사회주의자들의 기본 신념에 도전하기 위해 고안된 것이다. 이 사악한 유혹에 대한 그리스도의 응답("인간은 빵으로만 살아가지 않는다"라는 그 유명한 답변)은 단순히 동물적이지 않은 인간의 영혼적 본성에 관한 중요하고도 자명한 이치를 진술한다. 세속적인 빵으로 인류를 다시 새롭게 하기보다 그리스도는 우리의 영혼에 미(美)의 이상과 사랑의 법칙을 주입하는, 더 영양가 있는 거룩한 양식을 제공한다. 이러한 고도의 영혼적 이상을 향한 노력으로, 인류는 결국 타인과 형제가 된다는 목적을 달성할 수 있게 되었다. 도스토옙스키는 "그러나 인류가 빵을 공급받는다면, 권태로 인하여 사람들은 서로 적이 될 수도 있다"라고 말한다(29.2:85). 도스토옙스키가 두려

위했던 것은, 일단 인류가 잘 먹거나 개개인이 자신의 충분한 양을 먹어 치웠을 때, 인류는 곧 지루함을 느낄 존재라는 점이었다. 베르실로프 공작은 "인간은 충분한 양의 음식을 먹은 후 그 고마움에 대해선 곧 잊어버릴 것이다. 그러고는 이렇게 말할 것이다. '자, 나한테는 먹을 것이 충분한데, 지금 내가 해야만 할 일이 무엇이란 말인가?'"(13:173)라고 예언한다.

이에 기반한 종교적이고 정신적인 문맥에서, 도스토옙스키의 몇몇 등장인물들은 미식적인 자기부정으로부터, 그리고 육체적 영양분인 '빵(음식)'에 대한 자기억제로부터 발생한 굶주림을 중요시한다. 다른 사람들이 굶주림으로부터 고통받고 있는 반면, 이러한 사람들은 자학적으로 고통을 위해 굶주림을 겪는 것으로 보인다.[16] 페라폰트 신부는 종교적 단식을 준수하는 데 엄격하고 헌신적이기로 유명하다. 1년 365일 심지어는 부활절에도 이 성스러운 성직자는 빵과 물만 섭취하는 것으로 식단을 제한한다. 그는 사흘간 단 2파운드의 빵만을 먹는데, 그가 이레 동안 먹는 음식도 오브도르스크 수도원에서 단식하는 다른 수도사들이 이틀간 먹는 분량밖에 되지 않는다. 그는 기존에 자기의 정신적 적수였다가 최근 고인이 된 조시마 장로(단식에 대한 믿음이 없었던)를 두고 "달콤함에 유혹당했다. 달콤함으로 배를 채우는 행위로 그러한 욕구를 숭배하였다"(14:303)라고 비난한다. 이러한 종교적 광신자에게 음식이란 악마적이고 사악한 유혹과도 밀접한 관련이 있는 것이

---

16) 다니엘 랑쿠르-라페리에레(Daniel Rancour-Laferriere)는 『러시아의 노예 영혼: 도덕적 마조히즘과 고통 컬트』(*The Slave Soul of Russia: Moral Masochism and the Cult of Suffering*, 1995)에서 그러한 고통에 대한 욕망(그가 "도덕적 마조히즘"이라고 부른)을 러시아의 문화적 특성으로 보고 있다.

다.[17] 또 다른 예로 사랑해 마지않던 정신적 멘토 조시마 장로의 시체에서 너무 일찍부터 풍겨나는 코를 찌르는 썩은 냄새 때문에 알료샤는 시험에 든다. 이때 같은 맥락에서 은총으로부터의 추락, 즉 "성자에서 죄인으로"(14:310)의 추락은 성적 유혹(그의 수도사복을 벗기고 '자기 손아귀에' 넣기 위하여 이 젊은 수도사를 오랫동안 기다리고 있던 관능적인 그루센카를 방문한 것)뿐만 아니라 음식과 술의 유혹도 포함하는 것이었다. 다시 말해 그는 라키틴과 함께 소시지를 먹고 보드카를 마심으로써 사순절(Lenten) 금식을 깰 예정이었다(14:309). 대심문관은 그리스도에게 자신이 황야에서 "나무 뿌리와 메뚜기만" 먹음으로써 겪은 고난에 대해 (나약한 대중으로서가 아니라 극소수의 강한 위인의 한 명으로서) 말해 주었는데(14:237), 후에 이반 역시 악마처럼 강자 중 한 명으로서 "메뚜기만 먹고 살"(15:80) 준비가 되어 있다고 조롱한다. 『백치』에서 레베데프는 빵과 물만 있는 빈약한 식단으로 먹고 살 준비가 되었다고 자랑한다(8:163). 나스타샤 필립포브나를 향한 자신의 열렬한 사랑을 입증하기 위하여 로고진은 죽음의 위험을 수반하는 극도의 육체적 고통조차 감내할 준비가 되었음을 보여 주기 위한 노력의 일환으로 단식 투쟁을 실행하기도 한다(8:175~176). 한편 『죄와 벌』에서 라스콜리니코프는 여동생 두냐가 돈 때문에 하는 결혼에 대해 그녀의 영혼을 팔아 버리느니 차라리 검은 빵과 물만 먹고 살겠다고 말한다(6:37). 『스테판치코보 마을 사람들』에서도 마찬가지로 사센카와 나스텐카와 같은

---

17) 로빈 포이어 밀러(Robin Feuer Miller)는 "도스토옙스키는 페라폰트 신부를 통해 '세속 음식에 대한 금식이 영혼을 살찌운다'라는 명제를 비꼬았다"라고 지적한다. 『카라마조프가의 형제들: 소설의 세계』(*The Brothers Karamazov: Worlds of the Novel*, 1992), p.50 참조.

결혼 적령기의 젊은 여인들은 포마 오피스킨의 봉건 영지에서 행해지는 비열한 횡포에 대한 반항으로 검은 빵과 물만 먹고살 의지를 내보이기도 한다(3:58).

3. 신격화된 식욕: 관능적인 탐닉과 방탕

비록 도스토옙스키의 이야기들에서 육체적인 고통(그리고 배고픔과 단식이라는 육체적 고통과 미식 간의 상호관계)이 향연이나 포식의 우위에 있는 편이지만, 그의 소설들에도 때로는 미식적 탐닉으로부터 도래하는 기쁨과 즐거움에 관한 묘사들이 나타난다. 이런 언급은 악명 높은 쾌락주의자들, 미식가들 혹은 사치스러운 사람들에 관한 것이다. 『백치』에서 음식이 곧 자기부정과 결핍을 의미하는 '욕구 명령'(l'ordre de besoin) 대신 음식이 곧 자기탐닉과 방종을 가리키는 '욕망 욕구'(l'ordre de desir)에 따라 생활하는 라돔스키의 삼촌이 그 예이다. 그러나 이러한 도스토옙스키적 쾌락탐구자들의 미식 행위는 그 텍스트상에서는 좀처럼 사실적으로 묘사되지 않는다. 그러한 사치와 향락을 일삼는 방탕자이자 주색을 좋아하는 카라마조프 종족의 탐욕스러운 수장 표도르 파블로비치는, 신에게 제물 바치기를 추구하고 모샘치라는 맛없는 생선을 매일 먹으며 내세(來世)에서 신의 은총을 얻겠다고 희망하는 그 지역 수도사에 대해 혹평을 늘어놓는다. 그는 "수도사들이여, 당신들은 무슨 이유로 단식을 하시오? 어째서 천국에서 단식의 보상이 있으리라 기대하느냐는 말이오?"라고 묻는다. "이리로 와서 이 도시에 있는 나를 보시오. 참 재미있소이다……. 빈약한 기름 대신에, 나는 당신들에게 아직 젖을 떼지 않은 돼지와 카샤를 드리겠습니다. 우리는 브랜디와 리큐어를 곁들인 저녁식사를 할 것입니다"(14:84). 그의 아들 드미트리는 아버지의 유산인 관능적 색욕 혹은 '카라마조프주의'(카라마조프적인 것)를 가장 잘 물려받은 듯 보인다. 그는 아버지가 살해당한 날 밤 모크로예에서 그루센카를 만나기 위해, 특별히 길게 나열된 요리와 식료품 목록을 주문한다(14:360). 고골의 『죽은 혼』 2장에서 표트르 페트로비치 페투크는 주방장에게 다음 날의 저녁식사를 위해 필요한 준비를 지시하는 도중 진정으로 "한 미식가를 향한 송시"를 쓴다.[18] 꼭 이와 같이, 자신이 계획한 그날 저녁의 부어라 마셔라 하며 법석대는 향연에 대한 기대감에, 또 모크로예로 배달된 다양한 음식(대부분 값비싼 이국풍 식료품들)을 열거하면서 드미트리의 쾌락 욕구는 극심한 자극을 받는다.

잠깐, 들어 봐. 그들에게 치즈와 스트라스부르 파테(Strasbourg pâté), 훈제 생선, 햄, 캐비아, 그리고 모든 것, 그들이 가진 모든 것을 그전처럼 백 루블어치 혹은 백이십 루블어치만큼 담으라고 해……. 그러나 잠깐. 디저트, 과자, 배, 멜론, 둘 혹은 셋 혹은 넷 — 아니야, 멜론은 하나면 족해, 그리고 초콜릿, 캔디, 토피(toffee), 퐁당(fondant)을 잊지 말라고. 사실 이전에 내가 모크로예로 가져온 모든 것은, 삼백 루블의 값어치가 있는 샴페인이었어……. 다시 예전과 똑같이 해야겠다.(14:360)[19]

---

18) Natalia Kolb-Seletski, 「미식, 고골, 그리고 그의 소설」("Gastronomy, Gogol, and His Fiction"), 『슬라브 리뷰』(*Slavic Review*), 29, vol.1(1970), p.46.

19) 비록 표면상 목적이 페라폰트 신부에게 수도원의 수도사들 사이에서 행해지는 엄격한 금식 관리와 검소함을 보여 주는 것이라 해도, 4권 1장에서 페라폰트 신부를 찾아온 수도사는 사실 독자가 아니더라도 최소한 화자(또는 혹 그의 청자까지도)의 식욕을 자극할 만한 미식 목록을 늘어놓는다. 수도사는 페라폰트 신부에게 "우리는 고대 수도원의 규칙에 따라 식사를

한편 『백치』에서는 인생 자체가——형이상학적이고도 미식적인 관점에서——유쾌하고 즐거운 '향연'(pir)처럼 보인다. 그러나 노후에 치명적 병을 앓는 입폴리트(8:343)와 만성적 간질을 앓는 미시킨(8:351)은 그 인생에 초대받지 못했다고 느낀다.

우리가 앞 장에서 보았듯 고골, 곤차로프, 크비트카-오스노뱌넨코는 풍자적 관점(등장인물의 진부한 속물근성을 비난하면서 그의 지성적이고 정신적인 측면의 파산을 암시하는 방법으로서)에서 보자면 이는 먹는 것과 마시는 것에 걸신들린 도락(道樂)으로 그려지는 경향이 있다. 이러한 도스토옙스키의 부정적인 미식적 가치 설정은 '계몽적 사실주의'의 문학적 시학보다는 동방정교의 금욕주의적 전통, 특히 인간의 육체적 본성이 영적 구원의 달성을 방해한다고 믿는 러시아 정교의 종교적 신념에서 기원한 것으로 보인다.[20] 종교적이고 정신적인 이유에서든 도덕적이고 철학적인 이유에서든 미식적 본성과 관련한 관능적 탐닉은 도스토옙스키의 소설세계에서 절대적 비난을 받기 일쑤이다. 인간

합니다"라고 설명한다. "사순절 기간 사십 일 내내 월요일과 수요일, 금요일에는 식사가 제공되지 않습니다. 화요일과 목요일에는 흰 빵과 꿀을 곁들인 과일스튜와 산딸기 또는 양배추절임과 오트밀을 먹고, 토요일에는 흰 양배춧국, 콩을 곁들인 국수, 그리고 카샤를 모두 기름에 요리해서 먹습니다. 일요일에는 말린 생선과 카샤, 양배춧국을 먹습니다. 성 주간에는 월요일부터 토요일까지 엿새 동안 빵과 물, 요리하지 않은 채소만을 검소하게 먹습니다. 먹는 것은 허락되지만 매일은 아니며, 사순절 기간 첫 주와 동일한 규칙이 적용됩니다. 성 금요일에는 아무것도 먹지 않습니다. 같은 식으로 성 토요일에는 세 시까지 금식해야 하며, 그후 조그만 빵조각과 물을 먹고 와인 한 잔을 마십니다. 예수 승천 축일인 성 목요일에는 와인을 마시고 요리되지 않았거나 기름 없이 요리한 음식만을 먹습니다……. 이것이 바로 우리가 금식을 행하는 방법입니다."(14:153)

20) 『900~1700년 정교회권 슬라브 세계의 성과 사회』(*Sex and Society in the World of the Orthodox Slave, 900~1700*, 1989)에서 이브 레빈(Eve Levin)은 육체의 죄에 대한 동방정교회의 견해에 관해 논한다. 특히 1장 「정교회 성직자의 성적 이미지」("The Ecclesiastical Image of Sexuality"), pp.36~78을 볼 것.

의 천한 동물적 성질의 표상을 의미하는 탐욕은, 인간의 고결한 영혼적 갈망과 숭고한 것을 향한 초월적 탐구를 의미하는 영혼과 끊임없이 대립한다. 앞에서 지적했듯이 대심문관의 전설은 세속적인 빵(육체적 생계)을 향한 인간의 욕망을 거룩한 빵(영혼적 영양분)을 향한 갈망과 현저하게 대비시킨다(14:231).[21] 한편 조시마 장로는 일반적으로 물질에 대한 횡포와 특히 폭식의 죄로부터 발견되는 '잔혹한 쾌락'에 대해 경고한다(14:288). 또한 소설이 진행되는 동안 우리가 목격했던 그루센카의 정신적 변모, 즉 어떻게 하여 그녀가 정욕적인 사악한 방탕자에서 두 카라마조프 형제들(드미트리와 알료샤)의 진실한 영적 '누이'로 변하게 되었는지가 주로 육체적이면서도 요리와 관련된 이미지로 묘사된다는 점이 재미있다. 초반부에 그녀는 부드럽고, 아주 조용한 행동거지와, 그녀의 목소리처럼 남다른 달콤함을 지닌 부드럽고 풍만한 몸을 지녔다고 묘사된다(14:136). 그러나 그녀와 알료샤가 조우한 결과 (동정심에서 그녀가 알료샤에게 '파'를 주었을 때), 그리고 모크로예에서의 사건 이후 미차가 체포된 날 밤(그녀가 그를 향해 자기의 순수한 영혼적 사랑을 표명할 때) 이후, 이전의 달콤함과 부드러움 혹은 관능성은 온데 간 데 없이 사라지고, 그루센카는 전보다 상당히 마르고 결연해 보이는 것으로 묘사된다(15:5). 이것이 강하게 암시하는 바는 그리스도 영혼의 자애롭고 관대한 자극에 비로소 눈을 뜬 그루센카가 '배'(그리고/혹은 그녀의 '허리')의 안위만을 위한 삶을 그만두었다는 것이었다. 그녀의 '배'는 육체

---

21) 브루스 워드(Bruce Ward)가 언급하듯 이반의 '대심문관의 전설'은 (우리의 육체적 욕망을 충족하는) 초라한 '세속의' 음식과 (우리의 영혼을 풍만하게 하는) 고상한 '천상의' 음식을 나란히 배치함으로써 인간의 저급한 육체의 식욕과 고결한 영혼의 식욕을 효과적으로 대조한다. 『도스토옙스키의 서구 비평』(*Dostoevsky's Critique of the West*), p.106 참조.

적 의미의 세속적 쾌락을 뜻한다.

　도스토옙스키 소설에서 육체와 영혼 간의 이러한 대립은 종종 도덕적이거나 철학적인 이유로 일어나기도 한다. 예를 들어 『악령』에서 위(胃) 카타르[점막 염증]의 만성적 발병으로 고통받는 자유주의적 서구주의자 스테판 트로피모비치는, 라파엘의 마돈나에서 구현된 이상적인 아름다움을 '평등, 질투, 그리고 소화(pishchevarenie)'의 이름으로 인정하지 않는 젊은 과격파의 실리주의 미학을 격렬하게 비난한다 (10:266). 스테판에 의하면, "인류는 빵 없이 번영할 수 있지만, 아름다움 없이는 삶을 영위할 수 없다. 그렇게 되면 세상에 더는 할 게 없어지기 때문이다!"(10:373) 그는 바바라 페트로브나와의 개인적인 관계에서 "음식보다 월등한 무언가"가 존재한다는 명백히 잘못된 신념을 표명한다(10:266). 스테판은 젊은 허무주의자들에게 자기의 가치를 헐값에 팔아 버린 오랜 여자 친구 바바라와 친밀한 동료를 생각 없다며 응징한다. 그녀는 이제 허무주의자들의 미적·도덕적 관점을 터무니없이 앵무새처럼 따라하게 된 것이다. 혐오감에 가득 차서 스테판은 "무슨 채소수프 같은 꿀꿀이죽과 네 자유를 맞바꾸었다는 말이냐!"라고 외친다(10:263). 이는 인간에게 단순히 육체적 굶주림(물질적인 욕구)을 충족하는 것보다 더욱 고결한 목표가 존재한다는 작가의 의견을 재차 강조하는 것이다. 육체적 수용과 정신적 수용의, 곧 배를 채우는 것과 영혼을 먹여 살리는 것의 이분법은 『악령』 3장의 발단에서 나타나는 불운한 축일에 관한 서술자의 묘사에서도 계속된다. 이 장에서 우리는 실리주의자들(이 텍스트에서 "억제할 수 없는 대중"이라고 일컫는)은 무대 위의 "딱딱한 카드리유[스퀘어 댄스]"를 관람하는 미적 쾌락보다 무료 오찬에서 제공될 다과가 줄 미식적 쾌락에 더 관심이 있음을 볼 것이다(10:356~357).[22] 본 렘브크 여사는 축제 준비 기간 동안 자기 동료들에게 "보편적 인류의 이익이라는 목적 달성은 그 어떠한 일시적 육체 유흥과도 비교할 수 없을 정도로 매우 중요하다"라고 상기시킨다(10:356). '벨샤자르의 연회'에서 잔뜩 대접받으리라 기대했던 하류층 사람들이 매우 화가 나 난폭하게 행동하기 시작한다. 하지만 "딱딱한 카드리유"가 육체적 여흥을 대체하고, 공짜 뷔페 요리가 제공되지 않으리라는 것을 알고는 "위대한 작가" 카르마지노프가 『메르시』[23]를 거의 다 읽어 가던 무렵 "이 시대의 월계수는 내 손아귀에 있는 것보다 능숙한 요리사의 손에 있는 것이 더 적합하다"라는 풍자를 언급하는 실수를 저질렀을 때, 청중 가운데 한 명(젊은 급진파의 실리적 윤리성을 공유하는)은 "네, 차라리 요리사가 더 쓸모 있지요"라고 대답한다. "지금 당장 요리사를 구해 주십시오. 여분의 삼 루블을 내어놓겠습니다"라고 외치는 청중의 다른 목소리도 있었다(10:370).

여기서 도스토옙스키가 서구에서 유래된 사회·정치적 이데올로기(허무주의, 사회주의, 자유주의 같은)의 옹호자들을 비난하곤 했다는 사실을 유념해야 한다. 특히 그는 그들이 단순히 배를 채우는 데만 급급한 것을 탓했다. 조지프 프랭크가 환기하듯 도스토옙스키는 "허기를 채우

---

22) 『백치』에서 미시킨 공작의 명명일을 축하하기 위해 모인 하객들도 비슷한 모습을 보인다. 이폴리트가 '불가피한 해명'(Necessary Explanation)을 낭독할 준비가 되었다고 말하자 필수 전채요리 테이블에서 과자를 먹고 있던 하객 중 한 명은 "웬 낭독? 전채요리 먹을 시간이야!"라고 말한다(8:319).

23) [옮긴이] 『메르시』(Merci)는 카르마지노프가 문학에 대한 작별의 내용을 담아 공개석상(문학 축제)에서 낭독하기 위해 쓴 작품이다. 이 작품은 1865년에 발간된 투르게네프의 『충분하다』(Dovol'no)를 패러디하기 위해 쓴 것이다. 『메르시』는 장황하고 모호하며 청중을 당황하게 만드는 작품이다.

는 것보다 인류의 삶에는 더욱 고결한 목적이 있다"라고 믿으며, "인류가 만약 양자택일해야 하는 상황에 직면한다면 포만보다는 고통을 택하기를" 소망한다.[24] 프랭크의 주장에 따르면 도스토옙스키는 "인류가 언제나 물질적 욕구의 충족보다 고통을 선호하는, 저항 불가능한 성향을 지닌다"라고 생각했다는 것이다.[25] 따라서 그는 사회주의자들이 자기들의 대의명분을 위한 신병 모집에 러시아 민중의 육체적 욕망과 물질적 욕구를 선동하는 것을 보면서 매우 괴로워했다. 「시체드린 씨 또는 허무주의자들 사이의 분파」(1864)라는 에세이에서는, 피사레프나 자이체프와 같은 급진적 민주당원이 공표한 사회주의자들의 신념, 곧 인간의 생리적 욕구는 그 어떤 도덕적 진리나 과학적 발견보다도 중요하다는 믿음을 맹렬히 풍자한다. 도스토옙스키는 풍자에서 니힐리즘 저널 편집자들이 새로운 공동편집자에게 자기들 철학의 주된 신조에 대하여 말하는 것을 보여 준다. 그들은 "당신은 우리 운동에서 가장 필수적인 사상을 이해해야 합니다. 즉 모든 인류의 행복을 위하여, 그러니까 개개인의 행복을 위하여, 모든 것에서 가장 우선시될 것은 식욕입니다. 다시 말해, 위(胃) 말입니다"라고 이야기한다(20:109). 더 나아가,

> 식욕이 전부라고 이해해야 합니다. 거의 예외 없이, 다른 모든 것은 단지 화려하기만 할 뿐이고, 가치 없는 화려함입니다! 굶주림 상태에서 정치, 국적, 무의미한 건설, 예술, 과학이 다 무슨 소용이란 말입니까? 배를 가득

---

24) Joseph Frank, 『도스토옙스키: 해방의 소용돌이 1860~1865』(*Dostoevsky: The Stir of Liberation, 1860~1865*, 1984), p.204.

25) *Ibid*., p.205.

채워 넣으면, 나머지 것들은 저절로 발견될 것입니다……. 배, 배, 그리고 오로지 배——그것이, 존경하는 편집자 양반, 우리의 궁극적 신념인 것입니다!(20:110~111)

다른 (미완성) 에세이인 「사회주의와 기독교주의」에서 도스토옙스키는 "사회주의자들은 식욕 이상을 추구하지 않는다", "사회주의는 배 채우기라는 목표를 사회적 개미집의 표준과 모든 미래의 기반으로 둔다"(20:192), 다른 한편 그리스도는 "신격화된 위(bog-chrevo, 胃神)보다도 더욱 고결하고 숭고한 무언가가 존재한다"라고 가르친다(20:193). 따라서 성 아우구스티누스처럼 도스토옙스키는 우리의 정신적 식욕을 상징하는 그리스도를 우리의 육체적 식욕을 상징하는 위(胃)에 직접적으로 대조하고 있다.[26]

4. 도스토옙스키의 세속적인 사랑: 남성적 공격성과 폭력성 그리고 잔인성

도스토옙스키는 육체와 정신의 이분법을 표현하기 위해 음식 이미지와 성욕을 연결하기로 했다. 동방정교의 입장에서 성욕은 음식과 함께 육욕과 관련하여 주요 사악한 유혹을 구성한다. 사실상 도스토옙스키의 마지막 소설인 『카라마조프가의 형제들』 3권의 제목, 카라마조프 일가에 직접적으로 적용되는 '호색가들'(sladostrastniki)이라는 의미의 러시아 단어는 요리(slado 혹은 '달콤한')와 성욕(strastie 혹은 '정열')의 뜻을 어원적으로 결합시킨 혼합어이다. 따라서 러시아어에서 '관능성'이

---

26) Kilgour, 『성찬식에서 식인풍습까지』(From Communion to Cannibalism), p.52.

란 말은 단어 그 자체가 달콤함과 유흥을 추구하는 강렬한 성적 욕망 혹은 열정이라는 뜻을 가진다고 볼 수 있다. 따라서 표도르 파블로비치가 자식들 가운데 정신적으로 그리고 종교적으로 가장 성숙한 알료샤를 설득할 때는 자신의 타락한 삶의 방식을 개선할 의지가 없었다고 해야 맞다. 또한 이 방탕한 늙은이는 스스로 "죄를 저지르는 것은 달콤하다"라고 공언한다(14:157). 성가신 친구에게 그루센카의 몸뿐만 아니라 소시지와 보드카까지 준비해 준 라키틴은 알료샤의 종교적 신념을 시험한다. 인간의 두 가지 기본 욕구는 식욕과 성욕이다. 식욕에 대한 의무적 절제와 성욕 자제를 유지해야 하는 사순절 기간 중에, 조시마 장로의 장례식 전날 밤에, 사악한 유혹이 알료샤를 찾아온다. 육욕과 관련된 이러한 두 가지 욕망의 융합은 모크로예 난교 파티에서도 유사하게 나타난다. 여기서 막시모프는 촌뜨기 시골 소녀와 드미트리가 자기를 기쁘게 해주려고 가져다준 초콜릿 모두에 관심을 보인다(14:393). 이 부분에서 짚고 넘어가야 할 것은 소설의 앞부분에서 카테리나 이바노브나가 드미트리와의 내연 관계를 단념하도록 그루센카를 꼬드길 때 초콜릿을 사용했다는 것이다(14:316). 실제로 그루센카에 대한 드미트리의 성적 욕구는 그루센카를 생각할 때 입에 "침이 고인다"라는 것으로 확인할 수 있다(14:75). 같은 맥락에서, 미챠의 공판에서의 마지막 논쟁 이후의 구경꾼 장면에서는 어느 한 남성이 여성이란 존재는 "맛 좋은 한 조각의 요리(pikantnen'kaia)"와도 같다고 말한다(15:152). 도스토옙스키의 소설에서 음식과 성은 어휘적 측면이나 주제적 측면뿐만 아니라 구조적 측면에서도 서로 연결된다. 이는 주로 한 무리의 남성들이 모여서 저녁식사를 하고 음주를 하고, 그러고는 함께 호색질을 하러 가는 양상으로 나타난다. 파리 호텔에서 즈베르코프를 위한 이별 파티가 곧바로 올림피아와 리자가 일하는 매음굴 방문으로 이어지는 『지하로부터의 수기』의 2장과(5:148), 지방 술집에서 저녁식사와 음주를 한 후 성폭행이라는 장난을 계획한 대여섯 명의 방탕한 인간들(그 가운데 한 명이 표도르 카라마조프)에 의해 집단 강간당한, 악취를 풍기는 리자베타의 이야기(14:91)를 서술한 『카라마조프가의 형제들』이 그 예시이다.

술 파티 이후의 매춘 그리고/혹은 강간 에피소드를 담고 있는 이 두 이야기는 도스토옙스키의 소설세계에서 음식을 향한 욕구와 같은 성적 욕망은 쾌락보다는 힘의 패러다임에 의해 작용한다는 것을 재차 상기시킨다. 도스토옙스키 소설에 등장하는 다수의 남성 인물들에게 있어서 성적 결합이란 육욕에 대한 상호 충족이라기보다는 일반적으로 여성 피해자에 대한 남성의 정복과 성폭력을 의미한다.[27] 한 논평자는 "성관계에 대한 도스토옙스키의 시각은 극단적으로 왜곡되어 있으며 폭력과 고통이라는 축을 따라 작용한다"라고 말한다. "도스토옙스키의 세계에서 한 인간의 욕망의 대상은 희생자로 전락하기 마련이며, 무자비하게 고통당하기 십상이다. 고문하는 사람은 희생자의 고통을 보며 쾌락을 얻는다."[28]

그 예로 페초린의 '뱀파이어이즘'을 도스토옙스키는 지하생활자가

---

27) 표도르 파블로비치가 악취 풍기는 리자베타를 집단 강간하는 데 참여함으로써 드러나는 성폭력에 대한 남성우월주의자의 심리에 덧붙여, 다이앤 오에닝 톰프슨(Diane Oenning Thompson)은 표도르 파블로비치와 그의 두번째 부인 소피아 이바노브나의 결혼생활이 본질적으로는 '강간의 합법화' 같은 것이라고 주장한다. 『카라마조프가의 형제들』과 기억의 시학』("The Brothers Karamazov" and the Poetics of Memory, 1991), p.131.

28) De Jonge, 『도스토옙스키와 격정의 시대』(Dostoevsky and the Age of Intensity), p.179. 드 종에 의하면, 도스토옙스키는 "잔인성과 성적 쾌락은 기본적으로 동일하다"라는 보들레르의 주장에 공감한다(p.179).

매음굴에서 보여 주는 불건전한 성행위에 담고 있다. 리자와의 사랑 없는 성관계는 정열의 난폭하고 잔인한 분출 이외에 어떤 의미도 갖지 못한다. 그의 사악한 목적은 자신이 초저녁에 겪은 모욕과 고통을 그녀에게 화풀이하는 것이었다. "나는 모욕당했어, 그래서 누군가에게 치욕을 안겨 주기를 간절히 바랄뿐이지"라고 그녀에게 설명한다. "나는 그들에게 완전히 압도되고 말았지. 그래서 나는 나의 힘을 너무나도 보여 주고 싶었어…… 나는 힘을 원해. 그때 내가 갈구했던 것은 힘이었어"(5:173). 타인을 완전히 자기 손아귀에 넣는 감정("다른 인간에게 마음껏 횡포를 부릴 수 있는 상태"[5:175]) 없이 사는 것은 상상조차 힘들다는 이 화자는, 인간관계에 대한 페초린의 냉소적 관점에서 '사랑'의 왜곡된 특성과 일치하는 것을 표현한다. 이러한 인간관계에서는 타인의 고통이란 곧 누군가의 힘을 지탱해 주는 영양분과 같다. 또한 이는 힘과 지배 그리고 모욕의 성 철학을 예고한다. 이에 대해 1860년대부터 1870년대 사이의 도스토옙스키적 남성 인물들은 "나에게 사랑이란 학대와 폭정을 행사하는 것과 도덕적으로 우월한 존재가 되는 것을 의미했다…… 심지어 지금도 나는, 자신의 자유의지를 내게 양도한, 내가 사랑하는 그 여인을 학대할 권리만이 사랑의 본질이라고 생각한다. 심지어 나의 가장 비밀스러운 꿈속에서도 사랑은 싸움과 불가분의 관계였고, 나는 언제나 사랑을 증오로 시작해 도덕적 예속으로 끝맺었다"(5:176).

『노름꾼』(1866)의 알렉세이 페트로비치가 사랑에 대해 보여 주는 관점 역시 냉소적이고 비열하며 육식적이다. 그와 폴리나 사이의 애증 관계는 많은 부분이 아폴리나리아 수슬로바와 도스토옙스키 사이의 스캔들을 본뜬 것이다. "그러나 향락은 언제나 유용하며, 야생성과 억제되지 않은 힘은 파리에게나 행사할 만큼이라 해도 그 또한 나름대로 즐거움"이라고 이 젊은 남자 주인공은 고백한다. "남자란 본래 폭군이며, 그는 고통을 주는 자가 되고 싶어한다"(5:231). 그는 열렬히 사랑했던 여인을 죽이고 싶은 유혹에 빠진 적이 있음을 공공연히 인정한다. 그는 폴리나에게 "당신에 대한 사랑을 끝내기 위해, 혹은 질투심에 빠져서 당신을 죽이려 했던 게 아니다. 나는 단순히 당신을 삼켜 버리고(s"est') 싶은 충동 때문에 당신을 죽이려 한 것이다"라고 설명한다(5:231).

몇몇 논평자들은 도스토옙스키의 소설 속 인물들이 공통적으로 보여 주는 사랑과 성욕에 대한 냉소적 견해를 저자의 성격과 연관짓는다. 1920년대부터 활동한 프로이트주의 비평가 A. 카시나-에브레이노바에 따르면, 네토츠카 네즈바노바부터 표도르 파블로비치 카라마조프에 이르기까지 도스토옙스키의, 성적으로 사악한 작중인물들은 모두 한 사람의 예술가로부터 뻗어나간 영혼의 자손들이다. 이 작가의 어지러운 '심리적 짐'은 그들의 사상과 욕망 그리고 행위를 통해서 표현된다.[29] 도스토옙스키와 동시대를 살았고 그의 친한 친구이자 동료였던 니콜라이 스트라호프는 저자의 심리적 짐이 극도로 무겁고, 매우 사악하고 병리적이었을 뿐만 아니라 심술궂기까지 했다고 생각한다. 스트라호프에 따르면, 도스토옙스키는 "방탕자들에게 매혹되었으며 그들을 자랑으

---

29) A. Kashina-Evreynova, 『천재의 지하: 도스토옙스키 작품의 성애적 기원』(*Podpol'e geniia: Sexual'nye istochniki tvorchestva Dostoevskogo*, 1923), p.34. "20세기 초의 또 다른 논평자에 따르면, 도스토옙스키의 글에서 독자의 관심을 강하게 끌어당기는 것은 지속적으로 되풀이되는 고통의 묘사인데, 이 고통의 정도가 워낙 엄청난 것이어서 이를 겪는 사람은 어느 순간 그 고통 속에서 격렬한 희열을 느끼기까지 한다. 인간영혼의 이러한 특성을 모든 사람에게서 항상 일어나는 무조건적 특성이라고 보기는 힘들다. 이러한 독특한 기벽은 도스토옙스키 본인의 고유한 특성이고, 또한 거의 변태적인 사디즘이라는 것을 짚고 넘어가야 한다." 베트린스키(Vetrinskii), 「표도르 미하일로비치 도스토옙스키」("Fedor Mikhailovich Dostoevskii"), p.25 참조.

로 삼았던", "사악하고" "불결하며" "타락한" 사람이었다.[30] 일례로 스트라호프는 도스토옙스키 전기를 완성한 후 톨스토이에게 보낸 편지에서 도스토옙스키가 목욕탕에서 어린 여자아이를 강간했다고 허풍을 떤적이 있다는 P. A. 비스코바토프의 터무니없는 주장을 언급한다. 스트라호프는 도스토옙스키의 모든 소설이 자기합리화의 행위로 구성되며, 영혼의 고결함과 더불어 모든 종류의 저속한 도덕적 타락이 한 사람의 영혼에 공존할 수 있다는 것을 증명한다고 말한다. 또한 그는 자기들의 창조자와 누구보다도 밀접하게 닮은 도스토옙스키 풍 작중인물인 지하생활자, 스비드리가일로프, 스타브로긴은 모두 위와 같은 극도의 도덕적 타락자이자 성폭행범이라고 주장한다.[31] 그러나 사실 도스토옙스키가 "스타브로긴의 죄(아이를 성폭행한 죄)"를 범했을 가능성은 매우 희박해 보이며, 도스토옙스키에 대한 스트라호프의 혹평은 공정하거나 정확해 보이지도 않는다.[32] 그럼에도 불구하고 여전히 어딘가에는 도스토옙스키가 자신의 남성 인물들처럼 성도착적 성격을 가졌으리라 생각하는 사람들이 있다. 예를 들어 최근에 쓰인 도스토옙스키 전기 중 하나는 이 작가가 가진 사랑의 개념은 "고통, 수난과 불가분의 관계이다. 이작가에게 고통 없는 사랑이란 불가능한 일이다. 그에게 있어 사랑이란

---

30) 톨스토이에게 보내는 N. 스트라호프(Nikolay Strakhov)의 편지(1883년 11월 28일)를 볼 것. 이 편지는 『톨스토이와 스트라호프: 전집』(*L. N. Tolstoi-N. N. Strakhov: Polnoe sobranie perepiski*, 2003), vol.2, p.652, p.653에 수록.

31) *Ibid.*, vol.2, pp.652~653.

32) 로버트 L. 잭슨(Robert L. Jackson)은 『도스토옙스키와의 대화: 압도적인 질문들』(*Dialogues with Dostoevsky: The Overwhelming Questions*, 1993, pp.104~120)의 「지하로부터의 수기」("A View from the Underground")에서 이러한 논점(도스토옙스키에 대한 스트라호프의 평가와 비난의 진실성 여부)을 드러내고 있다.

아픔을 주는 동시에 아픔을 받는 것이다"라고 서술한다.[33] 한편으로 도스토옙스키의 '친밀한 성생활'에 대한 T. 옌코의 후기 소비에트 연구는 난폭한 아폴리나리야 수슬로바를 포함해 도스토옙스키와 관계를 맺은 다양한 여자들과 이 작가의 관계를 추적한다. 도스토옙스키가 속이 비치는 가운을 입고 소파에 누워서 한 손에 장미꽃을 들고 있는 아폴리나리야의 발에 키스하는 매혹적인 장면이 이 책의 선정적 표지를 장식한다. 옌코는 도스토옙스키가 기질적으로 "타는 듯한 정열과 깊은 관능성과 지칠 줄 모르는 성욕을 지닌 사람"이라며, 그에게 "사랑이란 그 스스로 고통스러워하고 다른 이에게 고통을 주며 자기가 사랑하는 이에게 고통스러운 상처를 입히는 것"이라고 말한다.[34]

그러나 여기에서 가장 중요한 것은 도스토옙스키에 대한 정신분석이나 그의 개인적인 성생활이 아니라 도스토옙스키가 자신의 작품들에서 성욕을 야만적 격정으로 묘사한 방식에 접근하는 일이다. 한 논평자는, "다른 이에게 고통을 주고픈 욕망에서 비롯된 잔인성은 도스토옙스키의 전 생애에 걸친 모든 작품의 중심사상(leitmotif)이다. 작중인물들의 영혼에 잠재하는 악마성과 고통을 주고픈 충동의 분출이 바로 독자가 그의 작품을 읽으면서 받는 강렬한 인상 뒤에 숨겨진 것이다"라고 분석한다.[35] 또 다른 논평자에 의하면, "사랑과 분리될 수 없는 수난과 고통, 성행위 시 상대를 육체적으로 고문하고 싶은 욕망, 남성과 여

---

33) Geir Kjetsaa, 『표도르 도스토옙스키: 작가의 생애』(*Fyodor Dostoyevsky: A Writer's Life*, 1987), p.153.

34) T. Enko, 『도스토옙스키: 천재의 비밀스러운 삶』(*F. Dostoevskii-intimnaia zhizn' geniia*, 1997), p.134.

35) Kashina-Evreynova, 『천재의 지하』(*Podpol'e geniia*), p.69.

성 간의 모든 친밀한 애정 행위에서 상대를 정신적으로 고문하고 싶은 욕망, 이것이 도스토옙스키가 원숙기에 자신의 에로티시즘을 나타내는 표현들"이다.[36]

　도스토옙스키의 소설세계에서 타인을 고문하려는 충동과 잔인성은 종종 이성관계를 대표한다. 이를 생생히 묘사하는 하나의 에피소드가 1873년 그의 『작가 일기』에 소개된다. 3장 「환경」에서 도스토옙스키는 사나운 남편에게 수년간 몹시 학대당하고 상해를 입어 육체적·정신적 상처를 이기지 못하고 결국 목을 매어 자살한 시골 아낙의 이야기가 얼마 전 신문에 기고되었다고 서술한다. 목격자들의 증언에 따르면 그녀의 남편은 단지 재미로 집에서 기르는 닭을 거꾸로 매달아 놓는 "잔인한 인물"(21:20)이라는 것이다. 같은 장의 초반부에 언급된 가난하고 천박한 관리인처럼 이 험악한 농부는 불쌍한 아내를 하루 종일 굶기고, 그녀에게 음식(정확히는 '빵')이라곤 조금도 주지 않았다. 그러고 나서 그는 갑자기 빵을 조금 떼어 선반 위에 올려 둔 뒤 그녀를 불러서 이 빵에 절대 손대지 말라고 말한다. "이건 내 빵이야!"라고 그는 그녀에게 경고한다(21:21). 또한 그 남편이 나뭇가지나 가죽끈으로 자기 아내에게 매질을 가하는 장면도 묘사된다.

　그 농부는 정연하게, 냉혹하게, 그리고 심지어는 맥 빠진 듯하게, 율동 있는 타격으로 그녀를 때렸고, 그녀의 울음소리나 간청에는 전혀 귀 기울이지 않았다. 정확히 말하면 사실 그는 그러한 신음소리를 듣고 있었고 기쁨

---

36) Enko, 『도스토옙스키: 천재의 비밀스러운 삶』(F. Dostoevskii-intimnaia zhizn' geniia), p.135.

에 젖어 귀를 기울였다. 그렇지 않다면 그녀를 매질하는 즐거움이 또 어디에 있을까? …… 매질은 그녀를 더욱 자주 더욱 세게 그리고 급기야는 무수히 그녀를 강타했다. 그는 달아올랐고 그 맛을 음미하기 시작했다. 그는 이미 완벽하게 야수(ozverel)로 돌변해 있었고, 이 사실에 스스로 기뻐했다. 고통에 신음하는 그의 아내의 울부짖음은 마치 와인과도 같이 그를 취하게 만들었다.(21:21)

다음 날 이 잔악한 농부는 매질당한 아내에게 되풀이해서 말한다. "이 빵을 먹을 생각조차 하지 마! 이건 내 빵이야!"(21:21) 그녀가 결국 자살하게 되는 날 그 농부는 닭을 가지고 그랬던 것처럼 아내를 발을 묶어서 거꾸로 뒤집어 매달아 둘 생각에 기뻐하기 시작했다고 작가는 덧붙인다. "그는 한 치의 망설임 없이 그녀를 매달아 두려 했지만 잠시 그 일을 미루고, 앉아서 잡탕죽을 먹는다. 식사를 마치고 난 후 갑자기 가죽끈을 다시 집어 들어서 마치 아내가 거기 매달려 있는 것처럼 세차게 때리기 시작한다"(21:21).

이 러시아 농부의 삶이 연출하는 잔인한 장면은 도스토옙스키가 생각한, 사람이란 존재가 얼마나 잔인할 수 있는가와 이기주의적 자기 본위가 낳은 극도의 소유욕 그 이상을 보여 준다. 이 장면은 또한 작가의 전 생애에 걸친 작품에서 나타나는 이성관계를 특징짓는 잔인한 폭력성도 반영한다. 특히 여성을 향한 남성의 적대심과 폭력성을 지지하는 남성 심리를 보여 준다. 한 비평가는 "도스토옙스키의 에로티시즘은 작중인물들의 상상과 감정 그리고 꿈에서 보이는 관능성이 타인에게 고통을 주고자 하는 욕망과 분리불가능하다는 사실에 입각하여 고안된다"라고 설명한다. "그의 모든 작중인물이 지닌 성욕의 기초 동기에서는 이성을 향한 지배욕이나 성적 희생자가 되려는 갈망이 우세하다".[37] 따라서 도스토옙스키의 많은 남성 인물에게 "사랑은 잔인성, 증오, 오만, 지배욕의 어두운 심연에서 드러난다".[38] 콘스탄틴 모출스키가 언급했듯이 도스토옙스키의 소설세계에서 이러한 사랑-이기주의는 남성으로 하여금 애인을 죽이도록 만들기 십상이다. 『백치』에서 호색적이고 탐욕스러운 로고진이 나스타샤 필립포브나에게 그랬듯 여기서의 열정이란 일반적으로 '광기의 경계'이다. 그것은 "비이성적이고 사악하고 파괴적이며, 타인을 지배하고자 하는 열망"이다.[39] 도스토옙스키 작품들 전체에 걸쳐서 드러나는 로맨스 관계에는 힘에 대한 관능적이면서도 거의 강박적인 사랑과 이 같은 성적 열정이 스며들어 있다. 이는 『여주인』에서 무린이 카테리나에게 갖는 포악한 사랑부터 『온순한 여인』에서 미숙한 어린 신부에 대해 전당포 주인의 남편이 매우 공들여 확립시키려는 전제적 지배까지, 그 전반에 걸쳐서 나타난다.[40] 미식적 측면에서 도스토옙스키의 소설세계에 나타난 남성들의 성욕구는 여성 희생자들의 의지를 포악하게 소유하고 지배하며 통제하고, 궁극적으로는 여성들을 '게걸스럽게 먹어 버리도록' 충동질하는 극도로 이기적인 욕망이라고 할 수 있다.[41] 힘에 굶주린 도스토옙스키의 남성 인물들의 본

---

37) *Ibid.*
38) Konstantin Mochulsky, 『도스토옙스키: 그의 삶과 작품』(*Dostoevsky: His Life and Work*, 1967), p.110.
39) *Ibid.*, p.318.
40) 도스토옙스키가 소설에서 자주 묘사하곤 하는 비뚤어진 섹슈얼리티와 기울어진 힘의 사면에 대하여 논평하면서, 수잔 푸소(Susanne Fusso)는 도스토옙스키의 시베리아 유형 생활 이후 소설은 "성적으로 수위가 높고, 심지어는 성폭력적인 중년 남성과 다섯 살부터 열여섯 살의 어린 소녀와의 관계 묘사로 가득하다"라고 말한다. Susanne Fusso, 『도스토옙스키에서 섹슈얼리티를 발견하다』(*Discovering Sexuality in Dostoevsky*, 2006), p.17.

질은, 어느 논평자가 언급한 것처럼 '탐욕스러운 육식'(plotoiadnost')
이다.[42]

5. 몰락 이후: 공생에서 육식까지

이 책의 1장에서 살펴본 바와 같이, 음식과 성에 대한 톨스토이와 도스
토옙스키의 표현법 간의 주요 차이점은 쾌락(goûter)과 권력(manger)
에 대한 기호학적 코드의 대립으로 이해될 수 있다. 그렇다면 고골, 곤
차로프, 크비트카-오스노뱌넨코의 텍스트에서 나타나는 구강 편향은
도스토옙스키의 위(胃)-시학에 대조되는 것으로, 다소 다른 해석을 요
구한다. 매기 킬고어는 음식과 성의 관점에서 패러다임 변화의 본질적
이해를 돕는 개념적 모형을 제공한다. 이러한 패러다임 변화는 앞서 살
펴본 바와 같이, 개혁 이전 미식학적 슬라브주의 시대의 세 작품을 특징
짓는 먹는 행위(공유와 친교로서의 먹는 행위)와 목가적 정신으로부터,
도스토옙스키 작품 같은 개혁 이후 시대의 소설을 특징짓는 먹는 행위
(폭력과 지배로서의 먹는 행위)에 대한 현대적 부르주아 풍 정신으로의
변화를 말한다. 『공생에서 몰락까지: 결합적 메타포의 분석』(1990)이
라는 연구에서 킬고어는 결합, 정체성, 조화를 둘러싼 관계를 가리키는
'친교'부터, 이와는 정반대로 "외부 현실을 삼키려는 충동에 대한 가장

---

41) R. L. 잭슨은 "대체로 도스토옙스키의 소설세계에서의 섹슈얼리티는 부정적이거나 파괴
    적인 명시에 의해서 드러난다"라고 쓰고 있다. R. L. Jackson, 「밤의 어둠 속에서: 톨스토이
    의 『크로이체르 소나타』와 도스토옙스키의 『지하로부터의 수기』」("In the Darkness of the
    Night: Tolstoy's *Kreutzer Sonata* and Dostoevsky's *Notes from the Underground*"), 『도스
    토옙스키와의 대화』(*Dialogues with Dostoevsky*, 1993), p.213 참조.
42) Kashina-Evreynova, 『천재의 지하』(*Podpol'e geniia*), p.65.

사악한 이미지"라고 표현된 '식인풍습'까지 그 수용 과정에 관한 수사법의 전반적 영역을 제시한다.[43] 킬고어의 표현을 잠시 빌리자면 고골, 곤차로프, 크비트카-오스노뱌넨코의 작품에서 보았던 남성 주인공들은 '전체적 통일과 일치'와 '완전한 통합의 상태'를 향한 동경과 비슷한 향수를 드러낸다고 말할 수 있다. 이러한 '통합'이란 과거 유아기에서 황금기라고 여겨지는 프로이트의 구강기, 즉 개인적이면서도 민족적인 또 심리적이면서도 이데올로기적인, 성에 대한 인식 이전의 전원시를 암시한다.[44] 이 세 작가는 모국에 퍼지기 시작한 근대화의 물결을 바라보면서 러시아의 구시대적 봉건제도에 종말을 고하는 제도상의 개혁을 기대하고 있었다. 그들은 남성 인물들을 통하여 반세기에 이르면 사라질 운명에 처한 자신들의 어린 시절과 러시아의 유년기를 아름답게 회상하였다.

그러나 개혁 이전 시대 고골, 곤차로프, 크비트카-오스노뱌넨코의 소설들로부터 개혁 이후 시대 도스토옙스키의 소설로 시선을 옮기면, 우리는 향수와 몽상에 젖어 과거를 보기보다는 비평적이면서도 엄격하게 현재를 바라보는 예술적 시선을 가진 한 작가를 만날 수 있다. 역사와 국가 차원에서, 봉건 러시아의 옛 시절 전원시는 가고 훨씬 근대화·도시화·유럽화된 러시아 사회 성년기의 온갖 가난, 불행, 소외가 펼쳐진다. 미식과 심리 차원에서는, 생식 단계를 향한 성심리적 단계의 구강기를 떠나 킬고어의 스펙트럼 반대쪽 끝에 다다르는 것이다. 해방 후 완전히 '몰락했던' 러시아 세계에 대한 도스토옙스키의 문학적 묘사에서

---

43) Kilgour, 『성찬식에서 식인풍습까지』(*From Communion to Cannibalism*), p.16.
44) *Ibid.*, p.5.

는, 먹는 행위에 고골, 곤차로프, 크비트카-오스노뱌녠코의 초창기 순수했던 시절의 사회적 조화, 평화, 풍부함이라는 목가적 광경이 부여한 자애로운 특성이 존재하지 않는다. 성인이 되어서도 어머니의 젖가슴을 애무하고 싶어하는 구강기적 퇴행을 겪는 아파나시 이바노비치, 오블로모프, 판 할랴프스키 같은 오이디푸스 콤플렉스 시기 이전의 아이들 대신에, 두 여인을 살해한 (그리고 '상징적 모성애' 파괴를 수반한 남성우월주의에 대해 나폴레옹적 환상을 가진) 반항적인 라스콜리니코프나,[45] 오이디푸스 콤플렉스에 의해 전제적인 아버지를 파괴하고 그 힘을 빼앗고자 하는 잔인한 카라마조프가의 형제들 같은 성난 아들들이 등장한다. 다시 말해 구강기적 퇴행은 짓밟히고 성적인 것과 음식에 의한 공격성이 수면으로 떠오르고 있었다.

도스토옙스키의 소설들에서 먹는 행위란 도스토옙스키 시대 러시아에서 발생했던 사회적·경제적 관계의 근본적 변화에 대한 지표로 기능한다. 또한 이는 급격히 자본주의화되고 상업화되며 소비 중심으로 변화하는 사회에서 생존을 위한 무자비한 분투가 수반하는 온갖 종류의 잔인성, 포악성, 공포를 반영하는 것이었다. 따라서 도스토옙스키는 산업화된 근대 도시에 거주하는 중산층의 불안한 삶을 묘사한 영국의 디킨스, 프랑스의 발자크, 그리고 19세기 중반 유럽의 소위 낭만적 사실주의자들의 세계관과 유사한 인간관계에 대한 통찰을 보여 준다.[46] 머

---

45) N. P. 스트라우스(N. P. Straus)는 이 소설이 처음에는 상징적 모성애를 파괴하는 것에 대한 환상으로의 퇴행으로서 고착화된 것으로 보인다고 주장한다. 『도스토옙스키와 여성 문제』(Dostoevsky and the Woman Question), p.23 참조. 루이스 브레거(Louis Breger) 역시 『도스토옙스키: 정신분석학자로서의 작가』(Dostoevsky: The Author as Psychoanalyst, 1989)에서 라스콜리니코프의 모성애 파괴 충동을 검토하고 있다.
46) 여기서 '낭만적 사실주의자'라는 말은 도널드 팽거(Donald Fanger)가 독창적 저서 『도

빈 니콜슨에 의하면, 역사적 관점에서 보았을 때 인간관계에 대한 이러한 냉소적 시각은 "서유럽에서 초기 사회적 관계에서 통화적 관계로의 이행, 자유시장 방식의 승리"에 뒤따라오는 것이다.[47] 인간관계는 공감보다는 이해타산적으로 변화해 가며 공생보다는 탐욕에 가까워진다.[48] 정글의 무자비한 법칙에 의해 통치되는 타락한 현대 '소비' 사회에서, 자신과 타인 간의 교류는 '먹느냐 먹히느냐'라는 음식과 관련한 냉소적 격언으로 격하되고 만다.[49] 이 새로운 중산층의 속물적 특성을 정확히 포착하여 절대적 비난을 하려는 노력의 일환으로 발자크, 디킨스, 도스토옙스키 등의 작가는 현대 시장문화의 비인간화적 가치들의 요약본과 같은 이런 인간들을 묘사하되 힘과 타인을 탐식하려는 욕구에 극도로 굶주린 잔인하고 공격적인 생물체로 표현한다. 존 베일리는 "디킨스의 세계에서는 단순히 먹는 행위 자체만이 큰 중요성을 지니는 것이 아니라 넓은 의미에서 그의 모든 작중인물이 서로를 먹는 것 혹은 서로에게 먹힌다는 것 또한 중요하다"라고 지적하고 있다.[50] 게일 털리 휴스턴은,

---

스토옙스키와 낭만적 리얼리즘: 발자크, 디킨스, 고골의 관계로 본 도스토옙스키 연구』(*Dostoevsky and Romantic Realism: A Study of Dostoevsky in Relation to Balzac, Dickens, and Gogol*, 1965)에서 사용한 것과 같은 의미로 쓰였다.

47) 에벌린 J. 힌츠(Evelyn J. Hinz)의 편저 『식사와 담론: 먹기, 마시기, 그리고 문학』(*Diet and Discourse: Eating, Drinking and Literature*, 1991)에 수록된 머빈 니컬슨(Mervyn Nicholson)의 글 「먹느냐 먹히느냐: 학제적 메타포」("Eat-or Be Eaten: An Interdisciplinary Metaphor"), p.200.

48) Kilgour, 『성찬식에서 식인풍습까지』(*From Communion to Cannibalism*), p.145. 킬고어는 서구에서 개인주의가 지배적인 문화적 가치로 자리 잡은 르네상스 시기에 이러한 변화가 일어난 것으로 보고 있다.

49) 이 같은 격언이 노먼 브라운(Norman Brown)의 책에서는 음식물을 다루는 키워드로 작용한다. 『사랑의 육체』(*Love's Body*, 1966), 특히 pp.162~165 참조. 머빈 니컬슨(Mervyn Nicholson)은 「먹느냐 먹히느냐」(Eat-or Be Eaten)에서 음식 먹기를 권력으로 다루는 수많은 현대소설을 검토한다(pp.191~210).

디킨스의 소설에 나타나는 '음식 소비'에 대한 연구에서 "구성원들을 게걸스럽게 먹어 치운 경제적이고 사회적인 체계"를 보여 줌으로써 자신이 말하는 "자본주의 경제의 잔인한 특성"을 디킨스가 어떻게 드러내는지에 관하여 설득력 있게 논증한다.[51]

홉스, 맬서스, 다윈 같은 사회사상가들이 제시한 19세기의 투쟁적 경쟁사회 모형에서는 인간들 사이의 교류가 주로 경쟁자들 사이의 심리적·사회적·성적·세대적 혹은 경제적 분쟁으로, 그 본질적 측면에서 변화되어 가고 있다. 도스토옙스키가 지인에게 보낸 편지에서 종종 드러나는 바와 같이 그는 채권자들이라든지(29.1:213, 227) 옴스크 감옥 수용소의 농부 죄수라든지(28.2:169) 러시아의 일류 문학비평가들에게(30.1:121) '산 채로 먹혀 버릴지' 모른다는 뿌리 깊은 공포를 가지고 있었다. 도스토옙스키는 탐욕스럽고 약탈적인 인간관계를 맺는 인물들을 창조하였다. 예를 들어 『스테판치코보 마을 사람들』의 비열한 폭군 포마 오피스킨은 콜로넬 로스타네브의 영지에서 집안사람들에 대한 지배와 통제를 즐겨 왔는데, 자신의 위치에 무모하게 도전하려는 자들을

---

50) 프레드 카플란(Fred Kaplan)의 디킨스 일대기에 대한 서평에서 존 베일리(John Bayley)는 "'난 너를 먹을 수도 있어'라는 말은 디킨스의 가장 생생한 작중인물의 무언의 욕망이다"라고 썼다. 『뉴욕 북리뷰』(*New York Review of Books*, 1989. 1. 19, p.11)의 「최상과 최악」("Best and Worst") 참조. 널리 알려진 인간의 육식성에 대한 디킨스의 집착, 유년기 초기에 뿌리를 둔 집착, 소년 시절에 읽었던 동화책이나 모험담, 그리고 삼류 범죄소설을 읽음으로써 자극받은 집착에 대해 자세히 알고 싶다면 해리 스톤(Harry Stone)의 『디킨스의 어두운 측면: 육식, 열정, 필요』(*The Night Side of Dickens: Cannibalism, Passion, Necessity*, 1994) 참조.

51) Houston, 『소비하는 픽션들』(*Consuming Fictions*), p.4, p.46. 제임스 E. 말로(James E. Marlowe)는 디킨스의 소설이 은유적 식인풍습 테마에 지배받는다는 의견에 동의한다. James E. Marlowe, 「영국의 식인풍습: 1859년 이후의 디킨스」("English Cannibalism: Dickens After 1859"), 『1500~1900년의 영문학 연구』(*Studies in English Literature, 1500~1900*), 23, no.4(1983), pp.647~666 참조.

"산 채로 잡아먹겠다"라며 마구 위협해 사람들의 두려움을 산다. 이 위선자는 "그렇다면 내가 네게 가치 있는 충고를 해주는 대신 너를 게걸스럽게 잡아먹어 버리는 악어라도 된단 말이냐?"라고 엉큼한 질문을 한다. "혹은 내가 네게 행복을 주기는커녕 너를 쏘아 버릴 그런 비열한 곤충이라는 말이냐?"(3:148) 그러나 스테판치코보 마을 주민들은 포마의 포악한 본성을 매우 잘 알고 있다. 그의 이웃 바크치브 씨는 말한다. "우리는 저녁을 먹기 위해 자리를 잡고 앉았는데, 분명 그가 나를 그 자리에서 산 채로 먹어 버리려 했었소! 처음부터 나는 그가 영혼 전체가 삐걱대는 것처럼 노발대발하며 앉아 있는 것을 알아챘습니다. 그는 나를 한 수저의 물에 담가 익사시킬 생각에 즐거웠을 겁니다. 이런 독사 같으니!"(3:28) 콜로넬 로스타네프 씨의 딸인 사샤도 게걸스럽고 육식적인 포마의 식욕에 대해 한마디 한다. "그는 자기 앞에 놓인 모든 것을 걸신들린 듯 먹어 치우고, 끊임없이 계속 먹습니다. 두고 봐요. 그는 틀림없이 우리 모두를 먹어 치울 테니까요! 끔찍해요, 끔찍한 포마 포미치!"(3:57~58) 심지어 오피스킨이 마구 횡포를 부려도 부지중 내버려 두고 있던 노쇠한 부동산업자 콜로넬 로스타네프는 그 폭군이 자신을 "산 채로 전부 먹어 치우고 있었다"라는 사실을 알고는 비탄에 잠긴다(3:102). 자신의 안위에 대해서, 포마는 심지어 콜로넬 로스타네프처럼 매우 온순한 양과 같은 자들을 "나를 게걸스럽게 먹어 치우려는, 나를 산 채로 한입에 삼켜 버리려는 인간의 탈을 쓴 바다 괴물"이나 "악어"로 간주하면서, 힘을 향한 그 스스로의 탐욕스러운 욕망을 교활하게도 타인들에게 투사하고 있다(3:74).

6. 인간의 야수성: 죽음의 집의 기록

근대 유럽과 러시아에서 발발한 자본주의의 사회적·경제적·역사적 문맥을 넘어 작가로서의 삶과 개인의 삶이라는 전기적 문맥을 고려할 때 동시대의 인간관계에 대한 도스토옙스키의 냉소적 관점은 그 대부분이 1850년대에 형성되었다. 이는 옴스크 감옥 수감 시절과 그 이후 시베리아 유형지에서의 경험에서 비롯된 결과였다. 조지프 프랭크는 "도스토옙스키 작품에서 나타나는 세련된 탐미주의와 호색적 악행의 병치는 작가가 1869년에 시베리아에서 귀환한 후 급격히 드러난다"라고 말한다.[52] 그의 철학적 시각(특히 그의 정치적·사회적 이데올로기)의 발전과 관련지을 때 이 시베리아 유형지 경험은 생-시몽, 푸리에를 비롯한 공상적 사회주의자들 그리고 페트라솁스키 서클의 이상주의자 회원들 사이에 만연한 자유주의적 서구 사상에 심취했던 젊은 시절의 도스토옙스키를 구해 냈다. 감옥에서 '실제' 러시아 민중(narod)을 만나면서, 그는 귀족과 인텔리겐치아에 대한 그들의 뿌리 깊은 적대감을 직접 목격하게 된다. 이러한 전환점을 맞이하면서 도스토옙스키는 엉뚱하게도 서양 사상을 신봉했던 과거를 버리고, 러시아 동방정교를 재발견하며, 여생 동안 자신의 작품과 신념에 지워지지 않을 영향을 끼치는, '대지주의'(pochvennichestvo)라는 새로운 슬라브 이데올로기를 열광적으로 따르게 된다.[53] 그러나 에드워드 바시올렉에 의하면, 도스토옙스키는

---

52) Frank, 『도스토옙스키: 기적의 세월, 1865~1871』(*Dostoevsky: The Miraculous Years, 1865~1871*), p.22.

53) 예를 들어, 로널드 힝글리(Ronald Hingley)가 쓴 『죽음의 집의 기록』(*Memoirs from the Dead*, 1983) 서문(p.xvi)을 보라. "『죽음의 집의 기록』은 도스토옙스키의 사회·정치적 관점

시베리아 유형을 통해 다소 이상화된 러시아 민중에 대한 좋고 긍정적인 측면뿐만 아니라 매일 마주쳤던 상습 범죄자들의 잔인성, 비도덕성, 야수성을 보았다. 바시올렉이 그러한 죄수들에 대해 논하기를, "거의 예외 없이, 도스토옙스키는 그들을 무자비하고 잔인하며 도덕적 감각에 대한 아무런 자각이 없는 자들로 여겼다".[54] 바시올렉은 무자비한 살인자들과 상습 범죄자들과의 친밀한 관계가 도스토옙스키의 사상과 작품에 깊은 영향을 끼쳤다고 주장한다.

『죽음의 집의 기록』은 인간본성에 대한 도스토옙스키의 추상적이고 단순한 관념이 인간의 복잡성과 비극적으로 사악한 본성에 대한 경악스러운 통찰로 변했다는 것을 뒷받침해 준다. 『죽음의 집의 기록』은 도스토옙스키로부터 상당한 변화를 이끌어 내는데, 이는 우리가 흔히 믿는 다수 비평가의 주장처럼 무신론으로부터 대중들의 고귀한 심장에 내재하는 신앙으로의 변화를 의미하는 것이 아니다. 오히려 그는 놀랍게도 인간본성의 도덕적 암흑을 바라보는 시각을 갖게 된다…… '죽음의 집'의 죄수들을 보게 되면서 그는 사악함이 인간본성의 일부분이라는 것을 알게 되었다.[55]

시베리아 유형 경험이 인간본성에 대한 도스토옙스키의 시각에 큰

의 변화에 큰 영향을 미쳤다. 이 책은 초기의 도스토옙스키가 이십 대의 혼란스러운 상태에서 기록한 사회주의와, 이와는 상이한, 그가 사십 대 중반 이후로 고수했던 엄격한 신념 사이에 걸쳐 있다. 이후 그는 극단적인 러시아 민족주의자의 면모를 보인다. 즉 열광적인 보수주의자, 러시아 정교회의 신봉자, 러시아 인민 숭배자로서의 도스토옙스키가 나타나기 시작한 것이다."

54) Edward Wasiolek, 『도스토옙스키: 주요 소설』(*Dostoevsky: The Major Fiction*, 1964), p.24.
55) *Ibid.*, p.25.

영향을 끼쳤다는 바시올렉의 주장은 다소 과장된 것처럼 보인다. 결국 『죽음의 집의 기록』의 화자는 시베리아에서 무한한 기독교적 선량함과 친절함을 지닌 사람들을 만났던 것에 대하여 말하기 때문이다.[56] 그럼에도 불구하고 바시올렉의 글은 시베리아 유형지로부터 귀환한 도스토옙스키의 글들에 인간행위의 야수적 이미지가 드러난다는 명백한 사실을 환기시킨다.

실제로 도스토옙스키의 소설에 나타난 형벌적 강제노동에 대한 이야기는 사람들이 가장 본능적인 동물적 욕망의 충족을 통해 잔인하고 사디스트적인 쾌락을 얻는 모습을 강조하는 언어와 이미지로 가득 차있다. 『죽음의 집의 기록』은 어떻게 죄수들이 "야수적 성향"(4:14), "야수적 둔감성"(4:16), "야수적 특징"(4:189)을 지니는가에 대하여 서술한다. 또한 감옥의 죄수들이 어떻게 도덕적으로 타락해 가는지, 기본적 인간성을 잃게 되는지, 그리고 "야수로 변화해 가는지"(4:16)에 대해서도 서술한다. 술에 취하면 "자기 본성이 지닌 모든 야수성을" 드러내는 짐승 같은 인물인 가진이라는 자가 그 예이다. 가진은 단지 쾌락만을 위해 어린아이들의 목구멍을 천천히 그리고 관능적으로 째어 가르면서 비참하고 자그마한 희생자가 느끼는 공포와 고뇌로부터 매우 큰 즐거움을 도출해 낸다(4:40~41). 다른 한편, 죄수 코레노브는 정신적 마비 상태가 너무 지독한 나머지 남은 것이라고는 "육체적 향락, 관능성, 맹렬한 색욕"(4:47)뿐인 완전한 "야수"(4:47)이다. 그러나 의심의 여지 없

---

56) 그 증거로 『죽음의 집의 기록』 1부 6장 시작 부분에 등장하는 친절한 미망인 나스타샤 이바노브나에 대한 묘사를 들 수 있다. "네가 순간순간 그녀에 대해 알아 가는 모든 것은 단순히 그녀의 무한한 친절함, 곧 모든 일을 너에게 쉬운 것으로 만들어 주고 너를 기쁘게 해주려는, 그리고 네가 좋아할 만한 무언가를 해주려는 그녀의 불굴의 욕망일 뿐이다"(4:68).

이 인류사에서 가장 혐오스럽고 역겨운 도덕적 타락의 아이콘은 열등하고 비열한 쾌락에 중독된 만성적 관능주의자 아리스토프이다. 도스토옙스키는 이 수형자의 정신적 타락과 도덕적 부패를 해부학적이고 동물적인 용어들로 적절히 묘사하고 있다.

> 아리스토프는 이빨과 위(胃)와, 가장 야수적(samykhzverskikh)이고도 육체적인 쾌락과, 그가 할 수 있는 가장 냉혈적인 폭력과 살인의 변덕스러움 정도에 대한 만족을 보여 주는 하나의 고깃덩어리일 뿐이다. 한마디로 말해서 그는 자신의 흔적을 숨길 수 있다면, 가능한 모든 변덕을 만족시킬 수 있는 단순한 하나의 고깃덩어리일 뿐이다. 무언가를 과장하고 있는 것이 아니라 내가 익히 아는 그를 묘사한 것이다. 그는 아무런 내재적 기준과 규율에 구속받지 않은 채, 인간의 육체적 극한까지 도달할 수 있는 자의 전형이다……. 그는 괴물이자 도덕적인 콰지모도이다.(4:63)

이와 같이 옴스크 감옥의 방책 안에서 도스토옙스키는 잔인하고 폭력적인 살인자들을 많이 만난다. 그리고 그들은 후에 가진, 코레노브, 아리스토프, 그리고 『죽음의 집의 기록』에서 묘사되는 다른 허구적 입소자들의 모티브가 된다. 흉악한 범죄를 저지른 것에 대해 후회하지 않는 그들의 모습은 현 세계에서 인간의 욕망은 탐욕스럽고 야만적일 뿐이라는 저자의 견해 형성에 분명히 많은 영향을 주었다.

그러나 옴스크 감옥에서 도스토옙스키가 목격했던 잔인성과 야수성의 극단은 동료 죄수들을 다룬 것만으로는 나타나지 않는다. 단지 쾌락만을 위해 살인을 저지른 몇몇 죄수를 포함하여 두려움 없이 유죄 선고를 받은 살인자들의 행동보다도 더 '타락한' 것은 제레뱌트니코프

중위와 같은 수용소 '집행인'들이 행하는 심술궂은 폭정이었다. 그들이 죄수들에게 채찍질과 회초리 구타를 집행하면서 느끼는 쾌락은 거의 병적 열광에 다다른 것이었다. 의미심장한 은유로 소개된 이 비열한 중위는 육체적 처벌을 가하는 것에 대해서라면 "매우 세련된 미식가"(4:148)이다. 화자는 "그는 집행인의 기술을 열광적으로 사랑했으며, 그것을 단지 순수하게 예술로서 사랑하였다. 그는 로마제국의 노쇠한 귀족처럼 그 짓을 매우 즐기고 좋아했으며, 쾌락을 만끽하고, 지방층으로 이미 겹겹이 싸여 파묻힌 자기 영혼에 약간의 자극을 주고 흥을 돋우기 위하여 세련된 형벌 기술을 고안하고 또 기괴하게 변형했다"(4:148)라고 말한다. 도스토옙스키는 제레뱌트니코프 중위와 같은 시베리아 집행인들이 향유하는 쾌락의 잔인한 감정을 사드 후작과 브린빌리어 귀부인의 사악함과 공공연히 비교하고 있다.[57] 그러면서 그는 "이 신사들의 심장을 쾌락의 황홀경에 빠지게 만들었던, 달콤하면서도 고통스러

---

57) R. L. 잭슨은 「도스토옙스키와 사드 후작: 마지막 조우」("Dostoevsky and the Marquis de Sade: The Final Encounter")에서 도스토옙스키 캐릭터들의 가학적 변태 성욕(사디즘)을 탐구한다. Jackson, 『도스토옙스키와의 대화』(*Dialogues with Dostoevsky*), pp.144~161 참조. 덧붙여서 F. Kaufman, 「도스토옙스키와 사드 후작」(Dostojevskij a Markyz de Sade), 『철학 저널』(*Filosofický časopis*), 3(1968), pp.384~389 ; Sergei Kuznetsov, 「표도르 도스토옙스키와 사드 후작: 관계들과 서로 부르기」(Fedor Dostoevskii i Markiz de Sad: Sviazi i pereklichki), K. A. Stepanian ed., 『20세기 말의 도스토옙스키』(*Dostoevskii v kontse XX veka*, 1996), pp.557~574 참조. 베아트리체 핑크(Beatrice Fink)는 사드 후작에 대한 작품에서 나타나는 음식의 비유와 상징을 다룬 에세이에서, 사드의 소설 속 먹는 사람들을 도스토옙스키의 권력욕에 굶주린 인간 포식자들과 같은 '야수성'(plotoiadnost')을 공유하는 육식자로 특징짓는다. 그녀는 "사실 사드의 난봉꾼에게 먹는다는 말은 어울리지 않는다. 그는 먹지 않는다. 대신 그는 게걸스럽게 먹어 치운다. 말 그대로 다른 사람들을 집어삼킨다"라고 썼다. Beatrice Fink, 「사물, 활동, 그리고 사드에게 있어 상징으로서의 음식」("Food as Object, Activity, and Symbol in Sade"), 『로마닉 리뷰』(*Romanic Review*)65, no.2(1974), p.101 참조.

운 이러한 감각 중의 무언가"(4:154)가 존재하는 것이 틀림없다고 추측한다. 화자는 이러한 야만적 사디스트들의 심술궂은 심리를 설명하기 위해 작중인물들의 들뜬 권력의지를 야생 육식동물들의 행동과 직접적으로 연결한다.

> 호랑이처럼 피에 목마른 사람들이 있다. 이 힘, 육체, 피, 그리고 자신과 같은 인간 생명체의 영혼에 대한 끝없는 지배…….신의 이미지로 만들어진 누군가를 가장 극도로 경멸하게 되는 이 무한한 기회를 단 한 번이라도 맛본 사람들은 모두 충분히 스스로의 감각에 대한 통제를 잃게 된다. 폭정이란 습관과도 같은 것이다. 이는 충분히 발달할 가능성을 갖고 있고, 실제로는 결국 질병으로 발달한다. 나는 인간이 도달할 수 있는 최악의 상태는 습관에 휘둘려 야비해지고 타락해 야수의 단계까지 가는 것이라고 생각한다. 피와 힘은 중독적이고, 무감각함과 사악함은 발달하고 성장한다. 결국 가장 극단적인 타락에 익숙해지고, 그것이 정신과 감정에 달콤한 것이 된다.(4:154)

확실히 도스토옙스키의 화자는 여기서 힘을 향한 짐승적이고 중독적인 욕망의 사회학보다는 심리학 (혹은 더 정확하게는 정신병리학)에 대해 설명하고 있다. 그러나 화자가 이 집행자의 사디스트적 행위에 대해 "인류와 시민은 언제나 폭군의 손에서 멸망한다"(4:154)라고 언급할 때 틀림없이 여기에는 문화적·이데올로기적인 것이 있다. 나아가 그는 전문적이고도 '신사적인' 집행자들 사이에서 나타나는 힘에 대한 독재적 열망을 사회가 어떻게 방관하는지 논하고 있다. 또한 그는 "모든 제조업자와 기업가는 노동자들과 그 가족이 자신에게 거의 전적으로 몹시 의존하고 있다는 사실에서 때때로 거부할 수 없는 자극적 기쁨을 찾는다"(4:155)라고 말한다. 도스토옙스키가 "집행인의 본성은 당대의 거의 모든 사람에게서 미숙한 형태로나마 발견되지만, 인류의 야성적 특성이 모든 사람에게서 동등하게 발달하는 것은 아니다"(4:155)라고 서술한 것으로 보아 그는 마음속으로 근대 자본주의의 사회·경제적 환경을 명확히 이해하고 있었던 것으로 보인다.

『죽음의 집의 기록』이후 1860년대에서 1870년대 사이 농노해방 후 러시아의 삶을 다룬 주요 소설들에서 도스토옙스키는, 인간이 자본주의의 세속적 성격하에서 얼마나 냉혹하게 사리사욕을 추구하도록 타락했는지 비교적 생생하게 밝힌다. 이 시대의 자본주의는 연민, 형제애, 자기희생이라는 전통적 기독교 윤리관을 급속하게 대체하고 있었다. 미식적 측면에서, 시베리아 이후의 도스토옙스키 소설은 어떻게 공생 (빵을 우애적으로 공유하는 것)이 현재의 육식(살을 탐욕스럽고 게걸스럽게 먹는 것)에 자리를 양보하는지, 점점 더 세속화되어 가는 러시아 사회와 국가정신에 동물학에서 유래된 피라미드형 '먹이사슬'이 어떻게 스며들어가고 있는지를 보여 준다. 이러한 관점에서 도스토옙스키의 음식 이미지 사용은 많은 면에서 조리스-카를 위스망의 위(胃)시학을 떠오르게 한다. 조리스의 작품들에서 음식은 "인류를 원시적이고 야만적인 수준까지 격하하는 잔인하고 사디스트적인 충동의 배출구"로 기능하며, "먹는 행위란 정상적 쾌락의 추구라기보다 신경증적 광란의 행위"이다.[58] 따라서 도스토옙스키의 소설들에서는 더 가진 자가 덜 가진

---

58) Edward Rossmann, 「조리스-카를 위스망스의 작품에서 음식을 둘러싼 투쟁」("The Conflict over Food in the Works of J.-K. Huysmans"), 『19세기 프랑스 연구들』(Nineteenth-

자를 언제나 게걸스럽게 먹어 치우는 것처럼, 강자가 약자를 아귀같이 먹으며 오만한 자가 온순한 자를 삼켜 버리는 장면이 나온다. 예를 들어 『죄와 벌』에서 전당포 주인 알료나는 직업의 특성상 페테르부르크 도시 하층민의 피를 "빨아먹음"으로써 "살이 찌는" 인간 이(蟲)로 간주된다 (6:54). 라주미힌에 따르면, 러시아의 새로운 기업가 계층의 일원들, 예를 들어 루진 같은 탐욕스러운 사업가들은 정직한 사람을 "그대로 삼켜 버리는" 것보다는, 민감하고 정직한 사람에게 마치 마음을 모두 쏟아 주는 듯 귀 기울이다가 그 속에 담긴 모든 것을 빼앗아 버린다(6:98). 마찬가지로 『카라마조프가의 형제들』에 나오는 수도사들은 사회경제적 기생충 계급 전체를 차지한다고 비난받는다. 표도르 카라마조프는 수도원에서 "러시아 농부와 노동자들은 자기들의 못 박힌 손이 수확한 코페이카(돈)의 반을 가족과 세금 수금인들로부터 짜내 여기 가져옵니다. 신성한 신부들이여, 잘 아시다시피 당신들은 서민들의 피를 빨아먹고 있는 것이오"(14:83)라고 주장한다. 조시마 장로는 심지어 농노해방 이후에도 "피를 빨아먹는" 완전히 새로운 계급의 부농들(그는 그들을 착취자[miroedy]라고 칭한다. 문자 그대로, 이 단어는 농민 공동체를 '먹는 자'이다)이 러시아 평민들의 생계를 집어삼키고 있다는 사실로 인해 비탄에 잠긴다(14:285).[59]

Century French Studies), 2. nos. 1 and 2(1973~1974), p.61 참조. "음식에 대한 탐닉과 성적 탐욕은 일반적으로 음식, 사물, 여성을 먹어 치우거나 소유하려는 일반적 욕구에 대한 위스망스의 변주이다. 위스망스에게 남성은 파괴자이자 우주의 식인종으로, 이들의 식욕이 너무나 커서 할 수만 있다면 세계를 집어삼킬 것이다"(p.63).

59) 『작가 일기』에서 도스토옙스키는 하류층에 대한 사회경제적 착취를 자기가 '흡혈귀'(그는 유대인들을 '흡혈귀'[krovopiitsy]와 '착취자'[miroedy]라고 부름)라고 비난하던 유대인의 경우와 구체적으로(거의 배타적으로) 관련시킨다. 예컨대 『작가 일기』에 수록된 1873년의 에

124 음식과 성 : 도스토옙스키와 톨스토이

많은 경우 도스토옙스키의 소설에서 심리적 착취 그리고/혹은 사회경제적 기생은 성적 지배와 연결된다. 그래서 우리는 부유하고 강력한 남성들이 가난하고 온순하고 무방비한 여성들을 이용하는 예들을 많이 본다. 현시대의 여성 비평가들이 지적하듯이 도스토옙스키의 소설세계는 발코프스키 왕자, 스비드리가일로프, 스타브로긴, 표도르 카라마조프와 같은 남성들로 가득 차 있으며 이들은 여성들에게 성폭력을 가함으로써 남성이라는 성, 그리고/혹은 사회경제적 지위에 부여된 특권들을 무자비하게 이용한다.[60] 누구나 쉽게 예측할 수 있듯 도스토옙스키는 종종 음식의 언어를 통해 이러한 성적 지배, 폭력, 야수성의 원동력을 표현한다. 예를 들어 『죄와 벌』 1장에서 라스콜리니코프는 공원 벤치에 술 취한 채 앉아 있는 젊은 여성을 유혹해 성 교섭을 시도하려는 '살찐' 멋쟁이 신사를 목격해 놓고도 그 불쌍한 소녀의 일에 개입하겠다던 마음을 바꾼다. 그는 "서로를 산 채로 잡아먹으라고 해. 나하고 무슨 상관이야"(6:42)라고 외친다.[61] 심지어 개인적 관계의 기저에 존재하는 감정적 횡포가 씹어 삼키는 음식과 관련한 용어들과 종종 연결된다. 예를 들어 『백치』에서 술고래이고 수다스러우며 가난한 이볼긴 장군은 미망인 친구 테렌치예프 부인을 재정적으로나 정서적으로나 "빨아먹는"(8:111)다고 비난받는다. 마찬가지로 그녀 아들의 죽어가는

세이 「꿈과 환상」("Dreams and Reveries", 21:91~96)과 「새로운 드라마에 관하여」("Apropos of a New Drama", 21:96~105) 참조.

60) 예컨대 Straus, 『도스토옙스키와 여성 문제』(Dostoevsky and the Woman Question) 참조.

61) 이 장면을 분석한 조지프 프랭크는 "라스콜리니코프는 강자의 승리를 옳고 정의로운 것으로 보고 약자에게 어떤 도움을 주는 것은 자연의 법칙을 위반하는 것임을 보여 주는 다윈주의의 현실을 맛본 것이다"라고 쓴다. Frank, 『도스토옙스키: 기적의 세월, 1865~1871』(Dostoevsky: The Miraculous Years, 1865~1871), p.107 참조.

(여전히 매우 수다스럽지만) 친구 이폴리트가 "자신을 산 채로 게걸스럽게 먹어 버릴"(8:488) 것이라는 이볼긴 부인의 걱정은 주로 심리적이고도 정서적인 의미에서 이해되어야 한다.[62] 다른 한편 스타브로긴의 길을 따르는 몇 명의 여인이 결국 성폭력을 당하거나 살해당하는 장면이 나오는 『악령』에서는 "게걸스럽게 먹는 것"은 한 여성 비평가의 의견에 따르면, "성과 결부하지 않고는 해석할 수 없다".[63] 만약 농노해방 후 러시아가 '사람이 다른 사람에게 늑대'(homo homini lupus est)인 세상이라면, 남성은 특히나 스스로의 성적 만족감과 심리적 지배의식이라는 목적을 성취할 수 있는 대상인 여성에게 늑대였을 것이다.

7. 다윈주의, 조국의 흙에 대한 열광, 그리고 포식에 관한 담론

1860년대에서 1870년대 사이에 도스토옙스키가 소설에서 일반적으로 다루는 인간의 육식 본성과 특히 자기본위적 권력의지는 다윈 진화론의 출현에 대한 러시아 지식인들의 비평적 반응과 부합한다. 그 유명한 '원숭이 재판'에서 윌리엄 제닝스 브라이언과 클라렌스 다로우가 벌였던 법정 논쟁과 미국 문화의 주류에 내재하는 종교적 근본주의의 깊은 불안 덕분에, 미국에서는 찰스 다윈이라 하면 '인류의 기원'을 떠올리는 경향이 있다. 이는 성경의 천지창조설 대신 자연과학에 기반을 둔 진

---

62) 이볼긴 장군과 테렌치예프 부인 사이에서 감정적으로 '게걸스럽게 먹어 치우는' 행위는 상호 호혜적인 것으로 보인다. 그러나 어느 순간 그의 아들 콜랴 이볼긴은 아버지에게 "그녀가 당신을 산 채로 먹어 버릴지 몰라요!"라고 경고하며 더는 그 미망인 친구를 만나지 말라고 한다(8:110).

63) Straus, 『도스토옙스키와 여성 문제』(Dostoevsky and the Woman Question), p.89.

화론을 말한다. 반면 러시아에서 다윈의 이름은 오히려 '생존을 위한 투쟁'이라는 개념과 밀접히 연관되는 경향을 보인다. 이 문구는 1862년에 프랑스어 번역본으로 또 1864년에는 러시아어 번역본으로 출판된 『종의 기원』(1859)이라는 다윈의 혁신적 작품의 3장 제목으로 사용되었던 글귀이다.[64] 비록 19세기 중반 러시아에서 과학자 다윈은 특히 급진적인 사회주의자들(이들은 과학이야말로 합리적 이기주의에 대한 자기들의 유물론적 철학에 주춧돌이 될 수 있는 존재라고 여겼다)에게 환영을 받았지만, 다수의 러시아 지성인은 다윈의 진화론에 내재했다고 본 파괴적인 사회적 암시를 문제 삼았다. 그들은 '생존을 위한 투쟁'과 '적자생존'이라는 개념이 동물 영역 혹은 식물 왕국에서 비롯되어 인간사회에 적용되었다는 사실에 특히 격분했다.

물론 이 두 가지 개념은 다윈의 자연선택 이론과 밀접하게 관련되어 있지만, 사실 다윈에게서 발원한 것은 아니었다. 허버트 스펜서는 1852년에 이미 '적자생존'이라는 문구를 사용하였고, 토머스 맬서스는 1798년에 발간한 『인구론』의 중심 개념으로 '생존을 위한 투쟁'을 정립하였다. 다윈의 이론에 기반했다고 믿어지고 후에 '사회적 다윈주의'라고 알려진 이데올로기는, 엄밀히 말해 '사회적 스펜서주의' 혹은 '사회적 맬서스주의'라고 불러야 하는 것이다. 정작 다윈 스스로는 자기의 유명한 메타포 '생존을 위한 투쟁'이 동물과 식물 세계에 적용된 맬서스의 사회 이론이라는 사실을 숨기지 않았다. 그 결과 러시아 지성인들은 일

---

64) 니콜라이 스트라호프는 클레망스-오귀스트 루아예(Clémence-Auguste Royer)가 번역한 프랑스어 번역본 『다윈의 종의 기원, 혹은 생명체의 진화 법칙』(De l'origine des espèces, ou des lois du progrèss chez les êtres organisés par Ch. Darwin, 1862)에 대한 서평을 썼다. 『시대』(Vremia), no.11(1862)에 수록.

반적으로 다윈을 과학자라고 인정했지만, 입을 모아 다윈주의를 비판하기도 했다. 그들에게 다윈주의는 맬서스와 스펜서의 비관주의적 사회이론 같은 사상적 움직임으로 생각되었던 것이다.[65]

미국의 경우처럼, 다윈의 진화론에 대한 러시아 대중들의 반응 역시 자연과학의 수준을 넘어서 사회적이고 정치적인, 심지어는 종교적인 이데올로기로까지 점점 더 확장해 갔다. 어느 비평가가 지적했듯이 러시아에서 다윈주의에 대한 논쟁은 "과학적 특징을 획득했다기보다 철학적 논의를 이끌어 냈다".[66] 반면에 자유방임주의라는 전통과 엄격한 개인주의에 기반한 미국 사회는 자연선택이라는 다윈 이론의 '무자비하고 치열한 경쟁'적 측면에만 주목했다. 19세기 러시아에서 길러진 감수성은 사회체제에 다윈의 스펜스적인 그리고 맬서스적인 메타포가 적용됨에 따라 심하게 훼손되었다. 다윈이 가정한 대로 자연세계의 동

---

65) 19세기 러시아에서 다윈의 평판에 대해서는 다음 저술을 참조. Alexander Vucinich, 『러시아 사상 속의 다윈』(*Darwin in Russian Thought*, 1988); Daniel Todes, 『맬서스 없는 다윈: 러시아 혁명 사상에서 생존경쟁』(*Darwin Without Malthus: The Struggle for Existence in Russian Evolutionary Thought*, 1989); James Allen Baker, 「다윈에 대한 러시아 인민주의자들의 반응」("The Russian Populists' Response to Darwin"), 『슬라브 리뷰』(*Slavic Review*), 22, vol.3(1963), pp.456~468;「19세기 다윈주의에 대한 러시아의 반대」("Russian Opposition to Darwinism in the Nineteenth Century"), 『이시스』(*Isis*), 65, vol.229(1974), pp.487~505; George L. Kline, 「다윈주의와 러시아 정교회」("Darwinism and the Russian Orthodox Church"), Ernest J. Simmons ed., 『러시아와 소비에트 사상에서 연속성과 변화』(*Continuity and Change in Russian and Soviet Thought*, 1955), pp.307~328.

66) Theodosius Dobzhansky, 「소비에트 생물학의 위기」("The Crisis of Soviet Biology"), 『러시아와 소비에트 사상의 지속성과 변화』(*Continuity and Change in Russian and Soviet Thought*, 1955), p.338 참조. 제임스 알렌 로저(James Allen Rogers)도 같은 의견을 낸다. "유럽에서와 같이, 러시아에서 다윈주의에 대한 논쟁은 과학의 차원을 넘어 철학과 정치적 논쟁의 중심으로 빠르게 자리 잡았다." James Allen Rogers, 「다윈주의, 과학주의, 그리고 허무주의」("Darwinism, Scientism, and Nihilism"), 『러시아 리뷰』(*Russian Review*), 19, no.1(1960), p.16 참조.

물들 사이에서 생존을 위한 투쟁의 기저에 놓인 식량을 획득하고자 하는 그 충동이 문명화된 사회의 인간행동을 적절히 설명했다고 볼 수 없다. 심지어는 농노해방 후 러시아처럼 자본주의 발달의 초기 국면에서 나타나는 자유경제적 경쟁에 급속히 노출된 사회에서도 이는 적절하지 않다.

따라서 대부분의 러시아 사상가들은 자연의 법칙이 사회의 법칙과 근본적으로 다르지 않다는, 즉 생물학이 인간환경을 설명하는 데 도움을 주기 위해 정치적 경제활동, 그리고 사회적 이론과 손잡을 수 있다는 다윈주의자들의 논점에 강하게 반대하였다. 그들에게 있어서 '생존을 위한 투쟁'과 '적자생존'이라는 메타포는 집산(集産)주의자와 숭고한 러시아라는 자아상을 손상하는 것이었다. 세간의 평판이 충분히 증명했듯이, 19세기 러시아에서 정치적인 영역을 넘나드는 지성인들은 제한된 식량과 주거지 획득을 위한 개인들 사이의 치열한 투쟁이 기초적인 인간 상태에서 비롯한 불가피한 결과라는 맬서스의 신념은 도덕적으로 불쾌하고 존재론적으로 부정확하다고 비난하였다. 러시아의 사회사상가들은 이토록 인정머리 없고 지극히 개인적이며 불화를 조장하는 이데올로기는 단순히 영국식 경쟁을 향한 열망과 유럽의 개인주의와 물질주의 그리고 부르주아적 이기주의에 대한 존중을 반영할 뿐이라고 논했다. 실제로 러시아에서 급진적 사회주의자들과 보수적인 친(親)슬라브주의파 양쪽에서 생겨난, 맬서스주의를 불신하는 일반적 논의는 '생존을 위한 투쟁'을 자유롭고 무자비한 경쟁이 경제생활을 지배하는 자본주의 시대의 부르주아적 유럽(특히 산업화된 영국)의 사회적 상황과 동일시하는 것으로 모아진다. 대니얼 토데스가 말한 바와 같이, 공동체주의에 대한 러시아 사람들의 자각, 그들의 협동적인 사회적 윤리관, 전통적인 촌락공동체(mir)가 상징하는 응집력 있는 사회에 대한 그들의 시각은 협동, 형제애, 상호협력을 희생한 개인적 갈등, 경쟁, 부조화를 찬미했던 다윈의 맬서스주의에 의해 심각하게 위협당했다.[67] 인간행위의 이기적 주요 동기에 대한 맬서스의 부르주아적 주장의 대안으로서, 러시아 지성인들은 인간본성에 대한 자신들의 견해를 고양시켰다. 이는 본능적인 공동체주의, 협동, 연대의식으로 대표되는 슬라브 정신을 한층 깊이 반영하는 것이었다. 러시아에서 사회적 다윈주의에 대한 국가적 반대의 물결은 표트르 크로포트킨이 널리 유포한 '상호원조 이론'에서 절정에 이르게 된다. 표트르 크로포트킨은 무정부주의자에서 자연주의 예찬가로 전향하여 같은 종의 개인들 사이에서는 경쟁보다 협동이 가장 주요한 욕구이자 가장 우세한 행위 패턴이라고 주장했던 인물이다.[68]

비록 19세기 러시아에서 '생존을 위한 투쟁'이라는 다윈의 개념을

---

67) Todes, 『맬서스 없는 다윈』(*Darwin Without Malthus*), p.29 참조. 피터 K. 크리스토프(Peter K. Christoff)가 지적하듯 어느 주도적 슬라브주의자는 "인간의 동물적이고 정글적인 본성을 억제하는 가장 좋은 방법은 그를 코뮌에서 키우는 것이다"라고 주장했다. 크리스토프의 기념비적 연구 『19세기 러시아 슬라브주의 개론』(*An Introduction to Nineteenth-Century Russian Slavophilism*)의 3권 『K. S. 악사코프: 이념에 대한 연구』(*K. S. Aksakov: A Study in Ideas*, 1981), p.368 참조. 또 다른 슬라브주의자에 의하면 소작인들의 코뮌은 "인간 개인의 자유를 포함하지 못하는데, 이는 이것이 인간의 자유가 아니라 늑대의 자유를 위한 것이기 때문이다." A. Gilferding, 『선집』(*Sobranie sochinenii*, 1868, 2:478). 크리스토프식으로 말하자면 길퍼딩은 "러시아식 코뮌의 원리에서 정글과도 같은 개인주의와 사회적 다윈주의의 구원을 찾은 것"이다(368n).

68) 주목할 만한 예외는 드미트리 피사레프(Dmitrii Pisarev)나 V. A. 자이체프(V. A. Zaitsev) 같은 사회주의자들이 주기적으로 투고하던 급진 잡지 『러시아 말』(*Russkoe Slovo*)에서 취하는 입장이다. 당시 러시아의 정치체제에 반대하는 입장임에도, 피사레프와 자이체프 모두 러시아의 산업화에 찬성하고, 사회적 다윈주의의 지배를 지지했다. 그들은 심지어 생존을 위한 투쟁이 인간사 발전의 원동력이라고 주장하며, 미국의 인종주의와 노예제를 옹호하기도 했다. Frank, 『도스토옙스키: 기적의 세월, 1865~1871』(*Dostoevsky: The Miraculous Years, 1865~1871*), p.75 참조.

둘러싼 논쟁이 동시대 작가, 신문기자와 사상가 들에게 영향을 미쳤다 해도 도스토옙스키보다 더 깊은 영향을 받은 사람은 없었다. 한 가지 짚고 넘어가자면, 도스토옙스키와 친밀했던 두 사상적 동료인 애국적 대지주의자(조국의 흙에 열광하는 자, pochvenniki)[69] 니콜라이 스트라호프와 니콜라이 다닐롑스키는 이 주제에 관하여 심히 반(反)다윈주의적인 소논문을 작성했다. 스트라호프는 1862년 11월 도스토옙스키가 발간하는 정기간행물 『시대』지에 「악의 징조」라는 논설을 실었다. 여기에서 그는 그해 초 다윈의 『종의 기원』 프랑스어판 번역을 한 클레망스 루아예라는 여인이 번역작품 서문에 공표한 견해에 대해 비난을 퍼부었다. 루아예는 유럽 대륙에서 가장 먼저 사회적 다윈주의의 견해를 명확하게 공표한 사람들 중 한 명이었다. 그녀는 인종우월주의와 사회적 불평등을 인간사회의 자연적 양상으로 옹호하는, 매우 보수주의적이고도 반동적인 사회학 이론을 정립했는데, 사회생활 영역에 다윈의 '생존을 위한 투쟁' 개념을 다소 기계적으로 적용해 어색한 면이 있었다. 스트라호프는 다윈의 책이 "유기체 연구에서 엄청난 혁명"을 불러일으켰고, "자연과학의 발달 과정에서 거대한 한 발짝"을 내디뎠다고 예찬하는 것으로 논설을 시작하였다. 그러나 그는 루아예의 서문 논평에 대해서는 강하게 반대하였다. 그는 루아예의 논평이 유럽식 사고 관념의 쇠퇴와, 이상주의보다는 철학적 물질주의를 옹호하는 추세를 반영한 것이라고

---

69) [옮긴이] 대지주의(토양주의)는 러시아 민속에 나타나는 '어머니-대지'라는 대지숭배 사상을 기초로 생겨났다. 도스토옙스키가 1860년대 이후 체르니솁스키, 피사레프와 미학적 논쟁을 벌이는 과정에서 형성된 개념이다. 도스토옙스키는 그리고리예프와 스트라호프 등과 함께 대지주의를 표방하였다. 대지주의자들에 따르면, 러시아 지식인의 비극은 대지와의 단절에서 기인한다. 그들은 조국의 흙(땅, 대지, 토양)에 열광한다.

보았다.[70] 그는 루아예가 사회적·정치적·경제적 영역에서 (스스로의 이익을 위하여) '힘의 권리'를 정당화하고자 과학적 담론의 권위를 이용하고, 인간사(事)에서 기독교적 연민, 자선, 자기희생, 형제애의 중요성에 의문을 제기하는 우를 범했다고 말한다.[71] 다윈 이론이 특히 인도주의적이고 도덕적인 의미를 많이 함축한다는 루아예의 주장에 반발하여, 스트라호프는 인간에 대한 다윈의 과학적 발견을 응용할 수 있는 방법 한 가지는 명백하다고 결론 내린다. "우리가 인류와 자연을 결부시키는 순간, 우리가 인류를 자연의 섭리와 같은 단계로 끌어내리는 순간, 그리고 동식물에게 적용하는 관점으로 인류를 판단하는 순간 우리는 인간 생활을 이해할 수 없게 되고 그 의미를 잃어버리게 된다."[72]

한편 다닐렙스키는 논쟁적인 저서 『러시아와 유럽』(1869) 6장에서 '생존을 위한 투쟁'이라는 개념을 비판하였다. 이 저서에서 그는 홉스의 정치이론, 애덤 스미스의 경제이론과 더불어 다윈의 사회이론이 영국 내에서 지배적 국가 특성을 구현한다고 결론짓는다. 즉 사적 독립과 개인 간 경쟁에 대한 본질적인 애정을 거부한 것이다.[73] 몇 년 후 다닐렙스키는 다윈의 '생존을 위한 투쟁'이 일반적으로 유럽인들, 특히 영국인들의 극도로 개인주의적인 정신의 산물일 뿐이라는 자신의 기본 논점을 한층 정교하게 상술해 '다윈주의'라고 이름 붙인 책 두 권(1885~1887)에 담아냈다.[74]

---

70) Nikolai Strakhov, 「불길한 특징들」("Durnye Priznaki"), 『비평 논문들 1861~1894』(*Kriticheskie stat'i, 1861~1894*, 1902~1908), p. 387, p. 391.
71) *Ibid.*, p. 394.
72) *Ibid.*, p. 396.
73) N. Danilevskii, 『러시아와 유럽』(*Rossiia i Evropa*, 1871), pp. 139~141.
74) N. Danilevskii, 『다윈주의』(*Darwinizm*, 1885~1887).

스트라호프와 다닐렙스키 외에 또 다른 대지주의자 한 사람은 도스토옙스키로 하여금 사회적 다원주의에 도전하라고 은근히 부추긴다. 이는 특히 지배력을 향한 인간의 욕망이라는 육식적 본성에 대한 이 소설가의 끊임없는 걱정과 관련되었다. 아폴론 그리고리예프는 스트라호프와 같이 1860년대에 도스토옙스키 형제들이 발간한 『시대』와 『연대』라는 불운한 발간물들의 정규 기고자였다. 그는 푸시킨에 대한 기사(1859년에 발간된 『러시아 풍설』)에서 푸시킨의 예술적 위대함과 본질적인 러시아적 정체성이 19세기 외국의 문학 개념과 역사적 전형에 대항한 러시아 문학 및 문화의 끊임없는 투쟁을 잊히지 않는 묘사로 표현한 능력에 기인한다고 말한다.[75] 실로 그리고리예프는 바이런을 비롯한 유럽 낭만주의 작가들의 주인공들을 통해 잘 알려진, 열망과 힘을 대표하는 '탐욕스러운'(khishchnyi) 서구의 전형에 반대한다. 그는 한편 푸시킨에 대해서는 이반 페트로비치 벨킨이라는 등장인물을 통해 진실된 러시아 풍 캐릭터, 곧 '겸손한' 그리고 '온순한'(smirnyi) 유형을 창조한 첫 작가라고 호평하였다.[76] 스트라호프는 1868년 『새벽』이라는 발간물에 실린 톨스토이의 『전쟁과 평화』에 관한 기사에서 '온순한'(smirnyi)과 '약탈적인'(khishchnyi)이라는 두 용어를 부활시켰다. 스트라호프에 의하면 그리고리예프는 다음과 같이 논한다.

---

75) 「푸시킨의 죽음과 더불어 러시아 문학에 대한 시선」("Vzgliad na russkuiu literaturu so smerti Pushkina"), 『러시아 말』(*Russkoe slovo*), no.2, otd.II(1859), pp.1~63, and no.3(1859), pp.1~39. 이 에세이는 아폴론 그리고리예프(Apollon Grigor'ev)의 『러시아 비평』(*Literaturnaia kritika*, 1967, pp.157~239)에 재수록되었다.

76) 스트라호프(Strakhov)는 『아폴론 그리고리예프 작품』(*Sochineniia Apollona Grigor'eva*, 1876)의 서문에서 그리고리예프의 에세이를 요약하고 있다. 스트라호프의 『비평 논문, 1861~1894』(*Kriticheskie stat'i, 1861~1894*), pp.348~357 참조.

우리 문학에서 주도권을 장악하고 있는 외국인의 유형들은, 활발하기도 하고 음울하기도 하지만, 어떤 경우에서나 강하고 열정적이고 혹은 우리 쪽 비평가가 표현했듯이 약탈적인 유형의 영웅에 속한다. 다른 한편 순수하고 진실한 유형인 우리 러시아 사람들의 본성은 푸시킨의 이반 페트로비치 벨킨과 레르몬토프의 막심 막시미치를 비롯한 작중인물들처럼 어떠한 영웅적인 면과도 명백하게 동떨어진, 단순하고 온순한 유형에 주로 나타난다.[77]

스트라호프의 견해에 따르면, 톨스토이의 애국서사시 『전쟁과 평화』의 플라톤 카라타예프와 쿠투조프 장군(또한 티모킨과 투신 같은 잘 알려지지 않은 영웅들을 포함하여)과 같은 전형적으로 국민적인 작중인물들이 '온순한' 러시아 유형의 이상을 보여 준다는 것이다. 한편 '악마성'과 '타락성'을 보여 주고자 만들어진 '약탈적' 유형은 프랑스 군인과 시민 지도자(특히 나폴레옹)들, 그리고 그들의 프랑스 풍을 모방하는 쿠라긴 등의 유럽화된 러시아 귀족들을 포함한다.[78] 스트라호프는 톨스토이 국민서사시의 중요성은 '약탈적' 프랑스 유형에 대한 '온순한' 러시아 유형의 승리를 묘사한 부분에 있다고 했다. 거짓과 약탈자에 대항하여 겸손하고 선한 자를 대변해서 내는 목소리 ——이는 『전쟁과 평화』에서 가장 본질적이고도 중요한 의미를 지닌다. 이것은 아폴론 그리고리예프가 영민한 통찰력으로 조사하고 발견한, 러시아 문학의 매우 기원

---

77) Nikolai Strakhov, 『투르게네프와 톨스토이에 대한 비평 논문 1862~1885』(*Kriticheskie stat'i ob I. S. Turgeneve i L. N. Tolstom, 1862~1885*, 1901; 재판본, 1968), pp.246~247.

78) *Ibid.*, p.265.

적이고도 독특한 요소이다.[79] 그리고리예프와 스트라호프에 의하면, 다윈주의처럼 '약탈적'인 서구 유형은 러시아의 국가적인 작중인물들과 러시아의 모국적 가치와 동떨어진, 유럽에 기원을 둔 수입문화로 여겨졌다.[80]

　'열렬한 대지주의자' 동료들과 마찬가지로 도스토옙스키는 인간 삶의 근본 문제들에 대해 과학적이고 물질적인 해결 방안을 찾는 서구적 경향이 러시아의 영혼을 전통적으로 지탱하던 도덕적이고 정신적인 가치에 큰 위협을 가하고 있다며 열렬하게 러시아적 관념을 옹호했다.[81] 『작가 일기』에서 도스토옙스키는 다윈주의의 '생존을 위한 투쟁'과 자기보존 본능에 대해 수차례에 걸쳐 공공연히 부정적 언급을 했다.[82] 동시에, 도스토옙스키가 쓴 편지들에서도 사회경제적 '환경'이

---

79) *Ibid.*, p.284.

80) '온순한' 유형과 '약탈적' 유형의 인간성에 관한 논쟁은 도스토옙스키의 『영원한 남편』에서 벨차니노프가 트루소츠키의 복수 행각을 보고 놀람과 분노로 가득 차 "아니, 당신은 정말로 '약탈적 유형'이었군요! 난 당신이 '불변의 남편' 그 이상은 아니라고 생각했는데!"라고 소리치는 것으로 운을 뗀다(20:47). 이 장면에서, 아내에게 바람맞은 남편은 잡지의 문학비평 코너에서 '약탈적 유형'과 '온순한 유형'에 대한 이야기를 읽었다고 주장하는데, 아마 톨스토이의 『전쟁과 평화』에 대한 스트라호프의 기사일 것이다(20:55). 프랭크가 지적하듯이 "도스토옙스키 후기 작품 다수는 '약탈적' 서구(혹은 서구의 영향을 받은) 유형과 순수 러시아인의 '온순한' 유형 간의 갈등을 희곡화한 것으로 보인다." Frank, 『도스토옙스키: 해방의 소용돌이 1860~1865』(*Dostoevsky: The Stir of Liberation, 1860~1865*), p.46 참조.

81) 해리엇 무라프(Harriet Murav)는 도스토옙스키의 소설에서 '성(聖) 바보'는 러시아 문화에 나타난 서구지향적 '실증주의와 과학의 시대'에 대한 저항적 의미로 제공된다고 주장한다. Harriet Murav, 『성 바보: 도스토옙스키의 소설과 문화비평의 시학』(*Holy Foolishness: Dostoevsky's Novels and the Poetics of Cultural Critique*, 1992), p.8.

82) 1875~1876년의 비망록 개시 부분을 예로 들 수 있다. "공산주의와 사회주의에 대한 요구의 진실성과 현실성 그리고 유럽 격변의 시대의 불가피함. 그러나 여기 당신에겐 예수 그리스도를 넘어선, 완전한 믿음체로서의 과학이 있다. 반드시 밝혀져야 할 것들: 사람들 사이의 정확한 과학적 관계가 무엇인가, 그리고 과학에서 확고하게 믿는 새로운 도덕적 질서는 무엇인가(사랑이란 존재하지 않는다. 오직 존재를 위한 투쟁으로서의 이기주의만이 있을 뿐이다)" (24:164).

인간의 악덕을 만든다는 것과, 러시아에서 정치체계와 계급구조의 개정 —'돌을 빵으로 바꾸기'—이 가장 큰 사회문제를 개선할 것이라는 사회주의자들의 신념을 종종 '생존을 위한 투쟁'이라는 다원주의자들의 개념과 연결지어 표현한다. 1876년 7월 바실리 알렉세예프에게 쓴 편지에서 그는 "현재 유럽과 우리 러시아에서의 사회주의는 기독교적 가치관을 무시하고 오로지 빵에만 관심을 두며 과학에 의존한다. 또한 가난, 생존을 위한 투쟁, '환경의 희생자가 된 인간'이라는 모든 문제에 오로지 하나의 이유만 존재한다고 주장한다"라고 썼다(29.2:85). 이에 덧붙여 도스토옙스키는 "인간이 영장류의 자손이라는 다원을 비롯한 현대인들의 주장"과는 달리 그리스도의 메시지에 의하면 "동물의 세계 외에도 영적 세계가 존재한다"(29.2:85)라고 주장한다. 사흘 후 파벨 폴롯스키에게 쓴 편지에서 도스토옙스키는 당시에 일어난 피사료바의 자살에 대해 논하고 있다. 그는 오늘날 러시아 젊은이들은 더는 영적인 삶과 관대함이 없으며, 오로지 "생존을 위한 투쟁만이 존재할 뿐"(29.2:86)이라는 데 익숙해졌다고 슬퍼했다. 만약 당신이 누군가에게 "더는 관대함이 존재하지 않고 여기에는 오로지 생존(자기본위)을 위한 기본적인 투쟁만이 존재한다"라고 말한다면, 도스토옙스키는 당신에게 "실상은 당신이 인간에게서 인격과 자유 모두를 탈취하고 있는 것이다"(29.2:87)라고 말할 것이다.[83]

---

83) 리자 냅(Liza Knapp)은 "편지와 논쟁 속에서 도스토옙스키는 다원의 법칙과 기독교의 법칙을 나란히 비교하곤 한다"라고 썼다. "돌을 빵으로 바꿔 보라는 악마의 시험을 예수가 물리쳤다고 썼을 때 도스토옙스키는 이미 다원이 주장한 바를 거부한 셈이다." Liza Knapp, 『관성의 소멸: 도스토옙스키와 형이상학』(The Annihilation of Inertia: Dostoevsky and Metaphysics, 1996), p.114 참조.

물론 도스토옙스키도 자신의 소설들에서 다윈과 맬서스의 가르침에 대해 다룬다. 『죄와 벌』에서 자신이 나폴레옹 같은 우월한 종족에 속하는 '비범인'임을 증명하려는 라스콜리니코프의 야망에 바로 다윈의 이론이 함축되어 있다.[84] B. A. 루이스는 『죄와 벌』에선 "진화에 관한 다윈의 이론이 천지창조에 관한 신학적 관점을 대체하며, 미성숙한 정신에는 신이 깃들 수 없다고 반증한다"라고 말한다. "종교에 의거한 도덕적 제재가 부재한 상태에서 삶이란 오로지 생존을 위한 전쟁(battle)이 되어 버리며, 인간은 다른 이를 짓밟아야만 하는 동물이 되어 심지어 살생까지 저지르거나, 타인에게 이용당하거나 파멸되는 존재이다."[85] 한편 『백치』에서는 가냐 이볼긴이 "자기보존 본능은 인간의 전형적인 법칙이다"(8:311)라고 주장하고, 라돔스키는 "힘의 질서"와 "호랑이와 악어의 질서"(8:245)는 백지 한 장 차이라고 설명한다. 라돔스키의 말이 나타내는 것처럼 도스토옙스키는 1860년대와 1870년대 사이의 산문소설에서 다윈주의의 슬로건과 자연주의적 메타포를 사용했다. 뿐만 아니라 탐욕스러운 동물 이미지를 점점 더 많이 사용하여 자본주의라는 새로운 세계의 인간과 소비 간의 육식관계를 비판적으로 드러냈다.

이 점에 있어서 도스토옙스키는 혼자가 아니었다. 농노해방 후 러시아에서 다윈주의에 대한 논쟁은 당대의 많은 러시아 작가와 신문기자들로 하여금, 사회관계 변화에 대한 토론에서 동물 왕국의 약탈자와 피해자 간의 끊임없고 공공연한 전쟁에 대해서 언급하도록 이끌었다.

---

84) B. A. Lewis, 「다윈과 도스토옙스키」("Darwin and Dostoevsky"), 『멜버른 슬라브 연구』(*Melbourne Slavonic Studies*), 11(1976), pp.23~32 참조. 루이스는 사회적 다윈주의가 『죄와 벌』의 주요 테마를 구성하고 있다고 주장한다.
85) *Ibid.*, p.25.

그 결과 1860년대와 1870년대 사이 러시아에서는 '인간은 다른 인간에게 늑대이다'(homo homini lupus est)라는 동물적 관용어구뿐만 아니라, '늑대'와 '양'(혹은 '강꼬치 고기'와 '잉어')처럼 행동하는 사람들에 대한 자연적 메타포가 흔해졌다. 러시아에서 자본주의가 급속도로 발전한 이 기간 동안 공적 담론(신문과 예술 모두)은 약탈적 이미지, 그리고 이러한 이미지와 관련된 관용어를 상당히 많이 반영했다.[86] 예를 들어 알렉산드르 오스트롭스키는 연극『늑대와 양』에서 선명한 약탈적 메타포들을 사용해 인간관계의 역동성이 사회경제적 억압과 성적 구속에 배타적으로 지배됨을 관객들에게 보여 준다. 또 경제적 협박과 갈취를 통하여 성사된 결혼에 대한 오스트롭스키의 음울한 희곡의 서막에서 지주 리냐예프는 그들 주변에 존재하는 이들은 인간이 아니라 늑대와 양들이라고 말하고 있다. 리냐예프는 "늑대는 양을 게걸스럽게 먹고 양은 그저 무기력하게 먹힐 뿐이다"라고 말한다.[87]

알렉세이 피셈스키의 연극『약탈자들』(1873)도 1860년대와 1870년대 러시아에 존재했던 자본주의 기업가, 부패한 관료주의자, 야망을 가진 입신출세주의자 등의 새로운 부류와 물질적 안락, 경제적 힘, 세계

---

86) "문학에서 다윈주의는 암시의 대상이자 직접적으로 고려할 만한 주제로 자리 잡았다"라고 알렉산더 부키니치는 서술한다. "편지의 참고문헌과 때로는 아주 미묘한, 자연에 대한 다윈주의의 정신은 조망된 세계를 확실하게 묘사하는 방법이자 문학적 걸작의 주인공들 사이의 이론적 경향이 되었다. 도스토옙스키와 톨스토이 작품들 속의 주인공 개개인은 다윈주의 과학을 투영하고 그것이 현재 자기들의 사상과 태도에 어떤 다양한 영향을 끼쳤는지를 보여 주는 무수한 프리즘의 시각적 예시를 제공한다. 종종 이 주인공들은 자기들의 창조자, 즉 작가 본인의 대체적 자아를 의미했으며, 다윈주의를 지적·사회적 현상으로 그 범위를 확장하는 것이었다. 문학작품 속 인물들이 다윈주의에 주목하는데, 과학적 원리에 대한 발언뿐 아니라 그 비유를 통해서도 드러났다. Vucinich,『러시아 사상에서의 다윈』(Darwin in Russian Thought), p.4 참조.

87) Aleksandr Ostrovskii,『선집』(Sobranie sochinenii, 1960), vol.7, pp.121~223.

적 성공에 대한 매우 탐욕스러운 욕망에 사로잡힌 약탈적 야수들이 전
혀 다를 바 없음을 명백히한다.[88] 한편 니콜라이 레스코프의 반(反)허무
주의 소설 『뽑힌 단검』(1870~1871)에서, 기회주의자이자 사기꾼인 고
르다노프(작품 속에서 "양의 털을 쓴 늑대"라고 묘사되는)는 자신이 다윈
의 유명한 이론인 '생존을 위한 투쟁'을 스스로의 인생에서 실행하고자
노력한다고 공공연히 인정하는데, 이 다윈의 이론은 그의 마음속에서
정확히 "네가 다른 자들을 삼키지 않으면 그자들이 너를 삼켜 버릴 것
이다"[89]라는 말로 요약된다. 심지어 톨스토이의 『안나 카레니나』(1877)
에서 여주인공이 자살하기 바로 직전 불안한 마음속에 찾아든 음울한
생각 중의 하나는 "사람들을 결속시키는 유일한 것은 생존을 위한 투쟁
과 상호적대 감정이다"(19:342)라는 야시빈의 냉소적 견해였다.

8. 도스토옙스키의 잔인한 재능: 인간 약탈자들과 그 희생자

도스토옙스키는 이후 게리 콕스가 소위 '지배계급제'라고 말했던 것에
급격히 적응한다. 즉 도스토옙스키는 생존을 위한 무자비한 투쟁이 지
배하는 세계를 선명하게 투시하게 되었다.[90] 따라서 그의 글들이 동물
의 포식관계 측면에서 인간관계의 역동성을 묘사한 것과 동물의 왕국
으로부터 유래된 이미지들을 광범위하게 사용한 것은 그리 놀라운 일

---

88) Aleksei Pisemskii, 『선집』(Sobranie sochinenii, 1959), vol.9, pp.285~359.
89) Nikolai Leskov, 『전집』(Polnoe sobranie sochinenii, 1903), vol.23, p.90. 고르다노프
　　(Gordanov)는 지인에게 "늑대와 함께 살려면 늑대처럼 행동하라"라고 충고한다.
90) 게리 콕스(Gary Cox)는 저서 『도스토옙스키의 폭군과 희생양』(Tyrant and Victim in
　　Dostoevsky, 1984)에서 특히 지배의 축을 따라 도스토옙스키의 소설을 검토하고 있다.

이 아니다. 실제로 도스토옙스키는 '생존을 위한 투쟁'의 맹렬한 본성에 관한 다윈의 이론이 러시아에서 "이미 독창적 가설을 넘어서 자명한 이치로 자리 잡은 지 오래"라고 냉소적으로 지적한 바 있다(23:8).[91] 도스토옙스키의 편지들과 메모장에서 드러나듯이, 도스토옙스키는 그리스도와 종교 대신 다윈과 과학을 신봉하는, 신이 없는 세속적인 세계에서 사랑과 연민이란 존재할 수 없다고 믿었다. 그는 "오로지 이기주의, 다시 말하자면 생존을 위한 투쟁만이 존재할 뿐"(24:164)[92]이라고 쓴다.

언어예술가로서 도스토옙스키는 1860년대와 1870년대 사이 러시아의 공적 담론에다, 포식관계의 사회경제적 특성에 중점을 둔 심리·종교적 차원의 흥미로운 담론을 추가한다. 도스토옙스키의 잔인한 재능(cruel talent)을 비방했던 대중영합주의 논설가 니콜라이 미하일롭스키는 "자연의 경제에서 늑대와 양이 존재하듯, 인간 상호관계의 경제에서도 고문을 하는 자와 받는 자가 존재하고 또 존재해야만 한다"라고 주장한다.[93] 미하일롭스키는 "러시아 문학계의 그 누구도 도스토옙스키와 같은 철저함, 깊이, 연민으로 늑대가 게걸스럽게 양을 잡아먹는 이야기들을 분석하지 못했다"라면서, 인간심리에 관한 도스토옙스키의 날카로운 통찰력을 인정한다.[94] 미하일롭스키에 따르면, 도스토옙스키의

---

91) 부키니치는 "아마도 도스토옙스키의 자연주의자적 알레고리의 광범위한 사용과 종종 나타나는 신랄한 사용은 다윈의 도발적 아이디어에 의한 것이다"라고 한다. Vucinich, 『러시아 사상에서의 다윈』(*Darwin in Russian Thought*), p.110 참조.

92) 그러한 세상의 모든 것은 한 조각 빵의 '독재' 아래로 저하된다고 도스토옙스키는 덧붙인다. 도스토옙스키는 "너무도 많은 영혼이 먹을 것과 맞교환된다"(24:164)라고 슬픈 어조로 언급한다. 다윈주의에 대한 도스토옙스키의 반응에 관한 간단한 논의를 보려면, G. M. Fridlender, 『도스토옙스키의 리얼리즘』(*Realizm Dostoevskogo*, 1964), pp.157~163 참조.

93) N. K. Mikhailovsky, 『도스토옙스키: 잔인한 천재』(*Dostoevsky: A Cruel Talent*, 1978), p.36.

94) *Ibid.*, p.12.

예술적 특성은 정확하게 말해 "단순한 욕망 충족이 아니라 미묘하고 복잡한 것, 악의와 잔인성에의 탐닉을 정확히 조사하며 늑대의 영혼에서 가장 깊은 곳을" 파헤치는 능력이다.[95] 그가 서술하기를, 실제로 도스토옙스키의 작품들은 "온갖 종의 늑대들을 모아 놓은 악의 온상"을 독자들에게 제공한다.[96]

인도주의자이면서 대중영합주의자인 미하일롭스키는 도스토옙스키가 그려 낸 전혀 가식 없는 인류의 초상과 그 문학적 재능의 이유 없는 '잔인성' 때문에 매우 불쾌했다. 그는 도스토옙스키가 수난, 고통, 모욕의 찬미를 사실상 즐기는 사디스트적 작가라고 생각했다.[97] 수년 후 또 다른 열렬한 인도주의자이자 민주주의자인 막심 고리키도 마찬가지로 도스토옙스키가 "인간의 야만적이고 동물적인 습성"을 "반박하기 위해서가 아니라 정당화하기 위해서" 그렇게 묘사한 것이라며 불만을 표출했다.[98] 도스토옙스키의 '잔인한 재능'에 대해서 불평하는 평론가

---

95) *Ibid.*. 미하일롭스키의 주장에 따르면, 러시아 작가 도스토옙스키의 재능이 초기에는 주로 늑대에게 먹히는 양의 심리학을 공부하는 데 쓰인 반면 후기에는(시베리아 유형 생활 이후의 활동) 양을 잡아먹는 늑대의 심리학에 거의 배타적으로 집중되었다.

96) *Ibid.*, p.13.

97) 이반 투르게네프(Ivan Turgenev)도 미하일롭스키의 에세이에 전적으로 동의했다. 투르게네프는 편지를 주고받던 한 사람에게 "그(미하일롭스키)가 도스토옙스키 걸작의 기본 특성을 잘 지적했다"라고 비밀을 터놓았다. Ivan S. Turgenev, 『28권으로 된 작품 전집과 편지』(*Polnoe sobranie sochinenii i pisem v 28-i tomakh*, 1960~1968), vol.28, bk.2:49에 수록된, 투르게네프가 미하일 살티코프-시체드린(Mikhail Saltykov-Shchedrin)에게 보낸 편지(1882. 9. 24)를 참조.

98) 『러시아 말』(*Russkoe Slovo*, 1913. 9. 22)에 수록된 막심 고리키(Maksim Gor'kii)의 글 「카라마조프주의에 대하여」(O'Karamazovshchine'), p.219 ; 『러시아 말』(1913. 10. 27)에 수록된 「또다시 '카라마조프주의'에 대하여」("Eshche o 'Karamazovshchine'"), p.248. 이 두 편의 에세이는 모두 막심 고리키의 『문학에 대하여』(*O literature*, 1961), pp.66~69, pp.70~75에 재수록되었다.

들은 이들만이 아니다. 앞에서 살펴보았듯 몇몇 정신분석적 성향을 지닌 비평가들이 도스토옙스키를 사디스트라고 비난한다. 이들의 비평에 따르면, 도스토옙스키는 소설에서 타인에게 고문을 가하려는 욕망과 잔인성을 인간본성에 대한 본질적 진실로 묘사했을 뿐만 아니라 언어예술가로서 사디스트적 행위를 묘사해 잔혹함이 도출하는 기쁨을 스스로도 즐겼다. 이는 투르게네프가 도스토옙스키를 '우리의'(러시아의) 마르키스 드 사드라고 했을 때 품었던 생각과 같을 것이다.[99] 이 연구의 목적상, '잔인한 재능'을 지닌 도스토옙스키에 대한 미하일롭스키와 고리키의 부정적 평가에서 우리가 주목할 점은 이 둘이 음식물과 관련한 용어와 야만·약탈의 이미지들(양들을 '게걸스럽게 먹는' 늑대들)을 통하여 도스토옙스키의 시학을 평가한다는 점이다. 그러나 로버트 루이스 잭슨은 "도스토옙스키는 폭력과 잔인성이라는 인간의 나쁜 성향이 부분적 진실임을 발견했다. 거기에 반작용하는 인간의 근본적 도덕성과 정신적 분투를 발견한 것이다"라고 서술하면서 인간의 야만성에 대한 도스토옙스키의 날카로운 관심 뒤에 있는 동기를 정확히 짚어 내었다.[100] 이 장에서 볼 수 있듯이 도스토옙스키에 관한 더욱 중요한 진실은, 무신론적 자기본위를 구현하는 인간의 약탈성과 육식성은 분명 그리스도와

---

99) Turgenev, 『28권으로 된 작품 전집과 편지』(*Polnoe sobranie sochinenii i pisem v 28-i tomakh*), vol.28, bk.2:51. [옮긴이] 표도르 파블로비치는 자신은 농부들을 증오한다고 말한 뒤 그들이 모크로예 근처에서 젊은 남자애들이 여자애들을 괴롭히는 것을 즐기고 있었다고 언급한다. 이것은 전통적인 관례로 그 남자들은 다시 와서 여자들에게 청혼한다.

100) Robert Louis Jackson, 「도스토옙스키와 사드 후작」("Dostoevsky and the Marquis de Sade"), p.145. 레나토 포지올리도 유사한 감정의 목소리를 낸다. "도스토옙스키는 가장 타락한 인간에게서조차 '인간의 야수성'을 보려 하지 않았다." Renato Poggioli, 『불사조와 거미』(*The Phoenix and the Spider*, 1957), p.26 참조.

사랑 그리고 자기희생이라는 기독교 교리로 되돌아감으로써 초월되어
야만 한다는 것이다.

『미성년』에 대한 도스토옙스키의 메모들은 자신이 자주 언급한 '약
탈적'(khishchnyi) 유형의 인간에 대한 그의 변함없는 근심을 보여 준
다. 이러한 유형의 인간은 강하고 비범하지만 거친 성격의 소유자이며
난폭한 열정과 잔인성에 몰입하는 악마적이고 방탕한 괴물을 창조하려
는 의지의 거대한 힘에 이끌린다(16:6~7).[101] 그러한 '약탈적' 인간 유
형에 대한 도스토옙스키의 관심은 그의 다른 소설들에서도 명백하게
드러난다.[102] 예를 들어 『악령』에서 부자이면서도 완고하고 포악한 스
타브로긴 백작부인은 마치 한 마리 "매"(10:58)처럼 샤토프의 여동생
다리야에게 덤벼든다고 묘사된다. 나중에 그녀는 성서를 파는 소피야
울리트키나(스테판 트로피모비치의 또 다른 친구)의 손을 "병아리를 낚
아채는 솔개"같이 잡는다고 표현된다. 후에 바바라 페트로브나는 "그녀
는 여기 있어. 나는 그녀를 먹어 버리지 않았다고"라며 스테판을 안심시
킨다. "넌 내가 이미 그녀를 먹었다고 생각했지, 안 그래?"(10:501) 마찬

---

101) 자크 카토(Jacques Catteau)는 『도스토옙스키와 창작 과정』(*Dostoyevsky and the Process
of Literary Creation*, 1989), pp.265~268에서 『미성년』을 "약탈자(포식동물)의 소설"이라
논하고 있다.

102) 도스토옙스키의 '약탈자' 유형 묘사는 디킨스의 묘사와 그 주요 방법론에서 비슷하다.
J. R. 킨사이드(J. R. Kincaid)는 『디킨스와 웃음의 수사학』(*Dickens and the Rhetoric of
Laughter*, 1971)에서 『데이비드 코퍼필드』(*David Copperfield*)의 화자가 "선한 사람들을
순한 가축들에 비유하고 악한 사람들을 약탈적 맹수들에 비유한다"라고 썼다(168). 비슷
한 맥락에서, R. D. 맥마스터(R. D. McMaster)는 디킨스의 다른 소설에서 자주 쓰인 약탈
자 비유를 검토한다. 그의 에세이 「먹잇감으로서의 새들: 『우리 공통의 친구』에 대한 연구」
("Birds of Prey: A Study of *Our Mutual Friend*"), 『댈하우지 리뷰』(*Dalhousie Review*),
40, no.3(1960), pp.372~381 참조. 디킨스가 소설에서 묘사한 상업적인 런던의 탐욕스러
운 모습에 대해 맥마스터는 "작중인물 하나하나가 새이고 짐승이고, 혹은 이 늪의 먹이인
물고기이다"라고 말한다(p.373).

가지로 마리야 레뱌드키나는 남편 스타브로긴을 두고 말하기를, 자신의 한 마리 '매'가 '올빼미'가 될 수는 없다고 하는가 하면(10:218) 시어머니가 자기를 "매우 기뻐하며 게걸스럽게 먹을 것이다"(10:217)라고 말하고 있다. 심지어 이 불가사의한 '해리 왕자'[103]는 본격 등장에 앞서 갑자기 주지사의 귀를 물어뜯은 적이 있는 인물로 마침내 진정한 '갈고리 발톱'을 보여 주는 '사나운 야수'로 묘사된다(10:37). 한편 표트르 베르호벤스키는 비교적 온순한 사람들이 '육욕적인' 음식물에 손대지 않을 때 등장해 비프스테이크, 커틀릿, 닭고기 같은 음식물을 마구 집어삼킴으로써 육식성이 뚜렷이 드러나는 청소 동물로 묘사된다(샤토프의 살인과 키릴로프의 자살 바로 이전의 일을 예로 들 수 있다). 더욱이 스테판의 아들인 '교활한 뱀' 표트르는 소설에서 우둔한 얼간이들로 묘사되는 주지사와 본 렘브크 여사의 환대에 편안한 마음으로 신세를 지는 기생적인 '이'(蟲)로 등장한다. 한편 『카라마조프가의 형제들』에서 관능적인 그루센카는 도시에 거주하는 몇몇 사람에게 무서운 약탈자 암호랑이로 묘사된다(14:141). 그녀는 알료샤의 수도사 같은 순결과 성적 정절을 빼앗음으로써 유순한 그를 "게걸스럽게"(14:101) 그리고 "꿀꺽 삼키듯"(14:318) 먹어 버리겠다고 말한다. 알료샤에게 성적 관심을 보이는 또 다른 탐욕스러운 여성 중 하나인 리자 호흘라코바는 어느 순간 "틀림없이 내가 그를 먹어 버리지 않을까?"(14:55) 하고 의문을 품지만, 자신이 어떻게 카라마조프가의 형제들 중 가장 어린 알료샤를 겁주어 쫓

---

103) [옮긴이] 도스토옙스키는 스타브로긴을 셰익스피어의 『헨리 4세』(1597~1598)에 나오는 해리 왕자로 묘사한다. 해리 왕자는 1막과 2막에만 나온다. 해리 왕자는 시정잡배들과 어울리는 방탕아로 나오지만, 곧 정신을 차리고 현명한 헨리 5세가 된다.

아 버리게 되었는지 이해하지 못한다.

도스토옙스키의 소설에 나타나는 '곤충학'과, 그가 인류의 야만적 본성을 전경화하기 위해서 등장인물들을 어떻게 비천한 동물들, 특히 곤충과 거미류 동물들(거미, 개미, 파리, 바퀴벌레, 이 등등)과 연결하는지에 대해서 현재까지 많은 글이 작성되었다.[104] 예를 들어 도스토옙스키의 『죄와 벌』을 읽은 이들은 욕실 구석이 거미들로 가득 차 있다는 스비드리가일로프의 잊히지 않는 몽상(6:221)을 오래도록 기억할 것이다. 또한 스타브로긴에게 늘 붙어 다니면서 어린 소녀 마트료샤를 비열하게 학대했던 것을 상기시켜 그의 황금시대에 대한 꿈을 무산시키는 작은 붉은 거미(11:22)도 기억할 것이다.[105] 뿐만 아니라 『죽음의 집의 기

---

104) 레나토 포지올리는 이러한 거미 이미지(비유)를 「카프카와 도스토옙스키」("Kafka and Dostoyevsky")에서처럼 현대 남성의 존재론적 소외의 상징이라고 탐구한다. Renato Poggioli, 『카프카 문제』(The Kafka Problem, 1975), pp.107~117 참조. 『작가 일기』(1876. 9) 첫째 장, 「피콜라 베스티아」("Piccola Bestia")라는 에세이에 의하면, 도스토옙스키는 세들어 살던 플로랑스의 아파트에서 한번은 타란툴라가 하루 종일 기어 다녀 건물에 소동이 인 것에 대해서 서술하고 있다. 그후 그는 이 거미 이미지(비유)를 국제정치에 대한 논의로 확장한다. 여기서 그는 이른바 동양적인 질문, 특히 그가 동시대 유럽에서 유행하고 있다고 생각했던 맹렬한 러시아공포증(Russophobia)에 초점을 맞춘다. "모든 사람이 러시아를 지적하고 모든 사람이 이 해로운 생물체가 시시각각 이곳을 벗어나 종종걸음으로 돌아다닌다고 믿는다"라고 그는 적었다(23:107).

105) 도스토옙스키의 소설이 다루는 섹슈얼리티(특히 '스타브로긴의 죄')에 대한 최근 러시아인들의 논의를 보려면 다음 글들을 참조. Iu. Kariakin, 「쿠폴라 없는 사원」("Khram bez kupola"[Besy bez glavy 'U Tikhona']), 『도스토옙스키와 21세기 전야』(Dostoevskii i kanun XXI veka, 1989), pp.319~324 ; Tat'iana Kasatkina, 「우리는 러시아 문학을 어떻게 읽을까: 성욕에 대하여」("Kak my chitaem russkuiu literaturu: O sladostrastii"), 『노비 미르』(Novyi mir), no.7(1999), pp.170~182 ; Irina Rodnianskaia, 「도박판과 도스토옙스키 사이에서」("Mezhdu Konom i Dostoevskim: Replika Vitaliiu Svintsovu"), 『노비 미르』(Novyi mir), no.5(1999), pp.195~213 ; Vitalii Svintsov, 「도스토옙스키와 스타브로긴의 죄」("Dostoevskii i stavroginskii grekh"), 『문학 문제』(Voprosy literatury), no.2(1995), pp.111~142 ; M. N. Zolotonosov, 「스타브로긴의」 성: 소설 『악령』의 외경적인 장에 대한 포르노적인 주석」("Seks 'Ot Stavrogina': pornograficheskii kommentarii k 'otrechennoi'

록』에서 범죄자 가진은 "인간 크기의 거대한 거미"(4:40)라고 묘사되는 한편, 수용소 죄수들을 담당하는 소령은 "자기 거미줄에 걸린 불쌍한 파리를 잡아먹으려 달려드는 사악한 거미"(4:214)를 닮았다는 소리를 듣는다. 『상처받은 사람들』에서 발코프스키 공작은 자신의 아들과 사랑에 빠진 무일푼 여인 나타샤와 결혼하도록 작품의 화자인 이반 페트로비치에게 돈을 제공하고자 한다. 이때 이반 페트로비치는 발코프스키 공작을 보면서 "짓밟아 버리고픈 충동을 불러일으키는 거대한 거미"(3:358)를 상기한다.[106] 랄프 매틀로는 도스토옙스키가 어떻게 거미 이미지와 악마성을 관련지었는지 정확하게 드러낸다. 특히 스비드리가일로프와 스타브로긴이라는 사악한 두 등장인물이 도덕적으로 얼마나 방탕한지에 도스토옙스키가 초점을 맞춘다는 것이다. 이 두 인물은 아동 성폭행 같은 흉악한 행위들을 저질렀다고 소문이 난 자들이었다. 매틀로는 "이 거미는 관능적이고도 음란한, 그리고 넓게는 윤리적이면서도 도덕적인 의미에서 불가피하게 악(惡)과 연결되어 있다"라고 서술한다.[107] 그러나 도스토옙스키가 사용한 곤충과 거미의 이미지에 대하여 아직 충분하게 조명되지 않은 부분이 있다. 바로 거미 혹은 독거미 타란

glave iz romana Besy"), 『말과 몸』(*Slovo I telo: Seksual'nye asperty universalii, interpretatsii russko kul'turnogo teksta XIX-XX vekov*, 1999), pp.9~78.

106) 수잔 푸소(Susanne Fusso)는 도스토옙스키가 『상처받은 사람들』(3부 10장)의 이 에피소드를 자신의 에세이 「러시아 통보에 보내는 답장」("Otvet Russkomu vestniku")을 담은 『시대』(*Vremia*)에서 가져온 것이라고 지적한다. 여기서 푸시킨의 「이집트의 밤」에 나오는 클레오파트라는 "도스토옙스키가 반복적으로 사용했던 짐승 이미지"인 식인 거미에 비유된다. Fusso, 『도스토옙스키의 작품에 나타난 섹슈얼리티를 발견하다』(*Discovering Sexuality in Dostoevsky*), p.4 참조.

107) Ralph Matlaw, 「도스토옙스키의 작품에서 반복되는 이미지들」("Recurrent Imagery in Dostoevskij"), 『하버드 슬라브 연구』(*Harvard Slavic Studies*), 3(1957), p.206.

툴라 같은 스멀스멀 기어 다니는 생명체들이 다른 (하나같이 약해빠진) 곤충들을 거미줄로 잡아 게걸스럽게 먹어 버리는 고도의 약탈적 근성이다. 게리 콕스에 따르면 '횡포자'와 '피해자' 혹은 '주인'과 '노예' 간의 대립으로 양극화되는 도스토옙스키의 소설세계에서는 그러한 약탈적 이미지가 인간 사이에서 발생하는 권력관계의 역동성을 강화한다.[108]

예를 들어 『악령』에서 표트르 베르호벤스키의 5인조 정치적 공모자들은 도덕적이고 심리적인 의미뿐만 아니라 합법적 의미에서 "거대한 거미줄에 걸린 파리처럼"(10:421) 함정에 빠졌다고 생각한다.[109] 『죄와 벌』에서 라스콜리니코프가 전당포 노파를 살해한 후 훔친 그녀의 돈으로 무엇을 할지 생각할 때 그가 가진 대안은 두 가지였다. 하나

---

108) Cox, 『도스토옙스키의 폭군과 희생양』(*Tyrant and Victim in Dostoevsky*) 참조. S. K. 소머윌 아이르톤(S. K. Somerwil-Ayrton)은 사회학적 연구인 『도스토옙스키 초기 작품에서 가난과 힘』(*Povert and Power in the Early Works of Dostoevskij*, 1988)에서 기본 바탕으로서 도스토옙스키 소설세계의 '지배적 위계질서'라는 콕스의 개념을 받아들인다. 소머윌-아이르톤은 다음과 같이 쓰고 있다. "나는 이 연구에서 다뤄진 모든 작품이 주어진 사회계층 내에서 힘의 위계질서가 돈의 소유 또는 부족 간 상관관계가 갖는 심리학적 효과에 대한 도스토옙스키의 심취를 반영하고 있다는 점을 서술하려 했다. 도스토옙스키는 지속적으로 개인이 집단에 휘두르는 힘에 대해서 분석하고, 그 개인이 발휘하는 힘이 횡포자에 의해서 오용되거나 피해자의 연약함이나 순응적 태도에 의해서 더욱 악해질 수 있다는 것을 보여 준다. 그러므로 이 연구의 분석 하나하나에서 나는 그 기저에 있는 힘의 위계질서 요소를 내가 '폭군-희생양의 축'이라고 이름 붙인 축에서 설명했다"(1). 한편 마틴 P. 라이스(Martin P. Rice)는 헤겔의 철학에서 도스토옙스키의 힘의 위계질서 개념의 기원을 탐구한다. 「도스토옙스키의 『지하로부터의 수기』와 헤겔의 '주인과 노예'」("Dostoevskij's *Notes from Underground* and Hegel's 'Master and Slave'"), 『캐나다-미국 슬라브 연구』(*Canadian-American Slavic Studies*), 8, no.3(1974), pp.359~369 참조.

109) 『악령』에서 쓰인 거미 이미지들에 관해서 리처드 피스(Richard Peace)는 "리자가 스타브로긴이 자기에게 악마의 거미를 보여 주지 못한다는 것과, 만약 그 소설에 그런 거미가 실제로 존재한다면 그것은 분명 음모자 표트르 베르호벤스키라는 것"을 자신이 어떻게 밝혀 냈는지에 대해 썼다. 『도스토옙스키: 그의 주요 소설에 대한 검토』(*Dostoyevsky: An Examination of the Major Novels*, 1971), p.201 참조.

는 전 인류에게 관대한 자선가가 되는 것이고, 다른 하나는 나머지 인생을 "자신의 거미줄에 걸린 모두를 잡아서 그들의 생피를 빨아먹는 거미"(6:322)로 사는 것이었다. 경제사회적 세계에서 약탈이란 『악령』에서 묘사되는 바와 같이, 정신 나간 화자가 축일에 열변을 토하는 대상이기도 했다. 그는 서양식 근대 자본주의가 자기 조국을 강탈한다고 비난한다. 그는 새로운 철도가 모국의 모든 경제적 자원을 "먹어 버리고" 있으며, 현재 러시아를 "마치 거미줄처럼"(10:375) 뒤덮고 있다고 주장한다.[110] 『백치』에서 이폴리트는 넓게 형이상학적 의미에서 우리 인간은 모두 어둡고 사악한 본성의 손아귀에 잡혀 있다고 느낀다. 이러한 사악한 본성은 강력하지만 귀머거리에 벙어리이며, 무자비하고 탐욕스러운 야수이면서, "위대하고 매우 귀중한 자"인 그리스도를 게걸스럽게 먹어치우고 생명에 내재하는 모든 선(善)을 파괴하는 '독거미'(8:339)로 구현된다. 이폴리트는 "나를 게걸스럽게 먹어치우려는 자를 찬미하라는 강요없이 그저 잡아먹히기만 하면 안 될까요?"(8:343)라고 가련하게 항의하고 있다.

그러나 도스토옙스키의 소설에서 약탈적 거미류(포식 습성을 가진 조류)의 이미지는 개별 인간들 사이의 사적 관계, 특히 성관계의 역동성을 기술하기 위해 자주 사용된다. 『미성년』에서 카테리나 니콜라예브나를 향한 자신의 열정을 "동물적"이면서도 "육식적"(13:333)인 감정이라고 묘사하는 아르카디 돌고루키는 자신의 내면 깊숙이 "거미"의 영혼

---

110) 데이비드 비티아(David Bethea)는 『현대 러시아 소설 속 계시록의 형상』(*The Shape of the Apocalypse in Modern Russian Fiction*, 1989)에 수록된 『백치』에 관해 쓴 장에서, 도스토옙스키가 어떻게 해서 "철도를 무신론과 반기독교 정신 확장에 연결시키게 되었는지"에 대해 논한다(77).

이 숨어 있다는 것(13:306)을 인정한다. 이는 그의 탐욕스러운 본성에 비추어 봤을 때 비교적 적절한 묘사이다.

> 나는 잘 모르겠어. 거미가 스스로 목표물 삼아 잡은 파리를 혐오할까, 그렇지 않을까? 불쌍한 작은 파리! 적어도 나는 사람들이 자기들의 희생자를 사랑한다고 생각해. 너도 알고 있듯이 나는 나의 적과 사랑에 빠졌어. 사랑하는 여인이여, 나는 당신이 너무나 건방지고 당당해서 굉장히 기뻐. 만약 당신이 당당하지 못했다면 이러한 나의 즐거움은 존재할 수 없었겠지.(13:35)

이와 비슷하게 악덕과 잔인성을 사랑하는 드미트리 카라마조프는 자신의 심장이 지골(指骨) 거미에 의해 "물어 뜯기고"(14:105) 있음을 감지하고 스스로를 "해로운 벌레"라고 칭한다. 카테리나 이바노브나가 정부의 기금횡령 혐의로 조사받는 아버지를 돕는 데 필요한 돈을 빌리러 찾아왔을 때 드미트리는 완전히 자신의 자비에 좌우되는 그녀의 처지를 이용하기로 결심한다. 드미트리는 저항할 수 없을 정도의 관능적 매력을 지닌 잔인하고 '독기 품은' 생각("나의 첫번째 생각은 카라마조프적인 것이었지"라고 그는 고백한다[14:105]) 때문에 괴로워한다. 그는 스스로의 표현과 같이, "일말의 연민도 없는 벌레처럼, 독이 있는 독거미처럼"(14:105) 성적으로나 경제적으로 미약한 어린 숙녀를 향하여 행동을 개시하려는 강한 충동을 느낀다. 그러나 이와는 반대로 도스토옙스키의 성관계 묘사에서는 여성이 약탈적인 거미이고 남성이 알지 못하는 사이에 그녀의 먹잇감이 된 듯 행동하는 경우를 종종 볼 수 있다. 『러시아 통보에 대한 답장』에서 푸시킨의 「이집트의 밤」을 논함에 있어, 도스토옙스키는 클레오파트라를 "짝짓기 후 파트너를 게걸스럽게 잡아먹어 버리는"(19:136) 검은 미망인 거미라고 특징짓는다. 한편으로 그는 자신의 유명한 『푸시킨 연설』에서 「이집트의 밤」의 저자가 고대의 신들을 "환상적인 야수성과 배우자를 게걸스럽게 잡아먹어 버리는 암컷거미처럼 기어 다니는 것들의 관능성"에서(19:146) 오락을 찾는 존재로 그리고 있음을 언급한다.[111] 비록 『카라마조프가의 형제들』에서 관능적인 그루센카가 결코 검은 미망인 거미라고 노골적으로 묘사되지 않는다 할지라도(그녀는 이 소설에서 '생명체', '괴물', '하이에나', '암호랑이' 등 다양한 호칭을 갖는다), 유순한 알료샤를 "다 먹어 버릴 것"(14:101)이라 장담하는 것으로 보아 그녀는 이성을 학대하거나 이성에게 학대받으면서 성적 쾌락을 느끼는(마조히즘 또는 사디즘) 듯 보인다. 알료샤에게 성적 충동을 느끼는 또 다른 탐욕스러운 여성 리자 호흘라코바도 마찬가지이다. 육식적인 남성들 그리고 약탈적인 여성들 모두와 투쟁해야만 한다고 강요받는 가엾은 알료샤가 스스로를 동물의 왕국에서 방어력 없는 생명체, 즉 비둘기(15:85)와 병아리(14:317)처럼 '잡아먹히기' 쉬운 희생적 제물과 동일시했다는 점도 주목할 만하다.

9. 동물의 육식으로부터 인간의 식인풍습까지

거미, 독거미, 맹금류와 더불어 파충류는 도스토옙스키가 작중인물들의

---

111) 『낭만적 고뇌』(The Romantic Agony, 1970)에서 마리오 프라츠(Mario Praz)는 고티에와 푸시킨 같은 작가가 클레오파트라를 이성을 학대하거나 이성에게 학대받으면서 성적 쾌락을 느끼는 여성으로 묘사한 문학적 표현에 대해 논하였다. pp.213~216 참조.

고도로 탐욕스러운 본성을 보여 주기 위해 이용한 또 다른 종류의 약탈자이다. 1865년에 체르니솁스키와 러시아 니힐리즘에 대항하여 (또한 유럽풍 산업화에 대항하여) 만들어진, 냉소적이면서도 우화적인 풍자인 『악어』는 이반 마트베이치라는 어느 신사가 거대한 파충류에게 산 채로 잡아먹히는 이야기를 들려준다. "무엇이 악어의 기본적 특성인가?"라고 화자는 철학적 질문을 던진다. "답은 명백하다. 바로 사람들을 삼켜 버리는 것이다……. 악어는 손에 잡히는 모든 것을 끊임없이 삼켜 배를 채운다. 그리고 그것이 왜 모든 악어가 우리 형제들을 삼켜 버렸느냐에 대한 유일한 논리적 이유이다"(5:196). 그는 어원상 "'crocodillo'라는 이름은 'croquer'에서 유래된 단어가 분명한데, 'croquer'는 '게걸스럽게 먹다', '다 먹어 치우다', '음식으로 사용하다'라는 의미를 갖는다"(5:196)라고 지적한다. 비록 이반 마트베이치가 자신이 악어와 실제로는 영양분 공급에 있어 상호협력의 관계에 있음을 발견하고 기뻐한다 할지라도("내가 악어에게 먹히는 답례로 나는 악어로부터 생계를 되돌려 받는다"[5:197]), 그는 사력을 다해 그 파충류에게 소화되는 것에 저항한다. 그는 "나는 다른 모든 음식이 변하는 것처럼 변화되기는 싫다"(5:198)라고 말한다.[112] 『상처받은 사람들』에서 권력에 굶주리고 방탕한 발코프스키 공작은 나타샤와 결혼할 수 있도록 직접 손을 써서 화자가 "파충류의 한 종류"(3:358)를 연상하게 만든다. 『악령』에서 표트르 베르호벤스키는 인간이 "혐오스럽고 잔인하며 이기적인 파충류"

---

112) 빅토리아 시대의 문화에 나타난 소비에 대한 연구에서 휴스턴은 자본주의의 '그로테스크 리얼리즘'의 일부로서 음식물은 종종 배설물과 혼동된다고 언급한다. Houston, 『소비하는 픽션들』(Consuming Fictions), pp.137~138 참조.

(10:325)로 변할 수 있는 그런 날이 오리라는 것을 예지한다. 한편으로
『미성년』에 관한 메모에는 "먹잇감을 산 채로 삼키기 원하는 악어같이"
(106:112) 자기 애인을 보고만 있는 여성 인물의 생각이 드러난다. 앞에
서 보았듯『죄와 벌』에서 라스콜리니코프는 어느 술 취한 소녀가 성적
으로 약탈당하는 것을 목격하고도 "서로들 산 채로 잡아먹으라고 해. 나
하고 무슨 상관이야?"(6:42)라고 외쳤다.『악령』의 서두가 절정으로 치
닫는 추문 장면에서, 레뱌드킨 장군은 응접실로 들어가는 문지방에서
백작부인 스타브로기나의 아들과 맞닥뜨리고는 "먹이를 졸라 죽이는
보아뱀 앞의 토끼처럼"(10:155) 갑자기 죽은 듯 멈추어 선다.[113]

　　그러나 도스토옙스키적 파충류 이미지의 가장 현저한 예는『카라
마조프가의 형제들』에서 나타난다. 이반은 그루셴카를 두고 아버지와
큰형 사이에 벌어진 경쟁이 친부살해라는 극악한 범죄로 이어질 수 있
는 매우 사실적인 가능성에 직면한다. 이러한 일촉즉발의 삼각관계를,
이반은 혐오하기보다 도리어 덤덤하게 "하나의 파충류가 다른 하나를
게걸스럽게 잡아먹게 될 것이다"(14:129)라고 말한다. 이러한 이반의
발언은 이 소설의 남은 줄거리에 의미심장한 복선을 던진다. 이는 알료
샤를 혼란에 빠뜨린다. 왜냐하면 이반이 드미트리를 영혼이나 인간성
을 결여한 천한 동물보다도 나을 게 없다고 생각한다는 것을 보여주기
때문이다.[114] 그러나『카라마조프가의 형제들』에서 이반의 말은 인간

---

113) 휴스턴은 디킨스의 소설은 "먹이를 졸라 죽이는 큰 뱀 보아"라고 언급되는 약탈적 남성 인
　　물들로 꽉 차 있다고 지적한다. Houston,『소비하는 픽션들』(Consuming Fictions), p.108
　　참조.
114) 알료샤의 반응은『죄와 벌』에서 라스콜리니코프가 전당포 노파 알료나를 살해할 때 인간
　　을 죽인 것이 아니라 더럽고 유해한 "이"를 죽였다고 주장하는 데 대경실색하는 소냐 마르
　　멜라도바의 분개와 나란히 가는 것 같다(6:320).

에게 내재한 육식성과 약탈적 본능 이상의 의미를 갖는다. 더불어 식인이라는 금기시되는 범죄를 저지를 수 있는 이반의 엄청난 잠재력을 드러낸다. 이 잠재력이란 단순히 다른 종의 동물을 게걸스럽게 먹는 것을 뜻할 뿐만 아니라 동족을 잡아먹는 것을 뜻한다. 곤충과 거미류가 보이는 약탈행위의 관점에서 이해하자면 거미는 이제 파리를 잡아먹지 않는다. 그것은 다른 거미까지 잡아먹고 있는 것이다. 『죽음의 집의 기록』(1860)에서 도스토옙스키는 이러한 메타포로 인간의 식인적 본성에 대한 이해를 넓히고 있다. 이 작품의 화자는 시베리아의 수용소에 있는 죄수들이 지루해지기 시작하면 "닫힌 병 속에 있는 거미들처럼 서로가 서로를 잡아먹고야 말 것이다"(4:17)라고 말한다. 마찬가지로, 『악령』에서 레뱌드킨 장군의 흥미로운 운문우화 「바퀴벌레」는 파리들이 여름에 유리 위에서 기어 다닐 때 어떻게 그들이 "동족끼리 잡아먹는 파리들"(10:141)로 변화하는지 예술적으로 묘사하고 있다.[115]

물론 『백치』에서 죄 많은 (그리고 굶주린) 어느 수도사에 대한 레베데프의 재미있는 이야기의 화제는 인간의 식인행위이다. 그 수도사는 20세기의 기근과 전염병이 만연하던 시절에 수년간 주로 '성직자의' 식단에 의존하여 생존해 왔다고 자백하고 있다. 그리고 그는 결국 혼자서 육십 명에 달하는 승려와 여섯 갓난아이들을 ('미식적 다양성'을 위하여) 죽여 잡아먹었다고 시인한다(8:314). 식인행위는 『카라마조프가의

---

115) 레오니드 그로스만(Leonid Grossman)은 도스토옙스키가 이러한 육식 파리의 이미지를 발자크의 『고리오 영감』(Pere Goriot)에서 얻었다고 추측한다. 이 소설에서는 어느 시점에 보트랭(Vautrin)이 "당신은 하나의 단지 안에 든 거미들처럼 서로를 잡아먹어야 할 것이다"라고 한다. 『도스토옙스키의 창작품』(Tvorchestvo Dostoevskogo, 1928), p.89 참조. 하지만 도스토옙스키가 이 육식 곤충에 대한 아이디어를 1833년 『작은 이야기들』(Motley Tales)이라는 책에 실린 여러 이야기 중 어느 무명 러시아 작품에서 얻었을 가능성도 다분하다.

형제들』의 내러티브 구조에서도 중요한 요소이다. 마이클 홀키스트가 말했듯 소설 속에서 아버지와 아들 간의 경쟁 구도는 원시적인 유목민 신화에 대한 프로이트의 패러다임을 직접적 기반으로 삼아 형성되고 있으며 오이디푸스 콤플렉스의 성적 심리가 지닌 역동성을 재생산한다.[116] 이 원시적 신화에 따르면, 힘에 대한 아들의 갈망뿐만 아니라 성욕까지도 오랫동안 억압하던 독재적 아버지는 결국 아들들에게 살해당해 게걸스럽게 먹힌다. 이는 구강기의 식인행위 차원에서 이해된다. 아우구스트 스트린드베리는 희곡 『아버지』(1887)에서 이러한 오이디푸스 신화에 대해 위압적이고도 근대적인 진술을 제공한다. 여기서는 포악한 가장이 자기 아이에게 화난 듯 소리치는 장면이 나온다. "네가 알고 있듯이 나는 식인종이다. 그리고 나는 너를 잡아먹을 테다. 네 어머니가 나를 먹어 치우고 싶어했지만 그녀는 성공하지 못했어. 나는 친자식들을 게걸스럽게 잡아먹은 사투르누스(Saturn)와도 같다. 그 역시 자기가 아이들을 잡아먹지 않으면 아이들이 자기를 잡아먹을 것이라는

---

116) Michael Holquist, 「아들은 어떻게 아버지가 되는가」("How Sons Become Fathers"), Harold Bloom ed. 『표도르 도스토옙스키의 『카라마조프가의 형제들』』(*Fyodor Dostoevsky's "The Brothers Karamazov"*, 1988), pp.39~51 참조. 게리 콕스도 자기 책의 9장(「최초의 살인」)에서 같은 식으로 『카라마조프가의 형제들』에 묘사된 아버지와 아들 간의 오이디푸스 콤플렉스에 대해 검토하고 있다. Cox, 『도스토옙스키의 폭군과 희생양』(*Tyrant and Victim in Dostoevsky*), pp.86~101 참조. 한편 마이클 앤드리 번스타인(Michael Andre Bernstein)은 바흐친의 카니발 이론을 혁신적 방법으로 수용해 이반 카라마조프의 아버지 살해 의도를 근대적 문화 발전의 구현으로 보는 논의를 진전시켰다. Michael Andre Bernstein, 「흉기를 들고 당신에게 다가오는 이 아이들: 원한, 대중문화, 그리고 소동」("These Children that Come at You with Knives': Ressentiment, Mass Culture, and the Saturnalia"), 『비판적 질문』(*Critical Inquiry*), 17, no.2(1991), pp.358~385 참조. 물론 이 주제에 대한 고전적 연구들도 남아 있다. Daniel Rancour-Laferriere ed., 「도스토옙스키와 친부살해」("Dostoevsky and Parricide"), 『러시아 문학과 정신분석학』(*Russian Literature and Psychoanalysis*, 1989), pp.41~57 참조.

예언을 받았기 때문이지. 먹느냐 먹히느냐, 그것이 문제로다. 만약 내가 너를 먹지 않는다면 네가 나를 먹어 버릴 테지. 너는 이미 너의 이를 드러냈다."[117]

도스토옙스키의 소설에서 "아들의 힘, 돈, 여자를 빼앗아서 스스로의 욕망을 더욱 충족시키는" 포악한 종족의 독재자로서의 원시적 아버지로는 당연히 표도르 파블로비치가 꼽힌다.[118] 카라마조프가의 모든 아들이 독재적 아버지를 증오하고 그의 죽음을 바랄 만한 충분한 이유를 가지고 있었지만 그중 드미트리의 경우가 프로이트의 정신분석적 체계에 가장 잘 들어맞는다고 할 수 있다. 카라마조프가의 큰아들은 재산 분배(돈의 힘)와 그루센카(세속적 욕망)를 두고 자기 아버지와 공공연한 경쟁관계에 있다. 그러나 포악한 아버지와 반항적인 아들들 사이의 분쟁이란 모든 남성이 피해 갈 수 없는 보편적인 것으로 육욕 본성에 기인한 원형적 싸움임을 인식하는 이는 또 다른 형제 이반이다. 그는 형의 심판에서 "아버지의 죽음을 바라지 않는 사람이 어디 있겠습니까?"라고 반문한다. "나의 아버지는 살해당하셨고 형제들은 충격받은 척하고 있어요……. 그들은 결코 속임수에 관해서는 다른 자들에게 뒤떨어지지 않을 겁니다. 거짓말쟁이들! 그들은 모두 아버지의 죽음을 바랐지요. 한 파충류가 다른 파충류를 게걸스럽게 잡아먹는 것입니다"(15:117). 따라서 프로이트가 정신분석 문헌에서 묘사한, 오이디푸스적 대립관계는 구강기의 식인행위에 대한 욕망의 억압으로 이해될 수 있다. 이는 은총과 조화의 시대로부터, 원시적인 아들들이 원시적인 아버

---

117) August Strindberg, 『여섯 개의 극』(*Six Plays*, 1955), p.52.
118) Holquist, 「아들은 어떻게 아버지가 되는가」("How Sons Become Fathers"), p.40.

지의 힘과 권위를 자신의 것으로 합치기 위하여 아버지를 먹어치우려는 신화적 타락을 재현하고 있는 것이다. 머빈 니콜슨은 "문학에서 식인행위란 인류학적인 것이 아니며(미각적인 것이라고 할 수도 없다), 그것은 힘에 관한 메타포이다"라고 환기시킨다.[119)

고골, 곤차로프, 크비트카-오스노뱌넨코의 어린 시절 향수에 관한 작품들에서는 구강기에 고착된 남성 인물들이 나온다. 그들은 자궁 속으로 다시 들어간다거나, 어머니의 젖을 빠는 행위를 통해서 원형인 어머니와 공생하기 위해, 즉 오이디푸스 콤플렉스 이전의 어머니에게로 돌아가기 위해 노력한다. 그러나 도스토옙스키의, 성심리적으로 성숙한 세계에서는, 작중인물들이 아버지를 먹거나 혹은 아버지에게 잡아먹힘으로써 어머니와의 성적 결합을 시도하는 오이디푸스 콤플렉스를 보인다. 도스토옙스키의 작품에서 이러한 오이디푸스적 투쟁은 직접적 가족관계를 넘어서 넓게는 기득권층이 약자들을 잡아먹으려는 사회경제적 역동성을 포함하는 데까지 확장될 수 있다. 결국 그러한 사회경제적 식인행위는 오스트롭스키의 『늑대와 양』, 피셈스키의 『약탈자들』, 레스코프의 『뽑힌 단검』, 그리고 1860년대부터 1870년대 사이의 농노해방 후 러시아에서 자본주의에 의한 사회적 관계의 파괴를 극화한 다른 많은 문학작품에서 볼 수 있는, 모든 약탈적 이미지들의 기저에 놓인 문제이다. 마찬가지로 도스토옙스키는 러시아에서 근대적 자본주의의 발발

---

119) Nicholson, 「먹느냐 먹히느냐」("Eat-or Be Eaten"), p.198. 서구 문학(스위프트, 플로베르, 그리고 사드부터 아토드, 제넷, 메일러까지)에 나타난 식인풍습이라는 테마에 대한 전반적 견해를 제공하는 연구를 위해서는 『장르』(Genre), 10(1977), pp.667~711 그리고 11(1978), pp.227~313에 나오는 클로드 J. 로손(Claude J. Rawson)의 「식인풍습과 허구: 이야기 형식과 '극한 상황'에 대한 반영」("Cannibalism and Fiction: Reflections on Narrative Form and 'Extreme Situations'")을 참조.

과 동시에 발생한 사회적·경제적·정치적 이데올로기들이 근대의 세속적 삶과 무자비함을 불러일으켰다고 비난한다. 따라서 그는 1840년대의 '유럽주의적' 러시아인 아버지들이 설파한 무신론, 세속적인 인간지상주의, 그리고 유토피아적 사회주의 같은 개혁적인 사상들 속에서 양육된 현대 러시아의 허무주의 세대를 가리켜 식인풍습에 젖은 존재들이라 묘사하고 있다. 『백치』에서 예판틴 장군은 "정신이상자! 오만한 생명체들!"이라고 "자기들의 권리를 찾기 위해" 미시킨 공작을 찾아온 부르도프스키의 강도들에게 소리친다. "그들은 신의 존재를 믿지 않고 그리스도를 믿지 않아요! 아아! 당신은 허영과 자만심에 빠져 버린 나머지 결국 다른 자들을 게걸스럽게 먹어 버릴 것입니다"(8:238). 이폴리트는 미시킨 공작의 명명일에 '불가피한 해명'을 낭독하면서 근대의 세속적 세계는 나날이 희생되는 수백만의 인간들 없이는 존재할 수 없는 장소라고 개념화한다. "다시 말해 끊임없이 타인을 게걸스럽게 잡아먹는 행위 없이 사회를 조직화하는 것은 불가능하다는 의견에 동의합니다"(8:334). 『악령』에서 표트르 베르호벤스키("노예들에겐 그들을 다스리는 통치자가 있어야 한다"라고 주장하며 "완전한 복종, 완전한 자기상실"의 체제를 옹호했던 인물)는 시갈료프의 역설적 사회이론에 대해 다음과 같이 부연한다. "30년에 한 번 시갈료프는 충격에 호소할 것이며, 모든 사람은 곧 지루함을 달랠 수 있을 때까지 타인을 게걸스럽게 먹기 시작할 것이다"(10:323).[120]

---

120) 『악령』 2부에 등장하는 성 바보 세묜 야코블레비치를 방문하게 된 청원자 중 한 사람의 말에 의하면 "이 가난한 늙은 과부에게 영장을 발부한 것으로 보아 당시의 러시아 젊은이들은 이미 식인종들(liudoedy)"이다(10:258).

10. 도스토옙스키주의와 식인풍습 그리고 다가오는 인류의 종말

격렬했던 20세기에 인류는 잔인성과 포악성을 지닌 인간의 잠재력에 관한 이론과 실제가 백지 한 장 차이임을 깨닫는다. 러시아적 문맥에서 이는 시갈료프의 철학적인 체계에서 스탈린의 정치적 현실까지의 일보를 뜻한다. 타티야나 톨스타야는 모국에서 압제적이고도 전체주의적인 규율들을 따라야만 했던 그 오랜 기간을 '식인주의 기간'이라 표현하고 20세기 러시아 역사의 야만적인 기간을 중세의 폭군 이반의 통치 기간에 비유한다. 이 이반의 통치 기간에 대해 누군가는 이렇게 말한다. "우리 러시아인들은 음식을 먹을 필요가 없다. 우리는 서로서로 잡아먹으며 식욕을 충족시킨다."[121] 도스토옙스키가 어린 시절 즐겨 읽은 책들 중 하나인 카람진의 『러시아 민중의 역사』(1816~1829)에서 성스러운 바보 니콜라이는 사순절 기간에 날고기 한 조각을 폭군 이반에게 바치며 "당신은 단식뿐만 아니라 신의 존재까지 망각하며, 인간의 살과 피를 먹고사는군요!"라고 말한다.[122]

---

121) Tatyana Tolstaya, 「식인주의 기간에」("In Cannibalistic Times"), 『뉴욕 북리뷰』(*New York Review of Books*, 1991. 4. 11), p.3. 로제르 다둔(Roger Dadoun)은 자신의 에세이에서 식인풍습과 스탈린주의 사이의 연계성에 대해 논한다. 그의 에세이 「스탈린주의 절정기로서의 식인풍습」("Du cannibalisme comme stade supreme du stalinisme")은 『신(新)정신분석 연구지』(*Nouvelle Revue de Psychanalyse*)의 특별판 『식인풍습의 운명』(*Destins du cannibalisme*), no.6(Fall, 1972), pp.269~272 참조. 식인풍습 연구를 위해서는 다음 책들을 참조. William Arens, 『식인 신화: 인류학과 식인종』(*The Man-Eating Myth: Anthropology and Anthropophagy*, 1979);Marvin Harris, 『식인종과 왕들: 문화의 기원』(*Cannibals and Kings: The Origins of Culture*, 1977);Eli Sagan, 『식인풍습: 인간의 공격과 문화형태』(*Cannibalism: Human Aggression and Cultural Form*, 1974);Reay Tannahill, 『고기와 피: 식인 콤플렉스의 역사』(*Flesh and Blood: A History of the Cannibal Complex*, 1975);Peggy Reeve Sanday, 『신성한 굶주림: 문화체계로서의 식인풍습』(*Divine Hunger: Cannibalism as a Cultural System*, 1986).

톨스타야는 러시아 문화의 역사에서 '아시아적 만행'과 관련된 생생한 실례들의 기저에는 '은밀하고 불쾌한 쾌락의 감지' 혹은 그녀 자신이 '도스토옙스키주의'라고 부르는 것이 깔려 있다고 설명한다.[123] 물론 이 '도스토옙스키주의'의 창조자는 인간의 마음 작용에 대해 논의(고도로 예언적인 해설)하는 데 특히 잔인성, 야만성, 사악함을 추구하는 뿌리 깊은 충동이 숨어 있는 정신세계의 암흑적인 면에 주목한다. 도스토옙스키는 자신을 둘러싼 19세기 중반 사회적 현실의 인간소외, 사회분열, 도덕적 혼란의 만연을 직접 목격하고 미래를 예상한다. 그는 인류에게 곧 닥칠 음울한 종말의 날, 즉 육식과 식인행위가 널리 퍼진 적그리스도의 어둡고 음산한 기간을 상상했던 것이다. 『작가 일기』 1877년 3월호 서두에서 저자는 "우리는 물질주의로 나아가고 있습니다. 자신의 물질을 위한 맹목적이고 육식적인(plutoiadnaia) 열망을 가지고, 수단 방법을 가리지 않고 돈을 축적하려는 열망을 가지고 말입니다"(25:85)라고 경고하고 있다. 더 나아가, 여기서 도스토옙스키는 이러한 19세기의 주된 윤리적 신조는 "만인은 자기를 위하고, 오로지 자기 자신만을 위하며, 타인과의 모든 교제 또한 오로지 스스로를 위한 것이다"(25:84)라는 홉스주의적 표어를 표방하고 있다고 주장한다. 맬컴 존스가 지적한 것처럼, 인간관계에서 나타나는 식인행위가 전 인류에 대한 도스토옙스키의 시각에서 극히 일부만을 차지한다 할지라도, 이는 매우 혼란스러운 시각이다.[124]

---

122) Nikolai Karamzin, 『러시아 민중의 역사』(Istoriia gosudarstva rossiiskogo, 12 vols., 1816~1829), vol.9, pp.152~153. Murav, 『성 바보』(Holy Foolishness), p.2에서 인용했다.

123) Tolstaya, 「식인주의 기간에」("In Cannibalistic Times"), p.3.

124) Malcolm Jones, 『도스토옙스키: 불협화음의 소설』(Dostoevsky: The Novel of Discord,

만연한 식인풍습으로 고통받는, 무신론적 인간사회에 대한 도스토옙스키의 종말론적 사고는 때때로 미생물의 상징적 이미지를 통하여 나타난다. 예를 들어『죄와 벌』에필로그에서 라스콜리니코프는 인류를 감염시키고 그들로 하여금 식인행위까지 저지르도록 충동질하는 파괴적 전염병에 관한 무서운 꿈을 꾼다. "인간의 몸에 기생하는 작은 생명체인 선모충의 새로운 종이 발생하였다. 그러나 이 생명체는 지능과 의지를 가지고 있었다. 이 기생충에 감염된 사람들은 즉시 무언가에 홀려서 미친 사람처럼 되어 버렸다……. 사람들은 무의식적인 격노로 서로를 죽였다……. 그들은 서로를 물어뜯고 먹었다"(6:420).[125] 조지프 프랭크는 "라스콜리니코프의 불안한 꿈에 나타난 홉스주의적 세계인, 만인의 만인에 대한 투쟁"을 논평하며, 이는『여름 인상에 대한 겨울 메모』(1863)에 묘사된 서구 사회 인간들 모습과 같다고 말한다. "이기주의로 시작해, 자기-신격화 형태로 절정에 치닫는 비도덕성이라는 전염병이다".[126] 「우스운 사람의 꿈」에서도 이와 비슷한 전염병이 발생한다. "모든 나라를 전염시키고 있는 불결한 선모충 혹은 해로운 세균처럼"

1976), p.22.

125) 데이비드 비티아에 따르면, 시베리아에서 꾼 라스콜리니코프의 마지막 꿈은 도스토옙스키가 러시아 역사에서 계시적 관점에 얼마나 집중했는지를 보여 준다. "라스콜리니코프는 꿈에서 불현듯, 여태 그 길고 우회적인 자신의 이야기 속에서 간신히 피해 왔던 것이 무엇인지를 깨닫게 된다. 도덕성을 재고자 했다면, 그 이유는 바로 전염병 때문이었던 것이다……. 추측건대 서구에서 퍼져 온 인류의 멸망을 초래할 전염병인 것이다."『현대 러시아 소설 속 계시록의 형상』(The Shape of the Apocalypse), pp.70~71 참조. 도스토옙스키의 소설 속 꿈에 대한 연구를 위해서는, 마이클 카츠(Michael Katz)의 저서『19세기 러시아 소설 속 꿈과 무의식의 세계』(Dreams and the Unconscious in Nineteenth-Century Russian Fiction, 1984), pp.84~116 참조.

126) Frank,『도스토옙스키: 기적의 세월, 1865~1871』(Dostoevsky: The Miraculous Years, 1865~1871), p.146.

(25:115), 이 전염병은 조화롭고 유토피아적인 세계의 행복하고 순수한 거주민들을 감염시킨다. 화자에 따르면, 타인을 향한 보편적이고도 포괄적인 사랑을 공유했던, 한때 순결했던 사람들은 "우리 인간이 저지르는 거의 모든 죄악의 유일한 원천인 잔인한 관능성"(25:113)의 충동으로부터 자유로웠다. 이러한 인간들의 도덕적 타락, 즉 신의 은혜로부터의 타락으로 말미암아 사람들은 세속적 관능성을 가지게 되고 이는 점차 성장한다. 관능성은 시기, 무자비, 그리고 개인의 이익을 위한 투쟁으로 차례로 발전해 간다. "분리, 고립, 개인, 나의 소유와 당신의 소유를 위한 투쟁이 시작되었다"(25:116).

사람들은 도스토옙스키가 주장했던, 사회의 '화학적 부패'로부터 기인한 심각한 결과들을 날카롭게 통찰한다. 그에 따라 그들은 식인풍습을 피하기 위하여 일말의 보편적 연대의식이라도 찾으려 필사적 노력을 기울인다. 한 비평가가 이러한 연대의식 갈망에 대한 도스토옙스키의 관점을 의역하기를, "진정한 형제애가 결핍된 상황에서, 결속과 화합을 위해 아우성치는 인간들은 모두 '개미집' 이외에 아무것도 제공해 주지 못하는 사회주의 혹은 가톨릭교회라는 허위적 양식의 수용을 열망하고 있다".[127] 도스토옙스키는 『여름 인상에 대한 겨울 메모』에서 근대 도시 런던의 황폐에 대해 어둡고 종말론적인 묘사를 보여 준다. 그는 인위적이면서도 허위적인 인류 결합의 열망, 구약성서에서 비난받은 물질주의 육욕의 신(神) 바알을 숭배하려는 갈망이, 식인행위와 상호멸종의 대안을 찾고자 하는 인간들의 필사적 노력으로부터 발생했다고

---

127) 키릴 피츠라이언(Kyril FitzLyon)이 쓴 도스토옙스키의 『여름 인상에 대한 겨울 메모』(*Winter Notes on Summer Impressions*, 1985)의 서문, pp.vii~viii.

단언하고 있다.

> 그러나 그곳(런던)에는 또한 똑같이 완고하고 조용하며, 현재까지는 만성적인 투쟁, 즉 타인과 얼마간의 조화를 이루며 살아가기 위한, 다소의 공동체를 이루기 위한, 그리고 동일한 개미집에 정착하기 위한 개인의 고립이라는, 틀에 박힌 서구적 원리에 대항해 투쟁이 계속되고 있다. 동족끼리 게걸스럽게 잡아먹을 필요 없이 정착할 수 있는 방법이라면 심지어는 개미집으로의 전향도 바람직하게 보인다──그 양자택일적 대안은 동족끼리 잡아먹는 것이기 때문이다.(5:69)

도스토옙스키의 마음속에서 가장 유명한 인간 '개미집' 중 하나는 수정궁(crystal palace)이었다. 도스토옙스키의 관점에서 바라볼 때 이 수정궁은 종교적 교의보다는 인도주의적이고 사회주의적인 원리에 기반한 집단 공동체를 짓는 유토피아적 꿈의 구현이었다. 『여름 인상에 대한 겨울 메모』에서 도스토옙스키가 1862년 처음으로 수정궁을 보았다며 서술하기를 "이것은 성경에 있는 광경이다. 바빌론과 관련된, 당신 앞에서 실현되는 인류 종말에 대한 예언이다"(5:70).[128)

『카라마조프가의 형제들』에서 이반의 대심문관은 근대 인간의 식인풍습에 대한 숨겨진 잠재적 추동을 인식하고 있다. 그는 이 본원적 충동이 로마 가톨릭교회의 제도로 규제되어야 한다고 믿었다. 그는 침묵하는 그리스도에게 "인간세대는 아직까지도 자유로운 사상과, 자기들의 과학과 식인풍습(antropofagiia)에 대한 혼란을 겪고 있다". "우리 없이 바벨탑을 짓기 시작한다면, 물론 그들은 동족을 잡아먹는 것으로 귀결되고 말 것이다. 그러나 그후 그 야수들은 우리에게 기어와 우리의 발을 훑으며 거기에 피눈물을 뿌리게 될 것이다"(14:235). 도스토옙스키에게 이 새로운 '바벨탑'은——마치 수정궁처럼——숭배의 공동체와 보편적 결속을 향한 자기들의 갈망을 만족시키는 조화로운 '개미집'을 건설하려는, 또 다른 잘못된 시도를 의미하는 것이었다.

　다른 한편으로 도스토옙스키는 조시마 장로를 통해 자신이 러시아 정교의 메시아적 역할을 두고 품은 가장 소중한 사상을 이야기한다. 그는 질투와 무자비한 경쟁이라는 인간세계의 근심스러운 현실이 그리스도가 우리에게 가르친 이상에 의해서만 저지될 수 있다고 주장한다. 그 것은 바로 인간의 도덕적 형제애와 능동적인 기독교적 사랑을 통한 구원이라는 러시아 정교의 사상이다. 조시마 장로는 형제애와 사랑이라는 자기의 뿌리 깊은 기독교적 관점을 경멸하는 세속적인 인도주의자와 사회주의 공상가들에 대하여, "그들은 정의를 지향하지만 그리스도를 부정하기 때문에 이 지구를 피의 범람으로 귀결시킬 것이고 피, 피를 외쳐 댈 것이다……. 그리고 만약 그리스도의 언약이 없었더라면, 그들은 이 지구상에 최후의 두 사람만 남을 때까지 서로를 학살하게 될 것이다"(14:288). 조시마 장로에 의하면 그리스도를 부정하는 자들은 "사막에서 그 스스로의 몸에서 흘러나오는 피를 빨아 대는 굶주린 자와 같이 복수심에 사로잡힌 자존심을 먹고살아간다"(14:293). 따라서 조시마 장로의 마지막 권고는 종말론적 의미를 뚜렷이 담았다고 할 수 있다. 조

---

128) 여기서 도스토옙스키의 비판은, 게리 솔 모슨(Gary Saul Morson)이 지적하듯 서구의 거짓된 유토피아주의적 이상을 겨냥한 것이다. "기독교의 잔인한 패러디인 그 이상은 실패하도록 되어 있다고 작가는 주장한다. 그것이 법에 대한 사랑과 합리적 이기주의에 대한 형제애를 기초로 하고 있기 때문이다." Gary Saul Morson, 『장르의 경계: 도스토옙스키의 「작가 일기」와 문학적 유토피아의 전통』(The Boundaries of Genre: Dostoevsky's "Dairy of a Writer" and the Traditions of Literary Utopia, 1981), p. 25 참조.

시마 장로는 지상에서 인간의 관심사가 '친교'보다 '고립'이라는 근대정신, 곧 영혼적 사랑보다는 세속적 물질주의에 계속 지배받는다면 여지없이 식인풍습(심지어는 자신을 잡아먹게 되는 상황까지)이 인간의 삶을 엄습하게 되리라 경고하고 있는 것이다. 조시마 장로는 오로지 시기와 질투로 살아가는 오늘날의 이기주의적 "방탕자들"(plotougodniki)은 "곧 포도주 대신 피를 마시게 될 것이다"(14:285)라고 비탄에 젖어 예언한다.

도스토옙스키의 지적인 역설가 이반 카라마조프도 이와 비슷하게 비참한 종말론적 예언을 했다.

이 세상에 인간들이 서로 사랑하도록 만드는 방법은 존재하지 않아. 인류가 서로 사랑해야만 한다는 자연법도 존재하지 않을뿐더러 만약 지금까지 지상에 사랑이 존재해 왔다 해도 그것은 자연법 때문이 아니라 단순히 인간이 영생을 믿어 왔기 때문이야……. 모든 자연법이 그러한 믿음에 근거한 거야……. 그리고 만약 인류가 가진 영생에 대한 믿음이 파괴된다면 사랑뿐만 아니라 이 세상에서 삶을 지탱해 주는 모든 삶의 역동성이 한순간에 고갈되어 버릴 거야. 그렇게 된다면 어느 것도 비도덕적이라 할 수 없을 것이고, 모든 것, 심지어는 식인풍습까지 합법적이 될 거야.(14:65)

스메르쟈코프는 자신이 표도르 파블로비치를 살해(이반이 자신의 비열한 아버지를 스메르쟈코프 대신 죽여 주기를 바라고 있다는 믿음 때문에)했다고 마침내 자백하며 숭배하던 형 이반에게 이전에 그가 자신에게 내뱉은 파멸적인 말들을 상기시킨다. "당신이 말했지요, '모든 것이 허용된다'라고요"(15:68). 그러나 11장에서 이반의 악마가 이반이 이전에 지었던 시 「지질 대변동」을 다시 인용할 때, 훨씬 더 희망적인 미래상이 드러난다. 신과 영혼의 영생에 대한 신념은 자애롭고 용감한 휴머니즘으로 대체되어야 하는데, 이러한 휴머니즘은 많은 점에서 『악령』의 키릴로프가 설파했던 '인신'(人神)이라는 무신론적 개념을 반영하고 있다.

새로운 사람들이 있다……. 그들은 모든 것을 파괴하기로 마음먹었고 식인풍습(antropofagiia)을 행하기 시작한다. 어리석은 자들! 그들은 내 충고를 들으려 하지 않는다! 내 주장은 우리가 아무것도 파괴할 필요가 없고, 다만 인류에게서 신이라는 개념을 파괴할 필요가 있다는 것이다. 바로 우리가 그것을 어떻게 시작해야 하는가이다. 바로 우리가 무엇을 시작해야 하는가이다. 오, 아무것도 이해하지 못하는 인간이라는 무식한 종족이여! 모든 인간이 신을 부정하자마자 —— 나는 그 지질학적 시간만큼이나 오랜 시대가 지나갈 것이라고 믿는다——우주와 도덕성에 대한 구시대적 개념은 스스로 무너지고, 식인풍습도 없이, 모든 것이 새롭게 시작될 것이다. 인간은 생명이 줄 수 있는 모든 것을 취하기 위해 단결하겠지만, 그것은 오로지 현세의 기쁨과 행복만을 위한 것이다. 인간은 신성한 영혼과 거대한 오만으로 고양될 것이다. 그리고 인신(人神)이 나타날 것이며……. 그리고 그는 보상 욕구에 관계없이 자신의 형제들을 사랑하게 될 것이다.(15:83)

이반은 종교적 신념이나 영혼의 영생에 대한 믿음에 호소하지 않고도 인류의 잠재적 식인풍습이 억제되고 도덕적 가치가 지상에서 성대하게 추구될 것이라고 주장한다. 이런 주장을 통해 『미성년』(13:173)의

베르실로프가 상상하는 자유, 평등, 형제애에 대한 소위 제네바 사상이라 불리는 개념을 소생시킨다.[129] 이반에 의하면, 형제애라는 목표는 조시마와 알료샤가 말한 그리스도에 대한 믿음이 없이도 실제로 성취가 가능한 것이다. 그 대신에 그러한 목표는 순수하게 인간다운(니체가 후에 '매우 인간적인 총체'라고 부른) 잠재력을 발달시킴으로써 성취될 수 있는 것이다.

이 소설에서 도스토옙스키는 유토피아적 휴머니즘이 사람들로 하여금 종말론적 식인풍습을 성공적으로 극복하도록 도와준다는 이반의 꿈을 궁극적으로는 신뢰하지 않는다. 소설 후반부에서 도스토옙스키는 악마가 냉소적 억양으로 이반이 지은 시를 반쯤 미쳐 있는 그에게 다시 암송해 준다는 아이러니를 통하여 '대심문관의 전설'을 사실상 해체한다. 게다가 이반이 혈육인 카라마조프가의 형제들, 곧 알료샤와 드미트리 그리고 스메르쟈코프와 적대적 관계를 맺고 있는 모습도 아이러니하다. 이러한 문맥에서(그리고 대화체적 배경과는 반대로) 이반의 고상하고 고결하며 고도로 추상적인 형제애라는 목표는 꽤나 우스꽝스럽게 보였을 것이다. 실제로 『카라마조프가의 형제들』에 관한 도스토옙스키의 메모에서는 이반이 알료샤에게 자신이 때때로 "관능성 혹은 야망 혹은 잔인성의 악취에 뛰어들고 싶은"(15:228) 유혹에 빠진다고 고백하고 있다. 그는 이상주의자인 어린 동생에게 "남은 건 단 하나야. 그것은 야수적 관능성이고, 이러한 관능성의 모든 결과는 잔인성, 일탈, 사드의

---

129) 브루스 워드(Bruce Ward)는 『미성년』의 베르실로프가 지닌 이념과 관련해 "제네바 사상 (Geneva ideas)"을 논한다. Ward, 『도스토옙스키의 서구 비판』(*Dostoyevsky's Critique of the West*), p.46 참조.

수준에까지 이르게 되는 육욕이야"(15:228)라고 말한다.

　조시마 장로의 반증을 통해 도스토옙스키는 미래의 이상향에 대한 이반의 갈팡질팡하는 꿈이 실패로 운명지어졌음을 강하게 암시한다. 이는 그러한 상황에 대한 상상이 건전하고 진정한 기독교적 사랑에 기반하지 않고 허위적 인도주의에 기반하고 있기 때문이다. 『백치』에서 저자의 종말론을 해설하는 인물인 레베데프는 기독교적 도덕원리가 없었다면, 맬서스가 말했던 표면상의 '인간의 친구'는 순식간에 인류의 잠정적 후원자에서 인간 '식인종'(그는 'liudoed'라는 용어를 사용했는데, 이는 글자 그대로 '사람을 먹는 자'란 뜻이다)으로 변했을 것이라고 단언한다(8:312). 중세부터 지속되어 온, 사람을 잡아먹고 양심의 가책을 느끼는 수도사들에 대한 레베데프의 이상하고도 재미있는 일화의 전반적인 요점은, 중세 기독교 시대에 주입된 '의무적 사고'의 위압적 정신력만이 이 죄인이 자기의 끔찍한 일탈에 대해 자유롭게 고백하도록 이끌었다고 볼 수 있다. 도스토옙스키는 『백치』와 다른 농노해방 이후 소설들에서 러시아의 성장자본주의 시대를 철도·은행·상품거래가 만연하는 동족상잔의 시대라고 묘사하면서, 그 강력한 '의무적' 사고가 부재한다는 것을 꽤 설득력 있게 보여 준다.[130] 로빈 포이어 밀러는 "레베데프는 정신적인 식인풍습(맬서스)의 끔찍함을 강조하기 위해 진정한 식인풍습 이야기를 들려주고 있는 것이다"라고 주장했다.[131]

---

130) 레베데프는 "결합(binding) 아이디어는 더는 없다. 모든 것은 연하고, 모든 것은 연약하며, 모든 사람이 연약하다. 우리 모두 의지박약으로 자라났다"라고 슬퍼한다(8:315).

131) Robin Feuer Miller, 『도스토옙스키와 『백치』: 작가, 화자, 그리고 독자』(*Dostoevsky and "The Idiot": Author, Narrator, and Reader*, 1981), p.202. 맬컴 존스(Malcolm Jones)는 "레베데프가 명백하게 밝혀지는 않으나 『백치』는 현대인들이 서로 영적으로 어떻게 소멸되어 가는가를 보여 주고 있다"라는 데 동의한다. Jones, 『도스토옙스키: 불협화음의 소설』

11. 인간의 야수성을 넘어: '소보르노스트'(Sobornost'), 다성악, 친교

도스토옙스키는 약탈, 육식, 식인 이미지를 사용하여 그리스도와 그의 사랑의 메시지를 저버린 세계, 즉 다윈과 과학 법칙을 신봉하는 무신론적 세계에서 인류는 거미류, 맹금류, 파충류와 다를 바 없음을 암시한다. 인간의 신성한 이미지는 깨지고 가장 원시적인 동물적 본성이 드러나면서 난폭한 투쟁과 분쟁 그리고 경쟁이라는 맬서스적 패러다임에 부합하는 행동을 보일 것이다. 그렇다면 도스토옙스키가 제시하는 해결 방안은 무엇일까? 대체 무엇이 인간의 내재적 육식성, 힘과 지배, 통치를 향한 잔인하면서도 탐욕스러운 욕망을 제어할 수 있을까? 어떻게 인간의 야수성──카라마조프주의(Karamazovism)라는 벌레 같은 욕정──이 극복되면서 진실한 인간성이 회복될 수 있을까? 가까운 미래에 나타날 인류의 식인풍습과 그로 인한 멸종이라는 인류 종말의 악몽을 무엇으로 예방할 수 있을까?

도스토옙스키가 쓴 비문학적 글에서는 그 해결 방안이 그가 말한, 소위 사회의 '화학적 부패'(khimicheskoe zazlozhenie)를 저지하는 것으로 제시된다(20:83).[132] 저널리스트로서 도스토옙스키는 인간의 고립과 사회적 분열이 인간의 야수적 성향을 악화할 뿐이라고 주장한다. 그는 『여름 인상에 대한 겨울 메모』와 『작가 일기』 같은 글에서 세속적 인도주의이든 유토피아적 사회주의이든 혹은 로마 가톨릭주의이든 간

(*Dostoevsky: The Novel of Discord*), p.91 참조.

132) 『미성년』에 관한 메모에서 도스토옙스키는 다음과 같이 썼다. "부패의 개념은 모든 것에 적용된다"(16:16). "그리고 이러한 부패는 명백하게 소설의 주요 아이디어이다"(16:17).

에 인류의 결속을 옹호하는 이데올로기로 사회적 분열의 풍조에 반기를 드는 근대의 노력은 모두 잘못된 것이라 역설한다. 그리스도와 그리스도의 윤리적 가르침을 부정하면서 그들은 오로지 인간의 물질적 필요만을 고려하고 인간의 정신적 요구는 무시한다. 즉 그들은 인간의 영혼보다는 배에 초점을 맞추고 있는 것이다. 이러한 사상에는 그 행동을 위한 확고한 도덕적·이론적 근거가 결핍되어 있기 때문에, 도스토옙스키에게는 맬서스의 인도주의적 박애(도스토옙스키 소설에서 굶주리는 인류에게 '빵'을 가져다주는 덜컹거리는 수레로 상징화되는)조차 진정한 영혼의 평화와 조화보다는 열등하게 보이는 것이다.

도스토옙스키에게 진정한 유토피아는 오로지 기독교적 형제애로만 이루어질 수 있다. 더 구체적으로 러시아 정교의 형제애는 통합원리(sobornost')——법, 계산, 자기이익(서구 사회주의의 세속적 이상향을 위한 기반인)보다는 자발적이고 능동적인 사랑 그리고 오로지 자기희생——에 기반하고 있다. 그는 사랑, 곧 정복이 아닌 사랑이 조국 러시아를 위한 기반을 제공했다고 주장한다. 인간의 도덕적 자유를 박탈했던 사회주의나 가톨릭주의와는 다르게, 러시아 정교는 인간을 '게걸스럽게 먹는' 종교가 아니라 인간을 자유롭게 하는 종교이다. 러시아 정교는 "모든 이를 위로하고, 모든 이를 도우며, 모든 인성을 보존하고, 그들을 절대 삼켜 버리지 않는다"(24:222). 후에 도스토옙스키는 국제정치(특히 동방의 문제라 불리는)의 수많은 논쟁거리를 다룬 『작가 일기』도 입부에서, 러시아가 이교도 투르크로부터 고대 수도인 콘스탄티노플을 되찾아 오는 즉시 유럽은 급속히 붕괴될 것이며 이상적 정교 수립이 임박하였고 기독교적 형제애의 이상적 시대가 도래하리라고 반복해서 예언한다.[133] 국제정치에 대한 담론에서도 도스토옙스키는 종종 탐욕스러운 동물 이미지를 사용한다. 예를 들어 콘스탄티노플을 지배하는 단연 우세한 유럽 세력을 '고깃조각'을 둘러싼 다섯 마리의 '늑대들'에 비유하고 있다(23:113). 그가 우리에게 단언하기를, 러시아 정교는 "현 세기에 결코 늑대였던 적이 없으며 언제나 진정하고 자발적이며 관대했던 한 마리의 양이었다"(24:259).

한편 도스토옙스키의 예술적인 글에서는 비문학 영역에서 드러낸 이 예언적이고 논쟁적인 목소리가──러시아 민족주의, 메시아 신앙, 범슬라브주의(모출스키가 도스토옙스키의 '자비로운 제국주의'라 불렀던)적인 정치를 옹호하는 목소리──꽤 누그러진다. 이 소리는 다른 발언의 광범위한 모체들과 다성악적으로 동화된다.[134] 바꾸어 말하면 예술가 도스토옙스키가 사상가 도스토옙스키를 능가하는 것이다. 혹은 바흐친이 말한 것처럼, "그의 공상적 시각에 내재한 사회적·종교적 이상향은 그의 객관화된 예술적 시각을 삼켜 버리거나 분해하지 않았다".[135] 소설가 도스토옙스키에 따르면, 인류의 육식성과 사회의 분열을 극복할 방법은 그리스도의 자기비하 정신을 모방하여 개개인의 내면적 그리고 영혼적 변모를 꾀하는 것이다. 조지프 프랭크가 언급하듯 도스토옙스키 소설의 작중인물들은 언제나 사랑이라는 그리스도적 교의와 지배력이라는 세속적 원칙 사이에서 하나를 선택해야 하는 상황과 마

---

133) 예를 들어 도스토옙스키의 『작가 일기』 1장(「콘스탄티노플은 조만간 우리 것이 된다는 주제에 대하여 한 번 더」, 1877. 3. 25, pp.65~67)과 3장(「평화 소문. '콘스탄티노플은 우리 것이어야 한다.' 이것이 가능할까? 여러 의견들」, 1877. 11. 26, pp.82~87)을 참조.

134) Mochulsky, 『도스토옙스키: 그의 삶과 작품』(*Dostoevsky: His Life and Works*), p.331.

135) Bakhtin, 『도스토옙스키 시학의 제 문제』(*Problems of Dostoevsky's Poetics*), p.250.

주친다.[136] 혹은 해리엇 무라프에 의하면, 도스토옙스키는 소설에서 러시아의 신학적·반체제적 '성스러운 바보'(iurodstvo) 개념을 통해, 유럽의 과학과 합리주의 담론을 논박한다. 또한 당시 지배적이던 과학주의를 해체하며 이에 도전하는 비평을 내놓는다.[137] 인정 많고 자기비하적인 도스토옙스키 풍의 작중인물은——소냐 마르멜라도바, 미시킨 공작, 마리야 레뱌드키나, 조시마 장로, 알료샤 카라마조프 같은 '성스러운 바보들'——모두 '인간 안의 인간'(인간 안의 '짐승'에 대비되는)의 발견과 해방을 성취하고자 한다. 메타언어학적으로 바흐친의 용어를 빌리자면 이러한 인물들에게는 그들의 '예리한' 말과 '성인 언행록' 같은 담론을 통해 진정한 다성악을 달성하겠다는 도스토옙스키의 소망이 담겨 있다. "한눈파는 일 없이, 허점 없이, 내부 반론 없이 이루어지는 확고하게 독백적이면서 내부적으로 분열되지 않는 담론".[138] 그들은 분쟁 혹은 내부적으로 분열된(대화적인) 인간의 목소리가 아니라, 화합적으로 조화되고 동화된 목소리로 이루어진 다성악을 추구한다. 문학적 예술가가 아닌 종교적 사상가로서 도스토옙스키의 이상은 광범위한 스펙트럼 패턴과 음조를 지닌 다양한 사회의 언어 현상을 조화롭고 선율적인 합창으로 변형시킨다. 바흐친은 이러한 합창을 "입에서 입으로 전해지는 기쁨, 즐거움, 환희라는 동일한 음가의 언어"라고 했다.[139] 따라서 기독

---

136) Frank, 「라스콜리니코프의 세계」("The World of Raskolnikov"), p.570. 도스토옙스키의 '불협화음 소설'에 관한 연구에서, 맬컴 존스(Malcolm Jones) 역시 작중인물이 마주한 가장 중심적인 문제는 "인간관계의 기본 법칙이 육식주의나 적극적인 사랑 둘 중 어디에 존재하느냐, 혹은 존재해야만 하느냐이다"라고 주장한다. Jones, 『도스토옙스키: 불협화음의 소설』(Dostoevsky: The Novel of Discord), p.170 참조.

137) Murav, 『성 바보』(Holy Foolishness), pp.13~14.

138) Bakhtin, 『도스토옙스키 시학의 제 문제』(Problems of Dostoevsky's Poetics), p.249.

교적 구원은 속죄적 다성악을 통하여 달성되는데, 이 다성악이란 인텔리겐치아와 민중이 한목소리로 신을 향한 기쁜 찬송가를 부르며 "호산나!"라고 크게 외치는 러시아적 합창의 형식을 말한다.

앞에서 지적했듯이 도스토옙스키가 말하는 이러한 합창적 조화가 달성되려면 각 개인이 스스로의 내면적 변모를 수용해야 한다. 도스토옙스키 자신은 시베리아 감옥에 수감되었을 때 이러한 정신적 변모를 겪었다고 한다. 그가 죄인들과 집행인들 사이의 야수적 잔인성과 야만성을 처음 목격했을 때, 그가 지니고 있던 러시아인의 본질적 선(善)과 박애에 대한 신념은 산산조각이 났다. 그가 시베리아로 떠나던 날 밤 "나는 죽으러 가는 것이 아니야"라고 하며, 도스토옙스키는 확신에 차서 "내 장례식을 치르러 가는 것이 아니란 말이다──그리고 거기에는 야만적인 야수들과 강제노동의 형벌이 있는 것도 아니며, 거기에는 단지 사람들, 아마 나보다도 더 뛰어나고, 아마 나보다도 더 가치 있는 그런 사람들이 있을 거야"라고 하면서 형 미하일을 안심시킨다.[140] 그러나 약 4년 후, 즉 그가 수많은 '야만적 야수들'(가진, 아리스토프, 페트로프 같은 죄수들)과 사디스트적 폭군들(크리프소프 소령과 제레뱌트니코프 중위와 같은 이들)을 만난 후 형에게 쓴 편지에서는 옴스크 감옥에 거주하는 자들이 "가능하다면 우리들을 산 채로 잡아먹으려 할 것이다"(28.1:169)라고 그가 수용소에 도착한 지 얼마 지나지 않았을 때 현실을 어떻게 느꼈는지 서술했다. 그가 후에 밝히기를, 투옥 기간 중 마침

---

139) *Ibid*.

140) A. Dolinin ed., 『동시대인들이 회상하는 도스토옙스키』(*F. M. Dostoevskii v vospominaniiakh sovremennikov*, 1964, 1:192)에서 알렉산드르 밀류코프(Aleksandr Miliukov)가 보고한 것을 참조.

내 인류에 대한 환멸감을 완화하고 자신의 신념을 회복시킨 것은 불현
듯 떠오른 어린 시절 추억이었다. 어린 시절 그는 집 주변 숲을 홀로 거
닐다가 누군가가 "늑대!" 하고 외치는 소리를 들은 적이 있다. 아홉 살
짜리 소년은 겁이 났지만 어떤 늑대도 자기를 해치지 않을 것이라며 확
신시켜 주던 온화하고 친절한, 늙은 농부 마레이를 만나 안심할 수 있었
다. 농부 마레이에 관한 이 유명한 일화는 러시아 민중에 내재된 도덕적
아름다움에 대한 도스토옙스키의 변함없는 신념의 예로서 종종 인용되
었다. 도스토옙스키는 『작가 일기』에서 1876년 2월의 이 장면을 회상하
며 "심오하고 현명한 인간의 감정과 정교하고 거의 여성적인 부드러움
은, 자신이 자유롭게 되리라 기대는커녕 생각조차 할 줄 모르는 거칠고
짐승처럼 몽매한 농노의 심장을 따뜻하게 채워 줄 수 있다"(22:49)라고
말했다. 조지프 프랭크는 이에 대해 다음과 같이 설명한다.

> 도스토옙스키는 무방비 상태에다 겁에 질린 주인집 아들에게 베푼 농노
> 의 친절함과 애정 담긴 호의를 결코 잊을 수 없었다. 수년 후 시베리아에
> 서 마레이에 대한 기억이 그에게 다시 떠올랐다. 다른 죄수들 간의 싸움과
> 야수성에도 불구하고 이 기억은 도스토옙스키가 러시아 동료 죄수들을
> 내면적으로 받아들일 수 있도록 도와주었다. 그가 마레이에게서 받은 느
> 낌이 그들의 영혼에도 존재하며 다시 깨어날 수도 있다고 확신했기 때문
> 이다.[141]

---

141) Joseph Frank, 『도스토옙스키: 반란의 씨앗들 1821~1849』(*Dostoevsky: The Seeds of Revolt, 1821~1849*, 1976), p.50.

우리 연구의 취지에서 생각해 볼 때, 농부 마레이와 관련한 사건에서 특히 중요한 것은 이 사건을 특징짓는 동물 이미지이다. 도스토옙스키의 개심적 담화에 나타나는 야만적이고 약탈적인 동물과 그에게 잡아먹힐지 모른다는 끔찍한 공포는 은유적으로 해석되어야 한다. 이러한 공포는 잔인한 다윈주의적 정글과도 같은 인간세계의 광경으로 해석된다. 이 세계에서 사람들은 서로를 잡아먹으려 한다. 농부 마레이는 부드러운 말로 이제 더는 아이를 잡아먹을 늑대가 없다고 재차 안심시킨다. 이 말은 동화에서나 들을 법한 식인풍습에 대한 두려움을 효과적으로 완화해 주며 자기희생적인 기독교적 사랑뿐만 아니라 모성적인 부드러움과 온화한 배려의 특성을 갖는 인간관계의 모범을 제시한다.[142]

친절한 농부 마레이와 같은 일화에 대해 공감을 자아내는, 반(反)야수적·반(反)다윈주의적 의미에서 미식적으로 상응하는 예는 도스토옙스키의 작품에 음식 이미지가 긍정적 의미로 작용할 때 드물게나마 나타난다. 예상대로 (리자 호흘라코바의 파인애플절임 이야기에 의해 알려지는, 타인의 고통과 고난을 보며 느끼는 사악한 즐거움 대신에) 음식이 어떻게 인간의 삶에 사실상 진정한 기쁨을 가져다줄 수 있는지에 대한 이러한 짧은 일별들은 예외 없이 잔인하고 약탈적인 서구 유형에 대항한 온순하고 겸손한 러시아 유형을 의미한다. 『카라마조프가의 형제들』에

---

142) 『미성년』에도 비슷한 이야기가 있다. "언젠가" 어린 소녀였을 때 있었던 일을 회상하며 마카르 돌고루키가 소피야 안드레예브나에게 말했다. "당신이 늑대를 봤다며 떨면서 나에게 달려왔지. 그러나 늑대는 없었어." 이 말을 들은 아르카디의 엄마는 다음과 같이 답한다. "저도 기억해요. 아주 잘 기억하죠. 내 인생에서 가장 첫번째로 남은 기억은 나에 대한 당신의 사랑과 친절이었어요"(13:330).

서도 긍정적인 음식 이미지에 대한 몇 개의 두드러지는 예가 발견된다. 첫번째 예로 파 한 뿌리에 대한 그루센카의 우화(이 파 한 뿌리로 수호천사는 사악한 죄인을 지옥의 불바다로부터 신의 천상낙원으로 구원하고자 한다)이다. 이기적인 그루센카가 그 불바다에서 자기와 함께 빠져나오려고 그녀를 붙잡은 다른 죄인들을 뿌리쳤을 때, 그 파 한 뿌리는 부러졌고 그녀는 다시 불구덩이 속으로 떨어지고 만다. 떨어지면서 그루센카는 "이것은 내 파야. 당신들 것이 아니라고"(14:319) 하고 소리친다. 이는 1876년의 『작가 일기』에 삽입된 에피소드 중 사디스트적인 농부 남편이 아내를 학대하며 "감히 이 빵은 먹을 생각조차 하지 마. 이건 내 빵이야!"(21:21)라고 위협하던 것을 연상시킨다. 비록 '암호랑이' 그루센카가 이미 사악하고 약탈적인 이미지(카테리나 이바노브나의 집에서 핫초코, 건포도, 사탕 같은 단것들로 그루센카의 애정을 얻으려는 경쟁자 카테리나에게 "자신의 발톱을 드러내 보이는")를 보여 주었다고 할지라도, 여기서 그녀는 사랑하는 조언자 조시마 장로의 죽음으로 풀이 죽은 알료샤에게 이기심 없이 "파 한 뿌리를 주며" 그에게 진정한 사랑, 연민, 이해심을 보여 준다. 알료샤의 수도사 일상복(cassock)을 벗기고 그를 육욕적으로 탐욕스럽게 "먹어 버리"는 대신에 사랑스럽고 자애로운 누이처럼 알료샤를 위로한다.[143] 알료샤 역시 그루센카의 심정 변화의 중요성을 깨닫는다. 그 역시 암호랑이 그루센카의 야만적이고 폭력적인 명성을 뒤로하고, 그녀의 진정한 영혼, 그녀의 내면에 숨겨진 영혼적

---

143) "만약 운명으로 정해진 타락이 일어나지 않고, 그리고 만약 알료샤의 영혼이 '복원'된다면, 이는 그루샤가 그에게 보여 준 누이 같은 '사랑' 덕분일 것이다"라고 리자 냅(Liza Knapp)은 서술한다. "이 사랑은 기적적인 힘을 갖고 있어서, 이것이 닿는 사람을 변화시키고 구원할 수 있다." Knapp, 『관성의 소멸』(The Annihilation of Inertia), p.203 참조.

보물을 인식해 그녀에게 은유적인 '파 한 뿌리'를 건네게 된다.

이 소설에서 나타나는 두번째 예는 미챠의 재판에서 나타난 우호적인 음식의 양상이다. 게르텐슈투베 의사의 선서 증언을 통해 그 인정 많은 박사가 어린 미챠에게 어떠한 대가 없는 친절함을 보였었는지가 드러난다. 미챠의 어린 시절, 그 의사는 동정심에서 그 불쌍하고 무시당하는 개구쟁이 소년에게 호두 한 푼트[144]를 주었던 것이다. 후에 성인이 된 미챠는 게르텐슈투베 의사가 이전에 베풀어 준 자선적 행위에 감사하기 위해 그의 사무실에 들른다. "너는 감사할 줄 아는 젊은이로구나" 하며 그 의사는 미챠에게, "살면서 너는 언제나 어린 시절 나에게서 받은 호두 한 푼트를 기억하고 있었구나"(15:107)라고 말한다……. 둘은 서로 포옹하고 감정적 아가페의 분출에 함께 웃고 울었다. 이 같은 맥락에서 알료샤가 어린아이처럼 좋아하는 달콤한 체리잼(조시마 장로 역시 마찬가지로 차와 이 체리잼을 곁들여 먹기를 즐겼다)과 일류치카의 장례식 때 아이들이 먹었던 팬케이크와 더불어, 그루센카의 파 한 뿌리와 게르텐슈투베 의사의 호두 한 푼트의 의미를 이해할 수 있다. 이 음식들은 도스토옙스키 소설에 나타나는 파괴적 약탈, 육식, 식인행위라는 타락한 세계에서 기독교적 사랑이 행해지고 인류의 속죄가 이루어지던 때와 같은 삶을 어렴풋이나마 드러내고 있는 것이다. 한 논평자가 말했듯 그루센카의 파 한 뿌리와 게르텐슈투베 의사의 호두 한 푼트는 일반적인 음식에서 "영혼적 양분이라는 상징으로 변모된 두 가지 예시이다".[145]

---

144) [옮긴이] 러시아의 무게 단위, 약 407.7g.
145) Thompson, 『『카라마조프가의 형제들』과 기억의 시학』("The Brothers Karamazov" and

12. 『카라마조프가의 형제들』: 세속인들에서 숭고한 자들로

한 비평가에 의하면, 도스토옙스키 마지막 작품의 중심 사상은 '총체적 속죄'이다.[145] 만약 『카라마조프가의 형제들』이 실제 인류 공동체(혹은 '가족') 전체의 기독교적 변모로 달성되는 인간구원에 대한 우화로 고안되었다면, 이 소설은 어떻게 지상에서 심리적이고 정서적이고 육체적인 폭력이라는 파괴적 순환고리를 끊을 수 있으며, 어떻게 그리스도를 통한 인류의 속죄가 달성될 수 있는지에 대한 저자의 견해를 보여 준다 할 수 있다. 『카라마조프가의 형제들』에서 우리는 카라마조프 일가의 우두머리이며 '호색가'인 표도르 파블로비치와 그의 서자인 스메르쟈코프, 이 두 사악한 자가 지독한 최후(각각 타살과 자살)를 맞는 것을 보게 된다. 한편 이 소설에서 이반의 과학적이고 이성적인 휴머니즘은 궁극적으로 그 자신을 정신이상자로 만들며, 육체와 사상의 죽음으로 이끈다. 그러나 카라마조프 일가의 나머지 두 사람인 알료샤와 드미트리는 스코토프리고니옙스크[147]라고 알려진 세속적인 '짐승우리'(혹은 '가축우리')에서 인간육식을 초월하는 데 가장 먼저 성공한 듯 보인다. 다른 가족이 실패한 데 반해 이 두 형제는 어떻게 자기들의 짐승적 성향을 성공적으로 극복할 수 있었을까?

해리엇 무라프는 『카라마조프가의 형제들』에서 인류의 구원과 기

---

the Poetics of Memory), p.119.

146) Murav, 『성 바보』(Holy Foolishness), p.129.

147) [옮긴이] 스코토프리고니옙스크(Skotoprigon'evsk)는 『카라마조프가의 형제들』의 공간적 배경이 된 소도시의 이름으로 '가축시장, 짐승우리, 가축사육장'이라는 함축적 의미를 갖는다. 소설의 4부 12편 1장에서 한 번 언급된다.

독교적 속죄의식에 대한 도스토옙스키의 이상적 견해의 실현을 돕는 '성스러운 어리석음'의 중심 역할에 대한 해석을 제공한다. 무라프는 '카타바시스'(katabasis, 영웅의 지하세계로의 하강, 중세 신화 속의 지옥 여행)라는 종교적 주제에 초점을 맞추어, 어떻게 알료샤와 드미트리가 소설 속에서 교화되고——그리고 완전히 개심하는(그리스도적 깨우침을 통해)——은유적 지옥 여행을 경험하게 되는지 보여 준다. 알료샤의 경우 이러한 여행은 형 이반이 구성한 언어적이고 철학적인 지옥(즉 아이들에게 행사하는 폭력에 대한 이야기와 5편 대심문관의 전설)으로의 하강보다도 더 많은 것을 망라해야만 하는 것이었다. 인간의 사악함이라는 지형에서 펼쳐지는 알료샤의 여행은 조시마 장로의 죽음 직후 악마 같은 라키틴이 제공한 음식(소시지), 술(보드카), 성(그루셴카)이라는 관능적 유혹에 노출됨으로써 수도원이라는 천국 혹은 피난처로부터 고도로 세속적이고 관능적이며 물질적인 지옥으로 하강할 뻔한 시기까지 포함하는 것이다. 무라프가 지적하기를, 이러한 현대적 지옥 여행자로서 이 어린 영웅은 끊임없이 '찢긴 상처', 유혹 그리고 절망이라는 장소를 오간다. 이러한 은유적 지옥으로부터의 알료샤의 속죄적 상승은 7장에서 발생한, 미식적이고 성적인 모티프들을 포함하는 두 가지 '기적'에 의해 크게 촉진된다. 첫번째 기적은 이미 전술한 그루셴카의 파 한 뿌리이다. 라키틴은 그루셴카가 이 천진난만하고 순결한 양 알료샤를 "게걸스럽게 먹고", "산 채로 잡아먹는" 것을 볼 기대에 차서 알료샤를 그루셴카에게 데려왔다. 그루셴카는 자신을 "모든 세상을 조각조각 찢어 버릴" 준비가 된 사악한 들개에 비유하면서, "나는 그를 삼켜 버리려는 비열한 생각을 하고 있었다"라고 고백한다(14:318).[148] 그러나 이 성적 약탈자인 '암호랑이'는 알료샤에게 해를 입히지 않았으며 대신에 그가 사랑하던 조시마 장로의 죽음이라는 걱정스러운 소식을 들은 후 그에게 누이 같은 사랑과 기독교적 연민을 보여 준다. 요컨대 그녀는 그 영웅에게 파 한 뿌리를 건네줌으로써 그를 지옥에서 구출한 것이다.[149] 알료샤는 "나는 한 사악한 영혼을 만날 것으로 예상하고 여기에 왔습니다. 그러나 대신에 나는 진정한 누이를 찾게 되었습니다"(14:318)라고 고백한다. 두번째 기적은 '갈릴리의 가나' 장(章)에서 조시마 장로의 장례식 전야의 철야에서 발생한다. 이때 알료샤는 결혼식 연회에서 펼쳐지는 인간의 용서, 화해, 조화의 광경이 담긴 꿈을 꾼다. 그리스도의 실재와 그의 능동적 사랑이라는 긍정적 메시지를 통해 결혼이라는 즐거운 예식에서 음식, 술, 성(性)이 축복받고 있는 것이다.

다른 한편 드미트리의 '카타바시스'는 돈과 그루센카를 차지하기 위해 아버지와 투쟁하는 오이디푸스 콤플렉스적 대립관계에서 기인한다. 8부 서두에서 드미트리는 경쟁적인 남성 입찰자들에게서 그루센카를 '구매하기 위해' 필요한 자금을 확보할 수 있다는 희망을 갖고 기러기 사냥에 착수하는 것으로 묘사된다. 그러나 이는 그가 거주하는 호색

---

148) 이 장면의 시작 부분에서, 작은 악마 라키틴은 카라마조프가의 막내가 곧 성적 약탈(강간)을 당할 것을 열렬히 기대하면서 알료샤를 탐욕스럽게(plotoiadno) 바라보고 있다(14:315). 어느 시점에서 그는 그루센카가 알료샤를 유혹하면서 보여 줄 약탈을 기대하면서, 심지어 "참으로 멋진 탐욕이군!(얼마나 멋진 육식인가![Ekoe plotoiadie!])" 하며 감탄하기까지 한다(14:324).

149) 그러나 이 이야기는 다른 관점으로도 해석이 가능하다. 알료샤는 그루센카에게 "파 한 뿌리를 건네줌으로써(그녀를 짐승과 같은 성적 약탈자로 보기보다는 사랑의 영혼으로 봄으로써)" 그녀를 지옥으로부터 구출했다고 볼 수도 있다. '갈릴리의 가나'(Cana of Galilee) 장에서 조시마 장로가 알료샤의 꿈에 나왔을 때, 장로는 알료샤에게 "너는 오늘 굶주린 여인에게 파 한 뿌리를 건네주었다"라고 말한다(14:327). 이것이 로빈 F. 밀러가 이 장면을 해석하는 관점이다. 그는 "서로가 서로에게 파 한 뿌리를 건네주었고", "그루센카는 알료샤에게 파와 영혼의 양분 모두를 준 것"이라고 한다. Miller, 『카라마조프가의 형제들: 소설의 세계』(*The Brothers Karamazov: Worlds of the Novel*), p.85, p.86 참조.

가들의 천국인 지옥 같은 지상에서 회복과 부활을 위한 잘못된 방법 추구를 의미한다. 다행스럽게도 드미트리의 오이디푸스 콤플렉스적 대항의식은 예상되었던 부친 살해(그는 이 범죄로 오해를 사서 잘못된 유죄 판결을 받게 된다)로 귀결되지 않고 모크로예에서 흥청망청 떠들고 놀아 버리는 밤으로 끝났다. 드미트리는 플로트니코프의 식료품점에서 구입한 훌륭한 요리와 권총으로 무장하고 아버지를 살해("나는 반드시 그 '해로운 벌레'를 잡아 죽여야만 해. 그 벌레가 기어 나와 다른 자들의 인생을 망칠 것이라는 두려움 때문이지"라고 그는 험악하게 말한다[14: 366])하는 대신 그날 저녁 스스로 목숨을 끊기로 결심한다. 드미트리는 자신의 자기본위적이고 관능적인 욕망인, 그 호색적인 그루센카라는 목표를 향한 미식적이고도 성적인 탐닉에의 마지막 한판 승부를 개시한다. 그리고 "곧이어 온 세상이 다 초대받은 듯한 거의 난교 파티 수준의 향연이 벌어졌다"(14:390). 이 '삶의 향연'은 물론 영혼적이고 신성하기보다 관능적이고 악마적인 것이었다. 무라프는 "모크로예 향연에 대한 묘사는 바흐친이 말한 속세와 육체가 재차 확인된, 인간세계의 민중을 담은 광경과 상응한다"라고 서술한다. 모크로예에서 환락을 이루고 있었던 것은 과도한 식사, 음주, 도박, 희열, 그리고 익살이었다.[150]

이 음란한 방종이라는 지옥으로부터의 구원은 드미트리의 자살을 통해서가 아니라 경찰의 사전수사라는 구실로 이 '위대한 죄인'이——글자 그대로 그리고 은유적으로——옷이 벗겨진 채 알몸이 되어, 거울 속에 비친 자신의 세속적인 모습을 비판적으로 바라보는 데서 이루어진다. 드미트리는 자신의 죄 많은 인생을 마주하면서, 자신이 친아

---

150) Murav, 『성 바보』(Holy Foolishness), p.142.

버지를 살해할 만해 보이는 (참으로) 혐오스러운 짐승임을 깨닫는다.[151] 심문 중에 이 탐욕스러운 '늑대'는 이제 심문자들에게 사냥되어 잡히고 말았다. "당신들은 제 급소를 잡은 것입니다"(14:427)라고 드미트리는 자인한다. 이 소설의 독자들은 스스로가 "파충류 중 가장 저열한 존재"(14:458)라고 자백한 이 야만적이고 관능적인 카라마조프 풍의 '짐승'이 9장의 마지막 부분에서 마침내 길들여지고 변모되었음을 추측할 수 있을 것이다. 드미트리는 '젖먹이'에 대한 꿈을 꾸면서 불쌍한 굶주린 어린아이를 먹이겠다는 인정 많고 자비로운 열망을 표현하고, 그럼으로써 자신의 고통을 경감시키며 심오한 기독교적 연민을 묻는다. 무라프는 "드미트리를 우화화하게 되는 위험을 무릅쓰고"라고 그의 영혼적 변모에 관해 서술하면서 또, "그는 모크로예에서의 세속적 연회로부터 형제애적 사랑이라는 정신적 향연으로 승격되었다고 말할 수 있다"라고 주장한다.[152] 한편 그루센카를 향한 욕망과 이끌림이라는 본성이 급격히 변화하게 되는 드미트리의 성적 측면에서의 정신적 변모는, 미식적 측면에서 그랬던 것과 같은 궤도를 그린다. 그루센카를 향한 그의 낭만적 열정은, 마찬가지로 그녀의 살을 향한 육식적이고 짐승적인 탐욕으로부터 그녀의 영혼을 향한 형제답고 기독교적인 관심과 배려로 승격된다.[153]

따라서 『카라마조프가의 형제들』에서 도스토옙스키는 인류의 진

---

151) 무라프는 "드미트리는 은유적으로 죽었고, 그의 심문은 전통적으로 보기에 지하에서 우리를 기다리는 재판에 해당한다"라고 설명한다. *Ibid.*, p.142.

152) *Ibid.*, p.143.

153) 잭슨은 "앞으로 드미트리와 그루센카 사이의 관계는 아마도 육체적 요소들과 정신적 요소들의 결합으로 묘사되지 않을까 한다"라고 설명한다. 「밤의 어둠 속에서」("In the Darkness of the Night"), p.213 참조.

정한 형제애는 음식 용어와 성적인 용어로 말하자면 늑대들이 양과 평화롭게 누워 있을 때, 인간이 배보다도 영혼을 위해 살기 시작할 때, 그리고 사람들이 자기본위적 육욕으로부터 초래되는 잘못된 우월의식보다 삶의 향연에서 서로 나누고 공유하는 공생의식에서 진정한 기쁨을 찾을 때 비로소 실현된다는 것을 우리에게 보여 준다. 보편적 조화라는 진정한 이상향은 우리가 결국 힘, 지배, 폭력을 향한 육식적 욕망을 극복할 때에만, 더는 다른 이들(또한 우리 자신들)을 게걸스럽게 먹지 않겠다고 결심했을 때에만, 인간의 식인행위를 일으키는 자기보존을 위한 이기주의적 투쟁으로부터 그리스도와 다른 모든 인류를 통한 즐거운 친교로 전향할 때 마침내 실현될 수 있다. 무라프는 도스토옙스키의 메시지를 의역하면서 "폭력이라는 이 순환고리를 끊기 위해 우리는 문자 그대로의 빵이 아닌 정신적인 빵을 먹는 형제애의 연회에 참여하고자 반드시 노력해야 한다"라고 말한다.[154] 아마도 '생존을 위한 투쟁'이라는 맬서스적 개념과 함께 자연선택이라는 다윈의 영리한 이론은 점점 더 유물론적이고 자본주의적이며 또 무신론적으로 변해 가는 현대의 세속적 세계에서 약탈적 인간행동을 설명하는 데 도움을 줄 것이다.

그러나 도스토옙스키는 다윈주의가 결코 그리스도의 교훈에서 나온 심오한 영적 진실과 농부 마레이가 구체화한 그 영적 진실을 전달하지는 못한다고 주장한다. 즉 인간이 동료에게 늑대가 아닌 형제가 될 수 있다는 그 영적 진실은 전달할 수 없다는 것이다. '갈릴리의 가나' 장에서 알료샤가 부름을 받는 삶의 영적 연회와 '에필로그'에 등장하는 큰 바윗돌에서의 일류샤 장례식에 참석한 소년들이 향유하는 형제애라는

---

154) Murav, 『성 바보』(Holy Foolishness), p.143.

축제에서, 인류는 합창과 공동체 속에서 서로 나누는 법을 배울 수 있다. 그리고 이를 통해서 인류는 튜에스테스(Thyestes)의 식인연회와 같은 피할 수 없는 파괴적 연회에서 벗어나기를 희망할 수 있을 것이다.[155]

---

155) 무라프는 『카라마조프가의 형제들』에서 거의 모든 사회적 모임은 "불화, 스캔들, '상처 입히기', 그리고 폭력의 연속이다. '갈릴리의 가나' 장의 알료샤의 '결혼식' 꿈만이 평화의 이미지를 보여 준다. 마지막 장면은 사회적 화합(harmony)의 꿈을 현실로 실현시킨다. 일류샤의 장례식은 형제애의 연회인 것이다." Murav, 『성 바보』(Holy Foolishness), p.166 참조. 즈벤 리네르(Sven Linner) 역시 갈릴리의 세속적인 결혼식 장면이 부활한 그리스도가 주관하는 천상의 연회로 변했다고 평하면서, '갈릴리의 가나' 장이 인간 상호관계에 있어서 탁월한 화합의 중요한 원형을 제시한다고 한다. Sven Linner, 『『카라마조프가의 형제들』의 조시마 장로: 덕의 모방에 관한 연구』(Starets Zosima in "The Brothers Karamazov": A Study in the Mimesis of Virtue, 1975), p.175 참조.

쾌락으로서의 먹기: 톨스토이와 관능성

Eating as Pleasure :

Tolstoy and Voluptuousness

3장 쾌락으로서의 먹기: 톨스토이와 관능성

1. 톨스토이와 몸: 쾌락주의(Hedonism)에서 금욕주의로

앞 장에서 살펴보았듯이 도스토옙스키를 요리법과 관련시키는 것에는
다소 모순적인 부분이 있을 수 있다. 이와는 반대로 톨스토이의 문학세
계는 미식학과 관련이 아주 깊어 보인다. 톨스토이의 작품 대다수가 주
목할 만한 음식 이미지, 섭생에 대한 은유와 식사 장면으로 빼곡하게 채
워져 있기 때문이다. 일례로『안나 카레니나』1부에서 레빈과 오블론스
키가 모스크바 레스토랑에서 식사를 하는 에피소드는 세계문학에서 주
목할 만한 연구대상이자 가장 인정받는 부분 중 하나이다.[1] 그러나 고

---

1) 예를 들어, Helena Goscilo, 「톨스토이의 음식: 각자의 신조」("Tolstoyan Fare: Credo a la
   Carte"),『슬라브와 동유럽 리뷰』(*Slavonic and East European Review*), 62, no.4(1984),
   pp.481~495 ; Irina Gutkin, 「몸과 정신의 이분법:『안나 카레니나』속 플라톤의『향연』」
   ("The Dichotomy between Flesh and Spirit: Plato's *Symposium* in *Anna Karenina*"),『거인
   의 그늘 속에서: 톨스토이에 관한 에세이』(*In the Shade of the Giant: Essays on Tolsoty*, 1989),
   pp.84~99 ; Karin Horwatt, 「음식과 불륜 여성:『안나 카레니나』속 성과 사회도덕」("Food
   and the Adulterous Woman: Sexual and Social Morality in *Anna Karenina*"),『언어와 문학』

골, 곤차로프, 크비트카-오스노뱌녠코 같은 '미식학적 슬라브주의자들'의 작중인물들이 구강기에 고착된 양상을 보이는 반면, 톨스토이가 창조한 인물들은 리비도적 만족에 있어 생식기에서 구강기로 퇴행한 모습을 보여 주지는 않는다.[2] 대신 그의 인물들에게는 식도락가적 식욕이 육체적 충동을 동반하거나 때로는 자극하기도 한다. 고골, 곤차로프, 크비트카-오스노뱌녠코의 작품세계에서 작중인물들은 일반적으로 음식이나 성 둘 가운데 하나의 대상에만 집착하는 반면, 톨스토이의 인물들은 이 두 가지 모두를 향유하는 모습을 보인다. 그의 작품에서 섭생이란 성욕의 한 대안이 아니라 성욕을 보완하는 것으로 그려진다. 또한 도스토옙스키의 경우 식욕과 성욕 등의 육체적 욕망이 권력의 패러다임에 따라 작동하고 폭력적 공격성으로 나타나는 데 비해, 톨스토이에게서 섭생과 성교는 관능적 쾌락을 충족시키는 인간의 활동으로 그려지고 있다.

톨스토이의 일기, 서신, 문학적 작품으로 미루어 볼 때 그가 관능적 쾌락에 관하여 취하는 입장은 실로 모호하다고 할 수 있다. 그러나 그는 육체적 쾌락에 대한 예민한 관능적 감각과 강한 육체적 욕구(appetite)

(*Language and Literature*), no.13(1988), pp.35~67;Ronald LeBlanc, 「레빈이 안나를 찾아가다: 매춘의 도상학」("Levin Visits Anna: The Iconology of Harlotry"), 『톨스토이 연구 저널』(*Tolstoy Studies Journal*), no.3(1990), pp.1~20;Irene Pearson, 「『안나 카레니나』에 나타난 음식의 사회적·도덕적 역할」("The Social and Moral Roles of Food in *Anna Karenina*"), 『러시아 연구 저널』(*Journal of Russian Studies*), no.48(1984), pp.10~19;Paul Schmidt, 「굴은 무엇을 의미하는가?」("What Do Oysters Mean?"), 『안타이오스』(*Antaeus*), no.68(1992), pp.105~111 참조.
2) 앤드루 와치텔이 설명한 것처럼, 톨스토이가 19세기 러시아 문학에 있어서 행복한 상류층 유년시절 신화에 대해 매우 중요한 기여를 했음에도 불구하고, 그의 준자서전 격의 유년시절 기록인『유년시절』(*Detstvo*, 1852)에는 음식과 구애기(口愛期)에 관한 참고서가 극히 적다. Wachtel, 『유년시절의 전투』(*The Battle for Childhood*), pp.7~57 참조.

를 지닌 반면 도덕적이고 영적인 자아완성에 대한 욕망 또한 그만큼 강한 모습을 보인다. 자아완성에 대한 그 욕망이 한편으로는 육체적 욕망을 강력하게 통제하는 원동력으로 작용한다. 톨스토이는 인간의 몸을 무질서하고 위험한 '욕망의' 기계로 보았다. 따라서 이러한 '욕망의' 기계인 인간의 몸은 정신이나 영혼의 가르침에 의해서 통제되어야 한다는 것이다. 인간의 몸에 대한 톨스토이의 이러한 시각은 금욕적 합리주의의 데카르트적 패러다임, 즉 육체의 통제(몸의 규제)를 통해서 육체의 감옥으로부터 정신을 해방해야 한다는 시각을 반영한 것이 분명해 보인다.[3] 예를 들어 한 논평자가 지적했듯이 그의 일기에는 '비정상적으로 관능적인' 모습이 보이며 자신의 관능적 욕망을 제대로 억제하지 못하는 것을 책망하는 표제어들이 산재한다. 이는 주로 그가 밤에 창녀, 집시, 어린 농노 소녀 들을 방문하거나 혹은 자신이 부에 대한 나약함을 보일 때, 자극적인 음식을 탐닉할 때 나타난다.[4] 이에 대해 주디스 암스트롱은 톨스토이가 "평생 동안 자신의 부끄러운 성적 욕망과 번번이 패할 수밖에 없는 전쟁을 계속하였다"라고 말한다.[5] 또 다른 이는 "어린 시절부터 노년기에 이르기까지 톨스토이는 육체에 시달려 왔다. 즉 그의 성적 욕망 및 만족에 대한 죄책감이라는 두 개의 팽팽한 대립항에 완전히 사로잡혔다"라고 말한다.[6] 톨스토이의 문학작품에서 육체적 쾌락을 향한 강력한 갈증은 이러한 쾌락을 격렬하게 탐닉하는 인물을 묘사

---

3) 브라이언 S. 터너(Bryan S. Turner)는 『육체와 사회』(*The Body and Society*, 1996), pp.9~11, pp.17~19에서 이러한 데카르트적 패러다임에 대해 논한다.

4) R. F. Christian tr. & ed., 『톨스토이의 일기』(*Tolstoy's Diaries*, 1985), 2:x. 예를 들면 1851년 3월 8일 일기에서 톨스토이는 "정찬에 너무 많이 먹었다(gluttony). 달콤한 것을 너무 많이 먹었다"(46:48)라며 자책한다.

5) Judith M. Armstrong, 『말 없는 안나 카레니나』(*The Unsaid Anna Karenina*, 1988), p.18.

함으로써 드러난다. 이에 대해 G. W. 스펜스는 톨스토이의 금욕주의를 다룬 논문에서 "그의 초기 소설과 이야기 들은 종종 관능적이고 육체적인 삶의 아름다움과 풍요에 관한 인식을 아주 생생하게 그리고 있다"라고 평한다.[7] 드미트리 메레지콥스키가 '영혼의 몽상가'인 도스토옙스키와 비교해 톨스토이를 '육체의 관찰자'라 평하듯이 그의 작품들은 실제로 충동적인 인간의 동물적 삶에 대한 날카로운 직관을 보여 준다고 할 수 있다.[8] 나아가 메레지콥스키는 톨스토이가 육체에 대해 보기 드문 날카로운 인식의 소유자라고 평하며, 육체에 대한 그의 통찰력을 개의 예민한 후각에 비교하여 '육체에 대한 투시력'(clairvoyance of the flesh)이라 칭한다.[9] 같은 맥락에서 토마스 만의 주장에 따르면, 톨스토이의 삶은 이교도 괴테의 삶처럼, "대지의 여신에 손길이 닿는 순간마다 새로운 힘이 끊임없이 솟구쳐 흘러 아무도 정복할 수 없었던" 거인 안타이오스 신화를 떠오르게 한다고 말한다.[10] 그는 나아가 톨스토이의 "수욕주의(獸慾主義), 전례가 없는 육체적 삶에 대한 감흥, 육체적 존재로서의 인간을 소생시킨 천재성"을 치켜세우며, 톨스토이의 예술세계는 독일의 위대한 인본주의자보다 더욱더 "강렬한 관능이나 강한 육욕

---

6) Ruth Crego Benson, 『톨스토이의 작품 속 여성들』(*Women in Tolstoy: The Ideal and the Erotic*, 1973), p.2.

7) G. W. Spence, 『금욕주의자 톨스토이』(*Tolstoy the Ascetic*, 1968), p.20.

8) 도널드 다비에(Donald Davie)는 메레지콥스키를 두고 "뛰어난 통찰력의 소유자이지만, 톨스토이와 도스토옙스키를 대조하려는 편견 때문에 톨스토이에 대한 시각이 왜곡되어 있다"라고 주장한다. Donald Davie ed., 『러시아 문학과 현대 영문 소설』(*Russian Literature and Modern English Fiction*, 1965), p.7.

9) Dmitrii Merezhkovskii, 『전집』(*Polnoe sobranie sochinenii*, 16 vols., 1973), vol.7, p.155.

10) Thomas Mann, 「괴테와 톨스토이」("Goethe and Tolstoy"), 『토마스 만의 에세이』(*Essays by Thomas Mann*, 1958), p.106.

에 대해 짙은 호소력을 지닌다"라고 역설한다.[11] 마지막으로 존 베일리는 톨스토이의 초기 이력을 살피며 그의 작품들이 세계에 대한 이교적 낙관주의 혹은 비평가들이 말하는 '자기만족'(samodovol'nost'), 즉 자아, 삶, 자연에 대한 내재적 만족감을 반영하는 삶의 기쁨을 발산한다고 단언한다.[12]

그러나 1870년대 후반에서 1880년대 초반에 이르는 중년의 시기에 정신적 위기를 겪은 후 세속적 쾌락에 대한 톨스토이의 이교도적 추구는 도덕적 죄책감에 가려지게 된다. 이제 그는 한때 자신의 소설세계에서 그리도 찬양해 왔던 육체적 쾌락을 절대적으로 비난하면서 엄격한 기독교적 금욕주의의 화신이 되었다. 미하일롭스키에 따르면, 톨스토이가 자신과 타인에게 내세운 엄격한 도덕률은 "대개 그 자신의 억제할 수 없는 육체적 쾌락에 대한 기호를 겨냥한 것"이다.[13] 인간을 육체와 영혼의 이원적 존재, 다시 말해 육체적 욕망과 영적 열망 사이에서 비극적으로 분열하는 존재로 본 시각은 톨스토이가 회심(回心)한 이후의 작품에서 극명하게 드러난다. 「크로이체르 소나타」(1889)에서 그는 성교를 전적으로 비난하는 동시에 완전한 금욕을 역설한다. 이러한 완

---

11) *Ibid.*, p.108. 톨스토이는 한평생 괴테의 신념에 동의하지 않았기에 아마도 만의 해석을 불쾌하게 여겼을 것이다. 예를 들어 톨스토이는 1891년 8월의 편지에서 "난 괴테를 전혀 좋아하지 않는다. 나는 그의 확신에 찬 이교정신을 좋아하지 않는다"라고 썼다(66:34). 이후 1906년의 일기에서 그는 "나는 괴테를 읽고 있고, 여기서 무의미하고 속물근성을 가진 자만심 강한 축복받은 인간세대의 모든 치명적 영향을 알 수 있었다"라고 썼다(55:248). 유감스럽게도 톨스토이는 한때 괴테의 가장 유명한 작품인 『파우스트』를 "쓰레기 중 쓰레기"라고 언급했다(63:38).

12) John Bayley, 『톨스토이와 소설』(*Tolstoy and the Novel*, 1966), p.50.

13) Boris Sorokin, 『혁명 이전 러시아 비평에서의 톨스토이』(*Tolstoy in Prerevolutionary Russian Criticism*, 1979), p.182에서 인용.

전한 금욕주의는 결혼한 부부에게도 예외는 아니다. 그는 부부도 부부 간 순결을 형제자매와 같이 지키며 살아야 한다고 권고한다.[14] 대다수 비평가들이 지적하듯이 인간의 동물적 본성과 영적 본성 사이의 갈등 은 이미 톨스토이가 1880년대에 극단적 기독교도로 개종하기 오래전부 터 그의 작품 속에 존재해 왔다. 이리나 구트킨은 "레프 톨스토이가 평 생에 걸쳐 고민하던 철학적 문제들 중에서 인간 본성에 존재하는 육체 와 정신 사이의 이분법이 아마도 죽음의 의미에 관한 문제에 이어 두번 째로 큰 주제였을 것이다"라고 말한다.[15] 한편 리처드 구스타프슨은 도 덕과 영적 유형에 있어서 톨스토이의 가상인물들은 양극단에 위치한다 고 주장한다. 육체적 인간과 영적 인간이 바로 그것이다. 구스타프슨은 "육체적 인간은 오로지 자신만을 위해서 존재한다. 즉 자신의 목적, 쾌 락 혹은 이득만을 위해서 존재한다"라고 주장한다. 또한 "그 육체적 인 간은 종종 성 혹은 음식을 탐닉하는 것으로 묘사된다"라고 말한다.[16] 스 티바 오블론스키 같은 육체적 인물들에 대해서는 "그들은 육체와 자기 들의 동물적 충동으로 정의되는 존재"[17]라고 설명한다. 톨스토이의 회 심 이후 시기의 전반적 특징은 엄격한 도덕적 의무인데, 그의 작중인물

---

14) 성에 대한 톨스토이의 부인은 여성과 성욕에 대한 극대화된 감정의 복합체에 둘러싸여 있다 고 다니엘 랑쿠르-라페리에레(Daniel Rancour-Laferriere)는 쓰고 있다. 그는 정신분석의 관 점에서 「크로이체르 소나타」(The Kreutzer Sonata)와 그 작가를 검토했다. "톨스토이는 여 성을 욕망하는 동시에 그 욕망에 대해 자신을 벌하였다." Daniel Rancour-Laferriere, 『카우 치 위의 톨스토이』(Tolstoy on the Couch: Misogyny, Masochism and Absent Mother, 1998), p.3 참조.

15) Gutkin, 「몸과 정신의 이분법: 『안나 카레니나』속 플라톤의 『향연』」("The Dichotomy between Flesh and Spirit: Plato's Symposium in Anna Karenina"), p.84.

16) Richard Gustafson, 『레오 톨스토이, 토박이와 이방인』(Leo Tolstoy, Resident and Stranger: A Study in Fiction and Theology, 1986), p.207.

17) Ibid., p.207.

들은 이제 몸을 존중하며 조심스럽다. 즉 그들은 육체적 욕망을 억제하도록 요구받으며, 육체적 충동을 영적 염원 아래로 통제해야 한다. 나아가 그들의 원초적인 동물적 본성을 초월하여 내부에 잠재되어 있던 신성성이 표출될 수 있도록 해야 한다. 도덕에 관한 에세이뿐만 아니라 후기 소설에서도, 톨스토이는 성적 욕망이 저질이고 저급하며 파괴적인 인간본성이라 비난한다. 즉 성적 욕망은 인간의 도덕적 순결과 영적 자기완성을 향한 순례를 방해하는 야만적인 동물적 충동이라는 것이다. 고골, 곤차로프, 크비트카-오스노뱌넨코 등의 작품에서는 음식과 축연에 대한 향수가 드러나지만, 후기 톨스토이의 작품에는, 어떤 비평가의 말을 빌리자면 '순결에 대한 향수'가 지배적이다. 이는 곧 육욕의 단계를 초월한 정숙, 순수, 순결의 상태이다.[18]

이 장에서 탐구하려는 것은 '도덕적 마조히즘'이 어떤 방식으로 육체와 인간의 성에 관한 톨스토이의 입장이 진화하는 양상에서 드러나는가이다. 이교도적 쾌락주의에서 기독교적 금욕주의로의 이동이자, 정력적인 자기애에서 엄격한 자기부정으로의 변화는 톨스토이가 식도락가적 탐닉을 다룬 부분에 주요하게 투영되어 있다. 육체적 쾌락이 사람들을 도덕적 정의와 영적 자기완성으로 가는 올곧고 좁은 길목에서 방향을 잃도록 꾀어낼수록 톨스토이는 식탁에서 즐기는 식도락가적 쾌락을 끔찍하고 역겨운 느낌과 동일시하게 된다. 즉 그것은 이제 도덕적으로나 영적으로나 합당하지 않은 육체적 쾌락으로 여겨지는 것이다. 한마디로 게걸스러운 배는 음탕한 허리처럼 퇴치되어야 하는 유혹의 악마가 된 것이다. A. P. 세르게옌코는 "세월이 지남에 따라 레프 톨스토

---

18) Armstrong, 『말 없는 안나 카레니나』(*The Unsaid Anna Karenina*), p.45.

이는 음식을 '즐거움을 위해 먹는다'라는 것을 점점 용납할 수 없게 되었고, 음식을 그저 삶의 필수조건으로 보아야 한다는 견해를 더욱더 확고히 했다"라고 지적한다.[19] 논의를 조금 더 확장하자면, 톨스토이가 섭생의 쾌락을 혐오스럽고 동시에 필수불가결한 악으로 규정한 것은 섭생이 직접적으로 성욕 자극으로 이어질 수 있다는 믿음 때문이다. 그는 육류를 비롯한 기름진 음식을 먹는 것은 육욕적 기호를 자극하는 일이라 강력하게 믿게 되었고, 나아가 화려한 음식들을 식단에서 제거함으로써 인간은 육욕의 자극 빈도와 그 정도를 상당히 줄일 수 있다고 믿었다. 톨스토이가 비루하고 야만적이며 동물적인 욕망으로밖에 느껴지지 않는 성애(性愛)로부터 조금씩 거리를 두면서 그의 금욕주의적 성향은 점점 더 엄격하고 예리해진다. 아울러 섭생과 음식 섭취에 대한 경향이 그만큼 중도에서 벗어나게 된다. 후기에 드러나는 독신주의, 순결, 부부간 금욕 등 성적인 문제에 대한 톨스토이의 극단적 이성주의는 채식주의, 금욕, 금식 같은 극단적 섭생 절제에 그대로 반영되었다. 실베스터 그레이엄(Sylvester Graham)과 존 하비 켈로그(John Harvey Kellogg) 같은 19세기 후반 미국의 다른 의사종교적 섭생개혁가들과 달리 톨스토이는 노년기에 들어서 비록 완전하지는 못하더라도 육체적 욕망을 줄이기 위한 일련의 섭생법을 몸소 실천하였다. 그는 섭생과 관련하여 미국의 다른 '기독교적 생리학자들'과 매우 유사하게 육체에 대한 금욕적 성전(聖戰)을 강행하였다. 이러한 성전은 특히 인간이 섭생을 통해 도덕적이며 영적인 완성에 일조할 수 있다는 남성순결운동의 일환적

---

19) A. P. Sergeenko, 『톨스토이에 대한 이야기: 회상록』(*Rasskazy o L. N. Tolstom: iz vospominanii*, 1978), p.63.

성격을 갖게 되었다.[20]

2. 동물적 식욕: 자연인으로서 인간의 관능적 쾌락

톨스토이가 적어도 초기의 작품세계에서는 삶을 '태생적으로 이단적
인' 것으로 보았던 쾌락주의자이면서 '육체의 관찰자'였다는 데 동의하
는 이들에게는 『카자크 사람들』(1863)의 예로시카 아저씨가 톨스토이
의 전형적 작중인물로서 확실하게 다가올 것이다. 강건한 체질, 세속적
성향, 원시동물적 활력을 두루 갖춘 이 노년의 카자크 사람은 모든 도덕
적 법규──그것이 기독교적인 것이건 무엇이건 간에──의 범주를 벗
어난 자유인의 전형으로 그려진다. 여기서 이 법규들은 육체적 욕망의
만족감에 대해 엄격한 태도를 취하고 비난하면서 이를 억제하려는 위
협으로 그려진다. 정신분석학적 용어로 보자면 예로시카 아저씨는 '이
드'의 현신이라 할 수 있다. 즉 그는 프로이트가 말한 '쾌락 욕구의 원칙'
에 완전히 충실한 삶을 산다. 다시 말해 그는 원시적 욕구에 이끌려 쾌
락, 안락, 행복을 향한 자유로운 동물적 욕망의 즉흥적 만족을 추구한

20) 19세기 미국의 건강개혁운동의 발전(특히 실베스터 그레이엄의 이데올로기 시스템)을 조사한
역사적 연구에 대해서는 다음을 참조. Stephen Nissenbaum, 『섹스, 식이요법 그리고 무기
력: 실베스터 그레이엄과 건강개혁』(*Sex, Diet and Debility: Sylvester Graham and Health
Reform*, 1980); James C. Whorton, 『건강운동가들: 미국 건강개혁가들의 역사』(*Grusaders
for Fitness: The History of American Health Reformers*, 1982) 참조. 반면에 로널드 M. 도이
치(Ronald M. Deutsch)는 이러한 건강개혁운동가들의 일시적 섭생운동을 『베리들 사이의
새로운 땅콩』(*The New Nuts Among the Berries*, 1977)에서 비꼰다. 나는 채식주의자에 대한
톨스토이의 시각과 19세기 미국의 건강개혁운동을 『러시아 역사와 문화에서 음식』(*Food in
Russian History and Culture*, 1997), pp.81~102의 「톨스토이의 육식 금지의 길: 절제, 채식
주의, 그리고 기독교 생리학」("Tolstoy's Way of No Flesh: Abstinence, Vegetarianism, and
Christian Physiology")과 관련지어 조사했다.

다. 예로시카의 쾌락주의적 철학에 입각해 보았을 때 자연은 틀림없이 삶의 유일한 도덕적 기준이다. 이는 음식과 섹스에 대한 동물적 욕망이 매우 자연적인 것이어서 그러한 육욕의 허기를 만족시키는 것도 온당한 행동으로 해석되기 때문이다. 예로시카는 "신은 모든 피조물을 인간의 즐거움을 위해 창조하였고, 거기에는 어떠한 죄악도 있을 수 없습니다"라고 말하며 올레닌의 회의적 태도를 바꾸려 한다. "인간은 동물을 귀감으로 삼아야 합니다……. 동물은 신이 주신 것은 무엇이든 먹지 않습니까?"(6:56) 이러한 예로시카의 개방적 윤리하에서 동물적 욕구의 만족이라는 도덕률은 자연스럽게 식욕에서 성욕의 범주로 확장된다. "죄? 죄악이 도대체 무엇이란 말이오? 예쁜 여자를 쳐다본 것이 죄인가? 그녀와 놀아난 것이 죄인가? 아니면 그녀와 사랑을 나눈 것이 죄인가?" 그는 수사적으로 반문한다. "아니야, 친구, 이것은 죄가 아니라, 바로 구원이야! 조물주는 자네를 만들었고 그녀도 창조했어. 신이 이 모든 것을 만들었다네. 늙은 친구야. 그러니 그 어린 처자를 본 건 죄가 아니야. 그녀는 자네에게 즐거움을 주고 사랑받기 위해 존재하니까 말이야"(6:47).

태생적으로 자아도취적이며 도덕률이라고는 찾아볼 수 없는 이러한 '야생짐승' 같은 인간에게 올레닌(모스크바 사회를 떠나 이국적인 카프카스의 원시적 삶을 찾아 떠난 젊은 러시아 공무원)처럼 문명화되고 성욕을 자제하는 사람이 큰 매력을 느낀 것은 어찌 보면 당연한 일이다. 실제로 올레닌은 거칠고 야만적인 카자크 사람들의 능력을 부러워하는 모습을 많이 보인다. 예컨대 그는 길들여진 인간들의 조심스러움보다는 오히려 예로시카 아저씨와 루카시카 등 야생 동물과도 같은 인물들의 자유롭고 본능적인 모습을 부러워한다. 사슴굴에서 쉬던 중 올레닌은 깨달음의 순간을 겪는다. 그를 둘러싸고 있던 억압적인 사회적 정체성의 껍질을 벗어던지고 비로소 야만적 인간으로서의 자신을 드러내는 것이다. 그는 이제 사색적이고 자기통제적인 도덕률에 사로잡힌, 문명의 산물로서 훈육된 인간이 아닌 온전히 본능적인 동물로 변화한다.

> 그리고 그가 절대로 러시아 귀족도, 모스크바 상류사회의 일원도, 아무개 씨와 친분이나 관계가 있는 것이 아니며, 그저 주변에 있는 한 마리 모기나 아니면 꿩 혹은 사슴 같은 것에 불과하다는 사실이 명백해졌다. "그들과 다를 바 없이, 그저 예로시카 아저씨처럼 나는 잠시 살다가 죽을 것이다."(6:77)

기독교적 자기희생과 금욕에서 행복을 찾을 생각을 하며 시간을 보냈던 올레닌은 다시 예로시카 아저씨가 맹신하는, 행복을 향한 카르페 디엠(carpe diem)의 '법'(recipe)[21]으로 회기한다. 젊은 올레닌은 이제 단순한 카자크 사람들처럼 자연과 조화된 삶을 살면서 그들의 전례를 따르고자 한다.

물론 자연과 가까이 사는 자유로운 영혼의 소유자 예로시카 아저씨와 루카시카 같은 카자크 사람들은 사냥을 하며 죽일 뿐만 아니라 음식과 섹스에 대한 원초적이고 동물적인 욕망을 자유롭게 탐닉한다. "사람들은 자연처럼 살아간다네". 올레닌이 모스크바의 동료를 설득하기를, "우리는 죽고, 태어나고, 성교를 하고, 또 더 많은 사람이 태어나지 ─ 우리는 또한 싸우고, 먹고 마시고, 그리고 기뻐하고 다시 죽어가

---

21) [옮긴이] 이 부분에서 저자는 요리법과 성경을 가지고 언어유희를 하고 있다.

네. 인간이 따르는 법은 그저 태양, 풀, 동물과 나무 같은 자연에 적용되는 불변의 법칙뿐이라네! 다른 법이란 없지"(6:101~102). 물론 올레닌은 모스크바에서 이런 식의 도덕적 자유를 경험한 바 있다. 그는 이미, "어떤 물리적 혹은 도덕적 족쇄도 그를 억압하지 못했다. 그는 원하는 것은 무엇이든 했다. 그 어떤 부족이나 한계도 없이……. 그는 자신의 자유를 억제하지 않는 범주에서 모든 욕망을 채웠다"와 같이 묘사된 바 있다(6:7~8). 모스크바에서 올레닌의 방탕한 생활은 실로 구스타프슨이 묘사하는 것처럼 "늦은 밤, 그의 환송파티 이미지에 응축되어 있다. 넘쳐나는 음식과 음료, 무료함, 삶에 대한 끊임없는 대화로 대표되는".[22] 재미를 찾아 살아가는 루카시카마저 부유한 러시아 귀족인 올레닌이 왜 편안하고 물질적으로 풍부한 모스크바 같은 놀이터를 떠나 카자크로 오는지 의아해한다. "당신은 도대체 왜 이곳으로 오지요?" 그는 올레닌에게 묻는다. "내가 당신이라면 실컷 먹고 놀 텐데!"(6:85). 예로시카 아저씨와 루카시카처럼 올레닌도 본래 육욕적 인간이었던 것이다. 다만 쾌락적인 카자크의 이웃들과 달리 그는 자기도덕률, 지성, 양심에 억눌려 있었을 뿐이다. 그리고 이것들이 올레닌으로 하여금 원시적 '자연'의 인간들처럼 자유롭고 본능적으로 행동하는 것을 통제하고 있었다.

『카자크 사람들』의 내러티브 후반부는 주로 카자크 마을에서 벌어지는 명절 축제를 묘사한다. 이 축제는 하지의 정점과 가을의 추수기 사이에 벌어진다. 이 두 기간은 모두 정규 달력상 축제 시기, 바흐친에 따르면 카니발 기간이다. 이때는 모든 공식문화의 범위 내에서 일상생활의 기득권적 위계질서를 나타내는 신분질서, 대권, 사회규범, 금기 등이

---

22) Gustafson, 『레오 톨스토이, 토박이와 이방인』(Leo Tolstoy, Resident and Stranger), p.55.

잠시 유보되는 시기이다.[23] 그러나 이성에 억압된 올레닌은 이 카자크 마을을 지배하는 도덕적 허용, 육체적 성욕 추구에 대한 거의 모든 통제가 해지되는, 다시 말해 리비도적 일탈의 카니발 정신을 공유하는 데 어려움을 겪는다. 대신에 재미를 추구하는 유형인 그의 러시아인 친구 벨레츠키는 도덕적으로 해이한 성향이어서 모든 것이 허용되는 그 분위기에 빠르게 적응한다. 실제로 올레닌이 우스텐카의 파티 초대를 받고 망설일 때 벨레츠키는 올레닌의 청교도적 촌스러움, 인색함, 고지식함을 꾸짖는다. "그녀처럼 매력적인 여자는 아마 볼 수 없을 걸세. 그런데도 수도사처럼 굴 텐가!" 벨레츠키는 외친다. "무엇 때문인가! 왜 자네 인생을 망쳐! 굴러들어온 복을 내치다니!"(6:49) 이에 "수도사 같은" 올레닌은 하루하루를 고독한 사냥에 열중한다. 그는 이를 통해 육욕을 억제하고 마리얀카에 대한 성적 관심에서 벗어나고자 한 것이다. 그가 매일같이 나가는 야유회에서 "가방 속 음식과 담배에는 손도 대지 않고" "지치고 허기진 채" 집으로 돌아오는 장면이 이를 암시한다(6:88). 한편 재미를 추구하는 카자크 처녀들 사이에서 '할아버지'(Granddad)라는 별명으로 알려진 벨레츠키는 지역 파티에 매우 적극적인 모습이다. 그러한 모습은 식욕에 열중(양념된 빵과 간식의 '신선함')하는 태도와 성적 충동을 허용하는(소녀들과 '즐기는') 태도로 드러난다. 작품에서 이 부분은 음식과 성욕 사이의, 톨스토이의 유기적 연결에 관한 결정적 증거가 된다. 이는 벨레츠키와 루카시카 등 남성 인물들이 맛있는 식품으로 마을 처녀들의 성적 호의를 '사는' 모습을 통해 알 수 있다. 이 두 명의 러시아 손님 중 벨레츠키는 예로시카 아저씨의 '즐겨라'라는 지령을 충실

---

23) Bakhtin, 『도스토옙스키 시학의 제 문제』(*Problems of Dostoevsky's Poetics*), pp.122~123.

히 따르는 모습으로 보아 부정적 인물일 수밖에 없다. 이러한 모습은 도덕적 개념을 상실한 난봉꾼인 그가 달콤한 과자들과 사랑스러운 카자크 처녀들을 동시에 탐닉하는 모습으로 그려진다. 반면 예민한 도덕적 이성에 억눌린 주인공은 그저 "어떤 악마가 나를 이 역겨운 연회로 이끌었는가?"라고 자문할 뿐이다(6:98).

『카자크 사람들』속 예로시카 아저씨의 묘사에서 보았듯이 작가는 분명 동물적 생명력과 자연적 식욕을 찬양하지만, 이 시기 그가 성적 욕망과 미식가적 탐욕을 보는 시각은 자전적 인물인 올레닌의 시각과 닮아 있다. 톨스토이는 젊은 시절에도 자신의 가상 분신과 마찬가지로 강한 리비도적 충동에 대한 건전한 두려움에 휩싸여 있는 듯이 보인다.[24] 이러한 맥락으로 보아 예로시카 아저씨에 대한 예술적 묘사에 육체적 쾌락과 인간의 동물적 본성에 관한 양가적 태도가 상당 부분 반영된 것은 당연하다. 나아가 이러한 양가적 태도는 많은 부분 작가 본인의 성향을 말해 주고 있다. 비록 이 명랑한 육욕적 인간이 올레닌을 통해 신화화되고 이국적이며 로맨틱하게 투사되기는 하지만, 그럼에도 불구하고 구스타프슨의 지적처럼, 『카자크 사람들』독자들에게 예로시카 아저씨는 "경제적 이기심과 개인적 쾌락에 사로잡힌 허풍쟁이 알코올중독자"로 보일 뿐이다.[25] 작품의 주인공 예로시카 아저씨의 원시적 생명력을

---

24) 스무 살의 톨스토이는 1850년 6월 19일 일기 도입부에서 다음과 같이 불평하였다. "내 욕망을 이겨 내기가 점점 힘겨워진다. 나는 지금 이 욕망에 중독되어 버린 것이다."(46:37) 그리고 1년도 채 안 된 1851년 4월 17일에 그는 "성적 욕망이 나를 고문한다"라며 한탄했다. (46:59)

25) Gustafson, 『레오 톨스토이, 토박이와 이방인』(Leo Tolstoy, Resident and Stranger), p.56. 주디스 도이치 콘블랫(Judith Deutsch Kornblatt)은 술에 취해 향수에 젖은 예로시카 아저씨가 "과거에는 영웅이었으나 현재는 젊은 카자크 사람들에게 조롱당하는 매우 모순적인 캐

찬양하는 한편, 톨스토이는 이 고대 영웅에게 심각한 도덕적 결함이 있음을 지적한다. 따라서 예로시카 아저씨는 영웅이라기보다는, 자신의 향수 어린 젊은 날의 성적 탈선과 군인으로서의 공적을 회상하며 부유한 러시아인 젊은 친구에게 기회주의자처럼 행동하는 비열한 늙은이로 그려진다. "조금 더 면밀히 살피면, 실로 예로시카가 양가적 인물이라는 것을 알 수 있다. 그는 사실 보편적인 카자크 주민의 이교와 기독교 간의 비정상적 혼종을 형상화하는 모순덩어리이다. 또한 이러한 모습을 톨스토이는 아이러니와 찬양의 양가적 태도로 바라보고 있다"라고 한 비평가는 지적한다.[26] 이러한 이교와 기독교 감성의 불안정한 결합은, 물론 작가 본인의 영적 성향을 드러내 준다. 즉 앞서 지적했듯이 예로시카 아저씨에 대한 작가의 모순적 묘사가 두드러지는 것은 인간의 육체와 영적 본성 사이의 긴장에 대해 양가적 태도를 취하는 톨스토이 본인의 문제를 반영한다.[27]

릭터"로 나타난다며 그 점에 동의한다. Judith Deutsch Kornblatt, 『러시아 문학 속의 카자흐 주인공: 문화적 신화 연구』(*The Cossack Hero in Russian Literature: A Study in Cultural Mythology*, 1992), p.94 참조. 콘블랫은 『카자크 사람들』을 다룬 책의 한 장에 「두 얼굴의 톨스토이」(The Ambivalent Tolstoi)라는 제목을 붙였다.

26) John Hagan, 「톨스토이의 『카자크 사람들』에 나타난 양가성」("Ambivalence in Tostoy's *The Cossacks*"), 『소설: 픽션에 관한 포럼』(*Novel: A Forum on Fiction*), 3, no.1(1969), p.36.

27) 하간은 작가의 모순된 감정을 다음과 같이 설명한다. "톨스토이는 도덕관념으로부터의 자유에 끌리는 만큼 사랑과 자기희생에 관한 도덕론에도 끌린다. 그는 청교도인(Puritan)이면서 동시에 원초주의자(Primitivist)이다. 그는 신이 자연 '안에' 존재하면서 자연적 충동을 따르는 삶을 이끄는지 아니면 신이 자연 '밖에' 존재하면서 자연적 충동에 저항하도록 이끄는지를 구분할 수 없었기 때문이다. 이 점은 모든 문제에서 난제였고, 『카자크 사람들』에 대한 요점은 이러한 딜레마가 해결책 없이 나타난다는 것이다"(*Ibid.*, p.44).

3. 나타샤의 타락: 성욕 절제의 학습

톨스토이는 평생토록 자아완성에 대해 탐구하면서 우리의 영적 본성이
미천한 동물적 인성을 초월하려면 음식과 성을 향한 자연적 욕구가 강
하게 규제되어야 한다는 믿음을 더욱 확고히 했다. 그러므로 도덕적으
로 선한 삶을 위한 첫번째 단계는 육체와 미각에 대한 쾌락, 그 육체적
욕망에 대한 중용, 절제, 자기통제를 배우는 것이다.[28] 세르게옌코가 지
적하듯 톨스토이 일기의 서문에는 성생활에 대한 중용의 요구뿐만 아
니라 식욕 억제에 관한 내용이 반복적으로 나타난다.[29] 이는『전쟁과 평
화』에서 격정적 욕망의 소유자인 어린 나타샤 로스토바가 도덕적 교훈
을 학습해 가는 과정에서도 잘 드러난다. 예로시카 아저씨처럼 쾌활한
성격의 소유자인 나타샤는 톨스토이의 작중인물 중 생명과 자연에 대
한 작가의 이교적 찬양을 생생하게 드러내는 인물로 자주 언급된다. 그
녀는 거칠고 외향적이며 어디에도 속박되지 않은 자유로운 행동 때문
에 '카자크 사람'이라는 별명을 얻는다. 나타샤는 만나는 모든 사람, 특
히 바실리 데니소프, 안드레이 볼콘스키, 피에르 베주호프 같은 남성 구
혼자들에게 생명력과 활기를 불어넣는다. 그녀의 풍부한 생명력, 전염
성 강한 '삶의 즐거움'(zhizneradostnost')은 이 사춘기 소녀의 성적 매
력으로 발현되기도 한다. 소설 4부에서 나타샤는 "나타샤, 성인도 아
니고 어린아이도 아니며, 어린아이처럼 즐겁고, 또한 소녀처럼 매혹적
이었다"라고 묘사된다(10:43). 이 어린 '매혹적인 여성'은 소설 초반부

---

28) 예를 들어 1851년 12월 28일자 편지에서 톨스토이는 "과하지 않은 것. 그것이 내가 모든 일
에서 고수하는 원칙이다"라고 쓰고 있다(59:138).

29) Sergeenko,『톨스토이에 대한 이야기』(*Rasskazy o L. N. Tolstom*), p.62.

로스토프의 집안에 배어든 로맨틱한 사랑의 시적 흥취의 현현인 것이다. 그녀는 "행복한 순간을 그대로 즐기며 자유롭게 사랑하고 사랑받는 거예요! 그것만이 세상 유일의 진리이고, 다른 모든 것은 거짓이지요"(10:45)라고 선언하며 삶을 긍정한다. 실제로 나타샤는 자연 그 자체가 지닌 생명력의 화신이다. 『전쟁과 평화』 7부에서 늑대사냥 이후 나타샤가 삼촌의 집에서 생명력 가득한 전통춤 〈러시아식으로〉(à la russes)를 즉흥적으로 추는 장면은 아마 어느 에피소드보다도 나타샤의 본능적이고 직관적인 삶의 모습, 특히 쾌활한 즉흥성과 격렬한 모습을 가장 잘 보여 주는 대목일 것이다. 그녀의 목소리에는 "독창성, 신선함, 무의식적인 힘, 아직 다듬어지지 않은 벨벳과도 같은 부드러움이 있다"(10:298). 보통 나타샤는 세이렌처럼 노래를 부르며 다른 사람들을 사로잡는다. 그러나 여기서 그녀는 활기찬 춤사위로 모두를 사로잡는다.[30] 이 장면과 7부 전반을 가득 채우고 있는 세속적 관능의 쾌락은 삼촌의 저택에서 음식을 먹는 즐거움과 먹을거리의 풍요로움에 대한 찬양에서도 두드러진다.[31] 이러한 맥락에서 삼촌의 동서이자 요리사인 아니샤 표도로브나가 삼촌과 그의 손님들(로스토프가의 아이들)을 위해 준비한

---

30) 『나타샤 댄스: 러시아 문화사』(Natasha's Dance: A Cultural History of Russia, 2002)에서 올란도 피게스(Orlando Figes)는 나타샤의 춤은 19세기 러시아 문학에서 우리에게 "민중의 내적 삶을 비춰 주는 창"을 제공하는 장면들 가운데 하나라고 인정한다(p.xxvii). 그는 "그것은 본질적으로 완전히 다른 두 세계, 즉 상류층의 유럽문화와 러시아 농부문화의 조우"라고 설명한다(p.xxvii).

31) 『전쟁과 평화』의 각 권은 "지배적인 분위기와 그러한 분위기 형성에 기여하는 각각의 인물들이 행하는 일반적 삶의 모습"을 보여 준다고 주장한 앨버트 쿡(Albert Cook)은 이 소설의 7부에 대해 "기이한 즐거움"이라는 분위기를 부여한다. Albert Cook, 「『전쟁과 평화』의 통일성」("The Unity of War and Peace"), 『웨스턴 리뷰』(Western Review), no.22(1958), p.250 참조.

아래의 사치스러운 가정연회 장면을 보자.

　쟁반 위에는 약간의 허브 보드카와 다양한 종류의 리큐어와 버섯, 버터
밀크로 만든 호밀 케이크, 벌집, 그리고 꿀술과 탄산이 든 꿀술, 사과, 생
견과류와 볶은 견과류와 꿀을 바른 견과류가 있었다. 나중에 아니샤 표
도로브나는 갓 구운 신선한 치킨과 햄, 꿀이나 설탕에 절인 과일을 가지
고 왔다. 이 모든 것은 아니샤 표도로브나가 모으고 준비한 살림의 결과
물이었다. 여기에는 아니샤 표도로브나의 냄새와 향기가 있었다. 모든 것
이 맛 좋은 풍미와 청결함, 깨끗함, 또 기분 좋은 웃음을 발산하고 있었
다.(10:263)[32]

　"나타샤는 이 모든 것을 한 번씩 맛본다"라고 소설의 화자가 덧붙
인다. "그녀가 그러한 버터밀크 케이크, 향기로운 잼, 꿀과 땅콩으로 만
든 과자, 닭요리를 맛보는 것은 난생 처음이었다"(10:263). 나타샤에게
삼촌의 초절임버섯, 꿀, 체리브랜디는 '세계 최고'였다(10:265). 이 장면
에서 톨스토이는 특유의 서사시적 문체로 현세의 삶을 축복하는 풍부
한 자연의 은총, 그 관대함을 즐겁게 격찬한다. 또한 그는 생명력 가득
한 '자연적인' 어린 소녀 나타샤의 시선을 통해 생명과 자연의 즐거운
찬가를 보여 준다.

---

32) 로스토프의 삼촌 저택에서 대가족이 모여 토속음식을 놓고 축하하는 러시아 시골의 식사 장
　　면은 소설 도입부와 완전히 대조적이다. 귀족적인 상트페테르부르크의 인위적인 분위기의
　　안나 셰레르(Anna Sherer)의 야회에서 주인은 손님들에게 고기 한 조각으로 두 외국인 귀
　　족, 모르트마르 자작과 모리오 신부를 대접할 수 있다는 것을 즐긴다고 묘사된다. "그 지주
　　는 따끈한 접시 위의 잘 요리된 로스트비프처럼, 가장 훌륭하고 안성맞춤인 음식으로 대접
　　받았다"(9:14).

그러나 작가는 동시에 『전쟁과 평화』에서 루스 벤슨이 지적한 나타샤의 관능적 힘이 가진 '어두운 면'을 보여 준다. 그것은 그녀의 자연적 삶에서 나온 이교적 쾌락에 내재한 잠재적으로 파괴적인 요소이다.[33] 그러므로 7부의 삼촌 저택 장면 이후 8부에서는 나타샤가 삶에 대한 열정을 통제하지 못하고 관능적 쾌락에 대한 자연적 욕구가 실로 악마적으로 변해 가는 것을 보게 된다. 모스크바에 머무는 동안에도 여전히 순진하고 청순하던 시골 소녀는 쿠라긴 집안 사람들의 오페라에서 그들의 농염한 성적 신비로움 때문에 최면에 걸린다. 그녀는 곁에 없는 약혼자 안드레이 공작을 그리워하는 동시에, 이 오페라의 여성적 매력과 공공연한 신체 노출을 찬양하며 경청하는 잘생긴 남성들과 오페라에서 반나체로 등장하며 바다에서 유혹하는 여인들——짧은 길이의 드레스, 훤히 드러난 팔, 목, 어깨로 묘사되는——의 강렬한 성적 분위기에 급속하게 빠져들게 된다. "나타샤는 오랫동안 경험해 본 적 없는 도취(op'ianenie, 황홀) 상태로 빠져들어 간다"(10:325). 톨스토이가 훗날 "왜 사람들은 스스로의 판단력을 마비시키는가?"(1888) 하고 지적했듯이, 이 도취의 상태는 인간의 도덕의식을 흐린다는 위험성을 갖는다. 그리고 나타샤가 바로 이 상태, 즉 오페라에 도취되어 모든 것이 매우 단순하고 자연스럽게 느껴지는 상태를 겪는 것이다(10:326). 이 어린 시골 소녀에게는 오페라 공연 자체도 처음에는 "그로테스크"하고 "놀랍게" 여겨져 충격적이었으나 갑자기 그 낯선 힘과 인공적인 느낌이 모두 희미해져 결국 "그녀 눈앞에 일어나는 모든 것이 완전히 자연스러운" 것이 된다(10:330).

---

33) Benson, 『톨스토이의 작품 속 여성들』(Women in Tolstoy), p.55.

그러한 도취 상태에서, 젊은 백작부인 나타샤 로스토바는 엘렌 베주호바 백작부인에게 느끼는 호감과 자신에게 반했다는 엘렌의 오빠 아나톨리의 고백으로 인한 즐거움 사이에서 도덕적 혼란으로 괴로워한다. "그녀는 그것이 잘못되었다는 생각이 들지 않았다"(10:327). 모스크바에 머무는 동안 나타샤는 곧 "무엇이 옳고 그른지 또 무엇이 선하고 악한지 알 수 없는", 도덕이 부재한 상트페테르부르크와 쿠라긴 가족의 "이상하고 무감각한 세계와 자신이 완전히 동떨어져 있다는 것"을 인식하게 된다(10:338). 처음에는 그녀와 아나톨리 사이에 어떤 겸양의 도덕적 장벽이 전혀 존재하지 않음에 놀랐지만, 나타샤는 바실리 공작의 쾌락주의적인 가족들의 부도덕한 생활방식에 빠르게 적응해 간다. 이 어린 여주인공이 빠진 쿠라긴식 도취 상태는, 그녀의 도덕적 분별력이 점차 쇠약해져 무너지게 된 순간 그 절정에 이른다. 즉 그녀는 안드레이 공작과의 약혼을 갑자기 파기하고, 유부남 아나톨리와의 사랑의 도피라는 성급한 행동을 한다. 그리고 결국 깊은 절망과 불행의 나락으로 떨어져 자살을 기도하기에 이른다. 병에서 간신히 회복된 후 그녀의 자연적 생명력은 이제 회한과 후회 그리고 자신의 죄를 회개하려는 욕망으로 변한다. 그녀는 이제 '모든 형태의 쾌락'을 피하며, 더는 노래하고 웃지 않는다.

그녀가 웃으려는 순간, 아니면 혼자서 노래를 부르려는 순간, 그녀는 눈물에 목이 메었다. 그 눈물은 회한의 눈물이요, 결코 돌아올 수 없는 순수한 시간들을 회상하면서 흘리는 눈물이요, 행복할 수 있었던 어린 시절을 망쳤다는 생각에 속이 상해 흘리는 눈물이다. 특히 웃음과 노래는 슬픈 얼굴을 한 그녀에게는 마치 신성모독과도 같았다.(11:68~69)

작중화자가 설명하듯 "내면의 파수꾼은 그녀의 모든 쾌락을 엄격히 금지한다"(10:69). 회개하는 나타샤는 그녀가 전에 감사해 마지않던 삶의 즐거움과 쾌락에 대한 이교적 태도를 거부하고, 공공연히 종교적 삶을 선택한다. 그녀는 새롭고 순결하며 행복한 삶을 찾기 위해, 성 베드로의 날 전주의 금식을 강직하게 지키고, 매일같이 미사와 아침예배와 저녁예배를 드리며, 성모상을 찬양하고, 성찬을 받고, 신에게 회개 기도를 한다. 세속적 욕망으로서의 충동을 억제하면서, 나타샤는 점점 더 메마르고 창백하고 슬픈 사람으로 변모하는데, 이러한 육체적 감정 상태는 안드레이 공작이 죽기 전 치명상을 입은 그를 돌보는 과정에서 점점 더 강해진다. 마침내 피에르가 프랑스 포로로 감옥 생활을 마치고 모스크바로 돌아와 공작의 영양 마리야의 집에 방문하게 되고, 거기서 그는 한때 친구였던 검은 드레스 입은 숙녀를 만나지만 그녀를 금방 알아보지는 못한다.

피에르는 나타샤를 알아차리지 못했다. 그곳에서 그녀를 만나리라고는 기대하지 않았을뿐더러 그가 그녀를 마지막으로 본 이후로 그녀가 완전히 변했기 때문이다. 나타샤는 마르고 창백해졌다. 그러나 이것이 그녀를 알아볼 수 없게 만든 이유는 아니었다. 옛날엔 그녀의 얼굴에서 눈이 언제나 삶의 즐거움을 보여 주는 억제된 미소로 빛났었기 때문에 쉽게 알아볼 수 있었다. 지금 그가 들어와서 그녀를 흘낏 바라본 순간 그녀에게서 전혀 미소의 그림자조차 찾아볼 수 없었다. 단지 그녀의 눈은 친절하게 주의를 기울이거나 슬픈 듯한 의구심을 보였을 뿐이다.(12:216)

그러나 피에르의 귀환은 결국 나타샤가 회한과 슬픔을 이겨 내도록 이끈다. 그녀의 눈은 빠른 속도로 다시 빛나고 그녀의 장난기 어린 웃음이 다시금 그녀의 얼굴에 나타난다. 반면 어떤 억제할 수 없는 힘이 그녀의 영혼에서 재차 깨어난다. "그녀의 얼굴, 발걸음, 모습, 그리고 목소리, 그 모든 것이 갑자기 변화한다"라고 화자는 이야기한다. "그녀는 삶의 힘과 행복에 대한 희망이 나타나며 만족을 느끼게 되었다는 사실에 놀란다(12:231). 나타샤는 피에르와의 사랑에서, 아나톨리와의 관계에서는 부재하던 도덕적 장벽을 항상 느낄 수 있었다. 피에르와의 사랑이 결국 나타샤의 생명력을 다시 불러일으킨다.

4. 『전쟁과 평화』의 에필로그: 결혼, 성적 욕망의 굴레

나타샤는 금식, 기도, 참회 등 전통적 방식의 종교적 통제뿐만 아니라 에필로그에서 그려지는 피에르 베주호프와의 결혼을 통해서 자신의 성적 욕망에 '재갈을 물리는' 법을 배워 가며 영적 구원에 이르는 길을 찾는다. 결혼이라는 제도적 결합 속에서 아내와 어머니라는 새로운 역할과 그에 수반되는 일상적 가사노동을 통하여 자신의 마력과도 같은 여성적 매력을 순화하며 자신의 성적 에너지를 성공적으로 제어하게 된다. 그리하여 에필로그에 이르러서는 지저분한 기저귀, 시끄럽게 떠드는 아이들, 무미건조한 가정문제들에 대한 묘사가 만들어 내는 숨 막힐 듯한 '가정적'(homey) 분위기가 지배적이다. 『전쟁과 평화』의 작가 톨스토이는 갑작스럽게 나타샤를 알아보기조차 힘든, 완전히 새롭게 변한 인물로 그리고 있는 것이다. "그녀는 점점 더 강인하고 굳세어진다. 이제 이 강건한 어머니의 모습에서 더는 이전의 가냘프고 쾌활했던 나타샤의 모습은 찾아볼 수 없다"라고 묘사된다.

그녀의 이목구비는 좀더 뚜렷해졌고 얼굴은 조용하고 부드러우며 평화로운 표정을 띠었다. 그녀의 얼굴엔 전에 매력적으로 불타올랐던 영원한 생기의 불꽃이 없었다. 이제 그녀의 얼굴과 몸에서는 그토록 자주 보이던 그 영혼은 전혀 보이지 않았다. 나의 눈을 강타한 충격적인 것은 강하고 당당하고, 다산을 한 여성이었다. 이제 그 오래된 불꽃이 지금 그녀 안에서 타오르는 일은 거의 없었다.(12:265~266)

벤슨이 지적하길, 두 얼굴의 나타샤를 두고 톨스토이는 길들여지지 않고 관능적인 나타샤를 침묵하게 하고 그녀가 삼촌의 집에서 보여 주었던 원초적 힘을 제거한다. 그리고 에필로그에서는 이 '천상의 피조물'을 전형적인 아내와 어머니의 상으로 탈바꿈시킨다".[34] 톨스토이는 그녀가 새로이 얻은 아내와 어머니로서의 자아를 미화하는 과정을 통해 나타샤의 성적 매력을 사실상 '제거'하는 작업을 한다. 이는 프로이트가 후에 『문명 속의 불만』(1930)에서 묘사하는 억압과 승화(昇華) 작업의 문명화 과정과 큰 차이를 보이지 않는다. 다시 말해 톨스토이는 결혼이라는 제도가 어떻게 인간의 리비도적 충동을 사회제도 내에서 훈육하는 중요한 역할을 수행하는지를 잘 보여 주고 있다. 벤슨이 지적하듯이 나타샤와 피에르의 결혼은 "톨스토이가 결혼이라는 틀 안에서 규제와 합법화를 통해 성의 파괴적 힘에 대처하는 방법을 잘 보여 주는 예시이다".[35] 그러므로 『전쟁과 평화』에서 모성과 성은 에반스가 말한 '적절한 구획 정리'를 통해 서로로부터 안전거리를 유지하게 된다. 이는 궁극적으로 현행 사회질서, 즉 가족이라는 단위의 소우주를 통해 반영되는 질

---

34) *Ibid.*, p.65.

서를 지속시키고 보호하려는 의도에 기초한 것이다.[36]

　나타샤와 마찬가지로 『전쟁과 평화』에서 피에르 또한 천방지축 남자에서 성실한 남편이자 아버지로의 역할 전환을 통해 음식과 성에 대한 자신의 기형적 욕망을 억누르고 인간적 성숙에 이르는 과정을 밟아 간다. 소설 초반부에서 이 "길들여지지 않은 곰" 같은 사내는 삶의 육체적 쾌락을 자유롭게 탐닉하는 자연스러우며 다소 어린애 같은 인물로 그려진다. 피에르는 엘렌 쿠라기나의 자극적인 성적 매력이 "불결하고 나쁜"(9:251) 것임을 인식하면서도 그녀의 육체적 아름다움의 유혹에 굴복한다. 마찬가지로 피에르는 결국 돌로호프, 아나톨리 쿠라긴이나 그들의 환락적인 총각파티의 다른 젊은 장교와 어울리게 된다. 작품 후반에서 피에르가 모스크바 영국 클럽의 부유한 회원이자 부도덕한 아내의 오쟁이 진 남편이 될 때에도 비대하고 나태한 그는 여전히 "활기찬 식도락가"로서 명성을 유지한다(10:295).

　사실 소설에서 피에르의 성격 변화는 10부, 즉 그가 모스크바를 떠나 보르디노 전투 전야에 러시아군을 방문하는 장면에서 비로소 이루어진다. "그는 비로소 인간의 행복을 정의해 왔던 모든 것 —삶과 부의 편안함 혹은 삶 그 자체 —이 얼마나 부질없는지를 알고, 여기에서 벗어나는 즐거움을 경험한다"(11:182). 그 유명한 전투 장면의 말미에 이르러 피에르는 모자이스크로 향하는 길에서 모닥불을 피우고 있

---

35) *Ibid*., p.10. 벤슨이 자신의 책에서 언급하기를 "가족에 대한 톨스토이의 개념의 핵심은 그것이 성적 관계를 훈련하고 정당화하며 회복시킨다는 것이다. 무엇보다도 이는 성의 관능적인 면을 최소화하고 기능적 필요성을 최대화하여 생물학적으로 자연스러운 질서에 포함시킨다"(p.91).

36) Mary Evans, 『안나 카레니나에 대한 회상』(*Reflecting on Anna Karenina*, 1989), p.12.

는 소대와 합류하게 된다. 이곳에서 그는 죄수들과 함께 마른 빵과 솥에 끓인 기름진 진미를 먹는 소박한 식사를 나누면서 이들과의 관계에서 생각하지도 못했던 즐거움을 깨닫는다. "피에르는 장작불 한 켠에 앉아 그들이 곤죽이라 부르는 솥 음식을 맛보게 된다. 그리고 그는 이 소박한 음식이 그가 이전에 맛보았던 그 어떤 화려한 음식보다도 더 맛있다고 느낀다"(11:289). 프랑스군의 진군 때문에 급하게 모스크바로 피난하는 장면에서, 피에르는 방금 음식과 담소를 나눈 이 소박한 필부들의 삶에서 느껴지는 "진실함, 소박함, 강인함"에 비하여 자신이 얼마나 보잘것없는지를 더욱 절실하게 느끼게 된다. 이제 그는 익숙했던 자기집—그 집의 부유함과 그 속에서 느낀 안락함—을 등지고, 하인 게라심이 먹는 것과 "같은 음식을 먹으며"(11:357) 딱딱한 소파에서 잠을 청하게 된다.

프랑스군 점령기에 포로생활을 하며 피에르가 귀족으로서 누렸던 부와 권력을 손에서 놓았을 때, 그는 삶의 또 다른 즐거움을 경험하면서 그 삶에서 더욱더 큰 평화와 조화를 찾게 된다. 이러한 삶의 재발견은 전형적인 농노의 모습으로 그려지는 플라톤 카라타예프와의 조우와, 피에르가 포로로서 경험하게 되는 육체적 박탈감에서 기인한 것이었다. 모자이스크에서 군인들과 함께 즐겼던 곤죽처럼, 플라톤의 소박한 감자 요리는 톨스토이의 이 주인공에게는 더할 나위 없이 맛있는 음식이었다. "피에르에게 이보다 맛있는 음식은 평생에 없었던 듯했다"(12:46). 포로로 감금되어 있던 시기에 피에르는 점점 더 그 비대함을 잃어 가며 더욱더 단순하고 소박해진다. 그러한 경험으로부터 피에르는 톨스토이적인 삶의 중요한 교훈에 동화된다. 그 교훈이란 "지나치게 안락한 생활은 인간욕구를 충족하는 모든 기쁨을 파괴한다"(12:98)

라는 것이고, 인간의 행복은 "인간의 자연적 욕구를 충족하는 것"이며, "모든 불행은 궁핍에서 오는 것이 아니라 잉여에서 온다"라는 것이다 (12:152).

포로생활 동안 '도덕적 정화'의 단계를 거친 피에르는 거기서 해방되고 나서야, 성적 욕망을 승화한 나타샤와 결혼할 위치에 서게 된다. 나타샤와의 결합은 그가 오랜 세월 사랑한 여인과의 결합이며, 그녀 내면의 영적 성숙의 가치를 인정하게 되는 과정이다.[37] 이것은 또한 피에르에게도 에필로그에서 나오는 바와 같이 성실한 아버지와 남편으로의 준비 과정을 의미한다. 이때 이 둘의 결혼은 다름 아닌 안전하고 생산적인 방식으로 남편과 아내 사이의 성적 에너지를 규제하는 사회제도를 의미한다. 사회에서 결혼이 수행하는 규제 기능은 인간의 육체적 쾌락에 대한 욕망의 파괴적 본성을 중화하는 것이다. 작가의 기능적 관점에서 결혼은 음식과 먹는 행위에 대해 미식적으로 대응한다고 보았다. 톨스토이는 인간이 항상 식욕을 억제해야 한다고 말했는데, 이는 과도한 식탐은 인간의 육체적·도덕적·영적 불만족을 야기하는 탐욕과 폭식을 낳는다고 생각했기 때문이다. 톨스토이는 나아가, 이러한 성적 욕망과 식욕에 대한 통제의 상관관계를 설명하기 위해 『전쟁과 평화』에필로그에서 음식과 영양섭취의 상관관계에 집중하는 모습을 보인다. 본질

---

37) 에이미 만델커(Amy Mandelker)는 톨스토이가 에필로그에서 묘사하는 가정생활의 전원시에 대해 의문을 제기한다. "비록 그의 걸작 『전쟁과 평화』(1863~1869)가 결혼생활의 축복으로 끝맺는 것처럼 보일지라도, 주요 인물들이 영웅적 행동을 할 가능성이 파괴되고 그들이 속세의 일들과 세상에 대해 갖는 궁극적인 관심과 열정이 제한적이라는 데서 이 분위기는 무효화된다. Amy Mandelker, 『안나 카레니나 프레이밍: 톨스토이, 여성 문제, 그리고 빅토리아 시대 소설』(Framing Anna Karenina: Tolstoy, the Woman Question, and the Victorian Novel, 1993), p.7.

적으로 이는 미식법과는 정반대라는 점에서,[38] 톨스토이는 결혼의 목적(가족)과 식사의 목적(영양)의 직접적 대비를 이끌어내는 요리학적 아날로지(analogy)에 호소하는 것이다. "만약 식사의 목적이 몸의 영양섭취를 위한 것이라면", 화자는 그것이 다음과 같다고 설명한다.

한꺼번에 두 끼 식사를 한 사람은 아마 더 큰 즐거움을 얻을 것이다. 하지만 그는 위가 두 끼 식사를 소화하지 못하기 때문에 그의 목적(더 큰 즐거움)에 도달하지 못할 것이다. 만약 결혼의 목적이 가족이라면, 많은 아내또는 남편을 바라는 사람은 아마 더 큰 기쁨을 얻을 수 있을 것이다. 하지만 어떤 경우에도 그는 가족을 가질 수 없을 것이다. 음식의 목적이 영양섭취이고 결혼의 목적이 가족이라 할 때, 위가 소화할 수 있을 만큼만 먹고 가족 구성을 위해 필요한 한 명의 아내나 한 명의 남편만 둔다면, 이 모든 문제는 저절로 해결된다.(12:268)

나타샤는 결혼생활에서 남편과 아내에게 허용되는 자유, 여성의 권리 등 시사적인 문제에는 아무런 관심도 없었다. 화자는 "이러한 의문은, 예나 지금이나 결혼을 통해 서로에게서 오직 쾌락만을 찾으려는 사람들에게만 해당된다. 쾌락은 결혼 초기에나 중요하게 여겨질 뿐 가족이 지녀야 할 중요한 가치가 될 수는 없다"라고 설명한다. "저녁식사에서 얼마만큼의 만족을 얻을 수 있는가에 대한 오늘날의 논의와 의문 들

---

38) 벤슨은 "탐식가(gourmands)와 미식가(gourmets) 모두 이러한 특정한 해석에 기반을 둔 것이라면 어떠한 주장도 충분히 반박할 수가 있다"라고 주장한다. Benson, 『톨스토이의 작품 속 여성들』(Women in Tolstoy), p.68 참조.

은 그 당시에는 존재하지 않았다. 오늘날 결혼의 목적을 가족으로, 저녁식사의 목적을 영양보충으로 생각하는 사람들에게는 존재하지 않는 의문처럼 말이다"(12:268). 나타샤와 피에르에게 결혼의 목적은 식사의 목적처럼, 분명히 개인적 쾌락이나 만족이 아닌 가족의 정신적 양식인 것이다.

이러한 맥락에서 피에르의 첫번째 아내는 중요한 의미를 갖는다. 확실히 성적으로 난잡한 관계를 가졌던 부도덕한 엘렌 쿠라기나는 화자의 표현을 빌리자면, "한 번에 두 명의 남성과 결혼한 것 때문에 생긴 병"으로 인해 고통스러운 죽음에 이르게 된다(12:4). 반면 일부일처제를 따른 나타샤는 단 하나의 '음식'을 통해(다시 말해, 그녀의 남편) 자신의 성적 욕망을 통제한 결과 중용, 절제, 자제의 덕목을 깨달은 것이다. 이는 또한 그녀로 하여금 안전하게 자신의 위험한 리비도적 에너지를 소설의 마지막에 수행하는 바쁜 아내와 어머니로서의 가정적 역할들로 치환할 수 있도록 한다. 이와 같이 톨스토이는 결혼이 소위 '치료행위'로서 여주인공에게 도덕, 감성, 본능에 대한 규율을 가르쳐 과도한 육욕을 절제하게 했다고 생각했다. 다시 말해 길들여지지 않은 어린 카자크 사람에게 자연적 생명력에 '고삐를 채우고' 혹은 '재갈을 물리는' 방법을 교육해 그녀의 과도한 성적 욕망으로부터 구해 내는 역할을 수행한 것이다. 『가정의 행복』에서 어린 신부이자 어머니인 마샤처럼, 나타샤는 적어도 톨스토이의 소설세계에서만큼은 진정한 만족을 얻는다. 이는 오로지 누군가의 '로맨스'가 결혼으로 끝나고(부모로서의 역할이 시작되고), 아내가 연인이기보다는 어머니가 되고, 자신보다는 가족을 위해 욕망을 소비할 때만 얻을 수 있는 만족감인 것이다.[39]

5. 레빈: 중용, 절제, 그리고 자기통제의 도덕률

톨스토이는 결혼과 가정이라는 제도를 성과 섭생에 관한 욕망의 중용, 절제, 자기통제, 그에 관련한 인간의 성적 욕망을 효과적으로 통제하는 사회적 수단으로 묘사했다. 이러한 톨스토이의 생각은 자기 삶과 예술가로서의 경력의 분수령이라 할 수 있는 『안나 카레니나』에서 절정에 이른다. 이레네 피어슨은 "작가의 성장배경에서 보자면 톨스토이의 『안나 카레니나』는 육체적 쾌락에 대한 표현의 즐거움과 이에 대립하는 금욕과 사회개혁에 대한 열망 사이의 과도기적 전향의 단계라 할 수 있다"[40]라고 주장하였다. 에이미 만델커는 "『안나 카레니나』의 가족, 결혼, 섹슈얼리티에 대한 관심이라는 주제로 되돌아와 톨스토이는 또다시 자신이 존경하는 빅토리아 시대 작가들인 디킨스, 엘리엇, 트롤럽 등에 대한 애정을 드러낸다. 이 시대의 작가들은 빅토리아 시대의 이상적 가정을 찬양하는 동시에 의도치 않게 병리학적 측면도 동시에 드러내고 있다"라고 분석한다.[41] 톨스토이의 유명한 불륜소설 『안나 카레니나』에서, 자전적 요소가 많이 가미된 인물인 콘스탄틴 레빈은 결혼과 가정에 대한 작가의 긍정적 입장을 대변해 주는 동시에 맛있는 음식과 아름다운 여성에 대한 강력한 식욕과 성욕의 문제에 기능적 접근을 해가는 작가의 모습을 보여 주는 인물이다.

---

39) 벤슨이 『가정의 행복』(*Family Happiness*)의 여주인공에 관해 묘사하기를, "그러나 결혼하자마자 그녀의 로맨틱한 환상은 무너지고 말았다. 그리고 결국에는 가정의 현실에 순응할 수밖에 없었다". *Ibid.*, p.17.

40) Pearson, 「『안나 카레니나』에 나타난 음식의 사회적·도덕적 역할」("The Social and Moral Roles of Food in *Anna Karenina*"), p.10.

41) Mandelker, 『안나 카레니나 프레이밍』(*Framing Anna Karenina*), p.7.

『안나 카레니나』에서 중용, 절제, 자기통제가 쾌락주의 혹은 향락주의와 충돌하는 모습을 가장 극명하게 드러내는 장면은 1부에서 레빈이 자신의 동서가 될 스티바 오블론스키와 식사하는 모습을 묘사한 장면이다. 모스크바의 레스토랑에 들어서는 순간, 레빈은 곧 레스토랑의 퇴폐적 구조물과 그의 장래 동서에게는 순수한 즐거움일 뿐인 도시 귀족의 사치에서 불편함을 느낀다. 이러한 사치스러움과 퇴폐적 분위기는 연미복 코트 차림의 타타르족 웨이터들, 뷔페의 보드카와 오르되브르, 카운터에 앉아 있는 짙은 화장의 프랑스 여인에게서 나타난다. "레빈은 보드카를 마시지 않았다. 그 프랑스 여자가 거슬렸기 때문이다. 그 여자가 남의 머리털과 쌀가루나 화장수로 만든 것같이 생각됐다. 그는 마치 더러운 장소를 빠져나가듯 그 여자 곁을 떠났다"(18:37). 스티바가 미식 쾌락의 왕국에서 매우 편안해하는 것과는 반대로, 레빈은 레스토랑에 들어서자마자 완전히 입맛을 잃어버리고 천박한 분위기에 속이 뒤집힐 지경에 이른다. 그는 이 천박한 분위기가 자신의 가슴속 깊이 간직한 처녀, 키티의 성스러운 이미지를 모독할까 봐 두려워한다.

이 유명한 식사 장면에서 톨스토이는 작품 전반을 지배하는 식욕과 성욕에 관한 묘사를 결합시킨다. 오랜 친구이자 양극단에 서 있는 두 친구의 성욕에 대한 대조적 태도를 효과적으로 전달하는 데 음식 묘사가 사용되고 있는 것이다. 두 인물이 즐기는 음식은 그들의 성격, 삶의 가치관, 도덕적 본성뿐만 아니라 성적 관심에 대한 극단적 대조를 상징적으로 보여 준다. 식사 내내 향락주의자이자 '육욕적 인간'인 스티바 오블론스키의 눈은 더없이 촉촉하고 반짝거린다. 흔들거리는 굴을 은제 포크로 찍어 삼키고 주둥이가 넓은 샴페인 잔에 담긴 샤블리 포도주를 홀짝이며 그는 황홀경에 빠져 있다. 반면 소박하고 단정한 '정신적

인물'인 콘스탄틴 레빈은 이러한 이국적인 식단에서 거의 어떠한 쾌락
도 찾지 못한다. 반대로 그는 레스토랑에 메밀죽이나 양배춧국이 없음
을 확인하고는 실망한 모습을 보인다(18:38). "레빈은 하얀 빵과 치즈를
좋아하지만 굴을 먹는 수밖에 없었다"(18:39). 비손은 이 작품이 19세
기 러시아 문학에 자주 등장하던 러시아 농노나 '슬라브주의자들'의 소
박하고 향토적인 요리와 유럽화된 귀족들이 서양에서 러시아로 수입한
우아한 프랑스 요리의 대립 구도를 보여 주고 있다고 설명한다. 물론 슬
라브주의자인 톨스토이는 퇴폐적인 서양의 우아함, 사치, 물질적 가치
를 대변하는 오블론스키의, 굴과 샴페인에 대한 귀족적 애호보다는 레
빈이 즐기는 양배춧국이나 오트밀(shchi da kasha-pishcha nasha) 같
은 농노들의 소박한 식단을 도덕적으로나 입맛의 측면에서나 훨씬 선
호했다.[42]

　　『안나 카레니나』에서 그려지는 이 두 인물의 입맛 차이는 슬라브주
의자와 서구주의자를 대조하는 것을 넘어 먹는 행위 자체의 기호학적
중요성을 포괄하는 문제이다. 헬레나 고실로가 지적하듯이 레빈과 스
티바는 톨스토이의 삶과 작품세계에서 점점 더 큰 비중을 차지하는 '섭
생의 도덕적 범주'를 형상화하는 인물이다.[43] 원시적이고 투박한 레빈

---

42) 소설 3부에서 톨스토이는 시골에서부터 이 도시의 모스크바 식당의 퇴폐적인 탐식 장면에
　　이르기까지, 도덕적으로 정반대 장면들을 보여 준다. 첫번째로는 레빈이 자기 땅에서 풀베
　　기 휴식시간 동안 나이 든 농부와 간단한 빵과 물을 공유하는 장면이 있는데, 이 장면에서 고
　　실로가 정확하게 짚은 바에 따르면(Goscilo, 「톨스토이의 음식」["Tolstoyan Fare"], p.485) 음
　　식은 같은 활동을 하게 된 시골의 하찮은 노동자와 영웅 사이의 "진실한 의사소통"의 의미
　　를 상징한다는 것이다(18:68~69). 두번째는 농부가 가족들과 양배춧국과 카샤로 수수하게
　　식사하는 것을 지켜보면서 그가 정신적으로 건강함을 느끼며 감동받는 장면이다.
43) Goscilo, 「톨스토이의 음식」("Tolstoyan Fare"), p.482.

에게 '먹는 것'은 생명, 힘, 건강을 유지하기 위해 영양을 섭취하는 생물학적 행위인 반면, 도시적이고 세련된 오블론스키에게 '먹는 것'은 "삶의 즐거움 중 하나"(18:38)를 이루는 부분인 것이다. 바르트의 말을 빌리자면, 레빈에게 '먹는 행위'는 음식이 곧 굶주림을 의미하는 '욕구 명령'(l'ordre de besoin)이지만, 오블론스키에게 '먹는 행위'는 음식이 곧 탐닉을 의미하는 '욕망 욕구'(l'ordre de désir)로 작동한다.[44] 기호학적으로 레빈은 생존을 위해 '자연적 욕구'(appétit naturel)를 따라 먹는 인물인 반면, 오블론스키는 도시적인 '사치 욕망'(appétit de luxe)을 따라 먹기 위해 존재하는 인물이다. 다시 말해 스티바는 '먹는' 행위를 통해 계속해서 새로운 욕망을 재생산해 내기 위해 고의적으로 자신의 욕망을 자극하여 거짓된 허기를 창출하는 인물인 것이다.[45] "우리 시골 사람들은 다시 일터로 가기 위해 가능한 한 빨리 식사를 끝내는데 말일세. 여기서 자네와 나는 가능한 한 식사를 천천히 하고 있으니 정말 이상한 일이 아닌가. 그러기 위해 우리는 지금 굴을 먹고 있고 말일세"라며 레빈이 지적한다. 그러나 이에 대해 오블론스키는 "물론 그렇지. 그것은 말하자면 결국 문명의 목적이란 말이지. 즉 가능한 한 모든 것에서 쾌락을 얻는 것 말이네"라고 응수한다. 레빈이 이에 대해 "문명의 목적이 그

---

44) Barthes, 「브리야 사바랭의 강의」("Lecture de Brillat-Savarin"), p.8.
45) "소크라테스는 먹는 것이 배고픔의 고통을 가져가기에 하나의 즐거움이라고 지적한다"라고 피어슨은 썼다. "그러나 만족을 느끼자마자 기쁨은 고통과 함께 사라진다. 탐욕의 한 종류인 가짜 배고픔은 더 많은 기쁨의 가능성을 재창조하기 위해 자극되어야만 한다. 톨스토이가 주장하듯 성적 만족에서도 마찬가지다." Pearson, 「『안나 카레니나』에 나타난 음식의 사회적·도덕적 역할」("The Social and Moral Roles of Food in *Anna Karenina*"), p.13 참조. 사실 1895년 10월 27~30일의 편지를 보면 좀더 명확해진다. "만약 삶의 쾌락이 욕망의 만족에 있다면 욕망이 충족될 때마다 그의 쾌락은 점점 감소하고, 그는 동일한 쾌락을 얻기 위해 더 새롭고 강한 욕망을 지속적으로 일으켜 세워야 한다"(68:240).

것이라면 난 차라리 야만을 택하겠네"라고 반박한다. 그러자 스티바는 "그래, 자네는 야만스러워, 자네 집안사람들도 모두 그렇더군" 하고 외친다(18:40). 이레네 피어슨은 이 장면에서 음식에 대해 실용적이고 경험적인 측면에서만 접근하는 '러시아 시골의 단순한 생활방식'이 '먹는 행위'를 통해 가능한 한 많은 쾌락을 추구하는 '프랑스식 도시문명'과 정면으로 충돌하고 있다고 말한다.[46] 도시와 시골이라는 장소적인 대립 구도 이외에도, 음식과 섭생에 관한 오블론스키와 레빈의 대립되는 견해는 나아가 사회학적이고 심리학적인, 그리고 도덕적인 범주 등에 있어 더욱더 광범위한 이분법적 구도를 반영한다. 예를 들어 쾌락 추구 대 영양섭취, 사치 대 필수, 문화 대 자연, '자아'(ego) 대 '이드'(id), 즉 쾌락원리 대 현실원리, '도시의 세련됨' 대 '시골의 소박함', 귀족계층 대 농민계층, 굶주림 대 식욕을 말한다.[47]

식사가 모두 끝나고 탁상토론이 여성에 관한 문제로 옮겨지는데, 톨스토이는 스티바의 향락주의와 레빈의 청교도주의를 묘사할 때 계속

---

46) Pearson, 「『안나 카레니나』에 나타난 음식의 사회적·도덕적 역할」("The Social and Moral Roles of Food in *Anna Karenina*"), p.11. 제임스 브라운은 발자크가 소설에서 프랑스 한량의 고급 식당과 우아한 음식을, 시골의 구두쇠가 내놓는 초라한 음식과 비교하면서 도시적 입맛과 시골의 입맛을 명확히 구분한 작가라고 말한다. Brown, 『프랑스 소설에서 소설적인 음식과 그 기능』(*Fictional Meals and their Function in the French Novel*), p.30 참조. 브라운의 책에 첨부된 '메타픽션적인 용어'에서 그는 '음식-노동의 환유'를 "소작농에게 음식의 목적은 일을 하기 위한 에너지를 공급하는 것이다. 즉 음식은 그것 자체가 목적이 아니라 하나의 수단이다. 그들은 먹기 위해 사는 게 아니라 살기 위해 먹는 것이다"라고 정의한다 (p.202).

47) 캐시 A. 프라이어슨(Cathy A. Frierson)은 A. N. 엥겔가르트의 편지 왕래에 관한 연구에서 러시아의 유명한 작가(톨스토이와 동시대에 살았던)가 에세이에서 이용했던 수많은 이분법적 구도에 대해 조사하고 있다. Cathy A. Frierson, 『1872~1887년 시골에서 온 엥겔가르트의 편지』(*Aleksandr Nikolaevich Engelgardt's Letters From the Country, 1872~1887*, 1993) 참조.

해서 '먹는 행위'와 관련된 용어를 사용한다. 구트킨이 지적하듯 '식사'와 '담론' 두 행위를 통해 육체적 쾌락과 지적 쾌락을 추구하는 플라톤의 『향연』에서와 같이, 톨스토이의 두 남성 인물의 대화는 육체적 욕망 대 정신적 사랑에 대한 대화로 발전해 나간다.[48] 이미 쉽게 추측할 수 있듯이 이들은 각각 '섭생'이라는 똑같은 행위에 대한 기호학적 코드를 이용하여 성적 사랑을 논한다. 레빈은 성적 충동(본능적 욕구)이 위험하지만 만약 꼭 필요하다면 가정과 결혼이라는 사회제도를 통하여 규제되어야 한다고 생각한다. 반면 오블론스키는 성은 음식처럼 삶의 '맛있는' 쾌락을 이루는 것으로 개인을 위하여 자유로이 탐닉되어야 한다고 생각한다. 금욕적이고 엄격한 레빈에게 성은 그저 재생산을 위한 수단일 뿐이지만, 향락주의적이고 쾌락주의자인 오블론스키에게 성은 그 자체의 쾌락이 목적인 것이다.[49] 금욕적인 레빈에게 기혼 남성의 불륜은 레스토랑에서 한껏 식사를 한 후 다시 빵집에서 롤빵을 훔치는 행위처럼 도저히 이해할 수 없는 일이다. 이에 대해 바람둥이 스티바는 "왜 빵집에서 롤빵(kalach)을 훔치면 안 되는 거지?"라고 말한다. "롤빵 냄새가 너무 좋아 도저히 참을 수 없을 때도 있지 않은가!"(18:44~45).[50] 식탐

---

48) Gutkin, 「몸과 정신의 이분법: 『안나 카레니나』 속 플라톤의 『향연』」("The Dichotomy between Flesh and Spirit: Plato's *Symposium* in *Anna Karenina*"), p.86.

49) 고실로는 「톨스토이의 음식」("Tolstoyan Fare")에서 플라톤과 스토아학파와 연관된 레빈과, 향락주의자(Epicurus)와 쾌락주의자(the Hedonists)와 연관된 오블론스키 사이에 고전적인 그리스식 구별을 지었다(p.486).

50) 암스트롱은 스티바가 "톨스토이가 삶에서 스스로 허락하지 않은 한 가지를 대신 추구한다"라고 논하면서, 작가 역시 오블론스키처럼 실제로는 훔친 '롤빵'을 갈망한다고 주장한다. Armstrong, 『말 없는 안나 카레니나』(*The Unsaid Anna Karenina*), p.56, pp.58~59 참조. 암스트롱은 안나 카레니나를 정신분석적으로 해석한 이 책에서 레빈과 오블론스키를 작가의 자기투영 결과물로 본다. 그녀는 톨스토이가 "이러한 모든 금지된 욕구를 대리충족하기 위해 자기 논리와 반대인 스티바를 허용하였다"라고 주장한다(pp.65~66).

과 불륜은 모스크바의 부유하고 한가로운 귀족 오블론스키에게는 모두가 즐거운 관능적 행위로서 서로 상관관계를 가지며 상호보완적인 것이다.

이 식사 장면에서 오블론스키가 인용하는 하이네(Heinrich Heine)의 시구는 소설 전반에 걸쳐 톨스토이가 관능적 쾌락을 다루는 기호를 확연히 제시해 주는 부분이다. "지상의 쾌락을 이겨 내는 것은 천상의 즐거움이다. 그러나 내가 그에 실패할지라도 난 이미 최상의 쾌락을 맛보았네!"(18:45) 첫 행(지상의 쾌락을 모두 정복하는 것)이 레빈의 상태를 나타낸다면, 둘째 행(그러한 욕망을 억제하는 데 실패하는 것에서 오는 쾌락)은 완벽하게 오블론스키의 태도를 반영한다고 할 수 있다. 소설 전반에 걸쳐 잘 드러나듯 향락주의자 스티바는 사실 자기의 (식욕과 성욕에 관한) '세속적 욕망'을 억누르려는 시도조차 하지 않는다. 그는 그저 언제 어디서건 '즐거운 쾌락'의 향유만을 추구할 뿐이다. 반면 레빈에게 리비도의 통제는 그리 큰 문제가 되지 않는다. 이미 그가 음식을 쾌락이 아닌 영양섭취를 위해 먹고 있음은 앞에서 언급한 바 있다. 또한 『전쟁과 평화』에필로그에서 길들여지고 재갈 물려지고 가정의 범주에 귀속된 나타샤의 모습처럼, 레빈은 성적 욕망에 재갈을 물릴 필요가 있음을 이해하고 있다. 그러므로 그는 식욕뿐만 아니라 성욕에 대해서도 기능적 태도를 취하는데, 이러한 관능적 행위는 그에게는 오직 결혼이라는 제도로만 합법화되고 합리화될 수 있다. 이러한 태도는 그가 도덕적으로 혐오하는 존재인 '타락한 여인들'에게서 느끼는 물리적 혐오감에 대해 오블론스키에게 이야기하는 장면에서도 잘 드러난다(18:45). 실로 레빈이 에로틱한 여성들——구불구불한 고수머리에 외설스럽도록 짙은 화장을 한 프랑스 여성들로 형상화되는——에게 느끼는 혐오감은 대부분 그가 "이 레스토랑의 남자 손님들이 자기 정부와 식사하기 위해 찾는 밀실에 대해 상당히 불편한" 감정을 느끼는 것에 기인한다. 물론 그는 이 밀실이 우아한 식사를 위한 목적뿐만 아니라 사랑의 밀회를 즐기기 위한 공간임을 알고 있다.[51] 결혼생활에 그리 충실한 남편이 아닌 스티바가 이 에로틱하고 육체적인 사랑의 공간을 제집같이 느끼는 것은 당연하다. 그러나 키티를 정숙한 여인의 이상형으로 상상하며 연모하는 레빈은 영묘한 플라토닉 사랑을 더욱 편안히 여긴다.[52]

6. 『안나 카레니나』 속의 세속적 욕망들: 육욕과 탐욕이 불러오는 죄악들

『안나 카레니나』 전반에 걸쳐 식욕과 성욕의 충족은 쾌락을 향한 동물적 욕망과 동일시된다. 물론 이 유명한 톨스토이의 불륜소설에서, 아니면 아마 그의 작품 전체를 통틀어 '육욕적 인간'의 정수는 이 비극적 여주인공의 바람둥이 오빠일 것이다. 거의 모든 행동을 쾌락원리에 따라 행하는 한량인 스티바 오블론스키는 소설 전반에서 식욕과 성욕을 자유롭게 추구하고 성취하는 인물로 그려진다. 예를 들어 이 '이미 결혼한 총각'은 습관적으로 젊은 여배우들과 관계를 맺고, 그 레스토랑에서 화장을 떡칠한 여주인이나 베치 트베르스카야 같은 부도덕한 여성들과

---

51) 할무트 킬츠(Halmut Kiltz)는 그러한 별실(chambres séparées)에서 생기는 에로틱한 저녁식사에 관한 책만을 써 왔다. Halmut Kiltz, 『에로틱한 식사: 19세기 별실의 정경』(*Das erotische Mahl: Szenen aus dem "chambre séparée" des neunzehnten Jahrhundert*, 1983).

52) 에반스는 다음과 같이 설명하고 있다. "레빈은 키티가 겉보기에 성적 욕망과는 너무나 거리가 멀었기에 그녀를 사랑한다. 키티는 섹슈얼리티에 있어 순수한 여인이고 안나는 섹슈얼리티에 흥미를 느끼고 고무된 여성이다." Evans, 『안나 카레니나에 대한 회상』(*Reflecting on Anna Karenina*), p.69 참조.

아무 거리낌 없이 어울려 지내는 모습을 종종 보여 준다. 한편 오블론스키의 식욕은 소설의 4부에 자신의 모스크바 저택에서 우아한 저녁파티를 즐기는 모습에 잘 드러나 있다. 또한 1부 '안글리아 호텔'에서의 식사 장면과, 2부 레빈과 함께 그의 시골집에서 사냥을 나갈 때도 호화로운 식사를 하는 모습으로 잘 묘사되어 있다. 한마디로 향락주의자인 스티바는 레빈이 탐욕스러운 죄악(게으름, prazdnost')이라고 여기는 삶의 방식 자체를 구현하는 것이다. 즉, 그는 모든 나태와 사치 그리고 러시아 도시생활의 물질적 안정의 현현이다. 6부에서 스티바가 쾌활한 성격의 바샤 베슬롭스키를 자신의 쾌락적 여정에 동반하고 갑작스레 레빈의 시골 영토에 출연하는 장면도 톨스토이의 소설에서 육체적 쾌락의 묘사가 식욕의 즐거움과 매우 유사하며 거의 구분 없이 진행되고 있음을 잘 보여 준다. 이 사냥 여행에서 음식은 섹스와 매우 긴밀한 관계를 맺고 있다. 우리는 예컨대 사냥 여행의 첫날 밤 스티바와 베슬롭스키가 시골 농노의 어린 여식들과 밀애를 즐길 뿐만 아니라, 통통하고 젊은 바샤가 이 세 사냥꾼을 위해 준비한 키티의 음식을 거의 모두 독식하다시피 먹어 버렸다는 것을 안다.

한 비평가가 '섹슈얼리티 컬트'(cult of sexuality)라고 지칭한 안나와 브론스키 사이의 로맨틱한 불륜관계는 『안나 카레니나』에서 '유명하고 명료히 표현된 이성애의 욕망'을 보여 주는 장면이다. 이는 또한 앞의 장면들처럼 음식과 음료의 이미지들과 매우 밀접한 관련성을 갖는다.[53] 그러나 피어슨은, 이 또한 예외 없이 '부정적이고 오염된 느

<hr />

53) Benson, 『톨스토이의 작품 속 여성들』(*Women in Tolstoy*), p.89 ; Evans, 『안나 카레니나에 대한 회상』(*Reflecting on Anna Karenina*), p.1 각각 참조.

낌'과도 관련된다고 주장한다.[54] 이 비극적인 여주인공과 그녀의 연인은 오블론스키와 마찬가지로 자신들의 세속적 욕망을 제한하려는 시도조차 하지 않는 모습으로 그려진다. 예를 들어 브론스키는 가장 건강하고 강건한 육체를 가진 육식동물로 그려지며, "전혀 거리낌 없이 거의 모든 종류의 쾌락을 탐닉하기 위해" 바삐 움직이는 귀족 무리를 배회하는 인물이다. 이는 고실로의 말처럼, 브론스키의 하얗고 튼튼한 치아와 비프스테이크를 좋아하는 모습에서 나타난다.[55] "설익은 소고기(goviadina), 송로버섯, 그리고 버건디 술" 등을 탐닉하고, "극단적인 건장한 육체"(18:315)를 자랑하는 사포 슈톨츠(Sappho Stolz)의 어린 찬양자인 바스카처럼, 브론스키는 건장한 육체의 표본으로 형상화되고 있다. 호색적인 바스카가 매력적인 사포(18:315)를 거의 '먹어 치울 것'처럼 바라보듯이 브론스키의 동물적 욕망은 아름다운 안나를 결국 먹어 치운다.

러시아의 수도를 방문하는 외국 왕자를 공식적으로 호위하기 위하여 일주일을 보내는 동안 브론스키는 짐승 같은 자신의 본성을 인식하고 깨달음을 얻게 된다. 동물적 생명력과 육체적 욕망을 형상화하는 외국 왕자는 지나친 성욕과 식욕 탐닉에도 불구하고 체조와 강도 높은 운동 덕분에 매우 건강한 모습을 유지한다. 러시아적인 관능적 쾌락을 찾아가는 과정에서 이 왕자는 본토박이 쾌락주의자 브론스키의 호위를 받게 되는데, 상트페테르부르크를 방문한 동안 특히 경마, 곰사냥, 트로

---

54) Pearson, 「『안나 카레니나』에 나타난 음식의 사회적·도덕적 역할」("The Social and Moral Roles of Food in *Anna Karenina*"), p.12.

55) Goscilo, 「톨스토이의 음식」("Tolstoyan Fare"), pp.488~489.

이카 경기, 질그릇 깨기, 집시소녀들, 팬케이크, 샴페인을 경험하게 된다. 그러나 브론스키는 이 호위 업무에 곧 싫증을 내고 버겁게 느끼기 시작한다. "이 왕자의 존재가 브론스키에게 부담스러운 이유는" 바로 "이 왕자에게서 자신의 모습을 보기 때문이다. 그 모습을 보면 그의 허영심은 채워지기에는 역부족이었다. 왕자는 아주 어리석고 자기중심적이고 건장하고 순결한 인간, 그 이상도 이하도 아니었다"(18:374). 그러나 브론스키의 마음에 왕자는 인간의 모습으로 그려지지도 않았다. 대신 그는 고작해야 "멍청한 쇠고깃덩어리"(18:374)로 보였다. 당황한 브론스키는 평소답지 않게 "내가 정말 저렇게 될 수 있을까?"라는 고민에 빠지게 된다. 후에 그는 안나에게 왕자에 대해, "첫인상은 잘 자란 소처럼 잘 길러진 인간이지만, 동물적 쾌락을 제외하면 아무것도 남지 않는 인간이지"라며 혐오한다.(18:378) 이 노골적인 묘사에 대하여, 임신한 상태인 안나는 질투심에 사로잡혀 냉소적인 대답으로 응수한다. "하지만 당신네 남자들은 모두 그런 동물적 쾌락을 좋아하지 않았나요?" (18:378)[56]

상트페테르부르크의 불륜녀 안나는 남편과 어린 아들을 버려둔 채 브론스키에 대한 성적 욕망만을 추구하며, 아내와 어머니로서의 역할은 저버린 인물이다. 『전쟁과 평화』 속 나타샤의 영적 성장과는 딴판인 그녀의 모습 역시 음식 이미지로 형상화된다. 이를 통해 그녀는 독자들의 뇌리에 완전히 육욕적 인물로 강하게 각인된다. 에반스는 안나를 "음

---

56) 5부에서 브론스키가 안나와 이탈리아에 머무르는 동안 필사적으로 자신을 바쁘게 할 유희거리를 찾고 있을 때, 톨스토이는 그를 두고 만나는 모든 물체를 잡아 먹기를 바라는 "굶주린 한 마리 동물"에 비유한다(19:32).

식, 술과 마찬가지로 성적 욕망이 일상생활의 한 부분을 차지하는 여성 인물"이라 설명한다.[57] 그러나 스티바와 달리 안나는 자신의 정신 상태와 감정 상태를 묘사할 때도 종종 음식과 관련된 언어들을 쓴다. 그들이 사랑의 도피를 하는 동안, 그녀는 연인에게 "내가 불행한가요?"라고 질문한다. "지금의 난 마치 먹을 것을 받아 든 굶주린 자 같아요. 그는 추울 수도 있죠. 옷이 낡아서 부끄러울 수도 있어요. 하지만 그는 더는 불행한 상태는 아니죠"(18:201). 안나는 성적 욕망을 배고픔 같은 인간의 원초적 욕망과 동일시하면서, 나아가 성적 욕망을 탐닉하는 자기만의 필연성과 도덕률을 합리화하고 있다. "난 살아 숨 쉬고 있어요. 신이 절 사랑하며 살도록 창조하셨으니 그런 저를 비난하는 것은 옳지 않죠." 그녀는 후에 자신의 불륜을 합리화할 때도 이와 같이 말한다. "난 숨 쉬는 걸 회개하지 않듯이 내 사랑을 회개하지 않아요"(18:308~309).[58] 고실로는 "안나가 음식 이미지에 집착하는 것은 브론스키와 자신의 욕망에 굴복한 이후의 모습이다"라는 중요한 사실을 지적한다.[59] 실제로 이야기가 진행되면서 이 여주인공의 도덕적이고 감성적인, 그리고 심리적인 타락은 점점 더 분명해진다. 그녀의 성적 욕망은 실제로 어쩔 수 없는 근본적 '결핍'이라기보다 그녀가 자유롭게 탐닉하기를 선택한(선택

---

57) Evans, 『안나 카레니나에 대한 회상』(*Reflecting on Anna Karenina*), p.81.
58) 니콜라이 스트라호프는 다음과 같은 사실을 발견한다. "안나는 그녀 자신의 욕정으로 살아간다. 욕정 이전에 그녀는 정신적으로 굶주렸다. 작가는 이 수도와 궁궐에서 이뤄지는 사회적 삶과, 어떤 종류의 정신적 음식도 없는 삶을 놀랍도록 미묘하고 명확하게 묘사하고 있다." Strakhov, 「현대문학에 대한 시선」("Vzgliad na tekushchuiu literaturu[ob Anne Kareninoi]"), 『1862년과 1885년 사이 투르게네프와 톨스토이에 대한 비평 논문 1862~1885』(*Kriticheskie stat'i ob I. S. Turgeneve i L. N. Tolstom[1862~1885]*), p.358 참조.
59) Goscilo, 「톨스토이의 음식」("Tolstoyan Fare"), p.488.

해서 헤어날 수 없이 빠져 버린) '욕구'였다.[60] 그러므로 비록 안나가 계속해서 스스로의 성적 욕망을 (레빈의 경우처럼) 자연적 욕구(appétit de naturel)라고 합리화한다 해도, 그녀는 스티바처럼 사치 욕망(appétit de luxe)의 소유자이다. 이사야 벌린(Isaiah Berlin)의 주장처럼, 톨스토이는 자신이 여우라고 생각하는 고슴도치이며 안나는 자신이 굶주리고 있다고 생각하는 대식가인 것이다.

게리 솔 모슨은 "안나를 이해하기 위한 열쇠는 그녀가 스티바의 누이동생, 즉 안나 오블론스키라는 점"임을 과감하게 주장한다.[61] 이 오블론스키 가족의 유사성, 그 육체적 욕망과 유전적인 관능적 성향은 특히 7부에서 안나가 자살하기 전 마지막으로 마차를 타고 모스크바 시내를 순회할 때 잘 드러난다. 이 순회 장면에서 안나는 자신이 누구인지, 무엇을 하는지, 프랑스인들이 말하듯 '식욕(흥미)'이 무엇인지 알지 못했더라면 하고 자조적인 고해를 한다. 그녀는 확연히 오블론스키 가문 사람답게 식욕과 성애를 연결짓는 은유들을 통해 인간의 자연적 욕망을 일반화하는 어구를 계속 사용한다.

"걔들은 저 지저분한 아이스크림을 원해요. 걔넨 그 사실을 확실히 아는 거죠." 그녀는 머리 위에서 통을 내리고 땀이 난 얼굴을 옷 끝으로 문질러 닦는 아이스크림 노점상 주인 앞에 선 두 소년을 보면서 생각했다. "우리

---

60) '배고픔'(본질적으로 육체적 충동)과 '식욕'(정신 상태)의 유용한 구별을 위해서는 Daniel Cappon, 『먹고 사랑하고 죽어가기: 식욕의 심리학』(*Eating, Loving and Dying: A Psychology of Appetites*, 1973), p.21 참조.

61) Gary Saul Morson, 「산문과 안나 카레니나」("Prosaics and Anna Karenina"), 『톨스토이 연구 저널』(*Tolstoy Studies Journal*), 1(1988), p.7.

모두는 뭔가 달고 맛있는 것을 원해요. 만약 봉봉캔디를 얻지 못하면, 그 땐 우린 저 더러운 아이스크림을 먹을 테지요. 키티도 마찬가지예요. 브론스키를 얻지 못하면, 그땐 레빈인 거죠."(19:340)

이 장면에서 안나의 아이스크림과 봉봉캔디는 스티바의 '롤빵'처럼 그저 과자나 먹을거리를 넘어, 이 쇠약해진 자유주의자의 성적 욕망을 은유적으로 나타내는 식욕의 대상들인 것이다. 나아가 안나는 자기 자신을 더럽혀진 아이스크림과 동일시하는데, 이 장면에서 그녀는 브론스키의 육체적 욕망의 대상으로 전락하여 그 연인의 욕망을 채워 줄 '맛있는 풍미'를 이젠 잃어버렸다는 두려움을 토로한다(19:343). 따라서 욕망을 추구하는 그녀의 오빠처럼 안나는 점점 더 인간의 욕망을 순전히 육체적 욕망인 식욕과 성욕, 즉 동물의 원초적 갈망과 동일시하는 모습을 보이게 된다.

피어슨이 정확히 지적하듯이 안나는 작품의 결말에 이르러서는 삶을 다윈주의 관점에서 "욕망 충족을 위한 개개인의 생존투쟁"으로 보게 된다.[62] 안나는 모든 인간존재의 필요성을 오직 인간의 동물적 욕구 충족으로 함축시키는 시각을 보이는데, 이는 브론스키의 관점과 크게 다르지 않다. 나아가 안나 스스로 자조적 목소리로(특히 영어로) "맛이 없어졌어"(the zest is gone)라는 말을 한다. 이것은 그녀가 더는 그 어떤 지속적 쾌락을 추구할 수 없는 지경에 이르렀고, 삶을 그저 가치 없는

---

62) Pearson, 「『안나 카레니나』에 나타난 음식의 사회적·도덕적 역할」("The Social and Moral Roles of Food in *Anna Karenina*"), p.14. "안나는 소설의 마지막으로 가면서 점점 더 '서로 잡아먹고 먹히는 상황'의 관점, 혹은 카타바소프의 사회조사에 대한 톨스토이의 참고를 빌리면 '오징어의 식습관' 관점에서 생각을 한다"(p.14).

활동의 연속으로만 보고 있음을 이야기하는 것이다(19:343).[63] 이에 대해 한 비평가는 "『안나 카레니나』에서 선이란 『전쟁과 평화』에서처럼 굴복하지 않고 저항하는 것이다"라고 지적한다.[64] 불행하게도 톨스토이의 비극적 여주인공들은 이러한 교훈을 너무 늦게 깨닫거나 아니면 전혀 깨닫지 못한다.

　　육체적 쾌락과 식탐을 죄악에 이르는 쾌락으로 보는 작가의 비판적 시각은 『안나 카레니나』 8부에서 레빈이 자신의 영토에서 소작농을 하는 마을 농부 표도르와 나누는 짧은 대화에서 극명하게 드러난다. 표도르는 포카니치와 같이 "신의 뜻을 따라" 그들의 "영혼"(dusha)을 고양하기 위해 이타적이고 선한 삶을 사는 사람들과 미튜하처럼 그들의 "배(briukho)만 불리기 위해" 이기적 삶을 추구하는 사람들을 분명히 구분하고 있다(19:376). 언뜻 보았을 때 톨스토이의 소설 속 인물은 안나, 브론스키, 오블론스키, 베슬롭스키 같은 이기주의자와 레빈, 키티, 돌리, 바렌카 같은 좀더 이타적이고 영적인 인물로 명백히 이분된다. 그리고 소설의 평행적 플롯 구조——안나를 주축으로 한 이야기와 다른 하나는 레빈을 중심으로 한 이야기——는 이러한 양극성을 보여 주는 단적인 예이다. '육욕적 인간'으로 묘사되는 여주인공이 자기의 감각을 만족시키기 위해 살다가 결국 절망에 빠져 자멸에 이르는 반면, '영적 삶을 사는 인간'의 표본인 남자 주인공은 자신의 영적 삶을 위해 살아 결국에는

---

63) 안나의 진술에는 음식에 대한 보다 깊은 함축이 있다. 'zest'가 보통 '열정'과 '즐거움'이라는 뜻을 포함하지만, 단어 그 자체는 조리법에서 풍미를 내는 데 쓰이는 레몬과 오렌지 같은 시트러스 과일의 껍질을 의미한다.

64) Donna Orwin, 『톨스토이의 예술과 사상 1847~1880년』(Tolstoy's Art and Thought, 1847~1880, 1993), p.202.

영혼의 평안을 얻게 된다. 그러나 이러한 양극단의 해석으로는 설명할 수 없는 부분이 있다. 그것은 안나에 대한 작가의 예술적 조명과 묘사가 그녀의 악행에 대한 도덕적 비난을 많은 부분 경감시킨다는 점이다. 이에 대해 에드워드 바시올렉은 "우리는 많은 부분 그녀의 고통에 공감하지 않을 수 없게 되어 소설의 결말에 가서는 거의 그녀의 순전히 불결한 모습까지 간과하는 오류를 범하게 된다"라고 지적하고 있다.[65] 모든 독자가 바시올렉의 지적처럼 안나의 심각한 오류를 간과하지는 않을 것이다. 그러나 대부분의 독자는 톨스토이가 이 우아하고 매력적이며 열정적인 여주인공을 비난하고 있는 것만은 아니라는 것을 쉽게 읽어 낼 수 있다.[66]

7. 레빈의 도취된 의식: 식욕, 음주, 그리고 매춘

앞에서 언급한 관능적 인물들과 도덕적 인물들에 대한 성급한 이분법적 해석이 어려운 또 다른 이유는 『안나 카레니나』에서 레빈이 결말에 이르러서도 자신의 문제와 결점에서 완전히 벗어나지 못한다는 점이다. 예를 들어 8부에서 그는 심각하게 자살을 고민하며 키티와의 결혼 생활에서 혼란을 겪게 된다. 그보다 더한 예로는 7부에서 키티의 출산기가 가까웠을 때 레빈과 키티가 모스크바로 이주하는 모습을 들 수 있다. 이때 레빈의 중용, 절제, 자기통제 등의 도덕률은 관능적 쾌락에 의

---

65) Edward Wasiolek, 『톨스토이의 주요 소설』(*Tolstoy's Major Fiction*, 1978), p.130.

66) 안나 지지자에게 극명한 반대를 표명하는 게리 솔 모슨(Gary Saul Morson)조차 톨스토이가 안나를 비난한다고 생각하는 사람이 많았을 때 그렇지 않다고 보는 '소수집단'에 속했음을 인정했다. Morson, 「산문과 안나 카레니나」("Prosaics and Anna Karenina"), p.8 참조.

해 심각하게 시험에 들게 된다. 6부에서 스티바와 베슬롭스키가 레빈의 시골 영지를 방문할 때, 비록 그들이 도시로부터 가져온 전염병과도 같은 귀족의 게으름(죄악, prazdnost')에 패배하지 않았다 할지라도 말이다. 1부와 비교해 볼 때, 모스크바에서 레빈의 행동은 스티바 오블론스키의 부도덕한 행동과 매우 닮아 있다. 즉 시골 촌뜨기였던 레빈은 수많은 의미 없는 환대를 받으며 극장에 가고 오블론스키, 브론스키, 야시빈 등의 한량과 어울려 악명 높은 영국 클럽을 드나들며 식사를 한다. 1부 '안글리아 호텔'에서의 식사 장면이 레빈의 도덕적 청교도주의를 잘 드러내 주었다면, 7부의 영국 클럽에서의 식사 장면은 레빈이라는 인물이 상징하던 절제가 다양한 관능적 유혹에 굴복해 버리는 모습을 드러내 준다. 이 장면에서 레빈은 아내가 아홉 달 만삭의 몸으로 침대에 반감금되어 있는 동안 자제력을 거의 잃고 밖으로 나가 먹고 마시는 모습을 보인다. 레빈은 클럽을 지배하는 휴일 분위기에 사로잡힌 채, 그가 1부에서 절대적으로 비난하던 행위, 곧 먹고 마시고 도박하고 사람들과 교제하는 것 등의 모든 종류의 쾌락을 표면적이건 내면적이건 간에 거의 열정적으로 행하게 된다. 레빈은 모스크바의 귀족적 생활의 매력에 유혹당하고 만 것이다. 한때 소박한 촌부의 삶과 같은 자기 삶을 자랑스럽게 여기던, 러시아 시골의 고결한 '야만인'은 매우 능동적으로 '문명화되어' 그 안에 흐르는 도시 귀족 계급의 일원으로서의 본성을 깨닫게 되는 것이다. 한때 금욕적이었던 레빈이 "점점 더 굶주려 먹고 마시는 것에서 큰 쾌락을 얻게 된다"라고 그려진다. 나아가 그는 "동료들과 단순하게 오가는 즐거운 대화에 참여하며, 더욱더 큰 즐거움을 발견한다 (19:267).

저녁식사가 진행되는 동안 레빈의 행동은 점점 더 스티바 오블론스키를 닮아간다. 실로 청교도주의자였던 레빈의 모습은 갑작스럽게 오블론스키 같은 바람둥이, 쾌락주의자 같은 '육욕적 인간'으로 변화하는 듯하다. 영국 클럽에서의 축제 같은 저녁식사가 한창일 때, 셰르바츠키 공작은 가장 아끼는 사위에게 "그래, 자네는 우리 나태의 사원(khram prazdnosti)에 대해 어떻게 생각하나?"(19:268)라고 묻는데, 이 대목에서 우리는 감칠맛 나는 아이러니에 사로잡히게 된다. 우리가 기억하기에 1부에서 부정의 소굴을 극도로 혐오하던 레빈 가문 사람들이 7부에 와서는 완전히 그곳을 익숙하게 여기는 모습으로 변하는 것이다. 여기서 레빈이 '유혹'당하는 것은 『전쟁과 평화』 8부에서 모스크바의 오페라를 관람하는 순수한 나타샤 로스토바가 시골의 순진함과 순수를 잃어버리기 시작하는 장면과 매우 유사하다. 작품 초반에 낯선 환경(다시 말해 귀족들이 육체적 욕망에 한껏 빠져 있는 도시 모스크바)에서 레빈이 느꼈던 소외감과 낯섦(ostranenie)은 7부에서는 이미 사라지고 없다. 이제 그는 나타샤처럼 탐욕스러운 행동을 매우 정상적이고 자연스러운 것으로 인식한다. 이 두 인물 모두 리처드 구스타프슨이 설명했듯이 '도취된 의식'의 상태로 빠져드는 듯하다.[67] 그러므로 영국 클럽에서의 저녁은 이전의 깨어 있고 부지런하던 레빈을 지배하고 있는, 모스크바 사교계의 일반적 도취 상태——나태함과 편안함의 정신이 지배하는——의 객관적 상관물이라 할 수 있다.[68] 그러므로 이전에 약속한 대로 스뱌지

---

67) 구스타프슨(Gustafson)의 『레오 톨스토이, 토박이와 이방인』(*Leo Tolstoy, Resident and Stranger*) 7장 「도취된 의식」("Intoxicated Consciousness"), 특히 pp.349~352 참조. 여기에서 구스타프슨은 나타샤의 오페라 에피소드를 분석한다. 구스타프슨은 톨스토이의 인물들이 현실 감각을 '타자의 것'(chuzhoi)으로 종종 경험하는 '낯설게하기'를 선호했다는 슈클롭스키(Shklovskii)의 '낯설게하기'(ostranenie) 개념을 문제 삼는다.

68) 6부에서 독자는 레빈이 오블론스키와 베슬롭스키가 도시에서 시골로 가져온 '게으름'의 정

스키와 농업협회에 참석하는 것 대신에, '죄악'(prazdnost')의 기분에 도취된 레빈은 오블론스키와 함께 그의 누이동생 안나를 방문하기로 한다. 이 부분은 매우 중요한 의미를 갖는다. 도덕적인 귀족 농부 레빈이 농업협회 방문을 제쳐 두고, 자기가 한때 부도덕한 바빌론이라 묘사한 도시의 '타락한 여인'을 방문하기 위해 쾌락주의자이자 바람둥이 친구와의 동행을 선택한 것이기 때문이다.[69]

이런 맥락에서 보았을 때 안나를 방문하는 레빈 이야기는 서구 문학에 묘사되는 매음굴 여정과 구조적 공통점이 많다. 즉 19세기 유럽 소설에 자주 등장하는 전형적인 패턴과 상당히 유사한데, 여기서 남성 인물들은 식사를 하고 먹고 마시기 위해 시장이나 클럽을 가고, 그 다음 식후의 나른한 상태에서 집에 돌아가거나, 아니면 매음굴로 가서 매춘부들과 관계를 맺는다. 제임스 브라운은 "특히 19세기 프랑스 소설은 현대소설과 마찬가지로, 소설에서 밀담을 나누는 장면 묘사를 통해 음식과 간음의 관계를 매우 효과적으로 설명한다. 이러한 장면은 매혹적인 저녁식사를 위해 고안된 밀실에서 공적인 식사 장면을 통해 식욕

신 상태에 얼마나 화가 났었는지를 보았다. 이 두 명의 도시 한량이 포크로프스코예에 도착했을 때, "일분 전까지만 해도 가장 밝은 정신의 소유자였던 레빈이 이제는 모두를 희미하게 바라보며 모든 것에 불만족하고 있다……. 그리고 모든 사람 중에 가장 불쾌한 것은 키티였다. 왜냐하면 그녀는 시골에서 휴일을 맞아 자신과 모두가 기다렸던 그 신사[베슬롭스키]의 유쾌한 말투에 빠졌었기 때문이다……. '그들에게 그곳은 언제나 휴일(prazdnik)이다.' 그[레빈]가 생각하기를, '반면에 우리는 여기에서 미룰 수 없고 그것 없이는 생계를 이어갈 수가 없는, 휴일 업무(dela ne prezdnichnye)가 아닌 생업을 갖고 있다"(19:142~143).

69) 이리나 구트킨은 1부 레스토랑 대화에서 소설이 전반적으로 레빈과 오블론스키의 관계를 위해 일정한 패턴을 설정한다고 말한다. 그녀에 의하면 레빈과 오블론스키의 계속된 만남에는 늘 음식과 섹스가 수반된다. Gutkin, 「몸과 정신의 이분법: 『안나 카레니나』 속 플라톤의 『향연』」("The Dichotomy between Flesh and Spirit: Plato's *Symposium* in *Anna Karenina*"), p.87 참조. 이러한 패턴을 보아, 독자는 어떤 의미에서 두 의형제가 클럽에서 먹고 마시는 저녁시간 이후의 사건에 어떻게 해서든지 관련되리라 기대하게 된다.

과 성욕의 상관관계를 분명하게 드러내고 있다"라고 지적한다.[70] 따라서 발자크와 플로베르 등 다른 19세기 프랑스 소설가들의 소설에서는 구강기적 충동의 만족이 성욕 충족의 욕구를 불러일으킨다고 보인다.[71] 이들 작품에서 먹는 행위는 보통 간통을 위한 자극제, 즉 남성 인물들의 성욕을 자극하는 것으로 묘사된다. 아마도 19세기 러시아 문학에서 이렇게 먹고 마시는 것과 간음이 함께 묘사되는 패턴의 가장 인상적인 예는, 이전 장에서 묘사했듯이 도스토옙스키의 『지하로부터의 수기』(1864) 2부의 그 장면일 것이다. 트루도류보프가 연 파리 호텔에서의 저녁 환송연에서 페르피치킨과 시모노프는 (실컷 먹고 즐기는 데 물려 버린 이들은) 곧 상트페테르부르크를 떠날 친구 즈베르코프 장교를 위해 '그곳'으로 자리를 옮긴다(5:147). 소설의 화자가 말하길 그곳은 낮에는 여성 모자를 파는 시장(millinery emporia)이지만, 밤에 소개를 받아 가면 그곳의 '손님'이 될 수 있다는 것이다(5:515). '손님'으로 가면 물론 육체적 쾌락 만족이라는 단 한 가지 목적을 달성할 수 있다. 이 세 명의

---

70) Brown, 『프랑스 소설에서 소설적인 음식과 그 기능』(*Fictional Meals and Their Function in the French Novel*), p.14. 브라운은 식욕과 성욕을 뒤섞는 서구 문화의 과도한 경향을 주목하면서, "작가들은 항상 음식과 성을 연관시킨다. 그러나 19세기 프랑스에서는 성적 즐거움과 관능적 즐거움의 유사성이 사회에서 명백하게 받아들여졌기 때문에 이들의 유사성이 이용된 것으로 보인다"(p.50).

71) 이러한 먹고 마시고 간음하는 패턴은 발자크의 『상어 가죽』(*La peau de cabrgrin*, 1831)에서 잘 나타나는데, 에밀리와 라파엘은 진탕 마시고 노는 연회 만찬에 참석한 후에 애퀼린과 외프라지라는 고급 유곽에 방문한다. 실제로 발자크는 여기서 단순히 음식과 간음의 상관관계뿐만 아니라 구강기적 만족에서 성적 희열에까지 이르는 육욕적 욕망의 계급제도까지 나타낸다. 질린 손님들이 연회장을 떠나 부근의 살롱을 향해 간 후 발자크는 그들을 기다리고 있는 유혹적인 첩들과 비교해서 우리에게 말하는데, "연회장의 값비싼 장신구들은 아무것도 아니게 되었다. 왜냐하면 그들이 본 것은 그들의 가장 관능적인 감각을 자극했기 때문이다." Honoré de Balzac, 『오노레 드 발자크 전집』(*Oeuvres complètes de Honoré de Balzac*, 1925), 27:66 참조.

젊은이가 지하생활자와 함께 매음굴로 간 것도 그 이유였다.

『안나 카레니나』에서 먹고 마시고 간음하는 이런 패턴을 우리가 확인하도록 해주는 인물은 레빈의 아내 키티이다. 그녀는 이러한 패턴을 오블론스키 같은 도시 바람둥이 부류와 결부짓는다. 7부에 이르면 그녀는 이제 오블론스키 부류의 즐거운 남자와 어울려 지낸다는 것이 무엇을 의미하는지 알고 있다. 그것은 술을 마신 후 어딘가로 떠나는 것이었다. 그러나 그녀는 그러한 남자들이 어디로 가는지 생각이 미치자 두려웠다"(19:248).[72] 물론 그녀의 남편 레빈은 그저 '오블론스키 부류의 즐거운 남자들'과 어울리는 것이 아니라 오블론스키 바로 그와 어울리는 중이다. 그와 먹고 마신 후 타락한 여자를 방문하러 가는 것이다. 영국 클럽에서 먹고 마시고 어울리는 데 도취되어서(비록 그것이 은유적인 것일지라도) 레빈은 안나의 집으로 가는 도중에도(19:271), 또한 그곳에 도착해서도(19:273)[73] 그녀에게 가는 것이 정당한지를 고민한다. 조안 그로스만이 지적하듯이 톨스토이는 안나의 집 내부를 묘사할 때 '매혹적인' 매음굴 분위기가 진하게 풍기도록 서술하고 있다. 그 묘사는 구체

---

72) 『안나 카레니나』 6부에서 오블론스키 부류의 즐거운 남자들 중 가장 기억에 남을 만한 인물인 바시카 베슬롭스키는 먹고 마시고 간음하는 이런 패턴을 도시에서 시골로 가져온 듯하다. 레빈과 오블론스키의 포크롭스코예 사냥 여행 중 그는 하룻저녁에 모든 귀한 음식을 먹고 보드카를 마신 뒤 그 지역 농부 소녀와 사랑을 나눈다.

73) 시드니 슐츠(Sydney Schultze)에 따르면, "페테르부르크에서 안나의 도착을 알리는 이미지들은 안나가 마침내 레빈을 만날 때 다시 사용된다". Sydney Schultze, 『안나 카레니나의 구조』(The Structure of Anna Karenina, 1982), p.32 참조. 그녀는 나중에 열기(heat)와 빨간색과 관련된 것(둘 다 안나 내부의 불을 상징)에 대한 빈번한 언급이 1부 무도회 장면에서 키티가 "악마 같은"(besovskoe)이라고 표현하는 등 소설 초안에서 종종 악마로 언급되는 안나의 사악한 이미지를 생성하는 데 기여한다고 지적한다. 슐츠는 또한 묘한 평행관계에도 주목한다. 브론스키가 친구 야시빈이 영국 클럽의 "지옥에서"(v infernal'nuiu) 당구를 치는 것을 보러 가는 시간에, 레빈은 안나를 만나기 위해 출발한다. 이러한 장면들에 관해서는 슐츠의 책 p.13 참조.

적으로 안나의 초상화("이 매혹적인 여인의 그림은 매우 전략적으로 램프 불빛을 받을 수 있도록 비치되어 있었다"), 흐린 불빛, 사치스러운 방, 부드러운 카펫, 그리고 오직 남성 방문객들만 있는 곳 등으로 나타난다.[74] 레빈이 마침내 안나라는 사람을 실제로 만났을 때 톨스토이의 이 여주인공은 즉시 그에게 강한 호감을 보면서 자신의 미모와 성격으로 그를 사로잡아 버린다. 레빈은 그녀의 오빠 스티바와 쾌활한 대화를 나누며 안나에게 갑작스러운 애정, 호감, 연민을 느끼게 된다(19:276). 실로 이 짧은 시간에 안나가 이미 어느 정도는 도취된 방문객들을 의도치 않게 완전히 매혹시켰다는 점은 확실하다.[75] 늦은 밤 안나를 떠나는 것을 못내 아쉬워하며 레빈은 귀갓길 내내 이 "놀랍고 사랑스러우며 안쓰러운 여인"을 머릿속에서 지우지 못한다. 그는 그녀의 "얼굴 표정의 모든 섬세한 변화를 상기하면서 점점 더 그녀의 상황으로 들어가더니 점점 더 그녀를 가엾게 여기게 되었다"(19:279). 이렇게 이날 저녁에 대한 레빈

---

74) 조안 그로스만(Joan Grossman)은 레빈의 안나 방문이 매음굴로 가는 것을 암시한다는 생각을 진지하게 품은, 『안나 카레니나』의 첫번째 논평자 중 한 명이다. 그녀는 다음과 같이 쓰고 있다. "톨스토이의 암시는 오해의 여지가 없다. 그래서 이 방문은 키티가 결혼한 여성이며 그러한 일을 알고 있기 때문에 자신이 두려워하던 '그러한 장소들'에 대한 방문과 유사하다. 톨스토이는 그 두 남성이 실제로 도착했을 때 이러한 힌트를 강조하는 데 힘썼다." Joan Grossman, 「톨스토이의 안나 초상화」("Tolstoy's Portrait of Anna: Ketstone in the Arch"), 『비평』(Criticism), 18, no.1(1976), p.3;LeBlanc, 「레빈이 안나를 찾아가다: 매춘의 도상학」("Levin Visits Anna: The Iconology of Harlotry"), pp.1~20 참조.

75) 소설의 화자는 다음과 같이 언급하고 있다. "이러한 흥미로운 대화를 따라가는 동안 레빈은 계속해서 그녀를 찬미하는 데 기여했다. 그녀의 아름다움, 영리함, 훌륭한 교육, 그리고 그녀의 명확함과 단순함. 그는 듣고 말하고 그녀의 감정들을 이해하려 하면서 그녀와 그녀의 삶에 대해 줄곧 생각했다. 그리고 과거에 그녀를 너무나 가혹하게 판단했던 그가 이제는 이상한 일련의 생각에 의해 그녀를 정당화하고 동시에 그녀를 가엾게 여기고 브론스키가 그녀를 완전히 이해하지 않는 것에 분노하였다. 열한시가 되기 전 오블론스키가 떠나려고 일어났을 때(보르쿠예프는 이미 떠났다) 레빈은 시간이 눈 깜짝할 새에 흘러 버렸음을 느꼈다. 그는 아쉽게 일어났다"(19:278).

의 기억은 친밀감, 부드러움, 성관계의 공감적 특징을 무심코 드러낸다.

이 방문 직후 일어난 두 가지 사건은 이 이야기와 매음굴로 가는 여정의 유사성을 한층 높인다. 무엇보다도 자기 남편이 어디서 저녁을 보냈는지 알게 된 키티는 커다란 질투의 감정에 휩싸인다. "당신, 그 부도덕하고 추악한 여자와 사랑에 빠졌군요!"라며 키티는 저녁 늦게 안나의 집을 방문하고 돌아오는 남편에게 소리친다. "그녀가 당신을 홀린 거라고요! 당신 눈을 보면 알 수 있어. 그래, 맞았어! 결국 무슨 일이 일어났죠? 당신은 클럽에서 마셔대고, 도박을 하고, 그러고는 어디로 가서······ 누굴 보고 온 거죠?"(19:281) 물론 키티의 마지막 질문은 모스크바의 젊은 귀족 바람둥이들('오블론스키 부류의 즐거운 남자들')의 나태한 일상을 암시하는 것이며, 그것은 먹고 마시고 간음하는 바로 그 패턴을 취하고 있는 것이다. 이제 그녀는 자기 남편이 최근 안나의 집을 방문한 것을 바로 그 패턴으로 묘사한다. 레빈 자신조차 "타락한 여인일 뿐인" 누군가를 방문하는 것이 "부적절한" 행위임을 인식하고 있다(19:284). 상징적 차원에서, 레빈의 매음굴 방문을 가리키는 두번째 암시는 안나 자신이 비록 성적으로는 아니라 할지라도, 영적으로 감정적으로 그를 유혹했음을 인정하는 대목이다. "그녀는 무의식적으로 레빈으로 하여금 그녀에 대해 사랑의 감정을 갖게 했다"라면서, 소설의 화자는 그녀가 모든 젊은 남성을 만날 때마다 그런다는 이야기를 덧붙였다. 그것은 마치 레빈의 방문이 그저 안나의 매력과 유혹의 능력을 발휘할 하나의 연습 기회로 작용하며, 그녀가 브론스키의 사랑과 관심을 간절히 원하면 원할수록 그녀의 '관능적인' 힘이 점점 더 강해진다는 것을 보여 준다.[76]

---

76) 톨스토이에 의하면 이런 성적 매력의 매혹적인 힘들은 여성 본능의 고유한 특징이다. 포

"만약 내가 다른 이들, 아내를 사랑하는 이 유부남에게서도 그런 감정을 불러일으킬 수 있다면"이라고 안나는 레빈이 떠난 이후 곰곰이 생각하는데, "그렇다면 그는(브론스키) 왜 내게 그토록 냉정한 걸까⋯⋯. 그는 나에 대한 사랑이 자신의 자유를 침해해선 안 된다는 것을 끊임없이 증명하고 싶어해. 하지만 나는 그런 증명 따윈 필요 없는걸. 난 그저 사랑이 필요할 뿐!"(19:281~282)

여기서 이끌어 낼 수 있는 또 다른 추론은 안나가 모르핀과 아편 그리고 담배에 중독되었던 것처럼 관능적 사랑에 중독되었다는 것이다.[77] 간통으로 인해 도덕적 타락——흡연, 마약, 나태한 어머니로서의 모습, 연애중독——에 빠져든 안나의 모습을 보면서 독자들은 그녀의 이미지를 느슨하고 (비록 그것이 애처롭긴 하지만) '타락한' 여인의 모습으로 그리게 된다. 그녀와 브론스키가 임대한 모스크바의 거처에 수감자처럼 갇힌 안나는 다시 바깥세상으로 나갈 수가 없다. 거꾸로 말해, 명망 있는 인사들은 그녀를 방문할 수 없거나 그러려 하지 않았다. 예를 들면

즈드니셰프(Pozdnyshev)는 「크로이체르 소나타」에서 "여성은 남성을 홀릴 때 행복하고 자신이 바라는 모든 것을 얻을 수 있습니다. 그러므로 여성의 주요 목적은 그를 홀릴 수 있어야 하는 것입니다"라고 말했다(27:38). 포즈드니셰프는 여기서, 안나가 자기 남편(obvorozhila)에게 미치는 영향을 설명하기 위해 키티가 사용했었던 '홀리다'(obvorozhit)와 같은 뜻을 가진 동사를 사용한다. 안나는 나중에 자기 내면에 이러한 유혹하려 하는 공격적 욕망이 존재함을 인정한다. "내가 부도덕한 여성이라 치자. 나는 맘만 먹으면 그녀의 남편이 나와 사랑에 빠지게 만들 수 있었을 것이다. 그러나 나는 원하지 않았다"(19:340).

77) 우리가 이 장에서 보게 될 관능적 사랑은, 포즈드니셰프에 의하면 모르핀, 알코올, 담배에 대한 중독과 같은 육체적 중독에 기여한다(27:19). 톨스토이가 딸 타냐가 결혼할 계획을 세운 것을 알았을 때 그녀에게 편지를 썼는데(1897년 10월 14일), 매우 중독적인 관능적 사랑에 대해 경고했을 뿐 아니라 성적 욕망을 어떻게든 피해야 할 질병(디프테리아, 티프스 혹은 성홍열과 같은 질병이 아닌)에 비유했다. 톨스토이는 딸에게 "지금 너는 이런 (사랑의 감정) 없이는 살 수 없을 것만 같겠지. 이것은 음주자와 흡연자가 (중독에서부터) 자유로워졌을 때만 오로지 실제가 어떤지 볼 수 있는 것과 같다"라고 썼다(70~71:168).

돌리와 키티는 안나를 불러내기가 망설여졌다. 설상가상 문란한 베치 트베르스카야조차 혹시 사교계에서 자신의 평판이 나빠질까 봐 안나를 방문하는 것을 거절한다. 그러므로 심리적이고 감정적인 차원에서 안나는 천한 매춘부와 마찬가지로 '첩'이 되어 버린 것이다. 그러므로 사치스럽지만 격리된 매음굴 같은 배경에 고립되어 그녀는 오직 남성 방문객만을 맞이하며 자신의 관능적 매력에 의지하여 살 뿐이다. 그녀가 레빈과 같은 젊은 남성을 보면 유혹하려는 강박에 시달리는 것은 정부 (courtesan)의 정신 상태와 행동을 그대로 보여 주는 셈이다. 브론스키에 대한 보복행위로 보이는 안나의 자살조차 순결을 앗아간 한 남성에게 복수하기 위해 매춘의 세계로 입문한 매춘부의 행위와 별반 다르지 않아 보인다.

8. 달콤한 쾌락에 대한 극단적 재단: 금욕의 요구

비록 레빈의 모스크바 사교생활이 먹고 마시고 간음하는 주색에 빠진 패턴을 띠고 있지만, 분명 『안나 카레니나』 독자들은 7부에서 주인공의 육욕적 욕망에 도취된 행동을 그저 일시적 탈선쯤으로 여기며 간과해 버리는 경향이 있다.[78] 레빈 스스로도 모스크바의 생활을 그저 "먹고 마시며 떠들어 대는" 생활로 여기며 그곳에서의 자기 행동을 약간 정신 나간 행위쯤으로 치부한다(19:281). 이 '부도덕한 바빌론'을 떠나 안정

---

78) 구스타프슨은 『레오 톨스토이, 토박이와 이방인』(*Leo Tolstoy, Resident and Stranger*) 7장 (pp.338~402)에서 이러한 '도취된 의식'(intoxicated consciousness)에 대해 약간 상세하게 논하고 있다.

되고 청아한 자신의 시골 영지로 돌아오는 8부에서야 그는 도덕성을 회복하게 된다. 그러나 『안나 카레니나』의 결말에 이르러 톨스토이는 초기의 도덕적 균형 감각, 도덕적 원칙을 잃은 것처럼 보인다. 그가 『참회록』에서 드러내듯이 저자는 이전의 삶의 방식에서 완전히 벗어나 이제까지 자기 삶을 지배해 왔던 기본적 가치와 믿음에 대해 의문을 품게 된다. 『참회록』 속 톨스토이의 화자는 레빈보다는 안나와 같은 시각에서 삶의 모든 악과 인간존재의 무의미함에 한번 눈뜨자 더는 자신을 속일 수 없게 되었다고 이야기한다. 다시 말해 죽음의 숙명과 맞설 때 삶의 모든 유혹은 그저 인간 앞에 놓인 잔혹하고 어리석은 장난일 뿐이라는 것이다.

이러한 그의 견지를 설명하며 화자는 섭생과 관련된 은유가 핵심을 이루는 고대 동방의 우화를 자세히 묘사한다. 한 여행객이 그를 죽일 듯 위협하는 짐승에 놀라, 말라 버린 우물로 도주한다. 그런데 그 우물 밑바닥에는 용 한 마리가 입을 벌린 채 그를 기다리고 있었다. 그러자 그는 바위틈에 삐져나와 있는 나뭇가지를 붙들고 발버둥을 치는데 그것마저도 한 쌍의 쥐(하나는 흰쥐이고 다른 하나는 검은쥐)가 갉아먹고 있다. "곧 나뭇가지는 부러지고 말 것이다. 그리고 그는 용의 입속으로 떨어져 버릴 것이다"라고 화자는 이야기한다. "그 여행객은 이것을 보고 틀림없이 죽을 수밖에 없음을 안다. 그러나 그가 그것을 붙들고 매달려 있는 동안, 그는 주변을 둘러보고 그 나무에서 흘러나오는 꿀을 본다. 그는 혀를 내밀어 그것을 핥아먹는다"(23:14). 톨스토이에게, 이 섭생의 이미지──죽음의 눈앞에서도 꿀을 핥아먹는 남자──는 우리 인간이 처한 숙명과 인간존재의 곤경을 완벽하게 재현하고 있는 것이다.

이렇게 나를 산산조각 낼 준비를 하고 있는 죽음의 용이 필연적으로 기다리고 있음을 알면서도 나는 삶의 나뭇가지에 매달려 있다. 그리고 나는 이러한 고통이 왜 나에게 닥쳐왔는지 이해할 수 없다. 나는 나에게 한 번은 위안을 주었던 꿀을 다시 빨아먹으려 했지만 꿀은 이제 나에게 즐거움을 가져다주지 않았다. 밤낮으로 검은쥐와 흰쥐가 내가 매달려 있는 나뭇가지를 갉아먹었다. 나는 분명히 용을 보았고 꿀은 달콤함을 잃었다. 나는 이 용과 쥐들을 피할 수 없다는 것 한 가지만 알고 있다. 그리고 나는 그들로부터 눈을 돌릴 수 없다. 이것은 꾸며낸 이야기가 아니다. 적나라한 진실이며 반박할 수 없고 모두가 이해하는 사실일 것이다.(23:14)[79]

『안나 카레니나』의 끝 부분에서 삶에 대한 '식욕'을 잃어버린("이제 놀이는 끝났어") 비극적 여주인공과 마찬가지로, 톨스토이는 지금까지 그가 그토록 맛깔나고 즐겁게 생각했던 삶의 두 방울 꿀──가족에 대한 사랑과 글쓰기──에 대한 흥미를 완전히 잃어버린다. 그것들이 더는 어떤 위로나 즐거움도 줄 수 없었으며, 그 모든 달콤함이 사라지고 만다.[80]

---

79) 버나드 로즈(Bernard Rose)가 제작한 「안나 카레니나」(1997)의 영어 버전 필름에서, 톨스토이(『참회록』의 저자로서)의 환멸과 레빈(『안나 카레니나』에서 저자의 또 다른 자아로 등장하는)의 시각 사이의 연결은 레빈이 이러한 동방의 우화(영화에서 레빈 역을 맡은 배우 앨버트 몰리나가 내레이션을 했다)를 이야기하게 함으로써 강화된다.

80) 수잔 레이턴(Susan Layton)은 시인의 시 창작을 벌의 꿀 만들기에 비유한 아파나시 페트(Afanasii Fet)의 서정시 「내 것은 그가 원한 광기였다⋯⋯」(1888)를 달콤함을 잃어버린, 두 방울의 꿀에 관한 톨스토이의 동방 우화에 대한 반어적 응답으로 읽어야 한다고 주장한다. 레이턴은 "나는 톨스토이의 『참회록』을 페트의 주요 목표물이라고 생각한다"라고 말한다. Susan Layton, 「톨스토이와의 숨겨진 논쟁」("A Hidden Polemic with Leo Tolstoy: Afanasy Fet's Lyric 'Mine was the madness he wanted⋯⋯'"), 『러시아 리뷰』(*Russian Review*), 66, no.2(2007), pp.220~237 참조.

그러나 이 인간존재에 대한 우화는 지배권력을 잡은 귀족계급에게만 통용되는 듯 작중화자는 "쾌락보다는 박탈과 고통"으로 묘사되는 삶을 사는 가난한 농민들에게는 통용되지 않는 이야기라고 전한다(23:32). 톨스토이는 러시아 전제정치기의 후반에 '기생충'처럼 사치와 나태 그리고 쾌락주의자처럼 호색에 빠진 러시아 상류층의 삶에서 진정한 삶의 의미를 찾는 일 자체가 불가능함을 토로하고 있는 것이다. 도나 오윈에 따르면, 이미 『안나 카레니나』에서 작가는 독자들에게 농민의 생활방식만이 진정한 도덕적 삶을 살 수 있게 하는 것임을 토로하고 있다. 오윈은 "톨스토이가 자연과 도덕적 선을 구분하고 있었기에, 그가 자연에서 문명으로 시선을 돌리자 농민문화가 그의 새로운 도덕률이 되었다"라고 설명한다.[81] 그러므로 신의 섭리를 따라 도덕적 삶을 살기 위해 인간은 귀족으로서의 삶을 완전히 포기해야 하는 것이며——뿐만 아니라 전통적으로 그것과 관련된 육욕적 쾌락까지도—— 대신 절대 그들의 신앙심을 저버린 적이 없는 근면한 농민의 더 순수하고 도덕적으로 진실한 삶의 방식을 따라야 하는 것이다.

톨스토이는 귀족의 쾌락주의를 타락한 것이거나 전염병 같은 병리학적 이상 상태로 보는 견해를 고수하지만, 농민들의 생활방식을 그 자체로 완전히 지지하지는 않는다. 그는 또한 식욕과 성욕이 강력한 리비도적 충동이며, 강력한 의지만으로는 성공적으로 억제되고 규제될 수

---

81) Orwin, 『톨스토이의 예술과 사상 1847~1880년』(*Tolstoy's Art and Thought, 1847-1880*), p.145. 캐드린 페우어(Kathryn Feuer)가 『참회록』을 『안나 카레니나』의 속편 또는 두번째 엔딩으로 읽어야 한다고 주장한 것은 이러한 의미에서 의심할 여지가 없다. Kathryn Feuer, 「스티바」("Stiva"), 『러시아 문학과 미국 비평』(*Russian Literature and American Critics*, 1984), pp.347~356 참조.

없음을 깨닫게 된다. 그러므로 몸의 육체적 욕망과 기호의 구강기적 욕망이 완전히 억제되어야 하는 것이다. 그것들은 속성상 동물적인 기본 본능을 충족시키는 단계를 넘어서려 하는 모든 인간을 타락시키기 쉬우며 위험하고 파괴적인 본성을 지닌 것이다. 술, 담배, 여타 중독성이 강한 마약처럼 음식과 성도 사람들을 '마비시키는' 것이다. 우선 그것들은 육욕적 쾌락의 욕망을 자극한다. 더 중요하게는, 도덕의식의 요구를 흐리게 하여 인간본성의 영적이고 신성한 부분을 파괴하는 것이다.[82] 『안나 카레니나』에서 레빈의 중용의 덕과 리비도의 억제는 관습적 결혼과 전통 종교적 신앙, 시골 귀족에 대한 무정부주의적 옹호와 함께, 환상에서 벗어난 톨스토이에게는 더는 지속가능한 도덕률로 보이지 않는 것이었다. 그는 이미 1870년대부터 1880년대 초반까지 인간의 몸을 유혹하는 모든 육체적 쾌락과 전쟁을 치르며 영적 고통으로 완전히 무장되기에 이르렀다.[83] 그는 이제 음식과 성욕 모두를 인간의 의지에 내재된 독성과 같이 중독적인 한 부분으로 간주한다. 그는 음식과 성욕이 점점 더 인간의 삶을 나약하게 만들고, 결국에는 중용과 절제보다 더한 극단적 조치를 요한다고 생각한다.[84]

---

82) 톨스토이는 1895년 10월 17~30일의 편지에 다음과 같이 쓰고 있다. "스스로를 잃지 말라. 사람을 멍청하게 만드는 음료와 흡연 그리고 인간에게 자연스럽지 않은 강한 음식으로 우리의 이성을 죽이지 말라"(68:244).

83) 오윈은 다음과 같이 주장한다. 톨스토이는 채식주의자로 전환한 이후 "몸을 버렸다. 그러므로 이상적인 인간의 선량함에 참가자가 될 수 있는, 혹은 근원으로서의 자연 또한 버렸다". Orwin, 『톨스토이의 예술과 사상 1847~1880년』(*Tolstoy's Art and Thought, 1847~1880*), p.217 참조.

84) 랑쿠르-라페리에르는 작가의 금욕주의를 '도덕적 마조히즘'의 징후로 여긴다. 즉 어머니를 죽인 감정에 대한 죄책감을 억누르려는 욕망이 성욕을 자제하고 육체적 궁핍을 겪으려는 그의 욕망을 부채질한다는 것이다. Rancour-Laferriere, 『카우치 위의 톨스토이』(*Tolstoy on the Couch*), pp.144~151 참조.

이처럼 육체적 쾌락의 유혹에 대한 더욱 극단적인 단속으로의 전환은 많은 부분 톨스토이가 스스로를 보는 시각에서 기인한다. 에세이『인생에 대하여』(1888)에서 톨스토이는 인간자아의 매우 다른 두 가지 측면에 대해 분명히 묘사한다. 첫째, 이기적 욕망의 충족을 위해 본능적으로 애쓰는 '동물적 인성'(특히 육체적 쾌락을 위해서)과 둘째, 타인의 복지에 특히 관심을 기울이며 도덕적 선행을 추구하는 "이성적 의식이 그것이다". 헨리에타 몬드리가 지적하듯이 이렇게 동물성을 생리학과 동일시하는 것은 유럽 철학의 오랜 전통, 특히 기독교와 맥을 같이하는 것이다. "유럽인들은 인간과 동물을 이분법적 분류법으로 구분해 왔는데, 동물을 특히 오명을 뒤집어쓴 타자로 규정한다"라고 그녀는 설명한다.[85] 톨스토이의 자아상은 바로 이러한 육체와 이성, 몸과 영혼, 동물과 신성성의 기독교적 이분법을 고수하는 것이다. 톨스토이의 에세이에 따르면, 인간 삶의 목적은 "우리의 동물적인 몸이 이성의 법칙에 지배되는" 형태를 항상 유지하도록 하는 것이다(26:348). 즉 우리는 우리의 저급한 동물적 자아가 추구하는 육체적 쾌락과 안락을 넘어서 타인의 안락을 함께 생각하는 자비로운 기독교적 사랑을 실천하는 데 집중해야 한다. 니콜라이 이바노비치의 희곡『빛이 너희 안에 있느니라』(1902)에서처럼, "육욕이 그 스스로 살기 위함이라면 계몽의 영혼은 신과 타인을 위해 사는 것을 갈망한다"(31:129). 종교적 에세이 가운데 하나인「하느님의 나라는 너희 안에 있느니라」에서 톨스토이도 완벽한 신성성은 인

---

85) Henrietta Mondry,「경계를 넘어: 로자노프와 동물체」("Beyond the Boundary: Vasilii Rozanov and the Animal Body"),『슬라브와 동유럽 저널』(Slavic and East European Journal), 43, no.4(1999), p.653.

간이 열망해야 하는 것이지만 결코 그것을 이룰 수 없음을 알고 있다(그는 그것을 '인간 삶의 점근선'이라 부른다)(28:77). 그럼에도 불구하고 신성성의 완벽한 추구는 "동물적 조건으로부터 인간의 삶을 전향시킨다"(28:78). 그러므로 톨스토이에 따르면, 우리는 우리 삶에서 동물과 같은 '욕망'(zhelat')을 인본적 '동정심'(zhalet')으로, 이기적인 색욕을 사심 없는 자비의 사랑으로, 에로스를 아가페로 변화시켜야 하는 것이다.[86] 이와 같이 우리는 『안나 카레니나』 8부에서 농민 표도르가 레빈에게 충고하듯이 배를 채우기 위한 삶이 아닌 영혼을 위한 삶을 살아야 한다는 것이다.[87] 1852년 초 톨스토이가 자신의 일기 초반부에 기술하듯이 "육욕을 위한 갈망은 개인을 위한 선이지만, 영혼을 위한 갈망은 타인을 위한 선이다"(46:133~134).

그러므로 톨스토이가 회심 이후 집필한 소설에 등장하는 남성 주인공들은—이반 일리치(『이반 일리치의 죽음』, 1888), 스테판 카사츠키(「신부 세르게우스」, 1898), 바실리 브레후노프(『주인과 하인』, 1895), 드미트리 네흘류도프(『부활』, 1899)—각각 그들 자신의 성스러운 면을 발견해 가는 다양한 단계를 보여 준다. 이 과정에서 그들은 원초적 동물

---

86) 성적 도덕성 문제에 관해 톨스토이의 가장 열성적 추종자인 잡지 『주간지』(Nedelia)의 문학평론가 미하일 멘시코프(Mikhail O. Menshikov) 또한 『사랑에 대하여』(O liubvi, 1899)라는 책에서 욕망으로서의 사랑(zhelanie)보다 동정심으로서의 사랑(zhalenie)을 더 선호한다며 지지하였다. Peter Ulf Møller, 『『크로이체르 소나타』의 후주곡: 톨스토이와 1890년대 러시아 문학에 나타난 성도덕에 대한 논쟁』(Postlude to The Kreutzer Sonata: Tolstoi and the Debate on Sexual Morality in Russian Literature of the 1890s, 1988), p.206 참조.

87) 1888년 10월 9일 톨스토이는 체르트코프에게 다음과 같이 썼다. "만약 인간이 배를 채우기 위한 삶이 아닌 영혼을 위한 삶을 살고자 의식적으로 노력한다면, 인간과 음식의 관계는 당연히 영혼을 위한 삶을 목표로 할 것이다. 그러나 인간이 음식을 자기만을 위해 준비한다면, 그는 피할 수 없이 방탕과 불법으로 떨어질 것이다"(86:177~178).

성의 본성과 조야한 육체적 욕구를 포기한다.[88] 각각의 경우에서 톨스토이는 상류층의 나태와 사치로 묘사되는 중독성 강한 악이 이들을 물들일 것이라고 서술한다. 이는 육체적 쾌락과 즐거움을 추구하며 인성을 타락시키는 관습과 관행 그리고 우리의 사회적 배경의 통용 가치 등에 의해 부추겨진 행동을 의미한다. 톨스토이는 이반 일리치, 바실리 브레후노프 등의 도덕적 속물주의자들을 마비시켰던 죽음의 공포가 그들이 물리적 편안함, 물질적 안위, 개인적 쾌락을 우선시하던 삶의 자세를 버리는 순간 갑자기 사라지는지에 대하여 서술한다.

작중인물 묘사를 통해서 톨스토이가 비판하고 있는 도덕적 속물주의는 그의 생각에는 이미 현실세계에 만연해 있었다. 19세기 말 러시아 사회에 이르러 이전 차르체제에서는 톨스토이 같은 귀족에게만 한정되었던 문화적·물질적 대권이 점점 더 넓은 층으로 확대되는 조짐을 보였다. 1861년 농노해방으로 촉발된 개혁의 시대에는 각각 주정부의 지원을 받아 시골 지역의 산업화와 근대화가 진행 중이었다. 이 시기에 공공장소 확대와 사회 이동의 증가는 중산층(거의 상인, 전문직 종사자, 그 산업 종사자로 이루어진) 확산으로 이어졌고, 이들은 새롭게 획득한 사회적 부를 공유하려 혈안이 되어 있었다. 점점 더 많아지는 러시아 도시들

---

88) 톨스토이가 각각을 인간으로서 받아들이는 이러한 두 가지 자아(하나는 동물적 자아, 다른 하나는 신성한 자아)는 매우 명확하게 『부활』의 젊은 주인공 드미트리 네흘류도프의 성격 묘사에서 잘 나타난다. 소설의 화자에 따르면 네흘류도프는 모든 인간 안에는 두 가지 존재가 있다고 말한다. "한 가지는 모든 사람에게 행복을 만들어 줄 수 있는 그런 유형의 행복만을 찾는 영적인 사람, 다른 하나는 그 자신만의 행복을 찾으며 그것을 위해 희생할 준비가 되어 있는 동물적인 사람이다. 그가 살아온 그의 정신 나간 이기주의 시기인 상트페테르부르크와 군대에서 이러한 동물적 인간(자아)이 마음속에서 우세하였고, 영적 자아(인간)를 완전히 깔아뭉개 버렸다"(32:53).

에는 새로운 형태의 레스토랑과 백화점이 더 많이 생겨났고, 따라서 다른 종류의 소매상과 대중의 공적 여가 활동도 늘어났다.[89] 그러나 러시아에 소비사회가 나타나면서 새로운 상품에 대한 대중의 광범위한 소비와 이 소비욕망에 대한 도덕적 반발도 생겨났다. 상업화의 부정적 영향에 대한 공포가 러시아 사회에 퍼지기 시작한 것이다. 이는 특히 예술의 '거리화'(boulevardization)나 통속화가 이미 공공연히 일어나고 있는 전통적 상류사회에서 시작되었다. 또한 국가를 위해 절대적으로 헌신하던 지식인들마저 자기 주변에서 개인적 안락, 사치, 여가, 육욕적 도취 등을 추구하는 속물성에 위협을 느끼고 있었다. 로라 엥겔스타인이 지적하듯이 1890년대부터 1900년대 초기에 등장하는 러시아 의학서적과 교조적인 문학들은 거의 남성의 성욕에 집착하면서 대중에게 자기억제와 시민으로서의 책임을 다하기 위해 내재된 자제력을 훈육하는 내용이 대부분이다.[90]

톨스토이는 아마도 쾌락을 향한 이러한 욕망 — 특히 성욕과 식욕 — 이 초래할지 모르는 혼란과 파괴를 두려워한 당대의 러시아 지식인들 중 한 명이었을 것이다. 1881년 가족과 함께 모스크바로 거처를 옮긴 후 톨스토이는 그 도시의 가장 낙후된 빈민가의 인구조사원으로 지원한 적이 있었다. 대부분의 학자가 동의하듯 이 경험은 기존의 사회구

89) 후기 제정러시아에서 발생한 광범위한 사회경제적·문화적 변화에 대한 논의를 위해서는 다음을 참조. Catriona Kelly & David Shepherd ed., 『혁명 시대의 러시아 문화 구축: 1881~1940』(Construction Russian Culture in the Age of Revolution: 1881~1940, 1998).

90) Laura Engelstein, 『행복의 열쇠: 세기말 러시아의 성과 현대성 탐구』(The Keys to Happiness: Sex and the Search for Modernity in Fin-de-Siecle Russia, 1992). 특히 6장 「에로스와 혁명: 남성 욕망의 문제」("Eros and Revolution: The Problem of Male Desire"), pp.215~253.

조에 대한 톨스토이의 시각을 완전히 바꾸어 놓았다. 그의 전기작가들 중 하나는 "톨스토이에게 도시생활은 커다란 시련이었다"라고 말한다.

도시 걸인들과 오만한 부유층 간의 눈물 나는 대조가 있다. 길거리 구석구석 도움을 청하기 위해 손을 내미는 굶주린 걸인들이 있는 반면, 눈부시게 밝은 불빛을 비추는 레스토랑에서 게걸스럽게 먹어 대는 대식가들이 있다. 마부들은 마부석에 앉아 떨고 있지만 그 주인들은 극장이나 교회에서 음악을 즐긴다. 이 모든 광경이 독실한 기독교 신자이자 신의 현현을 찾아 헤매던 그의 마음에 아프게 스며들었다.[91]

현실 사회구조에 대한 톨스토이의 통렬한 인식은 냉혹한 에세이 『그러면 우리는 무엇을 할 것인가?』(1866)에 잘 드러나 있다. 이 작품에서 그는 "우리, 나와 같은 이들이 비프스테이크와 철갑상어를 물리도록 먹는 동안" 수만 명의 헐벗고 굶주린 이들이 고통받고 있다는 사실을 통감해야 한다(25:190). 물질적으로 풍요로운 이들이(톨스토이에 따르면, 경멸스럽게도 '계속해서 축제를 벌이는' 이들이) 누리는 지속적 연회가 바로 이 비참하고 불행한 가난에 대해 직접적 책임이 있다는 것이다. 톨스토이는 러시아 왕정 말기 특권층의 일원으로서 죄책감을 느끼며 자신을 기생충('parasite' and 'louse'), 다시 말해 누군가의 노동에 빌어먹으며 그들을 굶주리게 하는 사람들 중 하나라고 고백한다. 모스크바 인구조사를 통해 깨달음을 얻은 톨스토이는 삶의 방식을 극단적으로 개선하기에 이른다. 그는 궁극적으로 모든 넘치는 쾌락(사냥, 흡연, 음주,

---

91) Paul Birukoff, 『톨스토이의 생애』(*The Life of Tolstoy*, 1911), p.97.

3장 쾌락으로서의 먹기: 톨스토이와 관능성 247

육식, 성에 대한 집착 등등)을 끊고 타인의 일반적 복지 향상을 위한 생산적 활동에 헌신하게 된다.

9. 치명적 유혹: 육체적 사랑과 광기 그리고 살인

이 시점에서 에일린 켈리는 톨스토이의 삶에 대해 다음과 같이 이야기한다. "그의 지성은 자기통제, 자기부정, 정상이라는 미명하에 이루어진 본능적 욕망의 조절과 제거를 보여 주는데, 그것은 인간이 어떠한 삶을 살아야 하는가에 대한 답변으로서, 이성과 의식적인 도덕적 의지에 의한 하나의 처방인 것이다".[92] 톨스토이는 『안나 카레니나』 이후 집필한 소설에서 몸의 본능적인 충동이 제어되고 제거되어야 한다고 말한다. 그러한 육체적 쾌락이 인간의 이성을 마비시켜 인간을 그만큼 쇠약하게 만들기 때문이다. 「악마」(1889)에서 톨스토이는 성욕을 육체적 욕망의 중독적이고 치명적인 유혹으로 매우 생생하게 묘사하고 있다. 또 그 중심인물인 예브게니 이르테네프를 병리학적으로 타락한 난봉꾼으로 묘사하기 위해 온갖 수단을 다 동원한다. 그 나이 또래, 그 계층, 그러한 위치의 다른 건장한 젊은이들이 으레 그러하듯 예브게니는 사춘기가 되기까지 수많은 여성과 성관계를 가져 왔다. 그러나 그는 육체적 건강과 냉철한 정신을 분명하게 유지하려는 목적에서 성관계를 가질 뿐이다. 화자는 건강하고 매혹적인 스테파니다와의 첫 경험을 "중요한 것은 그가 이제 편안하고 고요하며 기분 좋은 상태라는 점이다"(27:485)

---

92) Aileen Kelly, 『또 다른 해안을 향하여: 필요와 기회 사이에 있는 러시아 사상가들』(*Toward Another Shore: Russian Thinkers Between Necessity and Chance*, 1998), p.92.

라고 묘사한다. 여기에서 스테파니다는 그의 영토에 거주하는 농민계급 여성으로서 이 젊은 주인의 성적 욕구를 만족시키는 역할을 한다. 그러나 얼마 안 가 예브게니는 자신의 의지를 제어할 수 없음을(그의 이드를 지배할 수 없음을) 고통스럽게 깨닫게 된다. 분하게도 그는 새 신부와 영지에서 결혼생활을 시작한 이후에도 스테파니다의 유혹을 뿌리칠 수 없었던 것이다. 육체적 욕망은 그 흉물스러운 고개를 쳐든 채 아내를 사랑하며 그녀에게 상처 주지 않으려는 이 건실한 남편을 계속해서 고문한다. 오직 죽음——그것이 살인이건 자살이건——만이 결코 충족되지 못할 육체적 쾌락을 향한 충동이 가해 오는 끔찍한 고문으로부터 예브게니를 해방할 수 있는 듯 보인다.

톨스토이의 쾌락원칙에 대한 빅토리아 풍의 비난, 관능적 욕망에 대한 그의 불신과 두려움이 가장 잘 드러나는 작품은 분명 「크로이체르 소나타」일 것이다. 이 작품은 전례 없는 성적 솔직함과 노골적인 묘사를 통해 작가 자신이 깨져 버린 결혼생활의 환상으로 인해 성장했음을 잘 보여 준다.[93] 이야기의 중심인물인 포즈드니셰프는 자신의 호색적인 동물성이 자신의 인간적인 면을 초월하고 있다고 고백하는 폭력적인 남편이다. 예브게니를 비롯해 다른 그와 같은 사회계급 남성들과 마찬가지로 포즈드니셰프는 '건강을 위해' 어린 나이에 성적 방탕함을 배우게 된다. 그의 사교계 진출, 이름 없는 아내와의 결혼생활도——그녀는 이

---

93) 피터 울프 묄러는 1890년대에 러시아에서 「크로이체르 소나타」가 시작한 성도덕 논쟁에 대한 연구에서, 톨스토이가 이 작품에서 성적 본능과 결혼의 성적 측면에 집중한 것은 러시아 문학에서 전례 없는 일이었다고 강조한다. 묄러는 "「크로이체르 소나타」에서 톨스토이는 처음으로 '성적인 문제'(polovoj copros)를 러시아의 논쟁 주제로 소개했다"라고 쓰고 있다. Møller, 『「크로이체르 소나타」의 후주곡』(Postlude to The Kreutzer Sonata), p.13 참조.

야기의 초반부에 포즈드니셰프가 즐겨 먹는 "달콤하고 맛좋은 한입거리"(a sweet, tasty morsel)라고 묘사된다(27:367)—— 그가 사회적으로 여성을 규정할 때 인간이 아닌 남성의 성적 욕망의 대상으로 보는 관점을 강화하는 역할을 한다. 그 스스로 인정하듯 그의 진정한 죄는 아내를 살해한 것이 아니라 그녀에 대한 육체적 욕망인 것이다. 실로 그 불행한 결혼생활로 인해 주인공이 얻은 한 가지 교훈은 진정한 이타주의(이웃에 대한 사심 없는 사랑)가 이기심, 인간을 병들게 하는 쾌락주의적 성애(sexual love)를 대신해야 한다는 것이다. 이상적인 사랑에 대한 그 사회의 환상을 깨기 위해 포즈드니셰프는 육체적 사랑에서 가능한 한 모든 감성적이고 영적인 가치를 배제한다. 그리하여 육체적 사랑을 그저 관련된 모든 이를 지배하고 통제하며 결국은 파괴하는 섹스 열망이자 포악한 동물적 욕정으로 격하한다.[94] 여기서 보여 주는 규제되지 않은 동물성에 기인한 악화된 그의 색욕은 파괴적일 뿐만 아니라 매우 중독적이다. "난 간통자(bludnik)라 불리게 되었다"라고 말하며 포즈드니셰프는 자신의 섹스중독에 대해 아래와 같이 묘사한다.

> 호색한이 된다는 것은 신체적으로 아편중독자나 알코올중독자 또는 흡연자가 되는 것과 유사합니다. 아편중독자나 알코올중독자 또는 흡연자가 이미 정상적인 사람이 아니듯이 자신의 쾌락을 위해 여자들과 관계를 맺은 사람도 더는 정상인이 아니라 영원히 타락한 인간, 바로 호색한이 되는

---

94) 로버트 잭슨은 살인 전의 포즈드니셰프의 행동을 『지하로부터의 수기』의 윤리적 생각과 관련된 것으로 보면서 「크로이체르 소나타」를 톨스토이의 모든 작품 중 가장 '도스토옙스키적인' 것으로 특징짓는다. Jackson, 「밤의 어둠 속에서」("In the Darkness of the Night"), pp.208~227 참조.

겁니다. 사람의 얼굴과 태도만 봐도 그들이 알코올중독자이거나 아편중독자라는 것을 알 수 있듯이, 호색한도 바로 구별할 수 있습니다. 호색한은 자제할 줄도 알고 삼갈 줄도 압니다. 하지만 호색한은 여성에 대한 솔직하고 선명하고 순수한 태도, 마치 친오빠 같은 태도를 절대로 보여 줄 수 없습니다. 그렇기 때문에 어떤 사람이 호색한인지 아닌지를 알고 싶다면 그 사람의 눈초리를 보면 되죠. 아무튼 저는 지금까지 호색한으로 살았고, 이것이 저를 파멸시켰습니다.(27:19)

톨스토이의 주인공은 육체의 사랑을 구역질 나는 호색행위로 비난하는 것에서 더 나아가 결혼제도에 대해 타락한 사회계급 사람들이 악용하는 도덕적 사기행위라고 비난한다. 그는 결혼제도가 인간의 세속적 성욕을 합법화할 목적으로 생겨난 귀족계급의 위선이라고 말한다. 포즈드니셰프에게 결혼은 그저 상호 간의 구속으로밖에 보이지 않는 것이다. 남성은 여성을 섹스 대상으로 노예화하는 반면, 여성은 그 성적 매력으로 인해 남성의 노예로 구속되는 것이다. 그러므로 결국 아내는 매춘부와 다를 바 없다. 한 비평가가 지적하듯이 포즈드니셰프는 "남성은 육체적 욕망의 노예가 될 수밖에 없는 숙명에 의해서, 여성은 남성의 쾌락의 대상이 될 수밖에 없는 숙명에 의해서 상호 간의 자기비하 숙명 때문에 광기에 사로잡히게 된 것이다".[95] 이러한 광기에 사로잡힌 주인공이 묘사하는 성과 사랑 그리고 결혼에 대한 극단적 견해를 독자에게

---

95) Robert Edwards, 「톨스토이와 앨리스 B. 스톡햄: 「크로이체르 소나타」에 대한 토콜로지의 영향」("Tolstoy and Alice B. Stockham: The Influence of 'Tokology' on *The Kreutzer Sonata*"), 『톨스토이 연구 저널』(*Tolstoy Studies Journal*), 6(1993), p.94.

전달하기 위해서 톨스토이는 「『크로이체르 소나타』를 마치며」(1890)를 집필한다. 이 글에서 그는 육체적 사랑을 단정적으로 비판하며 성욕 자제를 "미혼자뿐만 아니라 기혼자들에게도 요구되는 인간 존엄성을 지키기 위한 필수불가결한 요소"(27:81)라 단언한다. 그러므로 남편과 아내는 오누이처럼 결혼생활에서 순결한 삶을 살도록 서로 다독이며 살아가야 하는 것이다.

어떤 비평가의 주장처럼 "『안나 카레니나』가 결혼과 가족관계가 퇴색해 버리는 '절망의 외침'으로 결말이 났다면", 「크로이체르 소나타」는 아마도 로맨틱한 사랑, 결혼, 가정의 생생한 활기에 대한 독자들의 일말의 기대마저 저버리는 톨스토이의 근원적 외침을 전한다고 할 수 있다.[96] 기독교적인 제도로서 결혼의 유효함에 의문을 제기하고, 육체적이지 않은 양성 간의 상호적 사랑에 대한 호소와 동시에 순결의 승리와 성욕에 대한 이상적인 젊은 연인(결혼을 했건 하지 않았건 간에)의 승리 등에 대하여 묘사하면서, 우리가 이후에 논하게 되듯이 「크로이체르 소나타」는 1890년대 러시아에서 성욕의 도덕성에 관한 토론에 불을 붙였다.

「크로이체르 소나타」의 포즈드니셰프와 이후 「『크로이체르 소나

---

96) Mandelker, 『안나 카레니나 프레이밍: 톨스토이, 여성 문제, 그리고 빅토리아 시대 소설』 (*Framing Anna Karenina: Tolstoy, the Woman Question, and the Victorian Novel*), p.32 참조. 랑쿠르-라페리에레는 「크로이체르 소나타」를 작가가 성적으로 갈망하는 동시에 억제하려는, 여성에 대한 작가의 모순된 감정의 '음극'을 표현하는, 톨스토이의 여성혐오에 관한 중편소설로 여긴다. "성적 금욕에 대한 톨스토이의 생각은 유아기에 죽은 어머니에 대한 통제할 수 없는 분노에 대한 죄책감에서 비롯된다." 랑쿠르-라페리에레에 따르면 톨스토이가 지닌, 자신이 어머니를 죽였다는 마음이 성적 금욕에 대한 논쟁을 불러일으켰던 것이다. Rancour-Laferriere, 『카우치 위의 톨스토이』(*Tolstoy on the Couch*), p.3, p.4, p.9 참조.

타」를 마치며」에서 톨스토이가 밝히는 육체적 사랑과 결혼에 대한 상당히 부정적인 견해에 특별히 집중하는 이유는 바로 이 두 경우 모두 성적 방탕이 직접적으로 그리고 인과적으로 구강기적 중독과 관련되어 있기 때문이다. 예를 들어 포즈드니셰프의 사회계급에 속하는 젊은 남성들은 육체적 욕망에 불을 지르는 음식들을 다양하게 맘껏 먹는다고 묘사된다. 포즈드니셰프가 다양한 텍스트를 통해 묘사하기를, "우리 부류의 남성들은 종마가 사육되듯 길러지고 먹여"진다(27:303). 이는 그 주요 역할이(아마도 유일한 역할이) 성적 매력으로 남성을 유혹하는 것뿐인 귀족계급 여성에게도 적용되는 이야기이다. 동물적인 성적 매력을 지닌 아내에 대해 포즈드니셰프는 "그녀는 잘 먹고 잘 길들여진 말과 같아서 너무 오랫동안 인내해 왔고, 또 지금 막 그 고삐가 풀린 것"이라고 묘사한다(27:47). 섭생과 성 사이의 리비도적 상관관계는 포즈드니셰프에 의하면, 직접적 인과관계의 하나이다. 영양이 풍부하고 살집이 많은 음식을 먹는 것은 직접적으로 그리고 불가피하게 성욕을 불러일으킨다는 것이다. 그는 "보시는 바와 같이 자극적인 음식의 풍요로움과 육체적 나태는 성적 욕망의 체계적 자극에 지나지 않는 것이오"라고 설명한다.

젊은 농부의 식단은 보통 흑빵, 크바스, 양파로 이루어져 있습니다. 이 정도만 먹으면 농부는 생기와 원기가 넘쳐 수월하게 농사를 짓습니다. 철도 일을 하게 되면 보통 식사로 죽과 고기 사백 그램 정도를 제공받습니다. 이걸 먹고 농부들은 열여섯 시간 동안 약 오백 킬로그램이나 되는 손수레를 움직여야 합니다. 그들은 이 정도 식사로 충분히 일을 해냅니다. 그런데 우리는 팔백 그램의 고기와 각종 들새고기, 열량 풍부한 음식과 갖

가지 음료를 먹어 댑니다. 그게 다 어디로 가겠습니까? 당연히 정욕이 과다해지겠지요. 우리가 그걸 정욕으로 풀고자 안전밸브를 연다면 아무 문제가 없습니다. 그러나 제가 한동안 그랬던 것처럼 안전밸브를 살짝 닫으면, 그 즉시 우리의 인위적 삶의 방식이라는 프리즘을 통해 육체적 흥분은 가장 깨끗한 물 같은 사랑, 때대로 플라토닉 러브 같은 것으로 표출됩니다.(27:23~24)

이와 같이 포즈드니셰프는 식이요법과 섹슈얼리티의 범주에 대해 톨스토이가 『참회록』에서 보여 준 타락한 귀족의 삶(나태와 사치의 특징을 갖는)과 진실한 농민의 삶(성실한 노동과 소박함의 특징을 갖는)의 근원적·도덕적 대조를 통해 논지를 확장해 나가고 있다. 건강하고 건전한 음식으로 식생활을 고수하는 근면한 농민은 자기의 성적 에너지를 생산적인 노동으로 소비함으로써 해소하는 반면, 모든 종류의 맛과 자극적인 음식을 향유하는 (그리고 양적인 면에서도 거의 무절제한), 나태한 부유층은 성적 쾌락과 육체적 색욕에 전염되어 버린다.

『그러면 우리는 무엇을 할 것인가?』에서 톨스토이는 "핵심은 삶에 대한 우리의 이전의 죄스러운 자세, 즉 우리 자신만의 쾌락을 위해 먹고 살고 존재한다는 자세를 근절해야만 한다는 데 있다"라고 전한다.

그리고 우리는 모든 사람이 함께 일하고 성장하며 살아가는 그 단순하고 옳은 관점을 받아들여야만 한다. 무엇보다도 우선, 사람은 영양분을 공급하기 위한 음식이 실려 있는 기계여서 부끄럽고 답답해 숨이 막힌다는 사실이다. 또 아무 일도 하지 않으면서 계속 먹는다는 것은 불가능한 일이다. 일하지 않고 먹는 것은 수치스럽고 자연스럽지 못하며, 그러므로 아주

위험한 상태이다. 일종의 소돔의 죄인 것이다.(25:388)

「크로이체르 소나타」에서 묘사되는 타락한 부르주아 사회처럼, 포즈드니셰프의 사회에 만연한 사고는 몸을 쾌락의 원천으로 바라보는 귀족들의 관념(몸이 노동을 위해 고안된 기계라는 '단순하고 올곧은' 농민의 관념이 아닌)이다. 결과적으로 기름진 음식은 그러한 중산층의 성적 쾌락을 위한 마르지 않는 욕망에 기름을 붓는 역할밖에 하지 않는 것이다. 포즈드니셰프는 결혼하고 점점 증오하게 되고 또 결국 살해한 여성에 대한 치명적 심취의 근원을 설명하며, "나태한 삶을 사는 동안 무절제하게 탐닉한 폭식"에 상당 부분 그 원인이 있다고 토로한다(27:24). 이러한 초과적인 구강기적 욕망과 성적 자극의 직접적 인과관계는 포즈드니셰프가 만약 보통의 사람들과 같은 환경에서 살았더라면 "그는 그저 필요한 만큼만의 음식을 섭취하며 살았을 것"이라는 주장에서 반복된다. 그리하여 그는 사랑에 빠지지도 않았을 것이고 또 "이 모든 일은 일어나지 않았으리라는" 것이다(27:24).

개인 소장가들 사이에 원고지 형태로 유통되고 있는 또 다른 버전의 「크로이체르 소나타」에서 포즈드니셰프는 "대부분의 경우에 우리들의 연애와 결혼은 모두 우리가 먹는 음식에 기인"한다고 퉁명스레 얘기한다(27:303).[97] 「「크로이체르 소나타」를 마치며」에서 자기 자식들이

---

[97] 니센바움이 지적하듯이 실베스터 그레이엄(Sylvester Graham)은 마찬가지로 적절한 음식 섭취로 사람들은 자기들의 성적 성향을 가라앉힐 수 있고 그러므로 순결을 지킬 수 있다고 주장한다(p.32). 이를테면 그레이엄의 『젊은이들을 위한 강연』(Lecture to Young Men)에서 자극적인 음식과 성적 각성 사이의 직접적 연관성에 대한 글을 보라. "모든 종류의 자극적이고 몸을 덥게 하는 음식, 양념을 많이 친 음식, 맛있는 음식, 마음껏 먹을 수 있는 고기, 심지어 음식물의 과잉 섭취, 많게 혹은 적게(몇몇은 매우 높은 정도까지) 먹는 모든 것은 성적

동물처럼 행동하도록 양육하는 상류층 부모들에게 교훈을 주면서 톨스토이는 그 같은 논조를 다시 한번 반복한다. 아이들이 오직 육체적 충동에만 관심이 있고 육체의 지배를 많이 받는다는 것이다. 그는 "응석받이로 자란 이런 아이들에게는 마치 과하게 먹인 동물처럼 거부할 수 없는 육체적 욕망의 징후가 보통과는 달리 일찍 나타난다. 그리고 이는 청소년기에 겪는 가장 끔찍한 고통 중 하나이다"라고 말한다. 그 결과, 그가 덧붙이기를 "가장 끔찍한 성적인 악과 병증들은 남자아이와 여자아이들에게 평범한 일이며, 이러한 경향은 종종 성장해서까지 계속된다"(27:82). 나아가 톨스토이는 식욕과 성욕을 죄악의 쾌락으로 연관짓고 있다. "사랑하는 대상과의 결합이라는 목적을 성취하는 것은 결혼이건 혼외관계이건 그 결합이 아무리 시적으로 미화된다 해도, 대부분의 사람들이 최상의 선이라 생각하는 맛좋고 풍부한 음식을 한껏 먹는 것과 마찬가지로 무가치한 일이다(27:82). 톨스토이가 보여 준 음식과 섹스 사이의 직접적 인과관계와 관련하여, 「크로이체르 소나타」에서 포즈드니셰프가 자기 아내와 트루하쳅스키의 간통 현장을 잡아내기 위해 출장에서 급히 돌아와 그들을 마주하는 곳이 성교를 하는 침실이 아닌, 그들이 로맨틱한 식사를 막 끝낸 식당이라는 사실은 그리 놀라운 일이 아닌 것이다.

흥분과 생식기의 민감성 그리고 자연적 삶의 기능과 지적·윤리적 기능에 대한 그것들의 영향을 증가시킨다." Nissenbaum, 『섹스, 식이요법 그리고 무기력』(*Sex, Diet and Debility*), pp.18~19 참조.

10. 첫번째 단계: 폭식과 절제 그리고 금식

「크로이체르 소나타」에서 볼 수 있는, 음식에 관한 톨스토이의 생각과 회심 이후의 소설에서 음식을 위험한 자극제로 나타낸 것과 관련지어 보았을 때,[98] 작가가 인생 후반기에 접어들면서 극단적 절제의 삶을 살았다는 것은 놀라운 일이 아니다(그는 사냥, 음주, 흡연, 간음 그 모든 것을 포기했다). 또한 채식주의 생활을 하며 식단에서 육식을 포기했다. 결국 완전한 성욕 자제를 고수하는 것이 톨스토이가 믿은 도덕적인 영적 이상이라면, 우리 또한 육식을 피해야 할 것이다. 톨스토이는 육류 음식이 우리의 성적 열망과 육욕을 불러일으킨다고 믿었기 때문이다.[99] 콜린

---

98) 이를테면 「신부 세르기우스」("Father Serguis")에서 주인공이 지역 상인의 어리석지만 관능적인 딸의 성적 유혹에 굴복할 조짐이 보이는데, 이는 세르기우스가 더는 단식으로 건강을 위협하지 않고 음식과 마실 것에 대한 식욕을 채우는 것, "예전처럼 공포감과 죄의식이 아닌 특별한 즐거움으로 종종 먹는 것"(31:34)이 언급됨으로써 나타난다. 그러므로 내러티브 문학에서 식욕은 생리적 감각일 뿐만 아니라 톨스토이의 이야기 안에서는 성욕을 유발하는 것처럼 보인다.

99) 물론 톨스토이가 육류 음식과 성적 열망을 관련지은 첫번째 사람은 아니었다. 19세기에 많은 미국의 건강개혁가들이 마찬가지로 육식의 성적 위험성을 설파했다. 이를테면 니센바움은 실베스터 그레이엄이 1830년대에 육류는 성적 흥분, 극도로 흥분하는 성질과 성적 접근으로 몰아가는 것으로 작용한다는 근거로 어떻게 고기 없는 식단을 주장했었는지 주목한다. Nissenbaum, 『섹스, 식이요법 그리고 무기력』(*Sex, Diet and Debility*), pp.33~36, pp.119~120 참조. 원튼이 썼듯 실로 건강운동가들 사이에서 "육류는 리비도를 자극했다"라는 그 믿음은 "뻔한 말이었다". James C. Whorton, 『건강개혁가들』(*Crusaders for Fitness*, 1982), p.92 참조. 캐럴 J. 애덤스(Carol J. Adams)는 페미니스트의 관점으로부터 '그레이엄이즘'(Grahamism, 남성의 성욕을 조절하기 위한 식이요법)을 검사하고 남성의 권력과 육류 섭취 사이의 흥미로운 관계를 이끌어 낸다. 애덤스에 따르면, 윤리적 채식주의는 세상에 대한 육식주의의 관점을 거부하는 것뿐 아니라 우리의 가부장적 문화에 지배적이던 폭력적이고 공격적인 남성의 담론을 질책하는 것을 나타낸다. Carol J. Adams, 『고기의 성적 정책: 페미니스트 채식주의자의 비평이론』(*The Sexual Politics of Meat: A Feminist-Vegetarian Critical Theory*, 1990) 참조. [옮긴이] '그레이엄이즘'(Grahamism)은 19세기에 인기 있었던 대체의학 시스템이나 대체의약품을 말한다.

스펜서는 톨스토이가 성년이 된 후 사회와 도덕에 대한 이단자의 전형처럼 살았으며, 그가 살고 있는 사회가 도덕적으로 결함이 있는 사회임을 깨닫고 심리적으로 채식주의 삶의 방식을 택하였다고 기술하고 있다.[100] 아무튼 톨스토이가 『참회록』에서 기술하고 있는 영적 위기로 고통을 받고 얼마 지나지 않아 1880년대 내내 스스로에게 육식을 금했다는 것은 잘 알려진 사실이다. 그는 인생의 마지막 20~25년을 채식주의자로 살았다.[101]

톨스토이에게 가장 깊은 인상을 준 작품은 아마도, 영국인 채식주의자 하워드 윌리엄스의 『다이어트의 윤리: 육식을 규탄하는 권위의 연쇄』(1883)일 것이다. 1891년 4월 체르트코프에게서 윌리엄스의 책 한 권을 처음으로 받은 그는 딸에게 『다이어트의 윤리』를 러시아어로 번역하게 하고 첫번째 러시아어판의 서문을 쓰게 된다. 1년 후 톨스토이가 완성한 서문이자 소개글은 '첫 단계'라는 제목이 붙었고, 1892년 『철학과 심리학의 제 문제』라는 저널에 처음 소개되었다.[102] 이 저널은 채식

---

100) Colin Spencer, 『이교도 축제: 채식주의의 역사』(*The Heretic's Feast: A History of Vegetarianism*, 1993), p.13. "그는 따돌림당하는 사람과 반역자의 역할을 사랑했다." 윌리엄 블랜처드(William H. Blanchard)가 톨스토이에 대해 썼는데, "왜냐하면 이로써 그가 군중을 느낄 수 있기 때문이다". William H. Blanchard, 『혁명적인 도덕성: 혁명가 열두 명의 성심리학 분석』(*Revolutionary Morality: A Psychosexual Analysis of Twelve Revolutionists*, 1984), p.35 참조. 블랜처드의 책 3장 「레오 톨스토이 백작: 신과 자연으로의 회귀」("Count Leo Tolstoy: Return to God and Nature")는 톨스토이가 사회적 반역자와 혁명가로서 드러낸 도덕적 마조히즘을 조사한다(pp.31~43).

101) 톨스토이의 채식주의 전환에 대해서는 다음을 참조. Ronald LeBlanc, 「러시아에서 채식주의: 톨스토이의 유산」(Vegetarianism in Russia: The Tolstoy(an) Legacy), 『러시아와 동유럽 연구에서 칼 베크 서류들』(*Carl Beck Papers in Russian and East European Studies*), no.1507(2001), pp.1~39 특히 pp.4~7 참조.

102) L. N. Tolstoi, 「첫 단계」("Pervaia stupen"), 『철학과 심리학의 제 문제』(*Voprosy filosofii i psikhologii*), kn.13(1892), pp.109~144.

주의에 관한 톨스토이의 가장 유명한 글들을 담고 있는 셈이다. "채식주의의 가장 심층적인 도덕적 이유와 그의 영혼을 찾는 현대적 치료법의" 작품으로 평가받는 이 에세이는 톨스토이의 채식주의가 논의되는 곳에서는 어디에서나 언급되고 있다.[103] 「첫 단계」는 두 부분으로 구성되어 있다. 첫번째 부분은 폭식의 죄악에 대한 설교문이고, 두번째 부분은 그 당시 툴라 지방의 지역도살장을 방문하여 쓴 짧은 산문이다. 톨스토이의 명성을 '러시아 채식주의의 아버지'로 구축하는 데 일조한 것은 특히 이 두번째 부분이다. 이 부분은 웅변적이고 강력한 고발적 어조를 띠고 있으며 인간의 음식으로 사용된다는 합리화 아래 잔인하고 폭력적이며 비인간적으로 도살되는 동물들에 대해 서술하고 있다.[104]

그러나 톨스토이가 채식주의자가 된 계기, 곧 그의 금욕적이고 종교적인, 또 도덕적이며 인본주의적인 동기를 드러내 주는 것은 훨씬 긴 첫번째 부분이다.[105] 이 부분에서 톨스토이는 육식이 도덕적으로 잘못된 행위임을 이야기하는데, 그것은 동물에 가해지는 잔인하고 잔악한 폭력 때문만은 아니다. 톨스토이에 따르면 그것이 "오직 색욕을 탐닉

---

103) Janet Barkas, 『채식 열풍: 채식적인 정신 상태의 역사』(*The Vegetable Passion: A History of the Vegetarian State of Mind*, 1975), p.158.

104) Isaac Skelton, 「러시아 문학에서 채식주의 전통」("The Vegetarian Tradition in Russian Literature", 미출간), p.30.

105) 다라 골드스타인은 다음과 같이 설명한다. "채식주의자로서 신화화되었을지라도 톨스토이의 (육식으로부터의) 금욕이 윤리적 사고에서 처음 생겨난 것은 아니었다. 톨스토이는 성적 유혹과 음식의 유혹에 똑같이 대항하였다. 성과 육류의 절제가 도덕성과 순수함을 획득하는 데 동등하게 중요하였다. 그래서 동물적 인간을 위한 윤리적 삶의 첫번째 단계에 관한 그의 논문은 열정보다는 금욕주의의 엄격한 적용을 더 우려한다. 톨스토이에게 육류의 부정은 그저 도덕적 자각을 위한 자기 질문에 대응하는 또 다른 단계였을 뿐이다." Darra Goldstein, 「톨스토이의 식탁」("Tolstoy's Table"), 『채식주의 난로: 추운 계절을 위한 요리법과 반성』(*The Vegetarian Hearth: Recipes and Reflections for the Cold Season*, 1996), p.205 참조.

하고 방탕과 음주를 촉진하는 동물적 감정을 불러일으키기 때문이다"
(29:84). 다시 말해서 육욕적 식단이 육욕적 욕망을 자극하며 육식이 동물적 욕망을 불러일으킨다는 것이다. 사실상 그는 단순히 먹는 행위를 넘어 구강기적 쾌락을 불러일으키는 기름지고 식감 좋은 음식은 절제해야 한다고 말한 것이다. 톨스토이의 이성적 사고체계에서 구강기적 쾌락은 곧 성적 쾌락으로 이어지기 때문이다. 그래서 그는 자신의 에세이에서 탐욕(폭식)의 죄를 통렬히 비난하며, 독자들에게 음식과 음주에 대해 단순한 중용을 넘어 절제와 금식을 실천하도록 권유한다.

「첫 단계」의 서두에서 톨스토이는 몇몇 고대 그리스 철학자뿐만 아니라 초기 기독교 성인들을 언급하며 기독교인이건 이교도이건 절제(vozderzhanie)와 자기통제(samootrechenie)가 없이는 선하고 도덕적인 삶에 이를 수 없다고 주장한다. 미셸 푸코가 『성의 역사』(1984)에서 기술하기 훨씬 전에 이미 톨스토이는 초기 기독교의 몸에 관한 교리와 태고의 도덕적 철학관의 상관관계에 대한 관심을 이끌어 낸 것이다. 푸코는 고대 그리스의 성을 식이요법의 한 방편으로서 '자아의 기술'이라 칭하고 욕망을 쾌락의 올바른 사용으로 본 반면, 톨스토이는 강력한 도덕적 규범을 두어 욕망을 지배해야 한다는 논리를 펼쳤다.[106] 그는 도덕적 가치를 향한 절대적 '첫 단계'는 기본적인 육체적 욕망의 포기와 인간을 타락시키는 동물적 관능으로부터의 해방이라고 말한다.

톨스토이가 이 에세이 초반에 사용하는 언어가 너무 관념적이어서

---

106) 이러한 양상의 푸코 논쟁은 세 권으로 된 저서의 2권에서 가장 성공적으로 전개된다. Michel Foucault, 『성의 역사 2: 쾌락의 활용』(*History of Sexuality 2: The Use of Pleasure*, 1985) 참조.

자칫 그가 육체의 쾌락을 위한 성욕과 색욕을 이야기하는 것이라 오해될 수도 있다. 허나 작가가 진정 말하고자 하는 것은 미각적 쾌락을 위한 우리의 식욕과 성욕이다. 결국 그는 인간을 고문하는 세 가지 기본적 '색욕'(pokhoti)을 "탐욕, 나태, 그리고 육체적 사랑"으로 구체화한다(29:73~74). 「크로이체르 소나타」의 포즈드니셰프처럼 톨스토이는 채식주의에 관한 에세이에서 음식과 성욕의 직접적 인과관계를 상정한다. 그는 "탐욕스러운 인간은 게으름과 싸울 수 없다. 또한 탐욕적이고 게으른 인간은 성욕과 싸울 만큼 강인하지 못하다. 그러므로 모든 도덕적 가르침에 따르면, 절제하는 고군분투가 탐욕에 저항하는 그 첫 단계가 될 것이며, 나아가 그것은 금식의 첫 단계가 될 것이다"(29:73~74)라고 주장한다. 마찬가지로 톨스토이는 도덕적으로 선한 삶의 첫째 조건은 절제이며 "절제의 첫 단계는 금식"(29:74)이라고 설명한다. 식탐이 도덕적으로 악한 삶의 초기 징조인 것처럼 금식은 "선한 삶의 필수불가결한 조건"인 것이다(29:74).

　톨스토이에 따르면, 이러한 금식이 특히 시급한 이유는 사회 대다수 사람들이 자신들의 식탐 채우기에 급급하기 때문이다.[107] 그는 "가장 가난한 사람부터 가장 부유한 사람까지 식탐은 가장 궁극적인 목적이며 우리 삶에 가장 주요한 쾌락이다"(29:74)라고 이야기하고 있다. 톨스토이는 슬프게도 가장 빈곤한 사람들마저 타락한 상류층의 전

---

107) 톨스토이는 1891년 5월 10일 일기에 다음과 같이 쓰고 있다. "사람들의 주요한 걱정과 주요한 집착은 먹는 것이 —다소 과식하는 것이지만— 많은 노력을 필요로 하지 않는다는 점이 아니다. 사람들은 자기들의 이익과 신분 상승, 고귀한 느낌이 드는 여성에 대해 얘기하는 반면 음식에 관해서는 거의 이야기를 나누지 않는다. 그러나 그들의 주요 활동은 음식을 향하고 있다. 일반적으로 사람은 하루 세 끼를 먹는데, 내가 생각하기에 그건 필요 이상인 것 같다"(52:31).

철을 밟으려 한다고 토로하고 있다. 그들 또한 "가장 맛있고 달콤한 음식을 가지려 하며, 그들이 할 수 있는 한 많이 먹고 마시고 싶어한다"(29:74).[108] 이 시기에 톨스토이의 편지들에는 다음과 같이 씌어 있다. "가장 근본적이며 가장 만연해 있고, 아마도 가장 근원적인 죄악, 즉 다른 모든 죄악을 낳은 죄는 탐욕(obzhorstvo), 미식(gortano), 배의 숭배(pishchevaia pokhot')라네. 다시 말해 잘 먹고 천천히 먹고 가능한 한 많이 먹으려고 하는 죄 말이네." "또한 음식에 대한 탐욕(pishchevaia pokhot')은 성욕(polovoiu pokhot')과 매우 밀접하게 관련되어 있으며 그 기초로 작용하지"(65:292).

안톤 체호프는 톨스토이의 도덕철학이 수년에 걸쳐 그의 사고를 형성했다고 보며, 톨스토이가 성의 절제와 육식의 절제 사이에 금욕주의적 상관관계를 만들고 있음을 지적한다. 삶을 부정하는 톨스토이의 이런 도덕관에 대하여 환멸을 나타내며, 체호프는 개인적으로 "육식에 대한 정절과 절제보다는 전기와 증기기관이 인류에게 더 많은 사랑을 준다"라고 평한다.[109] 톨스토이가 채식주의를 채택한 첫번째 동기는 동물에게 느끼는 연민의 감정을 넘어 혹독한 기독교적 금욕주의에 있다. 비록 「첫 단계」가 채식주의에 관한 책의 서문으로 씌었다 해도 이 글을 단지 채식주의에 관한 내용으로만 볼 수는 없다. 이 서문은 결국 탐욕의 위험성을 경고하는 도덕적 소고로서 절제 실천의 필요성을 설파하는

---

108) 톨스토이 또한 자기 자녀들의 폭식을 목격하고 괴로워했다. 그가 1885년 체르트코프에게 "그들은 즐거움을 위해 너무나 많이 먹고 다른 사람들의 노동을 사려고 돈을 씀으로써 스스로를 만족시킨다"(85:294)라고 썼다. 며칠 후 그는 아내에게 분노하며 다음과 같은 글을 썼다. "당신은 원인을 찾고 해결책을 찾아라. 아이들은 과식을 멈출 수 있다(채식주의)"(83:547).

109) A. P. Chekhov, 『전집과 편지』(*Polnoe sobranie sochinenii i pisem*, 1944~1951), 16:133.

내용인 것이다.[110] "나는 이 글(「첫 단계」)을 씌어야 하는 방식과 내가 쓰고 싶은 방식에 따라 집필한 것이다"라며, 이후 1891년 6월 23일 체르트코프에게 쓴 편지에서 이렇게 전하고 있다. "이는 채식주의에 관한 것이 아니라 탐욕에 관한 것이다"(87:98). 이것이 바로 톨스토이가 1891년 여름 「첫 단계」를 집필할 때 일기와 편지에서 탐욕과 절제에 관한 도덕적 소고로서 이 에세이를 정의한 바이다.[111] 이렇듯 그가 이 글을 쓴 동기와 주된 목적은 채식주의를 옹호하기 위함이 아니라 탐욕과 절제의 미덕을 옹호하기 위함이다. 「금식에 대하여」에서 그 능력이 최대로 발휘되었을 때, 마치 블라디미르 솔로비요프가 인간의 동물적 본성과 '육욕적 영혼'(chuvstvennaia dusha)이라는 이기적 충동을 초월하는 경지에 이르게끔 해주는 것이 절제(vozderzhanie)라고 보았던 것처럼, 톨스토이도 채식주의를 주로 육체적 쾌락을 갈구하는 호색적 욕망을 경감시키는 하나의 방편으로 보고 있다.[112]

1890년 3월에 쓴 편지에서 톨스토이는 "남녀관계에 존재하는 옳지 못하고 또 타락한 것은 우리 계급 사람들 사이에 만연한, 성관계가 쾌락

---

110) 1890년 6월 25일 일기의 도입부에서 톨스토이는 다음과 같이 썼다. "나는 '왕성한 식욕: 벨사자르[바빌로니아의 왕]의 축제, 주교, 차르, 선술집'(Gorging [zhran'e]: Belshazzar's feast, bishops, tsars, and taverns)이라 불리는 책을 써야만 한다. 회의와 이별 그리고 기념일. 사람들은 자신들이 매우 중요한 문제로 바쁘다고 생각한다. 하지만 그들은 단지 과식으로 바쁠 뿐이다"(51:53).

111) 6월 25일 일기(52:43)에 톨스토이는 다음과 같이 기록하고 있다. "어젯밤 나는 금욕에 관한 채식주의 책의 서문에 관한 생각을 계속하였다. 그리고 아침 내내 글을 썼는데 나쁘지 않았다." 6월 13일에 그는 폭식에 관한 글을 끝냈다고 기록하였다(52:44). 그리고 8월 27일 다시 그는 지난 이틀 동안 "폭식에 관한 기사"를 어떻게 교정했는지를 언급하고 있다(52:50).

112) Vladimir Solov'ev, 「정진에 대하여」("O poste"), 『솔로비요프의 작품집에 나타난 삶의 영적 기초』(Dukhovnye osnovy zhizni, in Sobranie sochinenii Vladimira Sergeevicha Solov'eva, 1901~1903), 3:314~319 참조.

의 원천이라는 생각에 기인한다"라고 지적한다(65:61). 「「크로이체르 소나타」를 마치며」에서 톨스토이가 주장하는 것처럼, 그러한 생각을 전환시키고 게걸스러운 성욕에 재갈을 물리는 데 성공하는 효과적인 방법은 성교를 통해 생겨날 법한 모든 욕망을 제거하는 것이다. 성욕의 제거를 통해 우리는 톨스토이가 다른 말로 '거세된 남성'이라 일컫는 상태에 이르러, 육체적 성욕을 완전히 정복할 수 있게 된다.[113] 톨스토이는 「첫 단계」에서 음식을 탐하는 동물적 본성에 재갈을 물리는 데 있어 거의 마조히즘적 대안을 펴면서 반향락주의적이고 반쾌락주의적인 이성에 호소한다. 즉 인간은 섭생에 있어 모든 가능한 쾌락을 제거하고자 고군분투해야 한다는 것이다.[114] 톨스토이는 음식이 주는 쾌락을 인간이 계속해서 향유하는 한 구강기적 쾌락을 위한 욕망은 끝없이 증대될 것이라고 주장한다. 나아가, 오로지 영양섭취의 목적으로 음식을 먹을 때 비로소 맛좋은 음식에 대한 욕망을 억누를 수 있다고 주장한다. 그는 "필요 충족에는 한계가 있다. 그러나 쾌락에 한계란 존재하지 않는다. 기본적 필요 충족을 위해서는 빵과 카샤, 쌀로 충분하지만 쾌락의 증대를 꾀한다면 풍미를 더하고 양념을 가하는 데 한계가 없다"라고 말한다(29:77). 이에 이어지는 긴 단락에서 톨스토이는 인간이 계속해서 기름진 음식과 식품을 먹는 한 구강기적 쾌락을 향한 욕망은 결코 채워질 수 없으며, 오히려 기하급수적으로 자라날 뿐이라고 상세하게 부연한다. 즉 우리는 하나의 식사에 조금 더 맛있는 앙트레를 더하고 싶은 유혹에

---

113) Leo Tolstoy, 『성의 관계들』(*The Relations of the Sexes*, 1901), pp.37~38 참조.

114) 톨스토이는 "인간에게 음식을 보낸 자는 신이나 우리에게 요리를 보낸 것은 악마다"라고 한때 빈정거렸다. 3월 4일자 『독서 클럽』(*Krug chteniia*), 41:149 참조.

시달리게 되는 것이다.[115] 왜냐하면 기름지고 맛좋은 음식은 우리의 추가적인 육체적 쾌락의 욕망을 (구강기적이고 성적인 욕망 모두를) 자극하기 때문이다. 그러므로 톨스토이의 대안은 구강기적 욕망의 절제를 통해서 가능한 한 구강기적 쾌락을 최대한 '맛없게' 그리고 배부른 즐거움을 '욕지기나는' 것으로 치환하는 것이다. 결국 인간이 음식을 먹는 궁극적인 목적은, 인간의 입속 맛돌기와 소화기관의 쾌락, 즐거움, 그리고 자극을 위한 것이 아닌 몸에 건강한 영양을 공급하기 위함이다. 미각보다는 영양공급이 음식을 취하는 생리학적인 주요 목적이며, 이러한 구강기적 '정절'이 구강기적 욕망과 관련하여 인간이 추구해야 하는 영적 이상이 되어야만 한다는 것이다.[116] 음식중독은 섹스중독과 같다. 그러므로 인간은 자신이 섭취하는 것에 대해서 단호히 절제할 줄 알아야 한다.

---

115) 톨스토이는 다음과 같이 쓰고 있다. "그러므로 식사가 존재한다. 겸손한 식사. 이러한 식사로부터 얻는 즐거움은 더더욱 늘릴 수 있다. 그리고 사람들은 그 쾌락을 늘리고 이러한 증가에는 한계가 없다. 오르되브르는 식욕을 돋우고, 앙트레와 디저트 그리고 맛있는 음식, 꽃, 장식, 식사시간 동안 연주되는 음악은 식사와의 조화를 의미했다. 그리고 예언적 경고를 떠올리게 하는 벨사자르(Belshazzar)의 연회와 비교해 놀라운 것은 매일 그러한 음식을 마음껏 먹는—순진하게도 자신들이 여전히 도덕적 삶을 이끌 수 있다고 믿는—사람들은 아무것도 아니라는 것이다"(29:77).

116) 톨스토이의 논란이 되는 소설을 뒤따라 나타났던 반(反)문학의 한 부분으로서 생긴 「크로이체르 소나타」의 여러 패러디 중 하나인 『페니히 소나타』(Die Pfennig-Sonate, 1890)에서, 지그마르 메링(Sigmar Mehring)은 톨스토이가 만든 성적 그리고 구강기적 금욕 사이의 연결을 조롱한다. 그의 풍자 속편에서는 소설의 화자가 한 번 더 포즈드니셰프를 기차에서 만난다. "그의 두번째 부부간 살인의 횟수는", 뮐러(Møller)가 쓰기를, "금식을 찬성하는 무의미한 논쟁의 연속과 연관되어 있다!" 『크로이체르 소나타』의 후주곡』(Postlude to The Kreutzer Sonata), p.169 참조. "우리는 절대 먹지 말아야 한다", 포즈드니셰프는 메링의 패러디 작품 속에서 주장했다. "우리는 문화적 카타르에 홀린 사람들을 위해 이상적인 초기 금욕상태로 다시 돌아가야만 한다. 우리 스스로가 어리석은 식습관에서 자유로워질 때 얼마나 많은 슬픔과 욕구가 사라질 것인가". 러시아 번역본에서 옮김, 「크로이체르 소나타」(Groshevaia sonata, 1890), p.9.

28쪽짜리 에세이 중에서 20쪽 이상을 탐욕의 죄악과 절제의 미덕에 대해 설교한 톨스토이는 마침내 채식주의라는 주제 그 자체를 다루게 된다. 그는 여기서 윌리엄스의 『다이어트의 윤리』를 읽고 "채식주의에 대해 사람들이 이야기하는 문제점에 대해 직접 보고 느끼기 위해"(29:78) 도살장을 방문하게 되었으며, 이것이 그가 채식주의를 선택한 계기였다고 말한다. 그리고 다음 다섯 쪽에서 톨스토이는 도덕적 설교자로서의 교조적 논조에서 벗어나 언어예술가로서의 빼어난 내러티브 스타일로 변화하는데, 여기서는 툴라의 현대식 도살장에서 무고한 소가 잔혹하게 도살당하는 고통을 섬뜩하리만큼 실제적으로 묘사한다. 마침내 마지막 두 쪽에 이르러 그는 막 입문한 채식주의 운동에 대해 직접적으로 전달한다. "내가 말하려는 것이 무엇인가? 사람들이 도덕적 차원에서 육식을 그만두어야 한다는 것인가?"라고 되묻는다. "전혀 아니다. 나는 그저 선한 삶을 위해서는 어떤 선한 행동이 수반되어야 함을 이야기하고 싶을 뿐이다"(29:84). 이 필수불가결하며 도덕적으로 선한 삶에 이르는 체계적 단계 중 '첫 단계'는 육식의 절제라고 그는 재차 강조한다.

만약 인간이 진정으로, 신실하게 좋은 삶에 이르고자 한다면 처음으로 해야 할 일은 금식하는 동안 항상 동물성 식품 사용을 자제하는 것이다. 왜냐하면 음식으로 인한 열정의 자극은 말할 것도 없고, 이는 그 자체로 비도덕적이다. 육식이란 도덕적 성격에서 보았을 때 혐오스러운, 오로지 탐욕이나 미식주의에서 비롯되는 살인행위를 요하기 때문이다.(29:84)

지금까지 살펴보았듯이 여기에서도 톨스토이는 여전히 금욕주의적이고 인본주의적인 관점에서 육식을 비난한다. 육식을 절제하는 이유는 동물을 살육하는 것뿐 아니라 인간의 동물적 본성을 자극하여 죄스러운 성적 욕망을 탐닉하게 만들기 때문이다. "도덕원칙은 인류의 일원으로서 자아완성을 위한 지속적 노력이자 인류에게 자기완성을 권고하는 것이다"라고 블라디미르 포루도민스키는 이야기한다. "그것은 톨스토이가 채식주의자로 전환하게 되는 결정적 자극이었다."[117]

11. 기독교 철학: 남성순결개혁운동으로서의 식단 개선

식단이 인간의 육체적 욕망을 억제함으로써 성적 도덕성을 결정짓는다는 톨스토이의 믿음은 19세기 초반에 공포된 미국 건강개혁운동의 주요 인물들인 실베스터 그레이엄, 윌리엄 알코트, 그리고 존 하비 켈로그를 연상시킨다. 이들은 모두 육류와 기름진 식사가 남성 성기에 극도로 악영향을 주고, 나아가 그 기능을 쇠퇴시키는 데 영향을 미친다고 생각했다. 톨스토이의 경우처럼 이들 미국의 건강개혁자들은 채식주의야말로 위험할 정도로 조절하기 힘든 남성 리비도에 대한 치료라고 보았다. 이들은 식단에서 육류를 제거함으로써 남성의 성생활 절제를 가져올 수 있음을 주장한다. 워튼은 미국 건강개혁운동의 역사에서 그레이엄, 알코트, 켈로그를 비롯한 당대 미국의 순결주의자들을 '기독교적 철학가들'이라고 칭하였다. 이는 그들이 신도들을 대상으로 특히 강력한 식단조절과 운동 그리고 위생을 통해 동물적 욕망과 성적 열정을 억제하

---

117) Vladimir I. Porudominskii, 「톨스토이와 섭생 윤리」("L. N. Tolstoi i etika pitaniia"), 『인간』 (Chelovek 2, 1992), p.106.

여 인간의 신성성을 높일 수 있는지 탐구했기 때문이다.[118] 19세기 미국
에서는 이러한 건강개혁가들을 '남성순결운동'의 창설자로 여기는데,
이들의 빅토리아적 남성 오르가슴과 그에 따른 남성순결에 대한 강박
이 그들로 하여금 몸을 비롯한 사회통제와 관련해 행동개선을 촉구하
도록 하였다.[119] 비록 톨스토이가 이들 미국의 건강개혁가들, 알코트나
그레이엄 혹은 켈로그 같은 이들의 글을 개인적으로 접하진 못했을 것
으로 보이며(윌리엄스의 『다이어트의 윤리』에 묘사된 간단한 자전적 기록
을 제외하고는), 채식주의로의 전환이 어떤 과학적 바탕이나 그들이 공
유하는 집약된 생리학적 이성을 바탕으로 하지는 않았으나 그 역시 육
식 절제를 성생활 절제와 밀접하게 연관짓고 있다.[120]

　톨스토이는 이들 19세기 미국의 순결주의자와 또 다른 중요한 공
통점을 보이는데, 바로 사회경제적 현대화를 통한 문명화 수순에 대한
경멸이다. 그레이엄, 알코트, 켈로그, 톨스토이 이 네 사람은 각자가 속
한 사회에서 현대의 문명화된 삶의 강박과 인공적 삶의 조건이 대중으
로 하여금 인간의 성에 대해 극단적 우려를 나타내게 하던 시기에 식단
과 순결에 관해서 다소 별난 시각을 발전시켜 나갔다. 니센바움이 확신
하듯 그레이엄의 음식이론은 이전 19세기 초 미국에서 경제 활동과 사

---

118) Whorton, 『건강개혁가』(*Crusaders for Fitness*), 특히 2장, 「기독교 생리학」("Christian
　　Physiology"), pp.38~61 ; Whorton, 「기독교 생리학」("Christian Physiology: William
　　Alcott's Prescription for the Millenium"), 『의약의 역사 회보』(*Bulletin of the History of
　　Medicine*), 49(1975), pp.466~481 참조.
119) Carroll Smith-Rosenberg, 「빅토리아 청교도 시대의 상징으로서의 섹스」("Sex as Symbol
　　in Victorian Purity: An Ethnohistorical Analysis of Jacksonian America"), 『전환점 : 가족에
　　대한 역사적·사회학적 에세이』(*Turning Points: Historical and Sociological Essays on the
　　Family*, 1978), p.213.

회생활의 주요 무대인 전통적 가정이 자본 시장의 새로운 가치의 힘으로 대체되던 잭슨 시대에 등장하였다.[121] 그레이엄이 자신의 책에서 열정적으로 옹호한 잡물이 섞이지 않은 순수 밀가루로 구워 낸 전통적인 가정식 빵은 자급자족이 사라져 가던 시기 미국에서 곡물산업의 상업화 확대에 대한 저항의 시도를 상징하는 것이다. 제임 A. 소콜로가 지적하기를, "미국의 성적 이데올로기와 행동강령의 변화는 근대화 과정과 일치한다. 19세기의 도시화, 상업화, 산업화 그리고 지리학적 이동성의 확대는 많은 개혁가로 하여금 전쟁 전 미국의 모습을 무질서하고 위험한 곳으로 인식하게 했다".[122]

---

120) 그러나 톨스토이는 다른 많은 19세기 미국의 건강개혁가들을 알고 있었다. 로버트 에드워즈는 유명한 미국 건강개혁가들과 톨스토이의 관계를 조사했는데, 러시아 작가가 주기적으로 『신기독교 사상과 세계의 진보 사상』(*New Christianity and World's Advance Thought*) 같은 미국 잡지를 구독한 것에 주목한다. Edwards, 「톨스토이와 앨리스 B. 스톡햄」("Tolstoy and Alice B. Stockham"), p.90 참조. 그 잡지의 동일한 특별 주제 '톨스토이와 성'에서 윌리엄 니켈(William Nickell)은 톨스토이와 다른 두 미국 건강개혁가들과의 유사성에 대해 논의했다. William Nickell, "The Twain Shall Be of One Mind: Tolstoy in 'Leag' with Eliza Burnz and Henry Parkhurst", 『톨스토이 연구 저널』(*Tolstoy Studies Journal*), 6(1993), pp.123~151 참조. 반면에 제임 A. 소콜로(Jayme A. Sokolow)와 프리실라 R. 루스벨트(Pricilla R. Roosevelt)는 톨스토이의 비폭력 철학에 대해 미국의 윌리엄 로이드 개리슨(William Lloyd Garrison)과 애딘 벌루(Adin Ballou) 같은 미국 평화주의자들의 영향을 조사했다. Jayme A. Sokolow & Pricilla R. Roosevelt, 「톨스토이의 기독교 무저항주의」("Leo Tolstoi's Christian Pacifism: The American Contribution"), 『러시아와 동구권 연구지에서 칼 베크 학술 논문』(*Carl Beck Papers in Russian and East European Studies*), no.604 참조. 마지막으로 해리 월시(Harry Walsh)는 『아메리칸 스터디』(*American Studies*), 17, no.1(1976), pp.49~68에 수록된 「아메리카 사회사상에서 톨스토이적인 일화」("The Tolstoyan Episode in American Social Thought")에서 19세기 후반과 20세기 초반 미국에서 톨스토이를 어떻게 대우했는가에 관한 흥미로운 개요를 제공한다.

121) Nissenbaum, 『섹스, 식이요법 그리고 무기력』(*Sex, Diet and Debility*), p.4.

122) Jayme A. Sokolow, 『에로스와 현대화』(*Eros and Modernization: Sylvester Graham, Health Reform, and the Origins of Victorian Sexuality in America*, 1983), p.14.

이후 켈로그 박사는 미국의 근대사회에서 인위적 삶의 조건과 인간을 쇠약하게 만드는 도시생활에 저항한다. 그는 '배틀크리크 요양소'의 부유한 후원자들에게 조금 더 자연적인 식단을 선택하고 기존의 사치스러운 생활보다는 매일매일 운동하기를 권유했다. 소콜로우가 지적하기를, "켈로그의 극단적 자기부정론은 사치와 부패 그리고 성적 탐닉의 중심지인 도시에 대해 그가 가졌던 시각과 관련되어 있다". 켈로그의 책과 요양소는 그가 자연적 건강과 성적 자제와 동일시하는 전원생활을 재창조함으로써 도시문명에 반발하는 것을 상징한다.[123] 톨스토이의 시골 사람들이 인간의 성욕에 대한 불안과 세기말 러시아 사회의 도덕성 타락을 토로한 것은 알렉산더 2세의 개혁에 발맞추어 근대화의 움직임이 활발하던 시기에 이르러서였다. 이 주제에 대한 최근의 연구에서 보듯 1890년대와 1900년대 러시아에서는 성도덕에 대한 토론이 활발했다. 이때는 또한 대중의 담화가 강간, 이론, 낙태, 성병, 매춘, 동성애, 자위행위 등을 다루며 사회적·도덕적으로 매우 첨예한 논쟁을 이끌던 시기였다.[124] 이 시기 톨스토이의 「악마」, 「신부 세르기우스」, 『부활』 같은 작품도 극단적인 성적 규제를 부르짖는 이데올로기가 강화되던 세기말 러시아 사회의, 남성의 성적 욕망에 대한 전반적 불안감을 반영하고 있다.[125] 로라 엥겔스타인이 지적하듯 "러시아에서의 빅토리아 풍 변주는

---

123) *Ibid.*, p.163.

124) 뮐러(Møller)의 『『크로이체르 소나타』의 후주곡』(*Postlude to The Kreutzer Sonata*)과 더불어 로라 엥겔스타인(Laura Engelstein)의 『행복의 열쇠』(*The Keys to Happiness*) 참조. 특히 6장 「에로스와 혁명: 남성 욕망의 문제」("Eros and Revolution: The Problem of Male Desire"), pp.215~253 참조.

125) 존 M. 코퍼(John M. Kopper)는 자신의 글 「톨스토이와 성 이야기: 「신부 세르기우스」, 「악마」, 그리고 「크로이체르 소나타」 읽기」("Tolstoy and the Narrative of Sex: A Reading of

서양의 빅토리아 풍에 대한 반발과 그 맥을 같이한다".[126] 다시 말해 톨스토이는 이러한 근대 도시환경이 시골 사람들의 도덕적·영적 건강에 해로운 영향을 끼치리라는 우려가 팽배하던 러시아 문화사 시기를 살고 있었던 것이다.

12. 톨스토이의 식단 윤리: 건강과 굶주림 그리고 위선

톨스토이가 지속적으로 벌인 몸과의 전쟁 측면에서 보자면 (그리고 특히 몸을 유혹하는 육체적 쾌락에 반대하는 움직임에서 보았을 때), 앞서 살펴듯 「첫 단계」는 톨스토이 옹호자들이 이야기하는 '채식주의자들의 성서'라기보다는 쾌락주의, 특히 식탐에 대한 전반적인 도덕적 비난이다. 『참회록』에서 톨스토이는 자신과 같은 계급에 속하는 사람들 대부분이 허무주의로부터 도피하기 위해서 쾌락주의적인 삶의 자세를 취한다고 보았다. 그리고 약 10년 후 「첫 단계」에서 그는 귀족의 구강기적 폭식──그들이 매일같이 취하는 섭생 패턴──을 상세하게 기록했다. 그가 지적하다시피 그것은 '잘못된 삶의 첫번째 징조'라는 것이다(29:74). 그가 기록하듯이 "지식인층의 행복과 건강은 맛좋고 영양이 풍부하고 소화가 쉬운 음식을 먹는 것에서 비롯된다고 본다(의사들이 보장하듯 가장 비싼 음식과 고기를 먹는 것이 가장 건강한 삶이라고 확신한다)" (29:74~75).[127] 실로 부유한 이들은 스스로가 고상한 관심사에 빠져 있

'Father Sergius', 'The Devil', and 'The Kreutzer Sonata'")에서 그러한 텍스트들에 대해 논한다. Kopper, 『거인의 그늘 속에서』(*In the Shade of the Giant*), pp.158~186 참조.

126) Engelstein, 『행복의 열쇠』(*The Keys to Happiness*), p.6.

127) 우리가 기억하듯 『전쟁과 평화』에서 피에르도 유사한 교훈을 얻는다. 즉 그러한 행복은 인

다고 위선을 떨지만 실제로 이 모든 것은 톨스토이에 따르면 그저 허세이다.

이 모든 것은 그들의 본업 사이의 틈, 점심과 저녁 사이, 위가 꽉 차서 더는 먹는 것이 불가능할 동안만 존재했다. 특히 청춘의 첫해 이후의 남자와 여자 대다수의 단 하나 살아 있는 흥밋거리는 음식에 대한 것, 즉 "어떻게 먹는가? 무엇을 먹는가? 언제? 어디에서?"에 관한 것들이다.(29:75)

2년 후 희곡 『계몽의 열매』(1889)에서 톨스토이는 즈베즈딘체프 가족을 통해 구강기적 쾌락에 도취된 러시아 귀족계급을 격렬히 풍자한다. 즈베즈딘체프 가족의 농민계급 요리사에 따르면, 이 게으른 귀족들은 모든 종류의 기름지고 맛좋은 식료품으로 배를 '가득 채우는 데' 전문가들이다. "그들은 그저 앉아서 먹고 성호를 긋고 식사가 끝나면 일어날 뿐이야"라고, 그녀는 농민 친구에게 이야기한다.

그들은 쉬지 않고 먹었다. 아주 가끔 그들은 아침에 눈을 떠서 신을 축복하고, 바로 사모바르와 차, 커피, 코코아를 마시러 간다. 사모바르를 두 번 비우자마자 바로 '세번째 사모바르를 준비'했다. 그리고 아침을 먹고 또 저녁을 먹는다. 그리고 커피를 또 마셨다. 이렇게 배를 채우고 나서 또 차를 마셨다. 그리고 그들은 달달한 사탕과 잼 등의 자잘한 간식을 끝없이

간욕구의 만족으로 구성되는 반면, 화자는 말하기를 모든 불행은 궁핍이 아닌 과잉으로부터 발생한다는 것이다. "삶의 편안함이 지나치면 인간의 욕구를 만족시키는 모든 즐거움을 파괴한다"라고 화자는 설명한다(12:98).

먹었다. 심지어 침대에 누워서도 계속해서 먹었다!(27:157~158)

　이 가족의 젊은 아가씨가 단 음식을 너무 많이 먹었을 때 하인들은 하제로 쓰기 위해 식료품 저장실에서 소금에 절인 양배추를 찾아오라는 명을 받는다. 요리사가 설명하기를, "(그들 뱃속에) 작은 공간이 생기자마자 그들은 다시 먹기 시작하지"(27:163). 그 가족의 애완견까지 그러한 귀족의 쾌락주의적 탐닉에 길들여지고 도취되어 있다. 요리사는 저녁에 그녀를 위한 특별한 커틀릿을 준비해야만 한다. 톨스토이의 이 희곡은 다른 러시아의 귀족 가족과 마찬가지로 즈베즈딘체프 가족이 실로 "지방질에 미쳤다"(besilis's zhirom)라고 말하고 있는데, 즉 그들이 탐닉한 사치, 나태, 안위로 인해 스스로 타락해 버렸다는 것이다.[128]

　톨스토이는 자신의 삶 속에서도 상스럽고 비정상적인 쾌락주의를 거부해 왔다. 『그러면 우리는 무엇을 할 것인가?』에서 톨스토이는 자기와 가족이 한때 즐겼던 나태한 귀족의 사치스럽고 편안한 삶을 다섯 코스에 달하는 엄청난 양의 기름진 음식에 제유적으로 빗대며 격렬히 비난하고 있다. 그들의 사치스러운 생활방식은 타인을 가난하고 불행하게 할 뿐이다. 이러한 기름진 음식들은 필요한 영양을 공급하기 위한 것이 아니라 욕망을 자극하여 과식하도록 하고, 이는 결국 귀족들의 위장을 망쳐 놓을 뿐이라는 것이다. 새로이 떠오른 편리함과 즐거움, 그리고 러시아에서 광범위하게 통용되고 있는 인공적 치료에 대한 분노에 찬

---

128) 톨스토이의 희곡 『어둠의 힘』(1886)에서도 같은 표현이 쓰인다. 농부 미트리치가 "개가 너무 많이 살이 쪄 미쳐 가고 있다. 인간 또한 지나친 지방질 때문에 어찌 망하지 않을 수 있겠는가! 지방이 가득한 삶 때문에 내가 얼마나 엉망이 되었는지 보아라. 나는 3주 내내 취해 있었다"(26:180)라고 말한다.

외침에서 톨스토이는 최근의 부유한 이들을 위해 고안된 '가난한 사람을 위한 축복'(Blessings for the Poor)이라는 위장약을 지목하며, 오직 가난한 이들만이 올곧은 식생활을 하고 있으며, 부유한 이들만이 도움을 필요로 한다고 말한다(25:393). 톨스토이는 귀족처럼 먹는 것을 그만두고, 간소하며 최대한 맛없는 음식(카샤 그리고 양배춧국 같은 농민의 식단), 즉 불필요하게 쾌락의 욕망을 불러일으키지 않으면서도 몸에 영양을 공급해 주는, 담백하면서 소박한 채식을 선택하게 된다. 성생활과 식생활에서 모든 쾌락을 제거하려는 그 여정에서 톨스토이는 러시아 농민이 보여 주는 존경할 만한 예를 따르려 노력한다. 그것은 바로 인간의 두 가지 기본적 욕구에 대해 극도로 '기능적이며' 실용주의적인 접근을 취하는 것이다. 1884년 톨스토이는 "내가 이제껏 먹어 온 달콤하고 기름지고 정제된, 그리고 복잡하게 양념한 음식 대신 양배춧국, 오트밀죽, 흑빵, 차 등 가장 소박한 음식이 이제 내가 필요로 하고 즐기는 것의 전부다"(25:384)라고 자랑스럽게 선언한다. 톨스토이는 전통 러시아 농민처럼 음식을 감각의 쾌락을 위한 것이 아닌 에너지의 원천으로 보게 되었다.

안콥스키 파이에 대한 톨스토이의 변화된 태도는 그로 하여금 이러한 개념과 인식을 형성하게 해준 요리법의 척도라 할 수 있다. 톨스토이의 집에서 그 요리법을 처음 알려 준 스웨덴 의사(안케 교수)의 이름을 딴 이 달콤한 과자는 레프 니콜라예비치 톨스토이가 특히 좋아했으며, 오랫동안 톨스토이의 집안에서 가장 애호되던 디저트이다. 한 비평가에 따르면 안콥스키 파이는 "톨스토이 가족의 파티 식탁에 결코 빠지지 않았던" 것이고, 톨스토이 자신과 모두에게는 "신성화된 올바른 삶의 상징"이었다.[129] 그러나 그의 영적 회심 이후, 그가 「첫 단계」를 집필하던 시기 야스나야 폴랴나에 자주 방문하던 처남 S. A. 베르스(S. A. Behrs)는 톨스토이가 안콥스키 파이를 "안락과 사치를 위한 우리의 과도한 갈망에 대한 반대"를 표현하기 위한 맥락에서 언급했다고 말했다.[130] 포루도민스키는 톨스토이가 이후 안콥스키 파이에 대해 가졌던 경멸을 다음과 같이 설명하고 있다. "레프 니콜라예비치에게 예전에는 가정의 벽난로 같은 즐거운 안정을 주었던 것은 이제 과거의 정체되고 나태하며 바르지 못한 삶의 한 상징이 되었고, 그가 현재 따르게 된 목표와 이상에는 맞지 않는 것이었다."[131] '신의 길을 따라' (『안나 카레니나』 8부에서 농민 표도르가 레빈에게 충고하듯) 소박하고 순결하고 엄숙한 삶을 고수하기 위해 톨스토이는 안콥스키 파이와 절연한다. 이는 가정에서 벌어진 처남 베르스와 관련된 일화에 재미있게 묘사되어 있다. 어느 날 베르스는 레프 니콜라예비치의 서재 정리를 도와주고 나서 빗자루를 들고 함께 발코니에 서 있었다. 그때 톨스토이의 어린 누이동생이 둘을 발견하고 베르스가 톨스토이주의에 빠진 게 분명하다면서 놀려 댔다. 이에 톨스토이는 기독교 사상 가운데 진보적 색채로의 전향에 성호를 그으면서 하늘을 지그시 응시한다. 그리고 그는 베르스에게 엄중히 질문한다. "자네 안콥스키 파이와 그 파이에 담긴 나쁜 작용을 멀

---

129) Porudominskii, 「톨스토이와 섭생 윤리」(L. N. Tolstoi i etika pitaniia), p.115. 오원은 톨스토이 가족에게 '파이'는 사람들을 행복하게 만드는 것에 대한 완곡한 표현이었음을 지적하였다. Orwin, 『톨스토이의 예술과 사상 1847~1880년』(Tolstoy's Art and Thought, 1847~1880, 1993), p.233, n.1 참조.

130) S. A. Behrs, 『회상』(Recollections). 여기서는 에일머 모드(Aylmer Maude)의 『톨스토이의 생애』(The Life of Tolstoy, 1930)의 2:336을 인용. 톨스토이 스스로 "인간의 이성이 있는 한 파이는 영원하지 않다"(63:393)라고 언급하였다.

131) Porudominskii, 「톨스토이와 섭생 윤리」(L. N. Tolstoi i etika pitaniia), p.115.

리하였나?"[132]

톨스토이에 따르면 이러한 반쾌락주의적 성향은 우리의 식단뿐만
아니라 우리의 예술 평가에도 적용되어야 한다. 섹스(「크로이체르 소나
타」)와 음식(「첫 단계」)을 관련지어 빅토리아 시대의 쾌락원칙을 전반적
으로 비난하던 톨스토이는 에세이 「예술이란 무엇인가?」(1896)에서는
이제 미학의 영역으로 관심이 확대된다. 여기서 그는 '기호'(taste)가 좋
은 예술을 이루는 결정적 요인이라는 데 반기를 든다. 그는 심미적 대상
에서 파생된 쾌락에 바탕을 둔 모든 예술이론은 필연적으로 잘못된 것
일 수밖에 없다고 주장한다. 톨스토이는 아래와 같은 구강기적 비유법
으로 이를 뒷받침한다.

> 음식 문제를 분석하는 데 있어 음식을 먹으면서 얻는 즐거움에서 음식의
> 중요성을 보는 사람은 아무도 없을 것이다. 모두가 우리의 기호 충족이 결
> 코 음식의 장점을 판단하는 근거가 될 수 없음을 안다. 그리고 우리는 고
> 춧가루와 림버거 치즈, 알코올 기타 등등의 익숙하고 맛있는 저녁식사가
> 인간에게 최고의 음식이라고 주장할 권리가 없다는 것을 이해한다…….
> 예술을 향유함으로써 얻는 기쁨에서 예술의 목적을 찾으려는 것은 음식
> 을 소비함으로써 얻는 즐거움에 음식의 목적이 있다고 생각하는 것과 같
> 다.(30:60~61)

톨스토이는 계속해서 "이제 사람들은 음식의 목적을 쾌락으로 보
지 않고 음식의 의미를 영양섭취에 두어야 함을 이해하게 되었다"라고

---

132) Maude, 『톨스토이의 생애』(*Life of Tolstoy*), 2:336.

이야기한다. "이는 예술의 문제에서도 마찬가지이다. 앞으로 사람들은 예술의 의미를 아름다움, 즉 쾌락을 얻기 위한 활동으로 보지 않게 될 것이다"(30:61). 그러므로 삶에서처럼 예술에서도 쾌락 대신 영양, 즉 도덕적 혹은 생리학적 목적에 따라 그 가치를 판단해야 하는 것이다.[133] 육체적 사랑, 기름진 음식과 마찬가지로 거짓 예술은 오직 인간의 이성을 '마비시킬 뿐'이다. 이는 또 인간의 도덕적 완성을 방해하고 영적 힘을 약화할 뿐이다. 톨스토이는 남은 생애 동안 예술과 음식에 관한 비유를 꽤 자주 사용하였다. 그는 보통 섭생과 관련된 비유를 통해서 지적이고 도덕적인 그리고 영적인 섭취를 묘사했다. 1890년 그는 "인간은 고기와 소스, 설탕, 그리고 단 것을 먹는다——우리는 과식을 하고도 아무런 생각을 하지 않는다. 심지어 그것이 해롭다는 생각조차 하지 못한다" 라고 이야기한다. "그렇지만 위의 카타르는 우리 삶의 방식에 해로운 질환이다. 달콤한 예술적 음식——시, 소설, 소나타, 오페라, 로망스, 그림, 조각상——도 그러하지 않은가? 이것은 곧 뇌의 카타르로서 소화불능 혹은 음식을 먹을 수 없는 지경과도 같다. 그 결과는 죽음이다"(51:45)이다.[134] 그의 『세 가지 우화』(1895) 중 두번째 이야기에서 톨스토이는

---

133) 에드워즈는 톨스토이의 심미이론을 다음과 같이 의역하였다. "유혹적인 소나타의 음악처럼 즐거움을 위한 예술은 즐거움을 위한 성생활과 유사하다. 톨스토이에게, 의미 없는 예술은 생식의 목적이 없는 성교와 비슷하다. 그의 소설 「크로이체르 소나타」는 성교에 대한 유혹인 소나타 그 자체의 음악을 상쇄하는 역할을 한다. 의미 없는 예술은 톨스토이의 관점에서 생식활동 없는 성교와 동등한데, 곧 예술가와 관중의 의미는 없지만 각자의 만족을 위한 상호 간의 자위행위와 같다." Edwards, 「톨스토이와 앨리스 B. 스톡햄」("Tolstoy and Alice B. Stockham"), p.93 참조.

134) 톨스토이는 한때의 격언을 인용하고 있다. "풍미가 좋지 않은 음식은 겨자를 필요로 하지만 그것은 순수한 맛에 불쾌감을 준다. 예술에서도 마찬가지이다. 눈금용 선을 그리고 그 예술적 겨자가 어디서 시작되는지를 찾는 것은 필수적이다. 그리고 내 생각에 그것은 엄청나게 중요한 문제이다." A. B. Goldenweizer, 『톨스토이와의 대화』(Talks with Tolstoy,

불순한 음식에 대한 은유를 확장해 동시대 사람들이 '섭취'하고 있는 예술과 과학에 대한 위선적 속성에 대해 이야기한다(31:60~62).[135]

그러나 아이러니하게도 톨스토이가 맛좋은 음식을 거부하고 소박한 농민의 음식과 같은 담백한 채식 식단을 엄격히 고수하자(그는 여생 동안 의식적으로 결코 이를 위반하지 않았으며 이는 그에게 어떤 노력이나 파면도 초래한 적이 없다고 증언했다) 정확하게 1865년 이후 그를 괴롭혀 왔던 만성적 소화불량이 악화되었다.[136] 비록 그가 저렴하지만 영양가 풍부한 채식 식단을 자랑한다 해도, 그의 아내는 주부로서 그러한 특별 식단을 준비해야 하는 것에 불평하였다(매번 식사 때마다 그녀는 두 가지 메뉴를 준비해야 했던 것이다). 그녀는 이 '끔찍하고', '무분별한' 식단이 한때는 강인했던 남편의 건강을 파괴했다고 토로한다.[137] 소피아는 남편의 채식주의가 그에게 완전한 영양을 제공해 주지 못하며 점점

1969), pp.107~108.

135) 고실로는 톨스토이의 이런 환원적 비유(그가 예술을 음식에 비유하는)의 사용이 대충 만들어졌고 부정확한 것임을 발견한다. 결국 그녀가 다시 상기하듯이 "인간의 음식섭취는 막을 내리고 우리는 말 그대로 '배설'한다." Goscilo, 「톨스토이의 음식」("Tolstoyan Fare"), p.494 참조.

136) 네덜란드의 의과대학생 A. D. 주트펜(A. D. Zutphen)이 톨스토이의 검소한 식단에 대해 읽고 작가에게 구체적으로 물어 본 편지에 대한 대답으로 톨스토이는 다음과 같이 썼다. "나의 식단은 주로 통곡물빵(그레이엄빵)과 함께 하루에 두 번 먹는 뜨거운 오트밀죽으로 구성되어 있다. 이것 외에도 저녁에는 양배춧국, 감자수프, 메밀죽 또는 삶거나 해바라기 오일 혹은 겨자오일에 튀긴 감자, 그리고 사과와 푸른 콤포트를 먹는다. 내가 노력한 대로 나의 가족과 함께하는 저녁은 기본 식사 역할을 하는 간단한 오트밀죽으로 대체한다. 나는 아주 건강하다. 이것은 내가 설탕, 차와 커피뿐만 아니라 우유, 버터, 달걀을 중단한 이래로 확실해졌다"(67:32). 톨스토이의 아들 세르게이도 비슷하게 아버지의 육식 없는 식단이 소화에 도움이 된다고 주장한다. "어머니는 채식주의가 건강하지 못하다고 여겼으나 아버지의 경우로 보아 그녀는 틀렸다." 그가 쓰기를, "이것은 명백히 아버지의 간장 질환에 매우 적절한 음식이었다". Sergei Tolstoy, 『아들이 기억하는 아버지 톨스토이』(Tolstoy Remembered by his Son, 1961), p.86 참조.

악화되는 그의 건강 상태와 소화불량의 주요 원인인 것 같다고 말했다
(1880년대에 톨스토이는 위의 카타르로 심각한 문제가 있다고 진단받았
다). 그녀는 먹는 음식의 부조화, 부족한 식사량, 급하게 먹는 습관을 두
고 '식탁에서의 악행'(zastol'nye prostupki)이라고 표현한다. 1898년 2
월 24일 일기에는 "레프 니콜라예비치는 또 배가 아프다고 불평한다.
그는 가슴앓이, 두통, 무기력증 등을 겪고 있다"라는 말이 적혀 있다. 그
녀는 다음과 같이 쓰고 있다.

> 오늘 그가 저녁식사를 하는 모습을 지켜보며 나는 경악했다. 그는 절인 버
> 섯(우유-주름버섯)을 조금 먹는 것으로 시작한다. 냉동되어 붙어 있던 네
> 개의 큰 메밀토스트와 수프, 발효된 크바스, 그리고 약간의 흑빵, 이 모든
> 것은 정말 어마어마한 양이다.[138]

그녀는 "69세의 늙은이가 이러한 음식, 몸을 살찌울 뿐 영양가라
곤 조금도 없는 이런 음식을 먹어서는 안 되는 것이다!"라고 지적한다
(1:359).[139] 음식에 대한 톨스토이의 실용주의적 접근과 관련하여, 이런

---

137) 1887년 3월 14일 일기에 소피아는 다음과 같이 기록한다. "레프 니콜라예비치는 건강하지
않다. 그는 소화불량과 복통이 있지만 누구보다도 무분별하게 음식을 먹는다. 먼저 기름진
음식, 그뒤에는 채식, 그러고는 럼과 물 등등." S. A. Tolstaia, 『2권으로 된 일기』(*Dnevniki v
dvukh tomakh*, 1978), 1:193 참조.

138) Tolstaia, 『2권으로 된 일기』(*Dnevniki v dvukh tomakh*), 1:359. 소피아 안드레브나의 일기
인용구들은 이 판본에서 가져왔으며, 인용된 텍스트의 끝에 권 번호와 쪽수만을 명기했다.

139) 소피아는 두 딸 또한 비슷하게 만성 질병을 앓고 있는 것에 더욱 화를 냈다. 그녀가 주장하
기로는 이것이 모두 그녀들의 아버지가 그녀들에게 따르라고 했던 채식 식단 때문이었다.
소피아는 쓸쓸하게 "레프 니콜라예비치의 논리에 희생당한 또 한 명!"이라고 적었다(1:360).
톨스토이의 채식주의 전환 이후 그와 아내 사이의 이런 험악한 관계는 루이즈 스몰루초
프스키(Louise Smoluchowski)의 『레프와 소냐: 톨스토이의 결혼 이야기』(*Lev and Sonya:*

담백한 식단을 따르는 것의 목적은, 물론 어떤 먹는 즐거움을 얻는 것이 아니라 음식에서 기본적 영양분을 얻는 것이다. 그러한 엄숙하고 맛없는 식단은 또한 성적 욕망을 억제하기 위함이다. 그러나 그의 아내는 영양학적이고 생물학적인 관점에서 그의 '기능적' 식단이 결국은 '비(非)기능적'이라는 것을 증명할 뿐이라고 증언한다.[140]

현대 채식주의의 영양학적 이점에 대해 우리가 아는 바로 비추어 보자면(톨스토이가 상대적으로 장수했다는 것도 더불어 살펴볼 때) 소피아가 남편 건강을 우려한 것은 다소 엉뚱한 면이 있다. 사실 남편 레프의 채식주의는 특히 그녀에게 혐오감을 주었다. 왜냐하면 남편이 중년 이후 과거의 가치, 믿음, 행동을 버리고 새로이 즐기기 시작한 채식이 그녀에게는 그저 별난 생각 중 하나로 여겨졌기 때문이다. 포루도민스키는 "남편의 식생활과 관련한 소피아 안드레브나의 논리는 오직 음식에 대한 표면적 견해를 나타낼 뿐이다"라고 지적한다. "이것은 실로 (경쟁적인) 세계관에 대한 논쟁이다".[141] 그러므로 그의 아내에게 일반적인 식단에 대한 톨스토이의 거부는 그저 또 얼마 안 가 변하기를 바랄 뿐인 별난 행동으로밖에 보이지 않았던 것이다. 1891년 그녀는 슬프게 말했다. "그가 (의사의 말대로) 이 모든 해로운 음식으로 자기 위를 병들게 했

The Story of the Tolstoy Marriage, 1987)와 릴리 페일러(Lily Feiler)의 「톨스토이의 결혼: 갈등과 환상」("The Tolstoi Marriage: Conflict and Illusions"), 『캐나다 슬라브 학술논문』(Canadian Slavonic Papers), 23, no.3(1981), pp.245~260에 기록되어 있다.

140) 포루도민스키는 "톨스토이의 배를 아프게 한 것은 채식주의 식단 때문이 아니다. 사실 그가 과식을 했기 때문이다. 칼로리 높은 음식들을 잘 조화시켜 먹지 못했기 때문이다"라고 주장한다. Porudominskii, 「톨스토이와 섭생 윤리」("L. N. Tolstoi i etika pitaniia"), p.132 참조.

141) Ibid., pp.132~133.

으면 좋겠고, 비평인 척 설교를 늘어놓는 대신 다시 예술가로 돌아오길 소망한다. 무관심 뒤에 동반되는 이 저속한 관능 대신 그가 다시 사랑스럽고 배려심 있으며 친절한 사람이 되길 소망한다"(1:192~193).

이 일기의 서두가 보여 주듯 소피아는 남편의 채식주의를 성생활에서는 독신을 이상으로 생각하고 종교적 이상으로서 우정과 같은 사랑을 생각하는 것과 크게 다르지 않다고 여긴다. 그녀는 남편의 채식주의가 비생산적 행위일 뿐 아니라 위선이라고 생각했다. 실로 그녀는 야스나야 폴랴나의 '성인'이며 '예언자'인 남편이 음식이나 성과 관련하여 자신의 다짐을 실행하는 데 실패하였을 때 트집을 잡으며 즐거워하는 듯하다. 소피아는 일기에 사랑의 육체적 측면이 늙은 남편에게 얼마나 중요했는지를 기록하였다. 그녀는 톨스토이가 65세를 넘긴 후에도, 또 완전한 결혼생활에서의 순결을 공공연히 설파하면서도 여전히 호색적인 모습을 보였다고 이야기한다.[142] "「크로이체르 소나타」를 읽고 그를 숭배하는 이들이 그의 관능적 삶을 목격하고 그러한 삶만이 그를 행복하고 선하게 만든다는 것을 깨닫는다면"이라고 그녀는 1891년 남편의 갑작스러운 성적 욕망의 폭발 뒤에 전하고 있다. "그렇다면 그들은 숭배해 마지않던 그를 비난하게 될 것이다!"(1:163)[143] 이와 같이 소피아는 톨스토이가 가족, 특히 오랜 시간 고통받았던 아내에게 정답지 못했던 남편이 설파하는 기독교적 사랑의 진정성에 대해 의문을 제기한다. "이

---

142) 레프 니콜라예비치가 거의 70세가 되었을 때인 1897년 혹은 그후에 그녀는 "나는 종종 나에 대한 그의 사랑이 감정적이기보다는 육체적이기에 고통스러웠다"(2:132)라고 썼다.
143) 반면 그녀의 남편은 가끔의 성적 실수를 순결을 위한 노력에 대한 일시적 차질로 여겼다. 1896년에 톨스토이는 다음과 같이 고백하고 있다. "어젯밤 나는 남편이었다. 그러나 (성적 금욕을 위한) 투쟁을 억제할 이유는 없다." Maude, 『톨스토이의 생애』(*Life of Tolstoy*), 2:402 참조.

위선적인 기독교 교리는 소박한 친절과 정직 그리고 두려움 없는 공평무사 대신 당신한테 가장 가까운 이들에게 악행을 행하도록 만드는 것이에요"라고 외친다. 이는 톨스토이의 유서를 둘러싼 오랜 법적 싸움의 한복판에서 일어난 일이었으며, 그의 죽음 직전 (그녀가 "어둠의 사람들"이라 부르는) 체호프 같은 톨스토이 추종자들과의 계속된 논쟁에서 분노에 차서 한 이야기이다(2:152).

소피아는 널리 알려진 남편의 성적·종교적 위선은 그의 불성실한 섭생과 일맥상통한다고 말하고 있다. 비록 그가 음식 소비의 절제를, 육식 금지를, 담백한 식단의 소박함을 여러 에세이에서 설파하고 있지만, 톨스토이는 분명 식탁의 쾌락이 주는 죄스러운 유혹에 계속해서 패배했다는 것이다.[144] 자신의 일기에서 인생 말년에 줄곧 소화기 문제로 고통받는 톨스토이에 대해 이야기하는 소피아는 계속해서 남편의 엄청난 폭식, 종종 식사시간이 아닐 때 먹거나 보통은 위가 약할 때 먹는 그를 꾸짖는다. 1901년 12월 그의 남편이 한 차례의 위경련을 앓았다 회복되었을 때, 그녀는 "떠나기 얼마 전 그는 어린 안드류샤의 여섯번째 생일을 위해 마련한 과일푸딩, 포도, 복숭아, 초콜릿을 게걸스레 먹어 댔다"라고 전하고 있다. "그리고 이제 무슨 일이 일어났는지 보라. 절제되지 않은 극단적인 행동을 잠시 그만두자 그가 얼마나 건강해졌는지를 말이다"(2:30). 소피아는 이렇게 남편의 절제되지 않은 식습관과 과식으

---

144) 소피아는 톨스토이가 단식을 유지할 확률이 성적 금욕을 유지할 확률만큼 빈약하다고 느꼈던 것 같다. "찻잔 너머로 우리는 음식, 사치 그리고 레보치카가 항상 설교하던 채식주의 식단에 관한 대화를 나눈다"라고 그녀는 1891년에 기록한다. "그는 빵과 아몬드로 이루어진 저녁식사를 추천하는 독일 신문에서 채식주의 식단을 봤다고 말했다. 나는 레보치카와 같은 방식의 체제(régime)를 유지하는 게 옳다고 주장하던 그 남자가 「크로이체르 소나타」에서 강조했던 것처럼 순결을 지켜 내리라 확신한다"(1:160).

로 자신의 위를 망치는 행동을 감시하기 위해 여러 번 조치를 취해야 했다고 전한다. 그 외 많은 면에서 톨스토이는 사적 삶에서는 섭생에 관대한 태도를 보이며, 그가 공적으로 설교하는 엄격한 절제의 원리와는 상당 부분 일치되지 않는 모습을 보인다. 그녀는 생애의 마지막 해에도 남편이 보인 윤리적 교의와 실제 행동 사이의 섬뜩한 불일치에 대해 토로한다.

> 몇 년 전만 해도 그가 얼마나 더 영적이었는지! 얼마나 신실하게 단순한 삶을 열망했는지, 모든 값비싼 사치품을 희생시키며 얼마나 친절하고 정직하고 열린 마음을 유지하려 했는지, 얼마나 종교적이고 또 숭고한 마음을 가졌는지! 지금 그는 조금 더 열린 마음을 즐기고 있고 좋은 음식과 좋은 말, 카드, 음악, 체스, 활기 있는 친구들, 그리고 자신이 찍은 수백만 장의 사진을 좋아한다.(2:190)

톨스토이가 기독교적 금욕주의를 엄격하게 지킴으로써 도덕적·영적으로 자신을 향상시키려 했던 시도는 이렇게 소피아가 그의 귀족 영지에서 계속된 상대적으로 사치스러운 생활방식을 밝히면서 퇴색되고 만다. 그녀의 견해에 따르면, 그의 극단적 '식단'은 그의 육체적 건강에도, 또 그의 도덕적이고 영적인 건강에도 해로운 것이었다.[145]

---

145) 만(Mann), 메레지콥스키, 고리키가 주장하듯이, 정화를 위한 그의 노력은 실패할 운명이었다. 왜냐하면 그 일이 톨스토이같이 갱생 의지가 없는 저속한 이교도들이 시작한 것이기 때문이다.

13. 구강기적 불공정 그리고 죄의식에 찬 귀족

톨스토이의 식습관에 대해——그리고 그의 극단적인 기독교 믿음 전반에 대해서도——소피아가 지닌 관념이 물론 편견에서 벗어난 것이라고는 말할 수 없다. 그러나 톨스토이 스스로도 회심 이후 삶의 많은 부분에서 귀족인 그와 가족들이 야스나야 폴랴나에서 누렸던 사치스러운 삶의 방식과 그 주변 농노들이 겪은 극심한 기근, 빈곤, 박탈 간의 깊은 간극에서 큰 혼란을 겪었다고 고백한다.『참회록』에서 톨스토이는 1879년 초 자신이 '기생충들'처럼 "농민의 노동의 과실을 게걸스레 먹어 대는" 귀족계급의 일원이었다는 데 죄책감을 느낀다(23:5). 그리고 그는「하느님의 나라는 너희 안에 있느니라」에서 인간은 두 계급으로 분리될 수 있다고 말한다. "하나는 노동자이며, 그들은 고통받고 탄압받는다. 그리고 다른 하나는 나태한 부류로 압제적이며 사치와 쾌락 속에서 살아간다"(28:91). 톨스토이의 관점에서 그렇게 사치스러운 귀족의 삶은 옳지 못한 착취이자 기생이다. 그는 "하루하루 수백 수천 명 타인의 지칠 대로 지친 노동의 대가로 먹어 대며 그들은 그렇게 살아간다"라며 경멸한다(28:269).

앞서 살펴본 것처럼 톨스토이의 사회의식은 점점 더 발전하였다. 그 결과 그는 1881년과 1882년 사이에 모스크바의 인구조사원으로 참가하기에 이른다. 이후 에세이『그러면 우리는 무엇을 할 것인가?』에서 톨스토이는 모스크바의 이웃 노동자들의 삶과 도시빈민의 삶에서 본 가난, 굶주림, 빈곤 등등 비참한 삶의 조건을 보고 공포에 휩싸였다고 전한다. 그곳에서 그가 목도한 인간 불행의 극한——그리고 궁극적으로 그가 그러한 상황에 일조했다는 죄의식——은 그가 매일 모스크바의 저택에서 다섯 가지 코스 요리를 즐길 때마다 찾아왔다.

이 배고픔과 추위 그리고 수천만의 사람들이 겪은 수모를, 나는 내 마음이
나 정신뿐 아니라 존재 자체로서 진심으로 이해했다. 모스크바에서 수많
은 사람이 그런 고통을 겪을 때 나는 필레스테이크와 철갑상어 같은 것을
잔뜩 먹는 다른 수천만에 속해 있었다. 이것은 범죄이다. 한 번만 범하게
되는 범죄가 아니다. 나는 사치품들을 소유함으로써 이 범죄를 방관하는
것뿐 아니라 직접적으로 참여한다.(25:190)

덧붙여 톨스토이는 "내가 엄청난 양의 음식을 탐닉하는 동안 다른
누군가는 아무것도 먹지 못하는 한", 이러한 일이 일어나도록 만든 공범
자라는 죄책감에서 벗어날 수 없었다고 전한다(25:191). 예를 들어 세
료자라는 열두 살짜리 빈민 고아를 부엌에 데려다 놓자 게으르고 나태
한 삶에 물들어 가는 것을 보고 몹시 불쾌했다고 한다. 고아는 "맛좋고
기름지고 달콤한 것을 탐식하며, 이 어린 소년이 맛있게 먹은 것과 똑같
은 음식을 개에게 던져 주는 자기 아이들"(25:214)처럼 변해 갔다. 그는
자신의 아이들을 '살찐 송아지'라고 불렀는데, 그 아이들을 유혹한 과식
과 구강기적 탐욕을 그렇게 지칭한 것이다.[146]

톨스토이는 러시아 사회의 전체 계급구조에 바탕을 둔 사회경제적
불평등이 상류층의 부와 하류층의 빈곤을 극심하게 만들었다고 생각했
다. 이 점을 그는 식욕과 관련된 어휘들을 반복 사용함으로써 강조한다.
즉 그의 글에서 음식은 생활이 옳건 그르건 그것을 표현하는 기준이 되

---

146) Maude, 『톨스토이의 생애』(*Life of Tolstoy*), 2:423.

고 있다. 톨스토이 귀족 가정의 나태와 사치스러운 삶은 이렇게 그들이 저녁식사에서 보여 주는 탐닉으로 상징된다. 실제 저녁식사에 친척, 친구, 손님이 많이 찾아왔고 정기적으로 먹고 마시는 술잔치를 벌이곤 했다. 이 뻔뻔한 축제의 이면에선 이러한 사회적 기생충들을 먹이기 위해 끊임없는 노동에 시달린 초라한 차림의 하인들이 굶주리며 살고 있었던 것이다. 1910년 4월호 일기에서 "나는 저녁을 먹을 수 없었다"라고 그는 전한다. "나는 그저 얼어 죽거나 굶어 죽지 않기 위해서, 그들 자신과 가족을 부양하기 위해서 일하는 사람들과 함께 살고 있다는 데서 내 삶이 마치 악과도 같이 느껴졌으며 고통스러운 분노를 느꼈다. 어제 열다섯 명의 귀족이 팬케이크를 게걸스럽게 먹어 대는 동안 그들 옆에는 시중을 들고 식사 준비를 위해 이리저리 분주히 뛰어다니는 대여섯 명의 하인이 있었다"(58:37).[147]

게다가 1890년대 초 기근 타개를 위해 국가의 다양한 도시에 무료 급식소 설립을 돕는 자원봉사를 통해 톨스토이는 러시아 전역에서 수천 명의 농민들을 괴롭히고 있는 기근에 대해서 알게 되었다. 비록 그를 비롯한 몇몇 특권층이 이렇게 굶주리는 사람들을 위해 자선활동을 하고는 있지만, 톨스토이는 사회경제적으로 "우리 귀족들은 수천 명의 노동의 대가를 갉아먹으며 살고 있다"라고 깊이 인식하게 되었다 (68:244).[148] 러시아 특권층의 끊임없는 축제와 호화스러운 술잔치에

---

147) 1886년 5월에 쓰인 편지에서 톨스토이는 자신의 소견을 다음과 같이 밝히고 있다. "바로 옆에 아무것도 먹지 못한 채 침대에 가 잠드는 아이들이 있다는 사실을 알고 살아갈 때는 심지어 죽을 먹거나 조용히 차와 둥근 빵을 먹는 것조차 불가능했다"(83:568).

148) 톨스토이는 1891년 기아구호운동 중에 다음과 같이 쓰고 있다. "나는 끔찍하게 살고 있다. 나는 내가 나를 먹여 살리는 사람들을 먹이는 것이 아니기 때문에 이 끔찍한 일, 기아를 해소하는 사업에 어떻게 끌려들어 갔는지 모르겠다. 그러나 나는 지금 빠져들고 있고 결과적

참여하면서 톨스토이는 자기와 가족들이 이렇듯 "고통받는 사람들의 빵과 노동을 빼앗으며" 살고 있다는 데 죄책감을 느낀다(25:312). 톨스토이는 "우리가 너무나 배부르게 살고 있기에 보통 사람들은 굶주리고 있다"라고 그 이유를 이야기한다(29:106). 그의 자서전을 쓴 작가가 말하기를, 톨스토이는 "오직 전체 사회구조의 급진적 변화만이 특권층의 부유하고 나태한 삶이 낳은 이 끔찍하고 쓰디쓴 그리고 야만스러운 빈곤을 근절할 수 있다"라고 결론을 내린다.[149] 일반 대중의 불행한 삶을 바라보는 지식인들은 그 무지를 일깨워 줄 의무를 갖는다. 열정적 양심의 관찰자인 보리스 소로킨은 『어둠 속에 빛이 있나니』에서 이 의무에 대한 이유를 "그들의 고통과 우리의 쾌락 사이의 상관관계를 이해하기 위해서"라고 설명한다(31:148).

톨스토이가 느낀 모국의 극심한 빈부 격차에 대한 수치와 당황스러움은 그가 그토록 비난하던 식욕에 도취한 자신을 발견할 때면 더욱더 악화되곤 했다.[150] 실로 이런 수치와 당황의 감정은 그가 절제와 금식 그리고 식단에 대한 견해에 눈뜨면서 한결 강하게 드러난다. 그는 1884

으로 나 자신이 부자들이 토해 낸 것들을 나눠 주고 있음을 알게 되었다"(66:94).

149) Birukoff, 『톨스토이의 생애』(*The Life of Tolstoy*), p.99.

150) 포루도민스키가 지적하듯이 톨스토이는 식욕이 상당했고 가끔은 스스로 주장한 식단의 규칙과 원리를 잊기도 했다. Porudominskii, 「톨스토이와 섭생 윤리」("L. N. Tolstoi i etika pitaniia"), p.111 참조. 모드는 톨스토이의 머리와 배 사이에서 계속된 전쟁의 생생한 사례를 들려 준다. "채식주의로의 전환이 끝난 직후 어느 날 톨스토이는 친구 I. I. 래프스키 (I. I. Raevsky)를 툴라의 한 호텔에서 불렀다. 래프스키는 저녁을 먹고 있었다. 톨스토이는 사람은 고기를 먹거나 과식해서는 안 되고 적절한 음식은 빵과 물이라고 말하기 시작했다. 푸딩이 들어왔고 톨스토이는 이야기를 이어 가면서 푸딩을 조금 먹으려고 접시를 당겼다. '어! 안돼!' 래프스키는 익살스럽게 항의했다. '그 또한 과식이야!' 그러자 톨스토이는 그 접시를 다시 밀어 놓고 뉘우침을 표했다." Maude, 『톨스토이의 생애』(*Life of Tolstoy*), 2:218 참조.

년 체호프에게 전하는 편지에서 "나는 육욕적이며 나태하고 아주 잘 먹고 살았다"라고 토로한다(85:80). 1908년에 그는 여전히 엄청난 양의 커피를 마시는 것에서 벗어나지 못하는 자신을 발견한다. "항상 너무 많군——나 자신을 억제할 수가 없어"(56:110). 1908년에 쓰기 시작한 비밀일기에서는 소박한 섭생을 설교하는 동시에 몰래 아스파라거스를 먹는 자신을 질타한 소피아가 옳았다고 쓰고 있다(56:173). 한편 소피아는 『부활』 원고를 읽으면서 큰 고통을 느꼈다고 일기에 고백한다. 이미 칠순 노인이 된 남편이 마지막 소설에서 하녀와 주인의 욕정을 다루는 장면을 "미식가가 어떤 맛있는 음식을 탐닉하듯이"라고 묘사하였기 때문이다(3:81). 음식과 섹스가 회심 이후의 톨스토이에게 사회적으로나 도덕적으로 또 정신적으로 불쾌한 것이지만, 소피아의 고백과 톨스토이의 글에 비추어 볼 때, 실은 야스나야 폴랴나의 이 금욕적인 늙은 사도에게 그러한 욕망이 여전히 감각적으로나 육체적으로 매력적인 것이었음을 넌지시 암시하고 있다.[151] 1895년 톨스토이는 "모든 삶은 육체와 영혼의 싸움이다. 그리고 점점 더 영혼이 육체를 제압하게 된다"라고 말한다(52:26). 그러나 경험에 근거한 이 낙관설도 그가 고리키에게 진실을 고백할 때에는 다소 누그러지는 모습이다. "육체는 영혼이 보내고 싶으면 어디든지 보낼 수 있는 잘 훈련된 개와 같소. 그러나 우리가 어떻게 살고 있는지 우리 자신을 보시오. 영혼이 그 뒤를 무기력하고 안타깝게 따라가는 동안 육체는 돌진하여 제멋대로 행동하고 있지 않소".[152]

---

151) 야스나야 폴랴나 영지 저택의 이전 가정부였던 안나 서론(Anna Seuron)은 "그 백작을 두고 글자 그대로 금욕주의자를 생각한 사람들은 실수한 것이다. 그는 과거에 그리고 여전히 얼마든지 자제할 수 있는 때가 있으나 그의 체격과 의식으로는 절대 성인(聖人)이 될 수 없다"라고 말했다. Maude, 『톨스토이의 생애』(*Life of Tolstoy*), 2:219 참조.

메레지콥스키가 지적하듯이 '태생적으로 이교도'이자 '육체의 관찰자'인 그가 여생 동안 '의식으로 자연적 본성을 억누르며' 몸과 육욕적 욕망에 대해 전쟁을 벌이기란 결코 쉽지 않았다.[153] 좀더 최근의 비평가에 따르면, "그가 공포한 엄격한 도덕적 코드는 주로 그 자신의 억제할 수 없는 육욕적 쾌락에 대항한 것이다"라고 전한다.[154] 아무리 톨스토이가 여생 동안 금욕적 식단을 추구하였고, 추종자들이 그가 소박한 농민 식단을 엄격히 고수했다고(그리고 이에 깊이 애착을 느꼈다고) 신비화한다 해도 그는 음식과 섹스에 대한 기호를 완전히 잃은 적이 결코 없었다.[155] 그는 영혼을 살찌우기보다는 몸을 만족시키는 구강의 쾌락과 육체의 즐거움에 대한 열망을 완전히 포기하지 못했다. 『참회록』에서 톨스토이는 소크라테스적 진리, 즉 인간은 "육체로부터 해방되기 위해 육체적 생활에 기인하는 모든 악에서" 벗어나기 위해 노력해야 한다는 것을 인식한다(23:22~23). 그리고 1880년대 초 그는 자신의 삶과 글에서 인간의 몸을 무자비하게 유혹하는 육체적 쾌락과 전쟁을 벌였다. 이와 같이 톨스토이는 여생 동안 강력한 식단 조절과 자기부정을 통해 제멋대로이고 열정적이며 동물 같은, 이방인인 몸을 엄격히 규제해야 한다는 모범

---

152) Maksim Gor'kii, 「레프 톨스토이」("Lev Tolstoi"), 『고리키 선집』(Sobranie sochinenii, 1963), 18:91.

153) Dmitri Merezhkovski, 『인간과 예술가로서의 톨스토이: 도스토옙스키에 대한 에세이와 더불어』(Tolstoi as Man and Artist: with an essay on Dostoievski, 1970), p.45.

154) Boris Sorokin, 『혁명 이전 러시아 비평에서의 톨스토이』(Tolstoy in Prerevolutionary Russian Criticism, 1979), p.182.

155) A. P. 세르게옌코는 1910년 톨스토이가 죽기 열흘 전 옵티나 푸스틴 수도원에 있는 자신의 손님방에서 먹은 수수한 식사를 묘사하면서, 톨스토이의 "전형적인 농민의 본성이 이제 그가 러시아 농부의 일반적인 음식(양배춧국과 카샤)을 먹는다는 사실에 의해 강조되었다"라고 쓴다. Sergeenko, 『톨스토이에 대한 이야기』(Rasskazy o L. N. Tolstom), p.79 참조.

적인 기독교적 견해를 집약해서 보여 주었다. 그러나 앞서 살펴본 대로 톨스토이의 경우 극단적 식단 선택은 욕망을 잠재우기에 충분치 않았 다. 그가 벌였던 몸과 영혼의 광범위한 전쟁은 어느 한쪽의 명백한 승리 라는 결말 없이 죽기 직전까지 계속되었다.

세기말과 혁명기 러시아의
육체적 욕망과 도덕성

Carnality and Morality in Fin de Siècle

and Revolutionary Russia

4장 세기말과 혁명기 러시아의 육체적 욕망과 도덕성

1. 도스토옙스키와 톨스토이 그리고 동물적 자아

19세기 러시아의 위대한 두 소설가 도스토옙스키와 톨스토이가 제정 러시아 말기 문학, 문화, 지식인층에 남긴 영향력은 의심의 여지 없이 거대하다. 비록 그들 각각이 문학계와 철학계에 미친 영향은 다르지만 (예를 들어 도스토옙스키는 세기말 종교철학자들에게, 톨스토이는 사회운동가들과 반[反]문화주의자들에게 영향을 미쳤다) 그들은 사상가이자 작가로서 후세 러시아인들에게 지대한 영향을 미쳐 왔다. 그들이 창조한 작중인물들과 소설을 통해 전해지는 놀라운 사상은 그들 사후(1881년 도스토옙스키, 그리고 1910년 톨스토이)에도 여전히 살아 숨 쉬고 있다. 한편 그들이 후세 러시아 작가들에게 끼친 직접적인 영향은 이 책에서 다루는 욕망하는 몸에 대한 태도, 육체적 욕망의 본성, 육식과 관능적 욕망의 관계, 또한 그에 대한 처방으로서 널리 알려진 금욕과 채식 등과 특히 관계가 깊다. 제정러시아 말기에는 가속화되는 근대화의 움직임과 더불어, 인간본성에 대한 전통적 개념이 점점 더 위협받게 되었다.

그에 따라 음식과 성에 대한 인간육체를 둘러싼 두 가지 문제가 예술계나 공공 담론의 장에서 더욱 활발히 논의되기에 이른다. 이 장에서는 세기말 혁명기 러시아에서 눈에 띄게 나타나는 인간의 육체적 욕망과 도덕성에 대한 도스토옙스키와 톨스토이의 영향을 논할 것이다.

두 작가의 영향은 인간의 동물성, 특히 성적 본능에 관한 토론에서 두드러진다. 특히 러시아 사회에서 좁게는 다윈의 진화론과 전반적으로는 유물론 철학의 파급, 에밀 졸라 같은 '자연주의' 문학작품의 등장은 인간이란 존재의 동물적 본성에 대한 활발한 논쟁에 불을 지폈다. 다윈의 이론은 소위 동물적 자아라 불리는 인간의 독특한 인간성(신성은 아니라 해도)에 대한 의문을 대중적 대화의 장으로 불러들이는 데 일조하였다. 다윈의 이론 역시 사적 공간(성생활)과 공적 공간(사회경제적 관계) 모두에서 인간행동의 본능적이고 원초적인 면을 강조하는 작가들의 문학작품에서 인간에 대한 동물적 은유, 특히 약육강식의 은유를 사용하도록 촉구하였다. 인간의 동물적 성격을 묘사하기 위해 많은 작가가 여러 방법으로 다양한 동물 은유를 사용하였고, 이를 통해 다양한 인간의 동물적 본성을 조명하였다. 앞 장에서 살펴보았듯이 도스토옙스키의 우화에는 무방비 상태의 타인을 함정에 빠뜨려 해치우는, 즉 타인을 게걸스레 '먹어치워 버리는'(devour) 포식자로서의 인간상이 등장한다. 반면 인간욕망에 관한 톨스토이의 관념은 '동물적 인간성'(animal personality)(26:347)에 주목한다. 다시 말해 인간내면에 존재하는 본능적으로 이기적인 욕망, 특히 음식과 성애에 대한 인간의 원초적인 육체적 욕망이 바로 그것이다. 도스토옙스키의 동물적 인간이 약육강식의 야생동물(늑대, 파충류, 거미, 타란툴라 등)이라면, 톨스토이의 인간은 성적 욕망을 만족시키거나 배를 채우기 위해 이기적이고 탐욕스럽게 쾌락만을 추구하는 소, 말, 개, 돼지 등으로 묘사된다.[1] 식욕과 성욕에 대한 도스토옙스키의 관점이 대부분 세기말 혁명기 러시아에서 야만적이고 피에 굶주린 '도스토옙스키주의'(Dostoevskyism)적인 인간상으로 격하되었다면, 톨스토이는 훨씬 덜 야성적인 '톨스토이주의'(Tolstoyism)적인 인간상으로서 평화주의, 채식주의, 독신주의, 악에 대한 무저항 등을 옹호하는 상당히 기독교적인 윤리에 입각한 인간상이다. 비록 초기의 메마른 러시아 문학계에서 '붉은 톨스토이'(Red Tolstoy)가 나타나기를 부르짖는 당대인들이 있었지만, 1920년대 대부분의 볼셰비키 혁명의 지도자들과 도덕적 비평가들은 톨스토이를 소설가로 여기기보다는 현대의 볼셰비키주의자들과 대립하여 러시아 젊은이들의 정신적 지도자 격이 된 도덕적·종교적 이상주의자로 평한다. 초기 볼셰비키 비평가들이 공산당 청년들에게 강조했던 '혁명적 금욕주의'와 '혁명적 승화'는 톨스토이를 비롯한 극단적 기독교도가 설파하는 성적 금욕주의[2]에

---

1) 도스토옙스키의 작품에서 야수 이미지를 연구하고자 할 때는 V. P. 블라디미르체프(V. P. Vladimirtsev)의 글 「도스토옙스키의 시적 야수성」("Poeticheskii bestiarii Dostoevskogo")을 참조. 이 글은 K. A. Stepanian ed., 『도스토옙스키와 세계문화, 문예작품집』(*Dostoevskii i mirovaia kul'tura, Al'manakh*), 12(1999), pp.120~134에 수록되어 있다. 반면 요코타-무라카미 다카유키(Yokota-Murakami Takayuki)는 「야수로서의 인간, 동물로서의 남성: 「크로이체르 소나타」를 통해 검토한 '야수성'의 이데아」("Man Seen as a Beast, Male Seen as an Animal: The Idea of 'Bestiality' Examined through *The Kreutzer Sonata*)에서 톨스토이의 동물 이미지 용례를 검토하고 있다. 이 글은 『비전의 힘』(*The Force of Vision: Proceedings of the XIII Congress of the International Comparative Literature Association*, 1995), 2:611~616에 수록되어 있다. 톨스토이는 인간행위 묘사에 약탈자적 비유를 사용하는 데 강하게 반대했다. 에세이 『그러면 우리는 무엇을 할 것인가?』에서 그는 "일부 사람들이 그러길 좋아하듯 생존을 위해 폭력과 전쟁을 옹호하는 동물의 세계에서 비유를 사용하고자 한다면 우리는 벌과 같은 사회적 동물들을 골라야 한다. 왜냐하면 이웃에 대한 선천적 사랑은 말할 것도 없이 인간은 이성과 본성에 의하여 다른 사람을 위해 봉사하고 인류 공동의 선을 달성하고자 하는 경향을 지녔기 때문이다"라고 썼다(25:292~293).

선점되고 압도당할 위험에 처해 있었다.[3]

　이 장에서는 도스토옙스키의 포식자적 '야수성'(zverstvo) 혹은 톨스토이의 쾌락주의적 '동물성'(zhivotnost')이라는 서로 상반되는 인간의 동물성에 관한 대조적 정의를 세기말과 혁명기 인간의 성적 욕망의 본성에 관해 쓴 다른 많은 작가가 어떠한 양상으로 전승했는지 살펴볼 것이다. 이들 작가가 택한 방식은 주로 인간의 동물적 자아와 욕망하는 몸에 대한 각자의 시각에 따라 달라진다. 물론 도스토옙스키와 톨스토이의 '야수성'과 '동물성'에 대한 이러한 병치가 두 러시아 문호에 의해 착안된 것은 아니다. 이들은 이미 고대 그리스 시대에 묘사된 바 있는 인간내면의 자아를 매우 효과적으로 현대에 전하고 있는 것이다. 예를 들어 플라톤의 『국가』에서는 인간의 영혼을 '이성'과 '욕망'으로 구분한다. 여기서 소크라테스는 '욕망' 부분을 지배하는 것은 '이성'이기

---

2)　리처드 스타이츠(Richard Stites)가 『혁명적 꿈: 러시아 혁명에서 꿈꾸는 유토피아 비전과 실험적인 삶』(*Revolutionary Dreams: Utopian Visions and Experimental Life in the Russian Revolution*, 1989)에서 서술한 바에 따르면, 혁명기의 유토피아적 이상주의는 맑스주의자와 사회주의자의 사상으로 제한되지 않았다. 스타이츠가 기록한 바에 의하면, 실제로 톨스토이주의는 10월혁명에 의해 약속된 다가올 변화에 대하여 상당히 매력적인 대안적 시각을 제시했다. "톨스토이 운동은 과거에 전통적으로 인기 있었던 유토피아를 추구하는 지식인들을 끌어모았다. 톨스토이주의는 평화주의와, 도시에서의 도덕적·신체적 부패로부터의 탈출, 단순한 시골풍 생활로의 회귀, 국가와 공공권력에 대한 전반적 부정, 관료주의적인 국립교회 밖의 초자연적인 비밀종교, 모든 형태의 정치와 국가적이든 혁명적이든 테러폭력에 관한 반대를 설파했다. 그것은 열정과 분노와 심지어는 성적 욕망까지 거부했다"(33~34).

3)　이러한 우려는 '공산당원'이라는 필명으로 활동하던 동시대 어느 작가에 의해 공공연히 표출되었다. 그는 공산당원들이 삶에서 엄격한 금욕주의적 고행을 준수하다가 결국 "권총과 망치를 든 군사적 혁명주의자"에서 "복음서를 들고 다니며, 부르주아들을 괴멸시키기보다는 죄에서 최대한 거리를 두는 데만 신경 쓰는 톨스토이주의자"로 바뀔지 모른다고 했다. Kommunist, 「금욕주의냐 공산주의냐?」("Asketizm ili Kommunizm?"), 『보로네즈카야 코뮤나』(*Voronezhskaia*), 1921. 8. 11., p.3. Eric Naiman, 『공공연한 섹스: 초기 소비에트 이데올로기의 실현』(*Sex in Public: The Incarnation of Early Soviet Ideology*, 1997), p.212에서 인용.

때문에(그리고 이것이 모든 영혼의 가장 큰 부분을 차지하기 때문에) 인간의 영혼이 "소위 육체의 쾌락에 의해 게걸스레 먹혀 버리는(gorging itself)" 일은 일어나지 않을 것이라고 지적한다.[4] 실제로 소크라테스에 따르면 진정한 철학자는 영혼의 쾌락에 관심을 두어야 하며, "몸을 통해 일어나는 욕망"은 억제해야 하는 것이다(148). 이성과 본능, 영혼과 몸의 이분법에 기초해 인간의 자아를 보는 플라톤의 시각과, 음식과 성애를 향해 일어나는 육체적 욕망을 억눌러 영적 사랑과 숭고한 앎에 관한 영혼의 열망을 방해하지 않도록 욕망하는 몸을 제어해야 한다는 톨스토이의 '동물성'과 매우 닮아 있다.

그러나 소크라테스는 또한 아르카디아 지방의 늑대 제우스 사원과 관련된 전설을 이야기하면서 '폭군'을 두고 "인간의 살을 맛보고, 필연적으로 늑대로 변하는" 인간으로 정의하고 있다(224).[5] 소크라테스는 그 세속적인 입이 한번 수많은 피를 맛보면 "폭군이 되어 인간이라기보다는 늑대에 가깝게 변한다"라고 경고한다(224). 이러한 종류의 인간폭군은 자신을 "무법의" 욕망에 굴복시켜 영혼의 "거칠고 동물적인 부분이" 그를 비이성적이고 부끄러움을 모르는 "본능에 충실하도록" 이끄는 것이다(229). 이러한 상황에서 인간은 "모든 부끄러움과 선견지명을 버리고" 살인과 근친상간 같은 "모든 악행을 행하게 되는 것"이다(229). 소크라테스는 "우리가 알고자 하는 모든 것은 우리 모두에게 거칠고 끔

---

4) Plato, 『국가』(*The Republic*), p.109. 『국가』에서 가져온 상세한 인용은 모두 이 판본에 따른 것이며, 인용된 텍스트의 끝에 쪽수를 명기했다.

5) [옮긴이] 고대 그리스의 아르카디아 지방에서는 늑대 제우스(Lycaean Zeus)에 대한 숭배의식이 행해졌으며 리카에우스(늑대) 산에서는 인육이 제물로 바쳐졌다고 한다. 그리고 제물로 바쳐진 인육을 먹는 사람은 늑대로 변했다고 한다.

찍한, 그리고 무법의 욕망이 존재한다는 것뿐이다"라고 설명한다. 또 소크라테스는 "그의 본성이나 습관, 혹은 이 모두가 그를 색욕에 눈멀어 이성을 잃게 하거나, 혹은 술에 취해서 정신을 잃는다면", 인간은 무법적 욕망에 굴복하여 폭군이 되는 것이라고 덧붙이고 있다(231). 소크라테스에 따르면 육체적 사랑 혹은 성적 욕망은 사람들을 부끄러움 없는 폭군으로 변하게 하며, 이렇게 변한 이들은 자신의 삶을 탕진하여 "누구의 친구도 될 수 없고 오직 주종관계만을 맺고 사는" 무법의 늑대로 변하는 것이다(233). 비이성적 폭군이 되기 쉬운 (혹은 될 능력이 있는) 자아를 보는 관점은 도스토옙스키의 '야수성'(zverstvo) 개념과 일치한다. 이러한 관점에서 성적 욕망은 부끄러움 없고 규제되지 않으며 극단적인 폭력성을 향한 늑대와 같은 욕망으로 정의된다. 톨스토이의 동물성(zhivotnost')은 성욕을 쾌락을 향한 리비도 욕망으로 보는 반면 도스토옙스키의 야수성에서 성욕은 잔인하고 거친 공격성으로 드러난다.

　도스토옙스키가 인간의 욕망을 보는 관점은 음식과 성에 대한 인간의 욕망이 쾌락보다는 권력관계에 의해 작용한다고 보는 러시아 작가들에게 상당한 영향을 끼쳤다. 도스토옙스키의 약육강식적인 남성 인물들은 다윈의 생존경쟁 관념에 영향을 받은 강탈자적 짐승으로서의 인간관뿐만 아니라, 프리드리히 니체의 '금발의 포식자'에 영향을 받은 세기말 러시아의 정신과 매우 밀접하게 연관되어 있다. 미하일 아르치바셰프의 『사닌』(*Sanin*, 1907), 에브도키아 나그로드스카야의 『디오니소스의 분노』(1910), 아나스타샤 베르비츠카야의 『행복의 조건』(1913) 등 러시아 불바르[거리] 소설군의 선정적인 작품들에서 나타난 폭력, 지배, 복종의 비뚤어진 성애의 모습은 통속화된 니체식 권력의지를 성적 관계에서 추구하는 남성 인물들에게서 주로 나타난다. 주로 도스토옙스키의 약육강식적 폭력성을 다루는 비유로 묘사된 이러한 세기말적인 '새로운 야만성'은 이어 발생한 볼셰비키 혁명 이후 부활하게 된다. 이 사회정치적 혁명기에 보리스 필냐크, 유리 올레샤, 레프 구밀료프스키 등 몇몇 초기 소비에트 작가들은 인간의 폭력적인 동물적 본성의 표출을 묘사하기 위해 약육강식적 이미지에 집착하는 모습을 보인다.

반면 인간욕망에 대한 톨스토이의 관점은(음식과 성애에 관해서는 채워도 끝이 없는 것, 궁극적으로는 기형적인 육체적 욕망) '신관능주의'가 등장해 톨스토이와 그의 독실한 추종자들이 추구하던 금욕, 자기부정, 기독교적 금욕주의를 위협하는 새로운 세기의 러시아 문학에서는 설 자리를 잃게 된다. 실로 아르치바셰프의 젊은 주인공 블라디미르 사닌은 욕망하는 몸의 동물적 충동을 부정하고 초월하여야 한다는 톨스토이적 강령을 정면으로 부정하고 있다. 그러나 초기 소비에트 러시아에서 톨스토이적인 육욕적 쾌락 부정은 훨씬 긍정적인 평을 받았다. 알렉산드르 타라소프-로디오노프와 레프 구밀료프스키 등 1920년대 작가들은 육체적 쾌락의 유혹을 극복하려 고군분투하며, 자기들의 모든 힘을 사회주의 사회 건설에 쏟아 붓는 등 '혁명적 금욕주의'를 실천하는 인물들을 창조해 낸다. 구밀료프스키의 『개골목』(*Dog Alley*, 1926)에서 작가는 작품에 나타나는 약육강식적 동물 이미지들을 '톨스토이화'한다. 그는 도스토옙스키적 야수성을 톨스토이적 동물성으로 변화시키며, 성적 욕망 자체를 유혹적이고 게걸스러운 욕망이자, 중독적이며 인간을 쇠약하게 만드는 것으로 치환한다.

2. 톨스토이의 유산: 육체(살코기, flesh)의 공포

톨스토이는 인간이 권력에 목마른 짐승이라기보다는 쾌락을 추구하는 피조물이라고 생각했다. 세기말 러시아에서 근대화가 러시아 전통의 도덕적 가치에 악영향을 미칠 것을 두려워한 사람들은 성애와 식욕에 대한 톨스토이의 금욕과 금식을 옹호했고, 그 덕분에 그의 개념은 자리를 확고히 굳히게 되었다. 피터 울프 뮐러가 『『크로이체르 소나타』의 후주곡: 톨스토이와 1890년대 러시아 문학에 나타난 성도덕에 대한 논쟁』에서 매우 조리 있게 정리했듯이 톨스토이의 1889년 단편과 그 배경이 되는 극단적인 기독교적 금욕주의는 특히 제정러시아 후기에 성적 욕망, 즉 '인간내면의 동물성'을 인간고통의 원인으로 문제시하며 성도덕에 관한 열띤 논쟁에 불을 붙인다.[6] 중세풍이 아니라면 빅토리아 풍인 톨스토이의 금욕주의는 확실히 보수적인 도덕가들 사이에서는 받아들여졌다. 그러나 우리가 반대세력(influence de rebours)이라 부르는 지나이다 기피우스, 드미트리 메레지콥스키, 바실리 로자노프 등 현대의 성해방과 육체부흥을 부르짖는 이들에게는 거의 영향을 끼치지 못했다. 이러한 모더니스트 작가들은 러시아 문학의 청교도주의적 성향에 강한 반감을 보이며, 인간의 삶에서 도덕적 가치보다는 육체적 욕망과 성애의 탐구를 찬미하였다. 실로 이는 음식과 성애 그리고 인간의 육체적 욕망에 대한 문제에 있어서 톨스토이 청교도주의에 대한 반발이며, 세기말에 그의 주요 업적에 위협을 가하는 것이었다.

『행복의 열쇠: 세기말 러시아의 성과 현대성 추구』(1992)에서 로

---

6) Peter Ulf Møller, 『『크로이체르 소나타』의 후주곡』(*Postlude to The Kreutzer Sonata*, 1988).

라 엥겔스타인이 지적하듯이 1889년 톨스토이의 중편 「크로이체르 소나타」가 러시아의 지식인 독자들 사이에서 논란이 되던 때 성애 문제가 처음으로 자기의식적인 도덕적·사회적·문화적 문제로 등장했다.[7] 보수적인 도덕론자들은 의사들과 기타 공공의료 종사자들이 내놓은 생물학적 연구결과를 믿었으며, 이는 톨스토이의 작품에 자극받은 대중문학의 급증을 불러왔다. 이들은 실로 당대 러시아 사회에 전례를 찾을 수 없을 정도로 급격히 증가하는 수음, 매춘, 성병과 같은 사회적인 성병폐에 대한 일종의 예방 차원에서 성적 금욕을 주창하였다. 도시의 급격한 성장, 점점 더 복잡해져 가는 사회경제적 생활, 그리고 점점 심화되는 전통적 도덕가치와 사회규율의 위기 등을 초래한 근대화 과정은 러시아 사회에 성문란에 대한 극렬한 논쟁을 가져왔다. 이러한 논쟁을 가져온 보수주의자들에게 육감적 만족에 대한 자연적 욕망의 억제는 이미 (앞 장에서 다룬) 톨스토이가 주창했던 것들, 즉 육체적 고역을 통한 성적 욕망의 억제, 풍부한 음식과 독한 술, 그리고 편안한 잠자리 등 물질적 안락과 개인적 사치에 대한 탐닉의 절제를 상기시킨다. 리비도적 욕망의 억제, 성적 금욕에 대해 목소리를 높이는 보수적 인사들의 견해는 톨스토이, 니콜라이 베르댜예프, 블라디미르 솔로비요프와 여타의 현대적 도시생활 반대론자들의 철학적인 글들에 바탕을 두고 있었다.

세기말 러시아의 전통적 도덕률을 지지했던 보수적 인사들은 사회의 도덕규율이 점차 타락해 가는 것을 통렬히 비난했다. 물론 반면에는 근대화와 모더니즘에 환호하며 이를 열정적으로 수용한 이들도 존재했으며, 톨스토이의 「크로이체르 소나타」에서 묘사된 금욕적인 청교도주

---

7) Engelstein, 『행복의 열쇠』(*The Keys to Happiness*), p.218.

의에 강력히 반대하는 목소리 또한 존재했다. 발레리 브류소프, 콘스탄틴 발몬트, 지나이다 기피우스, 표도르 솔로구프 등 소위 '데카당' 작가들 같은 아방가르드 예술가들은 제임스 빌링턴이 말한, '신관능주의'[8]라는 문학에서의 에로틱한 양상을 적극 옹호하였다. 이들은 인간의 몸에 씌워진 오명을 벗기고 사회로 복귀시키며 인간 삶의 자연스러운 쾌락을 즐기는 이교를 부활시킨다. 이들은 인간의 자연스러운 생산적 에너지를 구속하는 과거 톨스토이의 가르침을 부정하며, 삶의 육체적인 부분을 소생시키려는 움직임을 보인다. 특히 드미트리 메레지콥스키는 톨스토이가 일생 동안 이교적 관능주의자('육체의 관찰자')에서 마치 수도승처럼 금욕주의를 설파하는 기독교적 도덕군자로 변화한다고 보고 있다. 더 나아가 그는 톨스토이가 육체의 욕구를 부정한 것이 가장 부정적인 결말을 부를 것이라 해석하고 있다.[9] 바실리 로자노프 또한 같은 맥락에서 에로스에 대한 톨스토이의 공격을 비난하는데, 그는 육체적 사랑을 인간의 표현방식 중 매우 건강한 형태로 보고 이를 옹호했다. 또한 그는 종교적 관능주의라는 새로운 방식을 통해 가족을 재구성하자는 주장을 하였다. '색정광' 로자노프는 육체적 관능의 쾌락에 대한 시를 소리 높여 읊으며, 톨스토이처럼 성적 쾌락의 자연스러움을 병리학적 이상 증세로 만들어 '치료'되어야 하는 병이나 병적 이상으로 치부하는 이들을 통렬히 비난하였다.[10] 레나토 포지올리는 "로자노프의 심리

---

8) Igor Kon, 『러시아의 성 혁명』(*The Sexual Revolution in Russia*), p.31.

9) Dmitrii Merezhkovskii, 『톨스토이와 도스토옙스키: 영원한 동반자』(*L. Tolstoi i Dostoevskii: Vechnye sputniki*, 1995).

10) 예를 들어 다음 글을 참조. 「톨스토이 백작의 어떤 불안에 대하여」("Po povodu odnoi trevogi grafa L. N. Tolsogo"), 『러시아 통보』(*Russkii vestnik*), 8(1895), pp.154~187.

학적 주요 관심사는 탐닉이지 절제가 아니다"라고 지적하며, "그는 금욕주의자라기보다는 난봉꾼에 가깝다. 그의 목적은 육체를 교화하는 것이 아니라 찬양하는 것이며, 그는 인간의 욕구를 절제하기보다는 만족시키기를 원한다"라고 덧붙인다.[11]

반면 대중문화에서 쾌락적 즐거움 추구를 위한 도덕적 가치의 희생, 개인의 만족을 주창하는 모더니스트적 이데올로기의 등장은 육체적 쾌락과 성적 욕망에 대한 질문에 특히 주목하는 타블로이드판 신문이나 불바르 소설에 주로 등장하였다. 특히 이들 작품에서 특이할 만한 것은 음식과 먹는 장면의 언어와 이미지가 넘쳐난다는 점이다. 예를 들어 엥겔슈타인이 지적한 대로 '성적 신경쇠약'(성교 불능) 치료제 광고는 '성적 굶주림'(polovoi golod)이라는 제목이 붙었는데, 이는 윌리엄 맨켄(William Manken)의 치료제가 다른 영양제처럼 성적 신경증을 악화하는 '나약함'과 '신경증'을 제거해 준다는 의미이다.[12] 이와 유사하게, 풍자 간행물 중 하나인 『풍자』(Satira)는 1906년 1월 민중들이 고역에 시달리며 굶주리는 동안 먹고 즐기며 간음하는 지배층의 삽화를 실었다. 삽화에서 부유한 귀족들은 먹고 마시는 무리로 표현되며, 그들이 매춘부들(저녁 식탁 위의 접시들, 술잔, 그리고 흥청망청 즐기는 사람들 사이에 실크스타킹만을 신고 나체로 기대어 있는 여성들)과 어울려 놀며 기름진 음식을 먹어 대는 모습이 묘사되어 있다.[13]

---

11) Poggioli, 『불사조와 거미』(The Phoenix and the Spider), p.177.
12) Engelstein, 『행복의 열쇠』(The Keys to Happiness), p.363.
13) Ibid., p.379.

3. 톨스토이주의와 사니니즘의 성도덕 경쟁

세기말 톨스토이의 금욕적 청교도주의에 강력하게 반발하며 육체의 부활과 성적 자유를 주창한 인물 중 하나로는 미하일 아르치바셰프 (1878~1927)가 주목할 만하다. 아르치바셰프의 '외설적' 베스트셀러 『사닌』에서는 반금욕주의, 반톨스토이주의를 읽어 낼 수 있다. 작품 속 성적 욕망이 묘사되는 부분에서 주인공은 개인적 쾌락에 대한 쾌락주의적 철학을 설파한다. 실로 『사닌』은 톨스토이에 대한 반응을 나타낸 상호텍스트적 문학이란 점에서 흥미롭다. 하지만 이는 톨스토이의 모든 작품에 대한 반응이 아닌 야스나야 폴랴나의 현자, 톨스토이가 말년에 도덕적 산문과 교훈적 이야기에서 드러낸 성과 쾌락 그리고 인간의 육체에 관한 견해에 반응한 것이다. 우리가 앞 장에서 살펴보았듯이 1870년대와 1880년대에 걸친 중년의 영적 위기의 순간을 겪은 후 톨스토이는 이교적 관능주의자에서 기독교적 도덕론자로 변화한다. 이에 대해 한 비평가는 "육체의 욕망을 지닌 몸은 쾌감의 대상이 아닌 비판의 대상이 된다"라고 지적한다. "한때 육체를 찬양하였던 톨스토이는 이제 육체가 영혼의 자유와 구원을 위해 강압적으로 파괴되어야 한다고 설파하며 육체 규제를 요구한다".[14] 비록 아르치바셰프가 『전쟁과 평화』와 『안나 카레니나』의 작가 톨스토이의 사실주의 미학을 따르며 톨스토이를 문학가로서 숭배하는 듯 보이지만, 『사닌』의 저자인 그는 톨스토이를 도덕주의자와 철학가로서, 혹은 톨스토이주의를 도덕규준

---

14) Rene Fueloep Miller, 「로마 교황의 십자군 전사로서의 톨스토이」("Tolstoy the Apostolic Crusader"), 『러시아 리뷰』(*Russian Review*), 19, no.2(1960), pp.101~102.

으로 존경하는 모습은 보이지 않는다.[15] '사니니즘'의 향락주의적 정신, 즉 동명의 주인공 사닌이 추구하는 성적 자유주의의 새로운 도덕률, 다시 말해 인간의 몸, 육체적 쾌락, 성적 열망을 모두 찬양함으로써 아르치바셰프는 작가 톨스토이가 아닌 육(肉)톨스토이주의의 기독교적 금욕주의를 공격하고 있다. 그는 특히 육체적 욕망을 기본적으로 유전되며 피할 수 없는 동물적인 것으로 묘사하며 육체에 대한 톨스토이의 부정에 정면으로 도전한다.

반면 톨스토이는 아르치바셰프를, 그의 소설이나 혹은 그의 절대적인 주인공에 대해서도 거의 언급하지 않았다. 1908년 2월 톨스토이는 우크라이나의 한 체육과 학생인 M. M. 도크시츠키(M. M. Dokshitsky)로부터 편지를 받는데, 그는 톨스토이의 기독교적 세계관과 아르치바셰프의 카리스마 있는 젊은 주인공이 묘사하는 철학에 매료되었다고 말하고 있다. '사니니즘'과 톨스토이주의 둘 중 어느 것을 인생의 지표로 삼을지 결정하지 못한 채 도크시츠키는 사닌의 생각과 신념에 대한 톨스토이의 견해를 묻는다. 이에 대한 답변에서 톨스토이는 아르치바셰프의 역겨운 주인공이 설파하는 "어리석고 무지몽매한 자신감"에 대해 불편한 심기를 드러낸다. 톨스토이는 계속해서 아르치바셰프의 소설이 러시아의 많은 젊은이에게 유해한 영향을 끼친다고 비탄하며, 세계의 위대한 성현들이 남긴 근본적인 삶의 문제에 대해 지독히

---

15) 아르치바셰프는 저서 『백만장자』(*The Millionaire*)의 영문 번역판 서문에서 "나는 뼛속까지 현실주의자이고, 톨스토이와 도스토옙스키 학파의 제자이다. 비록 그의 '악에 대한 비폭력적 저항(resistance)'에는 동의하지 않지만, 내 문학적 발전은 톨스토이로부터 상당히 많은 영향을 받았다. 예술가로서 그는 나에게 압도적 매력을 풍겼고, 글을 쓸 때 그를 모델 삼지 않을 수 없었다"라고 밝혔다. Michael Artzibashef, 『백만장자』(*The Millionaire*, 1915), p.8, p.9.

도 무지하다고 한탄하였다. 이 두 삶의 철학——사니니즘과 톨스토이주의——사이에서 어떤 가르침을 따를지 고민하는 도크시츠키에게 도움을 주는 방편으로 톨스토이는 자신이 직접 다양한 작가와 사상가의 고양된 도덕적 사상을 엮은 포스레드니크(Posrednik) 사의 책 『독서 서클』(*A Circle of Readings*, 1904~1908) 사본을 보내주기로 약속한다. 그는 『독서 서클』이외에 복음서도 추천하였다.

톨스토이는 또한 자신의 「광기에 대하여」(1910)라는 짧은 에세이에서 『사닌』의 저자를 심하게 헐뜯는다. 여기서 그는 러시아 젊은이들의 높은 자살률에 대한 걱정을 토로한다. 톨스토이는 당대의 이러한 '광기'의 유행——러시아의 많은 젊은 독자가 탐독하던, 아르치바셰프와 같은 데카당파 모더니스트 작가들의 소름 끼치는 작품들——을 맹렬히 비난하였다. 톨스토이는 당대의 다윈, 헤켈, 맑스, 메테르링크, 함순, 바이닝거, 그리고 니체를 '잃어버린 세대'와 동일시하며 이들이 가진 무신론적 사상이 점점 더 많은 러시아 젊은이를 절망에 빠뜨리고 종국에는 자살로 몰아넣는다고 생각하였다. 톨스토이는 도덕적 타락과 만연한 '광기'가 세기말 러시아의 근대화 산물인 물질적·과학적 '진보'의 비싼 대가라고 주장하였다(38:401).

그의 견해에 따르면, 정확히는 젊은 러시아인들의 마음을 중독시키는 무신론적 문학들에 대한 톨스토이의 분노는 아르치바셰프 소설의 많은 부분이 가장 잘 알려진 톨스토이의 사상, 믿음, 가르침에 대한 전면적 반발이라는 점에서 당연한 것이다. 실로 오토 보엘러는 톨스토이주의——사회주의, 금욕주의, 기독교 교리——이 『사닌』에서 비판의 중요한 대상임을 지적한다.[16] 물론 소설에서 주로 비판하는 대상은 톨스토이주의의 주요 교리로 손꼽히는 「하느님의 나라는 너희 안에 있느리라」(1893)에서 강력하게 주창되는 악에 대한 무저항 교리이다.[17] 『사닌』에서 작가는 두 부수적 인물의 풍자적 묘사를 통해 톨스토이의 교리를 비꼰다. 그 하나는 엄밀히 '톨스토이주의자'(tolstovets)는 아니지만 '톨스토이 숭배자'(poklonnik Tolstogo)로 그려지는 키가 크고 마른 교관이고, 다른 한 명은 자신이 톨스토이 숭배자이며 자신을 해친 남자인 자루딘(Zarudin)에 대한 사닌의 폭력적인 공격으로 충격을 받았다고 고백하는 인물이다.[18] 솔로베이치크는 자기의 상해를 사닌이 감내하거나 참았어야 한다고 주장한다. 이에 아르치바셰프의 주인공은 톨스토이의 기독주의가 주창하는 악에 대한 무저항을 통렬히 비난하게 된다. 사닌은 자신이 한때 교우이자 톨스토이가 설파한 자기희생적 기독교 교리를 따르는 이반 랑드의 영향 아래 살던 시절이 있었음을 상기한다. 그러나 사닌은 곧 랑드의 톨스토이식 삶의 양식, 즉 그의 기독교적 정적주의와 수도사 같은 금욕주의로부터 완전히 탈피하여 그것이 삶의 아름다움, 풍부함, 생명력을 앗아감을 깨닫게 된다.

　　그러나 『사닌』에서 톨스토이의 종교적 도덕률에 대한 가장 맹렬한 비난은 모스크바에서의 정치활동으로 인해 고향으로 피난을 간 공과대

---

16) 미하일 아르치바셰프(Mikhail Artzibashef)의 『사닌: 소설』(*Sanin: A Novel*, 2001)에 수록된 오토 보엘러(Otto Boele)의 서문(p.5).
17) 당시의 어느 비평가의 말에 따르면, "악에 대한 톨스토이의 무저항 교리"는 당시의 위대한 사상 중 하나로서 러시아 문학과 문화에서 지배적이었으며, 1905년 후반 러시아에서는 이에 대항하여 현저한 반발이 일어났다. 이 반발에는 아르치바셰프의 소설들도 한몫했다. William Lyon Phelps, 『러시아 소설가들에 대한 에세이』(*Essays on Russian Novelists*, 1926), p.248.
18) Mikhail Artzibashef, 『3권으로 된 선집』(*Sobranie sochinenii v trekh tomakh*, 1994), 1:259, 164 참조. 별다른 표시가 없는 한 『사닌』과 아르치바셰프의 다른 작품들에 대한 이하의 인용은 모두 이 세 권으로 된 선집에서 가져온 것이고, 인용된 텍스트 끝에 권 번호와 쪽수를 명기했다.

학 퇴학생 유리 스바로지치를 통해 나타난다. 자기희생과 그 자신의 동물적 충동과의 끊임없는 전쟁을 통한 도덕적 자아완성의 길을 걷는 스바로지치는 톨스토이의 소설 속 인물뿐만 아니라 회심 이후의 톨스토이 자신의 이미지를 연상시키는 인물이기도 하다. 어떤 비평가는 사닌은 "기독교와 예수 그리스도의 인성, 그리고 예수에 대한 러시아 해석자인 레오 톨스토이에 대해 선천적인 적대감을 갖는다"라고 지적한다.[19]

톨스토이가 사닌에 대해 갖는 가장 큰 불만은 동물적 욕구에 대한 무절제——즉각적이고 관능적인 욕망의 완성에 대한 무절제——이다. 아르치바셰프의 소설에서 주인공 사닌은 인간의 본능적 반사작용을 맹목적으로 숭배하는 모습을 보인다. 톨스토이는 사닌의 신조를 "자신의 삶을 최대한 즐겨라, 그리고 그 어떤 것도 걱정하지 마라"라는 것으로 해석한다.[20] 실로 아르치바셰프는 톨스토이가 고수하는 자기부정의 기독교적 철학이 표방하는 억압된 정신 상태가 '부자연스럽게도' 모든 삶에서 찾을 수 있는 이교적이라 할 수 있는 모든 자연스러운 즐거움을 버린다는 것에 가장 커다란 반감을 가졌다. 한 비평가는 "자연스러운 것은 잘못된 것이 아니다"라는 사닌의 사조를 "쾌락을 주는 그 어떤 것도 평가절하되어서는 안 된다"라는 말로 해석한다.[21] 삶을 긍정하는 아르치바셰프의 이교적 철학과 삶을 포기하는 톨스토이의 기독교적 철학 사이의 반목은 특히 작가의 직접적 대변인인 사닌과 톨스토이의 성적 도

---

19) Phelps, 『러시아 소설가들에 대한 에세이』(*Essays on Russian Novelists*), p.260.
20) D. P. Makovitskii, 『1904~1910년 톨스토이의 옆에서』(*U Tolstogo 1904~1910: "Iasnopolianskie zapiski" D. P. Makovitskogo*, 1979), 『문학유산』(*Literaturnoe nasledstvo*), 90권, 3편, 1908년 7월 10일 목록 참조(p.139).
21) Phelps, 『러시아 소설가들에 대한 에세이』(*Essays on Russian Novelists*), p.259.

덕률을 대변하는 스바로지치의 견해, 행동, 운명의 대조를 통해서 잘 드러난다.

4. 유리 스바로지치와 톨스토이식 절제의 무가치성

아르치바셰프의 소설에 등장하는 관능적인 지나이다 카르사비나를 둘러싼 갈등구조는 가상의 두 인물(사닌과 스바로지치)이 벌이는 경쟁일 뿐만 아니라 두 인물이 대변하는 이데올로기의 경쟁이기도 하다. 아르치바셰프의 이야기 속에서 주인공은 어린 시절 성격 형성에 중요한 시기와 청소년이 되어 교육받는 시기 동안 가정을 떠나 있었다. 그래서 일반적인 사회화 과정을 거치지 않은 '자연적' 인물로 묘사된다. 이러한 환경은 그 영혼으로 하여금 매우 독립적이고 독창적이며, "들판에서 자라는 나무처럼" 자연스러운 방식으로 성장하도록 이끌었다고 전하고 있다(1:35). 사회적 측면에서 사닌은 억압되지 않은 '자연적' 인간으로서 결코 사회관습이나 전통적 도덕률에 길들여진 인물이 아니다. 성격으로 말하자면 사닌의 본성은 인간의 몸이 요구하는 육체적 욕망과 관능적 욕구에 매우 개방적이며 호의적인 것으로 묘사된다. 즉 아르치바셰프의 인물은 로라 엥겔스타인이 지적하는 '행복한 육체의 교리'[22]를 몸으로 체득한 인물인 것이다. 실로 사닌은 삶의 육체적 쾌락에 대한 마르지 않는 갈증을 소유한 인물로서, 관능적 탐닉의 철학으로 색욕을 합리화(혹은 요구)한다. 사닌은 자연적 인간을 동물과 구분짓는 것은 관능 충족에 대한 인간적 욕구와 이해라고 말한다.

---

22) Engelstein, 『행복의 열쇠』(*The Keys to Happiness*), p.388.

동물은 더 동물적일수록 충족 상태를 이해하기 힘들고 기쁨을 확보하기가 어려워진다. 동물은 단지 자신의 필요에 응할 뿐이다. 우리 인간은 고통받기 위해 창조된 것이 아니고 고통은 인간열망의 목표가 아니라는 것에 모두가 동의한다. 즉 기쁨이야말로 삶의 목표이다……. 그렇다, 선천적으로 인간은 절제에 순응하지 않고, 가장 진실한 사람은 자신의 육체적 욕망을 감추지 않는 사람이다.(1:62)

쾌락주의자 사닌은 고통과 고뇌와 불행을 피해 삶을 완전히 즐길 방법은 "인간의 자연적 욕망을 충족하는 것"이라고 말한다. "욕망은 삶의 전부이며, 만약 인간개인에게서 욕망이 사라진다면 삶도 죽은 것이다. 인간이 욕망을 죽인다면 그는 자살한 것과 같다"(1:130). 인간행복의 본질로서 리비도적 욕망의 적극적 방어와 금욕주의적 감성을 당대의 유명한 톨스토이주의자 세료자 포포프의 말 "아무것도 욕망하지 마라. 그것이 행복이다"[23)와 비교해 보라.

톨스토이적 자기부정(육체적 욕망을 완전히 극복하거나 소진하려는)과 사닌적 자기확신(모든 면에서 그것을 만족시키고 즐기려는)의 극단적 대조는 특히 그들이 음주에 대해 보이는 견해에서 극명하다. 사닌은 억제되지 않은 색욕과 삶에 대한 열정으로 술에 빠져든다. 그에게 중독이란 억압된 감정적·심리적·도덕적 속박으로부터 한 인간이 해방되는 것이다. "내 생각에 오직 취객만이 삶을 오롯이 살아 내고 있는 것이다"라고 사닌은 말한다. "취객만이 삶을 자기가 느끼는 대로 살고 있는 것이

---

23) A. S. Prugavin, 『톨스토이와 톨스토이주의자들: 인상기, 회상, 자료』(*O L've Tolstom i o tolstovtsakh: Ocherki, vospominaniia, materialy*, 1911), p.282.

고 그는 쾌락과 환락을 부끄러워하지 않는다"(1:84). 고대 로마의 격언 (여기서 그의 성이 파생된 듯하다)인 "건강한 육체에 건강한 정신"(mens sano in corpore sane)에 대해 아르치바셰프의 주인공은 "술 속에 진리가 있다"(in vino veritas)라고 덧붙인다. 이러한 승인에 대해 현대의 한 비평가는 심한 알코올중독자 사닌은 그저 "부도덕한 알코올중독자"에 불과하다고 평한다.[24]

　　반면 톨스토이는 술의 이러한 사용을 강하게 비난한다. 과도한 음주는 인간의 이성을 죽이고 인간의 도덕성을 마비시킨다는 것이다. 에세이 「왜 사람들은 자기들의 이성을 마비시키는가?」(1890)에서 톨스토이는 "사람들이 술을 마시고 담배를 피우는 이유는 그들의 영을 고양하고 명랑한 분위기를 만들기 위함도 즐거움을 찾기 위함도 아닌 그들 내면의 의식을 마비시키기 위함이다"(27:282)라고 지적하였다. 이 모든 중독적 요소를 떠나 음주는 파괴적인 습관이라고 톨스토이는 전하는데, 그것이 평소 리비도적 욕망을 제어해 주던 도덕적 규율을 제거함으로써 직접적으로 성적 방탕에 이르도록 한다는 것이다. 「크로이체르 소나타」의 포즈드니셰프는 작가의 입장을 대변해 "방종은 육체 자체에서 비롯되지 않으며, 어떤 육체적인 비행도 방탕하지는 않습니다. 엄밀하게 말해 진정한 방종은 도덕을 벗어나 여성과 육체적 관계를 맺는 것에서 비롯됩니다"(27:17)라고 말한다. 당시 러시아의 사닌 추종자들은 '자유연애' 집단을 만들고, 술을 마시고 집단성교를 하거나, 또 다른 형태의 도덕적 방탕을 저질렀다. 반면 톨스토이는 자신의 추종자들에게

---

24) A. P. Omel'chenko, 『불건전한 창작품의 주인공』(*Geroi nezdorovogo tvorchestva*, 1908), p.36.

술을 절제하는 (그럼으로써 성적 방탕을 금지하는) 단체를 만들도록 종용하였다.[25]

앞서 언급했듯이 소설에서 이기주의, 에로티시즘, 쾌락주의가 혼합된 모습으로 묘사되는 사닌의 대척점에 유리 스바로지치가 있다. 그는 톨스토이의 사상, 신념, 가르침을 고수하는 인물이다. 그의 집착은 다른 인물들인 본 다이츠나 솔로베이치크보다 더 깊어 보인다.[26] 이것은 특히 육체적 욕망의 현현으로서 인간의 몸에 대해 톨스토이가 가졌던 공포와 경멸과 관련하여 그러하다. 톨스토이는 육체적 쾌락과 벌인 개인적 갈등을 확장하여 말년에는 인간의 몸을 상당히 중독적이고 심각하게 파괴적인 육체적 유혹이 용솟음치는 장소로 규정하며 몸과의 전쟁을 선포한다. 앞 장에서 살펴보았던 것처럼 톨스토이가 전향 이후에 얻은 중요한 도덕적 관념은 '금욕'(vozderzhanie)이다. 그는 이것이 도덕적이고 영적인 자아완성을 위한 고행에서 꼭 거쳐야 하는 첫번째 단계라고 말한다. 톨스토이적 도덕가의 현신인 스바로지치는 도덕적·영적 자기정화의 길을 방해하는 육체적 욕망을 극복하고 승화하려 한다.[27]

---

25) Maude, 『톨스토이의 생애』(*Life of Tolstoy*), 2:339.

26) 니콜라스 루커(Nicholas Luker)가 쓰기를, "사닌이 아르치바셰프의 도덕적·사회적 속박에서 자유로운 자연적 삶에 대한 옹호를 구현한다면, 기술적 제자인 유리 스바로지치가 부자연스럽고 대안적인 삶의 방식을 증명할 것이다. 그는 영웅 사닌을 좌절시키고, 따라서 아르치바셰프가 세기의 반환점에서 러시아 인텔리겐치아들 사이에 작용하던 긍정과 부정의 양극단을 대표한다. 두 인물 모두 각자의 제자들이 있다는 사실로 확정되는 깔끔한 대립 구도이다. 사닌과 그의 스승 이바노프, 유리와 그의 제자 샤프로프. 사닌의 행동이 육체적 약속들로 넘쳐나는 이 사회에서 살아 있는 것의 즐거움을 나타낸 데 비해, 유리의 행동은 그 세대 수많은 젊은이의 창조적 힘을 파괴한, 심오하게도 삶을 부정하는 비관주의를 반영한다. Nicholas Luker, 「아르치바셰프의 사닌: 재평가」("Artsybashev's Sanin: A Reappraisal"), 『평판을 지키기 위해: 미하일 아르치바셰프의 초기 산문에 대한 에세이』(*In Defence of a Reputation: Essays on the Early Prose of Mikhail Artsybashev*, 1990), p.84 참조.

27) 톨스토이를 연구한 한 평론가는 "'자연스럽다'라는 것이 그에게 '짐승 같다'라는 것을 의미

유리 스바로지치가 고수한 톨스토이의 이데올로기는 특히 소설의 초반에서 유리가 나들이 중 아름답고 젊은 교사 카르사비나와 함께 인상적이고 어두운 동굴로 모험을 떠날 때 잘 드러난다. 이내 그는 그녀가 가까이 있다는 것에 성적 충동을 느끼는 자신을 발견하지만, 곧 이러한 욕망을 이겨 내야 한다고 느끼게 된다. 톨스토이적인 성도덕률에 따라서 유리는 이 죄스러운 육체적 욕망과 카르사비나에게 느끼는 리비도적 흥분을 연민과 동정심이라는 좀더 영적으로 고양된 정신으로 승화하려 한다. 그러나 소설 전반에 걸쳐 유리는 카르사비나를 마주할 때마다 성적 욕망에 사로잡히는 모습을 보인다. 스바로지치는 이 젊은 여성에 대한 자신의 진정한 감정을 점점 더 깊이 거부하게 된다. "그(유리)가 그녀(카르사비나)의 매력, 순결, 영적 깊이에 대하여 생각하는 모든 것은 그녀의 육체적 미와 부드러움 탓이었다. 그러나 어떤 이유에서인지 유리는 이것을 받아들이지 않았다. 그는 계속해서 이 젊은 여성의 매력이 그녀의 어깨, 가슴, 눈, 혹은 목소리 때문이 아닌 그녀의 순결과 정결에 연유한 것이라 확신하려 했다"라고 화자는 지적한다(1:93~94). 그가 카르사비나에게 느끼는 부인할 수 없는 성적 매력에 대한 유리의 부정은 화자가 지적하듯이 성적 욕망의 억압으로 이어진다. 밤마다 그의 잠재의식이 드러나는 꿈속에서 '관능적이고' '눈부신' 여성들의 아름다운 나체 이미지가 등장한다(1:103). 결국 스바로지치는 카르사비나의 나체를 상상하기에 이른다. "유리는 그녀가 옷을 모두 벗어던지고 알몸으

하지는 않는다. 스토아학파에게 그랬듯 그것은 '자연스러운 인간임'을 뜻한다. 그리고 '자연스러운 인간임'을 따른다는 것은 동물적 충동에 충실하다는 것이 아니라 부패하지 않는 이성과 양심을 따르는 것을 의미한다." A. B. Goldenweizer, 『톨스토이와의 담화』(*Talks with Tolstoy*, 1969)에서 헨리 르로이 핀치(Henry LeRoy Finch)가 쓴 서문, p.6.

로 밝고 쾌활하게 신비로운 초록색 풀밭의 이끼를 머금은 잔디 위를 달리는 모습을 상상하는데 전혀 이상하지 않고 굉장히 자연스러운 모습으로 생각되었다. 이는 그 어두운 정원의 푸릇푸릇한 삶을 망치는 것이 아니라 그것을 더욱더 돋보이게 만드는 모습이었다"(1:110).

그러나 대부분의 경우에, 사닌이 육체적 욕망을 맹신하며 그것을 자유로이 탐닉하는 모습에 질투를 느낄 때조차 유리는 이 에로틱한 이교적 환상을 힘겹게 거부하는 모습을 보인다.[28] 스바로지치는 동물적인 본능의 충동에 대한 자신의 이성적 판단을 신뢰하며 단순한 '동물성'(zhivoinost)일 뿐인 사닌의 삶에 대한 이교적 즐거움을 묵살하고 육체적 쾌락에 대한 자신의 공포를 정당화한다. 유리는 "생명은 감각적이다. 그러나 사람들은 비이성적인 짐승이 아니기에 그들의 욕망을 선하게 고쳐야 한다. 그리고 그러한 욕망이 그들을 조종하도록 해서는 안 된다"(1:150)라고 판단한다. 이런 이유로 스바로지치에게 있어 자유로운 사닌은 그저 "충동적이고 천박한 인물"일 뿐이다(1:141). 누이의 약혼자인 난봉꾼 랴잔체프 역시 유사하게 "더러운 짐승"으로 치부된다 (1:143).

스바로지치의 이성적 의식은 리비도적 에너지를 승화하고 그것을 더 높은 도덕적 선을 향해 교화하라고 지시하지만, 그의 성적 억압은 감

---

28) 예를 들어 사닌이 13장 사냥 장면에서 젊고 사랑스러운 소작인 여자와 애정 어린 스킨십을 주고받는 것을 목격했을 때 유리는 동료에게 무의식적인 부러움을 느낀다(1:140). 그후 누이의 약혼자 랴잔체프와의 사냥 여행에서, 유리는 둘이 함께 사닌이 소작인 여자와 흥청망청하던 그곳으로 가 보자는 랴잔체프의 제안에 격렬한 유혹을 느낀다. "유리는 어둠 속에서 깊이 부끄러움을 느꼈다. 그의 동물적 본성이 금지된 감정의 소용돌이를 불러일으켰다. 예사롭지 않은, 감탄할 만한 이미지들이 그의 뇌리를 관통해 갔지만, 그는 마음을 다잡고 건조하게 대답한다. '아니, 집에 갈 시간이야'"(1:141).

정적 삶을 점점 더 퇴색시키고 생명력을 박탈해 공허해져 가고 있었다. 화자는 "그의 삶에 불꽃은 없다. 그는 오직 자신이 건강하고 강인하다고 느낄 때 그리고 여성과 사랑을 할 때만 열정적일 뿐이다"(1:198)라고 평한다. 비록 유리는 자신을 둘러싼 사회의 다른 젊은 남성들과 다르다는 사실에 자부심을 가지고 있지만 샤닌, 랴잔체프, 노비코프, 그리고 고향의 다른 건강한 남성들의 생각과 행동이 자신에게 어떤 해로운 영향을 끼치고 있다는 것은 인정한다. "그들은 거의 비극적인 자기 채찍질과는 거리가 먼 이들이다. 그들은 승리에 찬 돼지만큼이나 만족하고 있다. 차라투스트라들! 자기들의 삶 전체는 현미경처럼 작은 자아에 갇혀 있다. 그리고 그들은 자기들의 저속함을 나에게까지 전염시키고 있다. 늑대와 어울리는 자도 늑대처럼 울부짖지 않는가? 그것은 그저 자연스러운 일이다"(1:203). 자기를 둘러싼 쾌락주의적 생각에 직면하여 유리는 강직하게도 톨스토이적 신념을 고수하려 애쓴다. "살아남아 희생하라!" 그는 스스로에게 되뇐다. "그것이 진정한 삶이다!"(1:204) 그러나 유리의 톨스토이적 가르침에 대한 열정이 시드는 데는 (특히 카르사비나의 상호적 매력이 더욱 분명해지면서) 그저 카르사비나의 존재만으로 충분하였다. 결국 유리는 갑작스럽게 카르사비나에 대한 성적 추종을 그만두며, 어느 날 저녁 자신의 욕망에 대한 불쾌감을 드러낸다. "이 순결하고 성스러운 소녀를 망치려는가"(1:320). 또한 그는 "너무나도 역겨운 생각이었다. 오 다행스러워라, 나는 욕망에 지배당하지 않았다! 그것은 너무나도 악하였고, 당시에는 거의 말없는 짐승과 같았다!"(1:320)라고 생각한다.

5. 사닌의 이교주의: 억제되지 않은 동물적 열정의 에토스

유리가 카르사비나와의 성교 기회를 놓친 날 밤, 사닌은 그녀를 배에 태워 집에 데려다주는 길에 유리가 놓친 그 기회를 이용한다. 많은 비평가는 카르사비나가 자신을 향한 사닌의 육체적 욕망에 굴복하는 선상에서 관능적 유혹의 장면을 강간으로 해석한다. 그들의 해석도 어느 정도 일리가 있으나, 카르사비나 역시 성적으로 흥분한 상태이며, 같은 날 스바로지치와의 완성되지 않은 밀회에서 만족하지 못한 상태로 그려지고 있다. "그리고 그녀는 유리에게 굴복했을 때 처음으로 느낀, 이해할 수 없을 정도로 관능적인 유혹에서 오는 가장 깊은 열락을 수도 없이 되뇌었다"(1:330). 사닌과 집으로 돌아오는 여정에서 그녀는 그와 함께 있다는 것만으로도 "낯선 흥분감"에 사로잡혔고(1:333), 그녀의 이루지 못한 성적 갈망이 점점 더 커져 가는 것을 느꼈다. "그녀는 그에게 자신이 항상 그렇게 조용하고 단정한 여성만은 아니며 나체의 몸으로 있을 때 부끄럽지 않았고 오히려 자신의 완전히 새로운 모습을 인식했다는 것을 알리고 싶다는 거부할 수 없는 충동을 느꼈다"(1:334~335). 사닌은 당대의 러시아 사회에 만연하였던 몸에 대한 모욕과 육체적 욕망에 대한 오명, 그리고 젊은이들이 두려움, 질투, 혹은 종속됨 없이 자유로이 사랑을 즐길 수 있다는 것에 대한 자신의 이교적 생각을 그녀에게 이야기한다. 카르사비나는 "이전까지 알지 못했던 세계의 고유한 감성과 감정이 자기 앞에 모습을 드러내는 듯했고, 갑자기 그것을 잡고 싶은 충동을 느꼈다……. 그리고 이상한 흥분이 그녀를 압도하였고 급격한 전율과 함께 그녀 앞에 드러났다"(1:338). 마침내 유혹당하는 순간 카르사비나는 온몸으로 자신을 향한 사닌의 강력한 성적 열망에 사로잡혀 있음을 이해하고 느끼게 된다. 그리고 그녀는 그것에 의해서 "마비된다" (1:338). 화자는 "그녀는 갑작스럽게 의식을 잃고 이해할 수 없는 힘에 빠져들게 된다. 그녀는 팔에 힘을 빼고 누웠다. 그 어느 것도 보고 느낄 수 없었다. 그리고 타인의 힘과 의지, 즉 남성의 힘에 완전히 굴복하여 타오르는 고통과 번뇌하는 쾌락에 빠져든다"(1:339)라고 설명한다.

그녀가 처녀성을 잃고 유리에 대한 사랑을 배반했을 때 진정한 눈물이 끊임없이 흐르고 쓰디쓴 후회가 찾아왔지만 카르사비나는 배에서 사닌과의 성교를 뿌리치려는 강한 의지가 부재한 모습을 보인다. "그녀는 자신에게 다시 입맞추려 하는 그를 뿌리치지 못한다"라고 화자는 전한다.

그녀는 이 타오르는 새로운 기쁨을 거의 무의식적으로 받아들인다. 반쯤 눈이 감긴 채 아직 그녀에게는 낯선, 수수께끼 같은 유혹적인 세계로 더 없이 깊이 떨어졌다. 때때로 그녀는 보지도 듣지도 느끼지도 않는 것처럼 보였으나, 그녀의 유순한 육체에 덤벼드는 그의 모든 움직임은 창피함과 호기심에 대한 열망의 감정들과 섞여 그녀에게 기이한 짜릿함을 주었다. (1:340)

보엘러의 주장에 따르면 이러한 의도한 성적 공격 장면은 "카르사비나가 그 경험을 즐기며 더욱더 새롭고 '자연스러운' 삶의 방식으로 이행한다"라는 것을 암시한다. "기능적으로 사닌은 단지 한 차원 높은 진실의 우월성을 증명하기 위해 고안된 하나의 장치일 뿐이다. 그의 가식적이지 않은 삶의 쾌락은 분명히 그 모든 것의 표본이다".[29] 엥겔슈타인도 이 장면을 유사하게 설명하는데, "어느 따스한 여름날 밤, 부드러운 자장가가 흐르는 가운데 사닌은 아무런 범행 욕망이나 죄책감도 없이 다른 남자의 이루지 못한 성적 사랑인 여자와 일시적인 관계를 즐기고 있었다"라고 해석한다. 그녀에 따르면, "사실 이 이야기에서 사닌의 특별한 역할은 욕망에 굴복한 젊은 여인에게 그들의 충동은 그들을 타락시켰다기보다 개선시켰다는 확신을 주었다".[30] 엥겔슈타인은 사닌이 이 장면에서 보인 성적 폭력성은 이렇게 소설의 남성 독자뿐만 아니라 여성 독자들을 변화시키기 위해서이고 아르치바셰프가 자신의 소설에서 "여성의 성적 쾌락을 위한 능력"을 입증하기 위함이라고 지적한다.[31] 사닌의 카리스마적인 힘에 굴복한 마을의 다른 젊은이들처럼 카르사비나는 이 운명적인 밤이 갑작스럽게 자기를 압도하고 또 변화시킨 "어떤 강력한 도취 상태"라고 말한다(1:344). 이후 좀더 또렷한 정신으로 그날 밤을 상기할 때 그녀는 이전의 도덕적인 모습으로 돌아가 그때를 후회

---

29) 보엘러(Boele)의 서문(Mikhail Artsybashev, *Sanin: A Novel*, p.6). 엥겔슈타인도 이 장면에 대해 유사한 해석을 내놓는다. "어느 따스한 여름날 밤, 부드러운 자장가 속에서 아무런 범행 욕망이나 일말의 죄책감도 없이, 사닌은 다른 남자의 이루지 못한 성적 사랑인 여자와 일시적인 관계를 즐기고 있었다. 사실 이 이야기에서 사닌의 특별한 역할은 욕망에 굴복한 젊은 여인에게 그들의 충동은 그들을 타락시켰다기보다 개선시켰다는 확신을 주었다". Engelstein, 『행복의 열쇠』(*The Keys to Happiness*), p.385 참조.

30) *Ibid.*, p.385.

31) *Ibid.*, p.397. "그의 소설 속의 성적 욕망은 종종 남성의 환상이 확대되는 과정에서 표면화된다"(p.49). 그리고 "그의 소설은 남성의 자기확대와 여성의 모욕에 관한 수사학에 기대지 않고서는 성애에 관해 다룰 수 없다"(pp.49~50)라고 주장하는 나이만은 엥겔슈타인이 (보엘러나 루커와 마찬가지로) 아르치바셰프의 성도덕에 대해 훨씬 관대한 평가를 내린 데 비판적인 견지를 취한다. 나이만은 학자들이 아르치바셰프의 텍스트에서 여성혐오증적 측면을 인식해 내는 데 실패했다고 주장한다. 비록 그 영웅은 여성을 존중하고 겉으로는 그들을 모욕하기보다 해방하려 했다고 주장하지만, 나이만의 관점에서는 "성적 위선에 대한 논평으로서 여성을 모욕하는 가면무도회를 즐기는 듯한"(p.51) 소설 속에서 사닌을 『사닌』으로부터 분리하지 말고 볼 것을 독자들에게 충고한다. Naiman, 『공공연한 섹스』(*Sex in Public*), pp.49~51.

하며 사닌의 육체에 굴복한 자신을 "부도덕하고 타락한 존재"(1:351)라며 개탄한다. 이렇듯 만약 사닌의 가장 중요한 역할이 새롭고 개인의 고유한 삶의 자세를 옹호하기 위함이라면, 카르사비나에 관한 한 그의 시도는 그리 성공적이지 않아 보인다. 루커가 지적하기를, "사닌이 주변 사람들에게 진정한 삶의 방법을 아무리 강력히 설파하려 해도, 그의 말은 단지 일시적 영향만을 미칠 뿐 그에게 필적하지 못한다".[32] 물론 소설 속 여성 인물들에 대해서도 마찬가지다. 펠프스가 지적하듯 "아르치바셰프는 언젠가 때가 되면 여성들이 이 단호한 이기주의를 버릴 것이라고 확신한다".[33] 한 비평가는 비록 지나이다 카르사비나나 리다 사니나 등과 같은 여성 인물이 일시적이나마 자기 자신에게 솔직했을지라도, 그들은 "그리 선할 수 없다. 왜냐하면 그들이 결국에는 대다수 사람들처럼 관습에 얽매여 활기 없는 평범한 일상으로 돌아갈 것이기 때문이다"라고 지적한다.[34]

유리 스바로지치는 우리가 곧 알게 되듯 자살하는데, 그것은 카르사비나의 배신 때문이 아니라(그는 그녀가 그 운명적인 밤, 선상에서 사닌의 유혹의 손길에 넘어간 것을 모르는 듯 보인다), 그가 사랑 없는 독신의 삶을 산 결과 점점 더 고립되어 우울증에 사로잡혔기 때문이다. 사닌에 따르면 유리 스바로지치 같은 길들여진 지식인들은 삶에서 깊은 불만족을 나타내며, "살기를 두려워하고" 또 "느끼기를 두려워"할 뿐이다(1:337). 그들은 스스로 만들어 놓은 감정의 감옥에서 일생을 보내며,

---

32) Luker, 「아르치바셰프의 사닌」("Artsybashev's Sanin"), p.94.

33) Phelps, 『러시아 소설가들에 대한 에세이』(*Essays on Russian Novelists*), p.257.

34) Luker, 「아르치바셰프의 사닌」("Artsybashev's Sanin"), p.94.

육체를 영혼의 노예로 종속시키고, 그들의 자연스러운 육체적 욕망에 부끄러운 동물적 충동이라는 낙인을 찍는다. 사닌에게 있어 인간은 스바로지치 같은 억압적이고 무시무시한 도덕주의자가 아니다(혹은 이상적으로 볼 때 아니어야만 한다). 오히려 인간은 "영과 육의 조화로운 조합"이다(1:336). 루커가 분석하듯, "그(사닌)는 카르사비나에 대해 즉흥적이고 정열적인 사랑을 만들어 냄으로써 우유부단하고 내성적인 유리에게 암묵적으로 발언하는 것이다".[35] 당대의 러시아 젊은이들에게 에로티시즘 그 자체보다는 나이만의 "이상적 일관성의 허위"[36]를 설파하고 있는 소설 『사닌』에서 주인공 사닌은 유리 스바로지치 같은 톨스토이적인 자기부정적 도덕군자를 능가하는 극단적으로 새로운 관능적 정신을 보여 준다.

비록 『사닌』에는 또 다른 톨스토이의 관념을(특히 악에 대한 그의 무저항 이데올로기를) 비판하는 요소들이 많지만, 아르치바셰프의 비판의 화살은 주로 톨스토이의 금욕적 기독교주의 그리고 그의 인간의 몸과 육체적 욕망에 대한 깊은 데카르트적 태도를 향한다. 톨스토이가 『사닌』의 주인공과 사니니즘의 도덕적 타락에 대해서 "어리석고 무지하며 신념을 흐리는" 것이라고 직접적으로 비판했듯이 아르치바셰프 또한 톨스토이주의에 대한 경멸을 그대로 표출하고 있다. 일례로 「톨스토이에 대하여」(1911)에서 이러한 태도가 분명히 드러난다. 이 작품은 그의 에세이집 『어느 작가의 기록』에 포함되어 있으며, P. V. 니콜라예프에 따르면 이 글은 "레오 톨스토이와의 인간본성에 대한 토론으로 시작한

---

35) *Ibid.*, p.94.
36) Naiman, 『공공연한 섹스』(*Sex in Public*), p.48.

다".[37] 이 글에서 아르치바셰프는 자신이 작가로서 그리고 창조적 예술가로서 톨스토이에게 빚진 바를 공식적으로 토로하지만, 동시에 톨스토이의 도덕적·철학적 가르침에 대해서는 주저 없이 저평가하고 있다. "사상가로서, 만약 사상가라는 사람이 새로운 사상을 발견하고 새로운 계시를 보여 주는 이라면", 그러면서 아르치바셰프는 덧붙인다.

> 톨스토이는 조금도 가치가 없다. 아아, 슬프게도 이것이 사실이다. 피사레프를 다윈과 비교하거나 평범한 교수를 뉴턴과 비교하는 것처럼, 예수와 비교해 봤을 때 톨스토이는 그저 똑같이 사람일 뿐이다. 철학적이고 종교적인 테마에 관한 그의 수많은 작품 중 어느 것도 복음서 3장만큼의 가치조차 없다. 기독교 도덕에 대한 그의 해석은 놀랄 만큼 취약하다. 그는 시시한 일에서 지나치게 심적 혼란을 겪고 있고, 육체에 의한 정신타락이라는 사실을 끌어올리기 위해 하찮은 생각으로 사상을 짓눌러 버렸다. 그는 여성의 셔츠가 주는 무례함과 담배의 명백한 피해에 대해 설명하였다.(3:690)

아르치바셰프에 따르면 톨스토이의 종교-도덕적 신념은 "근시안적이고" 또한 "쓸모없는" 것이다(3:697, 698). 아르치바셰프는 회심 이후의 톨스토이를 "모든 것에 대해 한쪽으로만 생각하는 편협한 도그마주의자이며, 폭넓게 사고할 줄 모르고, 진실이 이미 드러났다고 믿으며 축복받은 고요 속에 안주하는 사람!"(3:360)이라고 평한다. 아르치바셰

---

37) P. V. Nikolaev, 「톨스토이와 아르치바셰프」("L. N. Tolstoi i M. P. Artsybashev"), 『톨스토이와 톨스토이에 대하여』(*Tolstoi i o Tolstom. Materialy i issledovaniia*, 1998), p.243.

프의 관점에서 톨스토이의 도덕관념은 전혀 실천할 수 없는 비현실적인 것이다. "톨스토이 자신도 그렇게 살 수 없을 것이다. 이는 그가 자신을 정당화하려는 의지가 부족해서가 아니고, 그러한 삶의 방식이 아예 불가능한 것이기 때문이다"(3:690).

D. S. 미르스키가 오래전에 상기했듯, 톨스토이는——러시아 사실주의에서 미학적 터부를 제기한 첫번째 작가 중 한 명이자 기존의 사랑, 성애, 죽음에 대한 문학적 묘사를 특징짓는 '점잖고 청교도적인' 제약에서 해방된 육체적 묘사를 주창한 작가로서——세기말의 고리키, 안드레예프, 아르치바셰프 그리고 여타 신사실주의 작가들의 작품에 스며 있는 '신관능주의'에 자극을 주었다. 「크로이체르 소나타」(1889)를 필두로 한 톨스토이 말년의 도덕적 작품들은 미르스키가 지적한 대로 "『사닌』을 향한 첫걸음을 이루었다".[38] 터부를 불러일으킨 사실주의, 형이상학과 도덕적 문제를 다룬 이야기들, 그리고 삶을 지배하는 자연의 진리, 특히 성과 죽음에 대한 강한 자각과 관련하여, 문학예술가로서 톨스토이는 아르치바셰프 같은 러시아의 신사실주의 젊은 작가들에게는 선구자이자 모범이었다. 미르스키가 지적하듯 "후기 산문에 나타난 교훈적인 요소까지도 그 기원은 톨스토이의 시학에서 찾을 수 있다. 아르치바셰프의 설교는 톨스토이로부터 나왔다"[39]라며 "그것은 다른 누구도 아닌 톨스토이로부터였다"라고 단언한다. 실로 앞서 살펴본 바와 같이 향락주의적이고 이교적인 주인공 사닌은 특히 아르치바셰프가 한때 인간이라면 예외 없이 구축한다고 했던 '영원한 신기루'를 망쳐 놓는다. 이

---

38) D. S. Mirsky, 『러시아 문학사』(*A History of Russian Literature*, 1969), p.375.
39) *Ibid.*, p.402.

는 또한 인간의 몸을 비롯해 그 육체적 욕망 그리고 자연적 세계에 대한 관능적 전유가 영적 선함을 위해 희생되어야 한다는 톨스토이의 가르침에도 위배된다.[40] 톨스토이의 청교도적 가르침에 대한 직접적 반응으로서 등장하는 사닌은 인간 몸에 대한 잃어버린 가치와 그것에 수반되는 육체적 욕망을 오히려 회복하려 했다. 톨스토이가 작가로서 아르치바셰프에게 끼친 지대한 영향에도 불구하고, 20세기 초 러시아에서 주창된 혁명적이며 새로운 도덕적·성적 정신인 사니니즘은 발생 초기 에로틱한 소설을 낳았던 톨스토이의 성적 도덕주의에 직접적으로 도전하고 있다.

그러나 아마도 톨스토이의 유산은 문학적 미학을 넘어서 성적 도덕주의에 영향을 끼친 듯하다. 예를 들어 아르카디 곤펠드는 『사닌』에서 마주하게 되는 '성적 사실주의'(그의 주장에 따르면 독자들의 '어두운 성적 욕망'에 호소하기 위해 고안된)가 서사구조에 있어 악몽, 예를 들면 "육체와 고군분투하는 쾌락주의자의 사디스트적 꿈과 같은" 것을 드러낸다고 한다.[41] 한마디로 아르치바셰프의 작품은 아르카디로 하여금 톨스토이를 괴롭히던 육체적 욕망을 떠올리게 만든 것이다. 반면 알렉산드르 자크르젭스키는 "톨스토이의 「크로이체르 소나타」에 나타난 오만하고 절망스러운 운명은 어마어마한 중압감으로 아르치바셰프의 뇌리에 남아 있었다"[42]라고 지적한다. 이러한 해석들을 보면, 육체적 욕망이 도처에 만연하고 인간의 성적 욕망을 근본적으로 동물적인 모습으로

---

40) Mikhail Artsybashev, 『영원한 신기루』(*Vechnyi mirazh*, 1922).

41) Arkady G. Gornfel'd, 『책과 사람들: 문학 강연』(*Knigi i liudi. Literaturnye besedy*, 1908), p.27.

묘사하는 「크로이체르 소나타」에 대하여 『사닌』은 그저 그 변주에 지나지 않는다는 해석도 가능하다.[43] 현대의 한 비평가가 이에 대해 불만을 토로하기를, "톨스토이의 비관적 오리엔탈리즘 시각에서는 열정적 사랑과 관련하여 순전히 동물 같은, 육욕적이고 짐승 같은 것, 그의 말을 빌리자면 '돼지같이 탐욕스러운'(hoggish) 것만이 부각된다".[44] 사닌이 비록 자크르젭스키가 말했던 '톨스토이의 속죄 사상'[45]을 담고 있지는 않지만, 그러한 맥락에 비추어 또 다른 포즈드니셰프로 여겨질 수 있는 것이다.

다시 말해 「크로이체르 소나타」의 작가가 비난한 성적 쾌락에 대해 『사닌』에서 그 탐닉을 주창한 아르치바셰프는 성적 도덕관과 문학에서 유명한 선배의 뒤를 따르고 있는 것이다. 결국 아르치바셰프의 소설에서 설파하는 사니니즘은 그저 또 다른 톨스토이주의에 불과하다. 즉 똑같은 톨스토이주의가 '새로운 방향'으로 전환된 것뿐이다.

---

42) Aleksandr Zakrzhevskii, 『카라마조프시치나: 심리 대비』(*Karamazovshchina: psikhologicheskie paralleli,* 1912), p.133.

43) A. Gusev, 『결혼과 독신에 대하여』(*O brake i bezbrachii. Protiv "Kreitserovoi sonaty" i "Poslesloviia" k nei grafa L. Tolstogo,* 1891). A. 구세프는 톨스토이의 중편소설에서는 "감각적이고 동물적인 인간의 특성이 앞세워진다"라고 쓰고 있다. 구세프는 또한 같은 해 초반 『볼가 강 통보』(*Volzhskii vestnik*)에 실린 엘리자베스 필드(Elizabeth Field)의 「미국에서의 톨스토이에 대한 평가」("Count Tolstoy in America")의 감상("톨스토이의 심리학은 단순한 생리학이다"[Tolstoy's psychology is simple physiology])을 인용하면서 "톨스토이의 작품은 부패한 우리 시대에서 우리가 기대할 수 있는 것에 대한 예시이다"라고 덧붙였다(*Ibid.,* p.85 참조).

44) W. T. Stead, 「백작 톨스토이의 새로운 이야기: 서문」("Count Tolstoi's New Tale. Introductory"), 『리뷰의 리뷰』(*Review of Reviews*), 1(1890), p.333. 여기선 뮐러(Møller)의 『「크로이체르 소나타」의 후주곡』(*Postlude to The Kreutzer Sonata*), p.106, n.39에서 인용.

45) Zakrzhevskii, 『카라마조프시치나』(*Karamazovshchina*), p.133.

6. 볼셰비키와 봉봉 캔디: 『초콜릿』에서 구강기적 유혹과 성적 유혹

1917년 10월혁명 직후 러시아는 육체적 쾌락을 터부시하는 톨스토이의 기독교적 신조를 훨씬 더 긍정적으로 수용하였다. 특히 알렉산드르 타라소프-로디오노프 같은 소비에트 프롤레타리아 작가들 그리고 성의학자 아론 잘킨드 같은 볼셰비키 도덕주의자들이 그러하였다. 타라소프-로디오노프와 잘킨드는 1920년대 공산당이 주창한 논리, 즉 개인적 쾌락의 추구는 프롤레타리아 계급 발전이라는 공공의 이익을 위해 희생되어야 한다는 가르침을 따랐다. 타라소프-로디오노프의 단편 『초콜릿』(1922)은 에릭 나이만이 '이데올로기 시학'이라 지칭한 소비에트 문학의 전형이라 할 수 있다. 볼셰비키 혁명이 막 끝난 러시아에서는 약 10년간 전시 공산주의, 네프(NEP, 신경제정책)와 사회주의 건설에 대한 담론에서 음식과 성 그리고 몸이 중요한 부분을 차지하게 되었다.[46] 특히 타라소프-로디오노프의 단편은 사치스러운 음식 초콜릿이 어떻게 고도로 정치화되고 이데올로기화되어 타락한 삶의 가치로 나타나는지를 잘 보여 준다. 『초콜릿』의 단 음식들은 타라소프-로디오노프와 같은 1920년대의 충실한 공산당원들이 느끼는 깊은 고뇌를 반영한다. 즉 그것은 타락한 자본주의와 부르주아적인 가치관이 젊은 사회주의자들을 물들이려 할 때 이들이 어떻게 볼셰비키주의의 이데올로기적 순결성을 지켜 내는가에 대한 고뇌이다. 타라소프-로디오노프와 여타 충실한 볼셰비키 공산당원들이 경험하는 고뇌는 과거 근대화(그리고 모더니즘)가 기존의 도덕적 규준에 끼치는 악영향에 대해 이전세대가 느꼈던 공

---

46) Naiman, 『공공연한 섹스』(*Sex in Public*), p.4.

포와 많은 부분 닮아 있다. 실로 초콜릿──음식이자 사회문화적 기표인──은 타라소프-로디오노프의 소비에트 단편에 잔재하는 육체적 욕망과 구강기적 쾌락에 관한 톨스토이의 생각에서 받은 영향을 반영하며 고도로 정치화, 이데올로기화된다.

『초콜릿』의 주요 인물인 알렉세이 이바노비치 주딘은 체카의 지역 의장이다.[47] 프롤레타리아 계급 출신의 공산당원이자 혁명의 목표를 맹신하는 인물인 주딘은 언제든 그들이 나타나면 사보타주와 반(反)혁명 분자들과 결전을 치르고 그들에게 매일 사형을 내리는 임무를 충실하게 수행한다. 그러나 불법 활동과 반혁명적 음모에 가담한 혐의를 쓴 전직 발레리나 옐레나 발츠에게 알 수 없는 자비를 베푼 후 그는 갈등에 빠진다. 그녀를 심문하는 동안 주딘은 그녀가 백색경비대의 아파트에 들어간 것은 정치적 목적이 아닌 성적 목적을 위해서였음을 점점 확신하게 된다. 옐레나는 눈물을 흘리며 주딘에게 그저 죽을 것 같은 굶주림에서 벗어나고자 '더럽고 탐욕스러운 남성들'에게 몸을 팔게 되었다고 고백한다.[48] 이 애처로운 사회적 기생충에게 연민을 느낀 주딘은 그녀를 자신의 비서로 채용하면서, 정직한 노동을 통해 이 소시민 창녀가 변화하기를 기대한다. 그러나 머지않아 옐레나는 주딘에게 자신이 아는

---

47) 주딘(Zudin)은 그 자체로 '말하는' 이름을 가진 듯하다. 러시아어로 'zud'는 '가려움'이나 '욕구'를 뜻하고, 'zuda'는 '지겹게 하다'의 구어체적 표현이다(이 단어는 '귀찮게 하다'라는 뜻의 동사 'zudit'과 연관된다). 최소한 처음에는 주딘의 이름이 그가 꼭 극복하려 노력해야 하는 성적 욕망(그래서 부부간의 욕망에 굴복해 간통을 저지르지 않으려는)에 의해 괴롭힘을 당한다는 뜻인지, 아니면 그가 성적·미적 쾌락에 대해 금욕적 태도를 유지하는 톨스토이주의자임을 뜻하는지는 확실하지 않다. [옮긴이] 체카(Cheka)는 '반혁명 사보타주와 투기 단속 비상위원회'(1918~1922)를 말한다.
48) Aleksandr Tarasov-Rodionov, 『초콜릿』(Shokolad), p.274. 이 작품은 『『개골목』: 탐정소설과 중편』(Sobachii pereulok. Detektivnye romany i povest', 1993)에 수록되었다. 이하의 『초

유일한 방법으로 감사 표시를 한다. 즉 그의 아내에게 나일론스타킹을, 그의 두 아이에게 초콜릿(그의 아내에 의하면 "진짜 수입 초콜릿"[286])을, 그리고 주딘에게는 자기 몸을 선물하려 하는데 그는 지조를 지킨다.

비록 체카의 수장이 새로운 비서의 성적 유혹을 뿌리칠 수 있을 만큼 단련된 인물일지라도 그는 아내와 아이들로 하여금 친절하고 관대한 '엘레나 아줌마'가 준 사치스러운 선물을 돌려보내게끔 하지는 못한다. 그의 아내와 아이들이 결혼생활에서 오랫동안 궁핍함을 견뎌 내야 했던 것에 대한 미안함과 체카 사무실 업무에 치여 오랜 기간 가족을 제대로 돌보지 못한 죄책감 때문이다. 비록 그러한 선물을 받음으로써 아내와 아이들이 '프롤레타리아적 자부심'을 버리는 것임을 알지만, 주딘은 가족들이 그 선물을 받도록 허락한다.

물론 그는 충실한 공산당원으로서 훨씬 높은 수준의 자기부정을 행할 수 있었다. 실제로 작품 초반부에서 작가는 물질적 안락에 대한 주딘과 그의 아내의 첨예한 대립을 보여 준다. 어느 날 점심식사를 할 때 주딘은 아내 리자에게 '특별 만찬'(고기가 들어간 스프)을 차린 것에 대해 약간의 잔소리를 하며 일반적인 정량 이상의 고기를 요구한 것은 잘못된 일임을 일깨운다. 그녀는 이에 두 아이의 영양 상태가 매우 좋지 않다고 토로하며 남편에게 직책을 이용하여 배급을 조금 더 받아 달라고 부탁한다("이 아이들이 얼마나 창백한지를 보세요. 가죽과 뼈만 남았잖아요"라고 그녀는 이야기한다[279]). 그녀는 남편과 같은 위치에 있는 소비에트 지도자들은 더 많은 배급을 받는데도 정작 남편은 자기와 아이들이 적절한 식사조차 못하게 하는 것을 이해할 수 없었다. 그녀는 그가

콜릿』(*Shokolad*) 인용은 이 판본에서 가져온 것이며, 인용된 텍스트 끝에 쪽수를 명기했다.

혁명 이전 시절 정치적 이유로 망명해 살던 때보다도 더 야윈 것을 보고 "당신은 밤낮으로 소처럼 일하면서도 렌즈콩이나 먹으며 마치 새처럼 식사하죠!"라고 말한다(279). 이에 주딘은 그러한 궁핍한 생활을 하는 것은 자기들만이 아니라고 아내에게 토로한다. 그는 "수많은 사람이 또한 여분의 음식을 구하지 못하고 있소"라고 지적한다. "만약 그들이 파이에 버터를 바르고 있는 당신을 보면 어떤 말을 하겠소? 그도 그럴 것이, 이미 공장 사람들은 인민위원들이 왕처럼 음식과 난방이 충족한 생활을 한다며 웅성대고 있단 말이오!"(279) 물론 리자는 남편의 이러한 상황 판단에 대해 강한 반론을 제기한다. "누가 들으면 마치 우리가 비정상적으로 식탐을 추구하는 것처럼 오해하겠군요!"(279)[49] 이 부부의 육체적 자기부정과 물질적 탐닉에 대한 논쟁에 깔린 계급투쟁 논의는 주딘과 그의 아내가 반조롱조로 별명을 부르는 대화에서 잘 드러난다. 그녀의 남편이 그녀가 만든 말고기에 어울릴 겨자소스가 있냐고 묻자, 그녀는 그를 거의 '부르주아'가 되었다며 놀리고, 반면 그는 그녀가 음식점에서 버터를 찾을 수 없다고 이야기하자 그녀에게 진정한 '공산당'이냐고 되묻는다(278).

계속해서 주딘은 옐레나의 성적 구애를 성공적으로 물리치는데, 이는 그의 고매한 자기통제 정신을 드러내 주는 동시에 소설 전반에 걸쳐 초콜릿과 성적 욕망과 식욕이 어떻게 결부되는지를 잘 보여 주는 장면이다. 그날 저녁 주딘은 늦게까지 일하고 있었고, 오직 발츠[Valts, 옐레

---

49) 찰스 맬러무스(Charles Malamuth)의 번역본 『초콜릿』(*Shokolad*)에서 인용. 이 책에서는 "아니, 저런, 정욕!"(Eki, podumaesh', strasti!)이라는 원문을 꽤 적절하게 번역했다. Aleksandr Tarasov-Rodionov, 『초콜릿: 소설』(*Chocolate: A Novel*, 1932), p.35 참조.

나의 성]만이 남아 근무하고 있었다. 이 둘이 사무실에서 만났을 때 엘레나는 소파에 앉아 있던 그의 옆으로 다가와 그에 대한 깊은 사랑을 고백한다. 이때 엘레나의 육체적 관능, 우아한 옷차림, 향기로운 냄새가 그를 충분히 자극했다. 그는 여러 번 그녀의 '초콜릿색' 눈[50]에 매혹되며, 언젠가 그녀와 함께 있던 기억이 나 그녀를 떠올리는 것만으로도 그의 육감적인[delectable, 맛있는] 비서에 대한 생각에 사로잡힌다. 이 특별한 저녁, 타오르는 따뜻한 난롯불 앞 부드러운 소파에서 엘레나와 가까이 앉아 있을 때 그는 갑자기 성적인 갈망으로 타오르게 된다. "자기 몸을 쿠션에 누이고 그는 관자놀이가 얼마나 빠르게 뛰고 있는지에 스스로 놀란다. 그리고 마치 누군가가 매우 강력하게 그러나 부드럽게 그의 심장을 쥐어짜는 것 같은 느낌을 받는다. 강력한 맥박의 흐름은 이내 강력한 파동으로 바뀌었고 그는 압도하여 자신을 사랑스러운 발츠에게로 이끌어 매력적이고 따뜻한 그녀를 갈망하게 하였다"(293).[51] 그를 향한 엘레나의 부드럽고 따뜻한 손길은 그의 심장을 거의 "공포의 쾌락" 속에 멈추게 하였다(293). 그리고 그녀의 사랑에 대한 열정적 선호는 주딘으로 하여금 거부할 수 없는 나른함과 갈망을 동시에 느끼도록 하였다.

"그는 밀랍처럼 녹아 버렸다. 밀크초콜릿의 부드럽고 향긋한, 그리

---

50) 엘레나의 '초콜릿색' 눈(shokoladnye 또는 shokoladin'ki)에 대한 언급은 283, 292, 306, 309, 311, 312쪽 등에서 찾을 수 있다. 맬러무스는 무슨 이유에선지 'Shokoladnye' 또는 'Shokoladin'ki'의 번역어로 '초콜릿색'(chocolate-colored)이라는 말 대신 '어두운'(dark)이라는 형용사를 선택했다.

51) 주딘과 다르지 않게, 엘레나 발츠 역시 상당히 의미심장한 이름을 가졌다. 체호프의 『바냐 아저씨』에서 늙은 교수의 젊고 매혹적인 부인 엘레나 발츠는 트로이의 헬레나를 연상시키는 반면에 이 발레리나의 성씨는 음가 그대로 러시아어 '왈츠'(val's)와 연관되어 있는데, 이는 러시아에서 역사적으로 죄 많고 유혹적인 춤을 가리킨다. 이 두 가지 고유명사적 관련성은 소설 속에서 그녀의 역할을 고혹적인 팜므파탈로 그려지게 한다.

고 따뜻하며 끈적끈적한 용암이 온몸에 흐르는 듯하였고, 그의 목구멍으로 들어와 목구멍을 막고 거의 경련에 이르게 할 지경이었다"(294). 분명히 이 대목은 성욕과 식욕의 의미를 내포하는 부분이며, 이 밀크초콜릿의 특색 있고 관능적인 이미지는 육체적 쾌락의 유동적이고 발작적인 흥분의 폭발을 잘 형상화한다. 그러나 주딘은 어쨌든 감정적 평정을 되찾고 옐레나의 유혹을 성공적으로 이겨 낸다. 그는 그녀에게 조용히, 자신이 유혹을 당하기는 했지만 '부주의한 열정의 탐닉'에 빠져들 수도 없고 그리하여서도 안 된다고 토로한다. 그는 말한다. "난 물론 성자는 아니오."

모든 종류의 다정하고 음탕한 느낌과 인간에게 선천적인 모든 본능은 나에게도 이질적인 것이 아니오. 그럼에도 불구하고, 옐레나 발렌티노브나, 내 안에는 항상 당신은 이해하지 못할 무언가가 있소. —— 어떻게 하면 당신에게 설명할 수 있을까? —— 내 안에는 탁월한 감정이 있소! 이것은 경이롭고 영원하고 강력한 생기라오. 나는 그것에서 나의 모든 힘을 얻고, 그것에서 나는 정말 개인적이고 숭고한 행복을 얻소……. 그것은 우리를 위해서 경이로운 기쁨의 왕관들을 엮어 준다오. 그러나 그전에 우리 마음속에 있는 꿈과 여성에 대한 생각은 단지 하찮은 것에 불과하오. 그것은 우리의 가슴속에서 강력하게 급증하여 울려 퍼지며 이성과 감정은 모두 그것의 행복한 힘 속에 위치한다오. (295~296)

"그러니 내가 이 감정을 억제하거나 그것을 다른 어떤 것과 바꾸거나, 아니면 그저 잊어야 하오?"라며 주딘은 그녀에게 묻는다. "단지 사랑스러운 여인과의 경험을 위해 그래야 한단 말이오?"(296) 타라소프-

로디오노프의, 정치적으로 그리고 이상적으로 올곧은 주인공이 옐레나에게 풀어놓는 교조적인 연설은 다음과 같은 말로 끝맺는다. "달콤한 초콜릿이 넘쳐나는 장소가 많이 있소. 하지만 이곳과는 거리가 멀다오. 또한 우리는 전혀 그것에 익숙지 못하오. 그 부드러움은 단순히 우리의 잔혹한 투쟁을 방해할 뿐이오. 그런 이유로 우리에게 그것은 하등 필요가 없는 물건이오"(296). 다시 말해 진정한 공산당은 초콜릿을 먹지 않는다는 것이다. 그 이면에는 그들이 성적 쾌락에 빠져들지 않는다는 뜻이 내포되어 있다.

7. 빵 대(對) 초콜릿: 정치화된 음식과 이데올로기화된 음식

그날 저녁 섹스와 초콜릿이 약속된 이 달콤한 쾌락으로부터 그가 금욕적 승리를 얻었음에도 불구하고, 주딘과 옐레나 사이의 문제는 끝나지 않았다. 얼마 지나지 않아 발츠가 지위를 이용하여 아들을 감옥에서 풀어 내려는 부르주아 가족에게서 금을 갈취한 사실이 발각된 것이다. 그리고 이어진 전면조사에서 옐레나가 주딘의 아이들에게 준 수입 초콜릿이 소련에 대한 스파이 활동에 깊이 가담한 그녀의 영국인 애인 에드워드 헥키로부터 얻은 것임이 밝혀진다. 헥키는 옐레나의 사랑을 되찾기 위해 보낸 편지에서 "나의 사랑스러운 고양이가 초콜릿을 조금씩 갉아먹는 것을 얼마나 좋아했었는지를 잊지 않고 있소"(281)라고 썼다. 주딘이 본래 옐레나를 체카 본부에서 일하게 하였고 그가 그녀를 비호해 주고 그녀의 불법적 행위를 감싸 주는 대가로 뇌물을 받았다는 혐의로, 그는 이제 체포되어 심문을 받게 된다. 밀수된 초콜릿, 스타킹, 금, 그리고 백색경비대 대원과의 사통, 음주와 성관계가 있는 술자리에 가담한 것, 그리고 계급의 적과 손잡은 것(이 모든 것이 날조된 혐의였다)에 더하여, 주딘은 체카의 관계자로서 그리고 당의 위원으로서 힘과 권력을 남용하고 노동자 인민들의 믿음을 저버렸다는 혐의도 받는다.

우선 주딘은 자기의 무고함이 밝혀지고 무죄가 입증되리라는 사실에 추호의 의문을 품지 않았다. 결국 뇌물을 받지도 어떤 성관계도 갖지 않은 그의 유일한 죄는 불쌍한 엘레나 발츠에게 동정심을 보인 점뿐이다. 만약 그가 그 어떤 것에 대해 죄의식을 느낀다면 그가 그녀에게 전하고자 하였던 신중함과 판단력이 그리 강력하지 않았음을 탓해야 할 것이다.[52] 그는 이를 솔직하게 심문관에게 이야기한다. "나는 정직한 일이 그녀를 다시 인간으로서 제자리로 돌려놓고 또한 소시민의 삶의 방식에서 벗어날 수 있게 할 것으로 믿었소. 그러나 내가 틀렸음이 명백히 드러났소, 그녀에게는 초콜릿이 더 강력했던 것이오"(340). 그러나 주딘은 감금과 심문 기간 내내 자신의 지난 삶과 일에 대해 비판적 회고를 한다. 그는 자기 역시 이상적으로 여기는 도덕적 삶의 '프롤레타리아적 기준'에 미달될지 모른다는 생각을 한다. 그는 이제 자신의 아주 사소한 부도덕한 행동이 공산당원으로서의 자신뿐 아니라 당 전체의 신임

---

52) '타락한 여인'이 도덕적으로 개조된다는 주제는 19세기 러시아 문학에서 상당히 사랑받았으며 네크라소프와 체르니솁스키 그리고 도스토옙스키 문학의 성격이 그러하다. 불운한 창녀를 구하는(그래서 그녀의 속죄와 구원을 이끌어 내는) 러시아 문학의 시도에 관한 논의를 보려면 다음을 참조. Olga Matich, 「19세기 러시아 문학에서 타락한 여인에 대한 전형론」("A Typology of Fallen Women in Nineteenth-Century Russian Literature"), 『슬라브주의자들의 아홉번째 국제적 의회에 대한 미국의 헌신 2권: 문학, 정치, 역사』(American Contributions to the Ninth International Congress of Slavists, 2: Literature, Politics, History, 1983), pp.325~343 ; George Siegel, 「19세기 문학의 타락한 여인」("The Fallen Woman in Nineteenth-Century Literature"), 『하버드 슬라브 연구』(Harvard Slavic Studies), 5(1970), pp.81~107 ; Alexander Zholkovskii, 「매춘 토포스」("Topos prostitutsii"), Alexander Zholkovskii & M. B. Iampol'skii, 『바벨』(Babel'/Babel, 1994), pp.317~368.

을 실추시키기에 충분한 것이라는 인식에 이른다. 지역 공장의 노동자들은 이미 공산당 지도자의 이러한 행동에 냉소적 조롱을 보내고 있었다. 그들은 공산당원이 다가와 백색경비대원을 도운 적이 있느냐고 묻자 "어디를 다녀오셨습니까?"라며 조소로 응수한다. 그들은 "초콜릿은 다 먹어 치우셨나요?(363) 당신들 일원인 주딘은 지금 어디 있습니까?"라고 덧붙인다.

> 그를 여기로 데려와 우리에게 넘겨주세요. 우리가 그를 바로잡아 주겠어요! 그가 초콜릿을 받는 동안 우리는 심지어 매일 빵 8분의 1파운드인 하루 할당량조차 못 받았습니다. 우리 아이들이 추위 속에서 굶주림으로 죽어 갈 동안 그는 실크옷을 입은 발레 무용수와 교제를 하다니요?! 당신은 왜 그를 보호합니까? 아니면 당신도 그만큼 죄를 지었나요? 당신이 이 바보 인간쓰레기를 뿌리째 뽑아 제거할 때까지 우리는 당신이 하는 말을 더는 믿지 않겠어요. 우리는 당신을 믿지 않아요! 우리는 당신을 믿지 않아요! 그리고 우리는 당신을 위해 어떤 곳에도 가지 않겠어요. 가서 초콜릿이나 먹어요!(363~364)

심문의 막바지에 이르러 주딘은 혁명에 노동자들을 동원하려면 자신의 처형이 불가피함을 깨닫게 된다. 특히 백위군 경비대원들이 도시를 향해 진군해 오던 당시 상황에서는 더욱더 불가피했다. 그는 또한 자신의 처형이 다른 여러 일과 생활방식으로 인해 굶주리는 대중으로부터 멀어진 공산당 지도자들에게 교훈을 줄 좋은 예가 될 것이라고 믿었다. 그는 지도자들이 하바나산 시가를 태우고 섬세한 도자기에 초콜릿을 식히고 조끼에 무거운 시곗줄을 늘어뜨리면서도 여전히 스스로를 공산주의자로 여긴다고 생각했다. 즉 주딘은 이제 자기의 비극적 이야기가 개인적 쾌락과 물질적 안돈을 위해 공공의 의무와 혁명적 소명을 위한 헌신을 내팽개칠 유혹으로 시험당하는 공산당원들에게 교훈을 주는 전례가 될 것임을 깨닫는다.

주딘은 투옥되어 있는 동안 우화적인 꿈을 두 번 꾸는데 이를 통해 처형의 불가피성을 받아들인다. 그 두 가지 꿈 모두가 특히 초콜릿의 정치적이고 이상적인 의미와 관련된 것이어서 특기할 만하다. 첫번째 꿈에서 주딘은 한 거구의 늙은 농부가 자기의 마지막 빵조각을 그와 나누려 한다고(그것을 비축하지 않고) 확신한다. 그러나 농부는 이내 주딘이 커다랗고 향기로운 초콜릿을 주머니에 숨기고 있는 것을 알게 된다. "그게 무언가?" 농부가 소리쳤다. "나를 속인 것인가?!······자네는 이미 맛있는 것을 가지고 있으면서도 내 마지막 빵을 빼앗으려 했는가!"(346) 당황하고 혼란스러운 나머지, 주딘은 앞으로 나아가려 하나 계속해서 진흙탕 속에 빠지는 자신을 발견한다. 화자는 "그는 끈적거리는 갈색의 진흙탕으로 뒤범벅되었다"라고 이야기한다. "진흙이었나? 아니면 초콜릿이었나? ······그것을 어찌 알 수 있었겠는가?"(346) 주딘은 갑자기 이 요란한 꿈에 놀라 깨어난다. 그리고 자신에게 묻는다. "나를 성가시게 따라온 저주스러운 초콜릿은 과연 무엇이란 말인가? 그것이 도대체 어디서 왔단 말인가?"(347)

그 해답은 아마도 그의 두번째 꿈에서 찾을 수 있었을 것이다. 이 꿈은 러시아의 초콜릿 공장에서 시작되는데, 중간에 개발도상국의 어느 곳에 위치한 원시 식민지의 사탕가게로 무대가 옮겨진다. 이곳에서는 헐벗은 흑인 노예가 콩껍질을 녹여 카카오를 만들고 있었다. 주딘은 이 착취당하는 흑인 노동자의 의식을 일깨워 주려 하였다. 그러나 그의 이전 꿈에서처럼 학대받는 이들을 초콜릿 없는 미래로, 어떤 자본주의적 노동착취도 없는 노동자들의 유토피아로 인도하리라는 약속은 그 노예가 주딘의 주머니 속에 초콜릿이 있다는 것을 알아채는 순간 깨지고 만다. 그들은 "이 사람도 착취자다!"라고 외치며 초콜릿을 찾아낸 것을 알린다. "그는 우리를 속였다! …… 그는 초콜릿을 가지고 있다!"(359)

레닌식 사회주의 논리를 고스란히 우화화한 두 개의 긴 꿈은 주딘의 내면에 깊게 자리한 공포, 즉 그가 어쩔 수 없이 자본주의적이고 부르주아적인 요소(다시 말해 옐레나 발츠와 그녀의 초콜릿)와 접촉함으로써 자신의 이상적 순수가 오염됐을지 모른다는 불안감을 잘 나타내 준다. 이 두 가지 꿈을 통해 주딘은 왜 자신의 처형이 불가피한지를 납득하게 된다. 결국 혁명의 포도밭을 지키는 이들, 그곳에서 일하는 노동자들과 농군들이 초콜릿처럼 지극히 희소하고 고가의 식품이어서 오직 몇몇 특권자만 먹을 수 있는 음식이 가득 쌓인 것을 보고도 어떻게 신의를 지킬 수 있는가에 관한 문제인 것이다. 이 질문에 휩싸여 주딘은 "나의 운명은 더는 걱정할 바가 아니다. 내가 걱정하는 것은 우리의 운명이다"(324)라고 말한다. 혁명재판이 극으로 치달으면서 그의 처형을 명령하는 순간, 이제 주딘은 당의, 혁명의, 그리고 노동자의 미래가 자신의 개인적 운명에 우선한다는 것을 계속 주장한다. "결국 오직 하나의 진실만이 중요하다. 그것은 모든 이가 굶주리지 않고 가능한 한 빨리 행복을 얻는 것, 그 소명이다. 그것만이 중요한 단 한가지이다"(382).

순수와 타락 사이의 경계는 소설에서 기본적인 삶의 단계를 의미하는 '빵'과 사치와 과도함을 나타내는 '초콜릿'의 대립 구도를 통해 구체화된다. 그의 첫번째 꿈의 거대한 농군(기꺼이 자신의 마지막 빵조각을 나누려는 이)이나 두번째 꿈에 등장한 공장 사장들(국내에서 빵을 생산하기보다는 식민지에서 초콜릿을 들여오는 식으로 비용을 최소화하려는), 혹은 실제 공장 노동자(주딘과 다른 공산당원들이 종종 초콜릿을 먹어 대는 반면 매일의 빵 배급도 제대로 받지 못하는), 아니면 우아하고 매혹적인 엘레나 발츠(일하는 동안 초콜릿바를 베어 먹길 좋아하던) 모두 음식과 계급의 연관관계를 표현한다. 즉 『초콜릿』 작가는 계속해서 이 두 극단적인 음식에 그것을 먹을 수 있는 이들과 그럴 수 없는 이들이 각기 연관되는 사회계급적인 사회적·도덕적·이념적 가치의 의미를 부여한다. 예를 들어 간첩 활동을 하는 소시민적 창녀 발츠가 뇌물수수 계획을 짜고 또 다른 형태의 반혁명 활동에 가담한 탓에 거부되고 파괴되어야 할 성적 악마라면 그녀와 함께 소설에 계속 등장하는 초콜릿 역시 추방되어야만 하는 식욕의 악마인 것이다.

8. 볼셰비키 성인들, 혁명적인 금욕주의, 그리고 톨스토이주의

주딘의 강직하게 이상적인 생각과 엄격한 금욕주의는 많은 소비에트 프롤레타리아 소설에 등장하는 긍정적인 주인공의 특징 중 하나이다. 이러한 1920~1930년대의 소설 속 가상인물들은 사회적 의무와 계급적 충성을 개인적 감성과 육체적 요구에 우선해야만 한다는 것이 그 특징이다. 청교도적 코드가 결국 승리를 거두는 내러티브 유형은 사회주의 리얼리즘 작품에서 특히 예찬된다. 이는 특히 니콜라이 오스트롭스키의 『강철은 어떻게 단련되었는가?』(1934)[53]의 금욕주의적인 주인공 파벨 코르차긴의 묘사에서 두드러진다. 『성자들과 혁명가들: 러시아 문학의 금욕적인 주인공들』(1993)이라는 연구 논문에서 마샤 모리스는 인물의 한 유형으로서 러시아 문학에서의 금욕적 주인공이 중세 성인의 삶과 많은 1920년대 볼셰비키 혁명기 형식주의의 교조적인 소설에서 어떻게 공통적인지 연구하였다. 그녀에 따르면 이러한 식의 초기 소비에트 소설에서 금욕주의는 더는 종교적 현상이 아니며, 이제 그것은 일종의 계시에 대한 기대심리와 혁명기의 세기말적 분위기에서 비롯된다는 것이다.[54] 그래서 이러한 초기 소비에트 소설의 금욕적 주인공은 ──육체적 자기부정과 감정적 자기금욕을 통해── 자신을 기다리는 혁명 사업을 수행할 자격을 갖추기 위해 스스로 통제한다는 것이다. 미하일 졸로토노소프는 "1920년대 소비에트 산문의 특징은 긍정적 주인공을 그리는 데 있다. 즉 그는 육체의 죄스러운 욕망의 부름을 극복하는 인물인 것이다"라고 설명한다.[55]

역사적·문화적 측면에서 보면 이러한 볼셰비키적 청교도주의는 러시아의 차르 통치하에서도 전례를 찾을 수 있다. 결국 19세기 러시아의 정치문화에서는 "사회 전체를 위한 개인의 금욕이 하나의 이상적인 개념"이 되었으며, 이를 통해 공공의 선을 위한 헌신이 당시의 근대 러시아 사회에 만연했던 개인적인 욕구 충족을 대체하리라는 믿음이 있었던 것이다.[56] 역사적으로 보았을 때 1920년대 볼셰비키 혁명가들은

---

53) 초기 소비에트 사회의 남성성 확립을 검토했던 엘리엇 보렌스테인은 오스트롭스키 (Ostrovskii)의 『강철은 어떻게 단련되었는가』(Kak zakalialas' stal')가 남성중심주의적 사회주의 리얼리즘 소설에서 가장 금욕적이라고 평가한다. Eliot Borenstein, 『남자들만의 세계: 러시아 소설의 남성성과 혁명』(Men Without Women: Masculinity and Revolution in Russian Fiction, 1917~1929, 2000), p.2.

54) Marcia Morris, 『성자들과 혁명가들: 러시아 문학의 금욕적 주인공들』(Saints and Revolutionaries: The Ascetic Hero in Russian Literature, 1993), p.130.

55) Mikhail Zolotonosov, 「수음: 1920~1930년대 소비에트 문화의 '에로스 지역'」 ("Masturbanizatsiia: 'Erogennye zony' sovetskoi kul'tury 1920~1930 - kh godov"), 『신문학평론』(Novoe literaturnoe obozrenie), 11 (1991), p.94.

56) 에브도키아 나그로드스카야(Evdokia Nagrodskaia)의 『디오니소스의 분노』(The Wrath of

성적 욕망을 억누르되 그 대신에 프롤레타리아 계급의 발전을 추구하였는데, 이는 니콜라이 체르니솁스키의 교훈소설 『무엇을 할 것인가?』 (1863)의 주요 주제가 된다.[57] 다수의 러시아 급진파 사람들에게 라흐메토프라는 인물은 세속적 금욕주의의 표본인데, 그는——노동, 자기훈육, 육체적 욕망의 거부를 통해——리비도적 에너지가 성공적으로 우회하여 혁명적 활동이라는 목적을 위해 사용될 수 있음을 보여 준다. 실제로 금욕주의의 표본인 라흐메토프는 "1920년대 모든 소비에트의 성실하고 젊은 시민들에게 이상적인 목적으로 맹렬히 추앙되었다".[58]

금욕주의에 대한 볼셰비키적 변주의 뿌리는 혁명기 이전 톨스토이의 글뿐만 아니라 니콜라이 표도로프, 니콜라이 베르댜예프, 또 다른 영향력 있는 세기말적인 종교사상가들에게서도 발견된다. 실로 그들의 육체적 자기부정과 쾌락의 거부, 성적 승화의 메시지는 초기 공산주의 러시아에 되살아나 이데올로기적 배경으로 재편된다.[59] 셰일라 피츠패트릭이 주장하듯 1920년대 성적 자기절제를 주창하는 목소리는 공산당 지도층이 공산당 젊은이에게 전하는 조언의 형태로 등장한다. "지도

Dionysus, 1997)에 대한 루이스 맥레이놀즈(Loise McReynolds)의 서문. p.xxiv.

57) 볼셰비키 금욕주의 모델로서 19세기 러시아의 급진 민주주의자들에 관한 담론은 『성과 러시아 사회』(Igor Kon and James Riordan ed., *Sex and Russian Society*, 1993)에 수록된 이고르 콘의 에세이 「성과 문화」("Sexuality and Culture"), pp.19~20와 그의 저서 『러시아의 성혁명』(*The Sexual Revolution in Russia*), pp.29~30 참조.

58) Naiman, 『공공연한 섹스』(*Sex in Public*), p.133.

59) 나이만은 에세이에서 공산주의적 금욕주의의 혁명 이전 뿌리를 추적한다. Eric Naiman, 「자궁절제술: 유토피아 시대에서의 재생산을 형이상학적으로 바라보다」(Historectomies: On the Metaphysics of Reproduction in a Utopian Age), Jane T. Coslow & Stephanie Sandler & Judith Vowles ed., 『러시아 문화의 섹슈얼리티와 몸』(*Sexuality and the Body in Russian Culture*, 1993), pp.255~276. 아울러 Borenstein, 『남자들만의 세계』(*Men Without Women*), pp.26~27, 그리고 『러시아 문화 속의 섹슈얼리티와 몸』의 서문(pp.9~16) 참조.

층——대개 늙은 볼셰비키주의자들로, 혁명적 대의란 희생을 수반하는 소명이라 생각한다——은 자기규율과 금욕 그리고 동료를 향한 신용을 권고하며, 성적 에너지를 노동으로 승화할 것을 주창한다".[60] 이러한 스파르타적 자기부정의 청교도적 메시지의 가장 극단적이고 교조적인 볼셰비키 옹호자들 중에는 자칭 성의학자 아론 잘킨드가 있다. 그의 열두 가지 '성에 관한 율법'은 분명 혁명기 젊은이들이 성적 에너지를 개인적 쾌락이 아닌 생산적 노동 그리고 의미 있는 계급적 활동으로 승화해야 한다는 내용을 담고 있다.[61]

사회적 의무와 개인적 욕망 사이에서 주딘이 겪는 내면적 갈등이 심리학적으로 현대 독자들에게는 그리 설득력 있는 이야기가 아닐 수도 있다. 그러나 이는 1920년대에 소비에트 러시아에서 시작된 개인적 쾌락의 지양 추세를 매우 잘 드러내는 예이다. 소설 초반부에서 주딘은 발츠에게 정치적 의식을 일깨워 주기 위해 짧은 연설을 한다. 여기서 그는 혁명의 대의를 위협하는 가장 치명적인 것은 외세(외국의 간섭자들이나 백색경비대 같은 이들)가 아닌 개인의 내면에 자리하고 있음을 분

---

60) Sheila Fitzpatrick, 『문화 전선: 혁명 러시아의 권력과 문화』(*The Cultural Front: Power and Culture in Revolutionary Russia*, 1992), p.69.

61) Aron B. Zalkind, 「성적인 삶과 동시대의 젊음」("Sexual Life and Contemporary Youth"), 『섹슈얼 페티시즘: 성적인 질문의 재평가에 대해서, 그리고 소비에트 사회에서의 성에 관한 질문』(*Sexual Fetishism: Toward a Re-Examination of the Sexual Question, and The Sexual Question Under the Conditions of the Soviet Public*) ; 「성생활과 현대 젊은이」("Polovaia zhizn' i sovremennaia molodezh'"), 『청년근위대』(*Molodaia gvardiia*), 6(1923), pp.245~249 ; 『성적 우상숭배: 성 문제 재검토에 부쳐』(*Polovoi fetishism: K peresmotru polovogo voprosa*, 1925); 『소비에트 사회의 성 문제』(*Polovoi vopros v usloviiakh sovetskoi obshchestvennosti*, 1926). '혁명적 승화'에 대한 잘킨드의 논쟁적 이론을 담은 추가 논의는 Kon, 『러시아의 성혁명』(*The Sexual Revolution in Russia*), pp.51~66 ; Borenstein, 『남자들만의 세계』(*Men Without Women*), pp.12~13.

명히 말하고 있다. "그렇소. 우리 자아의 내부에 말이오. 우리의 과거 일상, 넝마조각에 대한 추억, 그 과거 습관들, 이 모든 것에 대한 추억, 그것들이 바로 우리의 진정한 적이오!"(283) 주딘과 같은 볼셰비키 친위대는 혁명을 지켜 내려면 사랑과 결혼 그리고 가족의 희생이 수반되어야 한다고 생각했다. 그러한 것들은 부르주아의 개인적 삶의 잔해로서 사회적 에너지를 빨아먹어 공공의 대의를 위한 희생정신을 말살하기 때문이다. 이는 초기 소비에트 러시아의 열성적인 혁명 지지자가 한때 "성은 부르주아의 영혼"이라 말한 대목에서도 잘 드러난다.[62]

1920년대 개인의 쾌락에 반대하는 볼셰비키 혁명가들은 성적인 면뿐만 아니라 식욕에 있어서도 금욕을 주창했다. 나이만의 지적에 따르면, "신경제정책(NEP) 기간 동안 개인의 이데올로기적 순수함을 지키는 것은",

성욕을 억제하는 것뿐만 아니라 과식, 더 나아가 모든 풍요로움이나 사치의 억제를 수반한다. 그러나 성욕을 승화하라는 명령이 젊은 공산주의자들에게 성욕(그리고 개인의 모든 육체적 기쁨)을 완전히 끊으라는 권고로 빠르게 발전된 것처럼, 미식법의 탐닉과 부유한 삶에 대한 경계는 곧 인간적인 생활을 유지하기 위한 최소한의 거처, 최소한의 음식과 수면으로 살아가라는 명령으로 바뀌었다. 1920년대의 청교도적 담론에서 성에 대한

---

62) 이 열성적인 혁명적 금욕주의 지지자는 젊은 작가 안드레이 플라토노프(Andrey Platonov)와 비슷하다. 플라토노프는 초기 에세이 「프롤레타리아트의 문화」("The Culture of the Proletariat", 1920)에서 이러한 감정에 대하여 목소리를 낸 바 있다. V. A. 칼마예프, 『진실 본능』(Chut'e pravdy, 1990), p.106 참조. 여기서는 Borenstein, 『남자들만의 세계』(Men Without Women), p.201에서 인용.

지나친 탐닉은 풍부한 음식뿐만 아니라 아주 작은 빵 한 조각의 소비와도 동일시되었다.[63]

볼셰비키 혁명가들의 관점에서 성적 욕망은 식욕, 즉 기름진 음식을 먹는 것과 관련되기 때문에, 신경제정책 기간 동안에는 먹는 일과 성욕을 지나치게 추구하는 행위가 육체적으로는 영양이 부족하지만 이데올로기적으로는 순수한 프롤레타리아와 도덕적·성적으로 타락한 부르주아를 구분하는 기준이 되었다. 나이만이 설명하기를, "구강기적으로 그리고 생식기적으로도 금욕은 이상적인 공산국가 설립자들을 구분해내는 일종의 신분증 같은 것이었다".[64] 이러한 구분은 금욕적 볼셰비키주의자인 주딘과 방탕한 발레리나 발츠의 대조로 드러난다. 사실 주딘의 비극적 타락은 그가 발츠를 바꾸려는 시도를 하는 동안 스스로가 프롤레타리아트가 아닌 부르주아지에 속해 있다는 인상을 만들었다는 데서 직접적으로 기인한다.

타라소프-로디오노프는 그의 프롤레타리아 인물들 주변에 불길하게 도사리고 있는 성적인 또 구강기적인 위험을 이야기한다. 이 쾌락원칙에 대한 두 갈래의 공격은 상당 부분 톨스토이의 금욕적 강령을 닮아 있는데, 그는 한때 "도덕적으로 선한 삶의 처음과 끝은 사치와의 끊임없는 투쟁이다"라고 주장한 적이 있다(88:19~20).[65] 차르의 통치 기간 후

---

63) Naiman, 『공공연한 섹스』(*Sex in Public*), p.210.
64) *Ibid.*, p.214.
65) 역설적이게도 초콜릿은 톨스토이에게 뿌리치기 힘든 고급 음식 중 하나였다. 그는 「첫 단계」에서 음식을 미각적 즐거움의 대상으로 볼 것이 아니라 필수불가결한 영양적 요소로 받아들일 것을 주장했다. 그러나 이 작품을 읽은 그의 제자 중 하나는 톨스토이의 금욕주의에 대한 공공연한 변명과 미식가적 음식 취향, 이를테면 향이 좋은 카페모카나 봉봉 쇼콜라 같

기, 톨스토이가 러시아에 불러일으킨 성도덕 논쟁은 특권계층에 대한 전쟁의 일환으로서 볼셰비키주의자들에게는 순결에 대한 집착으로 변주되는 모습으로 나타난다. 실제로 『초콜릿』에서는 톨스토이의 몇몇 가르침에 대한 분명한 영향이 나타난다. 여성을 악마 같은 유혹자로 보는 시각(주딘은 언젠가 발츠를 두고 "그녀는 여자가 아니라 악마이다"라고 말한다[292])과 사치(luxury)와 필요(necessity)에 대한 구분(식생활뿐만 아니라 매일매일 삶의 영역에서도), 귀족의 수입 초콜릿보다는 농부가 일군 빵에 더 가치를 두는 행위, 그리고 특정 음식이 성적 욕망으로부터 멀어지려는 인간의 의지를 약화한다는 믿음, 대신 이타주의적 형제애로 음식을 나누는 행위에 대한 촉구 등이 그것이다.

그러나 주딘의 혁명적 금욕주의에서 가장 '톨스토이'적인 것은 아마도 도덕적 자기완성에 대한 열의일 것이다. 톨스토이와 마찬가지로 주딘은 우리에게 가장 큰 도전은 우리 각자의 내면에 자리한 적을 근절하든지 최소한 그것을 잠재우는 것이라고 믿는다. 그리고 발츠의 말을 빌려 내면의 '적'을 설명한다.

자기애, 자기중심주의에 대한 우리의 친밀한 감정 그리고 다양한 편안함을 얻으려는 우리의 욕망…… 아마 이것은 수천 명의 조상들로부터 유산

은 것들에 대한 그의 개인적 기호를 양립시키기가 힘들다고 말했다. "분명 그것들은 톨스토이의 신체 유지에 꼭 필요한 음식은 아니었다. 특히 초콜릿이 내 마음에 가장 걸렸다. 사람은 초콜릿 없이도 잘 살아갈 수 있기 때문이다. 결국 나는 내가 당황한 부분에 대해 나 자신을 다음과 같이 합리화했다. 그는 금욕주의적 식이요법에 관한 한 그 누구보다도 자신과의 약속을 잘 지켜 왔다. 그는 주로 밋밋하고 맛없는 채소 요리(주로 감자, 카샤, 귀리죽)만 먹는다. 이로써 그는 종종 맛있는 음식을 탐낙할 명백한 권리를 가진 것이다." Sergeenko, 『톨스토이에 대한 이야기』(*Rasskazy o L. N. Tolstom*), p.106 참조.

으로 전해 내려오는 습관이라고도 말할 수 있겠다. 한마디로 당신이 너무나 경멸하는 이 모든 유쾌한 문화, 이 편안함 …… 이 모든 문화는 결국 '나', 우리 신체의 일부분이고 그것을 죽이기는 …… 절대 불가능하다!(284)

비록 톨스토이의 기독교적 금욕주의가 도덕적이고 종교적인 동기에서 비롯된 반면 주딘의 이념은 볼셰비키의 강령과 프롤레타리아 계급의식에 바탕을 두고 있지만, 둘 다 스스로의 육체적 쾌락을 거부하고 억제해 영적으로 순결한 상태를 추구한다. 발츠가 주딘에게 말하기를 "복음과 당신의 말은 인간본성을 완벽하게 하는 것에 대해 한결같은 말을 하는 듯 들리네요. 즉 적은 우리 내면에 있다는 거죠. 그렇다면 어떻게 인간이 자기완성에 이르게 된다는 것이지요?!"(284).[66] 이에 대해 주딘은 톨스토이와 그 추종자들에게 그랬던 것처럼 성적인 그리고 식욕에 있어서의 유혹을 거부하는 것이 해답이라고 이야기한다. 다시 말해 이 초기 소비에트 러시아에서는 과거 톨스토이의 도덕적 순결과 영적 완성에의 이상——인간 본연의 이기심에 바탕을 둔 욕망의 극복을 통해 죄악의 사치로부터 벗어나려는 금욕적 열망——이 노동자 계급이 따라야 하는 전례 없이 중요한 행동강령으로 변한 것이다.[67]

그러나 타라소프-로디오노프의 소설은 이상적인 순결과 종교적인 형태의 금욕주의의 연관성에서 한 걸음 더 나아가 아주 미약한 수준의 성적·식욕적 쾌락 탐닉의 발현도 프롤레타리아적 도덕규율에서 어

---

66) "결국 그녀도 멍청한 여자는 아니었다". 발츠의 예리한 통찰을 깊이 숙고한 주딘은 놀라서 말했다. "그녀는 핵심을 찌른 것이다."(284)

굿난 타협하려는 행위로 본다. 다음에 논의되는 바와 같이 스탈린 통치기에 개인적 삶과 사적 쾌락에 대항하는 볼셰비키주의자들의 운동은 1930년대 중반 정부가 그 이전에 행했던 사랑과 결혼 그리고 가족에 대한 정책 철회와 함께 중산층적 가치를 재도입하여 본래의 공산주의 강령에서 후퇴하는 모습을 취할 때 중단된다.[68] 스탈린 통치하에 고위 당원들에게 제공되는 특별혜택(추가 식량배급, 사치스러운 가게·식당·병원의 이용, 주택보조금, 운전사 딸린 차 등등)은 공산주의 러시아 사회에 강력하게 자리 잡는다.[69] 스탈린 통치기와 그 이후 한동안 소비에트주의자들은 이러한 점을 지적하는 데 조심하게 된다. 비록 타라소프-로디오노프가 프롤레타리아 일원들에게 끼치는 유해한 부르주아적 관습과

---

67) 체르니셉스키의 라흐메토프 같은 허구적 활동가들이 주창하는 혁명적 금욕주의와 정교회 신자들이 주창하는 전통적인 종교적 금욕주의의 연결성은 톨스토이와 동시대를 산 한 작가가 언급한 적이 있다. L. E. Obolenskii, 「톨스토이에게 보내는 공공연한 편지」("Otkrytoe pis'mo L. N. Tolstomu"), 『소식과 거래소 신문』(*Novosti I birzhevaia gazeta*), 85(1890. 3. 27), p.2. "오볼렌스키의, 라흐메토프의 자기부정과 기독교적 전통 간의 비교는 사실 1860년대와 전통 기독교 사상이 각자 성에 관해 취하는 입장이 크게 다르지 않았음을 폭로한다는 점에서 흥미롭다"라고 뮐러는 분석한다. "양측 모두 금욕주의를 높이 평가했다. 그 영웅은 — 은둔 수도사든 혁명가든 간에 — 대의명분을 위해 성욕을 희생함으로써 자신을 타인들과 차별화하고자 했다". Møller, 『『크로이체르 소나타』의 후주곡』(*Postlude to The Kreutzer Sonata*), p.137.

68) Wendy Goldman, 『여성, 국가, 그리고 혁명: 소비에트 가족 정책과 사회생활, 1917~1936』(*Women, the State, and Revolution: Soviet Family Policy and Social Life, 1917~1936*, 1993) 참조.

69) 예를 들어, Mervyn Matthews, 『소비에트 연방에서의 특권: 공산주의 정권하의 상류층 삶의 방식에 대한 연구』(*Privilege in the Soviet Union: A Study of Elite Life-Styles under Communism*, 1978) 참조. 소비에트 연방에서 번영했던 특권체계에 대해 서술한 어느 책에서, 데이비드 K. 윌리스(David K. Willis)는 「계급적 상징인 음식」("Food as Klass")이라는 한 장을 당대 고위 공직자들만 즐길 수 있었던 상류층 식당, 특별한 미식 카페, 고급스러운 수입 음식에 관한 이야기로 채운다. David K. Willis, 『계급: 러시아인의 실제 삶』(*Klass: How Russians Really Live*, 1985), pp.19~35.

관행에 대한 주제를 언급했더라도 그는 자신이 『초콜릿』에서 행한 심각한 이데올로기적 오류에 대한 죄책감을 토로한다. 소비에트 시대의 비평가가 지적하기를 "특히 그는 사회적 직무와 개인적 욕망이 양립할 수 없는 '희생'의 철학을 낳았다".[70]

9. 스탈린주의자의 승리주의: 소비주의의 도래와 톨스토이주의의 서거

소비에트 러시아에서 1933년과 1937년 사이는 '승리 시대'라고 불리는데, 사회주의가 완벽한 승리를 선포한 시기이다.[71] 10월혁명을 이끈 기본 강령과 근본 가치에 대한 완전한 '배신' 혹은 '위대한 철회'로 특징지어지는 변화기에 1930년대 소비에트 지도자들은 전시 공산주의와 초기 볼셰비키 법을 지배했던 금욕적 청교도주의, 욕망의 승화, 자기부정과 희생의 수사 등을 갑자기 철회한다. 자본주의에서 사회주의로의 전환기 시대를 선언하면서 스탈린은 풍요, 쾌락, 개인적 웰빙의 이미지에 오명을 씌우고 비난하는 대신 이를 찬양하는 새로운 이데올로기적 실험을 강행한다. 이러한 풍요의 이미지들은 이제 소비에트 러시아에서 공산주의적 이상향이 실현되었다는 도식적 증거를 제공하기 위해 고안

---

70) V. V. Buznik, 「혁명과 시민전쟁의 테마」("Tema revoliutsii i grazhdanskoi voiny. Rozhdenie novoi prozy: novyetemy, konflikty, geroi. Formirovaniesotsial'no-psikhologicheskogo romana novogo mira"), 『러시아 소비에트 연방의 소설사』(Istoriia, russkogo sovetskogo romana, 1965), 1:101. 타라소프-로디오노프(Tarasov-Rodionov)에 대한 V. N. 추바코프(V. N. Chuvakov)의 서지 목록, 「타라소프-로디오노프, 알렉산드르 이그나티예비치」(Tarasov-Rodionov, Aleksandr Ignat'evich), 『간결한 문학 백과사전』(Kratkaya literaturnaya entsiklopediia, 1972), 7:387~388.

71) 예를 들면, 안드레이 플라토노프(Andrey Platonov)의 『행복한 모스크바』(Happy Moscow, 2001)에 실린 에릭 나이만의 서문을 참조(p.17).

되었고 이로써 스탈린의 유명한 선언 "삶은 더 나아졌다, 동지들이여. 그리고 삶은 더욱 활기에 찰 것이다"를 반증하는 것이었다. 한 학자가 지적하듯 1930년대 중반에 이르러 "음식과 술 그리고 소비적 상품이 열렬히 환영받았고, 메디슨 가문조차 부러워할 지경이었다".[72] 1920년대 부르주아의 타락과 무절제의 상징으로 비난받은 초콜릿은 이제 스탈린 치하 러시아에서 경제적 부의 상징과 새로이 얻은 물질적 풍요의 상징이 되었다. "이것은 소련식 장밋빛 인생(la vie en rose)이다"라고 지적하며, 셰일라 피츠패트릭은 이 시기 당지도자들과 정부 공직자들이 사회적 규율 완화와 함께 여가 증진을 스탈린식 수사법으로 어떻게 표현하는지 말한다. 나아가 그녀에 따르면 "몇몇 사람에게 이것은 부르주아화 혹은 두번째 신경제정책으로 비쳤다".[73] 랜디 콕스가 주목하듯이 "선전을 통해서, 신경제정책 시기에 부르주아적 퇴폐주의로 비난받아 왔던 것은 이제 문명적이고 욕망의 찬양을 받아 마땅한 것으로 재정의된다".[74]

1930년대 중반, 스탈린 통치하에 살던 소비에트 시민들은 물론 소비사회의 도래와 공산주의 러시아 사회의 소비문화를 목도하게 된다. 한 비평가가 지적하길, "새로운 소비에트 남성과 여성은 기술자, 스타하노프 운동가(Stakhanovites), 집단농장원(Kolknoznniki)뿐만 아

---

72) Sheila Fitzpatrick, 『일상화된 스탈린주의』(*Everyday Stalinism: Ordinary Life in Extraordinary Times: Soviet Russian in the 1930s*, 1999), p.89.

73) *Ibid.*, p.93.

74) Randi Cox, 「'신경제정책인 없는 신경제정책!'이라 광고하는 소비에트와 사회주의로의 변혁」("'NEP without Nepmen!' Soviet Advertising and the Transition to Socialism"), 『초창기 소비에트 연방의 일상: 혁명의 내막을 다루다』(*Everyday Life in Early Soviet Russia: Taking the Revolution Inside*, 2006), p.126.

니라 쇼핑객, 소비자, 구매자를 포함했다".[75] 스탈린 동무의 혁명기 이후——특히 제1차 5개년 계획 기간(1928~1932) 동안——에 소비에트 지도자들은 소비에트연방을 병들게 하던 극심한 물질적 빈곤이 극복되었다는 것과 오랜 기간 고대했던 풍요로운 사회주의 유토피아가 마침내 도래하였다는 것을 증명해야 했고, 따라서 극적인 생산 증가와 새로운 소비상품의 분배를 위해 엄청난 노력과 자원을 쏟아 부었다.

이러한 중요 경제정책에 이루어진 극적인 방향 전환은(생산에서 소비로, 중공업에서 경공업으로) 특히 식품 산업 분야에서 두드러지는데 양적 측면에서 전례 없는 생산과 분배가 이루어졌다. 캐비아, 코냑, 샴페인, 초콜릿 등 이전 몇 년간은 전혀 찾아볼 수 없었던 사치스러운 식품이 갑자기 집중적인 경제 계획의 대상이 되었다. 주카 그로노는 『샴페인을 곁들인 캐비아: 스탈린 체제 러시아에서 대중적 사치와 좋은 삶의 이상』에서 이 문제를 거론한다. 스탈린은 서구의 생활기준에 대항하기 위해 소비에트사회주의연방(USSR)에서의 소비재 생산을 혁명적으로 수정하는 것은(사치품의 질과 양을 함양함으로써) 사회주의 생활을 증명하고 소비에트연방이 경제적으로 세계적 수준에 있음을 증명하는 것이라 믿었다. 제1차 5개년 계획 시절과 집단주의 말기에 가게 진열대에서 모조리 사라졌던 음식, 옷, 가사용품은 이제 갑자기 구매가 장려되기에 이른다. 그로노가 지적하길, "특히 소비에트에서의 초콜릿 산업 부활의 역사가 이를 잘 드러내 주는데, 그 몇 년간 초콜릿의 종류가 단 열두 가지 정도에서 수백 가지로 늘어났다".[76] 1920년대에 신경제정책하에서 오직 부유한 개인 무역상만이 구매하고 소비할 수 있는——이데올로기적

---

75) *Ibid*., p.125.

으로건 경제적으로건 ——부유한 사치품이던 초콜릿은 1930년대 중반에 이르러 그 오명이 완전히 벗겨지고, 모든 소비에트 인구가 즐길 수 있을 만큼 생산과 분배에 많은 노력을 기울이게 된다. 소비에트 지도자들의 관점에서 보자면, 초콜릿 같은 새로운 사치스러운 소비품에 대한 접근성은 혁명이 실제로 도달하고자 했던 행복하고 풍요로운 삶에 대한 실질적 표식이었다.

1936년 1월 스탈린의 식품부 장관 아나스타스 미코얀의 소비에트 식품 산업에 대한 보고는 당과 정부 당직자들의 소비 ——특히 사치스러운 소비품——에 대해 갖는 태도가 얼마나 극적으로 변화하고 있는지를 잘 보여 준다.[77] 역사적으로 차르 통치 시기의 러시아는 식품 산업에 대한 필요를 느끼지 않았다. 부유한 지역 부르주아들과 귀족들은 페테르부르크나 모스크바에 위치한 고급 수입상(그 유명한 트베르스코이 거리[Tverskoy Boulevard]에 위치한 엘리세예프 가게 등등)에서 사치스러운 식품들을 살 수 있었기 때문이다. 그러나 미코얀은 이러한 식품이 더는 외국에서 수입될 필요 없이 자국에서 생산되기 시작했다고 말했다(7). 또한 차르 시대에는 러시아에 과자 공장이 거의 없어서(미코얀은 특히 페테르부르크와 하르코프의 '조지 보만'[George Borman] 초콜릿 공장을 언급하고 있다), 초콜릿 캔디는 오직 상위 철면피들(미코얀은 이들을 러시아 부르주아 사회의 '크림'이라 부른다)만이 향유할 수 있었던 반

---

76) Jukka Gronow, 『샴페인을 곁들인 캐비아: 스탈린 체제 러시아에서 대중적 사치와 좋은 삶의 이상』(*Caviar with Champagne: Common Luxury and the Ideals of the Good Life in Stalin's Russia*, 2003), p.6.

77) Anastas I. Mikoian, 『소비에트 연방의 식료품 산업』(*Pishchevaia industriia Sovetskogo Soiuza*, 1936). 이하 미코얀의 보고서를 인용한 경우, 인용문 끝에 해당 쪽수를 명기했다.

면, 이제 1930년대에 스탈린의 처음 두 차례의 5개년 계획하에 세워진 소비에트 시대의 초콜릿 공장은 평범한 소비에트 소비자들에게 충분한 양과 다양한 종류의 고급 초콜릿을 공급할 수 있다고 말한다(12). 발표된 바에 따르면 스탈린과 당의 주요 위원들은 더 많은 카카오를 러시아로 수입해 오기 위해 구십만 루블을 책정하기로 결정하였다. "중앙 당위원님들께 감사드립니다"라며 미코얀은 큰 박수를 청하여 이와 같이 말한다.

> 이제 우리는 풍부한 양의 맛있는 초콜릿 과자를 먹을 것이다. 더는 트랙터를 수입할 필요가 없고, 자동차를 수입할 필요가 없을 것이다. 우리는 이제 우리의 소액 외화를 초콜릿을 위한 카카오 열매에 사용할 수 있을 만큼 유복해졌다. 우리에겐 기술적으로 잘 정비된 제과 공장과 기술자 자격을 지닌 직원들이 있다. 우리는 많은 양의 질 좋은 초콜릿 과자를 생산할 수 있는 것이다.(48)[78]

1936년의 이러한 낙관적인 소비에트 식품 산업에 대한 보고서는 새로 발견된 경제적 자급자족에 대한 국가적 자부심을 나타낸다. 또한 맑스주의자들과 레닌주의자들이 가졌던 관심을 보여 준다. 이전 차르 시대에는 오직 특권층만을 위해 생산되고 소비되던 식품이 조금 더 공

---

78) "당과 정부는 항상 식재료의 공급 확대와 가격 인하를 목표로 한 정책을 추구한다"라고 미코얀은 설명한다. "정부 규제 가격과 시장 가격의 인하로 소비가 상당량 늘었다. 이것이 고상하고 번영하는 삶의 성장을 대변해 준다"(48). 그의 보고서에서 드러나는 확고한 반금욕주의적 성향과 일관되게, 미코얀은 히틀러의 각료 헤르만 괴링(Hermann Goering)이 최근 "나치 독일의 재무장을 위해 식사에서 버터와 모든 기름진 것을 제외시키겠다"라고 한 '수도사적' 맹세를 두고 그를 조롱하기도 했다(12).

평하고 평등하게 분배되는 데 대한 관심을 보여 준다. 동시에 식품 소비와 관련한 공공 정책의 놀라운 변화를 드러내는 부분이기도 하다. 장관은 소비에트 식품 산업 현황에 대한 자신의 보고서를 이와 같이 낙천적 시각으로 끝맺고 있다. "레닌과 스탈린의 깃발 아래 우리는 더욱더 풍부한 식품 생산, 더욱더 많은 소비재, 그리고 우리 사회 모든 구성원이 향유할 수 있는 풍요로운 문화생활로 한 걸음 더 나아가겠다!"(63)

그로노는 스탈린의 새로운 문화 정책에 대해 "소비에트 시민들은 더욱더 행복해지고 행복해 보일 것이며 더 잘 입을 것이고 더 행복한 삶을 향유하게 될 것이다.――특히 물질문화에 있어서 그러하다"라고 평한다.[79] 혁명적 금욕주의 그리고 톨스토이적 자기부정은 더는 통용되지 않았다. 물론 이러한 변화된 과시적 소비사회 이데올로기와 도덕 그리고 문화적 분위기에서는 더욱더 그러했다. 콕스가 지적하듯 몇몇 좌파 비평가들은 "내부적 안정은 본래가 반혁명적이고 방종한 것이어서 1930년대에는 어떤 영향력도 미치지 못하였다. 혁명적 금욕주의는 문화적 삶을 위한 완전히 정당한 요구로 대체되었다"라고 주장하였다.[80] 1920년대의 문화 정책이 '프롤레타리아적인 문화 그리고 금욕적이며 자기희생적인 이상적 노동자'로 표현될 수 있다면, 1930년대 중반에는 물질적 향유와 쾌락주의 그리고 소비주의가 이를 대신한다.[81] 1930년대 중반 스탈린의 소비주의 전환에 대한 줄리 헤슬러의 연구는 특히 정부의 당대 '문화무역' 선전에 주목하며, 이러한 정책 변화에 동반된 당

---

79) Gronow, 『샴페인을 곁들인 캐비아』(*Caviar with Champagne*), p.9.
80) Cox, 「'신경제정책인 없는 신경제정책!'」("NEP without Nepmen!"), p.144.
81) Gronow, 『샴페인을 곁들인 캐비아』(*Caviar with Champagne*), p.9.

의 사상을 향한 지각변동을 언급한다. 그녀는 "1920년대 공공 출판물에서는 물질적 소유에 대한 관심이 부르주아적 퇴폐이자 사회주의혁명의 금욕적 가치에 반하는 것으로 묘사되었다"라고 분석한다.[82] 그러나 1930년대 중반에는 그러한 태도가 완전히 뒤바뀌어, "이 시대에 금욕주의는 개인의 물질적 소유에 대한 인식과 함께 문화소비주의로 대체되었다".[83] 집권세력의 공적 물가 정책과 물질적 가치에 대한 공공 정책은 대중이 더는 초콜릿 같은 사치품을 포함한 소비재를 타락한 부르주아적 탐닉으로 여겨 배척하지 않도록 만들었다. 그로노에 의하면, "1930년대 중반에는 새로운 계급제도와 새로운 사회질서 체계의 등장과 함께 이전의 혁명적 금욕주의와 사회적 평등주의가 사라졌고 외려 향락적이고 개인적인 삶의 방식이 허용되었다".[84]

다른 많은 1930년대 소비에트의 유토피아적 관념처럼 혁명적 금욕주의는——향락주의와 그 현현인 육체적 쾌락에 대한 톨스토이적 투쟁과 함께——스탈린과 그의 후계자들의 통치하에 소비에트사회주의연방(USSR)의 사회주의 건설을 둘러싼 담론에 의해 흔적도 없이 사라질 운명에 처했다. 스탈린의 제2차 5개년 계획은 그저 '소비의 즐거움', '삶의 즐거움' 그리고 '즐거운 삶의 방식'에 대한 새로운 주목을 의미하는 공공 지령 중 하나에 불과했는데, 그것은 이후의 소비에트 시절을 지배하는 당의 수사가 되었다.[85] 인간을 본능적으로 자기의 육체적 욕망 만

---

82) Julie Hessler, 「문화무역: 소비주의로 방향을 튼 스탈린주의자」("Cultured Trade: The Stalinist Turn Towards Consumerism"), 『스탈린주의: 새로운 방향』(*Stalinism: New Directions*, 2000), p.183.

83) *Ibid.*, p.184.

84) Gronow, 『샴페인을 곁들인 캐비아』(*Caviar with Champagne*), p.9.

85) 플라토노프(Platonov)의 『행복한 모스크바』(*Happy Moscow*)에 대한 에릭 나이만의 서문, p.

족을 위해 투쟁하는 동물로 규정한 톨스토이의 정의는 스탈린 통치기나 그 이후 소비에트 연방의 당지도자들 사이에서는 통용된 관념인 듯하다. 그러나 육체적 쾌락에 대한 탐닉을 지양한 초기의 볼셰비키주의자들이나 레닌과 달리 스탈린과 그의 후계자들은, 적어도 자기들의 공공 수사에서는 소비의 덕을 지향하였다. 이는 그 속성상 톨스토이가 추종자들에게 지양하고 억제하며 궁극적으로는 극복하라고 가르친 쾌락주의적 동물성을 긍정하면서 영합하는 것이었다.

10. 도스토옙스키의 유산: 혁명 이전 소설에서 보이는 인간의 야수성

만약 톨스토이가 동물성과 도덕성에 대해 세기말과 혁명기의 러시아에 남긴 영향이 주로 금욕주의와 절제 그리고 도덕적 청교도주의라면, 도스토옙스키의 영향은 주로 19세기 후반 사회주의적 다원주의자들에 의해 다루어지는 동물적 자아에 대한 근대적 생각을 담은 작가들의 작품에 강하게 나타난다. 1890년대와 1900년대에 이르러 다원주의는 니체 철학자들이 주장한 형이상학적이고 도덕적인 니힐리즘의 이데올로기에 의해 대체──혹은 더 정확하게는 그것과 혼합──된다. 이때 등장한 이데올로기로서의 니힐리즘은 당대에 떠오른 자본주의와 러시아에 새로이 부상한 부르주아들의 가치와 정신을 가장 잘 드러내 준다. 그러한 개념을 다원은 '생존경쟁'과 '적자생존'으로 설명한 반면, 니체는 그러한 약육강식 법칙과 육욕적 철학에 엘리트적 요소를 더한다.[86] V. V. 추

52, p.53.
86) 니체주의를 두고 19세기 후반 러시아에서 나온 평판과 그 영향에 대해서는 다음을 참

이코는 "니체는 인간은 오직 특출한 대여섯 명만이 살아남을 수 있도록 창조되었다고 하였다"라면서 덧붙이기를, "이들은 다른 양들을 먹어 치우기 위해 태어난 사자와 호랑이 들이다"라고 한다.[87] 니체의 이러한 향락적이고 디오니소스적인 인간본성의 어둡고 잔인한 심리적 충동(맥스 노르다우[Max Nordau]의 『퇴폐』[*Degeneration*, 1892]에서 매우 객관적으로 정의되는 니체 사상의 특징)은 당대의 많은 러시아 비평가와 독자에게 도스토옙스키의 '잔인한 재능'의 부도덕한 새 철학과 매우 유사하게 인식되었다.

더 엄밀히 말하자면 그들은 니체 철학을 도스토옙스키의 '니힐리즘적' 주인공들의 사디스트적 쾌락주의와 폭력적 공격성과 연관지었다. 그 주인공들은 주변의 나약하고 평범한 노예 같은 양떼의 도덕률로부터 자유롭고자 한다.[88] 스비드리가일로프, 스타브로긴, 또 다른 도스토옙스키 소설의 '주인'과 같은 인격을 소유한 인물들은 이제 사납고 겁 없는 저속한 니체주의적 '금발의 포식자'(blonde Bestie) 혹은 그 근본의 야수성을 내보인다. 그들은 자신의 행동이 타인에게 끼칠 영향에는 아랑곳하지 않고 잔인하고 폭력적인 쾌락에 자신을 내던지는 '비웃는 사자'로 인식된다. 예를 들어 니콜라이 그로트는 비평에서 니체에 대

조. Edith W. Clowes, 『도덕적 양심에 대한 혁명: 1890~1914년 러시아 문학에서의 니체』(*The Revolution of Moral Consciousness: Nietzsche in Russian Literature, 1890~1914*, 1988); Ann Marie Lane, 「니체 러시아에 오다: 1890년대 환영과 반발의 물결」("Nietzsche Comes to Russia: Popularization and Protest in the 1890s"), Bernice Glatzer Rosenthal, 『러시아에서의 니체』(*Nietzche in Russia*, 1986), pp.51~86.

87) V. V. Chuiko, 「니체의 공공사회의 이상」("Obshchestvennye idealy Fridrikha Nitzche"), 『관찰자』(*Nabliudatel'*), no.2(1893), p.233.

88) Clowes, 『도덕적 양심에 대한 혁명』(*The Revolution of Moral Consciousness*), pp.92~95.

해 인간을 '그 삶의 목적이 오직 존재, 권력, 힘을 위한 투쟁뿐인 짐승'으로 보는 사회적 다윈주의자로 정의한다.[89] 반면 니콜라이 미하일롭스키는 니체의 도덕관념(그리고 인간본성에 대한 그의 니힐리즘적 개념화)은 다윈과 도스토옙스키가 공유했던 저속한 가치와 유사하다고 설명한다. 미하일롭스키가 전하길, "분명 도스토옙스키가 즐겨 관찰한, 그리고 니체 이론의 근간이 된 잔인한 권력과 악에 대한 끝없는 욕망은 인간영혼에 대해 탐구하는 학생들에게 매우 흥미로운 주제였음이 틀림없다. 즉 그것은 고통 속에서 균형 감각을 잃은 영혼이며, 이것은 하나의 병리학적 현상이다"라고 지적한다.[90] 이디스 클로위즈가 설명하듯, 미하일롭스키는 "니체의 글에서 그가 도스토옙스키를 비난할 때 보았던 것 같은 '잔혹함'을 보았으며" 또한 그는 니체식 초인이나 도스토옙스키식 지하인간은 공통적으로 "같은 인간본성에 잔혹함과 권력에 대한 욕망이 내재해 있다는 견해를 공유한다"라고 믿었다.[91]

이러한 도스토옙스키의 악마적인 남성 인물들과 세기말에 퍼진 저속한 형태의 니체주의 사이의 공통점은 당대의 많은 사람이 공유했던 러시아 작가들의 시학, 즉 폭력과 지배 그리고 복종의 도착적 성애를 이해하는 데 도움이 된다. 상당히 왜곡된 형태로서 니체의 몇몇 주요 개념은——특히 『도덕의 계보』(1887)나 『안티크라이스트』(1895) 등에서 신봉된 그의 믿음, 즉 기독교 문화의 유산이 불행히도 인간내면의 강력하

---

89) Nikolay Ia Grot, 「우리 시대의 도덕적 이상: 니체와 톨스토이」("Nravstvennye idealy nashego vremeni: Fridrikh Nitcche i Lev Tolstoi"), 『철학과 심리학의 제 문제』(*Voprosy filosofuu u psikhologii*), 16(1893), pp.129~154.

90) N. K. Mikhailovskii, 『문학적 회상과 동시대의 혼란』(*Literaturnye vosprominaniia i sovremennaia smuta*, 1900), 2:464.

91) Clowes, 『도덕적 양심에 대한 혁명』(*The Revolution of Moral Consciousness*), pp.58~60.

고 공격적이며 대담한 맹수를 문명화된 동물로 길들였다는 것——이제 많은 러시아 문학의 가상인물들에게서 재현되고 있었다. 예를 들어 표트르 보보루이킨(Pyotr Boborykin)의 『잔인한 이들』(1901)의 주인공 마트베이 프리스펠로프는 스스로를 니체적 인간으로 표명하는 인물인데, 그는 도스토옙스키의 성애적 '신-인간'을 모사한 인물로서 공격적인 성적 행동으로 타인에 대한 지배를 표명하려는 인물이다.[92]

약육강식적 본성에 있어서의 성적 공격성은 이와 같이 강력하고 강탈하는 남성상의 행동으로 표현되는데 이는 혁명기 바로 직전 러시아에서 유행한 러시아 불바르 소설에서 종종 로맨틱하게 그려진다. 이 시기 러시아에서는 쾌락 추구와 자기결정 추구가 많은 문학적 인물에 의해서 종종 니체식 권력의지의 행사로 그려졌는데, 이는 특히 성관계 묘사에서 두드러진다. 클로위즈가 지적하듯이 성애 영역에 있어서 당대 러시아 불바르 소설에서는 오직 '주인'과 '노예'만이 있을 뿐 동등한 관계란 존재하지 않는다.[93] 적어도 보수적인 도덕관을 가진 비평가들에 따르면 러시아의 세기말 대중소설에서는 자기애라는 덕목과 개인의 개성에 대한 숭배가 약육강식적 행동으로서 성적 자유 그리고 개인적 자아발견을 위한 것으로 인식되며 이전의 전통적 러시아의 자기부정, 기독교적 형제애, 시민의 의무, 이타적인 생각을 빠르게 대체해 가던 시기였다.

에브도키아 나그로드스카야의 『디오니소스(바로 니체가 자신의 글에서 찬양해 마지않은)의 분노』는 이 로마신의 관능주의, 에로티시즘, 향

---

92) *Ibid.*, p.76.
93) *Ibid.*, p.103.

락주의 등에 대한 분명한 암시와 더불어, 독자들에게 불바르 소설에서 정복, 고통, 굴욕에 대한 저속화된 니체식 에로티시즘을 보게 되리라 기대하게 만든다. '디오니소스의 분노'는 사실 소설 속 여주인공 타냐 쿠즈네소바가 그린 중요한 그림의 제목이다. 그녀는 로마에서 작품 활동을 하는 러시아인 예술가로서, 그녀의 혼란스러운 성적 정체성이 이 소설의 주제이다(그녀의 친구 라트치노프는 그 남성적 감수성과 성격 그리고 욕망을 근거로 그녀를 여성의 몸에 봉인된 남성으로 정의한다). 사적인 삶과 예술 사이에서 갈등을 겪을 때, 그리고 로맨틱한 사랑이 계속해서 육체적인 욕망에 의해 위협받을 때 '맹수 같은' 본성이 드러나는데 이 모습은 그녀의 연인인 스타르크의 성적 욕망의 어두운 면을 묘사할 때 나타난다. 타냐에 대한 스타르크의 집착 때문에 그녀는 예술에도, 친절하고 사랑스러운 남편에게도 소홀하게 된다. "몸이 문제예요!" 타냐는 분노에 찬 목소리로 외친다. "몸이 핍박받는 한 어떤 것도 이루어질 수 없어요. 이성이나 지성도 도움이 되지 않죠".[94] 이 여주인공이 스타르크의 계속되는 성적 유혹에 굴복한 순간, 그들은 마침내 광기 어리며 열정적인 사랑을 나눈다. 그리고 스타르크는 이와 같이 고백한다. "난 야생의 짐승이요……. 잔인한 동물이지"(96). 그러나 타냐의 그림을 둘러싼 논쟁에 등장하는 모든 저속한 디오니소스적 광기의 니체적 수사에도 불구하고, 거기에는 독자가 기대하는 약육강식에 대한 어떤 담화나 정복과 굴종 등의 잔인한 에로티시즘이 없다. 타냐의 연인 스타르크는 남성의 몸에 갇힌 여성이며, 그의 주된 관심사는 여주인공에게 고통을 가

---

94) Evdokiia Nagrodskaia, 『디오니소스의 분노』(*Gnev Dionisa*, 1994), p.41 이하. 『디오니소스의 분노』 인용은 이 책에서 가져왔으며, 인용된 텍스트의 끝에 쪽수를 명기했다.

하는 것이 아니라 그녀의 애정을 얻어 자신과의 결혼에 이르게 하는 것
이며, 그녀의 가족으로서 함께 아이를 낳고 기르는 것이다.

반면 아나스타샤 베르비츠카야의 『행복의 열쇠』에는 (소설의 여주
인공인 무희 마냐 옐초바의 사랑을 얻으려 경쟁하는) 적어도 두 명의 남
자 주인공이 등장하는데, 이들은 당대의 도스토옙스키, 다윈, 그리고 니
체와 저속하게 동일시되었던 탐욕스러운 관능주의를 형상화하고 있다.
그중 하나가 마크 스테인바흐 남작이다. 그는 부유한 유대인 산업가로
경제적으로 진보적인 사회의 원동력과 예술을 지원하는 사람이다. 다
른 한 명은 흉포한 밀림의 자연법칙(적자생존)을 믿는 반유대주의자 귀
족 니콜라이 넬리도프이다. 그는 여성과 유대인에 의해 급격히 진행되
는 현대의 생물학적 퇴보로부터 인류를 보호할 인물로 묘사된다.[95] 스
테인바흐의 이는 "맹수의 이빨처럼 날카롭고"(1:141) 그 눈은 (누군가
를 물려고 하는 개의 눈처럼) "매서우며"(1:164) 그리고 그 웃음은 "야
수 같다"(1:147)라고 묘사된다. 스테인바흐는 공공연히 자신이 유대인
들의 피에 저주처럼 흐르는 "괴물 같은 관능주의"를 부여받았다고 인
식한다(1:158). 반면 반계몽주의자 넬리도프는 "잔혹하고 욕망으로 가
득 차 마치 정복에서 노획품을 획득하려는 것 같은" 눈으로 마냐를 보

---

95) 마냐의 초기 스승인 이안은 혁명적 철학자로서 니체주의자라고 평가될 수도 있다. 그러나
삶에 대한 그의 철학이 육체의 해방을 강력하게 옹호하고 삶이란 즉흥적 본능에 의한 것이
라고 여긴다는 점에서만 그러하다. 사실 이안은 아르치바셰프의 『사닌』에 대해 칭찬을 아
끼지 않으며 "경직화된 도덕적 법률에 대한 획기적 반항"이라고 평한다. 그가 마냐에게 말
하기를, "서유럽 문학 전체를 통튼 것보다도 개인의 인격을 옹호하기 위한 발언들이 많다."
Anastasiia Verbitskaia, 『행복의 열쇠』(*Kliuchi schast'ia*, 4 vols., 1910), 1:92~93. 이하 『행
복의 열쇠』의 모든 인용은 이 판본을 참조했으며, 인용된 텍스트의 끝에 권 번호와 쪽수를
명기했다.

고 있다(2:26). 그는 "오, 그녀를 내 품에 안아 봤으면. 그녀와 함께 녹아들어 그녀를 단 한 번의 욕망의 폭발로 파괴해 봤으면!"이라고 마냐를 처음 본 날 홀로 탄식한다. "자신을 통제하기가 이리도 어려운 일인가!"(2:28) 그리고 다음 날 이미 자신의 야성적 욕망을 알아차린 넬리도프는 마냐를 다시 만나자마자 곧장 자신을 통제하는 일에 실패한다("당신은 너무나도 잔인하군요. 당신은 맹수와 같아요"라고 그녀는 그에게 말한다[2:29]).

> 그는 그녀에게 야만인처럼 조용히, 게걸스럽게, 탐욕스럽게 키스하였다. 거칠고 고통스럽게, 그리고 다소 원시적으로 그는 그녀의 어깨를, 가슴을, 무릎을 애무했고 그의 맹목적이고 강력한 욕망의 한 가닥 바람으로 어제, 심지어 방금 전까지 그들을 분리해 놓았던 모든 것을 파괴하였다. 그가 일주일 전에는 그녀가 존재한다는 것도 몰랐다는 사실이 그의 행동을 통제하는 사악한 힘에 문제 될 게 무엇인가?(2:36)

순종적인 마냐는 그의 강탈에 그저 유약한 저항만을 할 수 있을 뿐이었다. "그녀는 이러한 것을 기대하지 않았다. 원하지도 않았다. 그녀는 이 광포하며 상스럽고 낯선 애무에 무너졌다……. 그는 그녀의 팔을 마치 전리품처럼 쥐었고 숲속으로 향했다. 그녀는 마치 노예처럼 그의 욕망에 굴복했다……. 그녀는 그가 자기의 품 안에서 그녀를 파괴하는 듯 느꼈고, 이것이 사랑이 아닌 어떤 맹목적 증오임을 느낄 수 있었다"(2:36).

비록 넬리도프가 소설 속에서 화자가 이야기하는 "잔혹한 정복적 욕망"(3:141)을 지닌 인물일지라도, 『행복의 열쇠』에서 진실로 어둡고 악마적인 약육강식적 힘을 아우르는 것은 성적 욕망 그 자체, 다시 말해 남성의 성적 욕망인 것이다. 실로 소설 후반부에 이르러 이 '정복자'적 성격이 이제 "잔혹함과 파괴를 갈망하는 욕망에서 자유로워졌을 때"(6:272), 마침내 그를 지배하던 욕망이 늙어 버린 넬리도프에게서 떠나간다.

11. 아르치바셰프의 소설 『사닌』에 나타난 속화된 니체적 에로티시즘

블라디미르 사닌은 종종 20세기 초 러시아 불바르 소설에서 니체적 '맹수'의 사디스트적 향락주의를 형상화하는 인물 중 하나로 해석된다. 몇몇 비평가는 그를 도스토옙스키의 '야수적' 인물 드미트리 카라마조프와 비교하여[96] 러시아의 니체적 위버멘시(übermensch, 초인)로 보기도 한다. 즉 '맹수'로서 그의 도색증이 고도로 성애적인 성격의, 니체의 극단적 자기주의와 자아도취 그리고 권력욕 옹호에 대한 형상화로 풀이된다. 현대의 학자들도 여전히 사닌을 '니체적 초인'이라 규정한다.[97] 그러나 러시아의 세기말적 불바르 소설 속 '맹수적' 인간의 전형과는 달리 아르치바셰프의 주인공은 잔혹함, 폭력, 야만의 사디스트로서 엘리트적 관능에는 흥취하지 않는다. 반대로 사닌의 향락주의적 신조——즉 인간은 삶이 인간의 몸에 가져다주는 다양한 육체적 쾌락과 리비도적 즐거

---

96) Zakrzhevskii, 『카라마조프시치나』(*Karamazovshchina*), pp. 120~123.

97) Engelstein, 『행복의 열쇠』(*The Keys to Happiness*), p.390 ; Edith Clowes, 「통속화의 문학적 수용: 네오-리얼리즘 소설에서 초인에 대한 니체의 사상」("Literary Reception as Vulgarization: Nietzsche's Idea of the Superman in Neo-Realist Fiction"), 『러시아에서의 니체』(*Nietzsche in Russia*, 1986), pp.315~329. 클로워즈는 사닌이 니체의 초인을 도덕적 쾌락주의자로 표현했다고 주장했다(p.323).

움을 향유해야 한다──는 모든 인간(남녀 모두를 아울러)에게 동등하게 적용되는 것이며, 또 어떤 타인의 고통을 전제로 하는 것이 아니다. 엥겔스타인은 "아르치바셰프는 자연적 욕망의 순수함을 찬미하면서 여성을 비하하는 언어와 행동으로 성적 정복을 추구하는 것을 비난한다"라고 전한다.[98] 그리고 이에 "여성과 남성에 대한 평등한 에로티시즘"은 불바르 소설에 흔하게 등장하는 정복과 복종이라는 니체식 성애와는 분명히 차별화되는 것이라고 덧붙인다.[99] 이 모든 성적 암시에도 불구하고, 다른 비평가는 사닌을 "성적 가치에 관한 한 동등한 잣대를 가진" 존재로 평하며, 이는 속화된 니체주의에 대한 우회적 비판이라고 해석한다.[100]

그러나 『사닌』에서 극도로 부정적으로 그려지는 두 남성 인물, 즉 여성혐오주의자인 자루딘 장교와 그의 방탕한 친구 볼로신의 관념에서는 잔혹함, 폭력, 야만의 에로티시즘이 발견된다. 여성──자기의 남성적 기량을 자유로이 발휘함에 따른 잠재적 희생자──에 대한 자루딘의 태도는 처녀 리다 사니나(주인공의 누이동생)가 성적으로 그에게 응할 의향이 있음을 알게 된 순간 가장 잘 드러난다. 우리는 그가 그녀의 육체적 품위를 '타락'시키는 것을 공상하는 장면을 찾을 수 있다.

그러나 자루딘이 다른 여자와의 경험에서 들었던 적이 있는, 이상하게 더 듬거리고 순종적인 목소리였던 오늘 그녀의 약속 이후에 갑자기 그는 예

---

98) Engelstein, 『행복의 열쇠』(*The Keys to Happiness*), p.385.
99) *Ibid.*, p.385.
100) Luker, 「후기」("Afterword"), p.265.

기치 못하게 자기의 힘을 느꼈고 자기 목표가 손에 잡힐 것만 같은 느낌을 받으며, 자신이 욕망했던 것 이외의 다른 결과는 나타날 수 없음을 깨달았다. 그리고 관능적인 기대에 대한 달콤하고 나른한 느낌은 이 위풍당당하고 영리하며 순수하고 교양 있는 젊은 여자가 다른 여자들처럼 그의 밑에 눕게 될 것이며 다른 여자들이 그랬던 것처럼 그가 원하는 그대로 하게 될 것이라는 미미하고도 무의식적인 일말의 악의와 결합되었다. 그의 매섭고 잔혹한 마음은 리다의 나체와 헝클어진 머리의 수치스럽고 음탕한 장면들을 희미하게 상상하기 시작했고 영악한 눈빛은 관능적 잔혹함이 있는 격렬한 술잔치로 변하였다. 갑자기 그는 그녀가 바닥에 누워 있는 장면이 선명하게 떠올랐다. 채찍이 휙 하고 움직이는 소리가 들렸고, 순종적인 그녀의 부드러운 나체에 분홍색 선이 그어졌다. 그리고 몸서리치며 그는 갑자기 머리에 피가 몰리면서 비틀거렸다. 그의 눈빛이 반짝였다.(1:59~60)

리다는 자루딘과의 잠자리 이후 자기를 유혹한 이가 저속한 니체적 정복과 굴욕의 에로티시즘에 이끌렸던 것임을 알게 된다. "갑자기 리다는 그녀가 자루딘에게 얼마나 많은 것을 빼앗겼는지를 깨닫고는 공포에 사로잡힌다. 처음으로 그녀는 그 돌이킬 수도, 이해할 수도 없는 순간으로부터 자기보다 훨씬 수준 낮은 이 어리석고 저속한 장교가 자신을 힘으로 지배함으로써 자신에게 굴욕을 주는 것을 즐기고 있었음을 알게 되었다"(1:89).

자루딘을 방문한 호색한 볼로신은 수도 출신으로 자신의 시골 친구 자루딘처럼 잔인한 사디스트이며 여성을 혐오하였다.

극한의 즐거움에 예리하게 반응하는 노출된 신경의 벗겨진 가장자리 같은 한 방탕한 사람의 몸은 그 즐거움과, 바로 '그녀'라는 단어에 대해 매우 고통스럽게 반응했다. 항상 벗은 상태로 준비된 그녀는 볼로신의 삶의 매 순간 그의 앞에 서 있었다. 나긋나긋하고 풍만한 여성의 육체 주변으로 둘러져 있는 모든 여자의 드레스는 무릎이 떨릴 만큼 무시무시하게 그를 흥분시켰다. 벌거벗은 몸으로 밤마다 광적인 애무를 하며 그의 몸을 고통스럽게 했던 무수한 감미롭고 세련된 여성들을 뒤로한 채 페테르부르크를 떠나 그를 위해 일했던 많은 이의 목숨이 달려 있는 복잡하고 중요한 문제에 주목해야만 했을 때 볼로신은 시골의 광야에서 자란 젊고 풋풋한 여성들에 대한 노골적 환상에 사로잡혔다. 그는 그녀들이 수줍고 겁이 많으며 산버섯처럼 단단할 것이라고 상상했다. 심지어 그는 먼 거리에서도 그녀들의 젊음과 순수함에서 뿜어져 나오는 매혹적 향기를 알아챌 수 있었다.(1:234~235)

집주인 자루딘은 볼로신이 이야기하는 여성의 가슴과 그의 적나라한 욕망에 대한 음란한 이야기를 듣고 '자랑하고픈 남자의 욕망'에 사로잡히고 "볼로신을 압도하고픈 참을 수 없는 욕망"에 괴로워한다. 그러고는 곧 리다의 엄청난 몸에 대해 떠들어 대기 시작한다.

그리고 그녀(리다)가 볼로신의 눈앞에 완전히 발가벗은 채로 나타났다. 마치 축산물 박람회에서 거래되는 동물처럼 그 가치를 잃은 채 그녀의 몸과 열정의 가장 깊은 신비로움마저 부끄럼 없이 노출된 상태로 드러난 것이다. 그들의 생각은 그녀의 몸 위 여기저기를 기어 다니며, 핥고 할퀴면서 그녀의 육체와 감정을 조롱했다. 한때는 기쁨과 사랑을 줄 수 있었던 이 화려하고 젊은 여성의 몸 위로 악취 나는 독이 떨어졌다. 그들은 그 여자를 사랑하지 않았고 그녀가 제공하는 즐거움 따위엔 감사하지 않았다. 대신에 그들은 그녀에게 몸서리쳐지는, 말로는 형언할 수 없는 고통을 주기 위해 그녀를 모욕하고 굴욕감을 맛보게 하려고 노력했다.(1:239)

아르치바셰프의 텍스트에 작동하는 '성적 가치에 대한 저울질'은 남성적 힘과 남성적 지배를 상징하는 성적 정복을 피하려고 한다. 작중 화자는 향락적인 자루딘과 볼로신을 "짐승들"(zverei), "미쳐 날뛰는 짐승들"(osatanevshikh zverei) 혹은 "야생짐승들"(dikikh zverei)이라 묘사하며 그들의 환상 속 남성성의 극대화와 여성에 대한 모욕을 비판하고 있다.[101]

루커가 잘 지적했듯이 수도에서 온 방탕한 친구가 자루딘을 방문한 사건은 두 육욕적 인물이 작품의 주인공과 ——성적인 감각에서 —— 얼마나 다른지를 잘 드러내 준다. "사닌이 여성을 얼마나 욕망하든 간에", 루커가 지적하길, "그는 결코 음탕하지는 않은 인물이다".[102] 리다를 사랑하지도 않고 그녀가 제공하는 육체적 쾌락에 대해 고마워할 줄도 모르는 자루딘과 볼로신의 모습이 반복될수록 사닌은 육체적으로 욕망하는 여성에게 그들과는 다르게 행동하리라는 기대를 받는다. 실제로 보트에서 드러난 카르사비나에 대한 사닌의 태도는 바로 그들의 성적 친밀함에 기인한 것이며, 그는 이러한 점에서 매우 교훈적이다. 즉 "그는 그녀를 친밀한 방법으로 편안하게 해주며 말을 걸고 있었고", "그는 힘

---

101) 예를 들면 1:60, 1:172, 1:238, 1:249, 1:268 참조.

102) Luker, 「아르치바셰프의 사닌」("Artsybashev's Sanin"), p.88.

을 뺀 부드러운 목소리로 감사의 말을 해댔다"(1:340). 카르사비나는 평소에는 강하고 자신에 찬 사닌이 이때는 "매우 안쓰러우며 또한 친밀하게 느껴지는 것"(1:342)에 대해 놀라고 있었다. 그리고 바로 다음 날 저녁 사닌은 카르사비나를 방문하기로 하였고, 그녀가 그 전날에 선사한 "어마어마한 행복"(1:349)에 대해 이야기하고픈 충동을 느꼈다.

> 나는 그래서 당신이 나를 이해해 주기를 바랍니다……. 나에 대한 혐오나 증오의 마음을 갖지 않기를요. 내가 어떻게 했어야 했나요? 내가 당신과 나 사이에서 이전과 다른 공허함을 느끼고 만약 그러한 순간이 날 지나쳐 가게 놔두면, 더는 내 삶에서 반복되지 않을 것만 같은 순간이 있었습니다……. 당신도 날 지나치고 나도 당신을 지나치고, 그러면 난 내가 가질 수 있었을 환희와 행복감을 절대로 느끼지 못하겠지요. 당신은 너무나 사랑스럽고 너무나 젊고…… 또한 고통받고 있지요. 하지만 어제는 정말 좋았습니다! 고통은 단지 우리 삶이 너무나 잔혹하게 정해져 있기 때문이지요. 사람들은 자기 행복의 기준을 스스로 정합니다. 그러나 우리가 다르게 살아간다면, 이 밤은 우리 둘 모두의 기억 속에 인생을 살 만한 것으로 만들어 준 가장 가치 있고 흥미로우며 화려한 경험으로 남을 것입니다.(1:348~349)

이 문장들은 저속화된 니체적 초인이나 탐욕스러운 도스토옙스키적 약육강식자의 것이라 볼 수 없다. 루커가 지적하듯 사닌은 "자기 연인이 가져다준 비견할 수 없는 즐거움이 주는 독특한 경험에 진실로 감사하고 있었다". 즉 그것은 자신의 남성적 힘을 사디스트적으로 과시하며 여성이라는 약자를 정복하고 굴복시키는 자기 능력에 대해 떠들어

대는 자루딘과는 확연히 다르다.[103]

12. 초기 소비에트 소설에서 도스토옙스키적 육식성

1917년 공산당원들이 정권을 장악하자 당대 러시아 사회의 도덕성 풍
토에 큰 변화가 생겨났고 특히 성적인 관계를 둘러싸고는 더욱 그러하
였다. 그러나 도스토옙스키식 먹고 먹히는 폭력과 성적 포식에 대한 이
미지 묘사는 계속되었고, 이는 10월혁명 이후에도 계속해서 나타난다.
미하일롭스키, 고리키, 다른 급진적 민중주의자들이 이전에 그랬듯 혁
명 이후 볼셰비키 비평가들은 인간을 피와 권력에 굶주린 약육강식적
짐승으로 묘사하는 냉소적 태도를 보였다. 또한 1차 세계대전, 10월혁
명, 계속된 내전은 세기말적인 '신야만주의'의 재등장을 촉발하였다.
1920년대에 걸쳐 타인을 '먹어 치우는' 행위가 현대사회 인간 삶의 본
성을 은유적으로 드러낸다는 인간의 동물적 근성에 대한 관념이 재등
장하였다. 볼셰비키 시절의 니체주의를 연구한 미하일 아구르스키가
지적하기를, "니체의 관점을 취한 많은 볼셰비키주의 옹호 지식인들에
게 혁명과 혁명적 폭력이란, 혁명 이후에도 계속되는 디오니소스적 엑
스터시의 발현으로 보였다".[104]

당시의 반볼셰비키주의자들은 혁명적 폭력을 동물학적 용어로 묘
사하였다. 예를 들어 예브게니 트루베츠코이 경은 『야수의 제국과 다가

---

103) *Ibid.*, p.88.

104) Mikhail Agursky, 「스탈린 문화의 니체적 뿌리」("Nietzchean Roots of Stalinist Culture"),
　　　『니체와 소비에트 문화』(*Nietzsche and Soviet Culture: Ally and Adversary*, 1994),
　　　pp.268~269.

오는 러시아의 부활』(1919)이라는 소책자를 썼다. 이는 반볼셰비키주의자 시각에서 당대의 1차 세계대전이나 볼셰비키주의자들의 등장, 내전 등의 역사적 사건을 기술한 글이다. 이는 당대에 도스토옙스키, 다윈, 니체의 언어와 이미지, 관념이 러시아 지식인들의 의식과 담화 속에 얼마나 깊숙이 스며 있었는지를 잘 보여 준다. 트루베츠코이는 전후 시기의 도덕적·영적 가치의 전반적 타락에 대해서 규탄한다. 휴전 이후 파리의 평화협상 테이블에 모인 서구 동맹들이, 자기들이 맞서 싸웠던 독일 군국주의와 마찬가지로 '포식자'가 되어 '늑대'처럼 힘을 행사하려 한다는 것이었다(4~5). 트루베츠코이는 "전반적으로 이는 겁쟁이 짐승들이나 하는 정치"라며 통렬하게 비난한다. "이는 개들이 싸울 때 자기 안전을 지키기 위해서 취하는 방식과 다르지 않다. 즉 만약 당신이 먹어 치우려고 하면, 죽을 때까지 그렇게 하는 수밖에 없는 것이다."(3~4) 트루베츠코이의 견해에 따르면, 첫번째 세계대전은 그 시작부터 "인류의 동물학적 원리"(4)의 천명이며, 그리하여 수많은 나라가 다른 "강자"에 의해 "먹히지 않으려는" 두려움에 싸였다는 것이다(6). 전쟁은 "국제관계에서 짐승들의 재갈을 풀어 줄 뿐 아니라 인간내면에 존재하는 짐승의 재갈도 풀어 준다. 그리하여 전장에서 돌아온 인간을 "피에 굶주린 볼셰비키주의자"로 만들어 결국 '인간호랑이'를 창조해 내는 결과를 낳았다(7).

전쟁 이전부터 존재하던 이런 '짐승 이미지'는 특히 볼셰비키주의에 이르러 더욱 만연했다. 모든 인간관계는 결국 물질적인 것(특히 경제적 측면)에 근간을 두며 사회계급 간의 관계는 "존재를 위한 투쟁의 완전히 동물학적 원리에" 의한다는 견해이다. 트루베츠코이가 설명하듯,

프롤레타리아트는 정의를 위한 어떠한 요구 때문이 아니라 철저히 독점적인 세력의 권리에 따라 모든 실체적 상품들의 유일한 소유주가 되고 있다. 볼셰비키의 관점에서 보자면 계급전쟁에서 실현되는 것은 더 높은 진리가 아닌, 그저 작은 물고기를 잡아먹는 큰 물고기의 약육강식적 권리뿐이다. 이전에는 부르주아들이 이러한 권리를 행사했지만 이제는 프롤레타리아 계급의 차례이다. 더는 어떤 인간적 고려도 강자가 자신의 전리품을 즐기는 권리를 제한하거나 누그러뜨리는 일이 없어야 할 것이다. 볼셰비키들이 보는 대로 계급전쟁은 동물의 왕국에서 살아남으려 투쟁하는 것처럼 잔인하고 무자비하다. 이 전쟁은 둘 중 한 부류가 완전히 섬멸될 때까지 계속된다.(10)

요한계시록에 나오는 불길한 세기말적 이미지들을 언급하며, 작가는 볼셰비키주의를 "인간의 욕망에 물린 재갈을 제거하는 것일 뿐만 아니라 짐승적인 것(zveropoklonstvo)의 찬양, 나아가 인간이 짐승에게 굴복했음을 의미하는 것"(11)으로 인류를 "지옥에서 풀려난 짐승의 발톱 아래로 유인하는 것"(13)으로 풀이하였다. 그가 지적하기를, 볼셰비키주의자들이 세운 새로운 사회는 "인간의 왕국이 아닌 짐승의 왕국"(11)이며, 이 사회를 지배하는 법칙은 "던져진 뼈다귀를 두고 다툼을 벌이는 개들의 끊임없는 투쟁의 장"(12)이라는 사실이다. 그러면서 그가 탄식하기를, "사회는 이제 짐승들 무리로 변해 버렸다"라는 것이다. 트루베츠코이는 나아가 인류는 "짐승의 왕국"으로 이르게 하는 볼셰비키적인 길과 정통 기독교인의 "부활의 길" 사이 선택의 기로에 서 있다고 말한다(21). 후자의 길을 택함으로써 인간들은 근본적인 인간성의 길로 돌아가 삶의 본질적 신성성을 회복해야 하고 세기말의 악한 '짐승'은 신의 자비로운 사랑에 의해 완전히 소멸되어야 한다는 것이다.

트루베츠코이가 반공산당적인 소책자에서 분명히 말하고 있듯 도스토엡스키가 불러들인 약육강식적 언어와 육식 이미지들은 1917년 볼셰비키 당원들이 정권을 획득하면서 부활하여 지식층이나 문학계에서 계속 회자되었다. 도스토엡스키식의 근본적 폭력성에 대한 묘사는 종종 1920년대에 보리스 필냐크 같은 이들의 산문문학에 등장한다. 이는 생물학적이며 본능적인 인간본성에 대한 작가의 관심에 특히 알맞은 언어였던 것이다. 필냐크는 동물의 삶을 알레고리로 묘사하는 맨 처음 글에서부터 "새와 짐승 그리고 동물적 인간의 원시적이며 관능적이고 비이성적인 삶을 찬양"하고 있다.[105] 그러나 그는 『벌거벗은 해』(1922)에서 인간의 가장 근원적인 원시적 욕망에 천착했으며, 이것이 초기 소비에트 러시아의 내전과 혁명의 힘에 의해서 촉발된 것이라고 믿었다. 나이만은 "필냐크가 1920년대에 쓴 다른 작품들처럼 이 역시 볼셰비키 혁명을 모든 문명의 수백 년 노고를 수포로 돌려놓은 파괴적 힘으로 여기며, 여기에서 인간은 이교주의와 폭력 그리고 섹슈얼리티의 손아귀에 잡힌 존재로 묘사된다. 또한 필냐크에게 혁명은 인간을 거의 동물적이고 성적 욕망으로 가득한 존재로 탈바꿈시킨 사건이다"라고 분석하고 있다.[106]

그리하여 『벌거벗은 해』의 이리나 오르디니나는 다윈의 적자생존 논리와 니체의 초인에 대한 생각을 지지하는 인물로 오직 강한 자유의

---

105) Boris Pil'nyak, 베라 T. 렉(Vera T. Reck)과 마이클 그린(Michael Green)의 『중국 이야기와 다른 이야기들』(*Chinese Story and Other Tales*, 1988)에 실린 서문, pp.3~4.

106) Naiman, 『공공연한 섹스』(*Sex in Public*), p.60.

지만이 승리한다는 믿음에 사로잡힌다. 즉 육체적 힘이 강하며 의지는 강인하고 마음은 자유로우며 아름다움은 신과 같은 지배자만이 이러한 원시적이고 야만스러운 '바랴그 종족'[바이킹 족] 시대에 승리를 거둘 수 있다는 것이다. 그리하여 이리나는 "이 모든 자유와 지식 그리고 본능이 내게 부여한 이 잔을 다 들이키고 싶다"라고 외친다. 또한 그녀는 "본능은 즐거운 삶을 위한 것이 아니다. 결국 그것은 본능의 전장을 위해 존재하는 것일 뿐?!"[107]이라고 덧붙인다. '강탈'(nasilovat'), '짐승' (zver') 그리고 '본능'(instinkt) 같은 것은 모두 필냐크의 소설에서 상투적으로 등장하는 말들이다. 사실 '짐승'은 『벌거벗은 해』에서 긍정적 의미로 쓰인다. 이는 작가의 생물학적 인간의 삶에 대한 믿음을 뒷받침하는 역할을 하는데, 즉 인간의 삶을 이루는 궁극적 본질은 폭력과 잔인함이라는 것이다.[108]

이것은 특히 원시적인 잔인함과 폭력이 나타나는 화성의 우주정거장 장면에서 더욱더 강조된다. 게리 브라우닝은 이에 대해 "인간이 생존을 위한 잔인한 전장에서 필수적 삶의 조건들을 놓고 다른 인간들과 경쟁을 벌일 때 모든 인간의 자만은 부스러져 잔인성이 된다"라고 전한다.[109] 『기계들과 늑대들』(1925)에서도 마찬가지로 필냐크는 혁명기 러시아의 혼란 속에서 벌어지는 인간의 동물적 퇴보를 생생히 묘사한다. 그는 당시 안정된 정부의 몰락과 인간가치의 소멸로 인해 사람들이 (서로를 대하는 데 있어) 짐승, 특히 늑대처럼 행동한다고 비유한다.

---

107) Boris Pil'niak, 『벌거벗은 해』(*Golyi god*, 1966), p.142, pp.143~144.
108) Naiman, 『공공연한 섹스』(*Sex in Public*), p.60.
109) Gary Browning, 『보리스 필냐크: 타자기를 사용하는 스키타이인』(*Boris Pil'niak: Scythian at a Typewriter*, 1985), pp.121~122.

작중인물들 가운데 유리 로스치슬랍스키는 공공연히 "나는 이 시절을 마치 늑대처럼 행동하며 살아 냈다"라고 말한다.[110] 또한 그의 형제 드미트리는 "나는 타인들 앞에서 늑대가 되곤 했다"라고 고백한다. 필냐크의 화자는 이러한 격변의 시기에 인간은 실제로 "이리가 된다"(liudi ovolchilis')라고 말한다.[111] 당대의 비평가 유리 도브라노프는 자연주의자 필냐크의 인간 삶에 대한 생물학적 견해가 '정액과 피의 목소리'를 찬양한다며 비판하였다.[112]

원시주의자 필냐크처럼 1920년대의 다른 수많은 독립적 성향 작가들은 러시아의 혁명과 내전 당시 드러난, 인간내면의 폭력적인 동물적 욕망을 묘사하고 있다. 그러나 초기 소비에트 시절 작가들은 대부분 동물적 은유와 원초적 폭력성에 대한 상투어들을 개인적 성향보다는 계급 간의 투쟁 영역에서 사용한다. 그들은 동물적 투쟁 언어를 사용하여, 구세계와 신세계의 갈등, 곧 맑스적 용어로는 프롤레타리아와 부르주아 사이의 투쟁을 묘사한다. 유리 올레샤의 『질투』(1927)에 교훈적 예가 잘 드러난다. 올레샤는 권력투쟁이라는 주제를 잘 드러내기 위해 작품에서 원초적이며 성애적인 주제들을 사용하고 있다. 이는 이반 바비체프와 그의 제자 니콜라이 카발레로프가 성취하는 과거의 낭만주의적 가치인 영웅적 개인주의와 자유로운 상상 그리고 개인적 영광에 반한 안드레이 바비체프와 그의 피후견인 볼로댜 마카로프가 추구하는 새로운 과학적 소비에트 정신과 산업적 진보 그리고 집단주의 같은 윤리

---

110) Boris Pil'nyak, 『기계들과 늑대들』(*Mashiny i volki*, 1971), p.27, p.138.

111) *Ibid.*, p.34.

112) Iurii Dobranov, 「가난 증명서」("Svidetel'stvo o bednosti"), 『책과 프롤레타리아 혁명』 (*Kniga i proletarskaia revoliutsiia*), 1(1936), pp.102~103.

의 대조를 통해 이루어진다. 바비체프 형제는 자국의 젊은 세대들의 이데올로기적이며 개인적인 충성을 이끌어 내기 위해 서로 경쟁하고 있다. 나아가 카발레로프, 마카로프, 특히 발랴 바비체바가 등장하는 소설에서 이러한 경쟁에 대한 사회경제적·정치적 파장은 성애나 섭생 같은 원초적 본능과 관련된 언어로 전달되고 있다. 노숙자이며 무직인 카발레로프에게 있어 이러한 새로운 소비에트 사회의 권력과 성공은 (꽤 문학적으로) 안드레이 바비체프라는 인간으로 잘 형상화되는데, 그는 아구르스키가 '볼셰비키적 초인'이라고 묘사하는 '비범한 자'이다.[113] 카발레로프가 이 '거인'에게서 발견하는 권력의 순전한 육체성은 미식학적이고 원초적인 용어들로 구현된다. 이 식품 감독은 게걸스러운 식욕뿐 아니라 자기가 감독하는 식품생산연합 산하의 육류 공장에 있는 거대한 고기를 다루는 식품 가공기계처럼 도살된 동물의 부위를 '먹어 치우는' 능력도 갖고 있다. 비대한 안드레이는 엘리아스 카네티가 '권력의 음식'이라 일컫는 소비능력을 그대로 실행하는 인물이다.[114]

이반 바비체프는 '반동적 감정'을 가진 인물로서, 부르주아 시대와 관련된 모든 구세계의 감성을 뿌리 뽑겠다는 계획을 가진 강인하며 식탐 많은 동생의 공산주의적 계획에 반대한다. 그는 같은 맥락에서 직감적으로 카네티의 '권력의 음식' 개념을 인식하고 권력관계를 먹고 먹히는 원초적 용어들로 반복해서 묘사하고 있는데, 이것이 구강기 소화의 파괴적이며 폭력적인 면을 부각한다. 바흐친이 먹는 행위를 인간과 그 세계의 '즐겁고' '쾌활하며' '승리감에 찬' 기분을 표현하는 온순하고 무

---

113) Agursky, 「스탈린 문화의 니체적 뿌리」("Nietzchean Roots of Stalinist Culture"), p.264.
114) Elias Canetti, 『대중과 권력』(*Crowds and Power*, 1962), p.219.

혈적인 행동으로 묘사한 것과 다르게,[115] 올레샤는 무언가를 먹으려는 인간의 생물학적 욕망을 근본적으로 공격적이고 폭력적인 것으로 인식한다. 먹는 행위를 먹어 치우는 행위로 보는 도스토옙스키적 기호화는 올레샤의 작품에서 이반이 가재를 '먹어 치우는 자'(pozhiratel')로 지칭될 때 나타난다. 이반은 "보라, 난 그것들을 먹는 것이 아니라 파괴한다"라고 말하고 있다.[116] 올레샤는 계속해서 '먹어 치우다'(zhrat')라는 말로 재담을 계속한다. 극중에서 이반이 "고위직 사제처럼"(kak zhrets) 혹은 문자 그대로 "먹어 치우는 이들처럼" 가재를 먹고 있다고 말한다 (57).

약육강식적 동물 이미지는 종종 『질투』에서 식욕과 성욕의 힘이 가진 동물적 본성이 서로 소통하도록 작용한다. 예를 들어 이반은 카발레로프에게 안드레이 바비체프와 볼로댜 마카로프에 대항할 이데올로기적인 '세대 간 전쟁'의 필요성에 대해 토로하면서 자신의 청소년기 일화를 언급하고 있다. 이반은 어릴 적 자신이 원하는 것은 무엇이든 얻어내고 동시에 모든 사람이 자신을 숭배하게 만드는 열두 살의 거만한 소녀를 만난다. 이에 이반은 그 소녀가 이반의 우월성과 인기에 손상을 입힐 것에 위협을 느껴 그녀를 '갈기갈기 찢어 버린다'(terzal). 인기 좋은 소녀가 지녔던, 마치 자석처럼 끌리는 매력에 질투를 느낀 열세 살의 이반은 마치 야생짐승처럼 이 소녀의 옷을 갈기갈기 찢고 자신의 발톱에 '걸려든' 이 가련한 '희생양'의 얼굴을 긁어 놓은 것이다(60).

---

115) Mikhail Bakhtin, 『프랑수아 라블레의 창작품과 중세와 르네상스의 민중문화』(*Tvorchestvo Fransua Rable i narodnaia kul'tura srenevekov'ia i renessansa*, 1990), p.310.
116) 유리 올레샤(Iurii Olesha), 『선집』(*Izbrannoe*, 1974), p.57에 수록된 『질투』(*Zavist'*). 이후 올레샤 작품의 모든 인용은 이 선집에서 가져왔으며, 인용된 텍스트 끝에 쪽수를 명기했다.

이반은 이와 똑같은 원시적 약탈자 욕망을 자기 동생과 자신이 대변하는 새로운 소비에트 세계에서 찾아내며 그와 유사한 권력, 폭력, 파괴에 대한 야만적 기호를 그들 탓으로 전가한다. 이반은 카발레로프에게 현재의 이데올로기 투쟁에 대해 설명하며 "그들은 우리가 음식이라도 되는 양 먹어 치우고 있다"라고 불평한다. "그들은 보아 뱀이 토끼를 삼켜 버리듯 19세기를 먹어 치우고 있네……. 그들은 씹고 소화해 내지. 필요한 것은 삼켜 버리고 해가 되는 것들은 버린단 말이야……. 그들이 내다 버린 것은 우리의 감성이고 그들이 흡수한 것은 우리의 기술이라네"(73).[117] 자칭 '속물의 왕'인 이반과 카발레로프가 깨달은바 그들이 무슨 수를 취하지 않으면 금방이라도 그들을 파괴하려고 위협하는 질투의 감정이 그들을 '갉아먹고'(glozhet) 있었다. 그들은 볼셰비키 이데올로기라는 광포한 '짐승'을 죽이는 방법을 찾아내거나, 1920년대의 알렉세이 가스테프가 소비에트 사회의 현현으로 그린 프롤레타리아 문화

---

117) 이 포식적 생물은 올레샤의 『세 명의 뚱보』(*Tri tolstiaka*, 1924)에서도 모습을 드러낸다. 이 책에서는 힘센 래퍼텁(Lapitup)의 근육이 마치 "보아 뱀에게 먹힌 토끼"처럼 피부 아래서 움직이는 것으로 그려진다(126). 이처럼 뚱뚱한 세 사람의 왕관의 후계자인 튜티(Tutti)도 후에 왕위에 올랐을 때 야수들의 행동을 보고 따라하도록 그들의 야성을 그림으로 배우며 자란다. "호랑이들이 어떻게 날고기를 먹고 보아 뱀들이 토끼들을 산 채로 집어삼키는지 그가 보게 하라. 피에 굶주린 야수들의 목소리를 듣게 하고 그들의 악마처럼 붉은 눈을 바라보게 하라. 그러면 그는 잔인해지는 법을 배우게 될 것이다"(160). 포식자적 맹수들의 정치적인 법과 통치는 후에 소비에트 문학에서 파질 이스칸데르(Fazil Iskander)의 풍자적 맹수 우화 『집토끼와 뱀』(*Kroliki I udavy*, 1982)에서 묘사된다. 한편 이리나 라투신스카야(Irina Ratushinskaia)는 자신의 짧은 이야기에서 이러한 소비에트식 강탈자들의 패러다임을 풍자적으로 해체한다. 그의 작품 「삶의 의미에 관해서」("On the Meaning of Life")에서 주인공의 "최대한의 식욕적"(vsepogloshchaishchaia) 열정은 토끼들을 먹는 게 아니라 바라볼 뿐인 채식주의 보아 뱀이다. Irina Ratushinskaia, 『세 머리의 이야기』(*A Tale of Three Heads*, 1986), pp.12~19. 나는 이 작고 살가운 이야기에 관심을 기울이게 해준 맥칼레스터 대학의 지타 함마베르크(Gitta Hammarberg) 교수에게 삼가 감사의 마음을 전하는 바이다.

를 대변하는 '집합적 육체'에 흡수되어야만 했다.[118]

그가 1부에서 쓴 편지에서 알 수 있듯 카발레로프는 안드레이의 형 이반을 만나기 전에 이미 안드레이에 대해 전쟁을 선포하였고, 이반의 반동적 군대에 가담키로 동의하였다(41). 그러나 이반과 달리 카발레로프의 전쟁은 이데올로기보다는 개인적 이유에서 비롯된 바가 컸다.[119] 소시지 생산자 안드레이가 자신의 정신적 수양아들인 볼로댜 마카로프에게 더 호감을 갖고 카발레로프를 침실에서 내쫓은 사건이 있었다. 이에 대해 매우 화가 난 카발레로프는 이 뚱뚱하고 힘센 괴물이 젊고 아름다운 발랴를 향한 자신의 애정 행로에도 방해가 된다고 생각하기 시작했다. 이데올로기 면에서 미숙한 카발레로프에게 안드레이의 힘, 즉 그의 먹어 치우고 파괴하는 힘은 카발레로프가 이해하기에 로맨틱한 몽상가로서의 자신뿐만 아니라 자신이 형상화하는 구세대의 가치관에 대한 위협으로 인식되었다. 이렇게 인식된 위협은 다시 말해 게걸스러운 대식가 안드레이가 카발레로프의 성적 욕망의 대상, 가장 사랑하는 발랴를 집어삼킬지 모른다는 위협이었던 것이다. 안드레이에게 보내는 편지에서 카발레로프는 식품생산연합의 감독인 그를 고발한다. 이 억제되지 않은 난봉꾼이 자신의 조카를 그저 "먹음직한 한입거

---

118) 1920년대 '집합적 육체'(collective body)라는 개념을 공식화하는 데 있어 가스테프의 역할에 대한 흥미 있는 토론을 위해 나이만(Naiman)의 『공공연한 섹스』(Sex in Public) 1장 「집합적 육체의 형성」, 특히 pp.65~78 참조.

119) "만약 카발레로프가 공산주의 정권에 대한 개인적 악의를 견뎌 내고 있다면 이반은 한결 뚜렷하게 이데올로기적 반대를 표명한다"라고 앤드루 배럿(Andrew Barratt)은 기록하고 있다. Andrew Barratt, 『유리 올레샤의 『질투』』(Yury Olesha's "Envy", 1981), p.43. 여기서 배럿은 A. 벨린코프(A. Belinkov)가 『거스름돈과 소비에트 인텔리겐치아의 파멸: 유리 올레샤』(Sdacha i gibel' sovetskogo intelligenta: Iurii Olesha, 1976)에서 밝힌 견해를 알기 쉽게 풀어 주고 있다.

리"(lakomyi kusochek, 맛있어 보이는 것/군침 도는 것[39])로 보고 "가지고 놀려"(polakomit'sia, 맛 좋은 요리/좋은 음식을 먹다[40]) 했기 때문이다.[120] 이후 마침내 안드레이의 아파트로 되돌아가 안드레이 바비체프와 볼로댜 마카로프에 대항할 만큼 힘을 비축하였을 때 카발레로프는 젊은 라이벌 볼로댜가 없는 동안 안드레이가 조카딸 발랴와 함께 지냈으며 더 나아가 볼로댜가 발랴와 결혼하기 전에 사 년 동안 "즐길"(pobalovat'sia) 계획이었다고 말해 준다(47).

이 두 가지 경우 모두에서 카발레로프는 아마도 안드레이에게 자신의 퇴폐적 욕망을 모두 투영하는 듯하다. 그는 발랴에 대한 안드레이의 식욕적이며 성적인 소비를 주로 쾌락으로 코드화하여 말하고 있다. 즉 안드레이는 이 저항하지 않는 피조물을 '먹어 치우려' 위협하는 탐욕적인 짐승이라기보다는 이 매력적인 어린 소녀의 맛있는 성적 매력을 '맛보기' 원하는 세련된 미식가로 묘사되고 있다. 그러나 종종 카발레로프는 발랴에 대한 안드레이의 호색적인 욕망 추구를 쾌락이라기보다는 힘의 측면에서 이해한다. 이는 특히 그가 이러한 추구를 식욕과 성욕의 폭력으로 본다는 점에서 잘 드러난다. 이반과 비슷하게 카발레로프는 안드레이가 발랴에게 행하는 성적이며 이데올로기적인 계획의 약탈자 같은 속성을 묘사할 때 더욱더 사냥과 관련된 언어와 약육강식적 동물 이미지를 사용한다. 예를 들어 바비체프는 이 연약한 어린 피조물을 '굴복시키고'(pokorit') '길들이고'(priruchit') '조정'(zavladet')하려 한다

---

120) 식욕 탐닉과 성욕 탐닉 사이의 연관성은 러시아어의 어휘적 측면에서 살펴보면 보다 분명해진다. '먹음직한 한입거리'(lakomyi kusok), '진미'(lakomstvo), '미식가'(lakomka), '맛보다'(lakomit'sia), '단 것을 좋아하다'(byt'lakomkoi) 등의 표현에서 자주 쓰이는 어근인 'lakom'이 그 예이다.

고 비난받는다(39). 이반 바비체프가 자신이 대변하는 다른 죽어 가는 부르주아의 석방된 잔당과 함께 안드레이에게 '먹혀 버릴' 것이라 두려워하듯이 카발레로프는 식품생산연합의 게걸스러운 감독이 공장의 흉포한 식품 가공기계들이 동물 부위를 활용하듯 발랴를 '이용할' 것이라 생각하며 두려워한다. 이에 대해 카발레로프는 다음과 같이 말한다. "당신은 그녀를 이용(ispol'zovat')하려 하지. 당신이(내가 일부러 당신이 소책자에서 쓴 말을 빌리자면) '전기 나선 드릴을 이용해 양의 머리와 발굽 등을 매우 솜씨 좋게' 이용하듯 말이오"(39). 화자의 마음속에서 안드레이의 난봉질과 먹어 치우는 행위는 거의 같은 것이기 때문에 카발레로프가 편지에서 절대 안드레이가 발랴를 '얻거나' 그녀를 '이용'하게 내버려 두지 않을 것이라 용감히 말할 때 그는 식욕적이고 성적인 해악으로부터 그녀를 지켜 주려는 것처럼 보인다. 카발레로프는 한 비평가가 언급했던 안드레이 바비체프의 '굶주린 욕망'으로부터, 즉 '그녀를 먹어 치우고 싶어하는' 짐승 같은 안드레이로부터 발랴를 보호해야만 한다고 믿는 것이다.[121]

13. 『개골목』과 성도덕에 관한 공산주의자들의 논쟁

그러나 혁명기 러시아에서 도스토옙스키, 다윈, 니체와 밀접하게 관련된 인간의 육식성이 순전히 맑스주의적 계급투쟁을 묘사하기 위해 사용된 것은 아니다. 이는 또한 주로 1920년대에 소위 성 문제들이라 불

---

121) 로버트 파이네(Robert Payne)가 쓴 유리 올레샤의 『『사랑』과 다른 이야기들』("Love" and Other Stories, 1967) 영어판의 서문, p.15.

리는 볼셰비키 대중의 담론에서 일어났던 뜨거운 논쟁에도 등장한다. 신경제정책(NEP) 시절 말기 정점에 이르렀던(1921~1927) 이 논쟁은 특히 사랑과 결혼 그리고 가족이 이제 구시대의 부르주아 질서를 무너뜨리고 러시아에 새로운 공산주의 사회를 건립하려는 과정에서 관련된 사람들의 삶에 어떤 역할을 할 수 있는가에 대한 논쟁이었다. 여기서 성에 관련된 질문(polovoi vopros)을 향한 두 가지 상반된 견해가 등장한다. 첫째, 긍정적 관점으로서, 성적인 에너지가 사람들을 우매하게 만드는 억압적이고 위선적이며 시대에 뒤떨어진 부르주아의 삶을 지배했던 도덕률에서 사람들을 해방시킨다고 보는 개방적이고 자유로운 혹은 급진적인 태도. 둘째, 리비도를 프롤레타리아의 계급투쟁이라는 공공 이득을 위해 억제되어야 하는 개인 삶의 위험하고 파괴적인 힘으로 보는 억압적이고 보수적인 그리고 청교도적인 태도.[122] 종종 주딘을 비롯한 다른 볼셰비키 청교도주의자들은 후자의 성적 영역에서 나타나는 스파르타적 자기훈육과 청교도적 자기억제, 즉 '혁명적 금욕주의'에 대해 묘사하는데, 이것이 결국 1920년대 소비에트 러시아에서 성에 대한 논의의 주류를 이루게 된다.[123]

이러한 성적 도덕률에 대한 볼셰비키적 논점에 가장 크게 일조한 1920년대 소비에트 소설 중 하나는 레프 구밀료프스키의 『개골목』이다. 이 논쟁적인 소설은 당대 몇몇 비평가에게 소비에트 젊은이들의 성문화를 의도적으로 매도한 사악한 중상모략이라는 비난을 받았으며,

---

122) 성도덕을 둘러싼 볼셰비키 논쟁에 관해서는 Kon, 『러시아의 성혁명』(*The Sexual Revolution in Russia*), pp.51~66 참조.
123) 나이만(Naiman)은 『공공연한 섹스』(*Sex in Public*)에서 '혁명적 금욕주의'(revolutionary asceticism)를 아주 상세히 기술하고 있다. 특히 pp.124~147 참조.

또 다른 비평가들은 독자들로 하여금 음란한 관심을 불러일으키도록 불필요한 성적 장면까지 묘사하는 삼류 음란소설로 평가하였다. 그러나 『개골목』은 성적 욕망을 엄격히 억제하지 못하였을 때 초래될지 모르는 중대한 위험에 대한 경고를 담은 선정적 이야기로 해석될 수 있다(그리고 그렇게 읽혀야만 하는 것이다).[124] 그레고리 칼턴은 작품의 의도를 소비에트 젊은이들에게 경각심을 주고 개인적 교화를 이끌기 위한 것이라 설명하며, "『개골목』은 19세기 반수음(anti-masturbation) 공포의 걸작을 상기시키는 작품으로 지금 회개치 않으면 자멸하거나 타인을 파괴해 버릴 수 있음을 경고한다"라고 덧붙인다.[125] 그는 또한 구밀료프스키의 경고에 찬 이야기를 이렇게 특징지으며 자신이 언급한 여타의 전형적인 반수음 공포문학과 작품을 구별짓는 요소는 바로 작가가 거미 이미지를 성적 욕망 소진이 공산당 젊은이에게 미칠 수 있는 치명적 영향을 묘사하는 데까지 확장하는 것이라고 주장한다. 젊은 소비에트 독자들에게 성적 타락의 유혹에 대해 경고하는 거미 비유(시간을 상징하는 대표적인 동물 비유)에 천착하며, 구밀료프스키는 도스토옙스

---

124) 『개골목』(Sobachii pereulok)이 불러일으킨 논란에 대한 당시의 완전한 분석, 그리고 부분적으로는 동시대 비평가들이 어떻게 해서 구밀료프스키의 소설을 자유연애 예찬론으로 오해하게 되었는지에 대해서는 Gregory Carleton, 「초기 소비에트연방의 성혁명을 읽고-쓰기」("Writing-Reading the Sexual Revolution in the Early Soviet Union"), 『섹슈얼리티의 역사에 관한 기록』(Journal of the History of Sexuality), 8, no.2(1997), pp.229~255 참조. 당대의 어느 비평가는 구밀료프스키와 그 '형제 작가들'인 판텔레이몬 로마노프(Panteleimon Romanov)와 세르게이 말라시킨(Sergei Malashkin)의 작품들은 모두 "상스러움, 외설, 타락, 그리고 이 시대의 젊은이들을 지배하는 약육강식의 법칙" 같은 인상을 남긴다고 평했다. G. Korotkov, 「개골목의 문학」("Literatura sobach'ego pereulka"), 『조각』(Rezets), 15(1927), p.15.

125) Gregory Carleton, 『볼셰비키 러시아에서 성혁명』(Sexual Revolution in Bolshevik Russia, 2005), p.216.

키와 톨스토이가 선전한 인간의 포악함과 성적 욕망에 대한 견해를 상기시킨다.『개골목』의 작가는 특히 ('잔인성' 혹은 'zverstvo'로 설명되는) 도스토옙스키식 인간의 '야수성'을 적용해 거미를 일종의 포식자로 묘사한다. 그러나 그는 이를 톨스토이적 '동물성'(zhivotnost')의 기호로 변모시킨다. 즉 인간의 영적인 부분을 무시한 채 난폭한 (짐승이라기보다는) 동물의 육체적 욕망의 성적 희열 추구로 묘사하는 것이다.[126]

이야기의 중심이 되는 남성 인물인 호로호린은 볼가의 작은 지역에 있는 지방 대학의 총재인데, 그는 건강을 유지하기 위해 일상적 성생활은 불가피하다고 믿는 인물이다. 다시 말해 그는 정신적 평안과 일의 능률을 유지하려면 성생활이 일상화되어야 한다고 주장한다. 호로호린에게 성생활은 그저 단순하고 '자연스러운' 생물학적 필요를 충족시키는 일상적 활동이다. 그는 1920년대 초 혁명기 러시아에 널리 퍼져 있던 일상적 성관계에 관한 악명 높은 이론인 '물컵 이론'[127]을 약간 변주하여, 젊은이들의 성교행위는 목이 마르거나 굶주렸을 때 물을 마시거나 음식을 먹는 행위로 육체적 욕구를 충족하는 것과 같다는 등의 환원주의적인 물질주의 개념을 조야하게 재생산한다. 남자친구의 성적 갈

---

126) 제오프 울렌(Geoff Woollen)은 의미론상의 구별을 연구한 에세이에서 유사한 견해를 보인다. 이 에세이에서 그는 에밀 졸라의 산문소설에 나타난 '인간 속의 짐승'(beast in man)을 다루면서, 소위 '동물성과 야수성'(bêtomorphisme and brutomorphisme)이라는 두 어원을 구별하는 동시에 인류의 동물성의 변이 과정을 기록해 낸다.『야수 인간: 텍스트와 해석』(La Bête humaine: texte et explications, 1990)에 수록된 제오프 울렌의 「『야수 인간』에 나타난 인간의 야수성」("Des brutes humaines dans La Bête humaine"), pp.149~172 참조.
127) [옮긴이] 블라디미르 레닌의 추종자들은 성에 관한 한 '물컵 이론'(glass-of-water theory)이라는 견해를 추종했다. 그들에 따르면 성적 욕망이란 식욕이나 갈증과 하나도 다를 바 없으며, 성적 욕망에는 어떤 별다른 신비스럽고 성스러운 무엇이 있는 것이 아니라는 이야기이다. 그들은 이러한 견해에 따라 소비에트 법을 다시 뜯어 고쳤다. 물론 이 이론은 곧 붕괴되었고, 소비에트 사회는 (최소한 표면상으로는) 성도덕에 관한 한 다시금 거의 청교도적인

증을 해소해 주기 위해 일주일에 두세 번 정도 성관계를 갖기로 한 진보적 성향의 여성 공산당원 안나 리진스카야처럼 호로호린은 성적인 면에서는 자유주의자이자 해방된 성의 승리자인 것이다. 그는 자신을 지역 조직체인 '수치심 타도'의 다른 일원들처럼 부르주아적인 금욕주의를 옹호하는 이들, 즉 성교에는 생리학적인 것보다 더 많은 것(로맨스, 사랑, 애정, 정신적 교감 같은 것)이 있다고 주장하는 이들에 대해 형이상학적 투쟁을 하는 소비에트 러시아의 '신인물들'의 일원으로서 자부심을 느끼고 있다. "우리는 어떠한 사랑도 인정하지 않는다!"라고 구밀료프스키의 주인공은 단언한다. "그 모든 것은 의도를 숨기기 위한 부르주아적 속임수일 뿐이다! 그것은 싫증 난 것에 대한 기분전환적 변주일 뿐이다!"(16) 최근 한 비평가의 불평 어린 비평에서처럼, 호로호린은 사랑과 성에 관해서는 '오직 니체의 생리학'만을 인식하고 있다. 『개골목』 주인공의 성 철학에 따르면, "욕망은 자연스러운 것이므로 충족되어야 한다".[128] 호로호린은 이렇게 볼셰비키 혁명의 승리를 주로 "정신적이며 영적인 억압자들로부터의 육체, 즉 '충동적이고 자연스러운 것'의 해방"으로 해석한다.[129] 많은 면에서 호로호린은 아르치바셰프의 혁명 이전의 향락적 자유주의자를 대표하는 인물인 사닌의 볼셰비키적 화신인 것이다.

그러나 호로호린이 지닌, 성의 허용치에 대한 개방적 철학은 소설

입장으로 돌아갈 수밖에 없었다.

128) I. Kyselev, 「구밀료프스키와 여성: 사랑과 하물며 극장 영수증에 대하여」("Pro L'va Gumilevskogo i pro liubov' deshevshu, nizh kvitok u kino"), 『혁명의 사도』(*Student revolistrii*), no.4(1927), p.53. 여기서는 Igal Halfin, 『내 영혼 속 테러: 재판 중인 공산주의 자서전들』(*Terror in My soul: Communist Autobiographies on Trial*, 2003), p.155에서 인용.
129) *Ibid.*, p.164.

이 진행됨에 따라 점점 더 고통스럽게 손상되어 간다. 이는 베라 볼코바라는 매혹적인 여학생에 대한 집착과 열병이 심해졌기 때문이다. 그녀는 개골목이라 불리는 뒷골목의 아파트에 거주하는데 그녀의 성적 매력이 결국 젊은 공산당 지도자를 정신적·도덕적·육체적 퇴보의 길로 빠져들게 한다. 처음에 호로호린은 베라와의 성관계 전망을 "유용하며 합리적이고, 또 필수적인 기분 전환"으로 생각한다(17). 그러나 촉망받는 대학강사였던 부로프로부터 베라와의 불운했던 만남(과거에 그는 그녀의 희생양 중 하나였다)에 대해 들은 호로호린은 정신이 번쩍 들 정도로 겁에 질린다. 이는 그 자신과 신경쇠약증에 걸린 부로프 때문이 아니라 "그(부로프)와 같은 모든 이가 결국은 이 거대하고 새하얀, 그리고 쾌락에 넌더리가 난 거미의 덫에 걸려들어 마침내 피뿐만 아니라 뇌, 인간의 가장 중요한 부위인 뇌까지 먹혀 버리기 때문"인 것이다(63). 호로호린은 이렇게 최종적으로 베라를 자기 삶을 망쳐 버린 원인으로 매도하며 비난하는데, 그의 마음속에서 그녀는 자신을 끊임없는 성적 타락으로 이끈 최초의 인물인 것이다. 호로호린은 이제 성적인 정신질환, 성병, 육욕적 중독을 모두 포함하는 친절한 퇴보의 나락으로 빠져드는 자신을 발견하고 이것이 그녀에 대한 열병이 가져온 직접적 결과라고 인식한다. 그는 이러한 심각한 곤경에서 벗어나기 위해, 궁극적으로는 그를 유혹하면서 동시에 거부하는 수줍은 척하는 이 여우를 살해할 궁리를 한다. 그러나 결국 그는 자살을 기도하고, 기적적으로 총상에서 회복되어, 이야기의 결말에 가서는 대학을 떠나 시베리아의 작은 마을에서 여생을 여자 없이 살게 된다. 러시아 단어 'khorokhorit'sia'(뽐내다, 으스대다)에서 그 이름을 따온 호로호린은 성적인 난잡함과 도덕적 자유분방함이 볼셰비키 러시아의 혁명적 젊은이들이 긍정적 방향으로 행동하도록 하기 위해 보증되어야 한다고 설파했지만 결국 그 자만심에 대한 고통스러운 치료를 받게 된다.

구밀료프스키의 소설에서 불운한 리비도적 인물인 호로호린과는 극명한 대조를 이루는 인물들, 즉 '긍정적' 인물들인 세몬 코롤료프와 조라 오소키나 같은, 젊은 공산당의 표본같이 두드러지는 인물들은 1920년대 중반 빠른 속도로 성립된 당의 기본 노선을 설파한다. 그것은 성적인 문제에서 강인한 자기억제를 실현하며 생물학적 욕망을 엄격하게 통제할 필요성에 관한 문제들이었다. 이 시대를 이갈 할펀은 "도덕 담론을 둘러싼 공산당 계급투쟁의 장에서 성이 주요 쟁점이 된 시대"라고 설명하는데, "선한 혁명가는 곧 욕망의 만족에 앞서 계급에 충성하는 프롤레타리아다"라고 묘사한다.[130] 이 시점에서 활기찬 코롤료프가 자신만만한 어조로 선언하듯 "우리는 우리 내부에서 계급과 당 그리고 콤소몰(Komsomol)식의 미덕을 길러야 한다"(123). 그와 오소키나가 주창하는 것처럼 혼잡하고 방탕한 성생활은 공산당의 도덕률을 위반하는 것이다. 즉 인간의 육체적이고 정신적인 힘을 약화하여 부르주아에 대한 계급투쟁에 적합한 인물이 되지 못하도록 만드는 것이다. 호로호린 이전에 이미 촉망받는 젊은 미생물학자 부로프가 베라 볼코바의 성적 매력을 탐닉했듯 그는 운명적으로 이 탐욕스러운 성애의 거미가 친 거미줄에 걸려들게 된다. 그것은 앞서 살펴보았듯이 명백히 그의 피와 생명의 힘을 빨아먹고 있었을 뿐만 아니라 그의 정신적 안정도 먹어 치우고 있었던 것이다. 『개골목』의 투박한 작가는 실제로 의도했는지 이러한 거미 이미지를 숨기지 않는다. 심지어 작품 속 한 장에는 '거미'라는

---

130) *Ibid.*, p.105.

제목이 붙어 있고, '거미는 거미줄을 친다'라는 제목의 장도 있다.[131]

14. 거미와 파리: 내면의 야수성

비록 E. B 화이트의 사랑이 가득한 동화 『샬롯의 거미줄』(1952)이 거미
에 조금 더 긍정적인 이미지를 부여한 바가 크다고 해도, 전통적으로 거
미에 대한 구전 이야기들은 분명 이 으스스한 생물체에 부정적 이미지
를 부여해 왔다. 거미는 역사적으로 사악하고 혐오스러우며, 두려움이
나 혐오의 대상인 괴물로 묘사되어 왔다. 그래서 "당신이 죽인 모든 거
미와 함께", "당신은 적을 죽여라!"라는 뉴잉글랜드의 민간 속담이 그대
로 전한다.[132] 반면 러시아의 민담에서는 거미를 죽이는 이는 누구든지
마흔 가지 죄를 사면 그대로 받게 된다고 한다.[133] 다윈 이론의 등장과
더불어 19세기 말과 20세기 초 유럽과 미국이 이를 수용함에 있어, 브

---

131) 각각 1부와 4장이다. 한편 표도르 글라드코프의 「시멘트」에서 거미와 거미줄 이미지는 버
려진 공장 상태를 표현할 뿐 아니라(예를 들어 5장에서 기술자 클라이스트의 숙소 묘사에서
는 거미줄이 주로 나온다) 인간이 자신의 성적 욕구를 억제하는 데 실패할 수 있음에 대한 경
고(『개골목』에서처럼)를 나타내기도 한다. 하지만 구밀료프스키의 소설과 달리 「시멘트」는
거미 이미지를 여성보다는 남성과 연결시킨다. 그래서 주인공 글렙이 전쟁에서 돌아와 아
내 다샤가 '계몽화'되어 급작스럽게도 소비에트식 '신여성'(활발한 정치활동을 펼치며 사회
적으로 독립적인 여성을 말한다)의 전형이 된 것을 발견했을 때 그는 남편으로서 아내와 잠
자리를 같이할 권리를 이용해 난폭한 방법으로 구시대적 남성우월주의를 재주장하고자
한다. 화자에 따르면, "프렌자이드는 자신의 들끓는 피의 욕망에 취해 그녀를 안아 침대에
던져 눕히고 그녀를 덮쳐 슈미즈를 찢고, 한 쌍의 배고픈 거미와 파리가 된 듯 그녀를 탐욕
스럽게 움켜쥔다." Fedor Gladkov, 「시멘트」("Tsement"), 『붉은 처녀지』(*Krasnaia nov'*),
no.1(1925), p.90 참조.

132) Paul Hillyard, 『거미의 책』(*The Book of the Spider: From Arachnophobia to the Love of
Spiders*, 1994), p.20 참조.

133) A. V. Gura, 『슬라브 민속 전통 속의 동물 상징』(*Simvolika zhivotnykh v slavianskoi
narodnoi traditsii*, 1997), p.504.

램 딕스트라는 도발적 연구 『사악한 자매: 여성성의 위협과 남성성 숭배』(1996)에서 이러한 전통적인 거미공포증이 현대의 여성혐오 사상에 스며들었다고 했다. 당대의 많은 남성 작가, 예술가, 사상가가 여성을 거미세계의 약육강식과 포악한 이미지와 동일시했다는 것이다. 다양하고 탐욕스러운 여성 거미의 현현, 즉 검은 미망인, 타란툴라, 기도하는 사마귀 같은 이미지의 주요 특징은 성적이며 재생산적인 식인풍습이라 할 수 있다.[134]

　　로라 엥겔스타인이 지적하듯 제정 러시아 말기 바실리 로자노프 같은 보수적인 사회비평가는 '파리'의 피를 빨아먹는 '거미'를 통해 여성혐오증을 말하는데, 이는 인종차별적이며 반유대적이기도 하다. 여기서 파리들이란 러시아의 정교주의자들을 가리킨다.[135] 엥겔스타인은 "거미는 하나이지만 그녀의 거미줄에 걸린 파리는 여럿이다"라고 말한다. "여기 러시아인들과 유대인들의 이야기가 있다. 수억의 러시아인과 칠백만의 유대인이 그들이다". 또한 로자노프는 이 계획의 원리를 "고통과 불행에 대한 경련"이라 칭하면서 설명하기를, "거미는 파리의 피를 빨아먹는다. 그리고 파리는 윙윙댄다. 파리의 날개는 경련을 일으키며 떨리고 그 날개를 거미에 대고 문지른다. 그들은 거미줄 한쪽에서 힘없이 눈물짓고 있다. 그러나 이미 파리의 다리는 이 올가미에 잡혀 있고, 거미는 그 점을 알고 있다". 로자노프는 "우리는 이 거미로부터 탈출해야 하는 것이다. 그리고 방에서 그 모든 거미줄을 거둬 내야 한다"라고

134) Bram Dijkstra, 『사악한 자매: 여성성의 위협과 남성성 숭배』(*Evil Sisters: The Threat of Female Sexuality and the Cult of Manhood*, 1996).
135) Engelstein, 『행복의 열쇠』(*The Keys to Happiness*), p.322.

마무리한다.[136] 미하일 졸로토노소프는 세기말 러시아의 반유대주의적 하위문화가 어떻게 형성되었는지를 이야기하면서, 로자노프 같은 사회 비평가와 철학자의 글뿐 아니라 당대 좀더 많은 대중의 관심을 끌었던 통속소설과 대중언론에도 이것이 등장한다고 언급한다.[137] 그는 N. 포노마레프(N. Ponomarev)의 『페테르부르크의 거미들』(1888)과 상트페테르부르크에서 발행되던 적나라한 제목의 유명한 반유대적 잡지 『거미』 그리고 키예프의 보수적 신문 『쌍두독수리』가 어떻게 유대인과 탐욕스러운 거미를 동일시하는지에 대해 이야기하고 있다.

그러나 10월혁명기에 이르러서 맑스주의자들을 중요시하는 볼셰비키주의자들의 경향이 나타난다. 이에 문화적 텍스트에서 거미 이미지를 반여성혐오주의자이자 반유대주의자를 묘사하는 데 이용하던 경향이 프롤레타리아 계급의 적, 특히 부르주아를 인간 이하의 하등동물이자 기생충으로 묘사하는 것으로 변화한다. 이러한 이미지는 계급의 적에 대항하기 위해 폭력과 테러를 사용하는 것이 정당할 뿐만 아니라 필수불가결함을 주장한다. 좌파적인 혁명적 수사법에서 부유층은 정치적·사회경제적 힘이 강력한 '거미'로 묘사되는 반면, 가난한 자들은 보

---

136) Vasilii Rozanov, *Opavshie list'ia*, 1992, pp.336~337. 몇 년 지나지 않아 아돌프 히틀러는 악명 높은 저서 『나의 투쟁』(*Mein Kampf*, 1925~1926)에서 유대인을 피 빠는 거미로 언급하였고, 나치 독일로부터 "모든 거미집을 쓸어버리려" 시도하였다. Dijkstra, 『사악한 자매』(*Evil Sisters*), p.425.

137) Mikhail Zolotonosov, "Akhutokots-Akhum: Opyt rasshifrovki skazki Korneia Chukovskogo o Mukhe", 『말과 몸』(*Slovo i telo*, 1999), pp.79~87 참조. 졸로토노소프는 현대 러시아의 문화적 이미지로서 '유대인 의미론'의 거미 개념을 도스토옙스키의 『작가 일기』(*Dnevnik pisatelia*) 1876년 9월호(「작은 야수」["Piccola bestia"] 장)에서 벤자민 디스라엘리를 거미로 특징짓는 반-셈족성에서 찾는다. 또 그는 코르니추콥스키의 「파리-수다쟁이 여자」(Mukha-Tsokotukha)를 이러한 러시아의 반-셈족 정서의 하위문화와 맥락을 같이하는 소설로 평가한다.

통 미끼에 걸려 그 끈적끈적한 거미줄에 갇혀 버리고 먹혀 버리는 힘없는 '파리'로 등장한다.[138] 실로 빌헬름 리프크네히트의 유명한 팸플릿 「거미와 파리」(1917)는 러시아인을 정확히 두 개의 서로 적대적 경쟁관계에 있는 동물학적 종으로 나누고 있다. 구역질날 정도로 흉측하고 만족할 줄 모르는 끊임없는 탐욕의 소유자인 '거미'는 종종 귀족계급의 지주와 부르주아 대지주, 다른 가난한 노동자의 피를 빨아먹고 사는 자본주의 약탈자로 그려진다.[139] 유약한 '파리'처럼, 도시와 지방의 프롤레타리아들은 절대적으로 도움이 필요하고 굶주리며 사회경제적 포식의 희생자가 되기 쉬운 이들로서, 이들을 잡기 위해 쳐 놓은 거미줄에 모두 걸려드는 것이다.[140] 물론 신경제정책(NEP) 시절, 포식하는 투기자로서 초기 소비에트 러시아의 사회주의 사회를 구성하는 신체정치학의 관점에서 경제적 조직을 먹여 살리는 생물을 구성하는 것으로 특징지어지는 인물은 네프 시대의 '악덕 기업가들'(Nepmen)일 것이다.

---

138) Orlando Figes & Boris Kolonskii, 『러시아 혁명의 이해: 1917년의 언어들과 상징들』 (*Interpreting the Russian Revolution: The Languages and Symbols of 1917*, 1999), 특히 6장, 「적의 이미지들」("Images of the Enemy"), pp. 153~186.

139) 레오니드 크라예프(Leonid Kraev)의 소논문 「볼셰비키 거미들과 기독교적인 파리들」 (Bolshevitskie pauki i khrest'ianskiia mukhi, 1919)은 내전 중에 발간되어, 부유한 부르주아 계급을 육식 거미와, 가난한 노동자들을 희생자 파리와 연결시키는 혁명기의 패턴에서 벗어난 예외적인 내용으로 구성되어 있다. "공산당원들이 바로 거미들이다. 영리하고, 피에 굶주리고, 증오로 가득 찬 거미들 말이다. 소작인들, 그들이 바로 마지막 방울의 피까지 모조리 빼앗기고 마는 희생자 파리들이다"라고 극우파 크라예프는 동정한다(16).

140) 피제(Figea)와 콜로니츠키(Kolonitskii)는 러시아 시민계급의 계급의식 향상을 돕는 데 이 유명한 팸플릿이 다른 어떤 선전문보다 많은 역할을 했다고 주장한다. 『거미와 파리』는 계급 간 투쟁이라는 측면에서 거미집 구도의 약육강식 모티프를 이용했지만, 리프크네히트는 러시아 사회에서 '거미'라는 범주에 "젊은 처녀를 유혹하고 방탕으로 이끌면서 즐거워하고, 되도록 많은 연약한 여자를 정복해 그녀들의 명예를 실추시키는 것을 자신들의 명예로 삼는 부유한 집안 출신의 젊은 청년들"을 포함함으로써 성적 착취의 개념까지 다룬다. V. Libknekht, 『거미와 파리』(*Pauki i mukhi*, 1917), p. 5.

그러나 구밀료프스키가 소설에서 행하고 있는 것은 아마도 이러한 약탈자로서의 거미 이미지를 프롤레타리아 계급의 적인 부르주아에게 직접적으로 적용하는 식의 작업은 아닐 터이다. 그는 이를 성 자체로서, 즉 악한 쾌락을 추구하는 부르주아가 이미 밀접하게 관련된 것으로 등장시킨다. 이러한 관점에서 구밀료프스키는 가상의 작품에 '혁명적 숭고' 그리고 '생식의 경제학'(spermatic economy) 관념을 그대로 형상화하고 있다. 그것은 1920년대 중반 성에 관한 문제를 다루는 데 있어서 초기 소비에트 비평가 중 가장 탁월한 비평가인 자칭 심리-신경학자 아론 잘킨드 같은 볼셰비키 도덕주의자들에 의해 널리 전파되었다. 이러한 성적 자극을 모두 피하는 데 관련된 악명 높은 '십이계명'을 설립하면서 부르주아는 전통적으로 위험한 성의 현현으로 여성을 그리던 여성혐오적 비평가들이 만든 마조히즘적 성향의 여성의 자리를 대신한다.[141] 이렇게 잘킨드는 성적 충동을 "탐욕스럽게 그리고 가차 없이 몸의 힘을 엄청나게 앗아가 버리는 거미"라는 포식적 언어로 묘사한다.[142]

이미 살펴보았듯 구밀료프스키가 『개골목』에서 만들어 낸 거미 이미지는 1920년대 성도덕에 관한 볼셰비키의 논쟁을 인간동물의 성적 본성에 관한 도스토옙스키적이고 톨스토이적인 수사까지 모두 포함하는 것으로 확장되어 사용된다. 도스토옙스키적인 약육강식의 '야수성'(zverstvo) 개념과 톨스토이의 향락주의적 '동물성'(zhivotnost'), 즉 인간의 동물성에 대한 반대되는 개념화는 『개골목』 전반에서 자세히 재현

---

141) Naiman, 『공공연한 섹스』(*Sex in Public*), p.128.
142) Zalkind, 『소비에트 사회의 성 문제』(*Polovoi vopros v usloviiakh sovetskoi obshchestvennosti*), p.23.

되고 있다. 한 비평가가 지적하듯 구밀료프스키의 소설 제목은 그 자체로 '인간본성의 동물적 기원'에 관한 분명한 암시를 준다.[143] 그 실례로 당대의 비평가는 구밀료프스키의 『개골목』이 '동물학 논문'으로 해석된다고 평한 바 있다.[144] 그러나 이 제목에서 분명히 드러나지 않는 한 가지는 동물학적 자아(즉 인간의 동물적 본성)에 대한 작가의 비유가 물고 해하고 타인을 먹어 치우려 하는 거친 도스토옙스키적인 개를 가리키는지 아니면 그에 비하여 길들여진 모습으로 음식과 성에 대한 즉각적 요구를 채우려 하는 톨스토이적인 개를 말하는지 불분명하다는 점이다. 물론 『개골목』에서 독자는 이 지배적인 동물 은유가 개를 가리키는 것이 아니라 거미를 가리킨다는 것을 금방 알아채게 된다. 그리고 이 은유는 성적인 중독 신드롬과 관련된 톨스토이적 동물성이라기보다는 그 성적 포획과 약육강식 이미지로 미루어 도스토옙스키적 야수성에 가까운 약탈하고 포식하는 생물이라 보는 것이 옳다. 구밀료프스키는 포식자적 이미지인 도스토옙스키의 거미를 톨스토이의 비유로 변환하는 혁신을 일으켰다. 『개골목』에서 인간의 성은 유혹적이고 게걸스러운 욕망이며 동시에 치명적이고 중독적인 것이기도 하다.

15. 『개골목』에 나타난 도스토옙스키적 야수성과 톨스토이적 동물성

『개골목』에서 리비도적인 호색한 호로호린은 주로 도스토옙스키의 소

---

143) Halfin, 『내 영혼 속 테러』(Terror in My Soul), p.149.
144) T. Ganzhulevich, 「젊음을 위한 문학」(Literatura pro molod), 『혁명의 사도』(Student revoliutsii), no.4(1927), p.51. 여기서는 Halfin, 『내 영혼 속 테러』(Terror in My Soul), p.149 에서 인용.

설에 자주 등장하는 성적 욕망에 관한 포획과 포식의 은유를 연상시키는 거미의 이미지들로 묘사된다. 실로 그는 당대의 소위 카라마조프주의와 깊은 관련이 있어 보인다. 예를 들어 호로호린은 처음 베라를 만나는 순간 최면을 걸듯 남성을 사로잡는 팜므파탈의 눈빛을 "거미줄 같은"이라고 묘사하고 있다(17). 또 이러한 이미지는 이후에도 계속 등장하는데, 이때 화자는 베라의 '거미줄' 같은 시선이 그저 호로호린을 사로잡은 것이 아니라 "그의 모든 욕망, 사상, 감정"을 사로잡았다고 전하고 있다(46). 그가 과거 베라의 호색적인 성적 방종에 대해 알게 되는 장면에서 호로호린은 부로프와 대화하며 다음과 같은 연상을 하게 된다. "베라에 대해 생각하다 보면 부로프의 거미와 다락방 이야기를 떠올리게 된다. 그리고 이 모든 것이 한데 뒤엉켜 거미줄에 걸린 굶주린 거미의 악몽 같은 이미지를 떠올리게 된다"(67). 호로호린이 공개적으로 베라와 마주하는 순간 그녀를 약육강식의 포식자로 묘사하는데 그는 격노하여 "거미! …… 거미! 거미! 색욕의 거미!"라고 소리친다(85). 이에 그녀는 그의 얼굴에 대고, "당신 역시 거미가 아니었나요? 당신은 아니란 말인가요?"라고 비난을 퍼붓는다(85).

그리고 이어지는 호로호린과 그의 새로운 연인, 순진하고 순수한 바랴 폴로프체바가 달빛 비치는 숲을 따라 밤길을 걷는 장면에서 그는 갑작스럽게 성욕을 느끼고 억제하게 된다(그리고 이 순간 그는 여전히 어리석게도 바랴 같은 정숙한 어린 숙녀와 관계를 갖는 것이 그에게 "정서적 안정과 평화 그리고 즐거움"을 가져다줄 것이라 믿게 된다[96]). 그러나 이 장면에서 그들을 둘러싼 자연적 배경은 거미 이미지들로 묘사되고 있다. 달빛이 얽힌 나뭇가지와 잔가지들 사이에서 "밝은 거미줄을 감싸고 있었다"(96). 또한 실제로 "그의 머리 위 달빛 거미줄은"(96) 그 로맨틱한 저녁 달밤 그곳에서 사랑을 주고받는 다른 연인들의 존재와 함께, 호로호린을 결국 그 무시무시한 성적 욕망의 늪으로 빠뜨려 벗어나지 못하게 한다. 화자의 언어를 빌리자면, 이 밤의 장면은 "나뭇가지들, 달빛, 어둠의 거미줄, 그리고 지난해부터 있던 발밑에서 오드득오드득 소리를 내는 썩은 부식토의 거미줄"인 것이다(98~99). 숲길을 지나 바랴가 호로호린을 앞질러 걸어가는 장면에서는 그녀가 마치 그들을 둘러싼 "무시무시한 거미줄"에 이끌리는 듯하다(99). 이 장면은 신경쇠약과 음란증에 고통받게 된 성적 방탕아 호로호린이 육체적 욕망과 비뚤어진 환상을 자신을 둘러싼 자연세계와 사람들에게 투사한다는 것을 암시한다.

이 어둡고 전조와도 같은 고딕 배경에서 호로호린은——그저 끈적끈적한 거미줄에 걸린 무력한 파리처럼——"그 스스로 발을 뺄 수조차 없는 무엇인가에 걸려든 것 같은" 기분에 사로잡힌다(100). 나아가 이 장면을 묘사하는 두 장 중 한 장에 달린 '얽힌 발'(Tengli-fuut)이라는 제목은 바로 북미에서 생산되어 당대 유럽과 러시아에서 고루 인기가 있었던 유명한 파리끈끈이의 명칭이었다.[145] 이 끈끈이 종이의 가장 무서운 점은 달콤하다는 사실이 아니라 오직 송진으로 만들어졌다는 것이다. 그러므로 화자에 따르면, "그의 발이 이 치명적 속임수에 단단히 사로잡혀 있을 때 밝은 빛을 향해 그 투명한 날개를 윙윙거리며 벗어나려

---

145) 회사 웹사이트(www.tanglefoot.com)에 따르면, 고속수송열차 시스템을 갖춘 탱글푸트 사는 1887년 캐스터 오일과 레진, 밀랍을 이용해 파리를 잡을 수 있는 끈끈이판을 개발해냈다고 한다. 웹사이트는 수년간 세계적으로 가장 사랑받아 온 파리주걱인 이 독특한 상품으로 "크리넥스(Kleenex)가 미용티슈계의 고유명사가 되었듯 자사의 상품도 파리주걱계의 고유명사로 자리 잡았다"라고 주장한다.

발버둥치는 것은 하등 소용이 없는 짓"인 것이다(97). 여기에 등장하는 분명한 암시는 바로 거미나 파리끈끈이 같은 성적 욕망의 대상은 그 끈적끈적한 치명적인 덫으로 나약한 희생물을(즉 호로호린과 부로프 같은 남성 '파리들'과 성적인 힘이 강한 베라 볼코바 그리고 순결한 바랴 폴로프체바와 같은 여성 '파리들' 모두를) 유혹하기 위해 그 자신을 '달콤하게' 보이도록 위장한다는 것이다.

도스토옙스키처럼 구밀료프스키 역시 거미를 성적인 악의 상징으로 묘사한다. 그러나 여기서 거미는 또 다른 인물로 형상화되기보다는 성적 욕망 그 자체를 의미한다. 나이만에 따르면 구밀료프스키의 거미는 "그저 하나의 악한 덫이라기보다는" "훨씬 더 큰 범주에서, 보편적인 성에 대한 고딕 풍의 적"이다.[146] 비록 호로호린이 베라 볼코바를 "성적인 거미"(그녀의 성씨 자체가 포식자와도 같은 그리고 약육강식적인 그녀의 본성을 나타내는 늑대를 의미하지만)로 보지만, 화자와 부로프가 이야기하듯 이 소설에서 진정한 거미는 성적 유혹 그 자체이다. 즉 치명적인 성적 유혹은 일단 자신에게 걸려든 사람이면 남성이건 여성이건 할 것 없이 모든 인간의 생명과 이성 그리고 힘을 빨아들이는 것이다. 거미 이미지는 이렇게 작가의 성적 자유가 건강, 행복을 위한 길에 방해가 될 뿐만 아니라 정신적 쇠퇴, 성적 폭력, 도덕적 타락을 향한 퇴보의 길로 접어드는 길임을 이야기하는 것이다.

호로호린과 부로프 둘 다 다분히 포식자와도 같은 베라 볼코바를 향한 성적 욕망의 결과로 정신적·감정적·육체적 고통을 겪게 되는데 이는 그저 도스토옙스키식 포획과 포식을 연상시킬 뿐만 아니라 톨스

---

146) Naiman, 『공공연한 섹스』(*Sex in Public*), pp.166~167.

토이의 후기 작품에 등장하는 도취와 중독의 모티프를 담고 있기도 하다. 앞 장에서 이미 살펴보았듯 톨스토이가 회심 이후 쓴 작품에 등장하는 이르테네프와 포즈드니셰프 같은 많은 남성 주인공은 성적 욕망을 성취하고자 지치지도 않고 도취되고 중독되어 결국 정신이상이나 살인 혹은 자살에 이르게 된다. 구밀료프스키의 인물들도 이처럼 톨스토이의 많은 가상 영웅들과 이데올로기적 추종자들이 고수하는 성적 도덕관 같은 식의 청교도적 견해를 지지하게 된다.[147] 칼턴의 지적처럼, 비록 구밀료프스키가 이후 『개골목』에서 자신이 지지한 성도덕관 대부분이 레닌에게서 얻은 영감에 기초한 것이라 말할지라도, 톨스토이의 영향을 배제할 수는 없을 것이다.[148] 예컨대 냉소적인 포즈드니셰프처럼 완전히 환상에서 벗어난 부로프는 '순수한' 성적 욕망은 그저 허구에 불과하며(57), 남녀 사이에는 어떤 진정한 로맨틱한 사랑도 없고(60), 그 사이에는 오직 "벌거벗은 동물적 유혹"만이 있을 뿐이라고 말한다(61). 구밀료프스키의 소설에서 묘사되듯 육체적 욕망은 코롤료프가 이후 명시한 "순전히 동물적 느낌"(150)에 불과한 것으로 현대의 문명화되고 교화된 이들에게는 그저 선사시대를 향한 퇴보의 원시적 본성의 표식으로 보일 뿐이다.

　『개골목』이 보여 주는 성적 퇴보에 관한 이런 견해는 소설의 막바지에 이르러 부로프의 자살 유언장에서 분명해진다. 즉 "성적 문란이 가

---

147) 안드레이 플라토노프의 초기 경력을 보면 그의 경우도 비슷했음을 알 수 있다. 엘리엇 보렌스테인이 분석한 바에 의하면, "그의 초기 에세이에서는, 성애가 물질적·동물적 세계에 구속되는 과정, 혁명적 깨우침에 이르는 길의 방해물로 그려진다. '여성'이란 이러한 성애의 '화신'으로 그려지며, 진정 인간적인 삶을 살기 위해 물리쳐야 하는 그 모든 것을 대표한다. Borenstein, 『남자들만의 세계』(Men Without Women), p.194.
148) Carleton, 『볼셰비키 러시아에서 성혁명』(Sexual Revolution in Bolshevik Russia), p.118.

져오는 심리적이고 문화적인 견지에서의 최대 해악은 성적인 감정에서의 복잡한 분열을 거쳐 우리의 동물적 상태, 즉 야생으로 상습적으로 퇴보하는 것이다"(163). 구밀료프스키의 인물들에게 이러한 '동물적' 충동들의 병폐는 한번 빠져들면 벗어날 수 없는 중독이라는 점이다. 톨스토이의 이르테네프처럼, 구밀료프스키의 호로호린은 베라 볼코바를 향해 자신의 성적 매력을 발산하기 시작한다. 처음에는 건강을 이유로(그의 정신적인 그리고 감정적인 평정심을 유지하기 위해) 시작하였지만, 곧 그녀의 매력적인 신체부위(그녀의 드러난 팔, 무릎, 다리)에 매료되어 거의 그것 이외에는 다른 것을 생각할 수 없게 된다. "처음, 이 모든 것은 자연적 필요로서 합리화되었고 그것으로 족했다"라고 호로호린은 이야기한다. "그러나 이후 그것은 그 자체로 쾌락이 되며, 즐거움이라는 형태 그리고 기분전환이 되었다. 이는 혐오스러운 일이다"(101). 호로호린은 톨스토이적 관점으로 성을 인식하고는 바짝 정신을 차리게 되는데, 즉 술과 담배 혹은 다른 위험한 중독들과 마찬가지로 성은 육체적 쾌락을 선사하며 "인간 전체를 망치며 혼돈으로 이끈다"라는 것이다(101). 이러한 이유로 호로호린이 톨스토이의 비극적 여주인공 안나 카레니나처럼 모든 비참하고 고통받는, 자제할 수 없는 성적 욕망에 의해 삶을 끝내고자 기차 철로 위에 머리를 대고 누워 자살을 기도하는 것은 당연한 일일 터이다(102). 톨스토이의 이르테네프와 포즈드니셰프는 성적 욕망에 복종하여 중독되며, 그들 자신의 육체적 욕망을 억제하지 못하고 정신착란에 이른다. 이들처럼 구밀료프스키의 주인공 호로호린과 부로프도 정신적 퇴보와 신경쇠약의 분명한 징표를 보이는 수순을 밟게 된다.[149]

많은 부분 구밀료프스키는 톨스토이처럼 자신의 등장인물들이 인간본성에서 '자연스럽고' '본능적인' 것이라는 점, 즉 성적 욕망이라는 것은 사실 본질적으로 '동물적인 것'이라는 점을 깨닫도록 하였다. 그러므로 그들이 진정한 인간이 되려면 그들 내면의 원시적인 성적 동물은 반드시 극복되어야 하고 교화되어야 하는 것이다. 즉 동물적 욕망은 인간의 자연적 필요와 결코 혼동되어서는 안 된다. 작품 초반부에서 호로호린이 여성 동지(바브코바)에게 성적 욕망을 충족하는 것은 누군가가 배고플 때 먹는 행위와 같은 것이라고 주장했을 때 바브코바는 단호히 톨스토이적 답변을 한다. 그녀는 호로호린에게 스스로를 통제하지 못하고 규율에서 벗어나지 못한다면 이 충동적인 성적 욕구를 결코 발달시킬 수 없을 것임을 그에게 상기시킨다. 또한 성적 활동은 만성적 알코올중독자의 보드카가 그러하듯 젊은이에게는 필수적인 것이라고 말한다. 성은 술과 담배, 모르핀, 그리고 코카인처럼 접하는 이가 그 자극을 탐닉하도록 자신을 허용했을 때에만 필수가 된다는 것이다. 그녀는 그에게 "맞아요, 사람들은 굶주림과 기아로 인해 병들고 죽어 가지요"라고 상기시키며, "그러나 아무도 당신이 지닌 동물적 욕구 충족의 결핍

---

149) 『내 영혼 속 테러』(*Terror in My Soul*)에서 할핀(Halfin)은 구밀료프스키의 두 등장인물이 겪은 신경쇠약증을 자세히 기술한다. 4장, 「허약한 몸뚱어리에서 전지전능한 정신력까지」, pp.148~208. 톨스토이의 『악마』에서는 종종 예브게니 이르테네프가 실제로 병들었음을 알리는 전조가 발견된다. "그(이르테네프)는 자기에 대한 통제력을 잃고 점점 미쳐 가고 있음을 느꼈다(pomeshannym)"(27:506); "예브게니는 거의 반정신분열(polusumasshedshem)에 가까운 상태에 다다른 자신을 발견했다"(27:507); "그는 정신분열(sumasshestviia)의 발작 증세를 겪고 있다고 느꼈다"(27:511). 하지만 마지막 문단에서 의사가 이르테네프의 자살을 정신병에 의한 결과라고 판단했을 때, 모든 남자는 정신병자가 되는 것이다. "그리고 실제로 이르테네프가 정신병자였다면(on byl dushevno-bol'noi), 그와 비슷한 모든 사람은 정신병자이다(dushevno-bol'nye). 그리고 그중 가장 심각한 정신병자(samye zhe dushevno-bol'nye)는 두말할 것 없이 다른 사람의 정신병적 증상(sumasshestviia)을 발견해 내면서 자기 증상은 모르는 사람들일 것이다"(27:515).

으로 인해 그렇게 병들고 죽어 가진 않아요!"(33)라고 이야기한다. 그리고 호로호린이 성적 욕망 충족의 결핍 때문에 자신이 '굶주린' 것 같고 불평할 때, 대학에서 일하는 동안 아내와 떨어져 살고 있는 농민 출신 동료 보로프코프는 자신의 경험을 이야기해 주고 체육관에서 운동할 것을 권한다. 보로프코프의 설명에 따르면 육체적 운동은 2년이 넘는 세월 동안 그를 버티게 해준 원동력이라는 것이다(34).

바브코바와 보로프코프가 보여 주는 이러한 금욕주의적 정서는 톨스토이의 「크로이체르 소나타」에서 포즈드니셰프가 펼친 "비록 음식을 먹는 행위가 가장 자연스러운 생물학적 기능이라 할지라도 성적 욕망에의 탐닉은 분명 부자연스러운 것"이라는 주장을 연상시킨다. 포즈드니셰프는 주장하기를, "먹는 것은 자연스러운 일이다. 먹는 것은 그 첫 출발부터 즐겁고 손쉽고 행복한 일이며 부끄러운 것이 아니다. 그러나 성교는 끔찍하고 부끄럽고 고통스러운 행동이다. 아니 그것은 부자연스러운 행동인 것이다! 그리고 내가 단언하건대, 순수하고 타락하지 않은 숙녀들은 항상 그것을 싫어했다!"(27:29) 구밀료프스키의 『개골목』에 반영된, 이르테네프와 포즈드니셰프 등 톨스토이의 남성 주인공들을 괴롭히던, 성적 욕망의 노예가 되는 것에 대한 공포는 최근 연극 「사랑의 노예」(10)와 「관능의 희생자들」(11)의 예술적 묘사에서도 잘 드러난다.

성도덕에 관한 톨스토이적 견해의 영향은 구밀료프스키의 소설에서 부로프가 행하는 인간정신의 두 영역 구분, 즉 이성이 지배하는 상위 의식, 그리고 욕망이 지배하는 잠재의식 영역에서 잘 드러난다. 톨스토이의 서로 반목하는 '이성적 의식'과 '동물적 인성'의 이분법적 인간 자아상은 부로프에 따르면, 인간의 내면에서 벌어지는 의식과 욕망의 지속적인 전쟁으로 해석된다(57). 그는 벌거벗은 동물적 행동인 성교를 매우 위험하고 부정적인 것으로 정의하는데, 우리를 상위 의식에서 벗어나는 행동으로 이끌기 때문이라는 것이다(58). 그러므로 부로프는 성적 욕망에서는 어떠한 좋은 결과도 존재할 수 없다고 한다. 사실상 그것은 그저 "흉악한 영역, 즉 거미줄"(60)로 우리를 이끌어 치명적 타락에 이르게 한다는 것이다. 톨스토이의 이르테네프와 포즈드니셰프처럼 구밀료프스키의 부로프는 김나지움 시절 청소년기에 매춘부에게 가서 동정을 잃는 것이 건강에 좋다고 배웠다. 이와 같이 그가 속한 사회의 다른 동료들은 성적 방탕은 사실 악이 아니라 미덕이라는 믿음이 있었다.[150] 자신이 열여섯 살이 되었을 때 처음으로 건강을 위해 성적 방탕을 행한 적이 있다고 한 것과는 달리, 포즈드니셰프는 "나는 단지 한 여성이 지닌 매력의 자연스러운 유혹에 굴복한 것이 아니오"라고 고백하며, 어린 시절 자신이 순결을 잃은 것에 대해 급히 설명한다.

아니오, 나는 여자한테 유혹당한 것이 아니오.―오히려 나를 둘러싼 사회에서 유혹에 빠지는 것이 어떤 이들에게는 개인의 건강에 이로운 가장 적당한 기능으로 여겨지고 또 다른 이들에게는 매우 자연스럽고 젊은 남자들에게 용납될 뿐만 아니라 더 나아가 순수한 즐거움으로 여겨졌기 때문에 나는 유혹에 빠진 것이오. 나는 이것이 유혹에 빠지는 것인 줄 몰랐소. 오히려 나는 단순히, 내 안에 내재되어 있던, 특정한 나이에는 자연스러운 현상인, 반은 즐겁고 반은 필요에 의한 욕망들에 빠지기 시작했

---

150) 부로프의 설명에 의하면, "돈 주앙이 수백 년간 시문학계에서는 영웅으로 대접받아 왔다는 점에서 그것은 우연하게 일어난 일이 아니었다"(62).

소. 나는 음주를 시작하고 담배를 피우기 시작하면서 유흥에 빠져 갔소. (27:19)[151]

성적 욕망에 대한 어린 시절 부로프의 탐닉이 이와 놀랍도록 비슷한 양상을 보인다. 나아가 부로프는 아들이 매음굴에 가는 것을 막기 위해 그의 성적 욕망을 채워 줄 매력적인 하녀를 고용한 친구 어머니 이야기를 하기도 한다(62).

그러나 『개골목』에서 차용하는 톨스토이적인 성도덕관의 진수는 성적 금욕과 리비도의 승화가 아마도 남성과 여성의 관계에서는 언제나 강조된다는 점이다. 톨스토이는 우리의 동물적 자아의 자제와 이기적 욕망의 초월을 주장했는데, 이 두 가지 모두 사람들이 신을 향한 기독교적인 이상적 사랑을 성취하고 이웃을 위한 봉사를 실천하는 데는 필수적인 것이다. 세묜 코롤료프가 『개골목』에서 베라 볼카바의 무덤가에서 전하는 성적 이상주의의 볼셰비키적 연설이 바로 이것이다(베라는 정신착란 상태의 부로프가 자살하려고 쏜 총에 맞아 죽게 된다). 그는 장례식에 참석한 이들에게 그들이 그리도 열심히 건설하려고 노력

---

151) 톨스토이 역시 성관계가 건강에 필수적 요소라는, 그 당시에는 인기 있던 관념을 통렬히 비판한다. 예를 들어, 『크로이체르 소나타』를 마치며」(Afterword to *The Kreutzer Sonata*)에서 그는 논쟁의 소지가 있는 이 소설을 왜 썼는지 그 의도를 밝힌다. "첫째로, 우리 사회에서는 잘못된 과학적 지식을 바탕으로 한 확고한 신념이 모든 계급의 생각을 지배하고 있다는 것이다. 사람들은 성관계가 몸에 좋다고 여기는 한편, 결혼이 항상 선택 가능한 옵션은 아니기 때문에 결혼관계 외적 성관계가 당연한 것이라고 여긴다. 여기서 남자들은 돈을 지불하는 것 외에 그에 대한 다른 어떠한 의무도 가지지 않는다. 이 신념은 너무나도 확고해서, 부모들은 의사들의 조언에 따라 자녀들을 위해 성적 방탕의 기회를 조장한다"(27:79). 더 나아가 톨스토이는 성적 금욕주의만이 해결책은 아니며 지키기도 힘들지만, 그것이 성적 탐닉보다는 건강에 덜 해롭다고 주장한다.

하는 새로운 사회주의적 삶의 방식은 반드시 여성에 대한 '동무적 평
등'과 상호 간 존중에 근간을 두어야 한다고 상기시키고 있다(149). 그
가 그들에게 경고하는 무절제하고 방종한 성생활은 공산주의 젊은이
들을 혁명이라는 목적과 직접적으로 반대되는 길로 이끌리라는 것이
다. 성적 자유가 남성들로 하여금 여성들을 쾌락 충족의 수단으로만 인
식하여 여성을 타자화하고 노예로 전락시킬 것이라는 이유에서다. 그
는 주장하기를, "성적 절제 그리고 사랑하는 여성을 향한 동료애의 관
계", "이것이 바로 공산주의적인 고상한 성관계이며, 퇴폐적인 부르주
아 사회의 성도덕과는 하늘과 땅 차이인 공산주의 성도덕의 근간이다"
(152).[152] 할핀이 지적하길, "구밀료프스키가 소설 집필을 시작할 무렵
절제가 프롤레타리아적 건강함의 핵심으로 선언되었다". "그것은 '승
화'(zameshchenie, 교체), 즉 '낮은 형태의 에너지를 높은 형태의 에너
지로 변화'시키는 필수 과정으로 인식되었던 것이다".[153]

   톨스토이적 기독교 금욕주의를 연상시키는 코롤료프의 교조적 장
례연설은 소설 말미에 가서는 '라지니즘'(Razinism)을 연상시킨다. 소
설 초반부에 조야 오소키나(Zoya Osokina)에 의해 드러나는 라지니즘

---

152) 작중화자의 묘사에 따르면 코롤료프는 장례연설에서 아주 열성으로, "거의 지도자처럼, 거
   의 사보나롤라(Savonarola)처럼"(150) 열변을 토한다. 일부 독자들이 이 어린 공산당원 열
   성 분자를 편협한 선동가나 톨스토이의 제자로 오해할까 봐 화자는 곧바로 다음과 같은 내
   용을 덧붙인다. "물론 이 소년에게 금욕주의적 측면이란 없었다. 이와는 반대로 특별한 삶
   의 즐거움이나 기호를 단언하는 태도를 대변하고 있었다"(150). 금욕주의에 대한 이런 부
   정은 나이만이 지적했던 것처럼 초기 소비에트연방의 "섹슈얼리티에 대한 담론에서 수사
   법의 기준점으로 자리 잡았다." Naiman, 『공공연한 섹스』(Sex in Public), p.129.
153) Halfin, 『내 영혼 속 테러』(Terror in My Soul), p.168. 할핀은 다음과 같이 설명하고 있다.
   "구밀료프스키의 처방에서, 만약 호호린이[sic] 자기 자신을 구제하고 싶었던 거라면, 육체
   노동으로 돌아와 성적 욕구를 승화하고, 동물적 개인주의에서 무산계급의 집단적 양심으
   로 변화해야 한다"(pp.207~208).

은 차르 시대의 스텐카 라진을 하나의 아이콘으로서 모방하려는 욕망인데, 그는 정치적 반동에 맞서 혁명적 노력을 행하려는 커다란 사회적 임무 수행을 위해 모든 개인적 쾌락을(성적 욕망의 충족을) 기꺼이 저버리는 금욕주의적 의지의 젊은 공산주의자의 현현이다.[154] 조야 오소키나는 스텐카 라진에 관한 역사적 민요를 듣던 중 갑자기 자기를 포함해 다른 젊은 공산당원들이 "임무를 위해서 그리고 투쟁을 위해서 모든 육체적 쾌락을 억제해야 한다는"(90) 것을 깨닫는다.

그녀가 지금 깨달은 '성적 느낌'과 '성적 황홀경' 같은 개인적 쾌감은 그녀와 같은 열성적인 젊은 공산당원들이 집단적으로 '혁명적 열망'을 공유하려면 반드시 포기해야 하는 것이다(43). 상호적이며 비육체적인 사랑에 기초한 기독교적 우애에 대한 톨스토이적 이상주의는 여기서 공산주의 체제하에서 결국 번영하는 것을 목표로 한 볼셰비키적인 성애 없는 남성 동료관계(tovarishchestovo)로 변모하게 된다.[155]

구밀료프스키가 『개골목』에서 어떻게 도스토옙스키에게서 따온 거미 이미지를 '톨스토이식'으로 변주해 내는지에 대해 논의하기 전에 톨스토이 역시 거미 이미지를 종종 사용해 왔음에 주목할 필요가 있다. 그러나 톨스토이의 글에 보이는 거미 이미지는 우리가 도스토옙스키나 구밀료프스키에게서 보던 양상과는 확연히 다른 모습이다. 이 두 작가는 거미를 악과 동일시하며 인간의 야수성을 묘사하기 위해 포획과 치명적 파괴(강간 혹은 강탈의 위협은 한 비평가가 상기시키듯 "고딕 작품

---

154) Naiman, 『공공연한 섹스』(*Sex in Public*), pp.204~206.
155) 보렌스테인은 성애 없는 남성 동료관계가 남성주의의 공산주의적 미신의 중심에 위치한다고 주장한다. Borenstein, 『남자들만의 세계』(*Men Without Women*), p.23 참조.

의 본질을 이루는" 요소들이다), 고딕적인 역동성을 살리는 묘사를 사용하는 반면,[156] 톨스토이는 '끈적끈적한 사랑의 거미줄' 이미지를 진정으로 기독교적 아가페, 모든 이를 포용하고 포섭하는 이타적이고 동료애적인 그리고 비육체적인 사랑의 긍정적 이상을 묘사하기 위해 사용한다. 『카자크 사람들』의 올레닌은 "행복을 위해서"는 "한 가지가 필요하다. 바로 사랑하는 것, 자신을 희생하며 사랑하는 것, 모든 이와 모든 것을 사랑하는 것, 사랑의 거미줄을 모든 곳으로 던져 모든 이를 건져 내는 것"(6:105)이라고 생각한다.[157] 이렇듯 톨스토이의 생각에, 사람들이 짜내고 있는 거미줄은 그 본능적이고 이기적인 동물적 인성에서 온 것이 아닌, 성스러운 인간자아의 발현에서 온 온순한 사랑과 친절의 거미줄인 것이다.[158] 바로 이 이로움이 구밀료프스키가 『개골목』에서 보여주는 청교도적이고 신(新)톨스토이주의적인 성도덕의 견해를 밝힐 때 드러나는 것인데, 그럼에도 불구하고 그가 사도적인 톨스토이의 거미가 아닌 고딕 풍 도스토옙스키의 거미 이미지를 차용한다는 점에 주목해야 한다.

---

156) Naiman, 『공공연한 섹스』(Sex in Public), p.178.

157) 도나 오윈(Donna Orwin)은 『톨스토이의 예술과 사상, 1847~1880』(Tolstoy's Art and Thought, 1847~1880, 1993) p.62, p.232에서 톨스토이가 주제화한 '사랑의 끈적끈적한 거미줄'에 대해 논의한다. 오윈은 톨스토이가 로렌스 스턴(Laurence Sterne)의 『프랑스와 이탈리아 감정 여행』(Sentimental Journey through France and Italy, 1768)에서 발견한 '친절의 거미줄'에서 모티프를 가져온 것이라고 주장한다.

158) 그러나 톨스토이의 기독교적 사랑의 거미줄은 알렉산드라 콜론타이(Aleksandra Kollontai)가 혁명 초창기에 생각해 낸 사회주의자들의 '거미줄'(공산주의 유토피아에 사는 사람들 간의 정서·영혼의 유대관계) 개념과 매우 유사한 점이 있다. 나이만은 콜론타이의 거미줄을 1920년대 초반 '육체적 집단주의'(corporeal collectivization)에 소비에트 담론이 기여한 바 중 하나라고 평가한다. Naiman, 『공공연한 섹스』(Sex in Public), p.119.

16. 포스트 소비에트 문학에 남긴 도스토옙스키의 유산

도스토옙스키의 짐승 은유와 '먹어 치우는' 폭력에 대한 은유는 스탈린 시대의 문학과 후기 스탈린 시절의 소비에트 문학, 특히 파질 이스칸데르의 『토끼와 보아 구렁이』(1982) 혹은 (발렌 라스푸틴과 친기즈 아이트마토프 등) 생태학 사상을 가진 작가들의 문학에서 짐승에 대한 알레고리로 등장한다. 그러나 이러한 소비에트 리얼리즘 미학은 짐승의 잔인성, 투쟁과 경쟁을 진부한 것으로 묘사하는 경향이 있다. 결국 만약 이러한 소비에트 문학의 시도가 순전히 사회주의 사회의 목전에 임박한 발전에 대한 긍정적인 면만을 묘사하기 위한 시도라면, 폭력과 공격성에 대한 이미지들은 그러한 범주의 외부에 위치하는 듯 보인다. 고르바초프 시대의 글라스노스트와 페레스트로이카의 등장, 연이은 1991년의 공산주의 체제 붕괴에 이르러 포르노그래피, 대중소설, 정신병적 상태의 '어두운 문학'(chernukha)이 등장하였을 뿐 아니라 이러한 섭생 폭력에 대한 은유도 재등장하게 된다. 많은 비평가가 후기 소비에트 문학과 영화 그리고 문화에 등장한다고 지적하는, 폭력에 대한 의도적 낭만화는 사실상 지금 재발견되고 있는 도스토옙스키의 '잔인한 재능'이라는 유산에 많은 부분 영향을 받았다.[159] 비록 1991년 4월 소련최고회의에서 포르노그래피의 선전을 제어하고 러시아에서 새로운 '폭력과 잔인함의 숭배'를 해체하기 위한 결의안을 발표함에도 불구하고 폭력

---

159) 예를 들면 『러시아 문화 속의 섹슈얼리티와 몸』(*Sexuality and the Body in Russian Culture*, 1993)에 나오는 제인 코스틀로(Jane T. Costlow), 스테파니에 샌들러(Stephanie Sandler), 그리고 주디스 보욀스(Judith Vowels)의 서문(p.30)을 참조. "도스토옙스키는 근래 소비에트 작품들의 '어두운 문학'에 대해 많은 전조를 남겼다. 그리고 그의 소설들은 프

의 이미지들(특히 여성에 대한 성적 폭력)은 후기 소비에트의 영화와 소설뿐만 아니라 실제 생활상에도 나타났다.[160] 빅토르 에로폐예프가 말하기를, 현대의 러시아는 "사디스트의 천국"이 되어 버렸다. 그는 "나는 여성이 이렇게 강력하게 강간의 위험에 처해 있으며 남성들이 성적 행위를 싸움과 혼동하는 사회는 본 적이 없다"라고 설명한다.[161] 이고르 콘이 "짐승이 풀려났다"라고 말하듯, 감시가 사라지고 시장경제가 도래한 후기 공산주의 체제하의 러시아에서 성은 이상한 형태로 반낭만적인 것이 되었고 상업화되었으며 소비재가 되었다. "러시아는 동물원이 아니다"라고 늘 주장했던 콘은 이제 "그 짐승은 겉으로 드러날 때 가장 두렵다"라는 점을 궁극적으로 확인할 상황에 이르렀다.[162]

새로운 러시아에 도스토옙스키적 인간의 야수성에 대한 묘사를 끌어온 이는 후기 모더니즘 작가 빅토르 펠레빈이다. 한 학자는 그의 소설 『벌레들의 삶』(1994)을 카렐 차페크와 요세프 차페크 형제의 희곡 「곤충의 생활」(1921)과 프란츠 카프카의 『변신』(1916)에 대한 반박이라고 해석했다.[163] 그 소설 속에서 인물들은 인간과 모기, 파리, 쇠똥구리, 날

로이트의 정신분석이 나오기 한 세대 이전에 이미 성적 욕망이나 성적 공포에 대해 심리학적 복잡성을 탐구했다."

160) 예를 들면 Tat'iana Zabelina, 「여성들을 향한 성폭력」("Sexual Violence Towards Women"), 『현대 러시아에서 젠더, 세대 그리고 정체성』(Gender, Generation and Identity in Contemporary Russia, 1996), pp.169~186 참조.

161) Viktor Erofeev, 「사드, 사디즘, 20세기」("Markiz de Sad, sadizm i XX vek"), 『처치 곤란한 문제의 미궁 속에서』(V labirinte prokliatykh voprosov, 1996), p.280.

162) Kon, 『러시아의 성혁명』(The Sexual Revolution in Russia) 참조. 특히 7장 「짐승이 풀려났다」("The Beast Has Broken Loose"), pp.107~125 참조.

163) Alxander Genis, 「경계와 변신: 후기 소비에트 문학적 맥락에서 빅토르 펠레빈에 대한 논의」("Borders and Metamorphoses: Viktor Pelevin in the Context of Post-Soviet Literature"), 『20세기 러시아 문학: 중동유럽 연구의 제5차 세계회의에서 선택된 논문들』(Twentieth-Century Russian Literature: Selected Papers from the Fifth World Congress of

개미, 나방, 마벌레, 바퀴벌레 등 다양한 벌레 모습 사이를 오가는 변이를 한다. 소설에서 매우 주요하게 등장하는 약탈자적 인물 중 하나는 미국인 기업가 샘 서커(Sam Sucker)인데, 그는 그의 러시아 투자자들과 함께 합작 벤처회사를 차리기 위해 크리미아 반도를 방문하는 인간모기 같은 인물이다. 물론 이 세 명의 투자자 모두 그저 러시아의 피를 '빨아먹는'(sucking) 행위 이외에는 아무것도 하지 않는다. 이들 중 한 명은 "우리는 모두의 피를 빨아먹는다"라고 공공연히 밝히고 있다.[164] 또 다른 중심인물인 암개미 마리나는 편안한 중산층의 삶을 살고자 소령과 결혼한다. 그러나 글린카의 오페라 「황제를 위한 삶」의 인터미션 동안 그녀의 남편은 계단을 내려가다 머리가 계단에 부딪혀 의식을 찾지 못하고 사망에 이른다. 그의 친구 장교들이 다가와 아래턱을 이용해 그의 몸통을 갉아먹고는 나머지는 그의 임신한 아내를 위해 남겨 둔다. 그의 아내는 굶주림에 시달리다 남편의 남은 몸뚱이를 먹고 결국에는 자신의 부화되지 않은 알까지 먹어 치우는 지경에 이르게 된다. 이후 그녀는 굶주린 딸 나타샤에게 "삶은 가장 강한 자만이 살아남는 투쟁이다"라고 이야기한다.[165]

19세기 다윈의 "인간은 친구에게 늑대와 같은 존재이다"(chelovek cheloveku-volk)라는 식의 개념은 20세기 펠레빈의 소설에서 "개미는 친구 개미에게 딱정벌레, 귀뚜라미, 잠자리이다"(muravei murav'iu-zhuk, sverchok i strekoza)라는 곤충의 격언이 된다.[166] 한 학자는 "펠

Central and East European Studies, 2000), pp.301~303 참조.

164) Viktor Pelevin, 『벌레들의 삶: 소설』(*Zbizn' nasekomykb: Romany*, 1999), p.167.
165) *Ibid*., p.328.
166) *Ibid*., p.229.

레빈이 지녔던, 자본주의를 처음 접한 러시아의 고통에 대한 영감은 아마도 필연적으로 1860년대와 1870년대 러시아가 처음 자본주의로 진입할 무렵에 지배적이던, 사회를 약탈자와 그 먹이들의 공간으로 본 다윈의 생각에 대한 도스토옙스키의 격렬한 비판을 연상시킨다"라며 정곡을 찌른다.[167] 이 학자가 지적하듯 먹고 마시는 행위는 "궁극적으로 약육강식의 힘의 발현"으로 나타난다. 후기 공산주의 러시아 사회에 대한 펠레빈의 곤충 소설에서 "한 인간의 타자와의 관계는 주로 먹고 먹어 치우는 행위에 입각한 관계"로 그려진다.[168]

또 다른 포스트모던 작가 블라디미르 소로킨은 새로운 러시아를 도스토옙스키식 '먹어 치우기'(plotoiadnost')가 인간관계를 지배하는 사회로 그로테스크하게 묘사한다. 그러나 인간을 포식곤충으로 표현한 펠레빈과 달리 소로킨은 인간들을 기이하게 약육강식적인 입맛을 가진 흉물스러운 육식동물로 묘사한다. 극단의 무신론자인 이 작가는 '괴물의 시학'을 만들어 낸 것으로 비판받았다. 또한 끔찍하게도 병폐적 포르노 작가로 비난받기도 했다. 그러던 중 2002년에는 논쟁적인 소설 『푸른 라드』(1999)에서 흐루시초프와 스탈린의 남색을 그리며 크렘린 궁에서 동성애적 구강-항문 성관계를 맺는 장면을 집어넣는다. 이로 인해 '행군하는 친푸틴 그룹'이 시작한 그의 병폐적 미학에 반대하는 공공선전에 의해 고발되고 만다.[169] 소로킨은 작가로서, "왜 인간은 폭력 없이

---

167) Keith Livers, 「몸 정치학의 해충들: 빅토르 펠레빈의 『벌레들의 삶』에서 자아 찾기」("Bugs in the Body Politic: The Search for Self in Viktor Pelevin's *The Life of Insects*"), 『슬라브와 동유럽 저널』(*Slavic and East European Journal*), 46, no.1(2002), pp.4~5.

168) *Ibid.*, pp.4~5.

169) 엘리엇 보렌스테인은 소로킨의 소설 중 이 악명 높은 흐루시초프-스탈린의 남색 성애 장면을 「후기-소비에트 시대의 소비에트 최초의 장면」(a Soviet primal scene for post-

살 수 없는가?"라는 질문을 받고 당황했었다고 말한다. 2007년 2월 『슈피겔』과의 인터뷰에서 그는 "맞소, 폭력은 나의 주요 관심 주제이지요"라고 공식 선언한다.[170] 실제로 그의 많은 산문작품은 세계에 대한 그의 인식을 도스토옙스키적 '잔인한' 재능으로 잘 보여 주고 있다. 특히 포식하는 본성의 폭력성은 『축제』(2001)를 구성하는 열세 편 작품을 망라하는 공통 주제이기도 하다.[171]

예를 들면 첫번째 중편 「나스탸」는 아나스타샤 슬라비나라는 한 젊은 시골 처녀의 이야기로 시작된다. 그녀는 1899년 8월 6일에 쓰이기 시작한 일기 이야기를 하는데, 유년시절의 '가장 중요한 날'인 열여섯번째 생일을 맞이했다고 전하고 있다. 그녀는 "레프 일리치는 그날 저녁에 도착했다. 그리고 저녁을 먹은 후 나는 그와 아빠와 함께 큰 전망대에 함께 앉아 있었다. 아빠는 그와 니체에 대한 논의를 하며 인간의 영혼은 그 자신을 극복하기 위한 것이라고 말했다. 오늘 난 이 일을 하기로 되어 있다"[172]라고 썼다. 그녀의 부모는 기묘한 러시아적인 니체주의자였

<hr />

Soviet times)이라고 평한다. 「국가의 알몸 벗기기: 러시아 포르노그래피와 몸짓의 단언」("Stripping the Nation Bare: Russian Pornography and the Insistence of Meaning"), 『국제적 노출: 현대 유럽 포르노그래피에 대한 시각, 1800~2000』(*International Exposure: Perspectives on Modern European Pornography, 1800~2000*, 2005), p.232, p.233.

170) "Russia Is Slipping Back into an Authoritarian Empire", *Der Spiegel Online*, February 2, 2007.

171) 소로킨(Sorokin) 소설의 러시아어 원제인 『축제』(Pir)는 영어 '향연'(Symposium)이라는 말로 번역할 수 있다. 그러나 그의 책이 플라톤의 『향연』과 연관성이 있냐는 질문을 받았을 때 그는 그렇지 않다고 대답했다. "플라톤의 책에서는 주로 대화가 오가지만, 내 소설에서는 실제로 향연이 벌어진다. 책은 열세 편의 중편으로 이루어지는데, 모두 하나 또는 여러 측면에서 음식과 연관된다. …… 『축제』에는 요리 레시피도 많이 나오지만, 절대 요리책은 아니다." Boris Sokolov, 「블라디미르 소로킨: 음식이란 에로스 행위다」("Vladimir Sorokin: Eda-eto eroticheskii akt"), 『블라디미르 소로킨에 관한 나의 책』(*Moia kniga o Vladimire Sorokine*, 2005), p.112.

다. 나스탸의 경우도 '자아를 이겨 내고', '모든 경계를 넘나드는' 방법이 그녀가 성인식에서 이상한 의식을 거행하는 것으로 표현되고 있다. 그 의식에서 그녀는 살아 있는 상태로 뜨거운 솥에 넣어져 식탁에 저녁거리로 제공되는 것이다. 그리고 삶은 그녀의 몸은 그녀의 가족과 친구 그리고 몇몇 초대받은 이들에게 먹힐 것이다.[173]

이 연구에서 특히 이 이상한 종교적 '식인'이 중요한 것은 소로킨이 도스토옙스키에 대해 언급하며 그의 몇몇 육식적인 남성 주인공들 또한 언급한다는 점 때문이다. 나스탸의 열여섯번째 생일파티에 초대된 인물 중 한 명인 드미트리 마무트는 그녀의 아버지를 "구제불능 니체주의자"라고 비난한다. 그 또한 세기말의 다른 많은 러시아 지식인처럼 이 독일 철학의 선동에 눈이 멀었다는 것이다(39). 마무트는 "니체는 세계 철학계에 새롭고 고유한 주장을 내놓은 유일한 인물이 아니다"라고 주장한다(40). 그는 초인에 대한 니체의 생각은 이미 그 이전에 도스토옙스키 같은 사상가와 작가에 의해 언급되었다고 주장한다. "당신의 모든 니체는 라스콜리니코프가 쓴 다른 작은 글에도 이미 다 들어 있소!" 그는 자기를 초대한 주인에게 이야기한다. "잠그고 저장하고 통에 넣

---

172) Vladimir Sorokin, 「나스탸」(Nastia), 『축제』(Pir, 2001), p.8. 이하 「나스탸」의 모든 인용은 이 책에서 가져왔으며, 인용된 텍스트 끝에 쪽수를 명기했다.

173) 비록 「나스탸」에 나오는 육식 의식이 상당히 도스토옙스키적(또는 니체주의적)이지만, 『축제』의 출판 준비 중 이루어진 작가의 인터뷰는 굉장히 톨스토이적이었다. "먹는다는 행위는 항상 나의 관심사였다. 즐거움을 주는 생리학적 현상으로서나 사람들 간의 유대를 맺어 주는 소통의 언어로서나 그랬다. 먹는다는 것은 탁자 위에서 일어나는 사교적 의미뿐 아니라 한 나라의 전통 요리가 그 나라의 역사와 문화를 전달한다는 측면도 담고 있다. 이 부분이 정말 흥미로웠다. 먹는다는 행위, 이 에로틱하고 즐거운 행위 말이다. 엄격히 말해 『축제』 안에는 분명 에로티시즘도 담겨 있다. 단지 음식의 관점에 가려졌을 뿐이다". Sokolov, 「블라디미르 소로킨: 음식이란 에로스 행위다」("Vladimir Sorokin: Eda-eto eroticheskii akt"), p.112.

고! 그리고 스타브로긴과 베르실로프는 어떻소? 그들 또한 초인이 아니오?"라고 그는 덧붙인다(40). 이처럼 소로킨은 도스토옙스키의 약육강식적 '야수성'이 세기말의 다윈과 니체 같은 추종자들에 의해 확장되어 21세기 현재 자신의 나라에서 재등장하고 있다고 생각했다.[174]

소비에트와 후기 소비에트 시절의 도스토옙스키적 인간의 야수성에 대한 논의를 마치기 전에, 인간을 약한 생물을 강탈하고 먹어 치우려는 동물과 비교하고 동물을 그렇게 묘사하는 것이 실은 동물세계의 모습과 맞지 않는 것임을 명시할 필요가 있다. 결국 늑대, 사자, 보아뱀 등 약육강식적 동물들은 그저 자기보존을 위한 자연적 본능을 따르며 적자생존의 법칙을 지킬 뿐이다. "인간들은 때때로 짐승의 잔인함(zverskuiu zhestokost')에 대해 이야기하지. 그러나 짐승들 입장에서 보면 이건 너무나도 부당하고 모욕적인 소리야"라며 도스토옙스키의 이반 카라마조프는 다음과 같이 말한다.

호랑이가 할 수 있는 일이라곤 그저 물어뜯으면서 울부짖는 것뿐이야. 설사 호랑이도 사람들의 귀를 밤새도록 못박아 놓을 수 있다 하더라도, 이런 생각 자체가 그놈의 머릿속엔 절대로 떠오르지 않을 거야. 하지만 이 터키인들은 음탕한 쾌감을 느끼면서 아이들을 괴롭혔다는데, 어머니의 배를 칼로 갈라 태아를 꺼내는가 하면 심지어 어머니의 눈앞에서 젖먹이를 위

---

174) 톨스토이의 이름 역시 이야기 속에 등장한다. 마무트의 딸 아리나는 두 달 후에 열여섯 살이 되는데, 그는 살아 있는 인간이나 동물을 죽여 그 몸을 먹는 규범에 대해 유보할 뜻을 밝힌다. 이 말을 듣던 한 여자 손님이 "당신은 꼭 톨스토이처럼 말하는군요"라고 대꾸한다. "나는 채식주의 문제에서라면 톨스토이 백작과 의견을 달리할 마음이 조금도 없소." 마무트가 시인했다. "하지만 악마에 대한 그의 무저항 신념은 …… 다른 문제요"(35).

로 집어던진 뒤 총검으로 받아내는 짓까지 한다는 거야. 어머니들의 눈앞
에서 이런 짓을 한다는 데 쾌감의 핵심이 있는 거지.(14:217)

도스토옙스키가 주장하듯 인간의 피를 들끓게 하는 잔인성에 대
한 중독은 궁극적으로는 자연의 동물이 아닌 병적인 인간의 특성인 것
이다. 아마도 이반 카라마조프가 "모든 인간에게는 짐승이 숨어 있다"
라고 주장할 때, 그가 말하는 것은 "분노의 짐승, 고통받는 희생물 앞
에서 포효하는 육욕의 열정, 사슬에서 풀려나 제멋대로 날뛰는 짐승"
(14:220)일 것이다. 도스토옙스키가 우리에게 이야기한 이러한 내면의
짐승은 잔인한 사디스트이며 위험하게 관능적인 '인위적' 얼굴을 한 인
간만이 될 수 있는 본능의 생물인 것이다.[175]

---

175) 인류학자들이 반복적으로 주장해 온 바는 고문, 절단 등의 잔혹행위는 희생자의 신체적 파
  괴나 죽음이 아니라 가해자의 명령에 대한 복종을 목표로 한다는 점에서 짐승적인 것이
  라기보다 명백히 인간의 것이라는 점이다. 잔혹성에 대한 인간의 독특한 능력에 관한 논
  의는(그리고 '인간 속의 짐승'에 대해서는) 다음을 참조. J. D. Durant, 「인간 안의 야수성: 인
  간 공격성의 생물학에 대한 역사적 관점」("The Beast in Man: An Historical Perspective
  on the Biology of Human Aggression"), 『공격성의 생물학』(The Biology of Aggression,
  1981), pp.17~46; Erich Fromm, 『인간의 파괴성에 대한 해부』(The Anatomy of Human
  Destructiveness, 1973); John Klama, 『공격성: 내재한 짐승에 대한 미신』(Aggression: The
  Myth of the Beast Within, 1988); Anthony Storr, 『인간의 파괴성: 인간의 잔혹함과 집단학
  살의 근원』(Human Destructiveness: The Roots of Genocide and Human Cruelty, 1972);
  Johan M. G. van der Dennon, 『'사악한' 정신: 3부 잔혹성과 「인간 속의 짐승」 이미지』(The
  "Evil" Mind: Pt. 3. Cruelty and "Beast-in-Man" Imagery, 2005).

결론:
도스토옙스키와 톨스토이
그리고 인간동물

Conclusion :

Dostoevsky, Tolstoy,

and the Human Animal

5장 결론: 도스토옙스키와 톨스토이 그리고 인간동물

1. 도스토옙스키와 톨스토이의 동물 묘사

이 연구는 도스토옙스키와 톨스토이 그리고 19세기와 20세기 초 러시아 작가들의 작품 속에 나타난 육체적 욕망에 대해 논하는 것이었다. 논의의 시작점은 구강기적 억압과 유아증이 고골, 곤차로프, 크비트카-오스노뱌넨코 등 개혁 이전의 세계를 살았던 게걸스러운 대식가들에게서 발견되는 양상이라는 점이었다. 이어서 도스토옙스키의 약육강식적 육식자들이 심사숙고하여 생각해 낸 호색적인 괴팍한 행위와 톨스토이의 쾌락을 추구하는 향락주의자들이 보여 주는 성적 유혹에 대해 살펴보았다. 이 연구의 주요 논의는 식탁에서 침실로 옮겨져 맛보고 향기 맡고 씹고 삼키는 섭생의 개념에서 시작하여 자극, 열정, 열망, 타락, 절제, 강탈로 이어졌다. 이렇게 음식과 식욕에서 시작한 이 책은 성(性)과 열정에 관한 책으로 변모하게 되었다. 도스토옙스키와 톨스토이가 살았던 후기 차르 시대의 러시아는 점점 "현대화되어 갔다". 욕망하는 인간이 사는 사회에서 그들과 몇몇 현대인은 자신들의 작품에서 점점 더 다윈과 니체 그리고 졸라의 추종자들이 그리는 '동물학적' 자아를 찾게 된다. 이는 모든 인간의 내면에 자리 잡고 있는 본능적인 '동물' 혹은 '짐승'인 것이다. 결과적으로 톨스토이의 '관능주의'(sladostrastie[색욕, 음탕])는 도스토옙스키적 '약탈'(plotoiadnost'[육식, 호색])이 '야수성'(zverstvo[야수적 행위])으로 바뀌는 과정에서 점차 '동물성'(zhivotnost')으로 바뀌게 된다. 앞 장에서 살펴보았듯이 도스토옙스키와 톨스토이에게서 직접적 영향을 받은 러시아 문학작품의 남성 인물들은 동물왕국의 생물들과 유사한 이미지로 그려지며, 음식 언어와 먹는 이미지는 점차 줄어드는 모습을 보인다. 다시 말해 짐승의 은유와 동물의 직유는 이 연구의 첫 출발점이던 육체적 욕망의 구강기적이고 먹어 치우는 개념으로 여겨지게 되었다.

도스토옙스키와 톨스토이는 인간의 육체적 욕망을 동물왕국에서 생물의 본능적 욕망과 견주는 것을 넘어서 동물을 예술적으로 가상인물화하기에 이른다. 도스토옙스키가 동물을 실제 인물화한 경우는 많지 않다. 그러나 그중 주목할 만한 장면이 있다.『죄와 벌』 1부 5장에서 전당포 업자인 알료나 이바노브나와 그녀의 동생 리자베타를 잔인하게 도끼로 살해하는 라스콜리니코프가 "끔찍한 꿈"이라 묘사되는 꿈을 꾸는 장면이다(6:46). 이 꿈에서 그는 일곱 살이 되고, 한 농부가 "작고 가냘프고 노쇠한 늙은 암갈색 암말"을 잔인하게 폭행하는 장면을 바라본다(6:46). 미콜카라는 이름의 술 취한 농부가 늙은 말의 눈과 머리를 채찍으로 무자비하게 매질하지만, 결국엔 그 암말이 고삐로 연결된 수레를 끌게 하는 데 실패할 뿐만 아니라(그 수레에는 시골 선술집에서 하루 종일 먹고 노는 난폭한 사람들이 잔뜩 타고 있다) 그 사람들의 무게로 인해 힘껏 달려가게 하는 데도 실패한다. 잔인한 주인에게 고통스럽게 매질을 당하면서 끙끙대며 주춤하고 있는 불쌍한 늙은 피조물은 결국 짐을 끌고 가는 일에 실패한다. 마침내 미콜카는 채찍을 집어던지고 길고 두꺼운 나무막대기로 때리다가 결국은 쇠지레로 때려 말이 피 흘리며 죽게 한다. 옆에서 그 광경을 보던 사람들의 만류에도 불구하고 광기에 사로잡힌 인간이 불쌍하고 무방비한 동물에게 가하는 잔인한 폭력이 계속되는 동안, 미콜카는 그 말이 자신의 소유이기 때문에 자기 마음대로 하는 것이 온당하다고 주장한다. 그는 사람들에게 분노하며 "내버려둬! 이 말은 내 거야! 그렇지 않아? 내 물건을 가지고 내 마음대로 하겠다는데!"라고 소리친다. 그는 또 다른 사람들에게 소리친다. "이 말은 내 재산이야, 내 소유물이라고!"(6:48)

이 꿈 장면은 많은 부분에서 물론 도스토옙스키가 이후 에세이 『환경』(1873)에서 묘사하는 농민 삶의 잔혹함과 매우 닮아 있다. 도스토옙스키는 『작가 일기』에서 폭력적인 농부 남편이 굶주린 아내가 빵에 손도 못 대게 하는 장면을 묘사한 바 있다. 그는 아내에게 "감히 이 빵을 먹기만 해봐라, 이건 내 빵이야!"(21:21)라며 경고한다. 우리가 2장에서 이미 살펴보았듯이 그 남편은 아내가 자기 소유인 빵에 정말로 손을 댔을 때 아내에게 매질한 것을 정당화한다. 나아가 그는 아내의 몸을 (닭처럼) 거꾸로 매다는 지경에 이른다. 그는 자신이 죽을 먹는 광경을 아내가 강제로 보게 만들었다. 아내는 자신을 모욕하고 때리고 불구로 만들어 버리는 잔인한 남편의 손아귀에서 받는 육체적·정신적·심리적 고통을 견디지 못하고 결국 자살한다. 농부의 극단적 소유욕과 이기심은 『죄와 벌』에서 미콜카가 자기 소유의 암말에게 가하는 잔인함을 보여주는 것으로 나타난다. 이 두 장면을 통해 도스토옙스키는 몸은 역시 폭력, 힘, 난폭함의 장소임을 보여 준다. 반면 소유는 그것이 인간(아내)이든지 혹은 동물(말)이든지, 그것을 명백히 '소유'하는 인간이 행하는 고문, 학대, 상해를 가하는 인간 자체로 이해됨을 보여 준다.

톨스토이의 소설에서 동물에 대한 묘사 중 가장 주목할 만한 것은 아마도 1870~1880년대의 영적 위기를 겪고 바로 그 다음 해에 쓴 첫 작품 「홀스토메르, 어느 말(馬)의 이야기」(1885)에 등장하는 장면일 것이다. 그러나 주목할 것은 톨스토이의 말은 암컷이 아닌 수컷이라는 점이다. 그의 이야기는 도스토옙스키적 폭력, 잔인함, 사디즘이 아니라 톨스토이적 향락주의, 리비도적 쾌락, 관능적 탐닉을 특징으로 한다. '문명화'된 인간의 결점을 드러내기 위해 홀스토메르는 조나단 스위프트의 『걸리버 여행기』(1726)에 등장하는 말 후이늠처럼 의인화된다.[1] 이야기의 시작 부분에서 홀스토메르는 즐거움과 쾌락이 이미 삶에서 지나가 버린 거세된 늙은 잡종말로 묘사된다. 자신보다 더욱 유쾌하고 젊은 망아지들과 함께 살면서 그는 그들처럼 참을 수 없을 만큼 굶주려 있지

---

1) 에세이 「텍스트 동음이의에 대한 문제: 후이늠 나라로의 여행과 '홀스토메르'」("K voprosu o tekstovoj omonimii: Putešestvie v stranu Guigngnmov i 'Xolstomer'")에서 토마스 벤츨로바(Tomas Ventslova)는 톨스토이의 이야기와 스위프트의 소설 『걸리버 여행기』 4장(「후이늠 나라로의 여행」) 사이의 유사성과 차이를 논증하였다. Tomas Ventslova, 『기호학: 기호학과 문화사』(Semiotics: Semiotics and the History of Culture, 1984), pp.240~254 참조. [옮긴이] 『걸리버 여행기』에서 후이늠(Houyhnhnms)은 말이 야후(인간의 얼굴을 한 짐승: 유인원)를 지배하는 나라를 지칭하기도 한다. 야후는 황금을 보면 목숨을 걸고 싸운다. 먹는 것에 지나치게 집착해 식욕이 엄청 강하다. 남의 것을 빼앗기를 좋아한다. 이와는 반대로 후이늠이라는 말은 우정과 선량한 마음의 소유자로 특징지어지고 있다. 이것은 누구든지 말의 나라에 와본 존재라면 느낄 수 있는 일이라고 한다. 따라서 걸리버가 이곳을 떠나려 하지 않는 건 당연한 이치로 볼 수 있다. 반면 후이늠은 인간을 야후와 동격으로 보고 있다. 후이늠의 회의 결과 걸리버를 추방하기로 했다. 걸리버는 떠날 수밖에 없었다. 후이늠 나라는 한번 결정한 사안은 수정하지 않는다는 원칙이 있었기 때문이다. 주인 말(馬)이 걸리버에게 하는 말(言)을 듣고 걸리버도 자신의 의사를 표현한다. 그 결과 한 달 반 만에 다른 말(馬)의 도움을 받아 배를 만들어 항해에 나서게 된 것이리라.

도 않고 그들처럼 강한 감정을 보이지도 않는다. 그는 참나무 기둥과 재 갈을 핥아도 '만족'을 얻지 못한다(26:4). 그는 "다른 이들의 쾌락을 보 면서 괴로워하는 것은 내게 그리 새로운 일이 아니다"라고 매우 냉정하 면서도 금욕적으로 회고한다. "나아가 거기에서 어떤 언어유희마저 발 견하기 시작했지"(26:5). 비록 그의 얼굴 표정은 지금 "엄격한 인내, 신 중함, 고통"을 보여 주고 있지만 그것은 그가 한때 "틀림없이 좋은 말" 이었음을 나타내 주고 있었다(26:7). 홀스토메르가 자기 삶의 이야기를 무자비한 고통을 받는 늙은 거세 말을 괴롭히는 젊은 말들의 이야기로 풀어 갈 때 우리는 그가 한때 매우 빠르고 강한 순종 말이었음을 알게 된다. 사실 그는 빠른 말 레베디[백조]와 경쟁하여 이긴 적이 있을 만큼 빨랐다. 그러나 이 승리의 결과로 홀스토메르는 팔려 가서 결국은 기병 장교 니키타 세르푸홉스코이 공작의 재산이 되었다. 그와 함께 홀스토 메르는 '가장 좋았던 시절'을 보내게 된다.

> 공작은 나의 몰락을 초래한 장본인이자 그 무엇도 그 누구도 결코 사랑할 줄 모르는 사람이었다. 그러나 나는 바로 그 이유로 인해 그를 사랑했고, 지금도 그를 사랑한다. 공작은 잘생기고 운이 좋은 데다 돈도 많았기 때문 에 자기 자신 외에는 아무도 사랑하지 않았다. 너희들도 말들의 거만한 자 부심에 대해 알 것이다. 공작의 냉정함과 잔인함, 그런 그에 대한 나의 입 장이 결합되면서, 그를 향한 나의 열렬한 사랑이 나타났다. '나를 더 채찍 질해서 몰아 주세요. 난 당신을 위해 존재하고 그래서 더 행복합니다.' 좋 았던 시절 나는 그렇게 생각했다.(26:23)

이 말이 그토록 주인을 존경하는 것은 그의 아름다움과 부뿐만 아니라 주인의 이기심, 향락주의, 자아도취 때문이기도 하다.

비평가들이 지적하듯 이 이야기의 가장 중요한 구성요소 중 하나는 인간을 위해 봉사하며 보낸 도덕적 생물 홀스토메르의 삶과, 그의 주인으로서 매우 관능적인 삶을 산 방탕한 인간 세르푸홉스코이의 삶을 대조적으로 병치하고 있다는 점이다.[2] 쉽게 예측할 수 있듯이 뱌자푸리하를 향한 그의 '미친 열정'으로 인해 젊은 시절 거세되고 삶의 많은 부정에 직면하며 현명한 금욕주의를 발전시켜 온 흉한 거세 말 홀스토메르가(26:17) 삶이 사치, 퇴폐, 자아도취에 빠져(특히 음식, 음료, 여성이 제공하는 쾌락에 빠져) 결국 '축 늘어진 늙은이'가 되는 젊고 잘생긴 기병장교와 대조되고 있는 것이다. 한 비평가는 이에 대해 홀스토메르의 거세가 "이 주인공을 육체의 동물적 욕망에서 벗어나게 하여 그 에너지를 더욱 도덕적인 명상으로 이끌었다"라고 지적한다.[3] 이와 대조적으로 세르푸홉스코이는 40대에 이미 "도덕적으로, 육체적으로, 그리고 경제적인 능력에서 모든 것을 잃어버렸음"(26:29)이 비극적으로 나타난다. 비록 중년 남성이 향수적으로 어린 시절의 방탕한 삶을 탄식하고는 있지만,[4] 작중화자는 향락과 방탕을 일삼는 이 모든 지상의 존재는 결국

---

2) 예를 들면, Ventslova, 「텍스트 동음이의에 대한 문제」("K voprosu o tekstovoj omonimii"), pp.240~241 참조.
3) Andrea Rossing McDowell, 「야수의 입장에서: 19세기와 20세기 러시아 문학에서 동물들과 동물 이미지」("Situating the Beast: Animals and Animal Imagery in Nineteenth- and Twentieth-Century Russian Literature", 2001), p.481. 톨스토이 이야기의 이본(異本)에서 홀스토메르는 거세한 말로서 자기 운명에 다음과 같은 생각을 반영하고 있다. "이 점에서 다른 많은 예에서처럼 말에게는 노동이라는 오직 한 가지의 구원이 있을 뿐이다. 이는 자기 자신에게 어떤 유형의 이익도 가져오지 않으리라는 것을 알면서도 영원히 계속되는 노동이다. 그리고 그 노동은 다른 말에게도 거의 이득이 되지 않을 것이다"(26:480).
4) 세르푸홉스코이(Serpukhovskoi)는 자랑한다. "난 내가 잘살기를 좋아했고 잘 사는 법을 알았을 때가 있었노라고 당신에게 말할 수 있어요. 오, 많은 나날. 오, 사라져 버린 젊음이여! ……

사라지고 죽어서 썩어 없어질 낭비이자 목적 없는 쾌락을 추구하는 둔감한 몸의 행위라는 것을 분명히 하고 있다.

톨스토이가 행하는, 굳은 도덕관과 지고한 지식을 소유한 이 의인화된 말과, 몸의 쾌락을 추구하고 욕망 충족을 위해서만 사는 동물처럼 묘사된 인간 사이의 대조는, 특히 이 각각의 생물이 죽음을 맞이하고 '영혼'을 포기하는 순간에 두드러진다. (마부 바스카가 돌아오기를 밤새 술집에서 기다리면서) 농부의 말을 핥다 세균에 감염된 홀스토메르는 결국 목이 잘려 죽고 만다. 이 통렬한 장면은 주로 말의 관점에서 전달된다. 이야기의 마지막 장에서 독자들은 홀스토메르의 의식 흐름을 따라가게 된다. 이 속에서 우리는 그의 정신(말은 마구간 마당에 나타난 피 묻은 옷을 입은 사람을 자기의 가려운 부분을 낫게 해주려고 온 것으로 착각한다)과 그의 마지막 감각의 표현("그는 목에 어떤 일이 일어나고 있음을 직감한다……. 그리고 그는 자신의 목과 가슴을 타고 어떤 액체가 흘러내리는 것을 느낀다"[26:36])을 살펴볼 수 있다. 이 고결한 말은 엄청나게 위엄 있는 모습으로 죽음을 맞는다. "그는 깊은 숨을 내쉰다. 그리고 갑자기 모든 상황이 좋아진 것을 느낀다. 삶의 모든 무게가 사라졌음을"(26:36). 죽음에 이어 홀스토메르의 몸의 부위는 좋은 목적을 위해 쓰인다. 즉 자연스럽고 지속가능한 방법으로 그의 몸은 껍질이 벗겨져 그 지역의 개, 매, 소, 늑대 무리를 위한 음식으로 제공된다.

반면 그 이전에 일어난 기병장교의 죽음은 언급조차 되지 않았다. 작품의 말미에 그저 "먹고 마시며 전 세계를 돌아다닌 세르푸홉스코이의 죽은 몸은 훨씬 나중에 땅에 묻히게 된다. 그의 가죽도 그의 고기도

내 말은 좋은 시절이었죠!"(26:33, 34)

그의 뼈도 아무런 쓸모가 없었다"(26:37). 세르푸홉스코이의 "포동포동하고" "썩은", "구더기 낀" 인간의 몸은 낭비적이고 의미 없는 사회적 관습에 따라 새 군복과 광택 흐르는 군화로 단장되어 땅에 묻히고 흙에 덮인다.[5] 한 비평가가 이야기하듯 이 장면은 거세 말을 "인간의 욕망과 열정에 대한 영적 거세"라고 특징짓는 상징으로 볼 수 있다. 이 이야기는 분명 인간동물에 대한 톨스토이의 개념화의 연장선에서 인간이란 여전히 영적 완성을 위해서는 육체적 욕망을 승화하는 법을 배워야 하는 쾌락적 동물임을 나타내는 것이다.[6]

2. 근대화: 몸과 영혼 그리고 육욕

여기서 반드시 주목해야 할 점은 도스토옙스키와 톨스토이가 인간을 '짐승'이나 '동물'로 특징짓고 자신들의 소설에서 사람의 모습을 닮은 생명체로 묘사할 때 그것이 자아의 동물화를 옹호하기 위함은 아니라는 점이다. 인간과 동물의 본질적 구분을 이론으로 허물어 버린 다윈과 인간 안에 잠재된 포식자의 해방과 승리에 대한 철학을 말한 니체는 일

---

5) L. D. 오풀스카야(L. D. Opul'skaia)는 톨스토이의 이야기 「창작의 역사」 연구에서 다음과 같이 쓰고 있다. "홀스토메르의 귀족적인 늙은 시기와 세르푸홉스코이의 무시할 만한 늙은 연령 사이의 대조는 원래의 편집본보다도 1885년 판본에서 더 날카롭게 드러난다. 말의 전 생애와 노동을 악에만 굴복하는 세르푸홉스코이의 무익한 존재와 병립적으로 비교하는 것이 더 날카롭게 강조된다. 그리고 1885년 마지막 판에서는 이 대비가 도살된 말고기로 새끼들을 먹이는 암늑대의 시적인 묘사를 통해 보여 준 홀스토메르의 죽음과 세르푸홉스코이의 죽음 사이에 위협적인 힘으로 무섭게 그려진다. 세르푸홉스코이의 기분 나쁜 감정은 감소되지 않고 오히려 장엄한 장례식으로 증대된다." L. D. Opul'skaia, 「중편소설 『홀스토메르』의 창작 이야기」("Tvorcheskaia istoriia povesti 'Kholstomer'"), 『문학유산』(Literatunoe nasledstvo), 69, book 1(1961), p.265.

6) McDowell, 「야수의 입장에서」("Situating the Beast"), p.116 참조.

반적으로 인간을 자연적이고 물질적인 존재로서 개념화하는 데 일조하였다. 그들은 세기의 전환기에 나타난 자아반영적 동물에 관한 은유의 주요 원천이라 할 수 있다. 한 학자가 "우리는 그저 동물과 유사한 것이 아니라 실제로 동물이다"라고 지적했듯이 두 사상가의 글들은 현대의 의식에 깊이 뿌리박혀 오늘날까지도 남아 있다.[7] 『현대적 상상력의 짐승들: 다윈, 니체, 카프카, 에른스트, 그리고 로렌스』(1985)에서 마곳 노리스는 다윈과 니체가 근대의 상상력에 부여한 '생물중심주의' 정신에 주목한다. 이러한 생물중심주의적인 사상가들은 관능적이고 열정적인 몸이 힘의 표출이라는 점에서 그것을 긍정적으로 평가한다. 노리스는 이를 '본능적 인식론'[8]이라 부른다. 이들은 인간의 폭력을 동물적 생명력, 힘, 활력의 표출로 보았는데, 이는 종교의 신앙심 강조와 계몽주의 사조와 문명화된 인본주의의 이성 때문인지는 몰라도 오랫동안 인간에게서 억압되어 왔던 것들이다. 노리스가 지적하기를, 이러한 생물중심주의는 종교, 이성, 인본주의의 가치를 저평가하는데 그 특징은 D. H. 로렌스의 예술과 사상에서 두드러진다. 그는 "나의 위대한 종교는 지식인보다 더 현명한 피와 살을 믿는다. 우리의 마음을 속일 수는 있지만, 우리의 피는 항상 진실만을 느끼고 믿고 말한다. 지성은 그저 재갈에 불과한 것이다…… 진정한 삶의 길은 욕구에 충실한 것이다"라고 말한다.[9] 케네스 이니스가 지적하듯이 로렌스는 "아가페보다는 에로스의

---

7) Mary Midgely, 『야수와 인간: 인간본성의 뿌리』(*Beast and Man: The Roots of Human Nature*, 1980), p.13.

8) Margot Norris, 『현대적 상상력의 짐승들: 다윈, 니체, 카프카, 에른스트, 그리고 로렌스』 (*Beasts of the Modern Imagination: Darwin, Nietzsche, Kafka, Ernst, and Lawrence*, 1985), p.3.

9) D. H. Lawrence, 『편지 모음집』(*Collected Letters*, 1962), 1:180.

목사이다. 전반적으로 그는 인간보다는 야생동물 유형에 훨씬 더 이로운 작가"인 셈이다.[10] 로렌스의 도덕세계에는 "'나는 동물이다'라고 외치는 힘과 당당함이 있다"라고 노리스는 적는다.[11] 반면 세기말 러시아에서 그러한 생물중심주의 전통은 카라마조프주의에서 영향을 받고, 종종 '러시아의 니체'라 불리는 바실리 로자노프에 의해서 가장 잘 드러난다.[12] 로렌스처럼 로자노프도 인간은 인간의 몸과 그 몸의 동물적 본능이 소유한 비밀스러운 지식에 굴종해야만 한다고 강하게 주장한다. 그런 식으로 두 사상가는 니체가 『차라투스트라는 이렇게 말했다』(1885)에서 선언한 '투쟁적 육식성'을 따랐다고 볼 수 있다. 이 작품에서 니체는 "인간은 빵으로만 살지 않고 착한 양들의 살로 산다"라고 주장하였다.[13]

도스토옙스키도 우리에게 인간은 빵으로만 살 수 없음을 상기시킨다. 그러나 그가 그리스도의 말씀을 인용한 것은 단지 신약에서 주장하는 종교적 신조를 따르며 사는 사람들의 온순함을 조롱하기 위한 발상은 아니다. 오히려 도스토옙스키는 인간이란 존재에게는 물질적이고 육체적인 것을 초월하는 영적이며 도덕적인 차원이 있다는 기독교적

---

10) Kenneth Inniss, 『로렌스의 동물 우화집: 동물 비유법과 상징에 대한 용례 연구』(D. H. Lawrence's Bestiary: A Study of His Use of Animal Trope and Symbol, 1962), 20 n.18.

11) Norris, 『현대적 상상력의 짐승들』(Beasts of the Modern Imagination), p.22.

12) 예를 들어 Zakrzhevskii, 『카라마조프시치나』(Karamazovshchina), p.74 참조. 그리고 Anna Lisa Crone, 「니체적인, 모두가 너무 니체적? 로자노프의 반기독교적 비평」("Nietzschean, All Too Nietzschean? Rozanov's Anti-Christian Critique"), 『러시아에서의 니체』(Nietzsche in Russia), p.95 참조.

13) Friedrich Nietzsche, 『차라투스트라는 이렇게 말했다』(Thus Spoke Zarathustra, 1961), p.295. 니체를 '투쟁적 육식동물'로 특성화한 이가 바로 노리스이다. Norris, 『현대적 상상력의 짐승들』(Beasts of the Modern Imagination), p.92 참조.

(그리고 신플라톤주의적) 기본 사상을 강화하고 있다. 『작가 일기』 최신판에 쓴 "돌을 빵으로 바꾸기"(그가 대심문관의 전설에서 자주 반복하는 유명한 구절)의 의미는 1876년의 편지에서 자세히 설명된다. 도스토옙스키는 광야에서 사십 일을 보내는 예수 그리스도를 유혹하는 악마에 대해 이야기한다(여기서 악마는 그리스도에게 주변의 돌을 빵으로 바꿔 배고픔을 채우고 신성을 드러내라 재촉한다).

> 이것에게 그리스도가 대답하였다. "사람은 빵으로만 사는 것이 아니다". 이는 또한, 인간의 정신적 기원에 대한 원리를 그가 명확하게 진술한 것이었다. 이 악마의 생각은 그저 인간-동물(chelovek-skot)에게 적용될 수 있을 뿐이지만, 그러나 그리스도는 당신이 인간을 빵으로만 소생시킬 수 없음을 알고 있었다……. 그리스도는 자연의 비밀을 알려 주면서 응답한다. "사람은 빵으로만 사는 것이 아니다"(빵으로만 살아가는 것은 동물과 같은 것이다) …… 어떤 이론도 떠올리지 않은 채 그리스도는 동물세계에 더하여 인간에게는 영혼의 세계 또한 존재한다는 것을 명백하게 알려 주었다.(19.2:85)

즉 도스토옙스키는 한편으로는 다윈의 과학적인 이론과 니체의 생물중심주의적인 사상에 직면하여 그리스도의 편에 그리고 인간의 영적인 편에 서 있는 것이다. 다윈이나 니체는 둘 다 지식의 원천으로서 인간의 동물적 본성과 욕망하는 육체를 우위에 두고 있다. 비록 지하생활자, 스비드리가일로프, 스타브로긴, 그리고 소설의 다른 남성 인물 등 도스토옙스키의 호전적 육식동물들이 이후 세기말의 몇몇 비평가에 의해 니체적인 금발 포식자의 선구자로서 명사 대접을 받게 되지만, 그들은 궁극적으로 인간의 동물적 본능과 야수적 충동이 제어를 받지 않았을 때 벌어질 수 있는 무시무시한 결과에 대한 경고인 것이다. 도스토옙스키는 우리 인간의 잔인성 수용 능력을 인지했다. 그러나 그는 니체처럼 그것의 해방을 요구하지는 않았다.

도스토옙스키처럼 톨스토이도 다윈과 니체의 追從者들이 선전하는 생물중심주의적 사상에 깊은 혐오감을 드러낸다. 다윈의 생존경쟁과 적자생존 이론과 관련하여 톨스토이는 이러한 법칙이 동물에게 적용되는 것이지 인간에게 적용되는 것은 아니라고 주장한다. 그는 "인간은 오로지 영적 속성으로 귀착되는 법칙에만 복종해야 한다"라고 주장한다.[14] 톨스토이에 따르면 다윈의 이론은 오직 물질적인 면에만 적용되지 영적인 면에는 통하지 않는다는 것이다. 그의 가까운 친구이자 동료인 블라디미르 체르트코프가 ('인간 혹은 동물?'이라는 적절한 제목을 단 책의 한 장에서) 그것에 대해 언젠가 다음과 같이 말했다.

인간본성에 대하여 전적으로 다른 두 의견이 존재할 수 있다. 하나는 인간이 단지 동물들 가운데 최고로 발달한 존재, 창조의 순서에서 가장 마지막에 탄생한 존재라는 시각이다. 이 경우 우리의 유일한 법은 우리의 본성이며 삶의 유일한 목적은 생존을 위한 투쟁이 된다. 다른 하나는 인간은 정신에 복종할 수 있는 육체를 부여받은 영혼적 창조물이라는 견해이다.[15]

---

14) D. P. Makovitskii, 『톨스토이 옆에서 1904~1910년: 「야스나야 폴랴나 수기」』(*U Tolstogo 1904~1910: "Iasnopolianskie zapiski"*, 1979), 『문학유산』(*Literaturnoe nasledstvo*) 90, 총서 3, p.257.

15) V. Chertkov ed., 『비밀 죄악: 성 관련 금지 사상』(*Tainyiporok: Trezvye mysli o polovykh otnosheniiakh*, 1908), p.12.

삶의 이상적 개념(인간에게 영혼의 깊이를 부여하여 인간과 동물을 구분하는 존재론적 견해)을 불신하는 니체의 이교 철학은 톨스토이에게 영감을 주지 못하였다. 니체를 성실한 철학자라기보다는 '영리한 문예가'로서 관능적인 '광인'과 '이기주의의 설교자'라고 정의한 톨스토이는 아마도 그 독일 사상가를 염두에 두고 다음과 같은 말을 하였을 것이다.

붓다와 그리스도는 6000년 전에 그랬듯 오늘날에도 진실인 진리를 이야기하였다. 이 진리는 시간이 지날수록 뜻이 더욱더 명료해진다. 그러나 우리는 성자들이 수천 년 전에 말씀하셨던 내용에 더는 주목하지 않는다. 그리고 오늘날의 사상가들이 말하는 내용은 수백 년 후까지 알려지지 않을 것이다.[16]

톨스토이가 붓다와 그리스도에게서 배운 영원불변의 진리 가운데 하나는 우리 지상의 삶에서 영혼은 육체와 그 동물적 본능에 우선되어야 한다는 것이다. 톨스토이는 "영혼이 모든 것의 원천이다"라고 썼다. (건전한 신체에 건전한 정신[mens sana in corpore sano]이라는 격언과 관련하여) "영혼이 나약해질 때 건강한 몸은 더 많이 먹고 결국 폭식을 하게 될 것이다. 그러나 그 반대의 경우는 일어나지 않는다. 즉 몸은 영혼에게 그 같은 영향을 주지 못한다. 모든 것의 원천은 영혼이다. 이것이 기독교가 이교도와 구분되는 점이다".[17] 니체가 우리의 욕망하는 몸과 동물적 욕망의 해방을 부르짖었다면, 톨스토이는 우리에게 우리

---

16) 『문학유산』(*Literaturnoe nasledstvo*) 90, 총서 1, p.121, p.285, p.376 ; 총서 4, p.36.
17) 『문학유산』(*Literaturnoe nasledstvo*) 90, 총서 1, p.202.

의 영적 자아가 동물적 자아의 육체적 욕망을 통제하도록 설파했다. 그가 1908년 2월 일기에 "삶의 정수는 몸으로부터의, 몸의 실수로부터의, 그리고 몸에 동반되는 고통으로부터의 영혼의 해방이다"라고 적었다(56:108). 톨스토이는 인간의 불멸의 영혼과 필멸의 몸이 영원한 투쟁을 하고 있다고 믿었다. 그리고 그는 현대사회에 이르러 영혼이 승리하기가 점점 더 힘들어지는 것을 두려워하였다.

도스토옙스키와 톨스토이 모두, 분명 시대에 뒤떨어진 전근대적인 방법으로 우리의 육체적 욕망 충족을 육체의 '죄'를 짓는 행위로 간주하였다. 비록 동물적 욕망에 대한 두 사람의 개념은 서로 매우 다르게 나타나지만(우리가 살펴본 것처럼 톨스토이의 '동물성'과 '방탕자'에 비견되는, 도스토옙스키의 '야수성'과 '포식자'), 그들은 거의 중세적인 종교적 견해, 곧 육체는 필연적으로 죄와 관련이 있다는 믿음을 공유하였다. 성 아우구스티누스에서 성 토마스 아퀴나스 등 중세의 전통적 가톨릭 지식인들을 따라 이 두 유명한 러시아 소설가는 아담과 이브가 그 욕망의 발현으로 인해 낙원에서 쫓겨난 뒤로 육체적 욕망은 인간존재를 갉아 먹는 원죄의 불행한 유산이 되었다는 기독교적 타락 이후의 견해를 고수한다.

도덕적 청교도주의에 대한 러시아의 오랜 문화적 전통의 관점에서 음식, 성, 몸에 대한 도스토옙스키와 톨스토이의 중세적 태도를 차용한 20세기 실존주의의 선구자를 찾아내는 것도 결코 놀라운 일이 아니다. 모국에서 삶을 변화시키며 유입된 근대화에도 불구하고, 19세기 러시아는 귀족과 농노라는 사회계급제도가 유지되고 전제군주가 지배하는 중세국가로 남아 있었다. 이는 아마도 러시아가 아직 러시아 정교의 영향하에 있었기 때문일 것이다. 도스토옙스키의 마지막 소설 『카라마조프가의 형제들』이 생생히 묘사하듯 러시아 정교는 (그리고 그 체제에 속한 성직자들은) 러시아 사회의 도덕적이고 지적인 삶에서 활발한 역할을 계속해서 수행하고 있었다. 결과적으로 육체적 욕망은 당대의 수많은 교육받은 러시아인에게 욕망하는 몸의 정상적 특징이 아닌 규제되고 길들여져야 하는 그러나 규제되지 않는 인간내면의 동물적 본성의 타락한 죄악의 욕망으로 여겨졌을 것이다. 실제로 도스토옙스키와 톨스토이 둘 다 이 종파에 심취해 있었고, 그래서 그들은 인간의 육체를 추잡하고 부도덕하며 공격적인 것으로 보았다. 에밀 드라이처가 지적하듯이 "톨스토이와 도스토옙스키는 성(性)을, 끔찍한 감정을 부추기는 비열한 것(톨스토이가 「크로이체르 소나타」에서 보여 주듯) 혹은 파괴적인 힘(도스토옙스키의 『백치』에서 보이듯)이라 칭하였다".[18]

그러나 더 나아가 러시아 정교의 미적 경향은 도스토옙스키와 톨스토이의 영적으로 치우친 의식에도 영향을 미쳤다. 그들은 또한 니콜라이 체르니솁스키와 니콜라이 도브롤류보프 같은 1860년대 극단적 무신론의 정신에도 파고들었다. 베르댜예프는 이러한 수많은 열성적 정치 활동가들과 공격적인 무신론자들을 한때 새로운 이상주의적 사회질서를 옹호하는 '수도사적 금욕주의자'라고 불렀다.[19] 이렇게 육체적 욕망의 금욕적 부정은 중세 기독교적 특성을 보여 준다. 이는 19세기 러시아 문화에도 파고들어 그 당시 더 발전된 모습을 보인 유럽 문화와는 거리를 두었다.

---

18) Emil A. Draitser, 『사랑하기가 아니라 전쟁하기: 러시아 유머에 나타난 젠더와 섹슈얼리티』 (*Making War, Not Love: Gender and Sexuality in Russian Humor*, 1999), pp.117~118.

19) Jane T. Costlow, Stephanie Sandler, and Judith Vowles, 『러시아 문화 속의 섹슈얼리티와 몸』(*Sexuality and the Body in Russian Culture*) 서문, p.13.

도스토옙스키와 톨스토이는 이렇게 주로 자신들이 행한 인간의 동물적 본능의 대비 개념화를 통해 육체와 인간의 욕망하는 몸을 둘러싼 담론에 기여한 바가 크다. 도스토옙스키는 '육체의 죄'가 특히 영적인 부분을 지닌 인간존재에 엄청난 해악을 미친다고 생각했는데, 그 이유는 그들이 인간내면의 폭력적 욕망을 부추기기 때문이다. 그의 글에서 묘사되었듯이 음식과 성은 인간이 권력과 지배를 향한 육체적 욕망을 좇았을 때 고개를 드는 짐승 같은 폭력성, 잔인함, 난폭함을 촉진하는 매개가 된다. 도스토옙스키가 욕망하는 몸을 표현하기 위해 사용하는 언어와 이미지는 계속해서 약탈자적인 모습이고 육식을 하고 다른 생물을 잡아먹는 모습이다. 그러나 톨스토이에게 '육체의 죄'는 인간동물의 쾌락을 추구하는 욕망의 현현이다. 그의 작품에서 음식과 성은 폭력이라기보다는 색욕을, 피를 향한 욕망보다는 리비도적 쾌락을, 정복과 파괴보다는 관능적 쾌락을 불러일으킨다. 이 두 유명한 러시아 문호가 보여 주는 음식의 시학과 성적 역동성의 대비, 즉 '먹어 치우기' 대 '맛보기', 육식성 대 관능, 권력 대 쾌락의 대비를 통해 우리는 욕망하는 몸이 경험하는 육체적 욕망의 넓은 범주에 대해 깊이 이해할 수 있다. 그들 각각의 동물학적 자아의 개념화는 우리에게 세기말의 이상적이거나 종교적인 사상가들이 지녔던 깊은 불안에 대해서도 말해 주는데, 이는 근대화의 힘이 인간의 영적인 부분을 말살해 가는 데 대한 불안인 것이다.

도스토옙스키의 '야수성'과 톨스토이의 '동물성'은 19세기 후반에 '근대화'를 겪은 러시아가 제시한 인간이란 무엇인가라는 문제에 대한 영역까지 고민하도록 해준다. 앞서 살펴보았듯 여기서 드러나는 한 가지 아이러니는 도스토옙스키와 톨스토이의 작업이 모두 우리의 인성이 동물적·육체적 본성보다는 영적·도덕적 본성에 기초한다는 것을 옹호하기 위한 노력이라는 점이다. 이 노력은 당시의 근대 사상가, 특히 동물학적 자아의 생물중심주의적 사상의 도래를 가져온 다윈, 니체, 프로이트의 사상과 밀접한 관련이 있다. 도스토옙스키와 톨스토이, 두 사상가는 '육체의 죄'를 세속적인 현대세계에까지 살아남은 그저 기묘한 종교적 개념이나 이전 신앙시대의 잔해로만 인식하지 않았다. 도스토옙스키와 톨스토이는 우리에게 음식과 성이 여전히 인간본성에 도전하고 위협을 가할 뿐만 아니라 이를 인간의 특성으로 정의하도록 하는 악마 같은 육체의 욕망에 호소한다는 것을 상기시키고 있다.

참고문헌

Abramson, Paul R., and Steven D. Pinkerton, *With Pleasure: Thoughts on the Nature of Human Sexuality*, New York: Oxford University Press, 1995.

Adams, Carol J., *The Sexual Politics of Meat: A Feminist-Vegetarian Critical Theory*, New York: Continuum, 1990.

Agursky, Mikhail, "Nietzschean Roots of Stalinist Culture", In *Nietzsche and Soviet Culture: Ally and Adversary*, edited by Bernice Glatzer Rosenthal, 256~286, Cambridge: Cambridge University Press, 1994.

Anderson, Benedict, *Imagined Communities: Reflections on the Origin and Spread of Nationalism*, London: Verso, 1991.

Arens, William, *The Man-Eating Myth: Anthropology and Anthropophagy*, New York: Oxford University Press, 1979.

Aristotle, *The Nicomachean Ethics*, translated by David Ross, Revised by J. L. Ackrill and J. O. Urmson, New York: Oxford University Press, 1998.

Armstrong, Judith M., *The Unsaid Anna Karenina*, New York: St. Martin's Press, 1988.

Artsybashev, Mikhail, *Sanin: A Novel*, translated by Michael Katz, Ithaca, N. Y.: Cornell University Press, 2001.

_____, *Sovranie sochinenii v trekh tomakh*, Moscow: Terra, 1994.

_____, *Vechnyi mirazh*, Berlin: I. A. Gutnov, 1922.

Artzibashef, Michael Petrovich, *The Millionaire*, translated by Percy Pinkerton, Freeport, N. Y.: Books for Libraries Press, 1915.

Bango, V. E., ed. *Tolstoi ili Dostoevskii? Filosofsko-esteticheskie iskaniia v kul'turakh Vostoka i Zapada*, Saint Petersburg: Nauka, 2003.

Baker, James Allen, "Russian Opposition to Darwinism in the Nineteenth Century", *Isis* 65, no.229(1974), pp.487~505.

_____, "The Russian Populists' Response to Darwin", *Slavic Review* 22, no.3(1963), pp.456~468.

Bakhtin, Mikhail, *The Dialogic Imagination: Four Essays*, Edited by Michael Holquist, translated by Caryl Emerson, Austin: University of Texas Press, 1988.

_____, *Problems of Dostoevsky's Poetics*, translated by Caryl Emerson, Minneapolis: University of Minnesota Press, 1984.

_____, *Rabelais and His World*, translated by Helene Iswolsky, Cambridge, Mass.: MIT Press, 1968.

_____, "Rable i Gogol'(Iskusstvo slova i narodnaia smekhovaia kul'tura)", In *Bakhtin, Voprosy literatury i estetiki*, 484~495, Moscow: Khudozhestvennaia literatura, 1975.

_____, *Tvorchestvo Frausua Rable i haroddnua Kul'tura srenevekov'ia i renessansa*, Moscow: Khudozhestvennaia literatura, 1990.

_____, *Voprosy literatury i estetiki*, Moscow: Khudozhestvennaia literatura, 1975.

Balzac, Honoré de, *Oeuvres completes de Honoré de Balzac*, Paris: Louis Conard, 1925.

Baratoff, Natalie, *Oblomov: A Junguan Approach(A Literary Image of the Mother Complex)*, New York: Peter Lang, 1990.

Barkas, Janet, *The Vegetable Passion: A History of the Vegetarian State of Mind*, London: Routledge and Kegan Paul, 1975.

Barker, Adele Marie, *The Mother Syndrome in the Russian Folk Imagination*, Columbus, Ohio: Slavica, 1986.

Barratt, Andrew, *Yury Olesha's "Envy"*, Birmingham, Eng.: University of Birmingham, 1981.

Barsukov, Nikolai, *Zhizn' i trudy M. P. Pogodina*, Saint Petersburg, 1890.

Barthes, Roland, *Elements of Semiology*, translated by annette Lavers and Colin Smith, New York: Hill and Wang, 1967.

_____, "Lecture de Brillat-Savarin", In Brillat-Savarin, *Physiologie du Goût*, pp.7~33, Paris: Hermann, 1975.

_____, "Pour une psycho-sociologie de l'alimentation contemporaine", *Annales* 16(1961), pp.77~86.

Baudrier, André-Jeanne, ed. *Le roman et la nourriture*, Paris: Presses Universitaires de Franche-Comté, 2003.

Bayley, John, "Best and Worst", *New York Review of Books*, 35, nos.21 and 22 (January 19, 1989), pp.11~12.

_____, *Tolstoy and the Novel*, New York: Viking Press, 1966.

Belinkov, A., *Sdacha i gibel; sovetskogo intelligenta: Iurii Olesha*, Madrid: Ediciones Castilla, 1976.

Belinskii, V. G, *Polnoe sobranie sochinenii*, Moscow and Leningrad: Akademiia nauk, 1953~1959.

Benson, Ruth Crego, *Women in Tolstoy: The Ideal and the Erotic*, Champaign: University of Illinois Press, 1973.

Berdyaev, Nicholas, *Dostoievsky*, translated by Donald Attwater, New York: Meridian Books, 1957.

Bernstein, Michael André, "'These Children that Come at You with Knives': Ressentiment, Mass Culture, and the Saturnalia", *Critical Inquiry* 17, no.2(1991), pp.358~385.

Bethea, David, *The Shape of the Apocalypse in Modern Russian Fiction*, Princeton, N.J.: Princeton University Press, 1989.

Bevan, David, ed. *Literary Hastronomy*, Amstredam: Rodopi, 1988.

Biasin, Gian-Paolo, *The Flavors of Modernity: Food and the Novel*, Princeton, N.J.: Princeton University Press, 1993.

_____, *I sapoti della modernità: Cibo e romanzo*, Bolgna: Il Mulino, 1991.

Billingron, James H., *The Icon and the Axe: An Interpretive History of Russian Culture*, New York: Vintage Books, 1970.

Biriukob, Pavel, *Biografia L'va Nikolaevicha Tolstogo*, 2 vols., Moscow: Gosudarstvennoe izdatel'stvo, 1922.

Birukoff, Paul, *The Life of Tolstoy*, London: Cassell, 1911.

Blanchard, W, *Revolutionary Morality: A Psychosexual Analysis of Twlve Revilutionists*, Santa Barbaram, Calif.: ABC-Clio Information Services, 1984.

Bloom, Harold, ed. *Fyodor Dostoevsky's "The Brothers Karamazov"*, New York: Chelsea House, 1988.

Boele, Otto, Introduction to Sanin: *A Novel*, by Mikhail Artsybashev, translated by Michael Katz, 1-12, Ithaca, N.Y: Cornell University Press, 2001.

Borenstein, Eliot, *Men Without Women: Masculinity and Revolution in Russian Fiction*, 1917-1929, Durham, N.C.: Duke University Press, 2000.

_____, "Slavophilia: The Incitement to Russian Sexual Discourse", *Slavic and East European Journal* 40, no.1(1996), pp.142~747.

_____, "Stripping the Nation Bare: Russian Pornography and the Insistence of Meaning", In *International Exposure: Perspectives on modern European, Pornography, 1800-2000*, edited by Lisa Z. Sigel, pp.232~254, New Brunswick, N. J.: Rutgers University Press, 2005.

Bourdieu, Pierre, *La Distinction*, Paris: Le Minuit, 1979.

Boym, Svetlana, *Common Places: Mythologies of Everyday Life in Russia*, Cambridge, Mass.: Harvard University Press, 1994.

Brautigan, Richard, *The Abortion: An Historical Romance 1966*. New York: Simon and Schuster, 1971.

Breger, Louis, *Dostoevsky: The Author as psycoanalyst*, New York: New York University Press, 1989.

Brillat-Savarin, Jean-Anthèlme, *Physiologie du goût*, Paris: Hermann, 1975.

Bordsky, Joseph, *Less Than One: Selected Essays*, New York: Farrar, Straus, and Giroux, 1986.

Brostrom, Kenneth N., ed. *Russian Literature and American Critics*, Ann Arbor, Mich.: Ardis, 1984.

Brown James W., *Fictional Meals and Their Function on the French Novel, 1789-1848*, Toronto: University of Toronto Press, 1984.

Brown James W., ed. *Littérature et nourriture*, Special issue, *Dalhousie French Studies* 11(1987).

Brown, Norman, *Love's Body*, New York: Vintage, 1966.

Brown, William E., *A History of Russian Literature of the Romantic Period*, 4 vols., Ann Arbor, Mich.: Ardis, 1986.

Browning, Gray, *Boris Pilniak: Scythian at a Typewriter*, Ann Arbor, Mich.: Ardis, 1985.

Bulgarin, Faddei, *Review of Narezhny's Bursak. Literaturnye listki*, part 4, nos. 19~20(1824), 49.

Buznik, V. V., "Tema revoliutsii i grazhdanskoi voiny. Rozhdenie novoi prozy: novyetemy, konflikty, geroi. Formirovanie sotsial'no-psikhologicheskogo romana novogo mira", In *Istoriia russkogo sovetskogo romana*, edited by V. A. Kovachev, 1:49~183, Moscow and Leningrad: Nauka, 1965.

Canetti, Elias, *Crowds and Power*, translated by Carol Stewart, New York: Viking Press, 1962.

Cappon, Daniel, *Eating, Loving and Dying: A Psychology of Appetites*, Toronto: University of Toronto Press, 1973.

Carleton, Gregory, *Sexual Revolution in Bolshevik Russia*, Pittsburgh, Pa.: University of Pittsburgh Press, 2005.

_____, "Writing-Reading the Sexual Revolution in the Early Soviet Union", *Journal of the History of Sexuality* 8, no.2(1997), pp.229~255.

Catteau, Jacques, *Dostoyevsky and the Process of Literary Creation*, Translated by Audrey Littlewood, Cambridge: Cambridge University Press, 1989.

Charpentier, Françoise, "Le symbolisme de la nourriture dans le *Pantagruel*", In *Pratiques et discours almentaires à la Renaissance*, edited by Jean-Claude Margolin and Robert Sauzet, 219~231, Paris: Maisonneuve, 1982.

Chekhov, A. P., *Polnoe sobranie sochinenii i pisem*, 20 vols., Moscow: Khudozhestvennaia literatura, 1944~1951.

Cherkov, Vladimir, ed., *Tainyi porok: Trezvye mysli o polovykh otnosheniakh*, Moscow: Posrednik, 1908.

Chopin, Jean, "Oeuveres de Basile Naréjny", *Revue Encyclopédique* 44(1829), pp.118~119.

Christian, R. F. ed., *Tolstoy's Diaries*, translated by R. F. Christian, New York: Scribner, 1985.

Christoff, Peter K., *K. S. Aksakov: A Study in Ideas*, vol. 3 of *An Introduction to Nineteenth-Century Russian Slavophilism*, Princeton, N.J.: Princeton University Press, 1981.

Chuiko, V. V., "Obshchestvennye idealy Fridrikha Nistsshe", *Nabliudatel'* 2(1893): pp.231~247.

Chuvakov, V. N., "Tarasov-Rodionov, Aleksandr Ignat' evich", In *Kratkaia literaturnaia entsiklopediia*, edited by A. A. Surkov, 7:387~388, Moscow: Sovetskaia entsiklopediia, 1972.

Clowers, Edith, "Literary Reception as Vulgarization: Nietzsche's Idea of the Superman in Neo-Realist Fiction", In *Nietzsche in Russia*, edited by Bernice Glatzer Rosenthal, pp.315~329, Princeton, N.J.: Princeton University Press, 1986.

_____, *The Revolution of Moral Consciousness: Nietzsche in Russian Literature, 1890-1914*, DeKalb: Northern Illinois University Press, 1988.

Coe, Richard N., *When the Grass Was Taller: Autobiography and the Experience of Childhood*, New Haven, Conn.: Tale University Press, 1984.

Cook, Albert, "The Unity of *War and Peace*", *Western Review* 22(1958): pp.243~255.

Costlow, Jane T., Stephanie Sandler, and Judith Vowles, eds. *Sexuality and the Body in Russian Culture*, Stanford, Calif.: Stanford University Press, 1993.

Cox, Gary, *Tyrant and Victim in Dostoevsky*, Columbus, Ohio: Slavica, 1984.

Cox, Randi, "'NEP without Nepmen!' Soviet Advertising and the Transition to Socialism", In *Everyday Life in Early Soviet Russia: Taking the Revolution Inside*, edited by Christina Kiaer and Eric Naiman, 119~152, Bloomington: Indiana University Press, 2006.

Crone, Anna Lisa, "Nietzchean, All Too Nietzschean? Rozanov's Anti-Christian Critique", In *Nietzsche in Russia*, edited by Bernice Glatzer Rosenthal, 95~112, Princeton, N.J.: Princeton University Press, 1986.

Culler, Jonathan, *Roland Barthes*, N.Y.: Oxford University Press, 1983.

Dadoun, Roger, "Du cannibalisme comme stade suprême du stalinisme", In *Destins du cannibalisme*, edited by J.-B. Pontalis, 269~272, Special issue, *Nouvelle Revue de Psychanalyse*, no.6(1972).

Danilevsky, N. *Darvinizm,* Saint Petersburg: M. E. Komarov, 1885~1887.

_____, *Rossiia i Evropa: Vzgliad na kul'turnye i politicheskie otnosheniia slavianskogo mira k Germano-Romanskomu*, Sanint Petersburg: Obshchestvennaia pol'za, 1871.

Danilov, Vladimir, "Ten'er v russkoi literature", *Russkii arkhiv* 53, no.2(1915), pp.164~168.

Davie, Donald, ed. *Russian Literature and Modern English Fiction: A Collection of Critical Essays*, Chicago: University of Chicago Press, 1965.

De Jonge, Alex, *Dostoevsky and the Age of Intensity*, New York: St. Martin's Press, 1975.

Delvig, Anton, *Sochineniia Barona A. A. delviga*, Saint Petersburg, 1895.

Demos, John, and Sarane Spence Boocock, eds. *Turning Points: Historical and Sociological Essays on the Family*, Chicago: University of Chicago Press, 1978.

Dennen, Johan M. G., van der. *The "Evil" Mind: Pt. 3. Cruelty and "Beast-in-Man" Imagery*, Groningen, Netherlands: Rijksuniversiteit, 2005.

Deutsh, Ronald M., *The New Nuts Among the Barries*, Palo Alto, Calif.: Bull Publishing, 1977.

Dijkstra, Bram, *Evil Sisters: The Threat of Female Sexuality and the Cult of*

Manhood, New York: Knopf, 1996.

Diment, Galya, ed. *Goncharov's Oblomov: A Critical Companion*, Evanston, Ill.: Northwestern University Press, 1998.

————, "'Tolstoy or Dostoevsky' and the Modernists: Polemics with Joseph Brodsky", *Tolstoy Studies Journal* 3(1990), pp.76~81.

Dobranov, Iurii, "Svidetel'stvo o bednosti", *Kniga i proletarskaia revolutsiia*, no.1(1936), pp.102~103.

Dobzhansky, Theodosius, "The Crisis of Soviet Biology", In *Continuity and Change in Russian and Soviet Thought*, edited by Ernest J. Simmons, pp.329~346, Cambridge, Mass.: Harvard University Press, 1955.

Dolinin, A. S., ed. *F. M. Dostoevskii v vospominaniiakh sovremennikov*, Moscow: Khudozhestvennaia literatura, 1964.

Donskov, Andrew, ed. *L. N. Tolstoi-N. N. Strakhov: Polnoe sobranie perepiski / Leo Tolstoy & Nikolaj strakhov: Complete Correspondence*, 2 vols., Ottawa and Moscow: Slavic Research Group at the University of Ottawa and the State L. N. Tolstoy Museum, 2003.

Dostoevskii, F. M., *Polnoe sobranie sochinenii*, 3o vols. Leningrad: Nauka, 1972~1990.

Dostoevsky, Fyodor, *Memoirs from the House of the Dead*, translated by Jessie Coulson, New York: Oxford University Press, 1983.

————, *Winter Notes on Summer Impressions*, translated by Kyril FitzLyon, London: Quartet Books, 1985.

Douglas, Mary. "Deciphering a Meal", *Daedalus* 101, no.1(1972), pp.61~81.

Draitser, Emil A., *Making War, Not Love: Gender and Sexuality in Russian Humor*, New York: St. Martin's Press, 1999.

Durant, J. R, "The Beast in Man: An Historical Perspective on the Biology of Human Aggression", In *The Biology of Aggression*, edited by Paul F. Brain, 17~46, Rockville, Md.: Sijthoff and Noordhoff, 1981.

Durkin, Andrew, *Sergei Asakov and Russian Pastoral*, New Brunswick, N.J.: Rutgers University Press, 1983.

Edwards, Robert, "Tolstoy and Alice B. Stockham: The Influence of 'Tokology' on *The Kreutzer Sonata*", *Tolstoy Studies Journal* 6(1993), pp.87~106.

Engelgardt, Aleksandr N., *Letters from the Country, 1872-1887*, translated and edited by Cathy A. Frierson, Oxford: Oxford University Press, 1993.

Engelstein, Laura. *The Keys to Happiness: Sex and the Search for Modernity on*

Fin-de-Siécle Russia, Ithaca, N.Y.: Cornell University Press, 1992.

Enko, T. F., *Dostoevskii-intimnaia zhizn' geniia*, Moscow: MP Teleos, 1997.

Erofeev, Viktor, *Vlabirinte prokliatykh voprosov*, Moscow: Soiuz fotokhudozhnikov Rossii, 1996.

Evans, Mary, *Reflecting on Anna Karenina*, London: Routledge, 1989.

Fanger, Donald, *Dostoevsky and Romantic Realism: A Study of Dostoevsky in Relation to Balzac, Dickens, and Gogol*, Chicago: University of Chicago Press, 1965.

Farb, Peterm, and George Armelagos, *Consuming Passions: The Anthropology of eating*, Boston: Houghton Mifflin, 1980.

Feiler, Lily, "The Tolstoi Marriage: Conflict and Illusions", *Canadian Slavonic Paper* 23, no 3(1981), pp.245~260.

Feuer, Kathryn, "Stiva", In *Russian Literature and American Critics*, edited by Kennet N. Brostorm, pp.347~356, Ann Arbor, Mich: University of Michigan, Department of Slavic Languages and Literatures, 1984.

Figes, Orlando, *Natasha's Dance: A Cultural History of Russia*. New York: Picador, 2002.

_____, and Boris Koloniskii. *Interpreting the Russian Revolution: The Language and Symbols of 1917*, New Haven, Conn.: Yale University Press, 1999.

Finch, Henry LeRoy, Introduction to *Talks with Tolstoy*, by A. B. Goldenweizer, translated by S. S. Koteliansky and Virginia Woolf, 5~26, New York: Horizon Press, 1969.

Fink, Beatrice. "Food as Object, Activity, and Symbol in Sade", *Romanic Review* 65, no.2(1974), pp.96~102.

Fischler, Claude, *L'Homnivore: Le goût, la cuisine et le corps*, Paris: Odile Jacob, 1990.

FitzLyon, Kyril, Introduction to *Winter Notes on Summer Impressions*, by Fyodor Dostoyevsky, translated by Kyril FitzLyon, v-xiv, London: Quartet Books, 1985.

Fitzpatrick, Sheila, *The Cultural Front: Power and Culture in Revolutionary Russia*, Ithaca, N.Y.: Cornell University Press, 1992.

_____, *Everyday Stalinism: Ordinary Life in Extraordinary Times: Soviet Russia in the 1930s*, New York: Oxford University Press, 1999.

Forster, E. M, *Aspects of the Novel*, New York: Harcourt, Brace, and World,

1954.

Foucault, Michel, *The Use of Pleasure*, translated by Robert Hurley, New York: Vintage Books, 1985.

Frank, Joseph, *Dostoevsky: The Mantel of the Prophet, 1872-1881*, Princeton, N.J.: Princeton University Press, 2002.

_____, *Dostoevsky: The Miraculous Years, 1865-1871*, Princeton, N.J.: Princeton University Press, 1995.

_____, *Dostoevsky: The Seeds of Revolt, 1821-1849*, Princeton, N.J.: Princeton University Press, 1995.

_____, *Dostoevsky: The Stir of Liberation, 1860-1865*, Princeton, N.J.: Princeton University Press, 1986.

_____, *Dostoevsky: The Years of Ordeal, 1850-1859*, Princeton, N.J.: Princeton University Press, 1984.

Freud, Sigmund, "Dostoevsky and Parricide", In *Russian Literature and Psychoanalysis*, edited by Daniel Rancour-Laferriere, pp.41~57, Philadelphia: John Benjamins, 1989.

_____, *A General Introduction to Psychoanalysis*, translated by Joan Rivière, New York: Pocket, 1971.

_____, *Three Essays on Sexuality*, translated by James Strachey, New York: Basic Books, 1962.

Fridlender, G. M., *Realizm Dostoevskogo*, Moscow and Leningrad: Nauka, 1964.

Frierson, Cathy, *Peasant Icons: Representations of Rural People in Late Nineteenth-Century Russia*, Oxford: University Press, 1993.

Fromm, Erich, *The Anatomy of Human Destructiveness*, New York: Holt, Rinehart, and Winston, 1973.

Fusso, Susanne, *Discovering Sexuality in Destoevsky*, Everston, Ill.: Northwestern University Press, 2006.

Genis, Alexander, "Borders and Metamorphoses: Viktor Pelevin in the Context of Post-Soviet Literature", In *Twentieth-Century Russian Literature: Selected Papers from the Fifth World Congress of Central and East European Studies*, edited by Karen L. Ryan and Barry P. Scherr, pp.294~306, New York: St. Martin's Press, 2000.

Gigante, Denise, ed. *Gusto: Essential Writings in Nineteenth-Century Gastronomy*, New York: Routledge, 2005.

Gilferding, A., *Sobranie sochinenii*, Saint Petersburg, 1868.

Givens, John, "Wombs, Tombs, and Mother Love: A Freudian Reading of Goncharov's *Oblomov*", In *Goncharov's Oblomov: A Critical Companion*, edited by Galya Diment, pp.90~109, Everton, Ill.: Northwestern University Press, 1998.

Gladkov, Fedor, "Tsement", *Krasnaia nov'* no.1(1925), pp.66~110; no.2(1925), pp.73~109; no.3(1925), pp.47~81; no.4(1925), pp.57~87; no.5(1925), pp.75~111; no.6(1925), pp.39~74.

Goldenweizer, A. B., *Talks with Tolstoy*, translated by S. S. Koteliansky and Virginia Woolf, New York: Horizon Press, 1969.

Goldman, Wendy, *Women, the State, and Revolution: Soviet Family Policy and Social Life, 1917-1936*, New York: Cambridge University Press, 1993.

Goldstein, Darra, "Domestic Porkbbarreling in Nineteenth-Century Russia; or, Who Holds the Keys to the Larder?", In *Russia-Women-Culture*, edited by Helena Goscilo and Beth Golmgren, pp.125~151, Bloomington: Indiana University Press, 1996.

_____, "Tolstoy's Table", In *The Veggetarian Hearth: Recipes and Reflections for the Cold Season*, pp.205~249, New York: HarperCollins, 1996.

Goody, Jack, *Cooking, Cuisine and Class*, Cambridge: Cambirdge University Press, 1968.

Gor'kii, Maksim, *O literature*, Moscow: Khudozhestvennaia literatura, 1961.

_____, *Sobranie sochinenii*, Moscow: Khudozhestevnnaia literatura, 1963.

Gornfel'd, A. G., *Knigi I liudi. Literaturnye besedy*, Saint Petersburg: Zhizn', 1908.

Goscilo, Helena. "Tolstoyan Fare: Credo à la Carte", *Slavonic and East European Review* 62, no.4(1984), pp.481~495.

Graffy, Julian, "Passion Versus Habit in *Old World Landowners*", In *Nikolay Gogol: Text and Context*, edited by Jane Grayson and Faith Wigzell, pp.34~49, New York: St. Martin's Press, 1989.

Grieco, Allen J., *Themes in Art: The Meal*, London: Scala Books, 1991.

Grigor'ev, Apollon, *Literaturnaia Kritika*, Moscow: khudozhestvennaia literatura, 1967.

_____, "Vzgliad na russkuiu literaturu so smerti Pushkina", *Russkoe slovo*, no.2, otd. II(1859), 1~63 and no.3(1859), pp.1~39.

Gronow, Jukka, *Caviar with Champagne: Common Luxury and the Ideals of the Good Life In Stalin's Russia*, New York: Berg, 2003.

Grossman, Joan, "Tolstoy's Portrait of Anna: Keystone in the Arch", *Criticism* 18, no.1(1976), pp.1~14.

Grossman, Leonid, *Tvorchestvo Dostoevskogo*, Moscow: Sovremennye problemy, 1928.

Grot, N. Ia, "Nravstvennye idealy nasshego vremeni: Fridrikh Nitsshe i lev Tolstoi", *Voprosy filosofii i psikhologii* 16(1893), 129~154.

Gura, A. V., *Simvolika zhivotnykh v slavianskoi narodnoi traditsii*, Moscow: Indrik, 1997.

Gusev, A., *O brake i bezbrachii. Protiv "Kreitserovoi sonaty" i "Poslesloviia" K nei grafa L. Tolstogo. Kazan'*, 1891.

Gustafson, Richard, *Leo Tolstoy, Resident and Stranger: A Study in Fiction and Theology*, Princeton, N. J.: Princeton University Press, 1986.

Gutkin, Irina, "The Dichotomy between Flesh and Spirit: Plato's *Symposium* in *Anna Karenina*", In *In the Shade of the Giant: Essay on Tolstoy*, edited by Hugh McLean, pp.84~99, Berkeley and Los Angeles: University of California Press, 1989.

Hagan, John, "Ambivalence in Tolstoy's The Cossacks", *Novel: A Forum on Fiction* 3, no.1(1969), pp.28~47.

Halfin, Igal, *Terror in My Soul: Communist Autobiographies on Trial.* Cambridge, Mass.: Havard University Press, 2003.

Harper, Keeneth E., "Under the Influence of Oblomov", In *From Los Angels to Kiev: Papers on the Occasion of the Ninth International Congress of of Slavists*, edited by Vladimir Markov and Dean S. Worth, pp.105~118, Columbus, Ohio: Slavica, 1983.

Harris, Marvin, *Cannibals and Kings: The Origins of Culture*, New York: Random House, 1977.

Hessler, Julie, "Cultured Trade: The Stalinist Turn towards Consumerism", In *Stalinism: New Directions*, edited by Sheila Fitzpatrick, pp.182~209, Lodon: Routledge, 2000.

Hillyard, Paul, *The Book of the Spider: Form Arachnophobia to the Love of Spiders*, New York: Random House, 1994.

Hingley, Ronald, Introduction to *Memoirs from the House of the Dead*, by Fyodor Dostoevsky, translated by Jessie Coulson, pp.vii-xviii, New York: Oxford University Press, 1983.

Hinz, Evelyn J., ed. *Diet and Discourse: Eating, Drinking and Literature*,

Winnipeg: University of Manitoba Press, 1991. Special issue, *Mosaic: A Journal for the Interdisciplinary Study of Literature*, 24, nos.3~4(1991).

Holquist, Michael, "How Sons Become Fathers", In *Fyodor Dostoevsky's "The Brothers Karamazov"*, edited by Harold Bloom, pp.39~51, New York: Chelsea House, 1988.

Horwatt, Karin, "Food and the Adulterous Woman: Sexual and Social Morality in *Anna Karenina*", *Language and Literature* 13(1988), pp.35~67.

Houston, Gail Turley, *Consuming Fictions: Gender, Class, and Hunger in Dickens's Novel*, Carbondale, Ill.: Southern Illinois University Press, 1994.

Hubbs, Joanna, *Mother Russia: The Feminine Myth in Russian Culture*, Bloomington: Indiana University Press, 1988.

Inniss, Kenneth, *D. H. Lawernce's Bestiary: A Study of His Use of Animal Trope and Symbol*, The Hague: Mouton, 1962.

Iskander, Fazel, *Rabbits and Boa Constrictors*, translated by Ronald E. Peterson, Ann Arbor, Mich.: Ardis, 1989.

Jackson, Robert L, *Dialogues with Dostoevsky: The Overwhelming Questions*, Stanford, Calif.: Stanford University Press, 1993.

Jeanneret, Michel, *Des mets et des mots: banquets et propos de table à la Renaissance*, Paris: Librairie José Corti, 1987.

_____, *A Feast of Words: Banquets and Table Talk in the Renaissance*, translated by Jeremy Whiteley and Emma Hughes, Chicago: University of Chicago Press, 1991.

_____, "Ma patrie est une citrouille: thèmes alimentaires dans Rabelais et Folengo", In *Littérature et gastronomie: Huit études*, edited by Ronald W. Tobin, pp.113~148, Paris and Seattle: Papers on French Seventeenth-Century Literature, 1985.

Jones, Malcolm, *Dostoyevsky: The Novel of Discord*, New York: Harper and Row, 1976.

Kaplan, Fred, *Dickens: A Biography*, New York: Morrow, 1988.

Karamzin, Nikolai, *Istoriia gosudarstva rossiiskogo*, 12 vols., Saint Petersburg, 1816~1829.

Karikin, Iu, *Dostoevskii i kanun XXI veka*, Moscow: Sovetskii postel', 1989.

Karlinsky, Simon, "Dostoevskii as Rorschach Test", *New York Times Book Review*, June 13, 1971, pp.1, 16, 18, 20~23.

Kasatkina, Tat'iana, "Kak my chitaem russkuiu literaturu: O sladostrastii",

Novyimir, no.7(1999), pp.170~182.

Kashina-Evreinova, A., *Podpol'ie geniia(Seksual'nye istochniki tvorchestva Dostoevskogo)*, Petrograd: Tret'ia strazha, 1923.

Katz, Michael R., *Dreams and the Unconsicuous in Nineteenth-Century Russian Fiction*, Hanover, N.H.: University Press of New England, 1984.

Kaufman, F., "Dostojevskij a Markyz de Sade", *Filosofický časopis* 3(1968), pp.384~389.

Kelly, Aileen, *Toward Another Shore: Russian Thinkers Between Necessity and Chance*, New Haven, Conn.: Yale University Press, 1998.

Kelly, Catriona, and David Shepherd, eds. *Constructing Russian Culture in the Age of Revolution: 1881-1940*, New York: Oxford University Press, 1998.

Kilgour, Maggie, *From Communion to Cannibalism: An Anatomy of Metaphors of Incorporation*, Princeton, N. J.: Princeton University Press, 1990.

Kiltz, Halmut, *Das erotische Mahl: Szenen aus dem "chambre séparée" des neunzehnten Jahrhundert*, Frankfurt: Syndikat, 1983.

Kincaid, J. R., *Dickens and the Rhetoric of Laughter*, Oxford Clarendon Press, 1971.

Kinser, Samuel, *Rabelais' Carnival: Text, Context, Metatext*, Oxford: Oxford University Press, 1990.

Kjetsaa, Geir, *Fyodor Dostoyevsky: A Writer's Life*, translated by Siri Hustvedt and David McDuff, New York: Viking Penguin, 1987.

Klama, John, *Aggression: The Myth of the Beast Within*, New York: Wiley, 1988.

Kline, George L., "Darwinism and the Russian Orthodox Church", In *Continuity and Change in Russian and Soviet Thought*, edited by Ernest J. Simmons, pp.307~328, Cambridge, Mass.: Havard University Press, 1955.

Knapp, Liza, *The Annihilation of Inertia: Dostoevsky and Metaphysics*, Evanston, Ill.: Northwestern University Press, 1996.

Kolb, Jocelyne, *The Ambiguity of Taste: Freedom and Food in European Romanticism*, Ann Arbor: University of Michgan Press, 1995.

Kolb-Seletski, Natalia, "Gastronomy, Gogol, and His Fiction", *Slavic Review* 29, no.1(1970), pp.35~57.

Kommunist, "Asketizm ili Kommunizm?", *Voronezhskaia kommuna*, August 11, 1921.

Kon, Igor, *The Sexual Revolution in Russia: From the Age of the Czars to Today*, translated by James Riordan, New York: Free Press, 1995.

_____, "Sexuality and Culture", In *Sex and Russian Society*, edited by Igor Kon and James Riordan, pp.15~44, Bloomington: Indiana University Press, 1993.

Kopper, Hohn M., "Tolstoy and the Narrative of Sex: A Reading of 'Father Sergius', 'The Devil', and 'The Kreutzer Sonata'", In *In the Shade of the Giant: Essays on Tolstoy*, edited by Hugh McLean, pp.158~186, Berkeley and Los Angeles: University of California Press, 1989.

Kornblatt, Judith Deutsch, *The Cossack Hero in Russian Literature: A Study in Cultural Mythology*, Madison: University of Wisconsin Press, 1992.

Koropeckyj, Roman, "Desire and Procreation in the Ukarainian Tales of Hryhorii Kvitka-Osnov'ianenko", *Canadian Slavonic Paper* 44, nos.3~4 (2002), pp.165~173.

Korotkov, G., "Literatura sobach'ego pereulka", *Rezets* 15(1927), pp.14~16.

Kovachev, V. A., ed. *Istoriia russkogo sovetskogo romana*, vol.1., Moscow and Leningrad: Nauka, 1965.

Kraev, Leonid, *Bolshevitskie pauki i khrest'ianskiia mukki*, Rostov-on-Don, 1919.

Kuznetsov, Sergei, "Fedor Dostoevskii i Markiz de Sad: Sviazi i pereklichki", In *Dostoevskii v kontse XX veka*, edited by K. A. Stepanian, pp.557~574, Moscow: Klassika plius, 1996.

Kvitka-Osnov'ianenko, Grigorii, *Pan Khaliavskii*, Kiev: Dnipro, 1984.

_____, *Proza*, Moscow: Sovetskaia Rossiia, 1990.

LaBriolle, François de, "Oblomov n'est-il qu'un paresseux?", *Cahiers du monde russe et soviétique* 10, no.1(1969), pp.38~51.

Lane, Ann Marie, "Nietzsche Comes to Russial: Popularization and Protest in the 1890s", In *Nietzsche in Russia*, edited by Bernice Glatzer Rosenthal, 51~68, Princeton, N. J.: Princeton University Press, 1986.

Lary, N. M., *Dostoevsky and Dickens: A Study of Literary Influence*, London: Routledge and Kegan Paul, 1973.

Lavirin, Janko, *Goncharov*, New Haven, Conn.: Yale University Press, 1954.

Lawrence, D. H., *Collected Letters*, edited by Harry T. Moore, 2 vols., New York: Viking Press, 1962.

Layton, Susan, "A Hidden Polemic with Leo Tolstoy: Afanasy Fet's Lyric 'Mine was the madness he wanted...'" *Russian Review* 62, no.2 (2007), pp.220~237.

LeBlanc, Ronald D., "Alimentary Violence: Eating as a Trope in Russian

Literature", In *Times of Trouble: Violence in Russian Literature and Culture*, edited by Marcus Levitt and Tatyana Novikov, pp.154~177, Madison: University of Wisconsin Press, 2007.

————, "An Appetite for Power: Predators, Carnivores, and Cannibals in Dostoevsky's Novels", In *Food in Russian History and Culuture*, In Food in Russian History and Culture, edited by Joyce Toomre and Musya Glants, 124~145, Bloomington: Indiana University Press, 1997.

————, "Food, Orality, and Nostalgia for Childhood: Gastronomic Slavophilism in Midnineteenth-Century Russian Fiction", *Russian Review* 58, no.2(1999), pp.244~267.

————, "Gluttony and Power in Iurii Olesha's Envy", *Russian Review* 60, no.2(2001), pp.220~237.

————, "Levin Visits Anna: The Iconology of Harlotry", *Tolstoy Studies Journal* 3(1990), pp.1~20.

————, "The Monarch as Glutton: Vasily Narezhny's *The Black Year*", *In Diet and Discouse: Eating, Drinking, and Litreature*, edited by Evely J. Hinz, pp.54~67, Winnipeg: Mosaic, 1991.

————, "Oblomov's Consuming Passion: Food, Eating, and the Search for Communion", In *Goncharob's Oblomov: A Critical Companion*, edited by Galya Diment, pp.110~135, Evanston, Ill.: Northwestern University Press, 1998)

————, "Saninism Versus Tolstoyism: The Anti-Tolstoyan Subtext in Mikhail Artsybashev's *Sanin*", *Tolstoy Studies Journal* 18(2006), pp.16~32.

————, "The Sweet Seduction of Sin: Food, Sexual Desire, and Ideological Purity in Alexander Tarasov-Rodionov's *Shokolad*", *Gastronomica: The Journal of Food and Culture* 3, no.4(2003), pp.31~41.

————, "Teniers, Flemish Art, and the Natural School Debate", *Slavic Review* 50, no.3(1991), pp.576~589.

————, "Teniersism: Seventeenth-Century Flemish Art and Early Nineteenth-Century Russian Prose", *Russian Review* 49, no.1(1990), pp.19~41.

————, "Tolstoy's Body: Diet, Desire, and Denial", In *Cultures of the Abdomen: Diet, Digestion and Fat in the Modern World*, edited by Christopher E. Forth and Ana Carden-Coyne, pp.147~166, London: Palgrave Macmillan, 2004.

————, "Tolstoy's Way of No Flesh: Abstinence, Vegetarianism, and Christian

Physiology", In *Food in Russuan History and Culture*, edited by Joyce Toomre and Musya Glants, pp.81~102, Bloomington: Indiana University Press, 1997.

_____, "Trapped in a Spider's Web of Animal Lust: Human Bestiality in Lev Gumilevsky's *dog Alley*", *Russian Review* 65, no.2(2006), pp.171~193.

_____, "Unpalatable Pleasures: Tolstoy, Food, and Sex", *Tolstoy Studies Journal* 6(1993), pp.1~32.

_____, "Vegetarianism in Russia: The Tolstoy(an) Legacy", *Carl Beck Papers in Russuan and East European Studies*, no.1507, Pittsburgh, Pa.: University of Pittsburgh Center for Russian and East European Studies, 2001.

Lermontov, Mikhail, *Sobranie sochinenii v chetyrekh tomakh*. Moscow and Leningrad: Akademiia nauk, 1958~1959.

Leskov, Nikolai, *Polnoe sobranie sochinenii*, Saint Petersburg, 1903.

Levin, Eve, *Sex and Society in the World of the Orthodox Slavs*, 900~1700, Ithaca, N.Y.:Cornell University Press, 1989.

_____, "Sexual Vocabulary in Medieval Russia", In *Sexuality and the Body in Russian Culture*, edited by Jane T. Costlow, Stephanie Sandler, and Judith Vowles, pp.41~52, Stanford, Calif.: Stanford University Press, 1993.

Lévi-Strauss, Claude, *Structural Anthropology*, Garden City, N.Y.: Doubleday, 1967.

Lewis, B. A., "Darwin and Dostoevsky", *Melbourne Slavonic Studies*, no.11(1976), pp.23~32.

Libknekght, V., *Pauki i mukhi*, New York: Novy Mir, 1917.

Linnér, Sven, *Starets Zosima in "The Brothers Karamazov": A Study in the Mimesis of Virtue*, Stockholm: Almqvist and Wiksell, 1975.

Livers, Keith, "Bugs in the Body Politic: The Search for Self in Viktor Pelevin's *The Life of Insects*", *Slavic and East European Journal* 46, no.1(2002), pp.1~28.

Losev, Lev, "Poetika kukhni", In Vail' and Genis, *Russkaia kukhnia v izgnanii*, pp.3~20, Los Angeles: Almanakh, 1987.

Loshchits, Iurii, *Goncharov*, Moscow: Molodaia gvardiia, 1977.

Luker, Nicholas, *In Defence of a Reputation: Essay on the Early Prose of Mikhail Artsybashev*, Nottingham, Eng.: Astra Press, 1990.

Lyngstad, Alexndra, and Sverre Lyngstad, *Ivan Goncharov*, New York: Twayne, 1971.

Mgarashack, David, *Gogol: A life*, New York: Grove, 1957.

Makovitskii, D. P., *U Tolstogo 1904-1910: "Iansnopolianskie zapiski" D. P. Makovitskogo*, Literaturnoe nasledstvo, vol.90. Moscow: Nauka, 1979.

Mandelker, Amy, *Framing Anna Karenina: Tolstoy, the Woman Question, and the Victorian Novel*, Columbus: Ohio State University Press, 1993.

Mann, Thomas, "Goethe and Tolstoy", In *Essays by Thomas Mann*, translated by H.T. Lowe-Porter, pp.76~179, New York: Vintage Books, 1958.

Margolin, Jean-Clauede, and Robert Sauzet, eds. *Pratiques et discours alimentaires à la Renaissance*, Paris: Masisonneuve, 1982.

Marin, Louis, *Food for Thought*, translated by Mette Hjort, Baltimore, Md.: Johns Hopkins University Press, 1989.

―――, *La parole mangée et autres essais theologico-politiques*, Paris: Librairie des Mérdiens-Klincksieck, 1986.

Marinelli, Peter V., *The Pastoral*, London: Methuen, 1971.

Marlowe, James E., "English Cannibalism: Dickens After 1859", *Studies in English Literature, 1500-1900*, 23, no.4(1983), pp.647~666.

Matich, Olga, "A Typology of Fallen Women in Nineteenth-Century Russian Literature", In *American Contributions to the Ninth International Congress of Slavists*, Vol. 2: *Literature, Politics, History*, edited by Paul Debreczeny, pp.325~343, Columbus, Ohio: Slavica, 1983.

Matlaw, Ralph. "Recurrent Imagery in Dostoevskij", *Havard Slavic Studies* 3(1957), pp.201~225.

Mattews, Mervyn, *Privilege in the Soviet Union: A Study of Elite Life-Styles under Communism*, London: Allen and Unwun, 1978.

Mays, Milton, "Oblomov as Anti-Faust", *Western Humanities Review* 21, no.2(1967), pp.141~152.

McDowell, Andrea Rossing, "Situating the Beast: Animals and Animal Imagery in Nineteenth-and Twentieth-Century Russian Literature", Ph.D. diss., Indiana University, 2001.

McLean, Hugh, "Gogol's Retreat from Love: Toward an Interpretation of *Mirgordo*", In *Russian Literature and Psychoanalysis*, edited by Daniel Rancour-Laferriere, pp.101~122. Philadelphia: John Benjamins, 1989.

―――, ed. *In the Shade of the Giant: Essay on Tolstoy*, Berkely and Los Angels: University of California Press, 1989.

McMaster, R. D., "Birds of Prey: A Study of Our Mutual Friend", *Dalhousie*

Review 40, no.3(1960), pp.372~381.

McReynoldsm Louise, Introduction to *The Wrath of Dionysus*, by Evdokiia Nagrodskaia, translated and edited by Louise McReynolds, vii-xxviii, Bloomington: Indiana University Press, 1997.

Mehring, Sigmar, *Groshevaia sonata*, Saint Petersburg, 1890.

Merejkovski, Dmitry, *Tolstoi as Man and Artist: with an essay on Dostoiecski*, Westport, Conn.: Greenwood Press, 1970.

Merezhkovskii, Dmitrii, *L. Tolstoi i Dostoevskii: Vechnye sputniki*, Moscow: Respublika, 1995.

_____, *Polnoe sobranie sochinenii*, 16 vols., Hildesheim and New York: Georg Olms, 1973.

Mersereau, John, Jr., *Russian Romantic Fiction*, Ann Arbor, Mich.: Ardis, 1983.

Mescheriakov, V. P., "Lukavyi letopisets pomestnogo byta", In Kvitka-Osnov'ianenko, *Proza*, pp.3~20, Moscow: Sovetskaia Rossiia, 1990.

Midgely, Mary, *Beast and Man: The Roots of Human Nature*, New York: New American Library, 1980.

Mikhailovskii, N. K., *Literaturnye vospominaiia i sovremennaia smuta*, Saint Petersburg, 1900.

Mikhailovsky, N. K., *Dostoevsky: A Cruel Talent*, translated by Spencer Cadmus, Ann Arbor, Mich.: Ardis. 1978.

Mikoian, Anastas I., *Pishchevaia industriia Sovetskogo Soiuza*, Leningrad: Partizdat, 1936.

Miller, Rene Fueloep, "Tolstoy the Apostolic Crusader", *Russian Review* 19, no.2(1960), pp.99~121.

Miller, Robin Feuer, *The Brothers Karamazov: World of the Novel*, New York: Twayne Publishers, 1992.

_____, *Dostoevsky and "The Idiot:" Author, Narrator, and Reader*, Cambridge, Mass.: Havard University Press, 1981.

Mirsky, D. S., *A History of Russian Literature: From Its Beginnings to 1900*, edited by Francis J. Whitfield, New York: Vintage Books, 1958.

Mochulsky, Konstanintin, *Dostoevsky: His Life and Work*, translated by Michael A. Minihan, Princeton, N.J.: Princeton University Press, 1967.

Møller, Peter Ulf, *Postlude to The Kreutzer Sonata: Tolstoy and the Debate on Sexual Morality in Russian Literature of the 1890s*, translated by John Kendal, New York: E. J. Brill, 1988.

Mondry, Henrietta, "Beyond the Boundary: Vasilii Rozanov and the Animal Body", *Slavic and East European Journal* 43, no.4(1999), pp.651~673.

Morris, Marcia, *Saints and Revolutionaries: The Ascetic Hero in Russian Literature*, Albany: State University of New York Press, 1993.

Morson, Gary Saul, *The Boundaries of Genre: Dostoevsky's "Diary of a Writer" and the Tranditions of Literary Utopia*, Austin: University of Texas Press, 1981.

_____, "Prosaics and Anna Karenina", *Tolstoy Studies Journal* 1(1988), pp.1~12.

Murav, Harriet, *Holy Foolishness: Dostoevsky's Novels and the Poetics of Cultural Critique*, Stanford, Calif.: Stanford University Press, 1992.

Mykhed, Pavel, "O priode i kharaktere smekha v romanakh V.T. Narezhnogo", *Voprosy russkoi literatury* 2(1983), pp.87~92.

Nagrodskaia, Evdokiia, *Gnev Dionisa*, Saint Petersburgs: Severo-Zapad, 1994.

_____, *The Wrath of Dionysus*, traslated and edited by Lousise McReynolds, Bloomington: Indiana University Press, 1997.

Naiman, Eric, "Historectomies: On the Metaphysics of Reproduction in a Utopian Age", In *Sexuality and the Body in Russian Culture*, edited by Jane T. Costlow, Stephanie Sandler, amd Judith Vowles, pp.255~276, Stanford, Calif.: Stanford University Press, 1993.

_____, Introduction to *Happy Moscow*, by Andrei Platonov, translated by Robert and Elzaberh Chandler, xi-xxxvii, London: Harvill Press, 2001.

_____, *Sex in Public: THe Incarnation of Early Soviet Ideology*, Princeton, N.K.: Princeton University Press, 1997.

Nicholson, Mervyn, "Eat-or Be Eaten: An Interdisciplinary Metaphor", In *Diet and Discoures: Eating, Drinking and Literature*, edited by Evelyn J. Hinz, pp.191~210, Winnipeg, Canada: Mosaic, 1991.

Nickell, William, "The Twain Shall Be of One Mind: Tolstoy in 'Leag' with Eliza Brunz and Henry Parkhurst", *Tolstoy Studies Journal* 6(1993), pp.123~151.

Nikolaev, P.V. "L. N. Tolstoi i M.P. Artsybashev", In *Tolstoi I o Tolstom. Materialy I issledovaniia*, edited by K. K. Lomunov, pp.221~244. Moscow: Nasledie, 1998.

Nilsson, Nils Åke, "Food Images in Čechov. A Bachtinian Approach", *Scando-Slavica* 32(1986), pp.27~40.

Nissenbaum, Stephen, *Sex, Diet and Debility: Sylvester Graham and Helth*

Reform, Westport, Conn.: Greenwood Press, 1980.

Nietzsche, Fridrich, *Thus Spoke Zarathustra*, translated by R. J. Hollingdale, Blatiomre, Md.: Penguin Books, 1961.

Norris, Margot, *Beats of the Modern Imagination: Darwin, Nietzsche, Kafka, Ernst, and Lawernce*, Baltimore, Md.: Johns Hopkins University Press, 1985.

Obolenskii, L. E., "Otkrytoe pis'mo L, N. Tolstomu", *Novosti I birzhevaia gazeta* 85(March 27, 1890).

Odoevskii, Vladimir, *Pestrye skazki*, Durham, Eng.: University of Durham, 1987.

Olyesha, Yuri, *"Love" and Other Stories*, translated by Robert Payne, New York: Washington Square Press, 1967.

Omel'chenko, A. P., *Geroi nezdorovogo tvochestva("Sanin" roman Artsybasheva)*, Saint Petersburg: Sever, 1908.

Opul'skaia, L. D., "Tvorcheskaia istoriia povesti 'Kholstomer", In *Literaturnoe naslestvo* 69, book 1, edited by I. I. Anisimov, pp.257~290, Moscow: Akademiia nauk, 1961.

Orwin, Donna, *Tolstoy's Art and Thought, 1847-1880*, Princeton, N. J.: Princeton University Press, 1993.

Ostrovskii, Aleksandr, *Sobranie sochinenii*, Moscow: Khudozhestvennaia literatura, 1960.

Otradin, M. V., "Son Oblomova'kak khudozhestvennoe tseloe", *Russkaia literatura*, no.1(1992), pp.3~17.

Payer, Pierre J., *The Bridling of Desire: Views of Sex in the Later Middle Ages*, Toronto: University of Toronto Press, 1993.

Payne, Robert, Introduction to *"Love" and Other Stories*, by Yuri Olyesha, translated by Robert Payne, pp.ix-xxiii, New York: Washington Square Press, 1967.

Peace, Richard, *Dostoyevsky: An Examination of the Major Novels*, Cambridge: Cambridge University Press, 1971.

_____, *Oblomov: A Critical Examination of Goncharov's Novel*, Birmingham, Eng.: University of Birmingham, 1991.

Pearson, Irene, "The Social and Moral Roles of Food in *Anna Karenina*", *Journal of Russian Studies* 48(1984), pp.10~19.

Pelevin, Victor, *The Life of Insects*, translated by Andrew Bromfield, New York: Penguin, 1999.

Pelevin, Viktor, *Zhizn' nasekomykh: Romany*, Moscow: Vagrius, 1999.

Phelps, William Lyon, *Essays on Russian Novelists*, New York: Macmillan, 1926.

Pil'niak, Boris, *Golyi god*, Chicago: Russian Language Specialties, 1966.

―――, *Mashiny i volki*, Munich: Wilhelm Fink, 1971.

Pilnyak, Boris, *Chinese Story and Other Tales*, translated and with and introduction and notes by Vera T. Reck and Michael Green, Norman: University of Oklahoma Press, 1988.

Pisemskii, Aleksei, *Sobranie sochinenii*, Moscow: Pravda, 1959.

Plato, *The Republic*, translated by Raymond Larson, Arlington Heights, Ill.: Harlan Davidson, 1979.

Platonov, Andrei, *Chut'e pravdy*, edited by V. A. Chalmaev, Moscow: Sovetskaia Rossiia, 1990.

―――, *Happy Moscow*, translated by Robert and Elizabeth Chandler, London: Harvill Press, 2001.

Poggioli, Renato, "Gogol's 'Old-World Landowners': An Inverted Eclogue", *Indiana Slavic Studies* 3(1963), pp.4~72.

―――, "Kafka and Dostoyebsky", In *The Kafka Problem*, edited by Angel Flores, 107~117, New York: Gordian Press, 1975.

―――, *The Phoenix and the Spider: A Book of Essays About Some Russian Writers and Their View of the Self*, Cambridge, Mass.: Havard University Press, 1957.

Polevoi, P. N., *Istoriia russkoi slovesnosti s drevneishikh vremen do nashikh dnei*, Saint Petersburg: A. F. Marks, 1900.

Pontalis, J.-B., ed. *Destins di cannibalisme*, Special issue, Nouvelle Revue de Psychanalyse, no.6(1972).

Praz, Mario, *The Romantic Agony*, translated by Angus Davidson, New York: Oxford University Press, 1970.

Probyn, Elspeth, *Carnal Appetites: Food Sex Identities*, London: Routledge, 2000.

Prugavin, A. S., *O L've Tolstom i o tolstovtsakh: Ocherki, vospominaniia, materialy*, Moscow: I. D. Sytin, 1911.

Rancour-Laferriere, Daniel, ed. *Russian Literature and Psychoanalysis*, Philadelphia: John Benjamins, 1989.

―――, *The Slave Soul of Russia: Moral Masochism and the Cult of Suffering*, New York: New York University Press, 1995.

―――, *Tolstoy on the Couch: Misogyny, Masochism and the Absent Mother*,

New York: New York University Press, 1998.

Ratushinskaia, Irina, *A Tale of Three Heads*, translated by Diane Nemec-Ignashev, Tenafly, N. J.: Hermitage, 1986.

Rawson, Claude J., "Cannibalism and Fiction: Reflections on Narrative Form and 'Extreme Situations'", *Genre* 10(1977), pp.667~711 and 11(1978), pp.227~313.

Reck, Vera T., and Michael Green, Introduction to *Chinese Story and Other Tales*, by Boris Pilnyak, translayed by Vera T. Reck and Michael Green, pp.3~14. Norman: University of Oklahoma Press, 1988.

Rice, Martin P., "Dostoevskij's Notes from Underground and Hegel's Master and Slave'", *Canadian-American Slavic Studies* 8, no.3(1974), pp.359~369.

Rodnianskaia, Irina, "Mezhdu Konom i Dostoevskim: Replika Vitaliiu Svintsovu", *Novyi mir*, no.5(1999), pp.213~215.

Rogers, James Allen, "Darwinism, Scientism, and Nihilism", *Russian Review* 19, no.1(1960), pp.10~23.

Rosenthal, Bernice Glatzer, ed. *Nietzsche and Soviet Culture: Ally and Adversary*, Cambridge: Cambridge University Press, 1994.

_____, ed. *Nietzsche in Russia*, Princeton, N.J.; Princeton University Press, 1986.

Rossman, Edward. "The Conflict over Food in the Works of J.-K. Huysmans", *Nineteenth-Century French Studies* 2, nos. 1 and 2(1973~1974), pp.61~67.

Rozanov, Vasilii, *Opavshie list'ia*, Moscow: Sovremennik, 1992.

_____, "Po povodu odnoi trevogi grafa. L. N. Tolstogo", *Russkii vestnik* no.8(1895), pp.154~187.

Ryan, Karen L., and Barry P. Scherr, eds. *Twentieth-Century Russian Literature: Selected Papers from the Fifth World Congress of Central and East European Studies*, New York: St. Martion's Press, 2000.

Sagan, Eli, *Cannibalism: Human Aggression and Cultural Form*, New York: Happer, 1974.

Sanday, Peggy Reeve, *Divine Hunger: Cannibalism as a Cultural System*, Cambridge: Cambridge University Press, 1986.

Schmidt, Paul, "What Do Oysters Mean?", *Antaeus* 68(1992), pp.105~111.

Schofield, Mary Anne, ed. *Cooking by the Book: Food in Literature and Culture*, Bowling Green, Ohio: Bowling Green State University Popular Press, 1989.

Sergenko, A. P., *Rasskazy o L. N. Tolstom: iz vospominanii*, Moscow: Sovetskii pisatel', 1978.

Schultze, Sydney, *The Structure of Anna Karenina*, Ann Arbor, Mich.: Ardis, 1982.

Siegel, George, "The Fallen Woman in Nineteenth-Century Literature", *Havard Slavic Studies* 5(1970), pp.81~107.

Simmons, Ernest J., ed. *Continuity amd Change in Russian and Soviet Thoughy*, Cambridge, Mass.: Havard University Press, 1955.

Skelton, Isaac, "The Begetarian Tradition in Russian Literature", Unpublished manuscript.

Smith, Alson K., *Recipes for Russia: Food and Nationhood Under the Tsars*, Dekalb: Northern Illinois University Press, 2008.

Smith-Rosenberg, Carroll, "Sex as Symbol in Victorian Purity: An Ethnohistorical Analysis of Jacksonian America", In *Turning Points: Historical and Sociological Essay on the Family*, edited by John Demos and Sarane Spence Boocock, pp.212~247, Chicago: University of Chicago Press, 1978.

Smoluchowski, Liuise, *Lev and Sonya: The Story of the Tolstoy Marriage*, New York: Paragon House Publishers, 1987.

Sokolb, Boris, *Moia Kniga o Vladimire Sorokine*, Moscow: AIRO, 2005.

Sokolw, Jayme A., and Priscilla R. Roosevelt. "Leo Tolstoi's Christian Pacifism: The American Contrubutuin", *Carl Beck Papers in Russian and East European Studies*, no.604, Pittsburgh, Pa.: University of Pittsburgh Center for Russian and East European Studies, 1987.

Solov'ev, Vladimir, *Sobranie sochinenii Valdimira Sergeevicha Solov'eva*, Saint Petersburg: Obshchestvennaia Pol'za, 1901~1903.

Somerwil-Ayrton, S. K., *Poverty and Power in the Early Works of Dostoevskij*, Amsterdam: Rodopi, 1998.

Sorokin, Boris, *Tolstoy in Prerevolutionary Russian Criticism*, Columbus: Ohio State University Press, 1979.

Sorokin, Vladimir, *Pir*, Moscow: Ad Marginem, 2001.

―――, "Russia Is Slipping Back into an Authoritarian Empire", *Der Spiegel Online*, Feburary 2, 2007.

Spence, G.W., *Tolstoy the Ascetic*, New York: Barnes and Noble, 1968.

Spencer, Colin, *The Heretic's Feast: A History of Vegetariansim*, London: Fourth Estate, 1993.

Steiner, George, *Tolstoy or Dostoevsky: An Essay in the Old Criticism*, New York:

Dutton, 1971.

Stilman, Leon, "Oblmovka Revisited", *Ameriacan Slavic and East European Review* 7, no.1(1948), pp.45~77.

Stites, Richard, *Revolutionary Dreams: Utopian Visions and Experimental Life in the Russian Revolution*, New York: Oxford University Press, 1989.

_____, *The Women's Liberation Movement in Russia: Feminism, Nihilism, and Bolshevism, 1860-1930*, Princeton. N.J.: Princeton University Press, 1978.

Stone, Harry, *The Night Side of Dickens: Cannibalism, Passion, Necessity*, Columbus: Ohio State University Press, 1994.

Stoppard, Tom, *Arcadia*, London: Faver and Faber, 1993.

Storr, Anthony, *Human Destruciveness: The Roots of Genocide and Human Cruelty*, New York: Basic Books, 1972.

Strakhov, Nikolai, *Kriticheskie stat'i(1861-1894)*, Kiev: Izdatel'stvo I. P. Matchenko, 1902~1908.

_____, *Kriticheskie stat'i ob I. S. Turgeneve i L. N. Tolstom(1862-1885)*. Kiev: Izdatel'stvo I. P. Machenko, 1901; repr. The Hague: Mouton, 1968.

Straus, Nina Pelikan, *Dostoeevsky and the Woman Question: Rereadings at the End of a Century*, New York: St. Martin's Press, 1994.

Strindberg, August, *Six Plays*, translated by Elizabeth Sprigge, New York: Doubleday, 1955.

Svintsov, Vitalii, "Dostoevskii i otnosheniia mezhdu polami", *Novyi mir*, no.5(1999), pp.195~213.

_____, "Dostoevskii i stavroginskii grekh", *Voprosy literatury*, no.2(1995), pp.111~142.

Szathmary, Louis. "The Culinary Walt Whitman", *Walt Whitman Quartely* 3, no.2 (1985), pp.28~33.

Takauki, Yokota-Murakami, "Man Seen as a Beast, Male Seen as an Animal: The Idea of 'Bestiality' Examined through The Krutzer Sonata", In *The Force of Vision: Proceedings of the XIII Congress of the International Comparative Literature Association*, edited by Earl Miner and Toru Haga, 2, pp.611~616, Tokyo: International Comparative Literature Association, 1995.

Tannahill, Reay, *Flesh and Blood: A History of the Cannibal Complex*, New York: Stein and Day, 1975.

Tarasov-Rodionov, Aleksander, *Shokolad: povest'*, In *Sobachii pereulok. Detekitivnye romany i povest'*, compiled by V. Gellershtein, pp.265~383.

Moscow: Sovremennyi pisatel', 1993.

Tarasov-Rodinov, Alxeander, *Chocolate: A Novel*, translated by Charles Malamuth, Westport, Conn,: Hyperion Press, 1932.

Thompson, Diane Oenning, *"The Brothers Karamazov" and the Poetics of Memory,* Cambridge: Cambridge University Press, 1991.

Tobin, Ronald W., ed. *Littérature et gastronomie: Huit études*, Paris and Seattle: Papers on French Seventeenth-Century Literature, 1985.

————, "Les mets et les mots: Gastronomie et sémiotique dans *L'Ecole des femmes*", *Semiotica* 51(1984), pp.133~145.

————, "Qu'est-ce que la gastrocritique?", XVII siécle, no.217(2002), pp.621~630.

————, *Tarte à la créme: Comedy and Gastronomy in Molière's Theater*, Columbus: Ohio State University Press, 1990.

Todes, Daniel, *Darwin Without Malthus: The Stuggle for Existence in Russian Evolutionary Thought*, New York: Oxford University Press, 1989.

Tolstaya, Tatyana, "The Age Of Innocence", *New York Review of Books*, October 21, 1993, p.24.

————, "In Cannibalstic Times", *New York Review of Books*, April 11, 1991, p. 3.

Tolstoi, L. N., "Pervaia stupen'",*Voprosy filosofii i psikhologii* 13(1892), pp.109~144.

————, *Polnoe sobanie sochinenii*, 90 volumes, Moscow: Khudozhestvennaia literatura, 1928~1958.

Tolstoy, Leo, *The Relations of the Sexes*, translated by Vladimir Cherkov, Christchurh, Eng.: Free Age Press, 1901.

Tolstoy, Sergei, *Tolstoy Remebered by his Son*, translated by Moura Budberg, London: Weidenfeld and Nicolson, 1961.

Turner, Bryans S, *The Body and Society*, London: Sage Publications, 1996.

Tunner, Alice K., and Anne L. Starinton, "The Golden Age of Hell", *Arts and Antiques*, no.1(1991), pp.46~57.

Turgenev, I. S., *Polnoe sobranie sochinenii i pisem v 28-i tomakh*, Moscow: Akademiia nauk, 1960~1968.

Vail', Petr, and Aleksandr Genis, *Russkaia kukhnia v izgnanii*, Los Angels: Almanakh, 1987.

Ventslova, Tomas, "K voprosu o tekstovoj omonimii: *Putešestvie v stranu Guigngnmov* i 'Xolstomer,'" In *Semiosis: Semiotics and the History of Culture*, edited by Morris Halle et al., pp.240~254, Ann Arbor: University of Michigan, 1984.

Verbitskaia, Anastaiia, *Kliuchi schast'ia*, Moscow: I. M. Kushnerev, 1910.

Verbitskaia, Anastaiia, *Keys to Happiness: A Novel*, translated and edited by Beth Holmgren and Helena Goscilo, Bloomington: Indiana University Press, 1999.

Vetrinskii, Ch., ed. *F. M. Dostoevskii v vospominaniiakh sovremnennikob, pis'makh i zametkakh*, Moscow: Sytin, 1912.

Viazemskii, Petr A., *Zapisnye zapiski(1813-1848)*, edited by V. S. Nechaev, Moscow: Akademiia nauk, 1963.

Vigel, V., *Zapiski*, Moscow: Krug, 1928.

Visson, Lynn, "Kasha vs. Cachet Blanc: The Gastronomic Dialectics of Russian Literature", In *Russianness: Studies on a Nation's Identity*, edited by Robert L. Belknap, pp.60~73, Ann Arbor, Mich.: Ardis, 1990.

Vladimirtsev, V, P., "Poeticheskii bestiarii Dostoevskogo", In *Dostoevskii imirovaia kul'tura, Al'manakh*, no.12, edited by K. A. Stepanian, pp.120~134, Moscow: Raritet, 1999.

Vucinich, Alexander, *Darwin in Russian Thought*, Berkely and Los Angels: University of California Press, 1988.

Wachtel, Andrew, *The Battle for Childhood: Creation of a Russian Myth*, Stanford, Calif.: Stanford University Press, 1990.

Walsh, Harry, "The Tolstoyan Episode in American Social Thought", *American Studies* 17, no.1(1976), pp.49~68.

Ward, Bruce K, *Dostoyevsky's Critique of the West: The Quest for the Earthly Paradise*, Waterloo, Ontario: Wilfred Laurier University Press, 1986.

Wasiolek, Edward, *Dostoevsky: The Major Fiction*, Cambridge, Mass: MIT Press, 1964.

_____, *Tolstoy's Major Fiction*, Chicago: University of Chichgo Press, 1978.

Whorton, James C., "Christian Physiology': William Alcott's Prescription for the Millenium", *Bulletin of the History of Medicine* 49(1975), pp.466~481.

_____, *Crusaders for Fitness: The History of American Health Reformers*, Princeton, N.J.: Princeton University Press, 1982.

Wigzell, Faith, "Dream and Fantasy in Goncharov's *Oblomov*", In *From Pushkin to Palisandriia: Essay on the Russian Novel in Honor of Richard Freeborn*, edited by Arnold McMillin, pp.96~111, New York: St. Martin's Press, 1990.

Williams, Raymond, *The Country and the City*, New York: Oxford University

Press, 1973.

Wills, David K, *Klass: How Russians Really Live*, New York: St. Martin's Press, 1985.

Wolfe, Linda, ed. *The Literary Gourmet*, New York: Random House, 1962.

Woodward, James, *The Symbolic Art of Gogol: Essays on his Short Fiction*, Columbus, Ohio: Slavica, 1981.

Woollen, Geoff, "Des brutes humaines dans La Bête humaine", In *La Bête humaine: texte et explications*, edited by Geoff Woollen, pp.149~172, Glasgow: University of Glasgow French and German Publications, 1990.

Yermakov, Ivan, "The Nose", In *Gogol form the Twentieth Century: Eleven Essays,* edited and translated Robert A. Maguire, 155~198. Princeton. N. J.: Princeton University Press, 1974.

Zabelina, Tat'iana, "Sexual Violence Toward Women", In *Gender, Generation and Identity in Contemporaty Russia*, edited by Hilary Pilkington, pp.169~186, New York: Routledge, 1996.

Zakrzhevskii, Aleksandr, *Karamazovshchina: Psikhologicheskie parallei*, Kiev: Iskusstvo, 1912.

Zalkind, Aron, "Polovaia zhizn'i sovremennaia molodezh'", *Molodaia gvardiia* no.6(1923), pp.245~249.

_____, *Polovoi fetishism: K peresmotru polovogo voprosa*, Moscow, 1925.

_____, *Polovoi vopros v usloviiakh sovetskoi obshchestvennosti*, Leningrad, 1926.

Zholkovskii, Aleksandr, "Topos prosititutsii", In Zholkovskii and M.B. Iampol'skii, *Babel'/Babel*, pp.317~368, Moscow: Carte Blanche, 1994.

Zolotonosov, Mikhail N., "Akhutokots-Akhum: Opyt rasshifrovki skazki Korneia Chukovskogo o Mukhe", *Novoe literaturnoe obozrenie*, no.2(1993), pp.262~282.

_____, "Masturbanizatsiia: 'Erogennye zony' sovetskoi kul'tury 1920-1930-kh godov", *novoe literaturnoe obozrenie*, no.11(1991), pp.93~99.

_____, *Slovo i telo: Seksual'nye Aspekty, universalii i interpretatsii kul'turnogo teksta XIX-XX vekov*, Moscow: Ladomir, 1999.

찾아보기